POLARIS

Renée Rosen

DIE STUNDE DER
REPORTERIN

Roman

Aus dem Englischen von
Harriet Fricke

Rowohlt Polaris

Die Originalausgabe erschien 2015
unter dem Titel «White Collar Girl» bei New American Library /
Penguin Random House LLC, New York.

Deutsche Erstausgabe
Veröffentlicht im Rowohlt Taschenbuch Verlag,
Hamburg, Dezember 2023
Copyright © 2023 by Rowohlt Verlag GmbH, Hamburg
«White Collar Girl» Copyright © 2015 by Renée Rosen
Covergestaltung bürosüd, München
Coverabbildung Marie Carr / Arcangel;
Everett Collection / Bridgeman Images
Satz aus der Foundry Wilson
bei Dörlemann Satz, Lemförde
Druck und Bindung GGP Media GmbH, Pößneck
ISBN 978-3-499-01364-5

Für John Dul. Endlich.

«Eine Zeitung ist eine von der modernen Zivilisation
geschaffene Institution, welche die Nachrichten
des Tages präsentiert, Industrie und Handel anregt,
die Öffentlichkeit informiert und lenkt und der
Regierung auf die Finger schaut, wie es keine
Verfassung zu leisten imstande ist.»

Robert R. McCormick

KAPITEL 1

Voltaire hatte recht. Ich stand im Tribune Tower und blickte auf den in hellen Stein gemeißelten Satz: *Ich mag verdammen, was du sagst, aber ich werde mein Leben dafür einsetzen, dass du es sagen darfst.*

Die Fahrstühle klingelten, während Menschen an mir vorbei in die Kabinen strömten. Nur ich rührte mich nicht. Ich musste mir erst einmal bewusst werden, wo ich war und was ich ab sofort hier tun würde. Mein Blick fiel auf das Zitat von John Milton an der Wand: *Gebt mir die Freiheit, zu wissen, zu sprechen, und vor allen die eine, nach meinem Gewissen zu urteilen.* Ich ließ mir jedes Wort wie ein Stück Schokolade auf der Zunge zergehen. Es war ein Versprechen, ein Schwur, den ich abgelegt hatte und unter allen Umständen einzuhalten gedachte.

Der Fahrstuhlführer hielt mir die Tür auf. Meine schwitzige rechte Handfläche hinterließ an der Wand der Kabine einen feuchten Abdruck. Ich war nervös. Aufgeregt. Gespannt. Nicht zuletzt weil das Gewicht von Generationen auf meinen Schultern lastete. Jetzt musste ich, Jordan Walsh, die Familientradition fortführen. Mein Vater war im Zweiten Weltkrieg Kriegskorrespondent gewesen und hatte davor mit

Ernest Hemingway und anderen aus dem Spanischen Bürgerkrieg berichtet. Meine Mutter war Tochter eines Zeitungsmannes und hatte – ebenfalls im Krieg – als Reporterin für das City News Bureau, die Nachrichtenagentur Chicagos, gearbeitet. Und mein Bruder Eliot, benannt nach T. S. Eliot, dem Lieblingsdichter meiner Mutter, hatte einen Job bei der neu gegründeten *Sun-Times* gehabt.

Eliot war der eigentliche Grund, warum ich nun zur *Tribune* hochfuhr. Mein ganzes Leben war er mein Ansporn gewesen, er hatte mich dazu angestachelt, auf die riesige Eiche hinter unserem Haus zu klettern oder auf dem Jahrmarkt im Riverview Park mit der Achterbahn zu fahren. Denn nur weil ich ein Mädchen war, hieß das noch lange nicht, dass ich nicht mit ihm mithalten konnte. Er hatte mir den Mut gegeben, alles das tun zu können, was auch er tat, und dazu gehörte vor allem, den Beruf des Reporters zu ergreifen. Zum Zeitpunkt seines Todes war Eliot der aufsteigende Stern bei der *Sun-Times* gewesen. Ein Unfall mit Fahrerflucht hatte ihn viel zu früh aus dem Leben gerissen. Bei einer Zeitung zu arbeiten, war immer sein innigster Wunsch gewesen, und jetzt lag es an mir, diesen Traum für uns beide auszuleben. Dieses Versprechen hatte ich ihm vor zwei Jahren bei seiner Beerdigung gegeben.

Im fünften Stock stieg ich aus dem Fahrstuhl und betrat ein Großraumbüro. Ein Meer aus Schreibtischen, dicht gedrängt unter einem Nebel aus Tabakrauch. Vorbei an einem Poster mit John T. McCutcheons *Injun Summer* wagte ich mich weiter vor in die geheiligte Halle. Durch den Linoleumboden wurden das Klackern der Schreibmaschinen und die Schritte der hin und her eilenden Menschen noch verstärkt. Ich war umgeben von klingelnden Telefonen, leise dudelnden Radios und Dutzenden von Menschen, die durcheinanderriefen. Wie unsichtbar stand ich inmitten des Lärms und schnappte Gesprächsfetzen auf:

«Haben die das schon bestätigt?»

«Ich arbeite noch daran.»

«Wir brauchen ein weiteres Zitat.»

Leute rissen Blätter aus Schreibmaschinen, wedelten damit in der Luft herum und schrien: «Fertig. Fer-tig.» Büroboten liefen herbei, schnappten sich die Zettel und lieferten sie an den hufeisenförmig angeordneten Tischen im Zentrum des Raums ab. Dort arbeiteten die vier wichtigsten Redakteure. Sie saßen außen an den Tischen, während der Chef vom Dienst in der Hufeisenmitte die Aufgaben verteilte. Jeder Zentimeter war hier mit Zeitungen, Büchern, Zeitschriften, Telefonbüchern, überquellenden Aschenbechern und schmutzigen Kaffeetassen bedeckt. Obwohl es noch nicht einmal acht Uhr morgens war, verbreiteten die Menschen eine Hektik, als würde ihnen jetzt schon der Redaktionsschluss im Nacken sitzen. Willkommen in der Redaktion der *Chicago Tribune*. Es war das reinste Chaos. Und ich liebte die Atmosphäre.

Ich entdeckte Mr. Pearson, den Kulturredakteur, der, noch in Hut und Mantel, in die Tasten seiner Schreibmaschine haute. Nicht einmal zum Setzen hatte er sich die Zeit genommen. Ich trat an seinen Tisch und räusperte mich. Er blickte nicht hoch, sondern starrte auf die Schreibmaschine und hackte mit zwei Fingern auf sie ein.

Die meisten Menschen hätten Mr. Pearson für extrem unhöflich gehalten, aber ich wusste, wie Zeitungsleute tickten. Schon als Kind hatte ich mit meinem Vater unzählige Stunden in Redaktionsräumen verbracht und mich ruhig verhalten, wenn er seine Storys schrieb. Und ich freute mich schon darauf, bald ebenfalls gegen den Redaktionsschluss anzutippen und innerlich so sehr mit den Fakten beschäftigt zu sein, dass ich aus lauter Angst, auch nur eine winzige Kleinigkeit zu vergessen, nicht mal mehr den Mantel ablegte.

Denn Zeit war der entscheidende Faktor. In jeder Sekunde des Tages ereignete sich *da draußen* irgendetwas – etwas Schlimmes oder Gutes, ein Verbrechen oder eine Sensation. Für mich waren Nachrichten etwas, das lebte und atmete. Die Fakten teilten und vermehrten sich wie Zellen. Immer war eine Story im Werden begriffen und nahm Gestalt an, und Leuten wie mir fiel die Aufgabe zu, sie aufzuspüren, im Schlamm nach ihr zu wühlen und sie mitsamt Wurzel herauszureißen.

Mr. Pearson tippte immer noch, und beim Warten dachte ich, dass ich meine Arbeit bei der Zeitung zu keinem besseren Zeitpunkt hätte beginnen können. Chicago hatte einen neuen Bürgermeister, und das ganze Land blickte auf unsere Stadt. Der vor Kurzem erst ins Amt gewählte Richard J. Daley hatte einen großen Wandel versprochen. Er wollte die als The Loop bekannte Innenstadt neu beleben und Schnellstraßen bauen. Den Flughafen O'Hare wollte er vergrößern, auch die Stadt sollte größer werden und Wolkenkratzer in Rekordzeit aus dem Boden sprießen. Ja, es war eine aufregende Zeit, um bei der Chicagoer Presse als Reporterin anzufangen.

«Wer sind Sie?», fragte Mr. Pearson, ohne hochzublicken.

«Jordan. Jordan Walsh.»

«Wer?»

Offenbar erinnerte er sich nicht mehr an unser Vorstellungsgespräch vor nicht einmal zwei Wochen. Ich hatte das Gefühl, jemand hätte die Luft aus mir herausgelassen. «Ich bin die neue Reporterin. Wissen Sie noch? Sie haben mich eingestellt, damit ...» Ich verstummte, weil er mich nun doch ansah, während seine Zeigefinger über den Tasten schwebten.

«Mrs. Angelo ... Wo zum Teufel steckt sie nur?», rief er. «Mrs. Angelo ... Mrs. ...»

«Komme ja schon.» Ich hörte das *Klack, Klack, Klack* von hohen Absätzen, bevor ich die attraktive Mittfünfzigerin sah. Sie war klein und trug das silberdurchwirkte dunkle Haar zum Pagenkopf frisiert. «Hier bin ich. Sie müssen nicht schreien.»

«Zeigen Sie Miss Robin hier ...»

«Jordan heiße ich», erwiderte ich, doch er schien gar nicht zuzuhören.

Er nahm den Hut ab, unter dem ein voller weißer Schopf zum Vorschein kam, der so gar nicht zu den dunklen, raupendicken Augenbrauen passte. «Zeigen Sie Robin ihren Arbeitsplatz.» Mr. Pearson fing wieder an zu tippen. «Sie ist die neue Gesellschaftsreporterin.»

Mrs. Angelos Händedruck war fest wie der eines Mannes. Wie sie erklärte, war sie die Gesellschaftsredakteurin und eine von einem halben Dutzend Frauen, die bei der *Tribune* arbeiteten.

«Kommen Sie», sagte sie. «Ich zeige Ihnen alles.»

Sie führte mich durch die gesamte Etage, an Schreibtischen vorbei und durch lange Gänge. Obwohl ich mir alles zu merken versuchte, konnte ich mich am Ende unserer Tour nicht mehr daran erinnern, hinter welcher Tür die Toilette, das Fotolabor, der Raum mit den Fernschreibern oder das Archiv lagen. Jede Abteilung hatte ihren eigenen Konferenztisch, und alle lagen begraben unter Zeitungen, Büchern, Telefonen und dergleichen. Ich hätte nicht mehr sagen können, an welchem Tisch die Spesen abgerechnet wurden, an welchem die Telegramme sortiert wurden und an welchem die Lokalredaktion zusammenkam. Und bisher hatte ich nur eine einzige Etage gesehen.

«Ach, und nehmen Sie sich die Namensverwechslung bloß nicht zu Herzen», sagte Mrs. Angelo. «Die Letzte hat er auch Robin genannt, dabei hieß sie Sharon. Robin war die davor.»

«Und wo sind die beiden jetzt? In der Nachrichtenredaktion?»

Sie schaute mich überrascht an und lachte dann. «Ihr jungen Dinger seid doch alle gleich. Ihr kommt hierher, frisch von der Journalistenschule, und haltet euch für die nächste Nellie Bly.» Sie schüttelte den Kopf. «Ich lerne euch an und dann? Ihr verliert die Begeisterung, heiratet und gebt den Beruf auf.»

«Das habe ich nicht vor.» Hatte ich wirklich nicht. Ich hatte nicht mal einen festen Freund. Doch die nächste Nellie Bly wollte ich tatsächlich werden.

Nachdem Mrs. Angelo mir einen Schreibtisch zugewiesen hatte, rief sie der platinblonden Frau, die einen Platz weiter saß, zu: «Hey, M, zeigst du Jordan bitte den Rest der Redaktion? Ich habe gleich einen Termin. Und» – Mrs. Angelo drückte mir einen Stapel Zettel in die Hand – «füllen Sie die bitte aus, wenn Sie eine Sekunde Zeit haben.»

Mrs. Angelo ging zu ihrem Schreibtisch zurück, und die mit M angesprochene Frau nahm sich meiner an. Sie stellte sich als Madeline Miller vor und sagte, jeder würde sie nur M nennen. Ich schätzte sie auf Ende zwanzig, Anfang dreißig. Sie trug ein schickes zweireihiges Hemdblusenkleid, das ihre kegelförmigen Brüste betonte, und hatte verblüffende Ähnlichkeit mit Marilyn Monroe. Dem selbst gemalten Schönheitsfleck auf ihrer Wange nach zu urteilen, war das mit Sicherheit kein Zufall. Außerdem hatte sie Unmengen Parfum aufgelegt, als wolle sie mit dem Rauch der vielen Zigaretten, Zigarren und Pfeifen in der Redaktion konkurrieren.

«Peter», rief sie einem Mann zu, der ein paar Tische weiter saß und einen grünen Augenschirm trug. «Das ist Jordan. Sie fängt heute im Gesellschaftsressort an. Peter ist unser Kriminalreporter.»

Peter tippte sich an den Augenschirm und sagte: «Wunderbar.» Nur verschluckte er die Hälfte der Buchstaben, sodass es klang wie «wunneba».

«Und das ist Randy.» M zeigte in die andere Richtung. «Einer unserer Illustratoren.»

Randy war ein attraktiver Mann mit länglichem Gesicht und Grübchen am Kinn. Ich spähte auf den Cartoon, den er gerade für die Meinungsseite zeichnete, und sagte Hallo, doch er erwiderte die Begrüßung nicht. Stattdessen sang er den Werbejingle aus seinem Radio mit. «*Winston schmeckt so gut*» – BÄNG-BÄNG – er trommelte mit seinem Stift auf den Tisch – «*wie's keine andere Zigarette tut.*»

Plötzlich fing der Boden an zu beben, und ein dumpfes Grollen drang aus den Eingeweiden des Gebäudes. Der Kaffee in Randys Tasse schlug kleine Wellen, wie ein See, in den man einen Stein geworfen hat. Das Geräusch passte seltsamerweise zum Takt von Randys BÄNG-BÄNG, diese Petitesse fiel mir auf. Doch der Lärm schien niemanden zu stören, offenbar waren alle daran gewöhnt. Und dann dämmerte es mir. *Natürlich.* Es musste sich um die Rotationsdruckmaschine handeln, die im Keller angeworfen worden war.

M setzte die Vorstellungsrunde fort. Am nächsten Schreibtisch saß ein Mann mit tiefschwarzem Bürstenschnitt und rauchte Pfeife. Er hieß Walter Harris, war Politikjournalist und bellte mir ein Hallo zu. Ihm gegenüber saß Henry Oberlin, der das Tippen nur unterbrach, um sich eine Handvoll Kellogg's Frosties in den Mund zu stopfen, und das, obwohl in seinem Aschenbecher bereits eine Zigarette glomm. Ein Kranz aus dünnen, hellblonden Haaren zierte seinen fast kahlen Schädel. Er schaute kurz zu mir hoch, murmelte etwas, das ich als «Hey» deutete, und wandte sich wieder seiner Story zu.

Je mehr Kollegen ich kennenlernte, umso kleiner fühlte ich mich. Es war offensichtlich, dass keiner sich dafür interessierte, wer ich war, wo ich herkam und was meine Aufgabe bei der Zeitung war. Noch dazu waren es fast ausschließlich Männer, die hier arbeiteten, und ich fragte mich insgeheim, warum M sich überhaupt die Mühe machte, mich herumzuführen.

Als wir allerdings zum nächsten Tisch kamen, hätte sie sich das Vorstellen tatsächlich sparen können. Diesen Mann erkannte ich sofort. Marty Sinclair war ein mit dem Pulitzer-Preis gekrönter Journalist, der für die *Tribune* eine wöchentliche Kolumne schrieb und dessen Name regelmäßig unter dem Aufmacher der Zeitung stand. Mein Vater kannte ihn gut, doch ich war ihm noch nie begegnet und erstarrte nun fast vor Ehrfurcht. Für mich gehörte Marty Sinclair zum Journalistenadel. Er war ein brillanter Reporter und wortgewandter Autor, eine seltene Kombination. Einen Moment lang beobachtete ich den großen Meister bei der Arbeit. Seine Brille mit dem breiten, schwarzen Gestell hatte er bis zum Haaransatz hochgeschoben, ein Bleistift steckte zwischen seinen Zähnen. Die Krawatte hatte er über die linke Schulter geworfen, die Hemdsärmel halb hochgekrempelt. Mit einer kurzen Kopfbewegung ließ er die Brille auf seinen Nasenrücken zurückgleiten, dann schaute er zu M hoch, bevor sein Blick zu mir wanderte.

«Mr. Sinclair», ich streckte ihm die Hand entgegen, «es ist mir eine Ehre. Ich bin ein großer Fan.» Das Herz pochte mir in den Ohren. *Ich lerne Marty Sinclair kennen – unfassbar!*

Er zog den Stift aus dem Mund und musterte mich. Ich meinte, den Anflug eines Lächelns in seinem Gesicht zu erkennen. Nun schlug mein Herz noch schneller.

Doch bevor er etwas sagen konnte, rief Mr. Copeland, der Ressortleiter Lokales und Politik, ihm vom Hufeisen aus zu: «Sinclair – kommen Sie mal!»

«Himmelherrgott. Was denn jetzt schon wieder?» Marty schüttelte den Kopf.

Der Zauber zwischen uns war gebrochen. Er stand auf und marschierte zum Hufeisen. Dort warteten Mr. Copeland und Mr. Ellsworth, der Chefredakteur, bei dem die Fäden sämtlicher Ressorts zusammenliefen: Politik, Wirtschaft, Kultur, Lokales und Sport. Ich konnte nicht anders und beobachtete die Männer. Marty fuchtelte mit den Händen. Mr. Ellsworth ebenfalls. Er war groß, schlaksig, hatte einen gepflegten Bart, und seine angegrauten Schläfen ließen vermuten, dass er schon viele Jahre in dem Metier tätig war. Marty Sinclair mochte der Starreporter der *Tribune* sein, aber Mr. Ellsworth war der Blattmacher, der *König*. Er herrschte über den Schreibtisch im Zentrum der Redaktion, wo sich das Herz und die Seele der Zeitung befanden.

Bei Mr. Ellsworth hatte auch mein Vorstellungsgespräch vor zwei Wochen begonnen. Offenbar hatte er einen Mann erwartet, denn beim Blick auf meinen Lebenslauf sagte er nur: «Jordan, ah ja?» Da er meine mitgebrachten Artikel nicht einmal anschaute, war mir sofort klar, dass er ein *Mädchen* niemals in die Nachrichtenredaktion lassen würde. Schon gar keines, das eben erst die Journalistenschule abgeschlossen hatte. Dass ich die Medill School of Journalism als eine der Jahrgangsbesten abgeschlossen hatte und während des Studiums stellvertretende Chefredakteurin der Universitätszeitung *Daily Northwestern* gewesen war, spielte für ihn keine Rolle. Das Vorstellungsgespräch dauerte keine fünf Minuten, da schickte er mich zu Mr. Pearson. Eine Mitarbeiterin des Feuilletons hatte vor Kurzem geheiratet und gekündigt, und Mr. Pearson gab mir eine Chance – für die Rubrik Vermischtes sollte ich über Prominente berichten. Beim Gespräch erklärte ich ihm, ich würde gerne auch andere Storys schreiben.

«Ich habe da ein paar Ideen fürs Feuilleton, die ...»

Mr. Pearsons Blick unter den hochgezogenen, borstigen Augenbrauen ließ mich verstummen. «Wir suchen jemanden für die Klatschspalte. Entweder nehmen Sie den Job, Miss, oder Sie können gleich wieder gehen.»

Ich hatte das Angebot angenommen, weil ich mir bereits bei den Nachrichtenredaktionen der *Daily News* und des *Chicago American* eine Abfuhr geholt hatte. Das City News Bureau und die *Sun-Times* hatten sich nach dem ersten Gespräch nicht wieder bei mir gemeldet. Aber ich wusste, was Eliot mir geraten hätte, wäre er noch am Leben gewesen: *Du musst nur einen Fuß in die Tür kriegen. In die Nachrichtenredaktion kannst du dich später hocharbeiten.* Und genau das hatte ich jetzt vor.

Mr. Ellsworth und Mr. Copeland redeten immer noch auf Marty ein. Ich hätte alles dafür gegeben, zu erfahren, worum es in dem Streit ging. Denn ich war von Natur aus neugierig, stellte immer zu viele Fragen und steckte meine Nase in Dinge, die mich nichts angingen. Mein Vater sagte immer: «Neugier ist Fluch und Segen eines guten Journalisten.» Oder: «Halte deine Augen und Ohren stets offen. Die Leute *wollen* ihre Geheimnisse erzählen.»

M beendete die Vorstellungsrunde mit Benny, einem jungen Reporter, der in der Redaktion als Springer eingesetzt wurde. Er war achtzehn Jahre alt, sah aber aus wie zwölf. Mit seinen roten Haaren und den Sommersprossen erinnerte er mich an Howdy Doody. Im Gegensatz zu den anderen Kollegen war er nett zu mir. Als ich mich an meinen Schreibtisch setzte und den Personalbogen ausfüllen wollte, kam Benny zu mir und berichtete mir von seinem Frühstück.

«Mein Ei hatte doch tatsächlich zwei Dotter.» Er sah mich an, als könnte er es immer noch nicht fassen. «Ist Ihnen so etwas schon mal passiert?»

«Ich glaube nicht.»

«Da köpft man sein Ei, und es hat zwei Dotter. Das ist doch absolut unwahrscheinlich. Wie ein vierblättriges Kleeblatt.»

«Junge, halt mit deinen Dottern endlich den Rand», rief Walter.

17

Benny redete unbeirrt weiter. «Das muss was zu bedeuten haben, oder? Vielleicht ist ja heute mein Glückstag.»

«Du kannst von Glück reden, dass ich nicht rüberkomme und dir das Maul stopfe. Und deins gleich mit.» Letzteres sagte Walter an Randy gewandt, der noch immer den Zigarettenjingle sang, obwohl im Radio bereits die Sendung *Arthur Godfrey's Talent Scout* lief.

Kurz darauf kehrte auch Marty an seinen Schreibtisch zurück. «Mich vorladen? Ich glaube, ich spinne ...» Er riss die obere Schublade auf und stieß sie mit einer solchen Wucht wieder zu, dass der Stiftehalter auf dem Tisch umfiel und auf den Boden rollte. «Wegen so was gehe ich doch nicht ins Gefängnis. Mein Wort zählt, basta.»

«Hey, Marty», sagte Walter. «Gibst du deine Quelle nun preis oder nicht?»

«Schnauze.» Marty schlug so fest gegen seine Ablage, dass das Holzgestell umkippte und zu Boden ging. Ich hielt die Luft an, weil Zettel, Stifte und Büroklammern durch die Luft segelten. Marty zuckte nicht mal zusammen. Er schnappte sich seinen Hut, stieg über das Schlachtfeld hinweg und stürmte aus der Redaktion.

«Was hat er denn?», fragte ich.

«Wer, Marty?» Peter nahm den Augenschirm ab und massierte sich die Schläfen. «Der hat gar nichts. Stand in letzter Zeit nur ziemlich unter Druck.»

«Helfen Sie mir, das Chaos zu beseitigen?», fragte M, an mich gewandt.

Ich ging zu ihr, und gemeinsam behoben wir die Unordnung vor Martys Tisch. Von den Männern unterbrach keiner die Arbeit, um uns zur Hand zu gehen. Aufräumen war für sie selbstverständlich Frauensache. Mich störte es in diesem Fall nicht. Schließlich handelte es sich um den Tisch von Marty Sinclair.

Ich schichtete Papier, das aus drei verschiedenfarbigen Seiten bestand, zu einem Stapel auf. Wenn man es in die Schreibmaschine spannte, wurde jedes Wort dreifach gedruckt. Das Deckblatt war weiß – das war das Original. Das gelbe Durchschlagpapier in der Mitte war für den Redakteur bestimmt, und das dritte – in Rosa – bekam der Korrektor.

«Was war da gerade los?», fragte ich M, die auf allen vieren herumkroch und mit einem Lineal versuchte, den unter den Tisch gerollten Stiftehalter hervorzuziehen.

«Mr. Copeland und Mr. Ellsworth wollen, dass Marty preisgibt, wer sein Informant für eine Story war, die er letzte Woche geschrieben hat.»

«Können sie ihn dazu zwingen?» Ich hatte immer geglaubt, man müsse seine Quellen um jeden Preis geheim halten und schützen.

«Offenbar will ein Gericht ihn deswegen sogar vorladen. Wer sein Informant ist, wird langsam selbst zu einer Nachricht.»

Ich ging in die Hocke und sammelte eine Handvoll Büroklammern auf.

«Fünf Dollar, dass er einknickt.» Walter hustete, klemmte seine Pfeife dann zwischen die Lippen und entzündete sie mit einem Streichholz.

«Ich weiß ja nicht.» Randy schob sich einen Bleistift hinters Ohr. «Glaubst du wirklich, er verrät seine Quelle?»

«Wenn nicht, wäre er ganz schön dämlich.» Walter schüttelte die Flamme aus und warf das abgebrannte Streichholz in einen Pappbecher.

«Nee, ich glaube das nicht», sagte Peter.

«Marty ist ein Stehaufmännchen.» Henry langte in seine Kellogg's-Packung und stopfte sich noch eine Handvoll Frosties in den Mund. «Der gibt seine Quelle niemals preis.»

«Fünf Dollar.» Walter zückte seine Brieftasche. «Wer geht mit?»

Die anderen waren noch mit der Wette beschäftigt, als Mrs. Angelo mit einer Liste an meinen Schreibtisch kam. «Zum Einstieg würde ich Sie bitten, sämtliche Namen darauf zu überprüfen.»

Ich überflog den Zettel, auf dem Namen von Prominenten wie Preston und Vanderbilt, Crown und Rothschild standen.

«Es geht um die Mortimer-Hochzeit», erklärte Mrs. Angelo. «Das hier sind die Hochzeitsgäste. Sie müssen für mich überprüfen, ob alle Namen richtig geschrieben sind und die Titel und Positionen stimmen.»

Als Mrs. Angelo fort war, reichte mir M die aktuelle Ausgabe des Who Is Who der feinen Gesellschaft.

«Hier, das werden Sie brauchen.»

Eine Stunde lang beschäftigte ich mich mit der Überprüfung der hochkarätigen Namen. Ein paar Unbekannte musste ich im Telefonbuch nachschlagen, anrufen und mir von ihnen bestätigen lassen, dass wir ihre Namen richtig notiert hatten. Als ich auf die Uhr schaute, war es bereits kurz vor zwölf.

Mrs. Angelo kam zurück und warf einen ersten Blick auf meine Arbeit. «Ich gehe jetzt zu Tisch», sagte sie dann. «Den Rest schauen wir uns nach dem Essen an.»

M zog sich die Lippen nach und beobachtete Mrs. Angelo heimlich in ihrem Taschenspiegel. Sobald Mrs. Angelo im Fahrstuhl verschwunden war, legte M die Schminkutensilien in die obere Schublade ihres Schreibtischs und schloss diese mit einem energischen Hüftschwung. «Ich sterbe vor Hunger. Gehen wir essen, bevor sie zurückkommt.»

Wir gingen zu Woolworth an der Ecke State und Randolph Street und setzten uns an den Tresen. Gabby Jones begleitete uns. Sie schien, wie ich, Anfang zwanzig zu sein, hatte mausbraunes Haar und ein Gesicht, das in keiner Menschenmenge weiter aufgefallen wäre. Auch sie war eine *Klatschtante*, wie die Männer, laut meinen beiden Begleiterinnen, alle Frauen nannten, die für eine Zeitung schrieben.

«Für die drückt jeder Artikel von uns auf die Tränendrüse oder ist mit einer dicken Zuckerschicht überzogen», sagte M. Sie saß in der Mitte und drehte sich auf ihrem roten Barhocker mal zur einen, mal zur anderen Seite.

«Und was ist mit den Frauen in der Nachrichtenredaktion?», fragte ich. «Wie nennen sie die?»

Gabby lachte und zeigte dabei ihre Zähne. «In der Nachrichtenredaktion gibt es keine Frauen.»

«Keine einzige?» Das Sandwich in meiner Hand war mit einem Mal bleischwer, und ich legte es auf den Teller.

«Doch, da gab es Rita Fitzpatrick», sagte M achselzuckend. «An andere kann ich mich nicht erinnern.»

Das überraschte mich nicht. Etliche Menschen hatten mich vorgewarnt, darunter sogar meine Mutter. «Du bist hübsch», hatte sie gesagt. «Die schauen dich an, und dann darfst du über Mode und Schönheitstipps schreiben. An die Nachrichten lassen die dich nicht ran.»

Das brachte mich nun auf den Gedanken, ob ich meinen Kleidungsstil ändern sollte. Da ich jetzt berufstätig war, hatte ich mir die langen, dunklen Haare abgeschnitten und mir eine modische Kurzhaarfrisur zugelegt, wie sie die italienischen Filmstars Gina Lollobrigida und Sophia Loren trugen. Außerdem hatte ich mir neue Kleider gekauft und dafür ein kleines Vermögen hingelegt. Das Etuikleid, das ich für meinen ersten Arbeitstag gewählt hatte, hatte stolze siebzehn Dollar gekostet, und im Preis war das kurze weiße Bolerojäckchen nicht inbegriffen gewesen. Ich schaute auf meine Handtasche aus schwarz-weißem Lackleder, die perfekt zu meinen Mary Janes passte. Wenn ich wollte, dass meine Chefs mir einen politischen Artikel zutrauten, musste ich mich womöglich schlichter kleiden.

Dass ich mich bei der Zeitung erst einmal beweisen musste, war mir von Anfang an klar gewesen. Ich erwartete nicht, dass mir alles in den Schoß fiel. Trotzdem hatte ich gedacht, als Tochter von Hank Walsh und Schwester von Eliot Walsh würde man mich automatisch für eine ernst zu nehmende Journalistin halten. Vielleicht musste ich den Chefs mit meinen Berichten über Wohltätigkeitsbälle und Prominente beweisen, wie gut ich den Job beherrschte. Mit Kochrezepten würde ich nämlich niemanden beeindrucken können, denn diese musste ich, wie mir M gerade erklärte, ebenfalls verfassen.

«Stammen denn nicht alle Rezepte von Mary Meade?», fragte ich, weil ich mich daran erinnerte, nur diesen Namen in der Rubrik gelesen zu haben.

«Mary Meade existiert nicht», sagte Gabby, als die Kellnerin unsere Rechnungen auf den Tresen knallte. «Irgendwer hat sich den Namen mal ausgedacht, und wir Mädels schlüpfen abwechselnd in die Rolle.»

«Ach, und vor Mrs. Angelo musst du keine Angst haben», sagte M, die sich ein Chiffontuch über die blondierten Haare legte und unter dem Kinn verknotete. «Sie bellt nur und beißt nicht.»

Nach unserer Rückkehr in die Redaktion ging Mrs. Angelo die von mir korrigierten Namen auf der Liste durch. «Gute Arbeit», sagte sie dann. «Hatte ich die Carrington-Hochzeit bereits erwähnt?» Sie schrieb etwas auf den Rand des Zettels. «Sie findet diesen Samstag statt – und Sie werden vor Ort sein und darüber berichten.» Sie blickte zu Gabby hinüber und seufzte. «Die Ärmste ertrinkt in Arbeit. Helfen Sie ihr doch dabei, unsere Kolumnen ‹Die berufstätige Frau› und ‹Gesichtet!› fertigzustellen.»

In der Kolumne «Die berufstätige Frau» ging es vor allem um Tipps und Tricks, die Frauen im Berufsleben weiterhelfen sollten. In der Kolumne «Gesichtet!» wurde täglich darüber berichtet, welche Prominenten und Angehörigen der feinen Gesellschaft man bei einer Veranstaltung in der Stadt gesehen hatte. Beides klang hundertmal aufregender, als eine Namensliste auf Rechtschreibfehler hin zu überprüfen.

Gabby saß an dem Artikel «Was schenke ich meinem Chef bloß zum Geburtstag?» und nahm meine Hilfe dankbar an. Ich merkte bald, dass sie sich schnell nervös machen ließ, denn jedes Mal, wenn Mrs. Angelo vorbeikam, schaute sie betroffen, als hätte sie irgendetwas falsch gemacht. Am Vormittag hatte ich beobachtet, wie sie beim Anblick von Mrs. Angelo mitten in einem Telefongespräch den Hörer aufgelegt und sofort zu tippen angefangen hatte.

Wie sie mir jetzt erzählte, hatte sie eine eineiige Zwillings-schwester und fühlte sich ohne die andere wie ein halber Mensch. «Alle haben immer nur ‹die Zwillinge› zu uns gesagt, niemals Abby und Gabby. Jetzt werde ich von Bekannten stän-dig gefragt, was Nathan und die Kinder machen. Dabei bin ich nicht diejenige, die verheiratet ist. Wenn man als Zwilling ohne den anderen unterwegs ist, fühlt man sich unsichtbar.»

Ich wusste nicht, was ich darauf erwidern sollte, und war erstaunt, dass sie mir ihre Sorgen anvertraute, obwohl wir uns erst seit wenigen Stunden kannten.

Allmählich trudelten auch Randy, Walter, Peter und die anderen wieder ein, sie rochen nach Martini, Bourbon oder Bier. Von meinem Vater und Eliot wusste ich, wie es bei Zei-tungsleuten in der Mittagspause zuging. Aufregender jeden-falls als am Tresen von Woolworth.

Eine Stunde später kehrte auch Marty Sinclair in die Redak-tion zurück. Er warf Hut und Jacke auf den Garderobenstän-der, setzte sich an seinen Schreibtisch und hämmerte einen Artikel in die Tasten. Ich war immer noch neugierig, was es mit seiner anonymen Quelle auf sich hatte, hatte aber leider keine Gelegenheit gehabt, mir im Archiv seinen letzten Ar-tikel herauszusuchen. Deshalb dachte ich mir einen Vorwand aus, schlenderte bei ihm vorbei und warf einen verstohlenen Blick über seine Schulter. Sein Arbeitsplatz war übersät mit vollgekritzelten Notizzetteln und Servietten. Als hätte sich der Inhalt eines Papierkorbs über den Tisch ergossen.

Ich ging zurück zu meinem Platz und schrieb die «Gesichtet!»-Kolumne für Gabby fertig. Sie hatte mir aufgetragen, einen Dreispalter über Zsa Zsa Gabor und Grace Kelly zu verfassen, die während eines Zwischenstopps auf dem Weg von New York nach Kalifornien im Hotel-Restaurant Pump Room vorbeigeschaut hatten. Erwähnen sollte ich in der Kolumne auch den Auftritt von Jerry Lewis im Chez Paree. Ich telefonierte gerade mit der Rezeption des Ambassador East Hotel, um mir bestätigen zu lassen, um wie viel Uhr Grace Kelly den Pump Room besucht hatte, als Mr. Ellsworth von seinem Tisch im Zentrum des Hufeisens aufsprang.

«Sinclair – sofort herkommen!»

Laut fluchend rannte Marty zu ihm.

Da inzwischen alle aus der Mittagspause zurück waren, war es auch in der Redaktion wieder laut geworden. Bei dem Lärm der vielen Schreibmaschinen, Telefone und Stimmen war es erstaunlich, dass ein einzelner Mensch alles zum Verstummen bringen konnte. Aber genau das geschah nun.

«Nein, Mr. Ellsworth. Ich mache das nicht!» Marty rannte zu seinem Tisch zurück. «Sie können mich am Arsch lecken, verstanden?»

«Nun nehmen Sie doch Vernunft an.» Mr. Ellsworth lief hinter ihm her.

«Ihr könnt mich alle mal», schrie Marty.

«Nein, Sie können *uns* mal», mischte Mr. Copeland sich ein. «Ihretwegen hat unsere Zeitung nämlich bald eine Verleumdungsklage am Hals.»

Ich saß wie versteinert an meinem Tisch, konnte meinen Blick nicht von den Männern losreißen.

«Ich gebe meine Quelle nicht preis und mache sie unbrauchbar.» Marty schwitzte so stark, dass man unter seinem schütteren Haar die Kopfhaut glänzen sah. «Bevor ich meine Quelle verrate, kündige ich lieber. Darauf können Sie Gift nehmen.»

«Durch eine Kündigung werden Sie die Klage aber nicht los. Und ich auch nicht», entgegnete Mr. Ellsworth. «Ihnen mag es ja egal sein, ob Sie ins Gefängnis wandern. Ich will da aber nicht hin. Und ich lasse nicht zu, dass Sie die Zeitung mit ins Verderben reißen. Himmelherrgott, wir wollen Ihnen doch nur helfen.»

«Ich will Ihre Scheißhilfe aber nicht.» Marty schlug mit beiden Fäusten auf den Tisch.

«Marty, nennen Sie uns einfach Ihre Quelle», sagte Mr. Copeland.

«Früher oder später finden wir sowieso heraus, wer es ist», ergänzte Mr. Ellsworth. «Verdammt, wenn es sein muss, gehe ich sämtliche Ihrer Notizen persönlich durch.»

«Ganz sicher nicht», erwiderte Marty. «Ich packe jetzt meine Sachen und verschwinde.»

«Schnell ...», rief Mr. Copeland dem am nächsten sitzenden Henry zu. «Schnappen Sie sich seine Zettel.»

«Nein!» Marty stieß einen markerschütternden Schrei aus, bei dem mir vor Schreck der Stift aus der Hand fiel. Ungläubig sah ich zu, wie Marty Sinclair – ein preisgekrönter Journalist – eine Handvoll Zettel vom Tisch klaubte und in seinen Mund stopfte.

«Ach du Scheiße!» Mr. Ellsworth riss sich die Brille vom Gesicht, als würde er ihr nicht mehr trauen. «Der frisst seine verdammten Notizen.»

«Marty», rief Mr. Copeland kopfschüttelnd. «Reißen Sie sich in Dreiteufelsnamen zusammen.»

Martys Augen traten hervor, während er sich immer mehr Zettel in den Mund stopfte. Tränen liefen ihm über die Wange, trotzdem machte er unerbittlich weiter und kaute auf dem Papier herum.

«Marty, bitte beruhigen Sie sich», sagte Mr. Ellsworth. «Lassen Sie uns noch einmal über alles reden.»

Er machte einen Schritt auf Marty zu, der laut knurrend seine Kaffeetasse nach ihm warf. Spritzer der braunen Flüssigkeit schossen im hohen Bogen durch die Luft, bevor sie niedergingen und Mr. Copeland und Mr. Ellsworth nur um Haaresbreite verfehlten. Die beiden Männer näherten sich Marty, der nun richtig wild wurde. Ich schrie auf, als er ein Wörterbuch, einen Tacker, ein Rolodex und ein Radio nach ihnen warf. Alle Kollegen gingen in Deckung, versteckten sich unter den Tischen, nur ich blieb wie angewurzelt stehen. Mr. Copeland und Mr. Ellsworth machten noch einen Schritt auf ihn zu, doch Marty schmiss nun mit Telefonbüchern, Briefbeschwerern, seinem Stuhl, einem Mülleimer und allem, was er sonst zu fassen bekam, um sich. Als er schließlich seine Schreibmaschine hochriss und Mr. Copeland entgegenschleuderte, stürzten Walter und Randy sich von hinten auf ihn. Ich hielt die Luft an. Mit ansehen zu müssen, wie mein journalistischer Held sich wie rasend gebärdete, erschütterte mich schwer.

Um Marty niederzuringen, brauchte es vier Männer, und am Ende lag er bäuchlings auf dem Boden, schlug mit den Armen um sich und stieß schrille Schreie aus wie ein wildes Tier. Walter hockte sich auf seinen Rücken und hielt ihm die Arme fest, während Randy seine Beine packte. Peter und Henry krochen auf allen vieren vor ihm herum und redeten beruhigend auf ihn ein, aber Marty schrie weiter und spuckte dabei feuchte Papierklumpen aus.

Zehn Minuten später kam ein Krankenwagen. Mrs. Angelo, Gabby, M und ich standen in einer Ecke, und ich zuckte zusammen, als ein Sanitäter eine Spritze mit mindestens fünf Zentimeter langer Nadel auf Hüfthöhe durch den Stoff von Martys Hose stieß. Wenige Sekunden später erschlaffte der auf dem Boden Liegende, doch das Herz hämmerte mir immer noch in den Ohren, als die Sanitäter Marty Sinclair auf die Krankenbahre legten, festschnallten und aus der Redaktion schoben.

«Alle mal herhören.» Mr. Ellsworth legte seine Hände wie ein Megafon vor den Mund. «Zurück an die Arbeit. Die Show ist vorbei.»

KAPITEL 2

N ach der Arbeit gingen M, Gabby und ein paar von den anderen im Boul Mich an der Ecke Grand und Michigan Avenue etwas trinken. Eingeladen hatte mich niemand, aber Benny schaute zu mir, als er sich seinen Hut schnappte, und fragte: «Kommen Sie nicht mit?»

Da ich es mit dem Nachhausekommen nicht eilig hatte, nahm ich meine Handtasche, klemmte mir einen Stapel Zeitungen zur späteren Lektüre unter den Arm und schloss mich den anderen an. Dass Trinken in unserem Beruf einfach dazugehörte, hatte ich als Kind schon gewusst. Meine Mutter hatte in unserer Küche an eine Pinnwand eine Liste mit Telefonnummern gehängt. Neben denen von unserem Hausarzt und der Feuerwehr standen dort auch die vom Radio Grill, Riccardo's, Twin Anchors, Mister Kelly's und von den anderen Lieblingsbars meines Vaters.

Als Benny und ich im Boul Mich eintrafen, saßen die Kollegen schon am Tresen und redeten mit dem Barkeeper. Die Aschenbecher waren fast voll, die Schälchen mit Nüssen fast leer.

Mr. Ellsworth erzählte gerade von Marty Sinclairs Anfangszeit als Journalist. «Für einen Aufmacher hätte der alles getan ... Von dem kleinen Wörtchen Moral hat der sich nicht aufhalten lassen ...»

Die anderen nickten betreten. Ihnen war deutlich anzumerken, wie sehr der Vorfall sie mitgenommen hatte.

«Es ist doch so», ergriff Henry das Wort. «Marty saß in der Klemme. Er wollte sich immerhin mit der verdammten Mafia anlegen!»

«Im Henrotin Hospital ist es für ihn momentan bestimmt am sichersten», sagte Peter.

Wieder nickten die anderen.

Nachdem die Sanitäter Marty mit einem Nervenzusammenbruch ins Krankenhaus verfrachtet hatten und sich die Aufregung in der Redaktion gelegt hatte, war ich kurz ins Archiv gegangen und hatte mir Martys Artikel herausgesucht. Offenbar war sein Informant ein Handlanger von Anthony «Big Tony» Pilaggi, einem ranghohen Mitglied der Chicagoer Mafia. Vor sechs Monaten hatte Pilaggi als Mordverdächtiger vor Gericht gestanden, war aber ungeschoren davongekommen, weil seine Geliebte ihm ein Alibi für die fragliche Zeit gegeben hatte. Zwischen Martys Informanten und Big Tony herrschte böses Blut, weil der Boss sich nicht an ein Versprechen gehalten hatte; aus diesem Grund hatte sich der Handlanger an Marty gewandt und ihm erzählt, dass das Alibi von Big Tonys Geliebter frei erfunden war, denn diese hatte die Mordnacht bei ihm selbst verbracht. Marty hatte darüber in der Zeitung berichtet, ohne allerdings seine Quelle namentlich zu nennen, damit die Information nicht vor Gericht verwendet werden konnte. Deshalb setzte die Staatsanwaltschaft Marty nun unter Druck.

Walter, der seine Pfeife im Aschenbecher ausklopfte, riss

mich aus meinen Gedanken. «Verrät Marty, wer sein Informant ist», sagte er, «können die Big Tony lebenslänglich wegsperren.»

«Ja, nur dass Marty dann sechs Fuß unter der Erde liegen würde», sagte Randy.

«Warum sollten die Marty so etwas antun?», fragte Benny.

«Überleg doch mal», erwiderte Peter. «Martys Informant, wer auch immer das ist – wir wollen gar nicht erst anfangen zu raten. Es gibt Hunderte, die mit Big Tony noch ein Hühnchen zu rupfen haben, und es könnte praktisch jeder sein. Eins wissen wir aber – auf den Kopf von einem, der Big Tony verpfeift, wird mit Sicherheit eine Prämie ausgesetzt. Würde Marty also den Namen in der Zeitung drucken lassen, dürfte der Informant ihm das ziemlich übel nehmen. Außerdem würde Big Tony bestimmt einen Killer auf Marty ansetzen, wenn der Mordfall seinetwegen noch einmal vor Gericht verhandelt wird.»

«Trotzdem hätte ich gedacht, er knickt ein», sagte Walter.

«Quatsch», entgegnete Randy. «Wenn ihr mich fragt, dann war es verrückt von Marty, die Mordanklage gegen Big Tony wieder auszugraben.»

«Ja», sagte Henry. «Aber du weißt, wie er ist. Wenn der einen Knüller wittert, kennt er keine Angst.»

«Schlimm daran ist doch, dass er eigentlich Gutes bewirken wollte», meinte Benny. «Marty wollte den Lesern die wahren Hintergründe der Geschichte aufzeigen. Und jetzt seht nur, was er davon hat.»

Darauf verfielen alle in Schweigen, und ich ließ mir Bennys Worte durch den Kopf gehen. Als Reporter war man dazu verpflichtet, die Wahrheit ans Licht zu bringen. Tat man es aber, konnte man dafür im Gefängnis landen – oder seinen Einsatz sogar mit dem Leben bezahlen. Wäre ich an Martys Stelle gewesen, ich hätte nicht gewusst, wie ich mich hätte verhalten sollen.

«Wie lange er wohl im Krankenhaus bleiben muss?», fragte M.

«Ob die ihm Elektroschocks verpassen?», fragte Gabby. «Eine Cousine von mir hatte einen Nervenzusammenbruch und wurde mit Elektroschocks behandelt. Danach war sie nicht mehr ganz richtig im Kopf und wusste nicht mehr, wie man den Wasserhahn an der Badewanne bedient.»

«Ob er wohl wieder zur Arbeit kommt?», fragte Peter.

Das brachte Walter auf eine neue Wette. Er setzte fünf Dollar, dass Marty nicht mehr zurückkehrte. Henry hielt dagegen.

Jetzt mischte Mr. Ellsworth sich ein. «Marty Sinclair ist einer der besten Reporter, mit denen ich jemals zusammengearbeitet habe. Selbst wenn die ihm Strom ins Hirn jagen, steckt er euch beim Schreiben alle in die Tasche.» Während er das sagte, schaute er zu Walter hin.

Wieder setzte Schweigen ein, doch dank Randy hatte ich immer noch die Melodie und den Text von dem Zigaretten-Werbejingle im Ohr.

Schleppend lief das Gespräch wieder an, jemand wechselte das Thema, hin zu angenehmeren Dingen. Als ich auf die Uhr schaute, war es beinahe halb acht, und Benny, M und Gabby waren schon aufgebrochen. Da ohnehin niemand mit mir redete, leerte ich mein Glas und klemmte mir die Zeitungen unter den Arm. Keiner der Kollegen beachtete mich.

«Bis morgen», sagte ich, mehr an die Luft gewandt.

Peter war der Einzige, der hochblickte. «Wunneba!»

Ich wohnte bei meinen Eltern in Old Town, und dabei würde es bei meinem Gehalt von sechzig Dollar die Woche wohl auch noch etwas länger bleiben.

Ich nahm eine Abkürzung, erreichte das Haus von der Rückseite her und öffnete die Gartenpforte. Auf dem Weg fiel mein Blick auf die verwaisten Blumenbeete meiner Mutter. Um diese Jahreszeit hätten eigentlich Ranunkeln und Stiefmütterchen blühen sollen. Doch seit meine Mutter zum letzten Mal etwas gepflanzt hatte, waren zwei Jahre vergangen. Nach dem Tod ihres Sohnes hatte sie das Interesse an der Gartenarbeit verloren und sämtliche Pflanzen vertrocknen lassen. Unter einem ehemaligen Beet mit Sommerblumen hatte mein Vater unseren Atomschutzkeller gebaut. Bisher war ich erst einmal darin gewesen, als ich meinem Vater geholfen hatte, die Konservendosen und das Milchpulver zu verstauen. Der Keller war kalt und klamm, aber der Platz reichte für drei Erwachsene, und es gab sogar eine Toilette. Wenn die Russen kamen, wäre mein Vater bestens vorbereitet.

Ich ging zum Vordereingang. Die Lampen auf der Veranda brannten und wiesen mir den Weg. Der Spaziergang hatte mich ins Schwitzen gebracht, und die Druckerschwärze der Zeitungen hatte auf meine Jacke abgefärbt. *Hoffentlich ist sie nicht völlig hinüber*, dachte ich, als ich den Schlüssel aus meiner Handtasche fischte. Unser Haus gehörte zu der Sorte, die man Painted Lady nannte. Es war im viktorianischen Stil erbaut worden, die Außenwände aus Holz waren hellblau und grau gestrichen, während sämtliche Rahmen in Altrosa gehalten waren. Ein bisschen erinnerte es an ein Puppenhaus, doch der Kontrast zwischen Außen und Innen hätte kaum größer sein können.

Als ich eintrat, war es im Flur stockdunkel, nur aus dem Wohnzimmer drang ein Lichtschein und zeichnete ein helles Dreieck auf ein Dielenbrett. Es roch nach Lucky Strikes und altem Papier. Letzteres lag an den vielen Büchern, mit denen das Haus vollgestellt war. Meine Eltern waren leidenschaftliche Leser, und da ihnen schon vor Urzeiten der Platz in den Regalen ausgegangen war, stapelten sie die Bücher inzwischen auf Tischen oder dem Fußboden. Im Flur waren sie zu anderthalb Meter hohen, gefährlich schwankenden Türmen aufgeschichtet.

Aus dem Arbeitszimmer meines Vaters, das weiter hinten im Haus lag, drang das Geklapper seiner Schreibmaschine. Wie erwartet, saß meine Mutter im Wohnzimmer in ihrem Sessel. In den Händen hielt sie ein Buch, ein zweites lag aufgeschlagen auf der Zierdecke über der Armlehne. Im Schein der Lampe schwebten über der Schulter meiner Mutter feine Staubkörner.

«Da bist du ja.» Sie benutzte einen Zeigefinger als Lesezeichen. «Wie war's?» Sie langte nach dem Glas auf dem Beistelltisch, der von so vielen Wasserrändern verunstaltet war, dass sie sich nicht mehr die Mühe machte, einen Untersetzer zu benutzen. Schnuppernd hob meine Mutter die Nase. «Riechst du das auch?»

«CeeCee», rief mein Vater aus seinem Arbeitszimmer. «Da brennt was an.»

Meine Mutter sprang auf und rannte in die Küche. Ich

folgte ihr. Meine Mutter war nicht die beste Köchin, vor allem nicht, wenn sie in ein Buch vertieft war. Deshalb überraschte es mich wenig, dass drei der vier Töpfe auf dem Herd zischend überkochten.

«Oh nein, nun sieh dir das an.» Kopfschüttelnd wedelte sie mit einem Topflappen den Rauch weg.

«Hast du gehört?», rief mein Vater. «Da brennt was an.»

«Ja, Hank.»

Ich riss das Fenster auf. Das Klappern der Schreibmaschine meines Vaters setzte wieder ein.

Meine Eltern gaben ein interessantes Paar ab. Beide waren Schriftsteller. Bis zu Eliots Tod hatte mein Vater bei der *Daily News* gearbeitet. Davor war er beim City News Bureau gewesen, wo er Mr. Ellsworth kennengelernt hatte, und für kurze Zeit auch bei der *Tribune*. Daher kannte er Mr. Copeland und einige andere Journalisten der Zeitung, so auch Marty Sinclair. Doch obwohl mein Vater mit Leib und Seele Zeitungsmann gewesen war, hatte er nie damit hinter dem Berg gehalten, dass er eigentlich lieber Bücher schreiben wollte.

Nach Eliots Tod hatte er seinen Job bei der Zeitung gekündigt, um sich ganz der Schriftstellerei zu widmen. Waren meine Eltern knapp bei Kasse, verfasste er Artikel für Zeitschriften, um uns über Wasser zu halten. Zum Glück besaß die Familie meiner Mutter etwas Geld. Ich wusste von den Schecks, die alle paar Wochen bei uns eintrafen. Dann setzte sich meine Mutter ans Telefon und tätigte den Pflichtanruf. «Ja, ist angekommen. Lag heute im Briefkasten ... Ja, vielen Dank ... Wer? Nein, der ist nicht da. Du hast ihn um eine Minute verpasst.» Dabei schaute sie meinen Vater an, der wiederum wegschaute. «Ja, das richte ich ihm gerne aus ...»

Mit den Eltern meiner Mutter kam mein Vater nicht besonders gut aus. Dass er nicht jüdisch war wie sie, war das kleinste Problem. Hank Walsh war ein Rebell und obendrein ein Ire aus Chicago. CeeCee war ein nettes jüdisches Mädchen aus der Upper West Side, das sich, wäre es nach ihren Eltern gegangen, einen netten jüdischen Jungen aus New York gesucht hätte. Wie die beiden allerdings darauf gekommen waren, dass sich ihre Tochter jemals ihren Wünschen fügen würde, war das größte aller Rätsel.

Während meine Mutter sich um die Töpfe auf dem Herd kümmerte, räumte ich den Küchentisch frei. Einen Stapel Bücher schob ich zu dem Platz am hinteren Ende, wo meine Mutter immer gesessen hatte, als sie sich noch die Mühe gemacht hatte, den Tisch fürs Abendessen zu decken. Ich stellte drei Teller und Gläser hin und legte eine Handvoll Besteck dazu. Dabei erzählte ich meiner Mutter von der Mittagspause mit M und Gabby und davon, dass die Männer uns als Klatschtanten bezeichneten.

«Klatschtanten? *Pfft*. Klingt so, als hätte sich seit meiner Zeit rein gar nichts geändert», erwiderte sie empört.

«Fehlt dir die Arbeit manchmal? Bereust du es, dass du beim City News Bureau aufgehört hast?»

«Oh, ganz sicher nicht.» Sie wedelte mit einem Geschirrtuch den letzten Rest Rauch weg. «Es hat Spaß gemacht, und aufregend war es auch, aber Reporterin wollte ich nie sein.»

«Aber du warst gut.» Ich hatte die Artikel, die sie aufbewahrt hatte, gelesen und fand sie beeindruckend. «Du hättest als Journalistin viel erreichen können. Du hast einen Blick für jedes noch so kleine Detail und findest immer die treffende Formulierung.»

«Ach, Spatz, das kommt daher, dass ich Dichterin bin.»

In ihrer Stimme klang Stolz mit, und es überraschte mich, dass sie im Präsens gesprochen hatte. Seit Eliots Tod hatte sie keine einzige Gedichtzeile mehr verfasst. Inzwischen saß sie fast den ganzen Tag über in ihrem Sessel und las, ließ den Haushalt verlottern und vergaß gelegentlich sogar das Kochen.

Vorsichtig lugte meine Mutter unter den Deckel eines Kochtopfs, weil sie wohl herausfinden wollte, ob irgendetwas darin noch essbar war. Während ich sie beobachtete, dachte ich, dass sie mit einem Stift wesentlich besser umzugehen wusste als mit einem Kochlöffel. Ihre Gedichte waren kühn gewesen, und jedes Wort hatte am richtigen Platz gesessen. Am Columbia College hatte meine Mutter sogar Schreiben unterrichtet. Ihrer Zeit weit voraus, war sie dafür bekannt gewesen, schonungslos offen über Sex, Drogen und Rebellion zu schreiben. Da sie als Teenager in Greenwich Village unterwegs gewesen war, hatte sie das wilde, ungezügelte Leben New Yorks aus nächster Nähe miterlebt und ihre Erfahrungen später mit einem Stift auf Papier gebannt. Auf einem Regal in unserem Wohnzimmer standen vier Gedichtbände, die ihren Namen in goldenen Lettern auf dem Buchrücken trugen. Drei waren beim Verlag Doubleday herausgekommen, der letzte war bei Scribner erschienen. Sie war eine wahre Meisterin des Wortes, und ich wusste nie, ob mein Vater sie dafür bewunderte oder darum beneidete. Vielleicht war es eine Mischung aus beidem.

Beim Schreiben war meine Mutter Perfektionistin. Früher hatte sie oft an ihrem Schreibtisch gesessen, den Kopf gesenkt, die Mimik angespannt, weil ihr für ein winziges Detail das richtige Wort fehlte. Das Wort, das sie brauchte, existierte nicht, war noch nicht erfunden worden, und diejenigen, die ihr zur Verfügung standen, trafen den Kern der Sache nicht zu einhundert Prozent.

«Schreiben bringt mich irgendwann noch um», hatte sie einmal gesagt.

«Warum machst du es dann?», hatte ich gefragt.

«Weil ich es muss. Ich kann nicht *nicht* schreiben.» Mit dem Handrücken hatte sie sich eine Haarsträhne aus der Stirn gewischt. «Selbst wenn kein Wort von mir jemals wieder veröffentlicht würde oder ich nie wieder einen Cent fürs Schreiben bekäme, müsste ich trotzdem weitermachen.»

Wieso gilt das heute nicht mehr? Doch ich wusste natürlich, warum sie mit dem Schreiben aufgehört hatte. Ich wusste es, obwohl sie selbst es nicht zu wissen schien. Sie unterließ es, weil ihre Angst zu groß war, dass all die Gefühle, die sie seit Eliots Tod unterdrückt hatte, sonst an die Oberfläche drängen würden. Seit dem Tod meines Bruders lagen meine Mutter und ihre Gedichte quasi auf Eis. Seitdem las sie zwar alles, was sie in die Finger bekam, schrieb selbst aber kein einziges Wort mehr.

Ganz anders mein Vater: Er schrieb ununterbrochen. Und das lag zu keinem geringen Teil an seinem Ego. Er sehnte sich nach dem Erfolg, den sein Freund Hemingway mit seinen Romanen und Kurzgeschichten hatte. Mein Vater hatte selbst einen Roman geschrieben, der kurz nach Ende des Zweiten Weltkriegs veröffentlicht worden war. Leider waren nur gut hundert Exemplare des Buchs verkauft worden, und mit einem zweiten Werk mühte er sich seitdem vergeblich ab.

Hemingway hatte das Buch ohne große Begeisterung gelesen. Ich hingegen fand es hervorragend. *Among the Trees* handelte von einem Jungen, der im Wald bei einer Familie von Bäumen aufgewachsen war. Doch beim zweiten Buch hatte mein Vater einen fatalen Fehler gemacht und Hemingway die erste Fassung zu lesen gegeben. Ernest hatte es buchstäblich in der Luft zerrissen. Befreundet waren die beiden zu meinem Erstaunen auch danach noch geblieben. Verwunderlicher aber war, dass mein Vater sich davon nicht hatte beeindrucken lassen und sich sofort an einen dritten Roman gesetzt hatte. Allerdings hatte er dieses Buch bisher niemandem zu lesen gegeben – nicht einmal meiner Mutter.

Auch wenn meine Eltern sich in letzter Zeit häufig stritten, galten sie bei vielen immer noch als intellektuelles Traumpaar. Wenn sie abends Gäste gehabt hatten, hatten Eliot und ich als Kinder oft auf dem oberen Treppenabsatz gesessen und die Gespräche belauscht. Die berühmtesten Literaten und Intellektuellen hatten bei uns am Esstisch gesessen: Nelson Algren, Simone de Beauvoir, Saul Bellow, Ben Hecht und Studs Terkel. Dazu Dichter wie Carl Sandburg, Delmore Schwartz und Karl Shapiro. Bei den Gästen verwunderte es nicht, dass die Abendessen bei meinen Eltern häufig in Besäufnisse ausarteten, die bis in die frühen Morgenstunden dauerten. Wenn mein Bruder und ich uns am nächsten Morgen für die Schule fertig machten, mussten wir auf dem Weg in die Küche so manches Mal über leere Whiskeyflaschen und den einen oder anderen übrig gebliebenen Gast steigen.

Doch das war nun schon etliche Jahre her, und seitdem hatte sich in unserem Leben fast alles geändert. Es konnte einem das Herz brechen, mit ansehen zu müssen, was ein Schicksalsschlag den Menschen antun konnte.

Der Rauch in der Küche hatte sich endgültig verzogen.

Meine Mutter steckte sich eine Zigarette zwischen die Lippen und wollte sie gerade an der Gasflamme auf dem Herd anzünden, als mein Vater aus seinem Arbeitszimmer kam, um sich einen neuen Drink einzuschenken. Er war groß und hager, hatte einen hervorstehenden Adamsapfel und trug das Haar zum Bürstenschnitt. Manche behaupteten, er sähe aus wie ein Schauspieler, an dessen Namen ich mich nie erinnern konnte und der immer den trottelhaften Freund des Hauptdarstellers spielte. Ich sah, wie mein Bruder auch, eher meiner Mutter ähnlich. Sie war eine dunkelhaarige Schönheit mit blauen Augen, und jeder empfand sie als viel zu hübsch für meinen Vater. Ich glaube, Hemingway hatte eine Schwäche für sie, auch wenn sie seine Zuneigung nicht erwiderte. Von Fitzgerald war sie schon eher angetan. Oder sagen wir, von seinem Talent. Begegnet war sie ihm offenbar zwar nie, aber oh, wie sehr sie seine Bücher liebte. Jahrelang hatte ich geglaubt, nach Jordan Baker benannt worden zu sein, der wenig sympathischen Nebenfigur aus *Der große Gatsby*. Doch wie mir meine Mutter irgendwann versicherte, hatte sie mich nach ihrem Lieblingsonkel benannt. Als ich mich darüber beklagte, dass mich die meisten für einen Jungen hielten, erklärte meine Mutter, sie habe den Namen mit Absicht gewählt, damit er mir Türen öffnete und keine Steine in den Weg legte.

«CeeCee? Was hat denn hier so gestunken?» Mein Vater hob den Deckel eines Kochtopfs und beäugte den Inhalt.

«Na, was glaubst du wohl?» Meine Mutter zog ein letztes Mal an ihrer Zigarette und löschte sie dann unter dem tropfenden Wasserhahn. «Setzen wir uns, bevor das Essen kalt wird.»

Während mein Vater und ich uns setzten, stellte meine Mutter den Schmorbraten auf den Tisch. Das Fleisch sah aus, als hätte jemand eine Bombe darauf geworfen. Alles, was nicht verbrannt war, bestand aus Knorpeln. Auch aus den grünen Bohnen hatte meine Mutter alles Leben herausgekocht, sie waren bleich wie Saubohnen.

«Was ist das da an deiner Jacke?» Mein Vater zeigte mit seiner Gabel auf mich.

«Ach, das.» Ich schaute auf den dunklen Fleck unter meiner rechten Achselhöhle und freute mich tatsächlich darüber, dass meinem Vater überhaupt etwas an mir aufgefallen war. «Das ist bloß Druckerschwärze. Glaubst du, das geht wieder raus?» Auf Fragen reagierte er fast immer. Dieses Mal jedoch murmelte er nur etwas Unverständliches, deshalb wechselte ich das Thema. «Rate mal, was heute passiert ist.»

«Was denn?»

«Marty Sinclair hatte einen Nervenzusammenbruch.»

«Sinclair?» Die Augenbrauen meines Vaters schossen in die Höhe. «Wirklich wahr? Damit hätte ich niemals gerechnet.»

«Es war schlimm. Du hättest ihn sehen müssen.»

«Er ist doch so ein begnadeter Reporter», warf meine Mutter ein.

«Was war denn los?»

«Der Chefredakteur hat von ihm verlangt ...»

«Himmelherrgott, CeeCee ...» Mein Vater schaute angewidert auf sein Bratenstück. «Ist im Topf noch ein Stück, das nicht wie eine alte Schuhsohle aussieht?»

«Hier.» Meine Mutter schnitt von dem Fleisch auf ihrem Teller ein Stück ab und legte es auf den meines Vaters. «Probier das. Ist etwas weniger durch.» Meine Mutter schaute zu mir. «Erzähl weiter. Was war denn nun mit Marty Sinclair?»

«Na ja, er sollte gegen seinen Willen eine Quelle preisgeben, einen Gangster, der zur Mafia gehört. Ihm droht eine Vorladung vor Gericht, und er hat vor uns allen ...»

«Verdammt.» Mein Vater schob seinen Teller weg. «Erwartest du ernsthaft, dass ich das esse? Ich kriege das nicht runter.»

«Dann eben nicht. Aber weißt du was? Du hast nur eine Tür weiter in deinem Arbeitszimmer gesessen und gerochen, dass da was anbrennt. Wäre dir ein Zacken aus der Krone gebrochen, wenn du aufgestanden wärst und in der Küche kurz nach dem Herd gesehen hättest?»

Meine Eltern funkelten sich böse an. Früher hätte mich ein solches Verhalten erschüttert, doch inzwischen hatte ich mich daran gewöhnt. Sich wie Sparringspartner zu gebärden und gegenseitig herunterzuputzen, schien ihnen so etwas wie Trost zu geben. Tatsächlich nahmen sie sich den verbalen Schlagabtausch nicht übel. Denn im Vergleich zum Tod ihres einzigen Sohnes war eine gelegentliche Beleidigung nur eine Fleischwunde.

«Wie ich schon sagte», fuhr ich fort, weil es meine Aufgabe war, zwischen ihnen Frieden zu stiften. Oft fragte ich mich, wer ihre Kabbeleien beenden würde, wenn ich erst einmal ausgezogen wäre. «Er hatte einen Nervenzusammenbruch. In der Redaktion. Vor allen Kollegen. Er hat sogar versucht, seine Notizen aufzuessen. Also, er hat sich Papier in den Mund gestopft und darauf herumgekaut.»

«Hat wahrscheinlich hundertmal besser geschmeckt als dieser Fraß.» Scheppernd ließ mein Vater sein Besteck auf den Teller fallen.

Meine Mutter stand auf und nahm ihm den Teller weg.

«Hey – was soll das?»

«Du willst das nicht essen, schön. Dann eben nicht.» Sie trat auf den Fuß des Abfalleimers, der Schlund öffnete sich, und sie warf den Teller mitsamt Essen hinein. Dann setzte sie sich wieder, nahm ihr Besteck auf und säbelte weiter an ihrem Stück Fleisch herum.

«Hast du jemals eine Quelle preisgegeben, Dad?», fragte ich, in der Hoffnung, ihn von dem Streit abzulenken.

«Wer, ich? Niemals. Damit verbrennt man die Quelle.» Er nahm sich eine Scheibe Brot. «Deine Mutter – na ja, was Essen anbelangt, hat sie schon vieles anbrennen lassen, aber eine Quelle hat sie noch nie verbrannt.» Mit diesem kleinen Scherz wollte er ihr zu verstehen geben, dass er ihr das weggeworfene Abendessen verzieh. «Was gibt es in diesem Haus denn sonst noch Essbares?»

Meine Mutter zuckte nur mit den Schultern und kaute weiter. Sie würde das Fleisch aufessen, auch wenn sie sich dabei den Magen verdarb. Auch ich mühte mich mit meinem Stück ab. Großen Appetit hatte ich nicht, aber ich war meiner Mutter das gemeinsame Leid schuldig, wie ich fand.

Mein Vater stand auf und bediente sich an der Scotch-Flasche. «Wie geht's Ellsworth und Copeland?», fragte er.

«Gut, glaube ich. Viel geredet habe ich mit ihnen nicht.»

«Ellsworth war ein verdammt guter Reporter. Ich kann mich noch daran erinnern, wie wir beide damals beim City News Bureau angefangen haben. Was waren wir für Heißsporne! Die erste Story haben wir zusammen geschrieben.» Er lachte.

«Tatsächlich?»

«Oh ja.» Er lachte noch lauter. Offenbar wirkte der Scotch bereits.

«Was war das für eine Story, Dad? Worüber habt ihr berichtet?»

Er nippte am Drink und betrachtete die schmelzenden Eiswürfel im Glas. «Ach, das ist schon so lange her.» Er setzte sich wieder an den Tisch. «Ist noch was vom Thunfischauflauf da?»

«Sieh doch selbst nach.» Meine Mutter kaute weiterhin auf dem ersten Bissen Fleisch herum.

Mein Vater wischte sich den Mund ab, warf die Serviette auf den Tisch und stand auf. Wortlos ging er in sein Arbeitszimmer, schloss die Tür hinter sich und hämmerte wieder auf die Schreibmaschine ein.

Meine Mutter nahm ihre Serviette und spuckte das ungenießbare Fleisch hinein.

KAPITEL 3

In der Nacht konnte ich nicht schlafen. Im Geist befand ich mich noch in der Redaktion und hörte das Klappern der Schreibmaschinen, das Klingeln der Telefone, die Gespräche der Kollegen. Nachdem ich eine Stunde lang an die Zimmerdecke gestarrt und die aufscheinenden Lichter der vorbeifahrenden Autos gezählt hatte, stand ich auf, um mir aus der Küche ein Glas Wasser zu holen.

Im Wohnzimmer brannte Licht. Vom oberen Treppenabsatz aus sah ich meinen Vater in einem Sessel sitzen, das Kinn auf der Brust, die Augen geschlossen, ein leeres Glas in der Hand. Das Radio lief leise. Es war die Sendung *Man on the Go*, das erkannte ich an der Stimme von Alex Dreier.

Mir fielen die unzähligen Nächte wieder ein, vor allem in den ersten Monaten nach Eliots Tod, in denen ich meinem Vater ins Bett geholfen hatte und er sich auf der Treppe nach oben auf mich gestützt hatte. Am darauffolgenden Morgen kam er geduscht, rasiert und angezogen wieder die Treppe herunter, ohne das leiseste Anzeichen eines Katers. Das Trinken schien seinem Körper nichts auszumachen, und deshalb hatte es für ihn offenbar auch keinen Grund gegeben, am nächsten Abend nicht gleich damit weiterzumachen.

Eigentlich hätte ich ihn im Sessel sitzen lassen sollen, wo er sich Verspannungen in Nacken, Schultern und Rücken zugezogen hätte. Aber das hatte ich damals schon so wenig gekonnt wie heute. Vielleicht aus der albernen Hoffnung heraus, dass er mir dafür dankbar wäre.

Ich ging zu dem Sessel und rüttelte an der Schulter meines Vaters. «Dad? Dad? Zeit fürs Bett.»

Sein Kopf zuckte hoch. «Gott, hast du mir einen Schreck eingejagt.»

«Tut mir leid, war keine Absicht.»

«Was schleichst du um diese Uhrzeit durchs Haus? Wenn ich eins nicht ausstehen kann, dann sind das Leute, die sich an einen ranschleichen ...» Der Alkohol weckte seine Angriffslust.

«Komm schon, Dad.» Ich zog an seinem Arm. «Zeit fürs Bett.»

Er riss sich los. «Lass mich, verdammt.» Sein Tonfall klang bestimmt. Ich wusste, dass ich ihn in diesem Zustand besser nicht reizte. Deshalb wollte ich etwas abwarten und es dann erneut versuchen.

Ich stieg die Treppe wieder hoch, und als ich an Eliots ehemaligem Zimmer vorbeikam, überkam mich das Bedürfnis, hineinzugehen, mich vor sein Bett zu stellen und ihm wie früher alles zu erzählen.

Eliot war fünf Jahre älter und wesentlich reifer gewesen als ich. Wie alle Geschwister hatten wir uns hin und wieder wegen irgendeiner Lappalie gestritten. Etwa weil einer von uns das Badezimmer oder die Telefonleitung zu lange blockiert hatte. Trotzdem waren wir beste Freunde gewesen und hatten uns alles anvertraut. Zu gern hätte ich ihm jetzt von meinem ersten Arbeitstag berichtet.

Ich stand im Flur und dachte an Eliots ersten Arbeitstag bei der *Sun-Times* zurück. Das war 1948 gewesen, kurz nachdem die *Chicago Sun* die *Chicago Daily Times* gekauft hatte. Als Eliot den Job bekam, hätte man meinen können, er wäre auf dem Mond gelandet, so stolz waren meine Eltern. Zur Feier seines ersten Arbeitstags besorgten meine Mutter und ich bei Dinkel's Bakery eine Schokoladentorte. Mein Vater schenkte Eliot eine Flasche Cutty Sark, an die er eine rote Schleife befestigt hatte, schlaff wie eine welke Rose. Abends saßen wir zusammen am Tisch und hörten gespannt zu, wie Eliot den Chefredakteur nachahmte. Mein Bruder war der geborene Schauspieler und konnte einfach jeden imitieren. Ich wurde immer wütend, wenn er auch mich nachmachte. Dann boxte ich ihn in die Seite und flehte ihn an, mein Lachen und meine Angewohnheit, mir den Pony glattzustreichen, nicht so furchtbar zu übertreiben. An jenem Abend machte er also seinen Chef nach, der offenbar in jedem zweiten Satz ein Gähnen oder Rülpsen unterdrücken musste. Wir anderen drei lachten Tränen. Wäre mein Bruder nicht Journalist geworden, er hätte einen großartigen Stand-up-Comedian abgegeben.

An Eliots erstem Arbeitstag legten meine Eltern ein Album an, in das sie sämtliche seiner Artikel klebten, so kurz und unbedeutend sie anfänglich auch waren. Doch es dauerte nicht lange, bis die *Sun-Times* erkannte, was sie an ihm hatte, und ihn beförderte. Angefangen hatte Eliot als Reporter ohne festen Arbeitsbereich, aber 1953 hieß es bereits, er würde bald auf den Posten des Nachrichtenredakteurs rücken.

Zum Zeitpunkt seines Todes hatte Eliot an einem Enthüllungsbericht gearbeitet. Seitdem fragte ich mich, ob er deshalb hatte sterben müssen. Am Dienstag, dem 9. Juni 1953, wurde er gegen einundzwanzig Uhr in der Nähe einer Subway-Station von einem Auto erfasst. Kurz nach zweiundzwanzig Uhr rief die Polizei bei uns zu Hause an. Über den Unfallhergang konnten die Beamten uns kaum etwas berichten. Augenzeugen gab es keine, ein Passant hatte lediglich ausgesagt, er habe das Quietschen von Reifen gehört, sich umgedreht und meinen Bruder auf dem Gehweg liegen sehen. Eliot starb um halb zwölf, während der Not-OP.

Nachdem ich aus meiner anfänglichen Schockstarre erwacht war, fing ich an, die Ermittlungen der Polizei infrage zu stellen. Warum suchten sie nicht nach weiteren Augenzeugen? Irgendjemand musste doch an der Subway-Station gewesen sein und etwas gesehen haben. Warum hatte die Polizei die nähere Umgebung nicht noch einmal gründlich nach einer verlorenen Radkappe oder dem Bruchstück eines Kühlergrills abgesucht, um auf das Unfallauto schließen zu können? In meinen Augen hatte sie rein gar nichts unternommen, um den Fahrer zu fassen.

Hatte ich mich zuerst wie benommen gefühlt, empfand ich bald nur noch Wut, weil ich befürchtete, der Mörder meines Bruders würde ungeschoren davonkommen. Ich wollte Antworten auf meine Fragen haben, damit Eliot Gerechtigkeit widerfuhr. Die Polizei sollte sich mehr Mühe geben. Das sagte ich auch zu meinem Vater, weil ich hoffte, als erfahrener Journalist und Vater des Opfers würde er bei der Polizei etwas bewirken können. Stattdessen war er sauer auf mich, weil ich vorgeschlagen hatte, Druck bei der Polizei zu machen.

«Haben wir nicht schon genug durchgemacht? Lass es verdammt noch mal gut sein.»

Wie ich vermutete, hatte er den Gedanken nicht ertragen,

den tödlichen Unfall seines Sohnes erneut aufzurollen. Seitdem stritten wir uns jedes Mal, wenn ich die ungeklärten Umstände von Eliots Tod auch nur ansatzweise erwähnte. Allerdings war mir klar, dass ich niemals Frieden finden würde, bevor der Mörder meines Bruders gefasst und verurteilt wäre. Meinen Eltern gegenüber schnitt ich das Thema nicht mehr an. Wir redeten nicht über Eliots Tod. Wir redeten nicht über Eliot. Eigentlich redeten mein Vater und ich über gar nichts mehr.

Gott, wie sehr ich meinen Bruder vermisste.

Sein Tod hatte unser Leben auf den Kopf gestellt. Als wäre uns alles genommen worden und wir müssten wieder bei null anfangen. Ich kam mir verloren vor. Das taten wir alle. Trotzdem mussten wir versuchen, uns als Familie neu zu erfinden, auch wenn wir uns fragten, wie wir einfache Dinge wie das Tischdecken bewerkstelligen sollten. Und wie sollten wir erst die Feiertage und Geburtstage überstehen? Wer überlegte nun mit mir, wer welches Geschenk oder welche Glückwunschkarte erhalten sollte? Es waren die kleinen Dinge, die die größten Löcher in mein Herz rissen.

Verloren hatte ich nicht nur Eliot. Nein, auch meine Eltern hatte ich verloren. Seit seinem Tod waren sie nicht mehr dieselben. Tag für Tag sah ich mit an, wie sie sich weiter von mir zurückzogen. Ich fühlte mich einsam, im Stich gelassen, verwaist. Vielleicht war ich eifersüchtig, weil sie mich nach meinem ersten Arbeitstag bei der *Tribune* nicht mit Fragen gelöchert und weder eine Schokoladentorte noch eine Flasche Scotch für mich besorgt hatten. Dabei hätte mich das eigentlich nicht weiter überraschen sollen. Schließlich hatte mir mein Vater oft genug gesagt, eine Zeitung sei für eine

Frau nicht das passende Arbeitsumfeld. Das hatte mich wütend gemacht und zu weiteren Streitereien geführt. Mit allen Mitteln hatte er verhindern wollen, dass ich mir einen Job bei der Presse suchte, aber letzten Endes war ich eben die Tochter meines Vaters und genauso stur wie er.

Da ich nun bei der Zeitung arbeitete, fühlte ich mich verpflichtet, Eliots Werk zu Ende zu führen. Ich wollte als Reporterin so gut werden, wie es ihm vorbestimmt gewesen war. Für meine Eltern wollte ich gleichermaßen Tochter *und* Sohn sein, weil ich fest davon überzeugt war, sie zurückholen zu können, wenn ich die Lücke füllte, die mein Bruder hinterlassen hatte. Meine Eltern sollten zu mir zurückkommen und wieder für mich da sein. Natürlich war der Wunsch egoistisch und der wahre Grund, warum ich unbedingt in der Nachrichtenredaktion arbeiten wollte.

Ich legte meine Hand auf den Türknauf, atmete tief ein und trat ins Zimmer. Eliot hatte bei seinem Tod noch zu Hause gewohnt, um Geld für eine für den Sommer geplante Europareise zu sparen. Außerdem hatte er sich hier wohlgefühlt – damals war es bei uns anders zugegangen. Meine Eltern waren sehr modern eingestellt und hatten ihm im Haus freie Hand gelassen. Er hatte rauchen, trinken, Mädchen mitbringen dürfen – sofern es sich nicht um Prostituierte gehandelt hatte. Diese Grenze hatte meine Mutter gezogen.

Sein Zimmer war noch in demselben Zustand, in dem er es am Morgen seines Tods verlassen hatte. Als wäre es ein Schrein. Meine Eltern – vor allem mein Vater – brachten es auch zwei Jahre nach seinem Tod nicht übers Herz, seine Sachen wegzuwerfen. Aus einer Schublade der Kommode ragte der Zipfel eines grauen Pullovers, den er eilig hineingestopft haben musste. Seine Hemden, Hosen und Anzüge hingen wie Geister im Schrank, auf einer Stange darunter standen seine Schuhe. Ein Slipper lag quer, vermutlich hatte Eliot ihn ohne hinzuschauen abgestreift. Im Zimmer lagen längst verstaubte Bücher, die ich liebend gern gelesen, und Schallplatten, die ich mir furchtbar gern angehört hätte. Und dann gab es die Schreibmaschine, ein brandneues elektrisches Gerät von IBM, das auf dem Schreibtisch thronte. Das Gehäuse war grün wie Spielzeugsoldaten aus Plastik. Was hatte ich gestaunt, als er sie mir damals vorgeführt hatte. Nach dem Einschalten summte sie, und beim Tippen gab sie ein schnelles *Rat-a-tat-tatt* von sich. Er hatte versprochen, sie mir zu schenken, sobald er auf ein neueres Modell umgestiegen wäre. Ich sehnte mich nach der Schreibmaschine, hatte aber nicht den Mut, meine Eltern darum zu bitten. Ach, wenn sie nur gewusst hätten, wie gerne ich sie benutzt hätte.

KAPITEL 4

E s war Ende Juni. Seit sechs Wochen arbeitete ich nun
schon bei der *Tribune*. Morgens kam ich immer als eine
der Ersten in die Redaktion. Meistens war ich schon vor
sieben Uhr da, wenn die Männer, die die Nachtschicht hatten,
gerade zusammenpackten. Zu dieser Zeit war in der Redaktion
alles anders – kein Zigarettenrauch, kaum Schreibmaschinen-
geklapper, so gut wie keine Anrufe und nur wenige Stimmen.
Auch das Sonnenlicht wirkte durchsichtiger als zu jeder anderen Tageszeit.

Wie ich erfuhr, war auch Marty immer einer der Ersten in
der Redaktion gewesen. Aus dem Krankenhaus war er noch
nicht entlassen worden, und niemand wusste, ob und wann
er zur Zeitung zurückkehren würde. Seine Frau war einmal
in der Redaktion gewesen, um einen Pullover, seine Ersatz-
lesebrille und ein Buch abzuholen.

An diesem Morgen saß ich an meinem Tisch, in der einen
Hand eine Zigarette, in der anderen eine Tasse Kaffee, und las
den Aufmacher unserer Zeitung. Benny kam in die Redaktion,
warf seinen Hut auf seinen Schreibtisch und stöhnte laut.

«Ist das zu fassen?» Er hielt die Morgenausgabe hoch.

«Was denn?»

«Na, Walters Artikel über den Mann, den Bürgermeister Daley zu seinem neuen Sekretär ernannt hat. Wie Walter schreibt, hat der Mann weder die Qualifikation noch die Erfahrung, die für den Job nötig sind.»

«Erfahrung braucht der nicht. Er kommt aus Bridgeport, das reicht als Qualifikation.» Ich schaute auf die erste Seite der Zeitung und las die Schlagzeile zu Walters Artikel laut vor: «Daley ernennt Ex-Sträfling.»

«Genau», sagte Benny aufgebracht. «Der Kerl hat auch noch im Gefängnis gesessen.»

«Aber doch nur zwei Jahre», erwiderte ich sarkastisch. «Und wie Walter schreibt, war der Vater des ehemaligen Sträflings auf derselben Highschool wie Daley.»

«Das wird ja immer schlimmer.»

Ich ließ die Zeitung sinken, weil ich sehen wollte, ob Benny es als Witz gemeint hatte. Hatte er nicht. «Ach, Benny, Benny, Benny.» Ich legte die Zeitung beiseite. Mein Kollege war noch jung und hatte den Job über einen Cousin in der Vertriebsabteilung bekommen. Viele Reporter fingen gleich nach der Schule bei einer Zeitung an. Nicht alle besuchten wie ich erst mal die Journalistenschule. Doch das, was Benny an dem Artikel nicht verstand, hätte man ihm auf keiner Schule der Welt beigebracht. Nur musste er aufpassen, denn wenn die anderen Kollegen jemals herausfanden, wie naiv er tatsächlich war, würden sie ihn täglich damit aufziehen. «Ich erklär's dir. Wusstest du nicht, dass jeder, der bei der Stadt arbeitet, den Job nur wegen Daley bekommen hat?»

«Ja klar.» Er zuckte mit den Achseln, als wäre er längst im Bilde gewesen. «Aber ...»

«Kein Aber. Im Rathaus ist fast jeder Ire oder kommt aus

Bridgeport oder beides. Die kennen sich alle seit Urzeiten, und jetzt, wo einer von ihnen Bürgermeister ist, kriegt jeder einen Vitamin-B-Job. Das sind die kleinen Räder in Daleys Machtapparat.»

«Das weiß ich doch, trotzdem ...» Er beendete den Satz nicht, weil er vermutlich nicht wusste, wie.

«Du musst es dir so vorstellen: Bei der Stadt Chicago arbeiten Tausende von Menschen, von den Straßenkehrern hin zu den Stadträten, und das bedeutet, dass Daley Tausende von Jobs an seine Freunde vergeben kann. Seine Leute sitzen überall. Jeder von ihnen ist ein Rädchen, ein Knopf, ein Hebel im System, und Daley ist die Schaltzentrale. Sobald Daley und die Demokratische Partei es wollen, setzen sie sich alle in Bewegung. So läuft das in Chicago, und so lief es schon immer, auch unter Bürgermeister Cermak und Big Bill Thompson und ihren Vorgängern. Und dann ist da natürlich noch die Mafia. Seit den Tagen von Al Capone steckt das Büro des Bürgermeisters mit denen unter einer Decke. Verstanden?»

«Ja, ja, das weiß ich doch alles. Ich wollte nur sagen, der Kerl ist ein Ex-Sträfling ...» Vor sich hin murmelnd ging er in die Küche, um sich einen Kaffee zu holen.

Nach und nach trudelten auch die anderen Reporter ein. Ich sah, wie M sich an ihrem Tisch die Lippen nachzog, Henry eine neue Packung Frosties aufriss und Peter den Augenschirm über den Kopf zog. Walter kam, begleitet von Randy, der bereits eine Melodie pfiff. Telefone klingelten, Schreibmaschinen klapperten, und der Rauch der Zigaretten und Pfeifen stieg zur Decke hoch. Um Viertel nach acht begann der Fußboden zu beben, weil unten die Druckmaschine angeworfen wurde. Der neue Tag hatte angefangen.

Eine knappe Stunde später trat Mr. Copeland an Walters Schreibtisch. «Das Büro des Bürgermeisters hat mich gerade angerufen. Sie müssen sich bei Daley ein bisschen zügeln.»

«Was soll das heißen? Ich zügele mich doch schon.»

«Offenbar nicht genug. Er ist verstimmt wegen der heutigen Ausgabe. Was Sie über ihn schreiben, schmeckt ihm nicht. Er sagt, Sie würden seinem Ruf absichtlich schaden wollen.»

«So ein Pech aber auch.» Walter lachte.

Es war nicht das erste Mal, dass Daleys Büro sich über die Berichterstattung unserer Zeitung beschwert hatte. Immerhin stand die *Tribune* den Republikanern nahe. Trotzdem konnten Mr. Ellsworth und Mr. Copeland es sich nicht leisten, den Bürgermeister zum Feind zu haben. Also musste ihnen die Gratwanderung gelingen, die Reporter wahrheitsgemäß berichten zu lassen, ohne übermäßig an Daleys Ego zu kratzen.

Nachmittags rief Mrs. Angelo mich zu sich. «Am Sonntag findet eine Hochzeit statt, über die Sie berichten sollen.»

«Noch eine Hochzeit?» Ich stieß die Luft laut durch die Nase aus. «Könnte ich nicht mal über etwas schreiben, das ein kleines bisschen anspruchsvoller ist?»

«Ach, was schwebt Ihnen denn so vor, mein Kind?» Sie hatte es sich angewöhnt, *mein Kind* zu mir zu sagen. Ob sie mir damit ihre Zuneigung zeigen oder mich herabwürdigen wollte, hätte ich nicht sagen können, denn richtig schlau wurde ich aus ihr nicht. Jetzt klopfte sie mit ihrem Stift auf den Schreibtisch. «Setzen Sie sich.»

Dass mir das nun folgende Gespräch nicht schmecken

würde, ahnte ich bereits. Widerwillig nahm ich auf dem Stuhl ihr gegenüber Platz und blickte verdrossen auf den gläsernen Briefbeschwerer auf dem Tisch.

«Ich erzähle Ihnen jetzt mal was: Wenn Sie in diesem Metier arbeiten wollen, müssen Sie Geduld mitbringen. Ich habe 1923 hier angefangen. Mein Vater wurde krank, und ich musste arbeiten gehen, um meine Familie zu unterstützen. Mein Onkel kannte jemanden bei der *Tribune*, der ein gutes Wort für mich eingelegt hat. Damals war ich siebzehn – und die allererste Bürobotin, die sie eingestellt haben. Sie zahlten mir fünf Dollar die Woche. Ich brachte den Jungs Kaffee, holte ihnen mittags was zu essen, besorgte ihnen Zigaretten und Weihnachten sogar Geschenke. Aber ich habe auch die Fakten für sie überprüft, ihre Notizen abgetippt, vor allem aber» – sie klopfte mit dem Stift noch einmal auf den Tisch – «habe ich sie bei der Arbeit beobachtet. Das Zeitungsgeschäft habe ich gelernt, indem ich die Jungs beobachtet habe. In den ersten drei Jahren durfte ich kein einziges Wort schreiben. Ich habe mir den Allerwertesten abgearbeitet und wie der Teufel gekämpft, damit sie mich ins Archiv versetzen. Dort war ich weitere fünf Jahre, bis sie gesagt haben, ich darf die Programmspalten verfassen. Ich habe die Programme sämtlicher Radiosender aufgelistet. Weil sie mit meiner Arbeit zufrieden waren, durfte ich da fünf Jahre bleiben. Danach bekam ich eine Stelle in der Redaktion, die für die Sonntagsausgabe verantwortlich ist, und irgendwann durfte ich dann endlich die ersten Beiträge fürs Gesellschaftsressort schreiben und wurde schließlich zur Redakteurin ernannt.»

«Die meisten Jungs kenne ich schon, seit sie Welpen waren», sagte sie. «Marty war erst sechzehn, als er bei der *Tribune* als

Bürobote angefangen hat. Walter und Randy waren auch nicht viel älter. Und als Henry in der Postabteilung anfing, hatte er den Kopf noch voller Haare. Verstehen Sie, was ich meine? Das geschieht nicht über Nacht.»

«Aber ...» *Aber sehen Sie denn nicht, wo die Männer heute stehen und wo Sie hängen geblieben sind?*, hätte ich sie am liebsten gefragt.

«Dass es in dem Geschäft gerecht zugeht, hat niemand behauptet», sagte sie, als hätte sie meine Gedanken erraten. «Und ich gebe Ihnen einen Tipp: Erwarten Sie nicht, dass sich hier schnell etwas tut, wenn überhaupt. Sonst werden Sie hier nicht froh.»

Ich blickte weiter auf den Briefbeschwerer, in dessen Innerem sich bunte Streifen wie Spiralen wanden. Die Kreise wurden mit jeder Umdrehung kleiner, und in der Mitte war nur noch ein Punkt zu sehen. Ich konnte den Blick nicht abwenden, weil ich Angst hatte, in Tränen auszubrechen.

Dann wich meine Verzweiflung einer Empörung, die sich jedoch schnell legte. Mir war nämlich eine Erkenntnis gekommen. Ich hatte meinen Job aus einem falschen Blickwinkel heraus betrachtet. In Wahrheit wurden die Hochzeiten und Wohltätigkeitsbälle, über die ich berichtete, von den einflussreichsten Menschen der Stadt besucht. Sie besaßen in Chicago die Macht – sie waren es, über die in den Nachrichten berichtet wurde. Und wenn ich es als Reporterin schaffen wollte, musste ich mich unter diese Leute mischen und sie besser kennenlernen.

Und so fand ich mich am Ende der Woche bei der nächsten Hochzeit ein, angetan mit einer Perlenkette und einem eleganten Paar Lederhandschuhe, allesamt Leihgaben meiner

Mutter. Bei solchen Veranstaltungen hatte ich es mir inzwischen angewöhnt, mich ein wenig abseits hinzusetzen und mir Notizen zu den Blumenarrangements, Kleidern und der Menüfolge zu machen, doch dieses Mal hatte ich andere Pläne. Der Bräutigam war ein Cousin zweiten Grades von Bürgermeister Daley, die Braut war die Tochter von John D'Arco, dem Stadtrat des First Ward und einem der mächtigsten Männer im Cook County.

Der Hochzeitsempfang fand in einem Bankettsaal in Bridgeport statt. Im Saal standen lange Aluminiumtische, mit Papierdecken und Blumengestecken darauf. An einer Wand hing ein schwarzes Brett, an dem für Haushaltsauflösungen, Theateraufführungen und Tagesausflüge geworben wurde. In der Mitte des Saals gab es eine kleine Tanzfläche und eine leicht erhöhte Bühne, auf der ein paar Musiker in weißen Rüschenhemden und grünen Anzügen zum Tanz aufspielten.

In Anbetracht der Tatsache, dass die halbe Stadtregierung auf der Hochzeit war, hätte man eigentlich mit mehr Klasse rechnen müssen. Doch wie ich wusste, waren Bürgermeister Daley und sein Umfeld das Gegenteil von schick und mondän.

Ich entdeckte Paddy Bauler, den Stadtrat des 43. Ward, der auf dem Tanzparkett seinen Dreihundert-Pfund-Körper wie Wackelpudding schüttelte.

Als die Band das Stück beendete, klatschte ich mit den anderen Gästen Beifall und stellte mich neben den nach Luft ringenden Bauler. Ich erklärte ihm, dass ich für die *Chicago Tribune* arbeitete. «Vielleicht könnten wir demnächst mal darüber reden, was Sie von Reformen halten.»

Lachend faltete er die Hände über dem Bauch. «Junges

Fräulein, wissen Sie das denn nicht? Für Reformen ist Chicago noch nicht bereit.»

«Dass *Sie* das behaupten, weiß jeder», erwiderte ich, «daher hatte ich gehofft, Sie ...»

Eine Gruppe Männer unterbrach mich mitten im Satz und zog Stadtrat Bauler zur Bar. Er würdigte mich den Rest der Feier keines Blickes mehr.

Ich schaute mich nach weiteren bekannten Gesichtern um. Unter den Gästen wimmelte es nur so von Politikern, obwohl die meisten aussahen wie Marktverkäufer, die sich zur Feier des Tages in einen Anzug gequetscht hatten. Auch Daleys Pressesprecher Earl Bush bildete da keine Ausnahme.

Da er gerade für ein Foto posierte, wartete ich in der Nähe. Er hatte ein rundes Gesicht und schütteres Haar und wirkte zugänglich, also stellte ich mich ihm vor. Sobald ich jedoch erwähnte, für wen ich arbeitete, verfinsterte sich seine Miene, und er sagte leise: «Nicht hier, nicht jetzt.» Dann fügte er schnell hinzu, er müsse einen Freund begrüßen, und verschwand in der Menge. Ich schaute ihm nach und entdeckte niemand Geringeres als Bürgermeister Daley höchstpersönlich.

Aus unmittelbarer Nähe hatte ich ihn zuvor nie gesehen. Er hatte Hängebacken und ein Doppelkinn, das auf seinem Hemdkragen ruhte, als hätte der Mann keinen Hals. Noch dazu war er kleiner, als ich gedacht hatte, vielleicht wirkte es auch nur so, weil der Mann neben ihm mindestens eins neunzig war. Da allgemein bekannt war, dass Daley Reporter noch mehr hasste als sein Pressesprecher, beobachtete ich ihn lieber aus der Distanz. Dabei hatte ich den Eindruck, dass der Hüne neben ihm auf mich aufmerksam wurde. Instinktiv flog meine rechte Hand zum Ausschnitt meiner Bluse, dabei hielt ich seinem Blick stand, bis er ihn von mir ab- und dem Bürgermeister zuwandte.

Kurz darauf fand ich mich neben Danny Finn wieder, dem stellvertretenden Polizeipräsidenten. Er war Anfang dreißig und von großer, kräftiger Statur. Mein Typ war er nicht, aber von seinem markanten Äußeren fühlten sich mit Sicherheit viele Frauen angezogen. Ich fischte eine Zigarette aus meiner Handtasche und benutzte sie als Vorwand, um ihn um Feuer zu bitten. Ich lehnte mich zur Flamme seines Feuerzeugs vor und merkte, wie er mich von oben bis unten musterte. Als die Zigarette glomm, streckte ich ihm meine Hand entgegen und nannte meinen Namen.

«Sagen Sie mal.» Er ließ meine Hand nicht los und schaute auf den Handschuh, in dem sie steckte. «Ist darunter ein Ring?»

Statt auf die Frage einzugehen, sagte ich: «Ich arbeite für die *Chicago Tribune.*»

«Na, zum Glück sind Sie um einiges hübscher als Peter», entgegnete er lachend.

«Vielleicht können wir uns einmal unterhalten?»

«Wann immer Sie wollen.»

«Und dann reden wir über die Peterson-Schuessler-Morde?»

Sein Lächeln gefror. «Wir haben sämtliche Informationen an die Presse weitergegeben.»

«Das soll ich Ihnen glauben?» Die Peterson-Schuessler-Morde hatten die ganze Woche über die Schlagzeilen bestimmt. Man hatte die Leichen von drei Jungen gefunden, und die ganze Stadt hielt den Atem an, während die polizeilichen Ermittlungen liefen. Wenn Finn mir ein bislang unbekanntes Detail verriet, hätte ich etwas, worüber ich schreiben konnte. «Es gibt doch bestimmt eine neue Entwicklung, von der Sie mir erzählen können.»

«Wirklich, wir haben der Presse bereits alles erzählt.»

«Wie wäre es, wenn ich Sie in den nächsten Tagen im Polizeipräsidium besuchen würde?»

«Sie können jederzeit vorbeischauen.» Nun lächelte er wieder. «Aber wenn ich nichts Neues für Sie habe, müssen Sie trotzdem mal mit mir etwas trinken gehen.»

«Dann sehen wir uns demnächst im Polizeipräsidium.» Ich schüttelte ihm zum Abschied die Hand und kehrte an den Tisch zurück, wo die anderen Journalistinnen saßen – meine Kolleginnen für die Klatschkolumnen der Konkurrenzblätter *Daily News*, *Sun-Times* und *Chicago American*.

Wir hatten uns schon oft bei Hochzeiten und Wohltätigkeitsbällen getroffen und uns inzwischen so weit angefreundet, dass wir unsere Notizen verglichen, damit wir die Menüfolgen, die Namen der Gäste und die Feinheiten der Hochzeitskleider korrekt wiedergaben. Dass unsere männlichen Kollegen sich auf ähnliche Weise unterstützten, wagte ich zu bezweifeln. Weil auf dieser Hochzeit fast sämtliche Prominente und Politiker der Stadt versammelt waren, mussten wir die Fakten besonders gründlich prüfen. Muriel, eine Kollegin von der *Chicago American*, wusste, dass ich mich für Politik interessierte, und löcherte mich während des Empfangs mit Fragen.

«Wer ist der Mann da? Neben dem Bräutigam an der Bar?»

«Fred Roti», sagte ich. «Ist auch aus dem First Ward. Ein Kumpel von D'Arco. Laut Gerüchten gehört er zur Mafia. Angeblich tun sie das beide. Und der neben ihm, mit dem

Schnurrbart» – ich zeigte mit meinem Stift unauffällig in die Richtung – «das ist der Wahlkreisleiter im First Ward. Und siehst du den Mann mit der roten Nelke im Knopfloch? Der war früher Stadtrat für den 42. Ward, wurde dann aber von den Republikanern gestürzt.»

«Wie kannst du dir das bloß alles merken?»

Für mich war das ein Kinderspiel, weil sich in meiner Familie schon immer alle sehr für Politik interessiert hatten. Mein Vater hatte schon unter den Bürgermeistern Cermak und Kelly für die Zeitung gearbeitet und auch über Daleys Amtsvorgänger Kennelly berichtet. Oft hatte die Familie zusammen am Tisch gesessen, während mein Vater seine Artikel vorlas.

Ich schaute zu Muriel. Sie hatte ihr Notizbuch gezückt und schrieb emsig alle von mir genannten Namen, Titel und Funktionen mit. Dass eine Reporterin von der *Chicago American* sich nicht besser mit der Lokalpolitik auskannte, verblüffte mich.

«Und wer ist das da?», fragte sie. «Der Große, der ständig zu uns rüberschaut? Er beobachtet dich schon den ganzen Nachmittag. Kennst du ihn?»

«Nein.» Ich wusste nicht, wie der Mann hieß und in welcher Beziehung er zu Daley stand. Und warum er sich für mich interessierte, wusste ich noch weniger.

Der Hochzeitsempfang zog sich hin. Braut und Bräutigam gingen von Tisch zu Tisch, schüttelten Hände und sammelten dicke weiße Briefumschläge ein. Die Torte war serviert, der Brautstrauß geworfen worden. Eigentlich hatte ich alles, was ich brauchte. Doch da war noch etwas, das ich klären wollte. Als ich den unbekannten Hünen einige Zeit später allein an der Bar stehen sah, witterte ich meine Chance und ging zu ihm hin.

«Kennen wir uns?», fragte ich.

«Ich glaube, nicht. Richard Ahern, angenehm.»

«Jordan Walsh.»

«Und sind Sie wegen Braut oder Bräutigam hier?»

«Weder noch. Aber ich denke, das wissen Sie längst, schließlich beobachten Sie mich ja schon die ganze Zeit.»

«Ah, ich fühle mich ertappt.»

Dieser Mann hatte etwas an sich, bei dem sich mir die Nackenhärchen aufstellten, aber er durfte auf keinen Fall merken, wie sehr er mich verunsicherte. «Wenn Sie es genau wissen wollen» – ich stützte eine Hand auf meiner Hüfte ab – «ich bin im Auftrag der *Tribune* hier. Und Sie?»

«Im Auftrag der Stadt.» Er lächelte unergründlich. «Ich arbeite im Rathaus.»

«Und was genau machen Sie da?»

«Sie sind ganz schön neugierig. Sollten Sie mich nicht eher fragen, was ich von den Horsd'œuvre und dem Kleid der Braut halte?» Er lachte und blickte sich im Saal um, bevor er wieder zu mir schaute.

«Ich bin Reporterin. Neugier gehört zu meinem Beruf.»

Er leerte sein Glas und stellte es auf dem Tresen ab. «War schön, Sie kennenzulernen. Ich werde in der Zeitung nach Ihrem Namen Ausschau halten, Jordan Walsh.»

KAPITEL 5

A m nächsten Tag schrieb ich den Artikel über den Hochzeitsempfang und begann danach einen längeren Hintergrundbericht, auf den mich Muriels Fragen bei der Feier gebracht hatten: eine Art Leitfaden für Frauen, damit sie die Chicagoer Politik besser verstehen lernten.

«Was ist das?» Mrs. Angelo schaute mir über die Schulter. «Wahlkreisleiter? Vetternwirtschaft?»

«Das wird ein Artikel über die Chicagoer Politik.»

Mrs. Angelo schürzte die Lippen. «Ich kann Ihnen jetzt schon sagen, dass die das niemals in der Zeitung abdrucken werden.»

«Aber das sollten sie.»

«Und ob! Nur bedeutet das leider nicht, dass sie es auch tun werden.»

«Frauen wollen wissen, wie es in unserer Stadtregierung zugeht. Gestern bei der Hochzeit saß eine Frau – eine Reporterin, noch dazu – neben mir, die nicht wusste, dass Chicago der Verwaltungssitz vom Cook County ist, die Stadt in fünfzig Wards eingeteilt ist und automatisch derjenige die Macht über die Stadt bekommt, der am Wahltag in seinem Wahlkreis die meisten Stimmen für die Demokraten sammelt.»

«Tun Sie mir einen Gefallen – schreiben Sie nur die Storys, die ich Ihnen zuteile. Für etwas anderes hat hier nämlich keiner Zeit, und gedruckt wird es am Ende sowieso nicht.» Sie riss das Papier aus meiner Schreibmaschine und zerknüllte es. «Machen Sie bitte weiter mit Ihren Aufgaben, mein Kind. Gabby kann bestimmt Unterstützung bei dem Artikel über Jimmy Durantes Besuch im Hi Hat Club gebrauchen.»

Ich folgte Mrs. Angelos Aufforderung, doch bald darauf war ich auch mit Gabbys Artikel fertig und schielte zu den Uhren, die in einer Reihe an der Wand hingen: *Los Angeles. New York. London. Chicago.* Bei uns war es nicht einmal halb zwei Uhr nachmittags, die Zeiger schienen sich in Zeitlupe zu bewegen. Meine Augenlider wurden schwer. Ich wollte mir gerade einen Kaffee aus der Teeküche holen, als mein Telefon klingelte.

«Hallo, bin ich da richtig bei Jordan Walsh?»

Vertraut klang die Stimme nicht. Ich klemmte mir den Hörer zwischen Ohr und Schulter. «Ja. Mit wem spreche ich?» Geistesabwesend spielte ich mit einer Büroklammer herum.

«Meinen Namen würde ich lieber nicht nennen», erwiderte der Mann am anderen Ende nach kurzem Zögern.

Ich richtete mich auf. Reporter wie Marty, Walter und Henry bekamen häufig Anrufe von Leuten, die behaupteten, sie hätten einen Tipp oder könnten einen Knüller liefern. Aber ich? Abgesehen von den Menschen, die gern etwas über Debütantinnenbälle oder Hochzeitsempfänge lasen, wusste niemand, dass ich für die *Tribune* schrieb.

«In Ordnung. Was kann ich für Sie tun?»

«Ich habe Informationen, die Sie mit Sicherheit verwenden können. Seien Sie in einer Stunde ...»

«Moment – Moment.» Ich hielt den Hörer ans andere Ohr. «Etwas mehr brauche ich vorab aber schon.»

«Nur so viel – ich habe Informationen, die jeden hungrigen, jungen Reporter interessieren dürften.»

Ich ließ die Büroklammer fallen. «Wohin soll ich kommen?»

«Wrigley Field. Ich warte am Haupteingang. Seien Sie in einer halben Stunde da.»

«Woran erkenne ich Sie?»

«Keine Sorge. Ich werde *Sie* erkennen.» Bevor er auflegte, sagte er noch: «Vertrauen Sie mir. Es wird sich für Sie lohnen.»

Mein Puls schlug schneller, als ich den Hörer auf die Gabel legte. Wie ich wusste, entpuppten sich solche Anrufe meistens als blinder Alarm. Doch hinter einigen wenigen verbarg sich tatsächlich eine Sensation. Ich hatte nichts zu verlieren, wenn ich mich mit dem Mann am Baseballstadion traf. Dass er auf Diskretion Wert legte, konnte ich verstehen. Seine Geheimnistuerei gefiel mir trotzdem nicht.

Ich schnappte mir meine Sachen und ging zur Hochbahn, in Chicago kurz «El» genannt. Für die Jahreszeit war es ungewöhnlich warm und schwül. Ich stieg in das überfüllte Abteil des nächsten Zugs und hielt mich an einer Halteschlaufe fest. Durch die geöffneten Fenster kam nur heiße Luft herein. Als wir die Station Addison erreichten, hatte sich das Abteil kaum geleert.

An diesem Tag spielten die Chicago Cubs gegen die Brooklyn Dodgers. Auf den Gehsteigen der Clark Street drängten sich die Fans, und ich bahnte mir einen Weg zum Haupteingang des Stadions, vorbei an Verkaufsständen mit T-Shirts, Baseballkäppis, Wimpeln und Plüschtieren.

Ich schaute auf meine Armbanduhr. Plötzlich hörte ich hinter mir die Stimme des anonymen Anrufers. «Jordan Walsh?»

Ich drehte mich um, und das Adrenalin schoss nur so durch meine Adern. Vor mir stand Richard Ahern, der Hüne, dem ich auf der D'Arco-Hochzeit begegnet war. Der Mann, der mir erzählt hatte, er würde im Rathaus arbeiten.

«Schön, Sie wiederzusehen», sagte ich.

Er gab mir zur Begrüßung nicht die Hand und erklärte nur, er sei einer der Berater von Bürgermeister Daley. Das ließ meine Aufregung weiter steigen, aber ich bemühte mich, äußerlich ruhig zu bleiben.

Er nickte in Richtung eines Softeisstands. «Rosa oder weiß?», fragte er.

«Danke, ich habe keinen Hunger», erwiderte ich. «Verraten Sie mir doch, warum Sie mich sehen wollten.»

Statt einer Antwort wandte er sich dem Eisverkäufer zu. «Zweimal Himbeere, bitte.»

Ich fühlte mich fremdbestimmt, aber was sollte ich machen? Er hatte mich am Haken, das wussten wir beide. Nachdem er dem Verkäufer einen Dime gegeben hatte, reichte er mir eine Eiswaffel und führte mich weg vom Stadion, aus dem in diesem Moment ein Jubel aus Tausenden Kehlen schallte. Offenbar hatten die Cups irgendetwas richtig gemacht. Um uns herum hupten Autos, im Hintergrund rumpelte die El. Das Eis fing an zu schmelzen, und ich leckte mir die Fingerknöchel ab. Die Ampel wechselte zu Rot, wir blieben stehen und schauten uns an. Sein stechender Blick machte mich nervös.

«Also», unterbrach ich das Schweigen. «Was machen wir hier?»

«Sie tropfen.» Er zog ein Taschentuch aus seiner Brusttasche und hielt es mir hin. «Sagen wir mal so, Sie und ich, wir könnten uns gegenseitig von großem Nutzen sein.»

«Ich bin ganz Ohr.» Ich wischte mir die Finger ab und gab ihm das Taschentuch zurück.

«Sie *brauchen* Informationen. Ich *habe* Informationen.»

«Welcher Art denn?»

«Solche, die auf die erste Seite gehören.» Er leckte einmal an seinem Eis und warf es in den nächsten Mülleimer.

Innerlich war ich bis zum Zerreißen gespannt. Doch ich durfte jetzt keinen ungeduldigen Eindruck machen. «Und warum wollen Sie die Informationen ausgerechnet mir anvertrauen?»

Mit Ausnahme von Starreportern wie Marty Sinclair mussten sich diese Frage alle Journalisten stellen. Warum ging eine Quelle mit ihrer Sensationsgeschichte zu diesem und keinem anderen Journalisten? Für mich galt das noch mehr als für andere. Ich schrieb nur über Frauenthemen, und wenn Aherns Information wirklich so brauchbar war, hätte er mit Sicherheit einen anderen Reporter finden können, der sie größer herausbringen konnte als ich.

Ahern gab mir keine Antwort. Ich warf mein Eis ebenfalls weg und schaute ihm fest in die Augen. «Was erwarten Sie im Gegenzug von mir? Denn eins sage ich Ihnen klipp und klar, ins Bett gehe ich mit Ihnen nicht.»

Er grinste, als hätte ich einen Witz gemacht. «Das würde ich niemals von Ihnen erwarten.»

Ich senkte den Kopf und schaute auf meine Schuhe, in der Hoffnung, dass er die Röte in meinen Wangen nicht bemerkte. «Was wollen Sie dann?»

«Ein Sprachrohr. Und als Informant absolute Anonymität. Das müssen Sie mir vorab garantieren. Und wo wir gerade dabei sind: Dass Sie niemandem von unserem kleinen Treffen erzählen, setze ich als selbstverständlich voraus.»

Ich hielt den Riemen meiner Handtasche etwas fester und presste die Lippen aufeinander. So neugierig ich auch war, ich musste unbedingt methodisch vorgehen. Wie ein echter Profi. Vielleicht hatte mich die Geschichte mit Marty Sinclair und seiner anonymen Quelle zu sehr aufgewühlt, aber irgendetwas schien hier faul zu sein. Ahern war für mich schwer zu durchschauen. Bevor ich entschied, ob ich ihm vertrauen konnte, musste ich mehr über ihn herausfinden.

«Mhm, ich lasse mir Ihr Angebot durch den Kopf gehen», erwiderte ich zögernd.

«Klar.» Wieder das hochmütige Grinsen. «Lassen Sie es sich durch den Kopf gehen, während Sie über Brautsträuße und Ballkleider schreiben.»

«Unterschätzen Sie mich nicht, Mr. Ahern.»

Jetzt lachte er, und das Lachen klang echt. «Das würde ich niemals tun.» Ohne sich von mir zu verabschieden, ging er los, drehte sich dann aber noch einmal um. «Geben Sie mir Bescheid, wenn Sie mit mir reden wollen. Sie erreichen mich im Rathaus.»

Nachmittags saß ich an meinem Schreibtisch und überarbeitete einen Beitrag mit dem Titel «So bleibt Ihr Mieder unsichtbar». Ich dachte über das Treffen mit Ahern nach, als M am Nachbartisch eines ihrer wohlgeformten Beine in die Luft streckte.

«Oh, nein.» Sie schob den Rock bis über die Knie hoch und drehte den Fuß hin und her. «Eine Laufmasche.»

«Ist das nicht immer wieder lästig?» Henry kicherte und senkte verschämt die Wimpern.

«Hey, Sweetheart», rief Walter. «Schieb deine hübschen Stelzen zu mir rüber. Ich bringe das in Ordnung.»

M und die anderen kicherten jetzt im Chor.

Ich mochte M, aber manchmal hätte ich sie am liebsten geschüttelt. Musste ich sie erst daran erinnern, dass sie ein Hirn hatte? Frauen wie sie, so meine Befürchtung, lieferten Walter und Henry den Beweis, dass unser Geschlecht etwas dämlich war, und das hinderte uns letzten Endes am Weiterkommen. Doch noch entmutigender war mein nächster Text für die Kolumne «Die berufstätige Frau», der den Titel trug: «Ihr Arbeitsplatz im Büro: Ordnung ist das A und O». Ich wusste nicht, wie lange ich solche Artikel würde schreiben können. Meinem Ziel, einen Platz in der Nachrichtenredaktion zu ergattern, brachten sie mich nämlich keinen Schritt weiter.

Vielleicht war Ahern die Lösung. Meine bisherigen Versuche, von den Frauenthemen wegzukommen, waren fruchtlos geblieben. Um seriöser zu wirken, kleidete ich mich inzwischen schlichter und trug meistens schmale Röcke und Blusen mit Bubikragen. Ohrringe und Armbänder ließ ich zu Hause in meiner Schmuckschatulle und verwendete lediglich einen Hauch Lippenstift und Rouge. Doch auch das half nicht weiter. Immer noch klopften mir Männer auf den Po und nannten mich *junges Fräulein, Sweetheart* oder *Schätzchen*.

Erst neulich hatte ich Mr. Ellsworth einen von mir verfassten Hintergrundbericht über die relativ hohe Kindersterblichkeit in den Chicagoer Waisenhäusern gezeigt. Ich hatte abends und an den Wochenenden daran gesessen, mich mit Ärzten der Gesundheitsbehörde getroffen und in zwielichtigen Stadtteilen ehemalige Waisenhausmitarbeiter interviewt. Stundenlang hatte ich an dem Artikel gefeilt und ihn dann auf den Schreibtisch von Mr. Ellsworth gelegt. Grundsätzlich strich er sich beim Lesen über den Bart, wenn er einem zu verstehen geben wollte, dass ihn das Geschriebene nicht interessierte und man ihm nur kostbare Zeit stahl. Auch an jenem Tag hatte er sich gedankenverloren den Bart gekrault und den Artikel dann beiseitegelegt.

«Sie haben ihn doch gar nicht zu Ende gelesen», sagte ich.

«Das muss ich nicht.»

«Aber die Story ist interessant.»

«Ich werde sie aber nicht drucken.»

«Ich bitte Sie doch nur um eine Chance. Eine einzige Chance. Ich würde mich so gern nützlich machen.»

Mr. Ellsworth massierte sich das Kinn. «Wollen Sie sich wirklich nützlich machen?»

«Ja.»

Daraufhin hatte er mir seine Tasse hingehalten. «Dann holen Sie mir Kaffee. Schwarz.»

Nach diesem Erlebnis hatte ich mir geschworen, Mr. Ellsworth, Mr. Copeland oder Mr. Pearson erst dann wieder einen eigenen Artikel anzubieten, wenn ich auf eine richtig große Story gestoßen wäre.

Vielleicht konnte dieser Richard Ahern mir tatsächlich

weiterhelfen. Um mehr über ihn in Erfahrung zu bringen, ging ich in das zeitungsinterne Archiv.

Selbst durch die geschlossene Tür nahm ich noch das geschäftige Treiben in der Redaktion wahr. Ich sah mich in dem Raum um. Er war vollgestellt mit hohen Aktenschränken, nackte Glühbirnen an der Decke dienten als Beleuchtung. Die schweren Schubladen der Schränke quietschten beim Aufziehen, und darin hingen reihenweise dünne Mappen. Allein bei dem Gedanken, dass hier die gesamte Geschichte der Zeitung und der Stadt archiviert war, konnte einem schwindelig werden. Wenn jemals etwas über einen Menschen geschrieben worden war, in diesem Archiv würde man es finden. Mit dieser Erkenntnis kam mir die Idee, einmal nachzusehen, was in den Schränken zum Juni 1953 aufbewahrt wurde.

Die entsprechende Schublade war schnell gefunden, und ich blätterte die beschrifteten Hängemappen durch, in der Hoffnung, einen Artikel zum Tod meines Bruders zu entdecken. So irrsinnig der Gedanke auch sein mochte, vielleicht fand ich hier Antworten auf meine Fragen – einen winzigen Hinweis, der zur Ergreifung des Mörders meines Bruders führen konnte.

Ich zog die Mappe mit der Beschriftung «10. Juni 1953» heraus:

Reporter bei Unfall mit Fahrerflucht getötet

Eliot Walsh, Reporter der *Sun-Times*, wurde gestern bei einem Unfall mit Fahrerflucht an der Ecke State Street und Grand Avenue tödlich verletzt. Walsh (25) wurde gegen einundzwanzig Uhr von einem Fahrzeug erfasst, als er sich vermutlich auf dem Weg zur Subway befand.

Augenzeugen gibt es laut Polizei keine. Allerdings hatte der Passant Adam Javers das flüchtende Fahrzeug gehört und beim Anblick des verletzten Walsh umgehend den Notarzt gerufen. Walsh wurde ins Henrotin Hospital gebracht, verstarb dort aber wenige Stunden später während der Notoperation ...

Ich las den Artikel zu Ende und ging die restlichen Zeitungsausschnitte in der Mappe durch. Es handelte sich um die Nachrufe und Unfallberichte aus dem *Chicago American*, der *Daily News* und der *Sun-Times*. Ich hatte jeden einzelnen bereits damals gelesen. Nach dem letzten Artikel war ich innerlich sehr aufgewühlt. Neues hatte ich nicht in Erfahrung gebracht. Ich steckte die Zettel wieder in die Mappe, hängte diese zurück in die Schublade und stieß sie fest zu. Selbst nach zwei Jahren konnte die ohnmächtige Wut jederzeit von mir Besitz ergreifen.

Ich trat einen Schritt zurück und lehnte mich an einen Aktenschrank. Dann ballte ich die Hände zu Fäusten und öffnete sie wieder, das tat ich so lange, bis sich meine Wut halbwegs gelegt hatte – oder ich sie fürs Erste wieder einmal hinuntergeschluckt hatte, denn ganz würde sie sich wohl niemals auflösen. Ich holte tief Luft und nahm meine ursprüngliche Suche wieder auf.

Fast zwei Stunden lang durchkämmte ich das Archiv nach Informationen über Ahern und förderte dabei tatsächlich einige Artikel zutage. Ich trug alles zu meinem Schreibtisch, wo bereits die Korrekturen zu meinem «Mieder»-Artikel auf mich warteten. Dieses Blatt schob ich erst einmal beiseite und nahm mir meine Archivfunde vor.

Wie ich erfuhr, hatte Ahern 1947 an der Universität von Chicago sein Studium der Rechtswissenschaften abgeschlossen. Danach hatte er drei Jahre lang für den früheren Bürgermeister Kennelly gearbeitet, bevor er bei Daley als Berater angefangen hatte. Seine Frau Suzanne war etwas jünger als er, doch Kinder waren nirgendwo erwähnt. Ich ging die Zeitungsausschnitte sorgfältig durch, ohne auf einen Hinweis zu stoßen, der Aufschluss gegeben hätte, warum Ahern Informationen an die Presse durchsickern lassen wollte.

Gerade als ich alles wieder in die Mappe zurückschieben wollte, sprang mir etwas ins Auge. Eine kurze Notiz, eine Spalte, mehr nicht. Dort stand, dass Ahern für das Amt des Senators von Illinois hatte kandidieren wollen, aber Daley die Kandidatur von Paul Douglas unterstützt hatte. Dass das allerdings allein der Grund für Aherns Heimlichkeiten sein sollte, konnte ich mir nicht vorstellen. Es schien weit mehr dahinterzustecken als nur verletzter Stolz. Zudem hatte ich bisher keine Antwort auf die Frage gefunden, warum er sich ausgerechnet an mich gewandt hatte.

Ich dachte an die Zeit an der Journalistenschule zurück. Dort hatte ich eine Menge über faire Berichterstattung, die Anonymität von Informanten und die Frage nach den Beweggründen einer Quelle gelernt. Ich schob sämtliche Zeitungsausschnitte in die Mappe, klappte sie zu und lehnte mich auf meinem Stuhl zurück. Natürlich musste ich mich fragen, was Ahern eigentlich bezweckte, und das Für und Wider einer Zusammenarbeit gründlich abwägen. Nur wusste ich auch, dass er mir die Gelegenheit bot, auf die ich schon so lange gewartet hatte. Ich musste sie beim Schopfe packen.

Als der Feierabend kam, klemmte ich mir die aktuelle Ausgabe der *Tribune* mitsamt der Archivmappe unter den Arm. Ja, ich wollte unbedingt von der Klatschspalte wegkommen, war das allerdings der richtige Weg? Ich fühlte mich wie Faust kurz vor dem Pakt mit dem Teufel.

KAPITEL 6

Nach einer unruhigen Nacht wachte ich auf, taumelte ins Bad, knipste die grelle Deckenlampe an und kniff die Augen zusammen. Als ich mich einigermaßen an das Licht gewöhnt hatte, schaute ich in den Spiegel und zog die Haut unter meinen Augen mit den Fingern straff. Es nützte nichts, ich sah aus wie ein Basset. Was war geschehen? Warum war ich nicht vor dem ersten Klingeln des Weckers aus dem Bett gesprungen, so wie früher? War ich etwa schon ausgebrannt? Nach so kurzer Zeit? Ich wusste nur eins: Inzwischen graute mir vor jedem Arbeitstag, denn er bestand lediglich darin, mir unter dem Pseudonym Mary Meade Rezepte auszudenken oder für die «Gesichtet»-Kolumne über den Besuch von irgendwelchen Prominenten bei irgendeiner läppischen Veranstaltung zu berichten.

Ich spritzte mir Wasser ins Gesicht, griff nach dem Handtuch und erstarrte in der Bewegung. Was war bloß mit mir los? Ich musste mich wieder in den Griff kriegen. Die Kolumnen und Artikel waren ein Sprungbrett, keine Sackgasse. Ich war die Tochter von Hank und CeeCee Walsh. Schwester von Eliot Walsh. Ich hatte meinem Bruder und mir selbst ein Versprechen gegeben. Worauf wartete ich also noch?

Und in diesem Moment wusste ich, was ich zu tun hatte.

Rasch ging ich in mein Zimmer zurück und setzte mich aufs Bett. Ich zog die Strümpfe an, befestigte sie am Strumpfgürtel und schlüpfte in das Kleid, das ich schon vor zwei Tagen getragen hatte. Mit meinen Haaren gab ich mir kaum noch Mühe, aber darauf kam es ohnehin nicht mehr an, denn der Schnitt war längst herausgewachsen. Ich schmierte mir eine Scheibe Toast, verabschiedete mich von meinen Eltern und fuhr zur Zeitung.

In der Redaktion angelangt, rief ich als Erstes bei Ahern an. Bereits beim Wählen der Nummer sammelte sich der Schweiß in meinem Nacken, und ich hielt den Atem an, während ich darauf wartete, dass er abnahm.

«Ich habe mich entschieden», sagte ich. «Wann können wir reden?»

Zwei Stunden später trafen wir uns in einem abgelegenen Diner westlich des Loop. Er wartete weiter hinten im Restaurant in einer Nische. Abgesehen von uns beiden war der Laden leer. Wir hatten uns extra einen Zeitpunkt ausgesucht, an dem die Frühstücksgäste schon fort und die Mittagsgäste noch nicht da waren.

«Eins muss ich Sie vorab fragen», legte ich nach der Begrüßung los. «Wie war Ihnen zumute, als Daley sich bei der Senatswahl nicht für Sie, sondern für Paul Douglas starkgemacht hat?»

Er lächelte schief und fing an, Zuckerwürfel zu stapeln, als wollte er ein Iglu oder einen Wolkenkratzer bauen. «Wie ich sehe, haben Sie Ihre Hausaufgaben gemacht. Die wenigsten wissen noch, dass ich mich zur Wahl aufstellen lassen wollte.»

«Und?» Ich schaute zu, wie er den nächsten Zuckerwürfel auf den Haufen legte.

«Nun ja – gefreut habe ich mich darüber nicht. Aber ich bin ein treuer Diener der Stadt und möchte für Chicago nur das Beste.»

Bei dem Spruch hätte ich beinahe die Augen verdreht.

«Wollen Sie mehr von mir wissen?»

«Ich frage mich immer noch, warum Sie sich ausgerechnet an mich gewandt haben. Bestimmt haben Sie Ihre Gründe. Nur weiß ich nicht, welche das sein könnten.»

«Vielleicht wollte ich mit keinem abgestumpften Reporter wie Walter Harris oder Marty Sinclair zusammenarbeiten.»

«Wenn Sie das sagen.» Ich glaubte ihm kein Wort. Da er die Frage aber offenbar nicht beantworten wollte, bohrte ich nicht nach. «Kommen wir also zum Punkt – was haben Sie für mich?»

Mit einer Serviette wischte er sich Zuckerkrümel von den Fingern, bevor er ein zusammengefaltetes Blatt aus seiner Brusttasche zog. «Schauen Sie sich das mal an und sagen mir, was Sie da sehen.»

Ich faltete den Zettel auseinander, der sich als offizielles Dokument entpuppte. «Tagesordnung der Stadtratssitzung», las ich die Überschrift laut vor und schaute fragend zu ihm hoch. «Jeder kann das im Stadtarchiv einsehen. Das ist kein Knüller.»

«Lesen Sie weiter.»

Ich überflog die Liste. Sie enthielt Vorschläge für neue Verordnungen, eingereicht vom Stadtratsvorsitzenden Frank O'Connor. Daran war nichts auffällig. Ich las alles noch einmal quer und schaute Ahern achselzuckend an.

«Werfen Sie doch mal einen Blick auf Absatz 4 unter Verschiedenes, Punkt 25.»

Ich las: *Verschiedenes, Punkt 25, Absatz 4: Verordnung zur Übernahme der Kosten für Krankenhausaufenthalte und medizinische Versorgung von Polizeibeamten, die sich im Dienst eine Verletzung zugezogen haben.* «Ja, und? Die Männer riskieren täglich ihr Leben. Da sollte die Stadt für ihre medizinische Versorgung aufkommen, oder nicht?»

«Da bin ich ganz Ihrer Meinung.»

«Ich kann Ihnen nicht folgen.»

«Vielleicht hilft Ihnen das hier weiter.» Er griff in seine andere Jackentasche und zog einen Umschlag heraus. «Hier ist eine Liste mit den Namen von Polizisten, ihren Verletzungen, dem Namen des behandelnden Arztes und den Kosten, die sie erstattet haben wollen.»

Ich zog die Seiten aus dem Umschlag. Sie enthielten durchnummeriert fünfundsiebzig fein säuberlich getippte Namen und die entsprechenden Angaben in den Spalten dahinter.

«Was Sie davon halten, weiß ich natürlich nicht», sagte Ahern, «aber ich finde das alles höchst verdächtig.»

Wieder ging ich die Seiten durch. Nun fiel mir auf, dass viele der Beamten in demselben District Dienst taten. «Wie es scheint, werden dort besonders viele Polizisten verletzt.»

«Sie kommen der Sache langsam näher.»

Ich ging die Spalte mit den zurückgeforderten Behandlungskosten durch, die mit jedem Eintrag etwas höher wurden – $825, $900, $1150, $2165. Sie waren allesamt an einen Arzt gegangen: Dr. Stuart Zucker. Mein Puls begann zu rasen, weil ich wusste, dass ich an einer ganz heißen Sache dran war. Auf der Journalistenschule lernt man das nicht. Dieses

Bauchgefühl kann einem niemand beibringen. «Das ist Versicherungsbetrug im ganz großen Stil, richtig?»

«Aber von mir haben Sie das nicht.» Ahern lächelte schmallippig. «Wie Sie Ihren Job machen, habe ich Ihnen natürlich nicht zu sagen. Aber vielleicht möchten Sie sich Notizen machen. Die Liste kann ich Ihnen nämlich nicht überlassen.»

Meine Wangen fingen an zu glühen. Schnell zog ich Schreibblock und Stift aus meiner Handtasche und notierte mir die Namen und Beträge.

«Wie Sie die Informationen verwenden können, wissen Sie sicherlich selbst, Miss Walsh», sagte er.

Ich schrieb die letzten Zahlen ab, dann nahm Ahern die Seiten wieder an sich, schob sie in den Umschlag und steckte ihn in seine Jackentasche.

«Glauben Sie mir, Walsh. Das ganze System ist korrupt.» Er nahm sein Messer und hieb damit durch das Iglu aus Würfelzucker.

Ich fischte eine Zigarette aus meiner Handtasche und strich ein Streichholz an. Doch statt mir die Zigarette damit anzuzünden, schaute ich nur in die Flamme.

«Sie können damit sicher etwas anfangen, oder?»

Ich nickte und führte das Streichholz zur Zigarette, dabei zitterte es in meiner Hand.

Nach dem Gespräch mit Ahern kehrte ich in die Redaktion zurück und ging schnurstracks zu Mr. Ellsworth. Er saß mit gezücktem Stift an seinem Schreibtisch und überarbeitete einen Artikel.

«Ja?» Er blickte nicht hoch, sondern strich einen kompletten Absatz durch.

«Ich habe gerade mit jemandem über einen möglichen Versicherungsbetrug geredet. Der Stadtrat von Chicago und die Polizei sollen darin verwickelt sein.»

«Wer hat Ihnen den Tipp gegeben?»

«Eine zuverlässige Quelle. Ich habe einen Kontakt im Rathaus.»

Er schaute mich an, als hätte ich einen Witz gemacht. «Okay. Sprechen Sie Peter, nein, lieber Walter an und geben Sie ihm die Informationen, die Sie von Ihrem Kontakt haben. Er wird der Sache auf den Grund gehen.»

Dass ich meine Informationen an Walter abtrat, kam natürlich überhaupt nicht infrage. Deshalb erwähnte ich ihm gegenüber nichts und machte mich am nächsten Morgen auf den Weg zur Superior Street, wo das Polizeirevier des 35. District lag. Ich wollte Commander Graves nach einer Erklärung fragen, warum sich so viele seiner Männer im Dienst verletzten. Es war früher Vormittag und auf dem Revier war es sehr ruhig. Im Wartebereich saßen noch zwei weitere Personen, sie hatten vor einem mit Zeitschriften übersäten Tisch auf Klappstühlen Platz genommen. Auf einem Servierwagen in einer Ecke stand eine Warmhalteplatte mit einer Kanne, aus der es verdächtig nach angebranntem Kaffee roch.

Während ich auf Commander Graves wartete, rauchte ich und studierte den mit Reißzwecken an das schwarze Brett gehefteten Stadtplan. Der 35. District lag zwischen Lake Michigan und dem Chicago River und umfasste die Gold Coast und einen Teil von Downtown – nicht gerade die gefährlichsten Stadtteile. Am schwarzen Brett hing außerdem ein Zettel mit der Überschrift DIE MEISTGESUCHTEN VERBRECHER IM 35. DISTRICT. Darunter sah man zwei Fotos: ein älterer Mann, der wegen Exhibitionismus gesucht wurde, und ein Teenager, der vor dem Luxuskaufhaus Bonwit Teller einer Frau die Handtasche entrissen hatte.

Ich musste fast eine Stunde warten, bis Commander Graves mich in seinem Büro empfing. Es lag am Ende des langen Flurs, hatte keine Fenster und wirkte beengend. Die Schirmmütze des Commanders lag während unseres Gesprächs auf dem Tisch, gleich neben einem Aschenbecher, der dringend hätte geleert werden müssen. An der Wand hinter Graves Schreibtisch hing ein Porträt von Bürgermeister Daley.

«Sie kommen also von der *Chicago Tribune*? Peter ist doch nicht etwa krank? Er ist sonst derjenige, mit dem ich rede.»

Seine Reaktion überraschte mich nicht. Peter war Kriminalreporter, ich dagegen ein Niemand. Und dazu noch eine Frau. «Peter arbeitet nicht an dieser Story, ich tue das», erwiderte ich möglichst selbstbewusst. «Ich würde Ihnen gern ein paar Fragen stellen. Es geht um die Polizisten in Ihrem District, die sich bei einem Einsatz verletzt haben.»

«Was wollen Sie wissen?» Er stützte die Ellbogen auf den Tisch und verschränkte die Wurstfinger.

«Offenbar werden in diesem District unverhältnismäßig viele Beamte verletzt, obwohl die Verbrechensrate hier wesentlich niedriger ist als in den anderen Bezirken. Deshalb frage ich ...»

«Ich weiß nicht, was Sie mit *unverhältnismäßig* meinen», unterbrach er mich. «Meine Männer setzen jeden Tag ihr Leben aufs Spiel. Da bleiben Verletzungen nicht aus.»

«Das kann ich mir vorstellen. Darf ich Sie trotzdem bitten,

mir zu bestätigen, dass diese Beamten im Dienst verletzt wurden?» Da er nicht widersprach, schob ich ihm die Liste mit den Namen zu, die ich beim Treffen mit Ahern abgeschrieben hatte.

Er schaute kurz darauf, verzog den Mund und schob den Zettel wieder zurück. «Ja, stimmt, die haben sich alle verletzt.» Seine Miene wurde ausdruckslos. Er räusperte sich und lehnte sich zurück. «Wenn Sie mich jetzt entschuldigen wollen. Ich muss wieder an die Arbeit.»

Das Gespräch hatte mehr Fragen aufgeworfen als Antworten geliefert, und ich grübelte während der gesamten Fahrt in die Redaktion darüber nach. Weil Mrs. Angelo und Mr. Pearson bei meiner Ankunft in einer Besprechung waren, ging ich ins Archiv und suchte mir sämtliche Artikel heraus, in denen es um Einbrüche, Schießereien und andere Verbrechen im 35. District ging und zudem die Namen der Polizisten von meiner Liste genannt wurden. Danach rief ich in der Praxis von Dr. Zucker an.

«Dr. Zucker ist in einer Untersuchung», erklärte die Sprechstundenhilfe. Als ich ihr sagte, dass ich für die *Tribune* arbeitete, seufzte die Frau, bevor sie die Sprechmuschel mit der Hand abdeckte und kurz mit jemandem sprach. «Ich richte ihm aus, dass er Sie zurückrufen möchte, sobald er Zeit hat», sagte sie, wieder an mich gewandt.

Ich nannte ihr meine Durchwahl, obwohl ich kaum damit rechnete, dass Dr. Zucker mich zurückrufen würde. Um die Zeit zu überbrücken, ging ich die Artikel durch, die ich im Archiv gefunden hatte. Berichtet wurde von Autodiebstählen, Schlägereien und bewaffneten Raubüberfällen, doch nirgends stand, dass sich einer der fraglichen Polizisten beim

Einsatz verletzt hatte. Ein nützliches Dokument hatte ich in einer der Hängemappen allerdings auch gefunden: die Chicagoer Stadtverordnung.

Laut den Paragrafen 3–8–190 und 3–8–200 der Verordnung war der städtische Finanzausschuss zuständig für die Genehmigung von Geldern, die für die Behandlung von im Einsatz verletzten Polizeibeamten gedacht waren. Der Ausschussvorsitzende Sean McCarty musste zu jedem Verletzten einen Bericht über die Verletzungen und Behandlungskosten verfassen. Offenbar handelte es sich bei der Liste, die Ahern mir gezeigt hatte, um die Zusammenstellung solcher Berichte. Weiter hieß es in der Verordnung, dass der leitende Arzt der Chicagoer Polizeibehörde, aktuell Dr. Edgar MacAleese, McCartys Bericht dahingehend prüfen musste, ob die Diagnose die Kosten der Behandlung rechtfertigte.

Der Vorgang klang kompliziert, weil so viele verschiedene Personen und Abteilungen beteiligt waren. Immerhin hatte ich aber in Erfahrung gebracht, wer die Verantwortung trug und wie die Stadt vorging, wenn bereits beglichene Arztrechnungen rückerstattet werden mussten.

Von den vielen Paragrafen brummte mir der Schädel. Ich brauchte eine Pause, nur musste ich erst meinen Artikel für «Die berufstätige Frau» beenden. Dieses Mal ging es um Gloria Harper, die Chefsekretärin beim Lebensmittelhersteller Morton Salt. Ich musste drei Spalten damit füllen, dass Miss Harper für Sterling Morton jun. die Anrufe entgegennahm, sie ihm mittags und abends einen Tisch im Restaurant reservierte und ihn an Geburtstage und Jubiläen erinnerte. Ich hatte sie nur einmal getroffen und interviewt, aber leid hatte sie mir gleich getan.

Mrs. Angelo war noch in einer Besprechung, als ich den Artikel fertig hatte, deshalb nahm ich mir die Polizeiberichte und die Stadtverordnung erneut vor, las jede Seite, in der Hoffnung, bislang etwas übersehen zu haben. Doch einen neuen Hinweis fand ich nicht.

In dieser Nacht bekam ich kaum ein Auge zu. Ich hatte das Gefühl, eine Biene hätte sich in meinem Gehirn verirrt. Summend flog sie immer wieder im Kreis herum und landete jedes Mal an demselben Punkt. Irgendetwas war faul. Ahern wusste es, und ich glaubte ihm. Bevor ich jedoch den Betrug beweisen konnte, musste ich noch ein wenig recherchieren.

KAPITEL 7

m nächsten Vormittag rief ich erneut bei Dr. Zucker
an. Wieder sagte die Frau am Empfang, er sei nicht zu
sprechen, und so fuhr ich kurzerhand selbst zu seiner
Praxis, die sich im Pittsfield Building in der East Washington
befand.

Das achtunddreißigstöckige Gebäude war eine Mischung
aus Art Deco und Neogotik. Mit seiner goldenen Kassetten-
decke und den gewaltigen Kronleuchtern erinnerte es eher
an einen Tanzpalast als an ein Bürogebäude. Nachdem ich die
luxuriöse Empfangshalle gebührend bewundert hatte, las ich
die Tafel mit den Namen der im Haus ansässigen Firmen und
Ärzte und überlegte, wie ich mich Dr. Zucker gegenüber verhalten wollte. Wenn ich ihm sagte, dass ich für die *Tribune* arbeitete, würde er mir mit Sicherheit keine Auskunft erteilen,
so viel stand inzwischen fest. Ich überlegte noch hin und her,
als eine Frau in blauer Uniform neben mir anfing, mit einem
Mopp den Marmorboden zu wischen.

«Könnten Sie bitte mal zur Seite gehen?», fragte sie. Als ich
daraufhin in die Fahrstuhlkabine stieg, schüttelte sie nur den
Kopf und wischte weiter.

Ich fuhr in den siebzehnten Stock und öffnete die Tür zur

Praxis. Der Empfangsbereich wirkte eher karg, mit wenigen Topfpflanzen auf dem Boden und einigen gerahmten Diplomen an den Wänden. Ein Läufer aus Kunststoff führte zu einem Wartezimmer, in dem drei Sessel standen. Dr. Zuckers Sprechstundenhilfe war Ende vierzig, Anfang fünfzig. Sie hatte hochgestecktes, dunkles Haar und zeigte beim Lächeln die Zähne. Auf ihrem Namensschild stand MRS. CARSON. Es war die Frau, mit der ich zweimal telefoniert hatte. Sie begrüßte mich, und ich stellte mich, nicht ohne Anflug von schlechtem Gewissen, als Gloria vor – der erste Name, der mir einfiel. Natürlich hatte ich in meinem Leben schon auf die eine oder andere Notlüge zurückgegriffen, doch dies war das erste Mal, dass ich einem anderen Menschen, ohne mit der Wimper zu zucken, ins Gesicht log.

«Was können wir für Sie tun, Gloria?» Ihr Lächeln wirkte echt, und jetzt schämte ich mich fast.

«Ich habe einen Termin bei Dr. Zucker», behauptete ich trotzdem.

«Augenblick, ich schaue mal nach ...» Mrs. Carson konsultierte den Terminkalender und fuhr mit dem lackierten Nagel ihres Zeigefingers über das Papier. «Wie lautet Ihr Nachname?»

«Smith.» Wieder benutzte ich den ersten Namen, der mir einfiel.

«Hm.» Mrs. Carson legte die Stirn in Falten. «Ich kann Sie nicht finden. Sind Sie sicher, dass Sie den Termin heute haben? Bei Dr. Zucker?»

Das Telefon klingelte, und während sie mit einem Patienten sprach, blickte ich mich in der Praxis um.

«Ja ... mhm ... ja ...» Mrs. Carson schrieb etwas auf einen

Block Papier. «Warten Sie, bitte, ich schaue schnell mal in Ihre Krankenakte. Wenn es recht ist, lege ich Sie so lange in die Warteschleife.» Sie drückte auf einen Knopf am Telefon und schaute kurz zu mir. «Miss Smith, würden Sie bitte kurz warten? Ich bin in einer Minute wieder bei Ihnen.»

«Lassen Sie sich ruhig Zeit.»

Mrs. Carson stand auf, drehte sich um und ging zu einem Büroschrank mit fünf Schubladen. Die oberste zog sie heraus. Sie enthielt drei Reihen mit braunen Hängemappen, in denen die Unterlagen der Patienten stecken mussten. Mir kam der Gedanke, dass alles, was ich brauchte, in diesem Schrank zu finden war. Ich war nur fünf Schritte von ihm entfernt, trotzdem war er für mich unerreichbar.

Mrs. Carson gab dem Patienten am Telefon die gewünschte Auskunft, beendete das Gespräch und schaute wieder in den Terminkalender. «Wann hatten Sie den Termin denn abgemacht?»

«Auweia, vielleicht war der Termin doch nicht bei Dr. Zucker ...» Ich mimte die Zerstreute, wühlte verzweifelt in meiner Handtasche und setzte dann zu einer Entschuldigungsarie an. «Oh nein, wie peinlich. Das tut mir furchtbar leid. Wie konnte ich das nur verwechseln, bitte verzeihen Sie vielmals, dass ich Sie aufgehalten habe ...»

Ich bedankte mich bei Mrs. Carson für ihre Geduld und kehrte in die Redaktion zurück, wo ich mich gleich an den Artikel setzte, den Mrs. Angelo mir für den Tag zugeteilt hatte. Es ging um ein Kätzchen, das von der Feuerwehr gerettet worden war. Ich durfte den Artikel nur schreiben, weil sich der für die Lokalnachrichten zuständige Reporter krankgemeldet hatte. Eigentlich hätte ich mich freuen sollen, dass die Wahl auf mich gefallen war, doch ich war innerlich zu sehr mit dem Versicherungsbetrug beschäftigt. Nachdem ich meinen Artikel abgeliefert hatte, machte ich mich sofort auf den Weg zum Rathaus, um mit dem Vorsitzenden des Finanzausschusses und dem Stadtratsvorsitzenden zu reden. Sean McCarty war, wie es hieß, leider unabkömmlich, aber Frank O'Connor erklärte sich zu einem Gespräch bereit.

Frank O'Connor war der Stadtrat des 42. Ward, zu dem die Viertel Gold Coast, Loop, Streeterville und River North gehörten. Als Erstes fragte er mich, warum ich und nicht Walter gekommen war. Wie beim Treffen mit Commander Graves am Tag zuvor erklärte ich ihm, dass eben ich und nicht Walter an der Story saß.

Lächelnd bot er mir etwas zu trinken und einen Teller mit Keksen an. Ich lehnte ab und kam direkt zum Punkt. «Bei einer der letzten Stadtratssitzungen wurde eine neue Verordnung vorgeschlagen – sie betrifft die Rückerstattung von Arztkosten für Polizisten, die im Einsatz verletzt wurden.»

«Ein Routineverfahren. Der Stadtrat bekommt die Vorschläge vorgelegt und winkt sie meistens durch.»

«Wurden denn sämtliche Arztkosten rückwirkend von der Stadt übernommen?»

«Davon gehe ich aus.» Er presste die Fingerkuppen gegeneinander und löste sie wieder. «Aber genau weiß ich es nicht. Solche Sachen werden in der Regel vom Finanzausschuss bewilligt. Ich müsste also dort nachfragen.»

«Ist es Aufgabe von Sean McCarty, die Zahlungen zu bewilligen?»

«Ja, das fällt in seinen Zuständigkeitsbereich. Natürlich

unterzieht er den jeweiligen Fall vorher einer gründlichen Prüfung.»

«Und geschieht das, nachdem Dr. Edgar MacAleese den Bericht des behandelnden Arztes geprüft hat?»

«Wie ich sehe, haben Sie sich ja bereits einen Überblick verschafft.» Er lächelte und notierte etwas in seinem Kalender, das vermutlich nichts mit unserem Gespräch zu tun hatte.

«Wussten Sie, dass die meisten Polizisten, die ihre Arztkosten zurückfordern, im 35. District Dienst verletzt wurden?»

«Es tut mir wirklich sehr leid, Miss ... Miss ...»

«Walsh. Jordan Walsh.»

«Es tut mir sehr leid, Miss Walsh, aber ich fürchte, mir läuft die Zeit davon.»

«Ich habe nur noch wenige Fragen.»

«Und ich würde sie Ihnen zu gerne beantworten.» Er zeigte beim Lächeln Zähne, die mich an einen Dobermann erinnerten. «Nur muss ich leider dringend zu einem Termin und bin jetzt schon zu spät dran. Wir können gern ein anderes Mal weiterreden. Vereinbaren Sie bei meiner Sekretärin einfach einen Termin. Und richten Sie Walter aus, er schuldet mir noch einen Drink.» Lachend hielt er mir die Tür auf.

Fünf Minuten später stand ich konsterniert auf der Straße. In meinem ganzen Leben war ich noch nie so abrupt hinauskomplimentiert worden. Ich schaute auf meine Uhr. Mir blieb etwas Zeit, bevor ich wieder in die Redaktion musste, deshalb ging ich zum Polizeipräsidium an der Ecke 11th und State Street. Das Gebäude hatte dreizehn Stockwerke. Eine Unglückszahl. Das Büro von Danny Finn war im sechsten Stock.

«Oha», sagte er, als er von seinem Schreibtisch aufschaute. «Was verschafft mir das Vergnügen?»

Seit wir uns bei der D'Arco-Hochzeit begegnet waren, hatte ich mich einmal bei ihm gemeldet, und wir hatten uns verabredet. Doch statt mir wie erhofft einen Knüller zu bieten, hatte er mich nur zum Essen eingeladen. Trotz allem war es ein sehr nettes Treffen gewesen, Danny hatte Humor und war mir sofort sympathisch gewesen, und so waren wir schnell beim Du gelandet.

An diesem Nachmittag gingen wir in eine Bar am Plymouth Court. Danny strich sich die Uniformhose glatt und legte seine Schirmmütze auf den Tisch. Ich schnappte sie mir und setzte sie auf.

«Na, wie sehe ich aus? Würde ich als Polizist durchgehen?»

Er grinste. «Du wärst der mit Abstand hübscheste Polizist der Stadt.»

Ich nahm die Mütze ab und legte sie wieder auf den Tisch. Dann nippte ich an meinem Getränk und erzählte ihm von meiner Entdeckung.

«Und ich dachte, du wärst aus lauter Sehnsucht nach mir ins Präsidium gekommen.»

«Dass ich Sehnsucht hatte, versteht sich von selbst.» Ich zwinkerte ihm zu. «Aber bitte sag schon, ob du davon was mitbekommen hast.»

«Ich würde dir wirklich gern helfen.» Er kratzte das Etikett von seiner Bierflasche. «Und bestimmt habe ich bald mal was für dich.» Er nickte mir aufmunternd zu und trank einen Schluck.

Am Mittwoch traf ich mich mit einem von McCartys Beratern und am Donnerstag mit Dr. MacAleese. McCartys Berater war freundlich, hielt sich aber bedeckt und wollte zu den Unterlagen des Finanzausschusses nichts sagen. Und Dr. Mac-

Aleese bestätigte lediglich, dass die Berichte von McCarty immer in Ordnung seien.

Ich versuchte, mich auf die Aufgaben zu konzentrieren, die Mrs. Angelo mir zuteilte, doch sobald ich einmal kurz innehielt, wanderten meine Gedanken wieder zum Versicherungsbetrug. Immer wieder ging ich im Kopf die Fakten durch, aber ich kam einfach nicht dahinter, wer dort welches Spiel spielte.

Eines Morgens beim Frühstück fragte ich sogar meinen Vater um Rat. «Was hast du gemacht, wenn du bei einer Recherche mal an einem toten Punkt angelangt warst?» Sofort bereute ich, dass ich dieses eine Wort gewählt hatte, aber er schien es gar nicht bemerkt zu haben.

Ohne von der Zeitung aufzublicken, sagte er: «Kommt auf die Story an.» Er nahm sich eine Scheibe Toast, schaute aber immer noch nicht auf.

«Es geht eventuell um einen Versicherungsbetrug.»

«Ah-ha.» Zum ersten Mal ließ er die Zeitung sinken.

Ich richtete mich auf und wartete gespannt.

«CeeCee, wo ist die Marmelade? Auf dem Tisch steht keine.» Er nahm die Zeitung wieder auf und las weiter. «In der North Side treibt sich schon wieder ein Einbrecher rum ...»

Ich war zutiefst enttäuscht. Ja, ich hätte seine Hilfe gebrauchen können. Außerdem hatte ich gehofft, er hätte sich ein einziges Mal für meine Arbeit interessiert. Also würde ich auch weiterhin auf mich allein gestellt sein.

Mein Instinkt sagte mir, dass ich die Sache aus einem neuen Blickwinkel heraus betrachten musste. Deshalb ging ich gleich nach der Ankunft in der Redaktion noch einmal alle Namen durch, die ich von Aherns Liste abgeschrieben hatte.

Ich schnappte mir das Telefonbuch und rief die Privatnummer des Polizisten an, dessen Name oben auf der Liste stand. Beim allerersten Versuch ging offensichtlich eine Haushaltshilfe an den Apparat, die kein Englisch sprach. Ich probierte es weiter. Bei den nächsten Anrufen landete ich bei einem Gemeinschaftsanschluss, hörte nur das Besetztzeichen oder wurde unter einem Vorwand abgewimmelt. Andere legten gleich auf, wenn ich meinen Namen nannte. Offensichtlich wollte niemand mit einer Reporterin reden. Da ich so nicht weiterkam, griff ich kurzerhand wieder auf meinen Decknamen Gloria Smith zurück. Anfangs war mir etwas mulmig zumute, und ich stammelte herum, weil ich wusste, dass meine Kollegen, wenn sie gewollt hätten, jedes Wort mithören konnten.

Und dann bekam ich Officer Geck an die Strippe.

«Hier ist Gloria Smith von der Illinois Mutual Insurance.» Ich hielt den Atem an.

«Ja.»

«Ich wollte mit Ihnen über Ihren letzten Besuch bei Dr. Zucker reden und Ihren Antrag auf Rückerstattung der Arztkosten.»

«Dr. Zucker?» Er schwieg so lange, dass ich schon dachte, er hätte aufgelegt. «Ich kenne keinen Dr. Zucker.»

Endlich ein Lichtschein am Ende des Tunnels! Beinahe hätte ich erleichtert aufgeseufzt. «Spreche ich mit Officer Ralph Geck?»

«Ja genau. Von welcher Firma rufen Sie noch mal an?»

Mist! Was hatte ich gerade gesagt? Ich schaute auf meinen Notizblock. «Von der Illinois Mutual Insurance.»

«Ach ja, aber einen Dr. Zucker kenne ich nicht.»

Bisher hatte ich auf dem Notizblock nur so vor mich hin gekritzelt, nun schrieb ich *Geck kennt Dr. Zucker nicht,* unterstrich die Wörter dreimal und malte ein großes Fragezeichen dahinter. Es konnte sein, dass er log. «Dann hatten Sie im Oktober auch keinen Termin bei Dr. Zucker?»

«Nein. Sie müssen sich verwählt haben.»

Nachdem ich aufgelegt hatte, musste ich mich kurz am Telefon festhalten, so sehr zitterten mir die Hände, nein, ich zitterte tatsächlich am ganzen Körper und war mir sicher, dass auch meine Kollegen es bemerkten. Jetzt hatte ich Gewissheit – ich war einem Versicherungsbetrug auf der Spur.

Als Gloria Smith von der Illinois Mutual Insurance tätigte ich noch weitere Anrufe, weil ich hoffte, jemanden zu erwischen, der Ähnliches wie Officer Geck aussagte. Doch wieder hörte ich nur, ich sei «falsch verbunden», oder vernahm gleich das Besetztzeichen, weil der Angerufene sofort aufgelegt hatte. Als ich fast mit der Hälfte der Polizisten durch war, bekam ich bei der nächsten Nummer eine Frau an die Strippe.

«Hier bei Messner.»

«Spreche ich mit Mrs. Messner?»

«Ja. Wer ist denn da?»

«Gloria Smith.» Inzwischen ging mir der Name erstaunlich leicht über die Lippen. «Könnte ich bitte mit Officer Messner sprechen?»

«Der ist nicht da ...» Im Hintergrund kreischten Kinder, und die Frau schien kurz abgelenkt zu sein.

«Ich rufe von der Illinois Mutual Insurance an und ...»

«Ach, Sie sind von der Versicherung?» Sie brachte die Kinder mit einem energischen *Psst* zum Schweigen und räusperte sich. «Weshalb rufen Sie an?»

«Wie gesagt, es geht um Ihren Mann, Officer Messner. Sehe ich das richtig, er ist bei Dr. Zucker in Behandlung?»

«Ja, er war mal bei ihm. Ist aber schon über ein Jahr her.»

«Hat er Dr. Zucker wegen seines Bandscheibenvorfalls aufgesucht?»

«Bandscheibenvorfall? Nein. Das war wegen so einem Atemwegsinfekt. Wissen Sie noch damals, als die Grippe rumging? Er musste über eine Woche im Bett bleiben ...»

Ich hatte wieder auf meinem Notizblock herumgekritzelt und drückte den Bleistift jetzt so fest auf, dass die Mine brach. «Wurde Ihr Mann jemals bei einem Einsatz verletzt?»

«Nein, Gott sei Dank. Aber Sie können mir glauben, ich bete jedes Mal, wenn er das Haus verlässt und zum Dienst geht.»

«Mrs. Messner, war Ihr Mann jemals wegen eines Bandscheibenvorfalls in Behandlung?» Ich klemmte mir den Hörer zwischen Ohr und Schulter, nahm einen anderen Stift und schrieb so schnell mit, dass das Papier beinahe einriss.

«Nein, wie gesagt, da war nur dieser Infekt. Am Ende war es eine Bronchitis.»

«Ist Dr. Zucker der Hausarzt Ihres Mannes?»

«Nein, nein. Dr. Louie ist unser Hausarzt. Aber mein Mann wollte nicht, dass der extra zu uns kommt, und ich konnte ihn nicht dazu bringen, zu Dr. Louie in die Praxis zu fahren. Mein Mann geht nicht gern zum Arzt, aber weil er so lange krank war – wie gesagt, er lag über eine Woche im Bett –, haben die irgendwann gesagt, er muss zu einem gehen. Und geschickt haben die ihn dann zu Dr. Zucker.»

Mein Puls raste. «Wissen Sie noch, wer Ihren Mann damals zu Dr. Zucker geschickt hat?»

«Ich glaube, das war sein Vorgesetzter auf dem Revier.»

«Commander ...»

«Ja genau. Commander Graves.»

Lange nachdem ich aufgelegt hatte, raste mein Puls noch wie verrückt. Ich fühlte mich, als hätte ich fünf Liter Kaffee getrunken: hellwach und in Alarmbereitschaft. Ich las meine Notizen durch und wusste, an meinem Schreibtisch würde ich nicht weiter recherchieren können. Dafür musste ich so nahe wie möglich ans Herz der Story heran.

Ausgerüstet mit der Liste klapperte ich am nächsten Vormittag die Häuser sämtlicher erkrankter Polizisten ab. Ich klingelte an jeder Tür und sprach mit jedem, der mit mir reden wollte. Und wenn ich von «mir» spreche, dann meine ich Jordan Walsh, nicht Gloria Smith. Denn ich stand Männern gegenüber, die es gewohnt waren, die Fragen zu stellen, und ich wäre wahrscheinlich nicht weit gekommen, wenn ich als Sekretärin einer Versicherung aufgetreten wäre. Oder ihnen den wahren Grund meines Besuchs genannt hätte. Ich musste also erfinderisch sein. Das Ganze war ein Drahtseilakt, und ich war höllisch nervös.

Als ich bei Officer Pratts Haus in Rogers Park ankam, lag er in seiner Einfahrt unter einem Buick und nur die Beine lugten hervor. Seine Frau rief ihn von der Veranda aus: «Will? Willie, hier ist jemand, der dich sprechen möchte.»

Officer Pratt schoss auf einem Rollbrett unter dem Wagen hervor und stand auf. Während er sich die Hände mit einem Lappen abwischte, stellte ich mich vor.

«Und was will eine Frau von der *Tribune* von mir?»

«Erst einmal bin ich Reporterin. Und momentan schreibe ich einen längeren Artikel über Polizeibeamte, die bei einem Einsatz verletzt wurden. Nach meinen Recherchen trifft das auf Sie zu, richtig?»

«Ja, und ...?» Er schaute zu seiner Frau, die sich inzwischen auf die unterste Stufe der Verandatreppe gestellt hatte.

«Wenn ich es richtig sehe, sind Sie bei Dr. Zucker in Behandlung. Ist das korrekt?»

«Was zum Henker wollen Sie von mir?»

Meine Frage hatte ihn in die Defensive gedrängt. Ich atmete tief ein und wischte mir die schwitzigen Hände diskret am Rock ab. «Wir schauen uns gerade einen Antrag auf Rückerstattung von Arztkosten an, den Sie vor Kurzem eingereicht haben.»

«Wieso das?» Er machte einen Schritt auf mich zu, und ich musste meinen gesamten Willen aufbringen, um nicht zurückzuweichen.

«Ich denke, das wissen Sie selbst.»

«Was zum ...?» Er durchbohrte mich mit seinem Blick.

«Und ich weiß, dass Dr. Zucker Sie nicht wegen eines Bandscheibenvorfalls behandelt hat.» Das war natürlich nur ein Schuss ins Blaue, denn beweisen konnte ich gar nichts. «Wollen Sie sich dazu äußern?»

«Wozu?»

Seiner Stimme war die Verärgerung deutlich anzuhören, und ich konnte nur hoffen, dass er mir die Angst nicht ebenfalls anmerkte. «Wir reden hier über Versicherungsbetrug. Und es ist nicht das erste Mal, dass Dr. Zucker vorgeworfen wird, Patientenakten manipuliert zu haben. Sie haben jetzt die Möglichkeit, mir zu erklären, welche Rolle Sie dabei gespielt haben. Womöglich wussten Sie ja auch nichts davon.»

Ich erwartete, dass er in die Luft ging. Stattdessen kratzte er sich am Kopf und senkte die Stimme. «Ich war nur dieses eine Mal bei Dr. Zucker. Nicht öfter.»

Ich traute meinen Ohren kaum; der Mann war kleinlaut geworden. «Und wieso waren Sie bei ihm?»

«Die haben mir gesagt, ich soll da hingehen. Und das habe ich gemacht. War nur so eine routinemäßige Untersuchung. Damals war ich total pleite, und die haben mir für den Zeitaufwand fünfundzwanzig Dollar gegeben.»

«Wer sind ‹die›?» Ich zog Stift und Schreibblock aus meiner Handtasche. «Sie haben doch nichts dagegen, wenn ich mir Notizen mache?»

Er schaute zu seiner Frau, die nun neben der Einfahrt auf dem Rasen stand. «Ich ... ich ... kann dazu nichts sagen.» Er stopfte sich den Lappen in die hintere Hosentasche. «Ohne meinen Anwalt sage ich dazu gar nichts mehr.»

Ich schoss weitere Fragen auf ihn ab, nachdem er sich wieder auf das Rollbrett gelegt hatte und unter dem Buick verschwunden war.

Noch in der Einfahrt schrieb ich mir alles auf: *Hat 25 Dollar für Besuch bei Zucker bekommen. Erwähnt Anwalt.*

Danach machte ich mich zu Officer Nelson auf. Er hatte dienstfrei, und seine Frau sagte, er sei mit dem Sohn auf dem Schulhof und würde mit ihm ein paar Bälle auf Körbe werfen. Er spielte also Basketball, obwohl er sich laut Bericht den fünften Lendenwirbel gebrochen hatte und unter chronischen Schmerzen litt.

Den nächsten Polizisten fand ich genau dort vor, wo er laut

Auskunft seines Reviers sein sollte: auf der Kreuzung Lake und LaSalle, wo er in Uniform den Verkehr regelte. Nach Aherns Unterlagen hatte er sich den Kiefer gebrochen, als er einen flüchtenden Einbrecher gejagt und dieser ihm seine Pistole ins Gesicht gedroschen hatte. Als die Ampel auf Rot umsprang, lief ich auf die Kreuzung und stellte mich dem Mann vor. Wie es in den Unterlagen hieß, hatte Dr. Zucker ihm erst vor drei Wochen den Kiefer verdrahtet, doch das sah man ihm gar nicht an. Während ich auf ihn einredete, dirigierte er den Verkehr und wirkte so, als würde er mir nicht einmal zuhören.

«Wie ich sehe, ist Ihr Kiefer ja sehr schnell verheilt.»

«Mein Kiefer?» Jetzt hielt er mitten in der Bewegung inne und schaute mich an. «Wovon reden Sie eigentlich die ganze Zeit?»

«Sie waren doch wegen eines Kieferbruchs bei Dr. Zucker in Behandlung, oder? Und er hat Ihren Kiefer verdrahtet.»

«Miss, ich weiß wirklich nicht, wovon Sie reden.» Er blies in seine Trillerpfeife. «Ich habe mir noch nie im Leben den Kiefer gebrochen, und den Namen Dr. Zucker habe ich auch noch nie gehört.»

Mir verschlug es die Sprache, und ich blieb wie angewurzelt stehen. Erst als ein Autofahrer auf seine Hupe drückte, löste sich meine Starre, und ich rannte zurück zum sicheren Gehweg. Trotzdem fühlte ich mich wie benebelt, die Gebäude um mich herum schienen sich zu drehen. Alles war in Bewegung geraten. Und nahm langsam Formen an.

Ich sprintete zur Telefonzelle an der nächsten Straßenecke, steckte einen Nickel in den Zahlschlitz und wählte Aherns Nummer. Während ich darauf wartete, von der Telefonistin zu ihm durchgestellt zu werden, zog ich meinen Notizblock aus der Tasche und versuchte, die eilig hingekritzelten Stichpunkte zu entziffern. Einige der Rückzahlungsforderungen waren erst vor drei Wochen eingereicht worden, aber ein paar der betroffenen Polizisten hatten gesagt, sie wären seit über einem Jahr nicht mehr bei Dr. Zucker gewesen. Andere, wie der Verkehrspolizist, mit dem ich soeben geredet hatte, behaupteten, sie hätten den Namen Dr. Zucker noch nie gehört. Allerdings gab es auch einen Beamten, der wegen einer ausgekugelten Schulter bei ihm gewesen war, und einen anderen, der sich wegen eines doppelten Leistenbruchs von ihm hatte behandeln lassen. Diese beiden Fälle klangen tatsächlich glaubwürdig. Wer log und wer nicht, ließ sich schwer beurteilen. Fest stand nur, dass mindestens zehn Polizisten angeblich unter einem Bandscheibenvorfall oder anderen akuten Rückenbeschwerden litten, doch als ich sie hatte aufsuchen wollen, gerade Golf oder Basketball gespielt oder auf einem Rollbrett unter einem Auto gelegen hatten.

Ahern ging an den Apparat.

«Ich muss mit Ihnen reden», sagte ich.

Eine halbe Stunde später trafen wir uns an einer Hotdog-Bude vor dem Grant Park. «Viele von den Männern haben sich nie im Dienst verletzt», berichtete ich Ahern, nachdem ich seine Einladung zum Hotdog ausgeschlagen hatte. «Einige behaupten, sie wären nie bei Dr. Zucker gewesen, andere waren nur einmal bei ihm und dann wegen einer anderen Sache, als auf der Liste steht. Glauben Sie, MacAleese und O'Connor machen gemeinsame Sache? Oder stecken McCarty und MacAleese unter einer Decke?»

Er biss in seinen Hotdog. «Ich weiß nur eins», sagte er mit

vollem Mund. «Jemand kassiert hier ab – und die Polizisten sind es nicht. Vielleicht haben sie dem einen oder anderen einen Schein in die Hand gedrückt, damit er Dr. Zucker aufsucht, aber das waren nur Peanuts.»

«Ich weiß nicht, wen ich noch befragen soll. Aus MacAleese und McCarty ist nichts rauszubekommen. Und O'Connor war auch keine ...»

«Dr. Zucker.»

«Ich habe versucht, mit ihm zu reden, und war sogar bei ihm in der Praxis. Aber an seiner Sprechstundenhilfe komme ich nicht vorbei.»

«Versuchen Sie es weiter.» Er wischte sich einen Spritzer Senf vom Mund. «Gehen Sie wieder in die Praxis. Sie müssen weiter bohren, Walsh.»

Nach dem Treffen mit Ahern lief ich durch den Grant Park, weil ich einen klaren Kopf bekommen und mir die nächsten Schritte überlegen musste. Als ich mich dem Buckingham-Brunnen näherte, stob ein Schwarm Tauben auf und schlug wie wild mit den Flügeln. Ich wusste, dass da jemand ein krummes Ding drehte. Und wenn ich den Beweis dafür liefern wollte, musste ich ebenfalls krumme Wege gehen.

KAPITEL 8

Am Morgen darauf stand mein Plan fest. Die Idee war mir kurz nach Mitternacht gekommen und mir in der Dunkelheit nicht ganz geheuer gewesen. Wie sich herausstellte, half das Tageslicht auch nicht weiter. Tatsächlich bereitete mir der Plan sogar ziemliche Bauchschmerzen. Doch wenn ich an meine Story herankommen wollte, blieb mir leider nichts anderes übrig.

So in Gedanken versunken, zog ich meinen Pullover falsch herum an und merkte es erst, als ich den Reißverschluss meines Rocks hochzog. Völlig aufgelöst betrat ich unsere Küche. Ich kochte mir eine Kanne Kaffee und war dankbar, dass außer mir noch niemand wach war. Mein Plan war reichlich riskant, aber ich hatte die möglichen Folgen gegen den Nutzen abgewogen und entschieden, dass ich es für meine Enthüllungsstory tun musste. Ich sagte mir, dass auch Marty Sinclair für eine gute Geschichte alles getan hätte. Vermutlich war das, was ich vorhatte, nichts im Vergleich zu seinen Einfällen. Und wenn Marty hinterher dazu stehen konnte, dann würde ich es auch können.

Marty Sinclair ... Wie es ihm wohl ging? Von den Kollegen wusste ich, dass sein Anwalt die Vorladung noch einmal hatte abwenden können. Außerdem hatte man Big Tony vor Kurzem wegen eines weiteren Mordverdachts festgenommen, weshalb der Staatsanwalt nicht länger auf Martys Zeugenaussage angewiesen war. Sie hatten Big Tony endlich geschnappt, alles Weitere interessierte jetzt nicht mehr. Das ging mir durch den Kopf, als meine Mutter in die Küche kam und mich aus meinen Gedanken riss.

«Verzeihung, ich wollte dich nicht erschrecken, Spatz.»

Ich nahm ein Geschirrtuch und wischte den Kaffee weg, den ich verschüttet hatte.

«Hast du schon gefrühstückt?»

Ich schüttelte den Kopf. Mein Magen war in Aufruhr, ich hätte keinen Bissen hinuntergebracht. Doch ausgerechnet an diesem Morgen war meine Mutter in Redelaune. Ich nickte, beantwortete eine Frage und stellte vielleicht sogar selbst eine, hinterher konnte ich mich allerdings an kein einziges Wort unseres Gesprächs mehr erinnern. Ich wusste nur noch, dass ich meinen Kaffee einfach stehen gelassen hatte und in die Redaktion gefahren war.

Dort begrüßte ich den Chef vom Dienst und den Schlussredakteur Higgs, der die Nachtschicht gehabt hatte, und schaute mir an, welche Aufgaben mir an dem Tag zugeteilt worden waren. Vormittags berichtete ich für die «Gesichtet!»-Kolumne von einer Handvoll Prominenten, die in irgendeiner angesagten Bar gesessen hatten, und für die Rubrik «Die berufstätige Frau» verfasste ich einen Beitrag mit dem Titel «Verhaltensknigge für die Chefsekretärin». Seit Kurzem schrieb ich auch über Mode und gab heute dem Artikel «Schick in Bleistiftrock und Schößchenjacke» den letzten Schliff.

Mittags fragten M und Gabby, ob ich mit ihnen essen gehen wollte, aber ich ließ mir eine Ausrede einfallen und ging allein in Norm's Diner, der etwas abseits lag. Der Gedanke an Essen war mir immer noch unerträglich, und auch die Gegenwart meiner Kolleginnen hätte ich nicht ausgehalten. Ich brauchte Zeit, um mich innerlich auf die Umsetzung meines Plans vorzubereiten.

Im Diner setzte ich mich auf einen Barhocker und bestellte eine Tasse Kaffee. Am Tresen war es recht eng, und die Frau neben mir stieß mich aus Versehen an, als sie ihre Schmetterlingsbrille auf den Tresen legte, um die Speisekarte zu lesen. Sie entschuldigte sich bei mir und gab ihre Bestellung auf. Wieder wanderten meine Gedanken zurück zu dem Plan. Noch konnte ich es mir anders überlegen. Und dann? Der Versicherungsbetrug würde weitergehen und ich für immer über Röcke und Pullis, Prominente und Sekretärinnen schreiben.

Die Frau nebenan stieß mich zum zweiten Mal an, als sie eine Sonnenbrille aus der Handtasche fischte und aufsetzte. Erst nachdem sie bezahlt und den Diner verlassen hatte, bemerkte ich, dass sie die andere Brille auf dem Tresen liegen gelassen hatte. Ich nahm sie an mich und wollte der Frau hinterherrufen, als mir aufging, dass ich mehr als nur eine Brille in der Hand hielt. Hier war meine Verkleidung. Verstohlen blickte ich mich um und steckte sie dann ein.

Aufgekratzt von zu viel Kaffee und einer sich minütlich steigernden Nervosität, kehrte ich in die Redaktion zurück. Immer wieder schaute ich auf die Uhr, aber die Zeiger schienen sich in Zeitlupe zu bewegen. Doch irgendwann war es tatsächlich so weit, und ich konnte aufbrechen.

Ich ging zu Fuß und kam um sechzehn Uhr fünfzehn im

Pittsfield Building an. Die Lobby war voller Menschen, sie strömten aus den Fahrstühlen, eilten zum Bahnhof, winkten Taxis herbei. Die Putztruppe wuselte bereits durch die Halle, Frauen in blauen Uniformen leerten Abfalleimer und Aschenbecher und polierten die Handläufe der Treppengeländer. Um meinen Plan umsetzen zu können, durften sich nicht mehr so viele Menschen im Gebäude aufhalten, deshalb ging ich erst einmal zum Zeitungsstand und kaufte mir, um nicht weiter aufzufallen, eine Packung Kaugummi. Meine Hand zitterte, als ich den Dime auf den Verkaufstresen legte. Sie war so unangenehm verschwitzt, dass ich sie an meinem Rock abwischte. Dabei versuchte ich, meinen Atem halbwegs unter Kontrolle zu bringen.

Fünf Minuten später fuhr ich in den siebzehnten Stock und wartete im Flur, bis eine Putzfrau um die Ecke kam. Erstaunlicherweise war ich mit einem Mal vollkommen ruhig. Die Vorstellung hatte begonnen. Als hätte jemand in meinem Inneren einen Schalter umgelegt, handelte ich nur noch nach Plan.

Ich ging hinter der Frau her, bis diese erschrocken stehen blieb und mich fragte: «Ist irgendwas?»

«Wollen Sie sich fünf Dollar verdienen?»

Sie blickte mich überrascht an und entgegnete nach einer Weile, die mir unendlich lang erschien: «Was muss ich dafür tun?»

«Ich möchte mir Ihre Uniform ausleihen. Und die Schlüssel zu den Büros.»

Fünf Minuten später trug ich ihre blaue Arbeitskleidung, hielt in der einen Hand einen Eimer mit Seifenlauge und in der anderen einen Mopp. Die Haare hatte ich hochgesteckt, die gestohlene Brille aufgesetzt. Die Frau aus dem Diner musste blind wie ein Maulwurf sein, denn ich kam mir vor wie im Spiegelkabinett im Riverside Park. Die Decke und die Wände sahen verzerrt aus und bewegten sich mit jedem meiner Schritte von mir weg. Weil ich nicht mehr richtig sah, wankte ich wie betrunken herum, und das Wasser in meinem Eimer schwappte hin und her. Ich konnte nur hoffen, dass ich keine nasse Spur hinter mir herzog.

Während ich mich der Praxis von Dr. Zucker näherte, spielte ich nervös mit dem Schlüsselbund in meiner Tasche. Hinter der Milchglastür war alles ruhig. Ich legte eine Hand auf den Türknauf und drehte ihn. Die Tür war nicht verschlossen.

Mrs. Carson blickte vom Empfangstresen auf. «Sind Sie neu hier?»

«Ja, Ma'am.» Um jeden Augenkontakt zu vermeiden, senkte ich den Kopf, während ich den Mopp in den Eimer steckte. Obwohl ich mich mit der Brille und einer anderen Frisur getarnt hatte, befürchtete ich, Mrs. Carson könnte mich von meinem Besuch in der Praxis wiedererkennen. Ich wandte das Gesicht ab, beobachtete jedoch aus dem Augenwinkel, dass sie den Aktenschrank abschloss und den Schlüssel in die oberste Schublade des Empfangstresens legte.

«Bitte denken Sie daran, die Pflanzen zu gießen», sagte sie noch, bevor sie sich ihre Handtasche schnappte und die Lampe auf dem Tresen ausknipste.

Sobald sie die Praxis verlassen hatte, vergewisserte ich mich, dass auch im Sprechzimmer niemand mehr war, vor allem kein Dr. Zucker. Dann ging ich zur Tür, schloss ab und horchte. Das Gebäude schien zu atmen und zu keuchen, aber es war nur das Wasser, das durch die Abflussrohre der Toiletten lief. Ansonsten herrschte Stille.

Ich ging zum Empfangstresen und zog den kleinen Schlüssel für den Aktenschrank aus der Schublade. Da ich mit der Brille kaum etwas sah, nahm ich sie ab und musste erst ein paarmal blinzeln, bis wieder alles scharf vor meinen Augen zu erkennen war. In einem kleinen Metallrahmen, der an der oberen Schublade des Aktenschranks angebracht war, steckte ein Kärtchen mit der Aufschrift «1954–HEUTE». Ich zog die Schublade auf. Darin hingen die alphabetisch sortierten Mappen, die Patientenakten. Das Ganze war fast zu einfach. Ich hatte bereits ein halbes Dutzend Mappen mit den fraglichen Namen herausgenommen, als ich die Klingel des Fahrstuhls hörte. Ich erstarrte. Mein Herz hämmerte. *Schritte.* Sie kamen näher, wurden lauter, lauter, lauter ... und wieder leiser – die Person ging an der Praxistür vorbei.

Ich holte tief Luft und überprüfte schnell den Inhalt der ersten Mappen. Alles schien in Ordnung zu sein: Diagnosen, Rechnungen, Anträge auf Kostenrückerstattung. Unregelmäßigkeiten konnte ich keine entdecken. Danach suchte ich im Schrank nach Patientenakten von Polizisten, die behauptet hatten, den Namen Dr. Zucker noch nie gehört zu haben oder seit über einem Jahr nicht mehr bei ihm gewesen zu sein. Ich fand sie nicht. Auch die zweite und dritte Schublade suchte ich vergeblich danach ab. Langsam kam mir der Verdacht, dass ich völlig umsonst Kopf und Kragen riskiert hatte.

In einem letzten Versuch zog ich die unterste Schublade auf. Eigentlich hatte ich damit gerechnet, auch dort nicht fündig zu werden, doch dann sprangen mir gleich mehrere bekannte Namen ins Auge: O'Connor, Graves, McCarty, MacAleese,

Messner, Nelson ... Adrenalin schoss durch meine Adern, und meine Kopfhaut fing an zu prickeln. Bis aufs Äußerste gespannt blätterte ich den Inhalt der ersten Hängemappe durch. Persönliche Angaben. *Geburtsdatum: 28.11.1918. Anschrift: Franklin Ave. 678, Chicago, IL 60610. Name der Ehefrau: Trudy.* Verdammt. Nichts daran war ungewöhnlich. Doch ganz hinten in der Schublade lag ein zerfleddertes, rotes Kassenbuch, in dem verschiedene Zahlungen aufgelistet waren. Zwischen den letzten Seiten steckten außerdem mehrere entwertete Schecks, die auf die Namen O'Connor, Graves, McCarty und MacAleese ausgestellt waren. Ein gutes Licht warf das auf Dr. Zucker und die anderen Beteiligten nicht, aber es bewies auch keinen Versicherungsbetrug im großen Stil. Immerhin hatte ich etwas gegen sie in der Hand, deshalb ging ich zum Photostat und schaltete ihn ein. Während sich das Vervielfältigungsgerät aufwärmte, nahm ich mir eine weitere Mappe vor und fand darin mehrere Blätter mit kryptischen Botschaften wie *Avdlfs: Qbttfo Tjf bvg. Efs Gjoboabvttdivtt tufmmu vobohfofinf Gsbhfo* ... Offenbar handelte es sich um eine Geheimsprache. Doch die Zeit würde nicht reichen, um den Code vor Ort zu entschlüsseln. Der Photostat war inzwischen betriebsbereit, und während ich Seite um Seite darauf legte und kopierte, geriet ich ziemlich ins Schwitzen.

Als ich alles beisammenhatte, hängte ich sämtliche Mappen wieder zurück in den Aktenschrank. Den Schlüssel legte ich in die Schublade im Empfangstresen. Ich schnappte mir die Brille und sah einen Zettel auf dem Boden liegen. *Hiermit benutzen* stand darauf. Offenbar war er beim Kopieren herausgefallen. Da ich Angst hatte, doch noch in der Praxis entdeckt zu werden, legte ich den Zettel nicht in den Schrank zurück, sondern steckte ihn einfach ein. Bevor ich das Licht ausmachte und die Tür abschloss, dachte ich noch daran, die Pflanzen zu gießen.

Nachdem ich auf einer Toilette im Pittsfield Building wieder in meine Bürokleidung geschlüpft war, kam ich auf dem Nachhauseweg an Norm's Diner vorbei und überlegte kurz, ob ich hineingehen und die Brille zurück auf den Tresen legen sollte. Doch so gern ich sie der Frau auch zurückgegeben hätte, ich musste in erster Linie vorsichtig sein. Ich hatte soeben ein Verbrechen begangen – auch wenn es vielleicht kein Einbruchdiebstahl war, so handelte es sich mit Sicherheit um Hausfriedensbruch. Und was wäre, wenn mich jemand dabei beobachtet hatte, wie ich die Brille, die ich später als Verkleidung benutzt hatte, im Diner an mich genommen hatte?

Ich blieb vor einem der Fenster des Diners stehen und schaute hinein. Drinnen brannte kein Licht, die Stühle standen kopfüber auf den Tischen. Ich war froh, dass das Restaurant bereits geschlossen hatte, denn so konnte ich die Entscheidung, die Brille zurückzugeben, erst einmal vertagen. Immerhin hatte ich es ja versucht, redete ich mir ein.

Zu Hause angekommen, tauschte ich meine guten Bürosachen gegen einen verwaschenen Pulli und eine ausgeleierte Caprihose ein. Ich setzte mich an den Küchentisch und breitete die fotokopierten Seiten vor mir aus. Bevor ich mit dem Lesen begann, machte ich mir noch einen Rest Hackbraten warm. Mein Vater kam aus seinem Arbeitszimmer in die Küche.

«Wie läuft's mit dem Schreiben?», fragte ich, während er zum Kühlschrank ging, eine Handvoll Eiswürfel herausholte und einen nach dem anderen in ein leeres Glas gleiten ließ. «Kommst du mit dem Roman voran?»

«Wer weiß das schon», erwiderte er achselzuckend.

«Das Buch wird bestimmt großartig. Kann kaum erwarten, es zu lesen.»

«Ist deine Mutter noch wach?»

«Sie sitzt im Wohnzimmer und liest *Der Hirschpark*.»

«Mailer, *autsch*.» Kopfschüttelnd drehte er den Verschluss der Whiskey-Flasche auf und goss sich einen großzügigen Drink ein.

«Du glaubst nicht, woran ich gerade sitze. Ein Enthüllungsbericht. Es geht um einen groß angelegten Versicherungsbetrug.» Ich schob den Teller weg. Der Wunsch, meinen Vater auf mich aufmerksam zu machen, war stärker als mein schlechtes Gewissen wegen der Ermittlungsmethoden. «Und ich glaube, die Spur führt hinauf bis ins Rathaus.»

«Versicherungsbetrug? Das ist gut. Gut.» Er nickte und schaute in Richtung Flur. «Richte deiner Mutter aus, sie soll nicht zu lange aufbleiben, ja?»

Ich wollte ihm mehr von meiner Arbeit erzählen, aber er hatte sich bereits umgedreht. «Mailer, um Gottes willen …», sagte er noch, bevor er in seinem Zimmer verschwand und die Tür hinter sich schloss. Ich blieb am Küchentisch sitzen und las die fotokopierten Seiten etliche Male durch. Irgendwann verschwammen die Zahlen aus dem Geschäftsbuch vor meinen Augen. Ich schaute auf den Zettel, den ich in Zuckers Praxis vom Boden aufgehoben hatte. Mit dem Daumen strich ich über die Wörter *Hiermit benutzen*. Jemand hatte das Stück

Papier von einem Block abgerissen, denn am oberen Rand war noch ein Streifen Gummikleber. Wer das Wort darauf geschrieben hatte, wusste ich natürlich nicht. Aber ich konnte mit dem Daumen die Abdrücke von Buchstaben ertasten, die jemand auf den ehemals darüber klebenden Zettel geschrieben hatte.

Erneut schaute ich auf die verschlüsselten Botschaften. Wie sollte ich sie jemals entziffern? Himmel, für solche Fälle hatte man doch extra den Beruf des Kryptologen erfunden. Für mich war es nicht mehr als eine Ansammlung sinnlos aneinandergereihter Buchstaben. Langsam wurde es spät, ich brauchte etwas zum Wachhalten und stand auf, um mir einen Kaffee zu kochen.

Während der Perkolator auf dem Herd blubberte, dachte ich über den kleinen Zettel nach. Mir fiel ein Spiel ein, das Eliot und ich als Kinder oft gespielt hatten. Dafür hatte einer von uns auf die oberste Seite eines Blocks etwas geschrieben und den Zettel weggeworfen. Der andere musste dann mit einem Bleistift darüber reiben und so herausfinden, was dort gestanden hatte.

Was hatte auf dem Zettel gestanden?

Ich schnappte mir einen Bleistift, rieb damit gleichmäßig über den Zettel und enthüllte so die Buchstaben, die jemand auf die Seite davor geschrieben hatte: *Um eins verschieben.*

Alles Mögliche konnte damit gemeint sein. Vermutlich hatte der Zettel rein gar nichts mit dem Buchstabenkauderwelsch zu tun. Ich beschloss, es für heute gut sein zu lassen und ins Bett zu gehen. Die Zettel ließ ich auf dem Tisch liegen und stieg die Treppe hoch. Während ich mir die Zähne putzte, dachte ich unablässig über die Wörter nach: *um eins verschieben, um eins verschieben* – verdammt! Ich spuckte die Zahnpaste ins Waschbecken und raste die Treppe hinunter.

Ich schnappte mir eine verschlüsselte Botschaft, das erste Wort hieß *Avdlfs*. «Um eins verschieben» konnte bedeuten, dass man die Buchstaben im Alphabet entweder um einen nach vorne oder um einen nach hinten versetzen musste. Dann wäre das *A* ein *B* oder *Z*, das *V* ein *W* oder *U* und der dritte Buchstabe ein *E* oder *C*. *Awe* ergab keinen Sinn, aber *Zuc* konnte natürlich der Anfang des Namens Zucker sein. Das bedeutete also, dass ich im Alphabet einen Buchstaben zurückgehen musste. Ich schaute mir die Nachricht auf dem Zettel an:

Avdlfs: Qbttfo Tjf bvg. Efs Gjoboabvttdivtt tufmmu vo-
bohfofinf Gsbhfo. NbdBmfftf ibu NdDbsuz cfbvgusbhu,
ejf Cfsjdiuf boavqbttfo. Nbdifo Tjf bvt efn Caoet-
difjcfowpsgbmm fjofo Lopdifocsvdi. Voe ibmufo Tjf ejf
Sfdiovohfo cfj voufs 300. Ejf Mfvuf tdipfpfqggfo Wfsebdiu.
Obdimbfttjbhlfju lpfpofo xjs vot ojdiu mfjtufo. Gsbol

Um das Rätsel zu lösen, würde ich noch eine Weile brauchen. Ich stand auf, goss mir noch eine Tasse Kaffee ein und fing an. Zu Beginn kam ich nur mühsam voran. Doch als ich den ersten Satz fertig hatte, überlief es mich eiskalt. Dort stand: «Zucker: Passen Sie auf.» Das trieb mich an, und nach kurzer Zeit hatte ich den Dreh heraus.

Schließlich hatte ich den ganzen Zettel übersetzt:

Zucker: Passen Sie auf. Der Finanzausschuss stellt un-
angenehme Fragen. MacAleese hat McCarty beauftragt, die

Berichte anzupassen. Machen Sie aus dem Bandscheiben-
vorfall einen Knochenbruch. Und halten Sie die Rechnungen
bei unter 300. Die Leute schoepfen Verdacht. Nachlaessigkeit
koennen wir uns nicht leisten. **Frank**

Und es gab etliche Blätter mit verschlüsselten Botschaften –
Beweise für absichtlich falsch gestellte Diagnosen, angeblich
durchgeführte Therapien, unberechtigte Zahlungsforderun-
gen. Ich entschlüsselte noch ein paar Berichte und beließ es
dabei, weil ich schon genug belastendes Material beisammenhatte.

Ich ging in mein Zimmer und arbeitete bis in die frühen
Morgenstunden an dem Artikel. Der Kaffee auf meinem
Schreibtisch war längst kalt geworden, trotzdem war ich hellwach, weil ich endlich auf den Knüller gestoßen war, auf den
ich so lange gewartet hatte. Diese Story konnten meine Redakteure nicht ablehnen. Also tippte ich weiter, als würden Eliot
und meine Eltern mir über die Schulter schauen und mich
anfeuern. Mein Vater hatte heute Abend kaum ein Wort mit
mir gewechselt, meine Mutter das Buch von Mailer nicht eine
Sekunde aus der Hand gelegt. Wenn mein Artikel in der Zeitung erschien, würden sich die beiden vielleicht endlich wieder für etwas interessieren und darüber die Trauer für einen
Moment vergessen.

Ich schaute auf die Uhr. Viertel nach zwei. Die anfängliche
Euphorie war verflogen, jetzt fühlte ich mich so erschöpft,
dass ich beim Tippen fast einschlief. Aber ich musste weitermachen. Für meine Mutter und für meinen Vater. Und auch
für mich selbst.

Am nächsten Morgen lief ich um halb neun vor Mr. Ellsworths Schreibtisch auf und ab, während er etwas an den Rand seines Löschblatts kritzelte. Die Sekunden zogen sich hin, aber irgendwann blickte er hoch. «Kann ich Ihnen helfen, Walsh?»

«Ich habe da was», sagte ich. «Eine richtig große Sache.»

Er bedachte mich mit einem Blick, der zu sagen schien *Womit wollen Sie mir denn jetzt schon wieder auf die Nerven gehen?*

«Reden Sie mit Mrs. Angelo. Und, um Himmels willen, hören Sie endlich auf damit, hinter ihrem Rücken zu handeln und immer gleich zu mir zu kommen. Eigentlich müssen Sie auch Pearson fragen. Sie arbeiten für die Klatschspalte, schon vergessen?»

«Aber hier geht es nicht um Prominente. Das ist eine Sensationsmeldung, die die ganze Stadt interessieren dürfte.»

Er seufzte und kraulte sich den Bart. «Na schön.» Dann lehnte er sich auf dem Stuhl zurück und verschränkte die Arme. «Her damit.»

Ich legte ihm meinen Artikel hin und schaute gespannt zu, wie er las und sich dabei über den Bart strich.

«Ich soll also die Story drucken, dass Stadtrat O'Connor – der Stadtratsvorsitzende – und irgendein Kurpfuscher gemeinsam Versicherungsbetrug begehen?»

«Commander Graves gehört auch dazu, wie Sie hier lesen können. Es steht alles da.»

«Walsh, so geht das nicht. Sie müssen Beweise liefern.»

«Aber die habe ich. Hier.» Ich zeigte ihm die Blätter mit den verschlüsselten Botschaften.

Er blätterte die Seiten kopfschüttelnd durch. «Was ist das? Ein dummer Scherz?»

«Das ist verschlüsselt, aber ich habe herausgefunden, was

es bedeutet. Hier, lesen Sie selbst.» Ich legte ihm die von mir entzifferten Texte auf den Tisch.

Mr. Ellsworth massierte sich das Kinn. «Wie sind Sie darangekommen?»

Mit dieser Frage hatte ich gerechnet. Weil meine Recherchemethoden mir selbst Bauchschmerzen verursachten, erwiderte ich bloß: «Das wollen Sie lieber nicht wissen.»

Er blickte auf die Seiten und nach einer Weile erneut zu mir. «Und Sie stehen hinter allem, was Sie geschrieben haben?»

«Hundert Prozent. Was Sie hier sehen, sind Fotokopien von den Patientenakten von Dr. Zucker.»

«Walter?», rief er. «Walter? Herkommen.»

«Walter?» Ich ließ die Hände sinken. «Ich brauche Walter nicht.»

«Ich aber. Und die Rechtsabteilung soll sich das auch mal ansehen.»

Die Pfeife zwischen den Lippen, kam Walter zum Tisch. «Was gibt's?»

«Walsh hat was geschrieben. Die Rechtsabteilung soll mal einen Blick drauf werfen. In der Zwischenzeit polieren Sie das mal auf – und füllen die Lücken.»

«Da sind keine Lücken», sagte ich.

Mr. Ellsworths Blick ließ mich verstummen. Er signalisierte: keine weiteren Diskussionen.

Ich lief hinter Walter her. «Mir sitzt der Redaktionsschluss im Nacken», sagte er und riss eine angefangene Seite aus seiner Schreibmaschine. «Für so einen Quatsch habe ich eigentlich keine Zeit.» Doch dann fing er an zu lesen, und sein Gesichtsausdruck änderte sich schlagartig. Überrascht schaute er zu mir hoch. «Ach, du Scheiße, Walsh – wie bist du denn an den Knüller gekommen?»

Ich gab keine Antwort, schaute ihm aber beim Schreiben über die Schulter. Im Grunde tippte er meine Story nur ab. Er benutzte denselben Einstieg und änderte vielleicht ein halbes Dutzend Wörter. Gegen Ende des Artikels vertauschte er zwei Absätze. Mehr nicht.

Eine halbe Stunde später standen wir beide wieder beim Hufeisen. Während Mr. Ellsworth las, konzentrierte ich mich auf einen Punkt an der Decke. Ich hörte ihn ein-, zweimal schnauben, dann zückte er seinen gefürchteten Rotstift. Er fügte an einer Stelle einen Punkt ein. «Wenn die Rechtsabteilung ihren Segen gibt, bringen wir es auf Seite eins», sagte er dann.

«Wirklich wahr?»

«Ja.» Mr. Ellsworth warf seinen Stift auf den Tisch, stand auf und streckte sich. Als ich mich zum Gehen umwandte, klopfte er mir aufs Hinterteil. «Gute Arbeit, Walsh.» Er schaute zu Walter und nickte ihm kurz zu.

Trotz des Poklopfers war ich überglücklich. Auf dem Weg zu meinem Schreibtisch fühlte ich mich wie ein neuer Mensch. Ich straffte die Schultern, schob die Brust raus. Jetzt gehörte ich zum Team. Ich hatte meinen ersten Nachrichtenartikel geschrieben – und dann auch noch über eine große Sache. Endlich stand mein Name unter einer Story, auf die ich stolz sein konnte.

Noch bevor ich mich am nächsten Morgen angezogen hatte, raste ich die Treppe hinunter und riss die Haustür auf. Ich hielt mir den Bademantel am Kragen zu und schnappte mir die Zeitung, die der Bote auf die Veranda geworfen hatte.

Ich konnte es kaum erwarten, meinen Eltern die Story zu zeigen, und stellte mir bereits vor, wie sie die von Alkohol verquollenen Augen aufrissen und die Münder zu einem strahlenden Lächeln verzogen. Beim Frühstück würden wir nur über die Sensationsmeldung reden, und ich würde ihnen schildern, wie ich es angestellt hatte, an die Informationen zu gelangen. Meine Mutter würde den Artikel ausschneiden und nicht erst bis zum Sonntag warten, wenn Ferngespräche billiger waren, sondern gleich heute bei meinen Großeltern in New York anrufen und ihnen stolz von meiner Glanztat berichten. Es würde genauso sein wie früher, und auch Eliot wäre da und säße auf meiner Schulter.

Die Seiten waren klamm von der frühmorgendlichen Luft, und ich stand erwartungsfroh im Flur und begann zu lesen. Mein Blick erfasste die Schlagzeile über dem Bruch. «Stadtratsvorsitzender: Verdacht auf Versicherungsbetrug.» Aber dann sah ich etwas, das mein Herz einen Schlag aussetzen ließ: «von Walter Harris».

Ich las den Artikel, weil ich dachte, Walt hätte ihn vielleicht doch noch neu geschrieben. Es konnte ja sein, dass es in dem Fall neue Entwicklungen gab, von denen ich gestern nichts gewusst hatte. Aber nein. Es *war* mein Artikel. Meine Wangen brannten wie Feuer, ich raste in mein Zimmer und zog mich so hektisch an, dass mir erst in der Bahn auffiel, dass ich meine Bluse schief zugeknöpft hatte.

Vor Wut fast schnaubend marschierte ich in die Redaktion und geradewegs zu Mr. Ellsworth.

Für wen hält er sich eigentlich, dass er Walter erlaubt, seinen Namen unter meinen Artikel zu setzen? Denkt er, ich sei eine dumme Göre, die man herumschubsen kann? Eine solche Behandlung ließ ich mir nicht bieten, Chefredakteur hin oder her.

Er schaute von seinem Platz hoch, und sobald sich unsere Blicke trafen, lösten sich die Hasstirade in meinem Kopf in nichts auf. Nein, ich konnte es nicht tun. Ich knickte ein und schlich mit gesenktem Haupt zu meinem Tisch. Wie sollte ich es meinem Vater erklären? Ich hatte ihm bereits erzählt, dass ich an einer großen Story über einen Versicherungsbetrug säße. Er las die *Tribune* täglich und würde bemerken, dass nicht mein Name, sondern Walters unter dieser Story stand. Wieder kochte die Wut in mir hoch. Dann hörte ich, wie Walt am Telefon lachte. Das brachte das Fass zum Überlaufen. Ich schnappte mir die Zeitung, sprang von meinem Stuhl auf und ging erneut zum Hufeisen.

«Mr. Ellsworth.» Ich räusperte mich. «Ich muss mit Ihnen reden.»

«Hab zu tun, Walsh», erwiderte er, ohne hochzublicken.

Ich knallte die Zeitung auf den Tisch. «Das war *meine* Story. *Ich* habe recherchiert und sie geschrieben.»

«Und es war die *Erste*, die Sie geschrieben haben. Deshalb habe ich einen erfahreneren Reporter daran gesetzt.»

«Walter hat dem Artikel nichts hinzugefügt. Rein gar nichts.»

«Ich muss mich vor Ihnen nicht rechtfertigen. Mir ist es völlig egal, wer Ihr Vater ist und wo Sie zur Schule gegangen sind. Sie müssen noch eine Menge über das Zeitungsgeschäft lernen.» Er schob mir die Zeitung hin.

«Aber ...»

«Ich denke, wir sind hier fertig.» Er griff nach dem Telefonhörer, und damit hatte es sich für ihn.

Die Zeitung in der Hand, ging ich zu meinem Tisch zurück und ließ mich auf den Stuhl fallen. Ich brauchte einen Drink. Als ich meine Handtasche öffnete, sah ich die Schmetterlingsbrille, die ich fast vergessen hatte. Ich stand erneut auf, nahm den Fahrstuhl und lief zu Norm's Diner.

An der Kasse saß eine ältere Frau mit einem schiefen Dutt und einem Kaffeefleck auf der Bluse. Ich legte die Brille auf den Tresen. Jetzt, wo der Artikel ohne meinen Namen erschienen war, befürchtete ich nicht mehr, ein Zeuge könnte die Schmetterlingsbrille mit mir in Verbindung bringen. «Ich glaube, eine Frau hat die neulich hier vergessen.»

KAPITEL 9

Mir ging es gar nicht gut, nachdem die Story, für die ich alles riskiert hatte, unter Walters Namen auf der ersten Seite erschienen war. Man hatte mich nicht nur an den Rand gedrängt, man hatte mich komplett gestrichen. Das tat weh. Ich überlegte, ob ich die Jagd aufgeben und mich mit meiner Rolle als Klatschtante abfinden sollte. Doch das entsprach nun mal nicht meinem Wesen. Meine Eltern hatten mich nicht zum Aufgeben erzogen.

Alle Zeitungen der Stadt griffen die Sensationsmeldung auf, Walter schrieb die nachfolgenden Artikel selbst und beauftragte sogar einen Kryptologen mit der Entschlüsselung der anderen Botschaften. Ich versuchte nicht, etwas dazu beizutragen. Im Zuge meiner Enthüllung wurden Anklagen erhoben, Mitarbeiter der Stadtverwaltung mussten gehen, andere traten freiwillig zurück. Ich konnte mich nicht einmal mehr dazu aufraffen, ein Wort darüber zu lesen. Und sosehr ich mich auch bemühte, die Wut konnte ich bei meinen Gesprächen mit Walter oder Mr. Ellsworth nicht aus meiner Stimme verbannen.

«Ist irgendetwas, Walsh?», fragte Mr. Ellsworth mich mehr als nur einmal.

«Nein. Nichts.» Ich schluckte meinen Ärger jedes Mal hinunter und verzog mich an meinen Tisch.

Bei Walter riss ich mich weniger zusammen. Etwa einen Monat nachdem er meinen Aufmacher gestohlen hatte, stand ich eines Morgens in der Teeküche und sah, wie er den letzten Rest Kaffee in seine Tasse goss, bevor er die leere Kanne zurück auf die Kochplatte stellte.

«Du hast den letzten Schluck Kaffee getrunken», rief ich aufgebrachter, als es dem Vorfall angemessen gewesen wäre.

«Na und?» Er schaute mich an, als wollte er sagen: *Ist doch halb so wild.* Und deshalb wurde ich jetzt richtig wild. Hier ging es nicht um Kaffee. Es ging um meinen Stolz, mein Ego.

«Wahrscheinlich erwartest du jetzt von mir, dass ich neuen Kaffee aufsetze», sagte ich empört.

«Tja, wenn du Kaffee trinken willst, bleibt dir wohl nichts anderes übrig.»

Ich riss ihm die Kanne aus der Hand, wodurch der Kaffeefilter sich löste und braune Flecken auf der Anrichte verteilte. Walter lachte und tänzelte an mir vorbei. Ich wäre fast explodiert, so wütend war ich – nicht nur auf ihn, sondern auch auf mich. Gerade hatte ich Walter den Beweis geliefert, dass eine Frau für die Nachrichtenredaktion viel zu emotional reagierte. Und zu allem Überfluss musste ich jetzt nicht nur frischen Kaffee kochen, sondern auch noch die Teeküche sauber machen.

Als ich an meinen Schreibtisch zurückkehrte, atmete ich tief durch und tätigte den Anruf, den ich eigentlich hatte vermeiden wollen. Inzwischen war es einen Monat her, seit ich zum letzten Mal mit Ahern gesprochen hatte. Zwei Tage nach Erscheinen des Artikels hatten wir kurz miteinander telefoniert. Damals hatte er gesagt, er müsse zu einer Sitzung und würde sich wieder bei mir melden. Doch bisher hatte er nicht zurückgerufen, und nur mein Stolz hatte mich davon abgehalten, erneut bei ihm anzuklingeln – bis zu diesem Tag.

Als Ahern an den Apparat ging, flehte ich ihn fast an, sich mit mir zu treffen. Eine Stunde später wartete ich im Lincoln Park Zoo vor dem Affenhaus auf ihn. Ich saß auf einem großen Stein und beobachtete eine Gruppe Schulkinder, die sich an den Händen hielten und sich fröhlich lachend des Lebens erfreuten.

Ich wurde langsam unruhig, weil Ahern nicht kam, und fragte mich, ob es wirklich so schlau gewesen war, wieder mit ihm in Kontakt zu treten. So ganz vertraute ich ihm immer noch nicht, allerdings war er der einzige Mann, der mich ernst nahm.

Vergeblich hatte ich versucht, eigene Kontakte zu knüpfen, hatte nichts unversucht gelassen, um bei den Wohltätigkeitsbällen und Hochzeiten die richtigen Leute kennenzulernen. Daleys Sekretärin hatte ich zum Geburtstag einen Strauß Blumen geschickt. Ich hatte mich in verschiedenen Polizeiwachen blicken lassen und dort Tombola-Lose zugunsten der Schulen von Polizistenkindern gekauft, ich hatte den Cops Kuchen und Kekse mitgebracht und mich sogar mit Danny Finn und einigen seiner Kollegen betrunken. Danny betrachtete ich inzwischen zwar als Freund, doch die anderen wollten meistens nur herausfinden, ob sie mir unter dem Tisch eine Hand unter den Rock schieben durften.

Vor dem Affenhaus schaute ich erneut auf meine Uhr, als ich hinter mir Schritte hörte. Es war tatsächlich Ahern, groß und schlank, die Haare akkurat gekämmt. Er wirkte im Zoo völlig fehl am Platz. Wir gaben uns zur Begrüßung die Hände und gingen ins Affenhaus. Hier drinnen war es kühl und dämmerig, und es roch wie nasser Hund. Die Affen beobachteten uns von ihren Käfigen aus, einige schwangen sich auf Lianen näher heran, um einen besseren Blick zu erhaschen.

«Warum wollten Sie sich so dringend mit mir treffen?», fragte Ahern und schaute auf seine Uhr.

«Seit die Story gedruckt wurde, hatten wir keine Gelegenheit, uns noch einmal in Ruhe zu unterhalten.»

Er verschränkte die Arme und lehnte sich unter einem Schild mit der Aufschrift BITTE NICHT ANLEHNEN an den Käfig.

«Und ich wollte Ihnen erklären, warum sie gedruckt wurde, ohne ...»

«Was wollen Sie mir erklären? Warum Sie Walter Harris die Story überlassen haben? Das geht mich nichts an.» Er hob resigniert die Hände. «Ich kann Ihnen nicht sagen, wie Sie Ihre Arbeit zu erledigen haben. Ich bin jedenfalls froh, dass jemand diesem Betrug ein Ende gesetzt hat.»

«Aber es war *meine* Story. Ich habe recherchiert, nicht Walter.» Wie damals bei Mr. Ellsworth ging ich in die Defensive. Einer der Affen sprang auf und ab. Erschrocken machte ich einen Schritt vom Käfig weg. «Jedes Wort in dem Artikel stammt von mir. Und Sie haben keine Ahnung, wie weit ich für die Story gegangen bin.»

«Nun regen Sie sich nicht auf, Walsh. Es werden schon noch andere Storys kommen. Größere.»

«Wann denn?»

«Sobald ich etwas für Sie habe. Momentan ist leider nichts los.»

«Gar nichts?» Das nahm ich ihm nicht ab. Denn aus irgendeinem Grund hatte ich immerzu das Gefühl, er würde mir etwas verheimlichen. Vielleicht lag es daran, dass er mir wie schon bei unserer ersten Begegnung nicht in die Augen sehen konnte. Nur war ich leider auf ihn angewiesen. Niemand sonst würde mir in dieser Stadt jemals einen Tipp geben.

Der nächste Affe seilte sich ab, landete auf dem Boden, wirbelte Staub auf.

«Momentan kann ich Ihnen nichts weiter erzählen.» Er lächelte selbstgefällig. «Geduld, Walsh, haben Sie nur etwas Geduld.»

«Dann geben Sie mir heute tatsächlich nichts? Nicht mal einen Krümel? Sie hätten sich doch sicher gar nicht erst mit mir getroffen, wenn Sie nicht wenigstens einen kleinen Tipp für mich hätten.»

«Ich bin hier, weil Sie mich darum gebeten haben.»

«Komisch, wie ein Menschenfreund kommen Sie mir gar nicht vor.»

«Tja, vielleicht kennen Sie mich schlecht.» Er schaute mich verletzt an, trat vom Käfig weg und ging Richtung Ausgang.

«Ahern? Bitte, gehen Sie noch nicht.» Ich eilte ihm nach.

Ohne sich umzudrehen, winkte er mir zu und verließ das Affenhaus. Ich blieb wie angewurzelt stehen und ärgerte mich über mich selbst, weil ich so mit ihm geredet hatte. Ein Affe drückte das Gesicht an die Gitterstäbe und schaute mich an. Mich beschlich das Gefühl, dass ich es mir soeben mit dem einzigen Menschen verscherzt hatte, der tatsächlich auf meiner Seite stand.

Als ich das Affenhaus verließ, fühlte ich mich abgeschlagen, als wäre eine Erkältung im Anflug. Die Wut und Enttäuschung hatten sich schwer auf meine Schultern gelegt. Ich war überzeugt, bis ans Ende meiner Tage für die Frauenseite schreiben zu müssen. Am liebsten hätte ich mich ins Bett gelegt und mir die Decke über den Kopf gezogen, doch ich zwang mich, in die Redaktion zurückzukehren.

An meinem Schreibtisch starrte ich auf die roten Halbmonde, die am seitlichen Rand meines Wörterbuchs den Beginn eines neuen Buchstabens anzeigten. Es war mir unmöglich, mich auf irgendetwas zu konzentrieren, noch dazu wurde ich von Henry abgelenkt, der einen Tisch weiter mit seiner Frau telefonierte.

«Nun beruhig dich, Mildred. Beruhig dich endlich und fahr mit dem verdammten Köter zum Tierarzt ... Mit deiner Hysterie machst du es auch nicht besser ... Dann sag Bobby einfach, sein Hund wird wieder gesund, und jetzt leg auf und fahr mit ihm zum Tierarzt ...»

Nachdem er das Gespräch beendet hatte, schaute ich zu ihm hinüber. «Alles okay?»

«Himmel.» Henry schüttelte den Kopf. «Da draußen laufen vielleicht Irre herum.» Er griff erneut zum Telefon und bediente mit dem Radiergummi seines Bleistifts die Wählscheibe. «Die denken echt, die kommen mit allem davon. Aber den Mistkerlen werde ich es zeigen.» Er klemmte sich den Hörer zwischen Ohr und Schulter. «Ja, holen Sie bitte Sergeant Tessler an den Apparat.» An mich gewandt flüsterte er: «Einem Vertreter der Presse pisst man besser nicht ans Bein.» Er langte in die Frosties-Packung auf seinem Tisch und stopfte sich eine Handvoll gezuckerter Cornflakes in den Mund. Er musste ziemlich lange warten und konnte genüsslich aufessen, bevor er seinen Gesprächspartner an der Strippe hatte. «Hallo Gil», sagte er in die Sprechmuschel, «hier ist Henry von der *Trib.* Du musst mir einen Gefallen tun. Irgend so ein Arschloch hat vorhin unseren Hund angefahren und ist einfach abgehauen. Mildred ist jetzt zum Tierarzt gefahren, vermutlich Beinbruch ... Ja, direkt vor unserer Haustür ... Ist gerade erst passiert, der Pisser fährt wahrscheinlich noch in der North Side rum ... Mildred meinte, es war ein grüner DeSoto. Und der Hund ist ziemlich groß, ein Golden Retriever, würde mich nicht wundern, wenn der Kotflügel eine Delle hat ... Ja, danke, du hast was bei mir gut. Melde dich, wenn ihr den Mistkerl gefunden habt.» Er legte auf. «Dem Bastard werde ich es zeigen – einem Vertreter der Presse pisst man nicht ans Bein.»

Als er das nun zum zweiten Mal sagte, legte sich in meinem Kopf ein Schalter um. Ich erwachte wieder zum Leben. Denn mir war aufgegangen, dass ich selbst eine Vertreterin der Presse war und mir Mittel zur Verfügung standen, die andere Menschen nicht besaßen. Plötzlich schöpfte ich neue Hoffnung. Wenn Henry seine Beziehungen spielen lassen konnte, um den Fahrer aufzuspüren, der den Hund seines Sohnes angefahren hatte, dann konnte ich meine sicherlich ebenfalls nutzen, damit vielleicht doch noch jemand nach dem Menschen suchte, der meinen Bruder getötet hatte.

Allein bei dem Gedanken, dass dieser Feigling immer noch frei herumlief, regte sich in mir die alte Wut. Jemand hatte meiner Familie den einzigen Sohn genommen und mir nicht nur den Bruder, sondern auch die Eltern. Ich wollte Gerechtigkeit für meine Familie. Jemand sollte für das, was er Eliot angetan hatte, bezahlen. Mir standen die Mittel zur Verfügung, um herauszufinden, was damals genau geschehen war, und ich würde alle Hebel in Bewegung setzen, um der Wahrheit auf die Spur zu kommen.

Ich dachte an die Artikel, die ich im Archiv gelesen hatte. Mir fiel der Name Adam Javers wieder ein, der, wenn man so wollte, der einzige Ohrenzeuge des Unfalls gewesen war. In der Redaktion standen die Telefonbücher für sämtliche Städte der Vereinigten Staaten und aller anderen Länder der Welt. Ich schnappte mir das Verzeichnis für Chicago, schlug den Buchstaben J auf und suchte die Spalten nach Adam Javers ab.

Am Tag darauf saß ich neben einem Mann mittleren Alters, mit schütterem Haar und eng stehenden Augen. Er trug ein Sweatshirt, und um seinen Hals hing eine Trillerpfeife. Wir saßen in der Sporthalle der Wendell Phillips High School auf der Zuschauertribüne. Ich versuchte ihn auszufragen, während er die Basketballmannschaft trainierte.

«Wissen Sie noch, was an dem Abend genau vorgefallen ist?»

«Ist schon eine Weile her, und an viel erinnere ich mich nicht. Der Polizei hatte ich damals doch schon alles erzählt. Hey – hey, ihr dahinten ...», rief er zwei Spielern auf dem Feld zu.

Ich wartete geduldig, bis Javers sich wieder mir zuwandte.

«Tja», sagte er dann, «ich erinnere mich an das Quietschen der Räder und dass ich mich umgedreht habe, weil ich sehen wollte, woher das Geräusch kam. Zuerst habe ich nichts sehen können, aber dann bemerkte ich etwas auf dem Gehweg ... Da lag ein Mensch. Ich habe einen Moment gebraucht, bis ich begriffen habe, was da los war ... also, dass der Mann angefahren worden war.» Er blies in die Pfeife, und das schrille Geräusch ging mir durch und durch.

«Wissen Sie noch, was das für ein Auto war?»

«Wie gesagt, ich habe nur die Reifen gehört. Das Auto habe ich nicht gesehen.»

«War jemand in der Nähe?»

«Das war ja direkt bei der Subway-Station an der Grand. Und richtig spät war es auch noch nicht. Da waren mit Sicherheit noch andere Leute. Vielleicht müssen Sie mal mit denen reden. Möglich, dass sich einer an das Auto erinnert.»

Ich bedankte mich bei Coach Javers und verließ die Sporthalle. Er hatte recht, es mussten andere Menschen in der Nähe gewesen sein. Das hatte ich schon immer gedacht. Wieso nur hatte die Polizei behauptet, es hätte keine Zeugen gegeben?

Ich suchte die nächste Telefonzelle auf, rief meinen Kumpel Danny Finn im Polizeipräsidium an und erzählte ihm, ich würde einen tödlichen Autounfall mit Fahrerflucht recherchieren, der sich 1953 ereignet hatte.

«Kannst du mir helfen?», fragte ich. «Und mir die Ermittlungsakte besorgen?»

Bevor ich ihm erklären konnte, dass es sich bei dem Unfallopfer um meinen Bruder handelte, erwiderte er: «Ich kann es versuchen. Aber, Jordan, das Ganze ist zwei Jahre her. Da werden mit Sicherheit keine neuen Erkenntnisse vorliegen.»

Ich verstummte und nahm nur noch die Hintergrundgeräusche an Dannys Ende der Telefonleitung wahr, das Durcheinander aus Stimmen und klingelnden Telefonen. Dann schaute ich zu den Bussen und Taxis, die auf der Straße vorbeifuhren. Der Mut verließ mich. Die Hoffnung, die in mir aufgekeimt war, als ich am Vortag Henrys Telefongespräch mit angehört hatte, war schlagartig verflogen. Dass ich überhaupt noch einmal versucht hatte, den Menschen zu finden, der schuld am Tod meines Bruders war, machte mich noch trauriger, als ich es vorher schon gewesen war.

KAPITEL 10

Nach dem Gespräch mit Danny musste ich mich mit der Möglichkeit auseinandersetzen, dass der Mensch, der die Schuld an Eliots Tod trug, womöglich nie gefasst wurde. Trotzdem wollte ich die Suche nicht ganz aufgeben, weil ich sonst das Gefühl gehabt hätte, meinen Bruder im Stich zu lassen. Nur musste ich endlich akzeptieren, dass er tot war, damit ich nicht auch so endete wie meine Eltern. Es wurde Zeit, mein eigenes Leben zu leben.

Während einer Mittagspause schaute ich mir eine Wohnung in einem sechsstöckigen Mietshaus an. Im Flur hing eine durchgebrannte Glühbirne. Das Haus wirkte finster, dazu roch es muffig. Der Vermieter trug ein Feinrippunterhemd, das sich über seinem gewaltigen Bauch spannte. Als er uns an einem winzigen Fenster vorbeiführte, sah ich, dass an seinem Gürtel eine Kette mit mindestens einem Dutzend Schlüsseln hing. Er probierte zwei aus, bevor er den richtigen fand.

«Ziehen Sie mit Ihrem Mann ein?» Er hielt mir die Tür auf.

Mit der Frage hätte ich rechnen müssen. Ich hatte mir bereits drei Wohnungen angesehen und sie mir jedes Mal angehört. «Nein, nur ich.» Ich trat ein. Die Wohnung war ein Loch.

Keine fünfzig Quadratmeter groß. Jeder Zentimeter davon stank nach Katzenpisse, und auf dem Teppich sah man dazu passende Flecken.

«So, so, nur für Sie.» Er gab ein Grunzen von sich und behauptete dann, die Wohnung sei bereits vermietet.

«Warum haben Sie sie mir dann überhaupt gezeigt?»

«Wissen Sie was? An ledige Mädchen vermiete ich nicht, verstanden? Ständig könnt ihr die Miete nicht zahlen und liegt mir mit euern Jammergeschichten in den Ohren.»

«Aber ich bin fest angestellt.» Die Wohnung wollte ich mit Sicherheit nicht, mir ging es nur ums Prinzip.

«Ob Sie angestellt sind, ist mir gleich. Ihr jungen Dinger macht nichts als Ärger. Und könnt nicht mal 'ne kaputte Glühbirne austauschen. Ständig ruft mich eine von euch an, dass die Klospülung nicht geht, weil ihr immer eure Scheiß-wattedinger da reinschmeißt und noch nicht mal wisst, wie man 'nen Pümpel benutzt ...»

Ich unternahm zwei weitere Versuche, ihm zu widersprechen, dann gab ich es auf, weil es ohnehin keinen Sinn hatte. Sämtliche alleinstehenden Frauen, die ich kannte, wohnten entweder noch bei ihren Eltern oder in völlig überfüllten Pensionen nur für weibliche Gäste. Alle, bis auf M. Sie hatte eine eigene Wohnung, die wirklich schön war. Wesentlich schöner als alles, das ich mir hätte leisten können.

«Wie hast du das bloß hingekriegt?», hatte ich sie eines Nachmittags in einer Kaffeepause mal gefragt.

«Was denn?» M blätterte in einer Illustrierten und wartete darauf, dass sich der Süßstoff in ihrem Kaffee auflöste.

«Wie hast du es hingekriegt, dass dir jemand eine Wohnung vermietet? Und wie hast du die Miete so weit runterhandeln können, dass du dir die Wohnung leisten kannst? Alle Vermieter, denen ich bisher begegnet bin, haben mich gleich wieder weggeschickt.»

«Tja, genau genommen», hatte M erwidert, «habe nicht ich die Wohnung gemietet, sondern mein Vater.»

So viel also dazu.

Als ich nach der Wohnungsbesichtigung in die Hochbahn stieg, brummte mir der Schädel. Das Abteil war überfüllt, und ich musste stehen, bis eine Frau in Shorts ausstieg und ich ihren Platz übernehmen konnte. Der Korbsitz hatte auf ihren Beinen ein Waffelmuster hinterlassen.

Als ich meine Haltestelle erreicht hatte, entdeckte ich beim Aussteigen in der Menschenmenge ein vertrautes Gesicht. Scott Trevor. *Junge, wie die Zeit vergeht.* Wir hatten uns vor vier Jahren in der El kennengelernt.

Scott hatte damals an der Northwestern University Wirtschaftsrecht studiert, und ich war im ersten Jahr auf der Journalistenschule gewesen. Er war aus Evanston abends zu Seminaren auf dem Campus in Downtown gefahren. Ich hatte zwar in der Stadt gewohnt, musste zum Unterricht jedoch nach Evanston, weshalb wir auf meinem Heimweg am späten Nachmittag oft zusammen in die Innenstadt gefahren waren. Wenn die Zeit es erlaubte, waren wir auch mal ein Bier trinken gegangen.

Jetzt trug Scott Anzug und Krawatte. Nichts erinnerte mehr an den jungen Studenten, der auf dem Bahnsteig in James-Dean-Pose an der Wand gelehnt hatte. Doch ich hatte immer noch vor Augen, wie er sich, beide Daumen in die Taschen seiner Bluejeans gesteckt, mit einem Fuß an der Wand abstützte. Auf mich, in flachen Budapestern, kurzen Söckchen und mit

Bubikragen, war er damals ebenfalls aufmerksam geworden. Wer wen zuerst angesprochen hatte und wann wir in der Bahn zum ersten Mal nebeneinandergesessen hatten, wusste ich nicht mehr, aber in seinem Abschlussjahr an der Uni war uns die gemeinsame Subway-Fahrt zu einer festen Gewohnheit geworden.

Jetzt hatte Scott mich auf dem Bahnsteig ebenfalls entdeckt und eilte zu mir. Wir fielen uns in die Arme wie zwei Liebende, die sich nach langer Trennung endlich wiedersehen. Damals hatte ich eine Zeit lang verzweifelt gehofft, er würde sich auf andere Art für mich interessieren, nur leider hatte er bereits eine feste Freundin. Und wenn Scott Trevor eines war, dann eine treue Seele. Er hätte seine Freundin niemals betrogen. Noch etwas, das man an ihm lieben musste.

Wir stellten uns neben die Treppe und plauderten ein wenig. Erst jetzt fiel mir auf, dass unter dem rechten Armausschnitt meines Hemdblusenkleids ein großer, dunkler Fleck war. Auch Scott sah es.

«Druckerschwärze.» Ich versuchte, die Farbe zu verreiben. «Berufsrisiko. Ich arbeite jetzt bei der *Tribune*.»

«Bei der *Tribune*? Das freut mich für dich. Dann hat sich die Journalistenschule ja bezahlt gemacht. Wie fühlt man sich denn so als Reporterin?»

Ich lachte. «Wie eine richtige Reporterin fühle ich mich nicht. Ich schreibe für die Klatschspalte, und wenn ich sehr viel Glück habe, darf ich auch mal an einen Beitrag fürs Feuilleton ran. Meistens geht es um Hochzeiten und Modenschauen, Kochwettbewerbe oder Deko-Ideen. Und das einzige Mal, dass ich über eine echte Nachricht geschrieben habe, hat ein Kollege seinen Namen darunter gesetzt.»

«Nur Geduld», sagte Scott. «Irgendwann zeigst du denen schon, was in dir steckt.»

Ich lächelte. Etwas Ähnliches hätte Eliot auch zu mir gesagt. Ich schaute Scott in die Augen, und mein Herz fühlte sich gleich viel leichter an. *Ich* fühlte mich leichter. Himmel, wie gut es tat, ihn wiederzusehen.

Scott schaute auf seine Uhr. «Weißt du was? Um drei muss ich im Gericht sein, aber für einen schnellen Kaffee reicht die Zeit. Wie sieht's bei dir aus?»

Wir gingen ins Jimmy's, das ganz in der Nähe lag. Selbst im Café hörte man die Züge der El oben vorbeirattern. Wir saßen in einer Nische, unter einer Wanduhr von Coca Cola, aus der zu jeder Viertelstunde der «Refreshing»-Jingle ertönte. Ich schaute Scott an. Er sah immer noch sehr gut aus, mit seinen strahlenden Augen, der kantigen Kinnpartie und dem aufrichtigen Lächeln. Die dunklen Haare hatte er zur Tolle frisiert. Einen Ehering sah ich nicht, aber er erzählte mir als Erstes von seiner Freundin Connie. Ich setzte ein breites Lächeln auf und hoffte, meine Enttäuschung dadurch zu verbergen.

«Sie ist Sekretärin», sagte er. «Wir arbeiten zusammen im Büro des Bezirksstaatsanwalts.»

«Ah!» Ich nickte anerkennend. «Du hast es geschafft.»

«Ja. Ich bin stellvertretender Bezirksstaatsanwalt.»

«Glückwunsch, das war ja immer dein Wunsch. Und wie ist es? Bringst du jetzt die bösen Jungs hinter Gitter?»

«Leider nein.» Er zog ein Päckchen Chesterfields aus der Brusttasche und bot mir eine an. «Obwohl ich es natürlich versuche.» Er zündete beide Zigaretten an und warf das abgebrannte Streichholz in den Aschenbecher mit der Aufschrift

Geklaut im Jimmy's. «Dass ich geglaubt hab, ich könnte etwas bewirken, war offenbar reichlich naiv von mir. Ich habe schon Hunderte von Gerichtsverhandlungen geführt, habe Anklage gegen Prostituierte, betrunkene Autofahrer und Mörder erhoben. Eigentlich hätte ich die Fälle gewinnen müssen. Die Beweislage war eindeutig. Die Angeklagten hätten für Jahre hinter Gitter wandern sollen, doch stattdessen wurden sie freigesprochen. Wenn man das immer wieder erlebt, zweifelt man irgendwann an seiner Fähigkeit als Anwalt.»

Ich stützte die Ellbogen auf den Tisch und legte das Kinn in die Hände. «Ich würde niemals an irgendeiner deiner Fähigkeiten zweifeln.»

«Ich war so frustriert, dass ich sogar schon darüber nachgedacht habe aufzuhören.» Er drückte den Filter zusammen und zog an der Zigarette.

«Du wolltest deinen Job aufgeben?»

«Daran gedacht habe ich. Ich fühlte mich wie ein Versager, als wäre ich für diese Arbeit nicht geschaffen. Doch dann wurde mir klar, dass da irgendetwas faul sein muss.»

«Faul?» Ich spitzte meine Reporterinnenohren.

«Ich weiß, das klingt verrückt, aber ich habe Grund zu der Annahme, dass die Richter von den Strafverteidigern geschmiert werden. Deshalb werden die Mandanten freigesprochen.»

«Das wäre ein Skandal. Bist du dir sicher?»

Er nickte.

«Und was kann man dagegen unternehmen?»

«Nichts, wie es aussieht. Ich habe mich darüber aufgeregt und beschwert, wurde aber immer nur an ein anderes Gericht versetzt, wo ich allerdings genau das Gleiche beobachtet habe. Wenn ich etwas nicht ertrage, dann sind das korrupte Anwälte, und in dieser Stadt scheint es von denen nur so zu wimmeln.»

Unwillkürlich musste ich lächeln. Alles in mir war zum Leben erwacht. Das Adrenalin schoss durch meine Adern, und in meinem Kopf feilte ich schon am Einstieg: *Weil sie Bestechungsgelder angenommen haben sollen, sind einige Richter des Cook County ins Visier der Ermittler geraten ...*

Ich lehnte mich vor und flüsterte: «Dürfte ich dich namentlich zitieren?»

«Halt, stopp, Jordan», erwiderte er lachend. «Das habe ich dir im Vertrauen erzählt. Ich wollte meinem Ärger bloß Luft machen.»

«Ja, aber die Öffentlichkeit muss doch davon erfahren.»

«Vielleicht. Irgendwann mal. Nicht jetzt. Außerdem habe ich keine echten Beweise. Mein Wort würde gegen ihres stehen.»

Ich drückte meine Zigarette im Aschenbecher aus. «Verstanden – aber sagen wir mal, ich würde einen Artikel über die Korruption in unseren Gerichten schreiben, dürfte ich dich dann zitieren?»

«Nein», erwiderte er vehement. «Auf gar keinen Fall darfst du meinen Namen erwähnen.»

«Okay, okay.»

«Jordan?» Er schaute mich durchdringend an.

Ich hielt die Hände hoch. «Ich tu's nicht. Versprochen.» Dann fiel mir etwas ein. «Und wenn ich dich zitiere, ohne deinen Namen zu nennen?»

«Du weißt genau, ohne echten Zeugen würde keine Zeitung eine solche Geschichte bringen.»

«Ich weiß, ich weiß. Aber ich brauche dringend eine Story. Eine *richtige* Story», entgegnete ich mit einem tiefen Seufzer.

Es war zum Verzweifeln. Ich wollte doch nur endlich vom politischen Geschehen berichten. Das konnte so schwer nun wirklich nicht sein. Am nächsten Morgen hatte ich frei und fuhr auf gut Glück ins Rathaus. Nachdem ich meinen Presseausweis vorgezeigt hatte, betrat ich einen überfüllten Saal, in dem Bürgermeister Daley eine Pressekonferenz abhielt.

Ich war nur als Beobachterin zugelassen und setzte mich in die allerletzte Reihe, neben die beiden anderen Frauen im Saal. Die Reporter der Radiosender hatten sich vorne mit ihren Kollegen von den Nachrichtenagenturen AP und UPI versammelt. Im Saal verteilt saßen die Journalisten der verschiedenen Zeitungen. In der zweiten Reihe entdeckte ich Walter, gut zu erkennen an der Pfeife, die er stets im Mund trug.

Daley betrat das Podium und begann seine Rede, in der es um die Pläne der Stadt ging, hart gegen die Vermieter verwahrloster Häuser durchzugreifen: «Die Menschen in unserer Stadt sollen sich darauf verlassen können, dass die Heizung in ihren Häusern ordnungsgetreu arbeitet und auch die Toiletten und Sanitäranlagen fungieren ...»

Alle tauschten irritierte Blicke, doch Daley plapperte munter weiter. Was er eigentlich sagen wollte, konnte man nur erahnen. Wenn Walter von einer Pressekonferenz im Rathaus zurückkehrte, berichtete er fast immer von einem Sprachschnitzer, den der Bürgermeister sich geleistet hatte. Zu Walters Lieblingsversprechern zählten «die angenehmen

Alkoholiker» und «So erzielen wir immer größere Fortschritte».

Für jemanden, der mit der Presse so sehr auf Kriegsfuß stand, verbrachte Daley ziemlich viel Zeit vor ihren Vertretern. Und für jemanden, der so große Schwierigkeiten hatte, sich auszudrücken, stand er erstaunlich gern vor einem Saal voller Journalisten, die sich auf jeden seiner sprachlichen Fauxpas stürzten.

Ein Journalist der *Daily News*, der den Bürgermeister aufs Korn nehmen wollte, erhob sich und fragte, welche Sanktionen die Stadt plane, falls sich ein Vermieter nicht an die Vorgaben hielte.

«Sandzonen?» Daleys Gesicht lief blutrot an, fast erwartete ich, dass aus seinen Ohren Dampf aufstieg. «Was wollen Sie eigentlich noch? Meine Unterhosen? Machen Sie mal halblang. Sandzonen Sie sich doch selbst! Ich werde jeden Tag von jedem von Ihnen gesandzont ...»

Nachdem die Pressekonferenz offiziell beendet war, wurde Daleys Pressesprecher Earl Bush von einer Gruppe Journalisten umringt, die ihn baten, die Aussagen des Bürgermeisters genauer zu erklären. Ich stand in der Nähe und hörte, wie Bush erwiderte: «Drucken Sie nicht, was er gesagt hat, drucken Sie, was er gemeint hat.»

KAPITEL 11

Am Freitag darauf herrschte in der Redaktion schon früh Wochenendstimmung. Die Jungs trieben Unfug und erlaubten sich vor allem mit Peter ein paar Scherze. Einer versteckte seinen grünen Augenschirm, und Peter drehte auf der Suche danach fast durch.

Mir saß der Redaktionsschluss für einen Artikel über Bermudashorts im Nacken. Tatsächlich war es einer der interessanteren Beiträge, mit denen man mich in der letzten Zeit beauftragt hatte. Ich hatte ganze zwei Spalten damit zu füllen, wann die berufstätige Frau sich für Seersucker oder Leinen, für kariert oder einfarbig entscheiden sollte.

Ich versuchte, mich aufs Schreiben zu konzentrieren, doch Randy sang irgendeinen Chevrolet-Werbejingle mit und Walter und Henry reichten die neue Ausgabe des *Playboys* herum und diskutierten, welches Playmate ihnen besser gefiel, Jayne Mansfield oder Bettie Page.

«Hast du die Hupen von der Mansfield gesehen?», fragte Walter und klopfte seine Pfeife im Aschenbecher aus. «Eine heiße Blondine mit solchen Hupen ziehe ich jeder Brünetten vor.»

«Ach, weiß ja nicht.» Henry lachte und pfiff durch die

Zähne. «Bettie Page würde ich auch nicht von der Bettkante stoßen. Die hat auch ein nettes Paar ...»

«Jungs ...», rief ich genervt dazwischen. «Könnt ihr eure Männergespräche nicht für später aufheben?»

«Was denn, Walsh?» Walter steckte sich die Pfeife wieder an. «Schaden unsere Gespräche etwa deinem zarten Gemüt?»

«Ach, halt die Schnauze, Arschloch.»

«Oha!» Henry lachte. «Jetzt hat sie's dir aber gegeben.»

Die Kollegen machten sich noch über mich lustig, als Mrs. Angelo mich mit einem Blatt Papier zu ihrem Schreibtisch winkte.

«Was soll das sein, mein Kind?» Sie hielt mir das Blatt hin. «Erstes Verhütungsmittel für Frauen getestet?»

«Das ist ein Artikel über Margaret Sanger und ...»

«Das sehe ich selbst.» Mrs. Angelo spitzte die Lippen. «Mr. Pearson meint, Sie hätten das heute Morgen auf seinen Tisch gelegt.»

«Ich wollte ...»

«Warum schreiben Sie einen Artikel, ohne vorher mit mir darüber zu sprechen? Oder mit Mr. Pearson?»

«Weil Sie wahrscheinlich Nein gesagt hätten.»

«Stimmt haargenau.» Sie zerknüllte das Blatt und warf es in den Papierkorb. «Von jetzt an befassen Sie sich ausschließlich mit den Artikeln, die Sie schreiben *sollen*. Verstanden?»

«Aber die Nachricht ist wichtig. Wir stehen kurz vor einem großen Durchbruch für Frauen.»

«Mh-hm.» Sie stand auf und ging. Ich folgte ihr.

«Ich wette, die meisten Frauen wissen nicht mal, dass es so etwas bald geben könnte.»

Sie wirbelte herum. «Ich sage es Ihnen jetzt zum letzten

Mal – ich weiß Ihren Einsatz zu schätzen. Das tue ich durchaus. Aber Sie werden dafür bezahlt, über Themen zu schreiben, die man Ihnen zuweist. Und momentan sind das nun mal Ballkleider und Brautsträuße und keine Verhütungsmittel, mein Kind.»

Henry, Walter und die anderen hatten mitbekommen, wie Mrs. Angelo mich in meine Schranken verwies, und lachten jetzt noch lauter als zuvor.

«Hey, Walsh», rief Walter, als ich zu meinem Platz zurückmarschierte. «Wie läuft's denn so mit deinem Leitartikel über Brautsträuße?»

«Warum gehst du nicht mit dem *Playboy*-Heftchen aufs Klo und machst mit deinen Händen zur Abwechslung mal was Sinnvolles?»

«Wo-ha!» Henry schlug mit der Faust auf den Tisch und stimmte in das Lachen der anderen mit ein. Obwohl ich enttäuscht war, weil Mrs. Angelo meinen Artikel vernichtet hatte, lachte ich mit. Die Jungs waren es nicht gewohnt, dass eine Frau genauso anzügliche Sprüche klopfen konnte wie sie, und offenbar hatten sie ihren Spaß daran.

Ich blickte zu den Wanduhren über dem Hufeisen. Es war halb fünf, und ich war völlig erledigt. Eine lange Woche lag hinter mir. Ich zog gerade die Staubhülle über meine Schreibmaschine, als M zu mir trat. Sie trug ihre Schmetterlingssonnenbrille auf der Nase und ihre Kelly Bag am Handgelenk. Sie hätte gut als Double von Marilyn durchgehen können.

«Na los», sagte sie. «Wir beide können einen Cocktail vertragen, was?»

Wir gingen ins Riccardo's, eine Kellerbar in der Rush Street, gleich hinter dem Wrigley Building. Das Riccardo's war eine Institution. Schon zur Glanzzeit meines Vaters hatten sich dort die Zeitungsleute mittags zum Essen und abends zum Trinken getroffen. Zu den Stammgästen zählten auch Leute aus der Werbebranche, was eine interessante Mischung ergab, schließlich wusste jeder, dass die Werbetexter zwar mehr verdienten, die Reporter aber besser schreiben konnten und wesentlich härter arbeiteten. Deshalb blieben die Werber auf der einen und die Zeitungsleute auf der anderen Seite des Tresens.

Mein Vater hatte meinem Bruder und mir früher oft Geschichten vom Riccardo's erzählt, vor allem aus der Zeit der Prohibition, als der Laden eine Flüsterkneipe gewesen war. Ben Hecht und er hatten gern an einem hinteren Tisch gesessen, Martinis getrunken und sich gegenseitig mit ihren Storys übertrumpft. Als Eliot bei der *Sun-Times* angefangen hatte, war er mit den Kollegen ebenfalls ins Riccardo's gegangen. Für Journalisten war der erste Besuch in der Bar eine Art Initiationsritus.

Theoretisch wäre ich jetzt an der Reihe gewesen, doch ich war eine Frau und wurde von meinen männlichen Kollegen nicht als richtiger Journalist empfunden. Seit zwei Monaten arbeiteten wir nun schon zusammen, und sie wussten genau, dass ich härter im Nehmen war als die meisten meiner Kolleginnen. Auch dass ich quasi in einer Redaktion aufgewachsen war, wussten sie. Und trotzdem – für sie war ich nur ein Mädchen, das für die Klatschspalte schrieb und deshalb mit den anderen Journalistinnen an den Katzentisch gehörte, während die Männer an der Bar saßen und uns den Rücken zukehrten, als würden sie uns nicht kennen.

M, Gabby und die anderen beachteten die Jungs nicht
weiter. Sie waren ins Gespräch vertieft und erzählten sich
von ihren Plänen fürs Wochenende. Bei uns am Tisch saßen
außerdem Eppie Lederer und zwei ihrer Kolleginnen von der
Sun-Times.

Eppie hatte eine eigene Ratgeber-Kolumne. Millionen von
Frauen lasen regelmäßig ihre Tipps, doch bei uns, ihren Freundinnen, hielt sie sich mit ihrer Meinung sehr zurück. Fragte
man sie um Rat – weil man Probleme mit seinem Freund oder
Ärger bei der Arbeit hatte –, antwortete sie meistens: «Woher
soll ich wohl wissen, was du machen musst?»

«Weil du Ann Landers bist!»

«Aber doch nur auf dem Papier.»

Mr. Ellsworth und Mr. Copeland betraten die Bar und kamen auf dem Weg zum Tresen an unserem Tisch vorbei. M
sagte, sie wolle sich kurz die Nase pudern, ging dann aber
nicht auf die Toilette, sondern blieb vor dem Tresen stehen.
Ich sah, wie sie, die Hüfte kokett vorgeschoben, vor unseren
beiden Chefs stand, lachte und sich in ihrer Aufmerksamkeit
sonnte.

Sobald sie an unseren Tisch zurückgekehrt war und sich
eine Zigarette zwischen die Lippen steckte, kam einer der Werbetexter von der anderen Seite des Tresens angeschossen und
gab ihr Feuer. Sie bedankte sich, indem sie den Rauch langsam
Richtung Decke blies und den Mann dabei anlächelte. Er ließ
sein Zippo zuschnappen und blieb stehen, als warte er auf die
Einladung, sich zu M setzen zu dürfen, doch sie schickte ihn
mit einem unterkühlten zweiten Rauchzeichen fort.

Es war kurz vor sieben, und Eppie, Gabby – die meistens
nur auf einen Drink blieb – und die anderen Frauen waren

schon aufgebrochen. Ich wollte mich ebenfalls verabschieden, da bat mich M, noch auf ein Getränk zu bleiben.

«Nur eins. Bitte.»

Sie schien einsam zu sein, und es wunderte mich, dass eine schöne Frau wie sie am Freitagabend nicht verabredet war. Im Riccardo's hätte es genügend Männer gegeben, die liebend gern mit ihr ausgegangen wären. Ich nahm wieder Platz und bestellte mir noch einen Wodka Tonic.

«Was hast du am Wochenende eigentlich vor?», fragte sie mich.

«Ich will zur Universität, um dort einen Anthropologen zu interviewen. Das Interview brauche ich für eine Story.»

«Du bist pausenlos im Einsatz. Du liebst den Beruf wirklich, was?» M schwenkte ihr Glas.

«Du etwa nicht?»

«Nicht so wie du. Ich bin jetzt seit fünf Jahren bei der *Tribune* – viereinhalb Jahre länger als geplant. Angefangen habe ich als Bürobotin, und das auch nur, weil Mrs. Angelo Mitleid mit mir hatte. Eines Tages stand sie bei Logan's Luncheonette hinter mir in der Schlange, und mir fehlten an der Kasse zehn Cents. Sie hat mir einen Dime gegeben und einen Job. Mein Vater war gerade gestorben, und ich war kurz nach seinem Tod aus Milwaukee hergezogen. Ohne ihn war ich verloren. Bei meiner Mutter konnte ich nicht bleiben. Sie war verrückt. Als ich klein war, hat sie mich mit einem Besen durchs Haus gescheucht und mich damit geschlagen. Mein Vater war der Einzige, der mit ihr fertigwurde. Er hat mich vor ihr beschützt, und als er tot war, musste ich da so schnell wie möglich weg. Deshalb bin ich nach Chicago – obwohl ich hier niemand kannte. Als ich Mrs. Angelo kennenlernte, war ich völlig abgebrannt ...»

M redete weiter, aber ich war hellhörig geworden. Hatte sie mir nicht erzählt, ihr Vater hätte die Wohnung für sie gemietet?

«... dass ich mal Journalistin werde, hätte ich nie gedacht», sagte M gerade. «Mein Ziel war das nicht. Eigentlich hätte ich gedacht, in meinem Alter wäre ich längst verheiratet und hätte Kinder.» Sie lächelte traurig.

Ich wollte gerade nach ihrer Wohnung fragen, als Mr. Ellsworth und Mr. Copeland vor unserem Tisch stehen blieben.

«Gute Nacht, die Damen.» Mr. Ellsworth tippte sich an den Hut.

«Bis Montag», sagte Mr. Copeland.

«Du liebe Güte», sagte ich, als die beiden fort waren. «Die haben tatsächlich mit uns geredet. Kaum zu glauben, oder?»

«Ach, die beiden sind in Ordnung.» M schaute ihnen noch lange nach.

Bevor ich das Gespräch wieder auf ihre Wohnung lenken konnte, stand M auf und ging zu einem Tisch, an dem Mitarbeiter der Werbeagentur Leo Burnett saßen und Zigarre rauchten. Ich blieb allein an unserem Tisch zurück. An der Bar wurden zwei Hocker frei, und ich riskierte es und gesellte mich zu Walter, Henry, Benny, Peter und Randy. Sie nickten mir belustigt zu, als wollten sie sagen *Ist sie nicht süß?,* und wandten sich wieder ihrem Gespräch zu.

Irgendwann drehte Walter sich zu mir um. «Du willst unbedingt zu den Jungs gehören, was, Walsh? Dann willst du bestimmt auch einen Kurzen mit uns trinken, oder?»

Die anderen schauten mich gespannt an, warteten darauf, dass ich kniff.

«Klar, warum nicht?»

Walter lachte in sich hinein und stopfte seine Pfeife. «Johnny», rief er dem Barmann zu. «Wir nehmen eine Runde Canadian Club.» Er zündete sich die Pfeife mit einem Streichholz an und schüttelte die Flamme aus.

Der Barmann goss sechs Schnapsgläser randvoll mit Whiskey und stellte sie vor uns hin, als würde er Spielkarten austeilen. Meine Kollegen lachten, weil sie wohl annahmen, ich würde mir jetzt die Handtasche unter den Arm klemmen und gehen. Doch mir bot sich endlich die Gelegenheit zu beweisen, dass ich ein ebenso harter Hund war wie sie. Ich schnappte mir ein Glas, prostete den anderen zu, blickte Walter starr in die Augen und kippte den Whiskey in einem Zug hinunter. Hitze breitete sich in meiner Brust aus, während mir der Alkohol bis in die Stirnhöhle stieg. Die Jungs beobachteten mich in der Erwartung, ich würde husten und das Gesicht angewidert verziehen. Stattdessen knallte ich das leere Glas auf den Tresen und sagte: «Johnny, noch 'ne Runde.»

«Heiliger Strohsack», rief Henry.

Alle lachten.

«Wun-neba», sagte Peter.

«Ich nehme dich beim Wort.» Randy drängte sich an uns heran.

«Ist mein Ernst», sagte ich, ohne den Blick von Walter zu wenden. «Noch 'ne Runde.»

Die Jungs johlten und klatschten. Henry gab dem Barmann ein Zeichen, uns die Flasche zu bringen. Er goss nach, wir prosteten uns zu und kippten den Whiskey hinunter. Beim Zweiten ging es deutlich leichter. Ich hatte mein Glas gerade abgestellt und mir eine Zigarette angezündet, als Benny die dritte Runde forderte.

Dieses Mal ließen wir uns Zeit. Ich verlor mich im Rauch der Zigaretten. In der Jukebox hatte sich *Mr. Sandman* verhakt, das Lied lief in Dauerschleife. Wer die nächste Runde bestellte, bekam ich nicht mehr mit. Inzwischen wurden wir von der Hälfte der anderen Gäste umringt, die sehen wollten, ob die Lady mithalten konnte.

Ich bekam mit, dass ein Mann in meinem Alter hinter mir stand. Er tippte mir auf die Schulter. «Alles okay bei Ihnen?»

Ich drehte meinen Kopf und nickte.

«Sie müssen da nicht mitmachen», flüsterte er.

«Oh doch.» Ich schaute ihm in die Augen. Sie waren blaugrün.

Ich war schon reichlich angesäuselt und merkte, dass auch den Jungs der Alkohol langsam zu Kopf stieg. Sie beäugten mich und fragten sich wohl, ob ich schwächeln und kneifen würde.

«Noch 'ne Runde», sagte ich. «Geht auf mich.»

«Los, los, los …», riefen die Umstehenden und hämmerten auf den Tresen ein, sodass die Gläser hüpften.

Der Whiskey bäumte sich in meinem Magen auf. Ich hatte das Gefühl, keinen Tropfen mehr hinunterzukriegen, aber mir blieb keine andere Wahl. Hielt ich jetzt nämlich nicht mit den Männern mit, würden sie mich niemals ernst nehmen. Also holte ich tief Luft, hob das Glas an den Mund und warf den Kopf zurück.

Als ich das leere Glas umdrehte, jubelten und applaudierten die Umstehenden.

Ich bereitete mich innerlich schon auf die nächste Runde vor, da stand Walter plötzlich vom Barhocker auf, zog ein paar Scheine aus der Tasche und sagte: «Ist spät geworden.»

«Nun komm schon», entgegnete Benny, der auf seinem Barhocker schon reichlich hin und her schwankte. «Nur noch einen.»

Walter schaute mir fest in die Augen. Ob er beeindruckt oder beleidigt war, konnte ich nicht sagen. «Zu Hause wartet das Essen auf mich.» Er warf die Geldscheine auf den Tresen und verließ grußlos die Bar.

Henry und Peter gingen kurz nach ihm, und die Menschenmenge um mich herum lichtete sich ebenfalls. Ich blieb an der Bar sitzen und versuchte, wieder halbwegs klar zu werden. Der junge Mann mit den blaugrünen Augen setzte sich auf den Barhocker neben mir. Er griff in seine Jackentasche und zog eine Handvoll Zettel heraus. Einer fiel auf den Boden, und ich schaffte es trotz meines Zustands, mich zu bücken und das Papier aufzuheben.

«Bitte sehr.» Ich hielt ihm den Zettel hin, der auf beiden Seiten vollgeschrieben war. «Ist Ihnen runtergefallen.»

Er bedankte sich und strich bei der Übergabe absichtlich mit seinen Fingerkuppen über meine. Wir schauten uns an, er lächelte und entblößte zwei schiefe, leicht nach innen stehende Schneidezähne. Vielleicht lag es am Whiskey, aber mir kam er jetzt wesentlich attraktiver vor als noch vor wenigen Minuten. Er besah sich die Zettel aus seiner Tasche und ordnete sie in einer Reihe auf dem Tresen an. Als er laut aufseufzte, schaute ich wieder zu ihm hin. Irgendetwas hatte dieser Mann an sich. Eigentlich gehörte er nicht zu denen, die man eines zweiten Blicks gewürdigt hätte, trotzdem tat ich es. Ich schaute ihn an, weil er mir vorhin bei dem Trinkspiel eine Hand auf die Schulter gelegt hatte und weil er jetzt erneut seufzte. Diesmal lauter.

«Stimmt was nicht?», fragte ich.

Er hielt einen Zettel hoch. «Ich kann meine eigene Schrift nicht mehr lesen. Soll das ein *f* oder ein *t* sein?»

Ich legte den Kopf schief und versuchte, seine Schrift zu entziffern. Für mich sah der Buchstabe weder wie ein *f* noch wie ein *t* aus. «Keine Ahnung. Aber Sie haben Gouverneur falsch geschrieben. Vor dem ersten *u* fehlt ein *o*.»

Er lächelte mich mit seinen schiefen Zähnen an. «Wieso erkennen Sie einen Rechtschreibfehler auf Anhieb, wo Sie doch gerade noch eine Horde Männer unter den Tisch getrunken haben?»

«Ach, jahrelange Übung.» Ich grinste und stützte mein Kinn auf einer Hand ab.

Benny kam an und tippte mir auf die Schulter. «Soll ich dich nach Hause bringen?»

Ich blickte dem Mann neben mir in die Augen. «Nö, ich glaube, ich bleibe noch einen Moment.»

Benny schaute ihn ebenfalls an, dann drängte er sich zwischen uns und flüsterte mir ins Ohr: «Du hast ziemlich viel getrunken. Es wäre wirklich besser, wenn du dich von mir nach Hause bringen lässt.»

Ich grinste und tätschelte Bennys weiche, sommersprossige Wange. «Mach dir keine Sorgen. Ich bin ein großes Mädchen.»

Benny nickte und kehrte nach kurzem Zögern an seinen Platz zurück.

«Der will Sie ja unbedingt beschützen.»

«Ach, das ist bloß Benny.»

«Ich glaube, der steht ein bisschen auf Sie.»

«Glauben Sie wirklich?» Ich schaute zu Benny rüber, der

uns noch immer im Blick hatte und mich jetzt hoffnungsfroh anstrahlte.

«Einen guten Geschmack hat er», sagte der Mann. «Sie sind die schönste Frau hier.»

Ich lachte. «Schöner als Marilyn?» Ich zeigte zu M.

«Soll sie die darstellen? Ich habe sie hier schon oft gesehen und mich das immer gefragt.»

«Achtung. Sie ist meine Kollegin. Und Freundin.»

Er lachte und musterte mich dann. «Und wer sind Sie?»

«Jordan Walsh.»

«Jack Casey.» Er streckte mir seine Hand hin. «Ich bin bei der *Sun-Times*.»

«Ich bei der *Tribune*.»

«Und was machen Sie dort, Jordan Walsh?»

«Ich schreibe fürs Gesellschaftsressort. Und gelegentlich auch fürs Feuilleton. Ist aber nur vorübergehend.» Ich hielt eine Hand hoch. «Früher oder später komme ich in die Nachrichtenredaktion, und wenn es das Letzte ist, was ich im Leben tue.»

«Na dann, auf die Nachrichtenredaktion.» Er prostete mir zu.

Eine Dreiviertelstunde später brach M mit einem der Werber von Leo Burnett auf, und auch Peter, Randy und Benny verließen das Lokal. Vorher fragte Benny mich allerdings noch ein letztes Mal, ob er mich wirklich nicht nach Hause bringen dürfe.

Jack wickelte sich eine Strähne von meinem Haar um den Finger. «Ich sterbe vor Hunger. Wie sieht's bei dir aus?»

«Essen?» Ich lächelte. Zu mehr war ich in dem Moment nicht fähig.

An das, was danach passierte, erinnere ich mich nur bruch-
stückhaft. Wir verließen das Riccardo's, Jack half mir die
Treppe hoch. Danach landeten wir in einem Imbiss an der
Ecke State und Lane, bestellten Burger und klauten uns gegenseitig die Pommes vom Teller. Jack steckte Münzen in die
Jukebox und wählte Stücke aus: *Rock Around the Clock, May-
belline, Blue Velvet.* Als wir noch einen Kaffee tranken, wurde
ich langsam etwas nüchterner.

Jack redete ungezwungen drauflos und erzählte mir alles
Mögliche aus seinem Leben. Er stammte aus einer Familie von
irischen Einwanderern und war streng katholisch erzogen
worden. Sein Vater war Richter. Die Mutter kümmerte sich
um seine fünf jüngeren Brüder.

«Sechs Kinder?», staunte ich. «Das nenne ich Großfamilie.»

«Und da sind meine Cousins, Cousinen, Tanten und Onkel
noch gar nicht mitgezählt. Mein Vater hat sechs Geschwister,
meine Mutter sieben. Irgendein Verwandter ist immer gerade
zu Besuch. Man weiß nie, wer beim Abendbrot alles mit am
Tisch sitzt.»

«Und deiner Mutter macht das nichts aus?»

«Was für eine Frage! Es gibt für sie nichts Schöneres. Du
solltest sie mal an den Feiertagen sehen. An Thanksgiving und
Weihnachten sind bei uns fünfzig, sechzig Gäste versammelt.»

Ich stellte meine Kaffeetasse ab. Ich war eifersüchtig. Vielleicht verspürte ich aber auch eher eine Art Sehnsucht. Den
letzten Verwandtenbesuch an Weihnachten hatten wir in dem
Jahr vor Eliots Tod gehabt. Dass mein Großvater ein Problem
mit unserem Tannenbaum hatte, war kein Wunder. Auf den
Fotos, die wir in dem Jahr gemacht hatten, schaut er mürrisch
drein. Er und mein Vater hatten sich an den beiden Enden des

Tischs gegenübergesessen und über die Atomwaffentests in Nevada gestritten. Eigentlich waren sie beide gegen die Tests, trotzdem hatten sie es geschafft, sich darüber in die Haare zu kriegen. Das war jetzt zwei Jahre her, und inzwischen waren meinen Eltern selbst die Feiertage egal geworden. Im ersten Jahr hatten wir es noch versucht. Meine Großeltern waren aus New York angereist, aber nach einem Wutausbruch meines Vaters schon am nächsten Tag wieder nach Hause gefahren. Für ihren Besuch hatte meine Mutter extra die Menora aufgestellt, deren Kerzen wir dann nie entzündet hatten, und mein Vater hatte einen Baum nach Hause geschleppt, dessen Zweige wir nie geschmückt hatten. Der Baum stand, noch mit einer Schnur umwickelt, in einer Ecke und verlor seine Nadeln, bis wir ihn im Januar auf die Straße warfen.

«Was ist mit deiner Familie?», fragte Jack. «Seid ihr auch irisch-katholisch?»

Die Religionsfrage wollte ich jetzt nicht mit ihm diskutieren. Um Zeit zu gewinnen, zog ich eine kalte Pommes durch einen Klecks Ketchup. «Meine Eltern sind beide Schriftsteller.»

«Tatsächlich?» Er wirkte aufrichtig beeindruckt.

Ich nickte. «Meine Mutter schreibt Gedichte, mein Vater Romane.»

«Habe ich schon mal was von ihnen gelesen? Wie heißen sie?»

Seine Augen weiteten sich, als ich ihre Namen nannte. «Hank Walsh? Der Reporter?»

«Jep.»

«Das ist dein Vater? Dass er auch Romane schreibt, wusste ich gar nicht.»

«Er sitzt gerade an einem.»

«Und CeeCee Walsh ist deine Mutter? Ich fasse es nicht. Ich hatte mal eine Freundin, die von den Gedichten deiner Mutter richtig besessen war. Eigentlich wollte sie bei ihr am Columbia College studieren, aber dann hat deine Mutter dort aufgehört. Sie muss eine faszinierende Frau sein.»

«Die typische Hausfrau und Mutter ist sie jedenfalls nicht.»

«Das möchte ich wetten. Und hast du noch Geschwister?»

«Nein.» Das entsprach der Wahrheit. Ich hatte keine Geschwister mehr, also war es nicht gelogen. Ihm von Eliot zu erzählen, brachte ich nicht übers Herz. Lange konnte Jack noch nicht bei der *Sun-Times* sein, sonst hätte er sich ausrechnen können, dass Eliot Walsh mein Bruder gewesen war. Wenn ich Jack jetzt erzählt hätte, dass mein Bruder nicht mehr lebte, hätte er mir Fragen gestellt, die ich in diesem Moment nicht hätte beantworten können. Nein, ein toter Bruder war für ein Kennenlerngespräch nicht das beste Thema. Vorausgesetzt, natürlich, wir wollten uns näher kennenlernen.

«Ich will noch nicht nach Hause», sagte ich, nachdem er unsere Rechnung beglichen hatte. «Wollen wir tanzen gehen?»

«Tanzen?»

«Warum nicht? Ist doch noch früh.»

«Früh?» Er schaute auf seine Uhr, hielt sie mir entgegen. «Es ist schon nach Mitternacht.»

«Ist doch Freitag. Nur einen Tanz. Ja?»

Er schaute mich aus diesen blaugrünen Augen an, und ich wusste, er hatte angebissen. Hätte ich gesagt, ich würde eine Runde paddeln wollen, er wäre mitgekommen.

Dreißig Minuten später standen wir in Uptown vor dem Aragon Ballroom. Das Vordach verkündete GORDON JENKINS & HIS ORCHESTRA, und die Schlange vor der Tür reichte über die Lawrence Avenue bis zum Broadway. Es war ein perfekter Sommerabend, an dem hin und wieder ein angenehmer Wind wehte. Alle hatten sich zum Ausgehen herausgeputzt, die jüngeren Frauen trugen Pudelröcke, die älteren Cocktailkleider mit Tellerrock und die Männer Röhrenhosen und spitze Schuhe. Trotz sommerlicher Hitze machten einige in hochgekrempelter Bluejeans und Lederjacke auf Brando, obwohl sie so wahrscheinlich am Eingang abgewiesen wurden.

Ich mochte das Aragon sehr. Betrat man den Ballsaal, hatte man das Gefühl, in eine elegante Stadt zu kommen, über der ein funkelnder Sternenhimmel hing. Tanzpaare drehten sich zu den Liedern der Big-Band, und als *My Foolish Heart* einsetzte, hielt Jack mir seine Hand hin.

«Das ist unser Lied.»

«Ach ja?» Ich legte meine Hand in seine. «Dass wir eins haben, wusste ich ja gar nicht.»

«Ab sofort schon.»

Er zog mich aufs Parkett und roch nach Zigaretten und Haarwasser. Es war eine Ewigkeit her, dass mich ein Mann in seinen Armen gehalten hatte, und ich hatte vergessen, wie sehr sich der Körper nach Berührung sehnt. Jacks Schulten fühlten sich gut an, kräftig und stark. Als er mich an sich zog, legte ich meinen Kopf an sein Schlüsselbein.

Und so fing es mit uns beiden an.

KAPITEL 12

Wir kannten uns zwar erst seit ein paar Wochen, aber bereits Ende Juli wusste ich, dass Jack Casey der Typ Mann war, mit dem es ernst werden könnte. Und das machte mir Angst. Ich kämpfte sogar dagegen an, wenn wir uns küssten. Oder wenn ich mit den Händen durch seine Haare oder über die Muskeln an seinem Rücken fuhr. Ich war noch nicht bereit für eine Beziehung. Jack war mir zu früh über den Weg gelaufen oder zum falschen Zeitpunkt. Doch widerstehen konnte ich ihm nicht. Ich liebte sein Lachen und sein Lächeln, das wegen seiner Zähne immer ein bisschen schief aussah, denn dieser kleine Makel machte ihn in meinen Augen nur noch attraktiver.

Angst machte mir auch etwas anderes – ich hatte es mir angewöhnt, mich ganz auf Jack zu verlassen. So hatte ich mich zuletzt meinem Bruder gegenüber verhalten, doch nach seinem Tod hatte ich mich verloren und allein gefühlt. Daher war ich mir nicht sicher, ob ich es jemals ertragen würde, wenn Jack etwas zustieß.

Mein Leben wurde durch ihn besser, schöner. Und auch einfacher. Mein Herz schmolz bei den kleinsten Kleinigkeiten dahin. Wenn er mich zum Beispiel irgendwohin fuhr und mir die Tasche trug oder wenn er mir die Tür aufhielt und mir einen Stuhl anbot. Er strich mir durchs Haar, wie es noch niemand getan hatte. Und er hörte zu. Er hörte mir zu, wenn ich mich über die Männer in der Redaktion aufregte, und bemitleidete mich, wenn ich Mitleid brauchte.

Jack war es auch, der eine Wohnung für mich fand. Der Freund eines Freunds kannte jemanden, der aus einer billigen Wohnung in einem sicheren Teil von Lincoln Park ausziehen wollte. Ein Mietshaus ohne Fahrstuhl in der Clark Street, mit einer polnischen Bäckerei im Erdgeschoss. Nichts Vornehmes, aber ich hatte sie ganz für mich allein.

Meine Mutter begleitete mich an dem Tag, als ich den Mietvertrag unterschrieb, und keuchte bereits im dritten Stock. «Kein Fahrstuhl?» Sie rümpfte die Nase über den Hefegeruch, der aus der Bäckerei hochwaberte. Vor der Tür der gegenüberliegenden Wohnung stand ein Kinderwagen. Auf der rosa Babydecke lag eine Dosensuppe von Campbell's.

Meine Wohnung war klein, aber hell, denn durch die Fenster strömte Tageslicht. Jemand hatte die Tapete im Schlafzimmer falsch herum aufgeklebt, die Blumen und Schmetterlinge zeigten in Richtung Tür, aber mich störte das nicht. Meiner Mutter fiel auf, dass die Wasserhähne im Bad vertauscht waren und die Wanne schief stand.

«So kann das Wasser niemals ablaufen.»

«Dann besorge ich mir einen Gummiwischer.»

«Du willst die Badewanne nach jedem Benutzen trocken wischen?» Lächelnd ging sie in die Küche. «Was junge Leute nicht alles tun, damit sie ihre Eltern nicht mehr sehen müssen.»

«Aber ich will dich doch auch weiterhin sehen.»

Meine Mutter öffnete einen Schrank und begutachtete die leeren Einlegeböden. «Ja, aber bestimmt nicht jeden Tag. Und darüber bin ich froh. Alleine zu wohnen wird dir guttun. Du hast jetzt einen Freund, da möchtest du hin und wieder ungestört sein. Auch wenn du und Jack bei uns im Haus natürlich tun könntet, was ihr wollt. Du kennst mich. Ich würde keinen Aufstand machen. Du bist schließlich eine erwachsene Frau.»

«Dann hast du wirklich nichts dagegen, dass ich ausziehe? Ich hatte schon Angst, du würdest dich deswegen mit mir streiten.»

«Ich doch nicht.» Sie schloss den Schrank und lehnte sich rückwärts gegen die Spüle. «Ich hätte damals zu gern eine eigene Wohnung im Village gehabt, aber Grandpa hat sich quergestellt. Er hatte Angst, ich würde mir, nun ja, Ärger einfangen. Dabei hatte ich deinen Vater da noch nicht mal kennengelernt. Nein, ich bin sehr dafür, dass junge Menschen früh ausziehen. Auch wenn ich dich vermissen werde. Sehr sogar. Ich weiß nicht, was dein Vater und ich in dem großen Haus ganz allein machen sollen.»

«Dad fällt mit Sicherheit gar nicht auf, dass ich weg bin.»

«So etwas darfst du nicht sagen. Wie kommst du nur darauf?»

«Weil es stimmt. Er redet kaum ein Wort mit mir.»

«Du kennst doch deinen Vater. Viel hat er nie geredet. Nicht mal mit mir.»

«Früher schon. Vor Eliots Tod hat er immer mit mir geredet. Über alles.» Eigentlich hatte ich nicht davon anfangen wollen, aber da ich nun schon mal dabei war, machte ich weiter. «Früher war er immer für mich da – jetzt versteckt er sich in seinem Arbeitszimmer und ignoriert mich.»

Meine Mutter stieß sich von der Spüle ab und ging ins Wohnzimmer. «Weißt du, was ich mir überlegt habe?», fragte sie mit dem Rücken zu mir. «Wir haben im Keller doch noch diesen Tisch stehen. Den mit der Glasplatte? Der würde sich hier gut machen. Was meinst du?»

«Ich will jetzt nicht über einen Tisch reden.»

Sie warf mir einen Blick über die Schulter zu. Ihre Augen waren glasig. «Du wirst ihn nicht ändern können. In seinem Inneren ist etwas zerbrochen, weißt du das denn nicht?»

Das wusste ich. Weil es auch auf mich zutraf. Und auf meine Mutter auch.

Über das Gespräch dachte ich den ganzen Tag nach und geriet dabei in Rage. Nicht wegen meiner Mutter oder meines Vaters. Den Menschen, auf den ich wütend war, kannte ich nicht, er war nur ein gesichtsloser Feigling, der sich nie der Polizei gestellt hatte. Irgendwo da draußen lief ein Fremder herum, der meinen Eltern den Sohn und mir die Eltern weggenommen hatte.

Nachts lag ich im Bett und versuchte, mir den Mörder vorzustellen. Wie sah er wohl aus? War er alt oder jung? War ich auf der Straße vielleicht schon mal an ihm vorbeigegangen? Was hatte er an jenem Tag gemacht? Hatte er einem anderen Menschen jemals davon erzählt? Hatte er Albträume wie ich? Ich hoffte, dass seine Schuldgefühle ihn bei lebendigem Leib auffraßen und er von innen verrottete.

Eine Woche später half mir Jack an einem verregneten Sommertag dabei, meine Sachen einzupacken, darunter auch das

Fernsehgerät, auf das ich ein paar Monate gespart hatte. Für mich allein war es zu schwer, aber zu zweit schafften wir es. Die restlichen Kartons trugen wir einzeln zur Straße, wo Jack seinen Wagen geparkt hatte.

Ich hatte soeben einen Karton mit Büchern abgestellt und wollte Nachschub holen, da hörte ich meinen Vater im Haus fragen: «Was machen Sie da?»

Jack, der rückwärts aus der Tür kam, blieb abrupt auf der Veranda stehen. Ich wusste sofort, was er in den Händen hielt.

«Dad, ist schon in Ordnung», rief ich ins Haus. «Ich nehme sie mit in meine neue Wohnung.»

«Die Schreibmaschine? Was willst du damit?» Mein Vater hielt ein Glas in der Hand. Bourbon. Das roch ich sogar von der Verandatreppe aus. «Du hast doch eine.»

«Aber keine elektrische. Und er hat immer gesagt, ich darf sie irgendwann haben.»

«Was hast du dir sonst noch unter den Nagel gerissen?»

Ich biss mir auf die Zunge, weil man sich besser nicht mit meinem Vater stritt, wenn er getrunken hatte. Ich wollte mich an ihm vorbeizwängen, aber er packte mich am Arm.

«Ich habe dich was gefragt. Was hast du sonst noch mitgenommen? Du stöberst hier wie ein Dieb herum und lässt Sachen mitgehen, die dir nicht gehören.»

Ich entwand mich seinem Griff. «Nur zu, lass alles an mir aus. Nur wird sich dadurch auch nichts ändern. Deine Wut macht ihn nämlich auch nicht wieder lebendig.»

Mein Vater hob die Hände, schüttelte den Kopf und kehrte mir den Rücken zu.

«Ja richtig, geh einfach weg. Aber weißt du was? Wir alle sind davon betroffen. Nicht nur du allein.»

Mein Vater drehte sich wieder zu mir um und schaute mir zum ersten Mal fest in die Augen. «Du willst ausziehen? Nur zu. Aber die verdammte Schreibmaschine lässt du gefälligst hier.» Er ging ins Haus und schlug die Tür hinter sich zu.

Ich wollte ihm hinterherlaufen, doch meine Füße waren wie angewurzelt. Merkte er denn nicht, wie sehr ich mich bemühte? Merkte er nicht, wie erschöpft und verängstigt ich war? Wusste er nicht, dass ich auch seinetwegen jeden Tag bis an meine Grenzen ging? Verstand er mich denn kein bisschen?

Jack hielt die Schreibmaschine immer noch in den Händen und schaute mich verwirrt an. «Kommt die jetzt mit oder nicht?»

«Nein.» Ich bat ihn, die Maschine wieder nach oben zu bringen. Ich wollte sie nicht mehr haben.

«Was war das da zwischen dir und deinem Vater?», fragte Jack, als wir die letzten beiden Kartons zu seinem Auto trugen. Inzwischen hatte heftiger Regen eingesetzt, und der Gehweg war von den Blättern, die von den Bäumen gefallen waren, rutschig geworden. Völlig durchnässt stiegen wir in den Wagen, Jack ließ den Motor an und fuhr auf die Straße.

Ich zündete mir eine Zigarette an und drückte das kleine, dreieckige Fenster auf.

«Und?» Jack schaute kurz zu mir rüber. «Was war das vorhin?» Wir hielten vor einer roten Ampel. Im Radio lief *Ain't That a Shame*. Ich zog fest an meiner Zigarette. Er runzelte die Stirn.

«Es ging um meinen Bruder.» Jetzt war es draußen. Ich hatte es tatsächlich ausgesprochen.

«Dass du einen Bruder hast, wusste ich ja gar nicht. Wieso

hast du ihn nie erwähnt?» Die Ampel sprang auf Grün. Der Fahrer hinter uns hupte. «Jordan? Wieso hast du mir nie von ihm erzählt?»

Die Luft im Wagen wurde deutlich kühler. Die Windschutzscheibe beschlug. «Er ist tot.» Ich zog ein letztes Mal an meiner Zigarette und warf den Stummel aus dem Fenster.

Jack fuhr an den Straßenrand und sah mich an. «Das tut mir leid. Ich hatte ja keine Ahnung. Warum hast du mir das nicht erzählt?»

«Ich konnte nicht.»

«Wieso nicht? Woran ist er gestorben? War er krank? Gott, ich kenne ja nicht mal seinen Namen.»

«Eliot. Er hieß Eliot.»

«Woran ist er gestorben?»

Ich schaute zum beschlagenen Fenster und fischte die nächste Zigarette aus meinem Päckchen.

«Jordan, rede mit mir.»

«Ich ... ich kann nicht.»

Er schlug auf das Lenkrad. «Himmel, wann willst du mich in dein Leben lassen? Was muss ich tun, damit du mir vertraust?»

«Mit dir hat das nichts zu tun. Es liegt nicht daran, dass ich dir nicht vertraue. Es liegt an mir. Meiner Familie.»

Wir verfielen in Schweigen. Jack fädelte wieder in den Verkehr ein, und das einzige Geräusch im Wagen kam von den Reifen auf dem nassen Asphalt. Ich beobachtete, wie sich Wassertropfen auf der Windschutzscheibe sammelten, und sagte dann: «Es war ein Unfall mit Fahrerflucht.»

«Mein Gott, Jordan. Wie furchtbar. Wurde der Kerl geschnappt?»

«Nein.»

«Mein Gott.»

Die Scheibenwischer schoben die Tropfen beiseite, ich schaute zu und wünschte mir, sie hätten auch die Vergangenheit wegwischen können.

«Wieso hast du mir nicht schon früher von ihm erzählt? Wie konntest du so etwas Schlimmes die ganze Zeit für dich behalten?»

«Weil ich gottverdammt noch mal aus einer Familie komme, in der darüber nicht geredet wird», entfuhr es mir. «Verstehst du? Wir reden nicht über ihn.» Ich kämpfte mit den Tränen. «Bevor Eliot starb, hat meine Mutter Gedichte geschrieben, jetzt schreibt sie nicht mehr, weil sie Angst hat, dass ihr Innerstes dabei herausfließt. Und mein Vater tut nichts anderes mehr als schreiben. Aber keiner von beiden – *keiner von uns* – redet darüber.»

Als wir in der Wohnung angekommen waren, hatte der Regen aufgehört, aber es war ziemlich schwül. Ich riss die Fenster auf, nur half das auch nicht, und leider hatte ich vergessen, in welchem Karton ich den Ventilator verstaut hatte.

Erst einmal trugen wir alles nach oben, danach half Jack mir dabei, Kartons auszupacken, Bilder an die Wand zu hängen und Bett und Kommode so umzustellen, dass ich die Tür zum Einbauschrank öffnen konnte. Als die Möbel endlich an ihrem Platz standen, war es schon reichlich spät, und wir setzten uns ins Wohnzimmer und entkorkten eine Flasche Wein. Ich machte es mir auf dem Sofa gemütlich, während Jack den

Fernseher einstöpselte und die Zimmerantenne ausrichtete, damit wir die *Tonight Show* mit Steve Allen gucken konnten.

«Kein schlechtes Bild», sagte er und setzte sich neben mich. Ich schaute ihn an. Das blaue Licht des Fernsehgeräts tanzte über seine Wange und Stirn. Die Haut wirkte weich, der Kiefer kräftig. An diesem Abend fand ich ihn besonders attraktiv. Ich betrachtete sein Profil, spähte in den dunklen Tunnel seiner Ohrmuschel und fragte mich, was in seinem Kopf wohl vor sich ging. Offenbar spürte er meinen Blick, denn er drehte mir das Gesicht zu und schaute mir in die Augen.

«Was ist?», fragte ich.

Er lächelte und schob mir eine Haarsträhne hinters Ohr. «Ich weiß, richtig lange kennen wir uns nicht, aber, nun ja, eine Frau wie dich habe ich noch nie getroffen. Du bist anders als alle anderen.»

«Wie meinst du das?»

«Ach, komm, das weißt du doch selbst.»

Ich schüttelte den Kopf, weil ich es wirklich nicht wusste.

«Du bist stark. Und klug. Und schön. Und auf die Gefahr hin, dass das jetzt selbstsüchtig klingt – du tust mir gut.»

Ich faltete meine Hände im Schoß und blickte starr darauf. Obwohl ich mir sein Geständnis gern angehört hatte, war mir dabei doch etwas unbehaglich zumute. Ich war solch überschwängliche Worte von keinem Menschen gewohnt – vor allem nicht von einem Mann – und wusste nicht, was ich darauf erwidern sollte.

«Du musst jetzt nichts sagen. Aber ich bin auf dem besten Weg, mich in dich zu verlieben.»

Mein Blick war immer noch starr auf meine Hände gerichtet, weil ich Jack nicht in die Augen schauen konnte.

«Nein», verbesserte er sich. «Ich bin nicht auf dem besten Weg, ich bin es längst. Jordan, ich liebe dich. Wirklich.»

Jetzt wagte ich es doch, ihn anzusehen. Er lächelte mich an und zeigte mir seine schiefen Zähne. Auch ich wollte sagen, *ich liebe dich*, brachte aber keinen Ton heraus. Hier saß dieser Mann, der mir zuhörte, der mich zum Mittelpunkt seines Universums machte, der jeden Tag für mich da sein wollte. Ich konnte mich nicht daran erinnern, wann mir je ein Mensch das Gefühl gegeben hatte, etwas ganz Besonderes zu sein. Er hatte etwas in mir eingepflanzt, das wuchs und wuchs und an die Oberfläche drängte. Aber was würde geschehen, wenn ich diese Gefühle tatsächlich herausließ? Würde er mich eines Tages verlassen? Würde er sterben und mich allein lassen? Würde er mir seine Liebe wieder wegnehmen? Dass ein Mann, den ich erst seit ein paar Wochen kannte, meine Gedanken derart durcheinanderbrachte, machte mir große Angst. Ich hatte nur einen Moment lang nicht aufgepasst, und schon war er in mein Leben getreten und hatte alles auf den Kopf gestellt. Das alles wollte ich ihm erklären, als ich ihm nun in die Augen schaute. Aber dann lehnte ich mich nur zu ihm und küsste ihn, während ich im Kopf Hunderte Male *ich liebe dich auch* sagte.

An dem Abend redeten wir nicht mehr von Liebe, aber eine Woche später kam Jack an einem lauen Sommerabend mit einem Strauß Rosen zu mir. Die Geste rührte mich, doch ich war nun mal praktisch veranlagt, und während ich die Blumen in eine Vase stellte, dachte ich nur daran, dass das Wasser in wenigen Tagen zu stinken anfangen würde. Jack war der Romantiker, nicht ich. Allerdings hatte auch er eine praktische Veranlagung, denn er wechselte an jenem Abend eine durchgebrannte Glühbirne in der Abstellkammer aus. Selbst hatte ich es nicht geschafft, sondern mir stattdessen angewöhnt, im Dunkeln nach den Sachen zu tasten.

Als ich die Vase auf den Tisch stellte, sah ich aus dem Augenwinkel, wie Jack eine Flasche Milch aus dem Kühlschrank nahm. Er schraubte sie auf, schnupperte daran, verzog das Gesicht und goss die Milch, ohne ein Wort zu sagen, in den Ausguss. Sie war sauer geworden, aber Jack war in dem Augenblick einfach nur süß. Ich kann gar nicht sagen, wie sehr mich die kleine Geste rührte. Einige Frauen hätten mit Sicherheit beleidigt reagiert. Ich nicht. Dass jemand für mich sorgte, brachte mein Herz zum Überlaufen.

«Ich liebe dich», sagte ich und ging zu ihm. Ich küsste ihn auf den Mund und machte mich gleichzeitig an seiner Gürtelschnalle zu schaffen.

«Whoa.» Er hielt meine Hand fest.

«Schon gut. Ich will es so.» Wieder küsste ich ihn und zog erneut an seiner Gürtelschnalle, dieses Mal energischer. Ich wollte ihm zeigen, wie viel er mir bedeutete. «Alles okay. Ich bin keine Jungfrau mehr.»

Er wirkte geschockt. Und enttäuscht. Wie sollte ich ihm erklären, dass so etwas nun mal dabei herauskam, wenn einen die Mutter mit einer Handvoll Präservative aufs College schickte und dazu den Tipp gab, das *Leben zu genießen*? «Ist nicht so, dass ich mit jedem geschlafen hätte», sagte ich. «Es gab nur einen Mann. Er war mein …»

«Himmel, Jordan.» Er fuhr sich mit der Hand durchs Haar und atmete laut durch die Nase aus. «Hat er dich geliebt? Wollte er dich heiraten?»

«Willst du nicht eher wissen, ob *ich ihn* geliebt habe?»

Seine Schultern sackten nach unten. «Weiß nicht.»

«Nun, ich habe ihn geliebt. Aber nicht so, dass ich ihn hätte heiraten wollen. Er wollte das auch nicht, hat mich aber auf seine Art ebenfalls geliebt. Also lautet die Antwort auf deine Frage, ja, so etwas wie Liebe war mit im Spiel.»

Jack wich einen Schritt zurück. «Ich ... ich möchte mir das jetzt nicht anhören.»

Ich schwieg und dachte an früher. Der Mann – er war mein Professor an der Journalistenschule gewesen – hätte fast mein Vater sein können, so groß war der Altersunterschied zwischen uns gewesen. Es hatte unschuldig begonnen, ich war nach den Seminaren länger geblieben, weil ich eine Frage zum Unterricht hatte oder mit ihm etwas besprechen wollte. Irgendwann waren wir Kaffee trinken gegangen, später kamen ein paar Drinks hinzu, und am Ende landeten wir in seiner Wohnung. Niemals hatte ich mich der Illusion hingegeben, wir hätten eine wilde Romanze oder gar eine gemeinsame Zukunft. Ich hatte genau gewusst, was ich tat und dass es mit uns aus wäre, sobald ich meinen Abschluss gemacht hätte.

Er hatte zu mir gesagt, ich sei für mein Alter sehr reif. Aber so ist das wohl, wenn man von heute auf morgen erwachsen werden muss. Wenn man, weil die eigenen Eltern vor Kummer vergehen, allein mit der Polizei reden muss, wenn man die Vorbereitungen für die Beerdigung allein treffen, den Sarg allein aussuchen und die kleine Parzelle auf dem Friedhof sechzig Jahre zu früh allein auswählen muss.

Jack legte sich eine Hand an die Stirn. Seine Wangen waren glühend rot. «Hättest du mir das bloß nicht erzählt.»

«Hätte ich dich lieber anlügen sollen? Es einfach verschweigen sollen?» Ich wollte ihm über die Wange streichen, aber er hielt meine Hand fest.

«Ich wollte mit dir schlafen», sagte er.

«Aber jetzt nicht mehr?» Ich schloss die Augen. *Sag es einfach. Sag ihm, dass du dich noch nie so gefühlt hast wie bei ihm. Sag ihm, dass der andere im Vergleich zu ihm ein Nichts war. Sag ihm, dass er dir alles bedeutet.* Im Kopf wusste ich, was ich ihm erzählen wollte, nur aussprechen konnte ich es nicht. Mit Wörtern verdiente ich meinen Lebensunterhalt, und jetzt fiel mir kein einziges ein. Deshalb küsste ich Jack nur und zog ihn an mich. «Ist schon okay», murmelte ich, bis er sich nicht länger gegen mich wehrte.

Während wir uns gegenseitig an der Kleidung des anderen zu schaffen machten, wirkte er verschüchtert und ängstlich, und bevor er sich die Boxershorts auszog, knipste er das Licht aus. Dass er keine Jungfrau mehr war, merkte ich ihm trotzdem an, doch war mir auch klar, dass ich von uns beiden die Erfahrenere war. Ich fand es normal und schön, konnte aber selbst im Dunkeln noch Jacks angespannten Gesichtsausdruck sehen. Als würde er etwas Verbotenes tun, das er schnell hinter sich bringen wollte, bevor er dabei ertappt wurde.

«Mach die Augen auf», sagte ich. «Schau mich an.»

Sein Atem ging schnell, sein Herz hämmerte an meiner Brust. Die Augen hatte er immer noch geschlossen.

«Entspann dich», sagte ich. «Lass dir Zeit. Wir haben die ganze Nacht.» Ich nahm sein Gesicht in die Hände, küsste ihn sanft auf den Mund und zeigte ihm, wie er es machen musste. Ich übernahm die Führung. «Ist okay. Alles okay.»

Am Anfang bewegten wir uns unbeholfen, doch irgendwann fanden wir zu einem gemeinsamen Rhythmus. Dann waren wir vereint. Und es war gut. Ich nahm ihn auf und hielt ihn umschlungen. Er öffnete die Augen, sah mich verwundert an, dann schloss er sie wieder und gab die Zurückhaltung auf.

Als wir eine Stunde später nackt nebeneinander im Bett lagen, ertönte aus dem anderen Zimmer der *Star-Spangled Banner*, das Zeichen, dass das Fernsehprogramm für diesen Abend zu Ende war. Kurz vor dem Einschlafen dachte ich daran, wie es dazu gekommen war, dass wir im Bett gelandet waren. Die Milch war es gewesen. In den kommenden Wochen, Monaten und Jahren würde ich, sobald ich saure Milch auch nur roch, immer daran denken, wie ich mich in Jack Casey verliebt hatte.

KAPITEL 13

E s war brütend heiß. Ich schwitzte wie verrückt. Das Kondenswasser lief an meinem Cocktailglas hinunter wie der Schweiß an meinen Schläfen und an meinem Hals. Es war Ende August, die Hundstage hatten die Stadt im Griff, und hier gab es nirgendwo ein Fenster. Und der zum Schneiden dicke Zigarettenrauch tat sein Übriges.

Jack war mitgekommen, und die *Tribune*-Bande war ebenfalls geschlossen da. Wir hatten uns gleich vor der Bühne an mehreren kleinen Tischen mit roten Decken platziert. Montagabend, und die meisten Menschen waren zu Hause und guckten die *George Burns and Gracie Allen Show* oder *Caesar's Hour*. Massen hatten sich also nicht versammelt, um dem unbekannten Sänger zu lauschen.

Den ganzen Tag über hatte Randy einen Werbejingle nach dem anderen mitgeträllert, und jetzt stand er auf der Bühne und knödelte *Vaya con Dios* und *Rags to Riches* ins Mikrofon. Wenn ich die Augen schloss, hätte ich schwören können, dass ich in der einen Minute Desi Arnaz und in der nächsten Tony Bennett hörte. Das Adjektiv *charismatisch* wäre mir als Beschreibung für Randy bisher nicht in den Sinn gekommen. Attraktiv, ja, aber charismatisch? Trotzdem fiel mir das Wort nun ein, als ich ihn auf der Bühne stehen sah, wo er das Mikrofon umklammerte, die Hände am Metallständer rauf und runter wandern ließ und allen Frauen im Saal schöne Augen machte.

Als er uns ein paar Tage zuvor eingeladen hatte, mit zur Gin Club's Amateur Night zu kommen, hatten wir ihn noch aufgezogen. «Was hast du vor? Willst du uns mit einem Werbejingle erfreuen? Wie wär's mit *Brylcreem, a little dab'll do ya*?» Walter hatte Randys Haar verwuschelt, sodass der Bleistift hinter seinem Ohr heruntergefallen war. Damals hatten wir gelacht, doch nun schauten wir Randy mit offenem Mund zu. Wir hatten ja keine Ahnung gehabt, wie gut er war.

«Wun-neba», rief Peter und klatschte wie wild.

«Und ich hatte geglaubt, er kann nur zeichnen», sagte Henry.

«Er ist ein Dreifachtalent», meinte Benny und strahlte, als sei er irgendwie verantwortlich für Randys umwerfende Darbietung.

«Ach, halt die Klappe.» Walter schnappte sich seinen Hut und schlug damit nach Benny. «Du weißt doch gar nicht, wovon du redest. Ein Dreifachtalent kann singen, tanzen und schauspielern.» Er zählte eins, zwei, drei an seinen Fingern ab. «Gene Kelly, zum Beispiel – das ist ein Dreifachtalent.»

Unter dem Tisch drückte ich mein Knie gegen Jacks. So gab ich ihm zu verstehen, dass er sich etwas merken sollte, damit wir uns hinterher darüber austauschen konnten. Nachdem ich ihm schon Dutzende Anekdoten über meine Arbeitskollegen erzählt hatte, war ich froh, ihm jetzt auch noch handfeste Beweise liefern zu können. Er strich mir durchs Haar, und ich lehnte mich so weit zu ihm, dass sich unsere Schultern berührten. Das gab mir ein kribbelndes Gefühl in der Magengrube.

Nach Randys Auftritt brachen wir geschlossen auf. Im Club war es heiß wie in einem Ofen gewesen, und wir hofften, auf der Straße etwas Abkühlung zu finden. Leider vergeblich. Walter, Henry und die anderen Männer hatten die Krawatten gelöst, die Ärmel ihrer Hemden hochgekrempelt und sich die Jacketts über die Schulter gehängt. Wir kamen an Leuten vorbei, die sich in Hauseingängen stehend Luft zufächelten. Auf etlichen Fenstersimsen standen elektrische Ventilatoren und liefen auf Hochtouren. Ein blauer Studebaker kurvte langsam vorbei, der Fahrer hupte wie wild, und vier, fünf Männer lehnten sich aus dem Fenster, pfiffen und riefen: «Hey, Sweetie!» M schaute erwartungsvoll zu ihnen hinüber, aber die Männer blickten in die andere Richtung, wo eine dralle Rothaarige die Straße überquerte. Das Lächeln wich aus Ms Gesicht. Die Männer waren viel zu jung für sie, ihr Desinteresse wurmte M trotzdem.

Sie wollte ein Taxi herbeiwinken, als Mr. Ellsworth ihr zurief: «M, Sie können bei mir mitfahren.» Er schaute zu Benny, der Jack und mich gerade gefragt hatte, ob wir mit ihm noch einen Absacker trinken würden. «Hey, Ben», sagte Mr. Ellsworth. «Sie können wir auch zu Hause absetzen.»

Die Gruppe zerstreute sich. Es war halb elf, und alle mussten am nächsten Tag früh aus den Federn. Jack begleitete mich zu Fuß zu meiner Wohnung. Er hielt meine Hand, Feuchtigkeit sammelte sich zwischen unseren verschränkten Fingern. Schweigend gingen wir nebeneinanderher.

An einer roten Ampel hielten wir an. «Ich glaube, der Rothaarige steht auf dich», sagte Jack unvermittelt.

«Wer? Benny?» Meine Stimme klang überrascht, obwohl ich es längst selbst vermutete. Benny spähte ständig zu mir hin, fragte, ob ich mittags mit ihm essen oder abends mit ihm etwas trinken gehen würde. «Jetzt sag bloß nicht, du bist auf ihn eifersüchtig.»

Jack lachte. «Wohl kaum.» Trotzdem verfiel er wieder in Schweigen.

«Hey, alles in Ordnung?»

«Ja, ja. Ich muss nur immer an den Artikel über die O'Hare-Erweiterung denken ...» Er saß schon länger an einer Reportage über die Arbeiten am Flughafen, und sein Redakteur hatte ihn bereits zweimal aufgefordert, den Artikel umzuschreiben. Kurz bevor wir mein Haus erreicht hatten, kam Jack dann zum eigentlichen Punkt und fragte, ob ich die Seiten einmal lesen und ihm sagen würde, was ich davon hielt.

«Klar doch.» Ich hatte es gern, wenn er mich um Hilfe bat.

Während ich die Haustür aufschloss, zog Jack den zusammengefalteten Artikel aus der Hosentasche.

Vor der Tür gegenüber stand wie immer der Kinderwagen, nur lagen anstelle der Suppendose nun ein Hammer und eine Rohrzange auf der Decke. Begegnet war ich der geheimnisvollen Nachbarin bisher allerdings noch nicht.

In meiner Wohnung setzten wir uns aufs Sofa. Während ich den Artikel las, spürte ich Jacks ängstlich gespannten Blick auf mir.

«Und?» Er legte den Kopf schief. «Wie findest du es?»

Ich hob einen Zeigefinger, weil ich noch nicht ganz fertig war. Der Artikel war gut recherchiert und las sich flüssig. Ich lächelte Jack zu. «Das ist gut. Sehr gut.»

«Wirklich?»

«Aber ja. Ich würde nur vorschlagen, den dritten Satz vor den zweiten zu ziehen. Dann bist du schneller beim Oberbauleiter, das wirkt stärker.»

Er nahm die Seiten und überflog den Anfang. «Und wo soll dann das ‹verzögert sich voraussichtlich› hin?», fragte er stirnrunzelnd.

«Das kann gleich danach kommen.»

Er überlegte kurz. «Ich finde nicht, dass es dadurch stärker wird.»

«Dann lass es einfach, wie es ist.»

«Jetzt sei doch nicht sauer.»

«Bin ich nicht. Du hast mich nach meiner Meinung gefragt, und ich habe gesagt, was ich denke. Wenn du es anders siehst, okay.» Es war nur eine Feststellung, aber Jack schaute mich zweifelnd an.

«Bist du etwa neidisch?» Er faltete die Blätter wieder zusammen und steckte sie in die Hosentasche.

Neidisch? Bevor er es ausgesprochen hatte, wäre ich nicht auf die Idee gekommen, dass ich neidisch sein könnte. Ich wusste, wo ich in der Hackordnung stand. Den halben Tag überarbeitete ich Fünfhundert-Wörter-Artikel über zehn Möglichkeiten, sich ein Halstuch umzubinden. Zufrieden war ich damit nicht, aber ich stand ja erst am Anfang meiner Karriere. Noch hatte ich nicht aufgegeben und suchte immerzu nach einer guten Story. Und wenn meine männlichen Kollegen zu viel zu tun hatten, setzten Mr. Ellsworth oder Mr. Copeland mich auch schon mal auf eine Geschichte mit etwas mehr Tiefgang an. Erst am heutigen Vormittag hatte Mr. Pearson mich ins Rathaus geschickt, weil ich recherchieren sollte, was es mit angeblichen Verstößen gegen die Baurichtlinien auf sich hatte. Dabei war es mir sogar gelungen, Daleys Pressesprecher Earl Bush im Flur abzufangen.

«Können Sie mir sagen, wie der Bürgermeister auf die Kritik reagiert, die Stadt würde nicht für die Einhaltung der Baurichtlinien sorgen?»

«Kein Kommentar.» Er war einfach weitergegangen.

Ich trabte neben ihm her. «Finden Sie nicht, unsere Bürger haben ein Recht darauf, es zu erfahren?»

Er blieb stehen, rückte seine Brille zurecht und warf mir einen bösen Blick zu. «Eins sollte euch Reportern endlich mal klar sein – wir gehören nicht zum selben Team. Wir sind keine Freunde. Ich bin euch rein gar nichts schuldig. Und wenn der Bürgermeister nicht über Baurichtlinien oder weiß der Geier was reden will, müssen Sie mir nicht hinterherrennen und glauben, ich würde Ihnen irgendetwas dazu sagen.» Kopfschüttelnd war er an mir vorbeigegangen und hinter einer Tür verschwunden.

«Weißt du?», unterbrach Jack meine Gedanken. «Ich könnte es verstehen, wenn du neidisch wärst.» Er lehnte sich zu mir, küsste mich auf den Hals und ließ seine Hand in den Kragen meiner Bluse gleiten.

Ich wusste, was jetzt kommen würde. In dieser Hinsicht war er ziemlich berechenbar. Nachdem er sich anfänglich noch gegen Sex gesträubt hatte, war er inzwischen derjenige, der als erstes zum Angriff überging. Er stand auf, nahm meine Hand und zog mich ins Schlafzimmer. Weil es dort nur ein winziges Fenster gab, fühlte es sich in dem Zimmer zehn Grad wärmer an als im übrigen Teil der Wohnung. Jack knöpfte sein Hemd auf und hängte es über den Türknauf, während ich mich aus meinem Rock schälte, meine Strümpfe herunterrollte und unter die Decke schlüpfte. Noch bevor Jack sich zu mir gelegt hatte, klebte das Laken schon an meiner Haut. Die Luft war schwül und drückend, und ich dachte die ganze Zeit daran, dass ich kaltes Wasser in die Badewanne laufen lassen und mich hineinsetzen würde, sobald wir fertig wären.

KAPITEL 14

Der Donnerstag wurde zum festen Bowling-Abend unserer Redaktion. Im Herbst gründeten wir sogar eine Liga und luden die Teams der anderen Zeitungen und Werbeagenturen dazu ein. Angetan mit unseren blauen *Chicago-Tribune*-Bowlinghemden, trafen wir uns mit den anderen Mannschaften einmal die Woche in den King Pin Lanes in der Grand Avenue. Die Miete für eine Bahn kostete einen Vierteldollar, für ein Paar Schuhe einen Dime. In einer Ecke gab es eine Cocktailbar mit flackernder Neonreklame für J&B und eiskaltes Schlitz-Bier. Die Jukebox lief ununterbrochen, und manchmal sah man ein Paar auf einer leeren Bahn ein Tänzchen wagen. Im King Pin hatten sie erst vor Kurzem die Kegelaufsteller gegen automatisch gesteuerte Krallen eingetauscht, die die umgefallenen Kegel packten und wieder aufbauten. Ein faszinierendes Schauspiel, wenn auch ein wenig unheimlich.

Wir von der *Tribune* bildeten zwei feste Teams. M und ich waren die einzigen Frauen, zu den Männern gehörten die üblichen Verdächtigen Walter, Henry, Peter, Randy, Higgs und Benny. Gabby schaute uns von einer Bank aus zu und hielt sich dabei an einem Manhattan fest, ihrem ersten und letzten Drink des Abends. M hätte sich der Einfachheit halber auch gleich zu ihr setzen können. Wie sie Gabby und mir anvertraut hatte, kam sie nur mit, um Männer kennenzulernen, und achtete mehr auf ihre Fingernägel als auf ihre Punkte. Nach jeder Runde schob sie den Po nach hinten, zog eine Nagelfeile aus der Handtasche und glättete jeden noch so feinen Riss in ihren Fingernägeln.

Eines Abends traten wir gegen die Mannschaft der *Sun-Times* an. Sie hatten ein neues Mitglied im Team, einen hageren Kettenraucher, der sich als Mick vorstellte, von seinen Kollegen aber zunächst Mike und später nur noch Royko genannt wurde. Er hatte zwar erst vor Kurzem bei den *O'Hare News* angefangen, hoffte aber, bald einen Job beim City News Bureau zu ergattern. Bis er aber bei diesem Team mitspielen durfte, war er bei den Jungs der anderen Zeitung dabei.

Mir fiel recht bald der ganz eigene Bowlingstil meiner Kollegen auf. Walter nahm die Pfeife nie aus dem Mund, und man konnte buchstäblich sehen, wie seine Zähne nach jedem Wurf in den Stiel bissen. Peter hatte die perfekte Haltung, war aber ein miserabler Spieler. Wie ein Profi hielt er die Kugel kurz unterhalb der Augenhöhe, taxierte die Bahn und warf die Kugel dann mit dramatischer Geste ab, wobei er den anderen Arm weit hinter den Kopf zog und das Spielbein bestimmt einen halben Meter vom Boden abhob. Seine Pose signalisierte *Strike!*, doch in Wahrheit brachte er fast immer nur ein, zwei Kegel zu Fall. Henry dagegen beherrschte das Spiel recht gut und schaffte immer ein paar Strikes und Spares. Randy summte vor jedem Wurf vor sich hin und stimmte danach – ganz gleich, ob er einen Strike oder Gutter geworfen hatte – «It's Howdy Doody Time» an. Beim ersten Mal hatten wir alle Benny angeschaut.

«Hä?» Benny hatte uns angesehen, als hätte er keine Ahnung, worum es ging. Dabei war er der Bauchrednerpuppe Howdy Doody wie aus dem Gesicht geschnitten.

Jack gab an diesem Abend mächtig an, weil er gleich den ersten Wurf in einen Strike verwandelt hatte. Er führte ein Tänzchen auf und grinste schadenfroh, als er zu seinem Bier griff. Der Abend zog sich hin. Es war ein Kopf-an-Kopf-Rennen, und als Jack dann nur einen Split warf, riss er sich die Hände verzweifelt über den Kopf und fluchte laut. Zuerst hielt ich es für einen Scherz, denn bisher hatte er das Spiel in meiner Gegenwart nicht so todernst genommen. Doch mit steigender Spannung stöhnte Jack jedes Mal auf, wenn dem *Tribune*-Team ein Strike oder Spare glückte. Als dann im dritten Spiel bei seinem Wurf nur die beiden äußeren Kegel stehen blieben, wirbelte Jack herum. «Verdammt, habt ihr das gesehen? Auf unserer Bahn ist viel zu viel Bohnerwachs. Die Kugel läuft nicht richtig.» Am Ende gelang es ihm zwar doch noch, alle zehn umzuwerfen, aber es hatte an ihm gelegen, dass die *Sun-Times* mit 1863 zu 1865 gegen uns verlor.

Jack beschwerte sich immer noch über den Zustand der Bahn, als die anderen Spieler sich bereits die Hände gaben und sich gegenseitig auf die Schultern klopften. Alle packten ihre Bowling-Taschen und zogen wieder Straßenschuhe an, um in der Bar einen Absacker zu trinken. Jack jedoch schnappte sich seinen Mantel und verkündete, er würde jetzt gehen.

«Was soll das heißen?» Ich stand auf. «Wolltest du dich nicht mal von mir verabschieden?»

«Ich rufe dich morgen an», murmelte er und drehte sich um.

«Hey, Jack», rief Royko ihm nach. «Bleib doch noch auf einen Drink.»

Aber Jack war bereits bei der Eingangstür und verschwand. Ich schämte mich für sein Verhalten und überlegte mir Entschuldigungen: Er war müde ... hatte bald einen Abgabetermin ... war den ganzen Tag schon angeschlagen gewesen. Dass er ein so schlechter Verlierer war, schien die anderen dagegen überhaupt nicht zu kratzen. Sie gingen hinüber in die Cocktailbar und bestellten ihre Drinks.

Zwei Stunden später löste sich unsere Runde auf, doch ich mochte jetzt nicht nach Hause fahren. Innerlich regte ich mich immer noch über Jack auf, und nachdem alle anderen das King Pin verlassen hatten, ging ich in die Telefonkabine und rief meinen alten Kumpel Scott an. Ich fragte ihn, ob er Lust hätte, sich mit mir auf ein Getränk im Twin Anchors zu treffen.

Zwanzig Minuten später saß ich in der Bar. Als ich Scott hereinkommen sah, bekam ich einen Schreck. Seit unserer letzten Begegnung hatte er ziemlich viel Gewicht verloren, seine Hose schlotterte ihm nur so um die Beine. Sein Gesicht wirkte ausgemergelt, und er hatte dunkle Ränder unter den Augen. Er sah müde und abgespannt aus, und seine Hand zitterte leicht, als er sich eine Chesterfield aus dem Päckchen schüttelte.

«Hey.» Ich legte ihm eine Hand auf den Arm. «Ist bei dir alles okay?»

«Fällt es so auf?» Er grinste und entzündete ein Streichholz. «Die letzten Monate waren echt anstrengend», sagte er und steckte sich die Zigarette an. «Connie und ich, wir haben uns getrennt.»

«Warum hast du mich nicht angerufen und es mir erzählt?»

«Ich wollte dich nicht mit meinem Liebesleben belästigen.»

«Das tut mir wirklich leid für dich.»

«Ja, mir auch.» Er zog fest an seiner Zigarette und nickte. «Aber das ist gar nicht das Problem. Also, nicht das eigentliche Problem.»

«Sondern?»

Er pflückte sich einen Krümel Tabak von der Zunge. «Ich habe gekündigt.»

«Wie bitte? Wann das denn?»

«Vor ein paar Wochen.»

Scott und ich telefonierten oft miteinander, aber die Kündigung hatte er mit keinem Wort erwähnt. «Und was willst du jetzt machen?»

«Ich habe schon was Neues.» Er blickte nachdenklich auf seine Zigarette und nahm einen Zug. «Ich bin jetzt Strafverteidiger.»

«Wie bitte? Du warst Ankläger – sogar stellvertretender Bezirksstaatsanwalt – und hast gekündigt, um als Strafverteidiger weiterzumachen?»

«Sobald ich den Entschluss gefasst hatte, fiel mir der Wechsel leichter, als du vielleicht denkst.»

«Und was für Leute vertrittst du jetzt?»

«Ach» – er lachte gezwungen – «die üblichen Schläger und Verbrecher. Lass mich kurz überlegen – zu meinen Mandanten zählen eine Prostituierte, ein Mann, der mehrfach unter Alkoholeinfluss Auto gefahren ist, und ein anderer, der seinen Chef tätlich angegriffen haben soll. Und jetzt schau mich bitte nicht so an, Jordan. Ich fühle mich auch so schon schlecht genug.»

«Warum machst du es dann?»

Er zuckte mit den Schultern und ließ den Kopf hängen.

«Ich habe mir gedacht, wenn ich sie schon nicht drankriegen kann, dann mache ich es eben wie sie.»

Das klang nicht mehr nach dem Scott, den ich kannte.

«Immerhin habe ich die drei letzten Fälle gewonnen.» Er verzog das Gesicht. «Als Ankläger ist mir das nicht geglückt.»

Ich zog eine Zigarette aus meinem Päckchen und lehnte mich vor, damit Scott mir Feuer gab. Hinter der Flamme leuchteten seine Augen, und ich war wie gebannt, konnte den Blick nicht von ihnen lösen. Zwischen uns brannte noch eine andere Flamme – wenigstens kam es mir so vor –, und ich musste sie so schnell wie möglich löschen. Also spitzte ich die Lippen und pustete das Streichholz aus. Wir tranken aus, bezahlten und gingen nach draußen.

«Hast du jetzt sämtliche Achtung vor mir verloren?», fragte er, während er ein Taxi für mich heranwinkte.

«Sämtliche nicht.» Ich zwinkerte ihm zu, stellte mich auf die Zehenspitzen und drückte ihm einen Kuss auf die Wange, bevor ich mich auf die Rückbank des Taxis setzte.

Den ganzen Heimweg über dachte ich an Scott. Doch als ich zu Hause ankam, wartete Jack vor der Tür auf mich. Er saß gegenüber dem Kinderwagen, hatte den Rücken an die Wand gelehnt und die Knie bis zur Brust hochgezogen.

«Hatte fast die Hoffnung aufgegeben, dass du überhaupt noch kommst.» Seine Knochen knackten beim Aufstehen.

«Du hast vorhin ja eine ziemliche Show abgezogen.» Ich fischte den Wohnungsschlüssel aus meiner Handtasche. «Hoffentlich bist du stolz auf dich. Seit wann bist du eigentlich so ein schlechter Verlierer?»

«Können wir bitte nicht mehr davon reden? Ich bin nicht hier, um mit dir zu streiten.»

Ich erwiderte nichts.

«Ich wollte nur sagen, dass es mir leidtut. Mich bei dir entschuldigen. Okay?»

«Okay.»

«Dann verzeihst du mir den Aussetzer?»

«Ja.» Entweder nahm er meinen leicht gereizten Tonfall nicht wahr oder er ignorierte ihn einfach.

Ich öffnete die Wohnungstür und ging hinein. Er folgte mir, zog mich an sich und küsste mich. Ich war immer noch sauer auf ihn, und nach Sex war mir nicht zumute. Doch ich wusste, dass er es darauf abgesehen hatte. Hauptsächlich war er deswegen hergekommen, und nicht so sehr, weil er sich bei mir entschuldigen wollte.

Und so gingen wir an dem Abend miteinander ins Bett, und der Sex war für meine vorherige Laune überraschend befriedigend. Danach lagen wir im Dunkeln nebeneinander, das einzige Licht kam von der Straßenlaterne vor dem Fenster und der Glut meiner Zigarette.

Aus dem Nichts fragte Jack mich, zu welcher Kirche ich gehörte.

«Was?» Ich stützte mich auf einen Ellbogen, und die Glut meiner Zigarette zog im Dunkeln eine Leuchtspur.

«Na, in welche Kirche geht ihr? Meine Mutter hat danach gefragt.»

Ich lachte und stellte den Aschenbecher zwischen uns. «Ich gehe in keine Kirche.»

«Nein? Und deine Eltern?»

«Die auch nicht.»

«Aber du bist katholisch. Da musst du doch zu einer Kirche gehören.»

«Nicht, wenn deine Mutter jüdisch ist und dein Vater an nichts glaubt.»

Er setzte sich auf und schlang die Arme um die Knie. «Und was heißt das für dich? Bist du dann auch jüdisch?»

Ich überlegte. «Nein, ich bin gar nichts.»

«Aber irgendeinem Glauben musst du doch angehören. Das tut doch *jeder*. Entweder bist du katholisch oder jüdisch.»

«Theoretisch gehört ein Kind, wenn ich mich recht entsinne, derselben Glaubensrichtung an wie seine Mutter. Aber weder sie noch ich sind praktizierende Juden.»

«Und was ist dein Vater?»

«Atheist.»

«Jesus!» Er ließ die Knie los und presste die Hände an die Schläfen. «Glaubst du denn überhaupt an Gott?»

«Ja, wenn alles so läuft, wie ich es mir wünsche.»

«Man stellt Gott keine Bedingungen.» Jack langte an mir vorbei und knipste die Nachttischlampe an. «Warum hast du mir das nie gesagt? Ich dachte immer, du wärst – na, gut, vielleicht nicht superreligiös, aber wenigstens katholisch. Du wusstest, dass es mir mit dir ernst ist. Wieso hast du es nie erwähnt?»

Ich schob mein Kissen hoch und setzte mich auf. «Ich habe mir darüber nie Gedanken gemacht. Mir ist das alles nicht so wichtig. Und ich hatte nicht den Eindruck, dass es darauf ankommt.»

«Natürlich kommt es darauf an. Meine Familie ist erzkatholisch.»

«Und was soll ich deiner Meinung nach jetzt tun?»

«Konvertieren», erwiderte er, wie aus der Pistole geschossen.

«Konvertieren? Zum Katholizismus?» Ich lachte und drückte meine Zigarette aus.

«Ja. Wenn wir heiraten wollten, müsste ich doch wissen ...»

«Heiraten? Du willst mich heiraten?»

Die Frage schien ihn genauso zu überraschen wie mich selbst. Er lachte und zupfte an einer Haarsträhne von mir. «Äh, ja. Ja klar. Ich will dich heiraten.»

«Soll das ein Antrag sein?»

«Ja, so was in der Art. Also, wir besorgen uns einen Ring und das alles. Und wir müssten uns natürlich erst mit meiner Familie treffen. Und deine Eltern, die hätten nichts dagegen, wenn du mich heiratest? Würden sie es in Ordnung finden, wenn du konvertierst?»

Ich überlegte kurz. «Bestimmt.» Dass sie sich querstellten, glaubte ich nicht. Immerhin hatte meine Mutter ihrem Glauben den Rücken zugekehrt, als sie meinen Vater geheiratet hatte. Das nahm ihr eigener Vater ihr noch heute übel. Alkoholiker mochten meine Eltern zwar sein, aber Heuchler waren sie mit Sicherheit nicht.

«Na dann, okay. Und ja.» Er lächelte mich an. «Das war ein Antrag.»

«Wie romantisch.» Ich lachte.

Er lachte auch. «Ich liebe dich wirklich – das weißt du, oder?»

«Ja, ich weiß.» Und es stimmte. Das perfekte Paar waren wir nicht. Wir waren nicht immer einer Meinung und krittelten manchmal an dem anderen herum, aber wir waren ineinander verliebt. Ich rutschte nach unten, bis mein Gesicht vor seinem war und sich unsere Münder trafen.

Und so kam es, dass Jack und ich eines Abends beschlossen, den Bund der Ehe einzugehen. Ich hatte keine Ahnung, was man alles tun musste, wenn man zu einem anderen Glauben konvertieren wollte. Noch wusste ich nicht, dass ich erst einer Katechumenatsgruppe beitreten und jeden Sonntag zur Messe gehen musste. Ich wusste nicht, dass ich mich taufen und firmen sowie etliche andere religiöse Rituale über mich ergehen lassen musste. Und ich wusste nicht, dass es fast ein Jahr dauern konnte, bis die Kirche einen Neuling für würdig erachtete, eines ihrer Mitglieder heiraten zu dürfen.

Doch bevor ich überhaupt daran denken konnte, mich auf die Aufnahmeprüfung der Kirche vorzubereiten, musste ich den Eignungstest bei Familie Casey bestehen.

Der Lippenstift war zu viel. Zu knallig. Ich blickte in den Spiegel und wischte die Farbe mit Toilettenpapier ab, aber meine Lippen blieben eigenartig rot. Nun kam ich auf die Idee, einen anderen Pullover anzuziehen. Es war der Tag, an dem ich Jacks Eltern kennenlernen sollte, und ich überlegte seit Stunden, welche Fragen sie mir wohl stellen würden, und hatte alle möglichen Antworten einstudiert. Von unseren Hochzeitsplänen wussten sie noch nichts. Jack fand es besser, wenn sie mich vorher kennenlernten, und das fand ich auch.

Als er mich abholte, sagte er gleich: «Und denk dran, sollten sie dich danach fragen, dann erzähle bitte nicht zu viel von deiner Mutter und deinem Vater – vor allem nicht von deiner Mutter.»

«Wovon soll ich nichts erzählen? Von ihren Gedichten oder von ihrer Religionszugehörigkeit?»

«Weder noch.»

Wie er mich bereits Dutzende Male vorgewarnt hatte, waren seine Eltern – und vor allem seine Mutter – recht konservativ und erwarteten wegen meines Nachnamens ein nettes Mädchen aus einer irisch-katholischen Familie und nicht etwa die Tochter einer jüdischen Skandaldichterin und eines irischen Atheisten.

«Wenn die Zeit reif ist, werde ich es ihnen schonend beibringen», sagte er jetzt.

«Oha. Dass ich so eine schlimme Nachricht bin, war mir gar nicht klar.»

«Hä? So war das doch gar nicht gemeint.» Er ergriff meine Hand und drückte sie. «Meine Eltern werden dich in ihr Herz schließen. Sie sind nur ein bisschen altmodisch. Mehr wollte ich damit nicht sagen.»

Richtig überzeugend klang das für mich nicht, und ich war ein wenig gekränkt. Trotzdem erwiderte ich nichts, weil ich mich so kurz vor dem Treffen mit seinen Eltern nicht mit ihm streiten wollte.

Der Himmel war wolkenverhangen, als wir zum Haus der Caseys fuhren. Das Laub der gewaltigen Eichen, die die Straße in Bridgeport säumten, hatte sich bereits verfärbt, und in der Luft lag der Geruch von Hickory, ein sicheres Zeichen, dass der Winter nicht mehr lange auf sich warten lassen würde. Das Haus war anders als das meiner Eltern und unterschied sich auch von den bescheideneren Nachbarhäusern in Bridgeport, zu denen auch der Bungalow von Bürgermeister Daley in der angrenzenden Lowe Street zählte. Nein, das Haus der Caseys war ein richtiger Prachtbau – mit fünf Schlafzimmern, Giebelfenstern und zwei Schornsteinen aus roten Ziegeln.

Drinnen war es strahlend hell, gerade so, als würde die Sonne darin aufgehen. Bei der Inneneinrichtung hatte Mrs. Casey auf

Butterblumengelb und Mintgrün gesetzt. Auf den polierten Beistelltischen standen frische Blumen, und Sofa und Sessel waren mit durchsichtigen Plastiküberzügen geschützt. Die Porträts an den Wänden bewiesen, dass hier Menschen wohnten, die Familie großschrieben. Babyfotos, Geburtstagsfotos, Abschlussfeierfotos, Fotos, auf denen die Familienmitglieder einen Weihnachtsbaum oder einen wie von Norman Rockwell gemalten Thanksgiving-Truthahn umringten. Bei meinen Eltern hingen im Flur Fotos von Ansel Adams und über dem Kamin im Wohnzimmer eine Karikatur von Al Hirschfeld. Ein Foto unserer Familie oder der Hochzeit meiner Eltern im Silberrahmen hätte man bei ihnen allerdings vergeblich gesucht. Es gab keine peinlichen Fotos von Eliot und mir in Windeln. Und mit Hemingway oder einem anderen ihrer vielen berühmten Freunde hatten meine Eltern auch nie für ein Foto posiert.

«Ach, Jack, sie ist bezaubernd.» Mrs. Casey ergriff meine Hände und schwang sie leicht hin und her.

Ich hatte Angst, meine Hände könnten verschwitzt sein – so nervös war ich.

«Einfach bezaubernd», wiederholte sie. Ihr blondes Haar war perfekt frisiert, und sie trug die Schürze wie die Schärpe einer Schönheitskönigin.

«Das ist sie.» Richter Casey drückte mich völlig überraschend an seine Brust. Er war ein jovialer Mensch, der immer lächelte. Noch dazu war er großgewachsen und musste in jungen Jahren so attraktiv wie Jack gewesen sein.

Auch die fünf Brüder waren hübsche Jungs. Sie stellten sich in einer Reihe auf und ratterten ihre Namen herunter. Nachdem wir alle ein paar Höflichkeitsfloskeln ausgetauscht hatten und Richter Casey mir einen Drink angeboten hatte, folgte ich Mrs. Casey in die größte Küche, die ich je gesehen hatte. Farblich war sie auf die anderen Räume abgestimmt, auf der Anrichte standen hellgelbe Vorratsdosen, und zwischen zwei Buchstützen in der Form und Farbe von Zitronen parkte eine Reihe Kochbücher. Sogar das Telefon an der Wand war gelb. Mrs. Casey bewegte sich mit Anmut durch die Küche und tat verschiedene Sachen gleichzeitig, gerade so, als würde sie zaubern – fast sah ich vor mir, wie sie mit der einen Hand eine Dose Erbsen öffnete und mit der anderen Eiweiß perfekt steif schlug.

Ins erste Fettnäpfchen trat ich, als ich fragte, ob ich ihr bei irgendetwas helfen könne, weil man das ja nun mal so macht, wenn man bei jemandem zum Essen eingeladen ist.

Mrs. Casey legte einen Zeigefinger unter ihr Kinn und schaute nachdenklich drein. «Sie könnten vielleicht den Tisch decken.» Sie zeigte auf einen Stapel Porzellanteller auf der Arbeitsplatte und verschiedene Wassergläser und Weinkelche, die kopfüber auf einem Geschirrtuch mit Monogramm standen.

Ich ging ins Esszimmer, verteilte die Teller hübsch ordentlich auf dem Tisch und besah mir die vielen Messer, Gabeln und Löffel, die Mrs. Casey auf der Anrichte nach Größe vorsortiert hatte. Ich trug das Besteck zum Tisch und platzierte es neben den jeweiligen Tellern. Dann faltete ich die Servietten und steckte sie unter die Gabeln links neben den Tellern. Ich trat einen Schritt zurück und begutachtete mein Werk. Es sah hübsch aus, befand ich, doch dann kam Mrs. Casey ins Zimmer.

«Oje», entfuhr es ihr. «Was haben wir denn da?»

Mein Gesicht lief rot an, als sie lachend von Teller zu Teller ging und mein Werk korrigierte, indem sie die Servietten auf die Teller legte und die Anordnung der Gabeln, Löffel und Gläser vertauschte. Wie es aussah, hatte ich es immerhin mit den Messern richtig gemacht.

Ich entschuldigte mich noch für meinen Fauxpas, als wir längst wieder in der Küche waren, wo sie einen Gänsebraten aus dem Ofen zog.

«Ist ja noch mal gut gegangen», sagte Mrs. Casey und übergoss Kartoffeln und Braten mit Fett. «Zum Glück ist es uns ja aufgefallen, bevor sich die anderen an den Tisch setzen.» Sie lachte und wechselte das Thema. «Jack sagte, Ihre Mutter sei Dichterin?»

«Ja.» Mehr war mir als Antwort nicht erlaubt.

«Ich fürchte, ich lese nicht besonders viel.»

«Wie schade.» Dass jemand nicht las, konnte ich mir nicht einmal vorstellen. Für mich war lesen wie atmen.

«Wer hat schon die Zeit dafür? Im Haushalt gibt es immer etwas zu tun, und um die Jungs muss ich mich schließlich auch kümmern.» Lächelnd warf sie sich ein Geschirrtuch über die Schulter.

Mrs. Casey und ich setzten den Small Talk fort, bis Mr. Casey mich ins Wohnzimmer rief.

«Jack ist ganz vernarrt in Sie», sagte er. «Und warum, weiß ich jetzt auch.» Er prostete mir augenzwinkernd zu. «Nun erzählen Sie mal, sind Sie in Chicago aufgewachsen?»

Da ich mir denken konnte, dass diese die erste einer ganzen Reihe persönlicher Fragen sein würde, drehte ich den Spieß einfach um und stellte eine Gegenfrage: «Wollten Sie schon als Kind Richter werden?»

«Oh, ja.» Er lächelte versonnen und erzählte mir, wie er sich sein Jurastudium finanziert, seine Schulden zurückgezahlt und sich bis zum Richteramt hochgearbeitet hatte. «Ich glaube an unsere Justiz. Zu einhundert Prozent. In unserer Welt ist nicht alles vollkommen, aber ich glaube, dass auf unser Rechtssystem Verlass ist. Denn wissen Sie, weshalb unser Land das Beste auf der ganzen Welt ist? Nicht etwa wegen unseres Lebensstandards – wegen unserer Verfassung.» Er streckte einen Finger in die Luft. «Sie ist das Rückgrat unserer Gesellschaft, und wir sind den Gründervätern dafür zu großem Dank verpflichtet. Sie waren mutig, weise und vorausschauend.» In seiner Stimme schwang so viel Stolz mit, dass mir ganz patriotisch zumute wurde. «Ich habe mir gewünscht, dass auch Jack ein Jurastudium aufnimmt, aber er hatte die fixe Idee, Reporter zu werden. Das war bei Ihnen wohl ähnlich, nehme ich an?»

«Das liegt bei uns in der Familie.» Innerlich seufzte ich erleichtert auf, weil wir in diesem Moment zu Tisch gerufen wurden und er nicht nachhaken konnte.

Ich nahm mit der Familie Platz am Esstisch, und als ich mich im Zimmer umblickte, stieg in meiner Brust ein bittersüßes Gefühl hoch. Jack und ich waren zwar noch nicht offiziell verlobt, aber mir ging in dem Moment auf, dass dies meine zukünftige Familie war. Würde ich die Rolle, die mir darin zufiel, ausfüllen können? Auf mich wirkten die Caseys perfekt. Bestimmt half der Richter den jüngeren Söhnen nach dem Essen bei den Hausaufgaben, während Mrs. Casey ihre Strümpfe stopfte und die Kleinsten abends mit einer Gute-Nacht-Geschichte zu Bett brachte. Alle waren kerngesund und anständig, keiner trank zu viel oder benutzte Schimpfwörter oder schottete sich in seinem Arbeitszimmer ab. Wie meine Eltern und ich in das Bild passen sollten, wusste ich zwar noch nicht, aber versuchen wollte ich es unbedingt.

Das alles dachte ich, als sich die Mitglieder des Casey-Clans ohne Vorwarnung plötzlich bei den Händen fassten, die Köpfe senkten und das Tischgebet sprachen.

«O Gott, von dem wir alles haben», begann Richter Casey, «wir preisen dich für deine Gaben. Du speisest uns, weil du uns liebst. O segne auch, was du uns gibst. Amen.»

Amen, Amen, Amen, sprach ich den anderen nach und meinte jedes Wort auch so.

Während Teller aufgefüllt und herumgereicht wurden, entspann sich zwischen Richter Casey und mir eine interessante Diskussion über das Zerwürfnis zwischen Bürgermeister Daley und seinem früheren Freund und jetzigen Hauptgegner Benjamin Adamowski.

«Aber, aber», sagte Mrs. Casey und betupfte sich die Mundwinkel mit einer Serviette. «Bei Tisch hat Politik nichts zu suchen.»

«Wissen Sie», fuhr Richter Casey unbeirrt fort, «es wird gemunkelt, Adamowski will aus der demokratischen Partei austreten und zu den Republikanern überwechseln.»

«Das habe ich auch schon gehört. Wie ein Freund von mir meinte, hat Adamowski vor, für das Amt des Bezirksstaatsanwalts zu kandidieren.»

«Ein Freund von dir?» Jack schaute mich an, als wollte er fragen: *Wann hast du denn mit Scott darüber geredet?*

«Ist reine Spekulation», sagte ich und drückte mein Bein gegen Jacks, als Zeichen, dass alles in Ordnung war.

«Daley wird seine Wahl verhindern», sagte Richter Casey.

«Adamowski würde ihm nur Sand ins Getriebe streuen. Man stelle sich vor, wenn Adamowski die Wahl gewinnt. Das Letzte, was Daley braucht, ist ein Feind in einer derart mächtigen Position. Adamowski würde ihm das Leben richtig schwer machen.»

«Ä-hem.» Mrs. Casey klopfte einmal leicht auf die Tischplatte. «Genug Gerede über Politik. Wir essen.»

Ich lächelte und widmete mich wieder meinem Bratenstück. Was Mrs. Casey an der Unterhaltung störte, begriff ich nicht. Meine Familie redete beim Essen über fast nichts anderes als Politik, und mir hatte der Austausch mit Mr. Casey gut gefallen. Er hatte mich an die Gespräche erinnert, die ich früher mit meinem Vater geführt hatte. Und so traurig mich das auch stimmte, es tröstete mich auch ein wenig darüber hinweg, dass mir die Familie, die wir vor Eliots Tod gewesen waren, so sehr fehlte.

Seit unserer Auseinandersetzung wegen Eliots Schreibmaschine war ich verschiedene Male bei uns zu Hause gewesen, und mein Vater hatte mich begrüßt wie immer. Das hieß zumindest, dass unser ohnehin nur noch schwaches Band nicht endgültig durchtrennt worden war. Allerdings konnte er am Tag meines Auszugs auch so betrunken gewesen sein, dass er sich nicht mehr an unseren Streit erinnern konnte. Wer wusste das schon.

KAPITEL 15

Eines Morgens im Oktober kam ich sehr früh in die Redaktion und plauderte mit dem Schichtführer, während ich mir anschaute, welche Themen mir für diesen Tag zugedacht waren. Mr. Copeland hatte mich für einen Artikel für den Lokalteil eingeplant. Berichten sollte ich über die Erweiterungspläne von Kiddieland, einem Vergnügungspark für Kleinkinder. Pulitzer-Preis-verdächtig war das Thema zwar nicht gerade, aber immerhin besser als die ewigen Hochzeiten und Wohltätigkeitsbälle.

Ich fuhr zum Melrose Park und traf mich mit Arthur Fritz, der den Vergnügungspark 1929 mit einem halben Dutzend Ponys eröffnet hatte. Wegen des beginnenden Winters hatte der Park bereits geschlossen, sämtliche Fahrgeschäfte waren auseinandergebaut und die Gerüste mit schweren Planen abgedeckt worden. Ich saß in Fritz' Büro und ließ mir von ihm die Pläne für das neue Riesenrad und das Kettenkarussell erläutern, die im nächsten Sommer fertiggestellt werden sollten. Während er redete, überlegte ich, wie man die Geschichte groß aufziehen konnte, doch nach zwei Stunden war klar, dass sie nichts hergab. Es existierte kein Skandal, über den man berichten konnte. Es ging um Kiddieland, sonst nichts.

Wieder in der Redaktion, setzte ich mich an meine Schreibmaschine und haute den Artikel in die Tasten. Ich war gerade fertig geworden, als mein Telefon klingelte. Ahern. Er wollte mich sehen. Sofort.

«Und spitzen Sie Ihren Bleistift vorher gut an», sagte er.

Wir trafen uns im Museum of Science and Industry, gleich vor der Corliss-Dampfmaschine. Ahern schaute sich verstohlen im Raum um, während ich die Kolben und Zylinder der Maschine bestaunte. Dann folgte ich ihm in ein Café an der nächsten Straßenecke, von dem aus man einen herrlichen Blick auf den Lake Michigan hatte. Bisher hatte ich nicht einmal gewusst, dass es ein solches Café überhaupt gab. Wir saßen an dem Panoramafenster, dessen untere Hälfte eine Spitzengardine einnahm.

«Mit Ihrem Anruf hatte ich gar nicht mehr gerechnet», sagte ich.

Ahern zündete sich eine Zigarette an, wobei er das Streichholz mit einer Hand abschirmte. «Neulich habe ich Ihren Artikel über ‹Die Ursprünge von Süßes oder Saures› gelesen und gedacht, vielleicht können Sie Hilfe gebrauchen.»

«Deshalb wollten Sie sich mit mir treffen? Um mir zu helfen?»

«Wir können uns gegenseitig helfen.» Er ließ das Streichholz in den Aschenbecher fallen; ein Rauchfähnchen stieg auf.

«Was haben Sie denn für mich?»

«Holen Sie Stift und Block aus der Tasche. Sie wollen sich sicher Notizen machen.»

Ich zog mein Handwerkszeug heraus. «Schießen Sie los.»

Er schwieg. Ich räusperte mich. Er schwieg weiter. Dann klopfte er mit dem Löffel mehrmals gegen den Rand seiner

Kaffeetasse, bevor er endlich sagte: «Wie schnell können Sie eine Geschichte über einen bestechlichen Politiker bringen, der in Kürze eine Vorladung erhalten soll?»

«Hängt davon ab, wer er ist und weswegen er vorgeladen wird.»

«Sagen wir mal, er vertritt den First Ward.»

«D'Arco?» Stadtrat John D'Arco, dem ich auf der Hochzeit seiner Tochter erstmals begegnet war, war für den First Ward zuständig und verfügte über gute Beziehungen zur Mafia. Er *gehörte* zur Mafia. Das wusste jeder.

«Von mir haben Sie das nicht, aber der Staatsanwalt schickt ihm gleich morgen früh eine Vorladung.»

«Wieso das?»

«Weil er Autounfälle fingiert haben soll. Mit Fahrzeugen, die der Regierung gehören.»

«Wie bitte?»

«Angeblich hat D'Arco eine Handvoll Schadensregulierer bestochen, damit sie die Unfälle bestätigen. Und in dem Zuge soll er sich von einem Dutzend Versicherern etwa 70 000 Dollar erschlichen haben.»

«Woher wissen Sie das?»

«Ich habe Freunde im Büro des Bezirksstaatsanwalts.» Er grinste verschlagen.

Ich richtete mich kerzengerade auf. Scott arbeitete dort zwar nicht mehr, aber es war möglich, dass Ahern ihn trotzdem kannte. Kurz war ich versucht, ihn danach zu fragen, unterließ es dann aber. Ahern war meine anonyme Quelle. Niemand durfte erfahren, dass ich mit ihm redete. Auch meine Freundschaft mit Scott durfte mich nicht dazu verleiten, meine Abmachung mit ihm zu gefährden.

«D'Arcos kleiner Nebenerwerb war gründlich durchdacht», erklärte Ahern. «Verwendet wurden Autos im absolut einwandfreien Zustand, die seine Leute dann auseinandergenommen und als Totalschaden deklariert haben. Manche Fahrzeuge haben sie bei sechs, sieben Versicherungen als Verlust gemeldet und sich das Geld erstatten lassen.»

Ich stellte ihm noch ein paar Fragen und machte mir etliche Notizen.

Danach schnappte Ahern sich meinen Block und schrieb einen Namen und eine Telefonnummer auf. «Den müssen Sie anrufen. Ein Mitarbeiter aus dem Büro des Bezirksstaatsanwalts. Er wird Ihnen mehr erzählen, nur dürfen Sie seinen Namen unter gar keinen Umständen in dem Artikel nennen. Er muss absolut anonym bleiben. So lautet die Abmachung.» Ahern schob mir den Schreibblock hin. «Keine Namen, verstanden?»

«Keine Namen.»

«Und Sie müssen sich beeilen, wenn Sie die Story exklusiv bringen wollen.» Er stand auf. «Ich weiß nicht, wie lange die die Sache noch geheim halten können. Und sobald es raus ist, werden alle Zeitungen darüber berichten.» Ahern tupfte sich den Mund mit einer Serviette ab und stellte seinen Mantelkragen auf. Die Glocke über der Tür bimmelte, als er das Café verließ.

Kaum war Ahern fort, drückte ich meine Zigarette im Aschenbecher aus und raste zur nächsten Telefonzelle, um die Nummer anzurufen, die ich von ihm bekommen hatte. Nachdem ich dem Informanten zugesichert hatte, seinen Namen nicht in der Zeitung zu nennen, erzählte er mir sämtliche Details der Geschichte. Den Hörer zwischen Ohr und Schulter geklemmt, drückte ich meinen Notizblock an die Scheibe der Telefonzelle und schrieb mit. Meine Quelle nannte mir die Zahlen-Buchstaben-Kombinationen der echten und der gefälschten Nummernschilder sowie die Namen der geschmierten Schadensregulierer und der Versicherungen, die sie um das Geld geprellt hatten.

Ich tätigte ein paar weitere Anrufe, bis mir die Münzen ausgingen. Doch da hatte ich bereits mit einem Schadensregulierer gesprochen, der die Aussagen meiner Quelle bestätigt hatte. Da ich meinen Artikel mit weiteren Zitaten unterfüttern musste, hatte ich bei verschiedenen Personen eine Nachricht mit der Bitte um Rückruf hinterlassen. Die wenigen, die mit mir geredet hatten, wollten ihren Namen unter keinen Umständen in der Zeitung lesen. Um halb vier Uhr nachmittags wartete ich vor der Zelle immer noch auf den Rückruf eines Schadensregulierers. Die Uhr tickte, und ich musste die Nachricht in die Zeitung bringen, bevor D'Arco die Vorladung erhielt und der Skandal Schnee von gestern wäre. Ich raste zurück in die Redaktion, spannte Papier in die Schreibmaschine und haute in die Tasten.

Erst um kurz nach fünf war ich fertig. Mr. Copeland war schon nach Hause gegangen, deshalb begab ich mich direkt zu Mr. Ellsworth, der bereits im Mantel war und gerade den Hut aufsetzen wollte. «Sie können noch nicht gehen.»

«Wie bitte?»

«Hier.» Ich hielt ihm die Seite hin. «Das müssen Sie sich anschauen.»

Er warf seinen Hut auf den Schreibtisch und knöpfte sich den Mantel wieder auf. «Wehe, das taugt jetzt nichts. Ich habe für heute Abend einen Tisch im Fritzel's ergattert.» Eine Hand in der Manteltasche, las er meinen Artikel und nickte dabei das eine oder andere Mal. Dann schaute er mich an. «D'Arco soll also eine Vorladung vom Richter bekommen, weil er angeblich Versicherungsbetrug mit fingierten Autounfällen betrieben hat?»

«Fingierte Unfälle mit Regierungsfahrzeugen.»

Er nickte wieder. «Das ist schon mal ein guter Anfang. Besorgen Sie sich noch irgendwo ein Zitat, dann schauen wir uns die Story morgen noch mal an.»

«Morgen? Nein. Das ist zu spät.»

«Nein?», wiederholte er ungehalten.

«Wenn wir bis morgen warten, weiß bereits jeder davon. Wenn wir die Story heute noch bringen, sind wir die Ersten, die darüber berichten. Sie könnte in der Nachtausgabe erscheinen.»

«Nein.» Er ließ die Seite auf den Tisch fallen. «Ich brauche ein weiteres Zitat. Besorgen Sie das, und wir schauen uns die Story morgen früh noch mal an.»

«Aber dann ist es zu spät.»

«Walsh, merken Sie das?» Er zeigte auf den Boden, der soeben zu beben begonnen hatte. «Die Druckmaschine läuft. Die Story hat bis morgen Zeit.»

«Dann ist sie aber Schnee von gestern.»

«Selbst wenn wir die Druckmaschine jetzt anhalten würden – und das werde ich mit Sicherheit nicht tun –, wäre die Story einfach zu dünn. Sie brauchen noch ein Zitat.»

«Ich lasse zwei Quellen zu Wort kommen.»

«Das reicht nicht.»

«Aber Sie haben doch gelesen, was meine Informanten sagen.»

«Ja. Eine ‹ungenannte Quelle aus dem Büro des Bezirks-staatsanwalts›. Verdammt, Walsh, genauso gut hätten Sie mit der Putzfrau reden können.»

«Die beiden bestätigen, dass er sich von den Versicherungen 70 000 Dollar erschlichen hat. Und dann die Geschichte mit den gefälschten Nummernschildern, die für ein und dasselbe Auto verwendet wurden?»

«Sagt wer? Wir brauchen Namen.»

«Die darf ich nicht nennen. Aber ich zitiere doch immerhin einen der Schadensregulierer, was ist mit dem?»

«Einen Namen hat er aber auch nicht.» Mr. Ellsworth nahm seinen Hut. «Morgen, Walsh. Besorgen Sie mir das Zitat. Und diesmal nicht von einer anonymen Quelle. Dann sehen wir morgen weiter.» Er setzte sich den Hut auf. «Wenn Sie mich jetzt entschuldigen wollen, ich bin zum Essen verabredet.»

Bis zweiundzwanzig Uhr versuchte ich, jemanden aufzu-treiben, der sich namentlich zitieren lassen würde. Leider war um diese Uhrzeit in den Büros natürlich niemand mehr zu erreichen. Deshalb probierte ich es auch bei einigen privaten Telefonnummern, erwischte aber auch dort niemanden. Um dreiundzwanzig Uhr gab ich mich geschlagen.

Am nächsten Morgen rief mich Ahern an. «Wo ist die Story?»

«Der Chefredakteur wollte sie nicht drucken», antwortete ich zerknirscht. «Ich habe ihn bekniet, aber es war zu spät. Die Druckmaschine lief bereits.» Dass Mr. Ellsworth die Story für zu dünn befunden hatte, brachte ich nicht über die Lippen.

Ahern seufzte in den Hörer. «Ich gebe wirklich alles, um Ihnen zu helfen, Walsh. Aber dieses Mal haben Sie es echt ver-masselt.»

Kurze Zeit später sah ich die Story auf Seite eins der *Daily News*. Sobald ich den Artikel zu lesen begann, schnürte sich meine Kehle zu. Der Neid fraß mich innerlich fast auf. Die *Daily News* hatte die eine Quelle aufgetan, die ich so dringend gebraucht hätte. Noch dazu hatte der Reporter einen Versicherungsbetrug in Höhe von 120 000 statt 70 000 Dollar nachweisen können und damit meine Sensationsmeldung sogar überboten.

Ahern hatte recht. Ich hatte es vermasselt. Ich hätte schlauer vorgehen und schneller sein müssen. Ich hätte nicht auf Rückrufe warten dürfen, sondern andere Quellen aufspüren müssen. Und ich hätte Mr. Ellsworth sehr viel früher ansprechen müssen. Nachdem ich mit meinen Selbstvorwürfen fertig war, schwor ich mir selbst, mir eine solche Story nie wieder durch die Lappen gehen zu lassen.

KAPITEL 16

m Monat darauf saß ich für die Kolumne «Die berufstätige Frau» an dem Artikel «Beliebte Mittagslokale für die
hungrige Sekretärin». Mrs. Angelo hatte gerade ihre Runde
gemacht und Gabby dazu gebracht, das Telefongespräch mit
ihrer Schwester abrupt zu beenden und so zu tun, als hätte sie
die ganze Zeit emsig gearbeitet.

Gabby hatte schon den gesamten Vormittag immer wieder
mit ihrer Schwester telefoniert. Offenbar hatte eines der Kinder Fieber, und darüber hatten sie sich mindestens ein halbes
Dutzend Mal austauschen müssen.

Um kurz vor fünf Uhr wollte ich meine Sachen packen, als
die Fernschreiberglocke bimmelte. Das bedeutete, dass eine
der Nachrichtenagenturen eine Eilmeldung schickte. Etwas
richtig Dramatisches musste geschehen sein. Eine Schießerei,
ein Brand, ein Aufstand in einem anderen Land – es konnte
alles Mögliche bedeuten. Das laute Klingeln hallte durch die
Redaktion, und bei jedem meiner Kollegen schlug das Herz
jetzt mit Sicherheit schneller. Ich erstarrte in der Bewegung,
wartete auf die große Neuigkeit.

Noch bevor Mr. Ellsworth zum Fernschreiber geeilt war,
meldete der Polizeifunk, den Peter auf seinem Radio mit-

hörte: «Zug der Hochbahn entgleist. Im Loop. Zwischen Lake und Wabash. Etliche Todesopfer erwartet. Krankenwagen sind unterwegs.»

Alle schauten zu Mr. Ellsworth, der zu überlegen schien, wen er zum Unfallort schicken sollte. Er fuhr sich mit einer Hand durchs Haar, dann streckte er den Arm aus und schnippte mit den Fingern. «Peter, Henry, Benny, ihr fahrt sofort hin. Nehmt Russell und einen weiteren Fotografen mit. Und meldet euch, wenn ihr Verstärkung braucht. Und Sie, Walsh» – er schaute mich an – «reden mit den Verletzten.»

Mit einem halben Dutzend Kollegen machte ich mich auf den Weg zur Ringbahn, «The Loop» genannt. Es war eiskalt und schneite. In diesem Winter war es der erste Schnee, der auch liegen blieb. Pures Adrenalin rauschte durch meine Adern, als wir die Brücke zur Michigan Street überquerten und die zwei Blocks bis zur Lake Street entlangliefen. Noch bevor wir die Station Wabash erreichten, hörten wir Einsatzhörner rasend schnell näher kommen. Eigentlich hatte ich geglaubt, gegen das Geräusch längst immun zu sein, denn wenn man so wollte, waren die Einsatzhörner die Melodie, zu der unsere Stadt tanzte. Doch in diesem Moment jagten sie mir einen Schauer über den Rücken, der mir mehr zu schaffen machte als der eisige Wind. Ich schob meine Hände in die Taschen, umfasste den Stift, den ich immer bei mir trug.

Hinter der nächsten Straßenecke entfuhr mir unwillkürlich ein Schrei. Auf den Gleisen der Hochbahn war ein Waggon über die Einfassung gerutscht und schaukelte in der Luft hin und her. Ein zweiter Waggon stand auf dem Kopf, der dahinter hatte sich abgekoppelt und war auf die Straße gekracht, ein fünfter hatte sich in den vierten geschoben und dabei wie ein Akkordeon gestaucht.

Wir liefen schneller, wobei wir den vereisten Flächen auf dem Gehweg auswichen. Einige Waggons hatten bereits Feuer gefangen, dunkler Rauch stieg von ihnen auf. Etliche Menschen standen um die Unfallstelle herum, gafften, standen unter Schock und weinten. Verletzte liefen apathisch umher, während ihnen das Blut aus Platzwunden an Stirn, Armen und Beinen strömte. Erste Krankenwagen waren bereits da, andere rasten herbei. Feuerwehrleute versuchten mit Brechstangen und Schneidbrennern, Passagiere zu befreien, die in den Waggons feststeckten. Menschen lagen auf Fahrbahn und Gehweg und schrien um Hilfe. Ärzte, Krankenschwestern und Sanitäter gaben alles, um die Menschen zu versorgen, die aus den Waggons geschleudert worden waren und sich dabei zum Teil schwer verletzt hatten.

Mr. Ellsworth hatte mir zwar den Auftrag gegeben, die Verletzten zu interviewen, aber ich sprach jeden an, der mir etwas zum Unfallhergang erzählen konnte – Fahrgäste, die in der Bahn gesessen hatten, Fußgänger, die das Geschehen beobachtet hatten, Menschen, die in den umliegenden Gebäuden arbeiteten und den Unfall von einem Fenster aus mitangesehen hatten.

«Ich stand in der Bahn», sagte eine Frau, die in einem der vorderen Waggons gewesen war, «und wartete auf einen freien Platz. In der Kurve spürte ich dann einen gewaltigen Ruck. Ich verlor das Gleichgewicht und fiel um. Und alle um mich herum auch. Dann fingen die Ersten an zu schreien.»

Ich suchte nach dem Wagenführer und dem Schaffner, beide waren jedoch schwer verletzt und bereits ins Krankenhaus gebracht worden. Inzwischen waren etliche Polizisten eingetroffen. Ich entdeckte Danny Finn, aber er konnte mir noch nichts berichten, weil er, wie er sagte, eben erst zum Unfallort gekommen war. Überall, wo ich hinschaute, sah ich Reporter anderer Zeitungen, der Nachrichtenagenturen und Radiosender.

Dann trat der Polizeichef vor die Pressevertreter. «Wir werden gründlich untersuchen, wie es zu dieser schrecklichen Tragödie kommen konnte ...»

Die Reporter riefen wild durcheinander, weil jeder den Polizeichef auf sich aufmerksam machen wollte. Als einziger Frau gelang es mir nicht, Augenkontakt mit ihm herzustellen. Ich war für ihn unsichtbar.

Danach mischte ich mich unter die Menschen, sprach mit Polizisten und Sanitätern, um die Zahl der Toten und Verletzten in Erfahrung zu bringen. Jeder erzählte mir etwas anderes. Ein Mitarbeiter der Nachrichtenagentur AP sprach von zwei Todesopfern, sein Kollege von der UPI von mindestens dreizehn. Ganz Downtown, von der Madison bis Kinzie, von der State bis Michigan, war abgesperrt worden. Krankenwagen kamen, fuhren weg und kehrten zurück, um weitere Verletzte zu transportieren.

Nachdem ich am Unfallort mit jedem, den ich erwischen konnte, gesprochen hatte, rief ich Higgs an, der in der Redaktion heute die Nachtschicht hatte. Ich musste einen Augenblick warten, bis er mich zu Mr. Copeland durchstellen konnte.

«Bewegen Sie Ihren Hintern ins Krankenhaus, Walsh. Reden Sie mit den Verletzten und holen Sie mir ein paar gute Storys.»

Dass er mich damit beauftragen würde, hatte ich befürchtet. Ich verabscheute Krankenhäuser, vor allem das Henrotin Hospital, wohin die Verletzten gebracht wurden. Zuletzt war ich dort gewesen, als Eliot gestorben war.

«Und, Walsh, sehen Sie zu, dass Sie einen Fotografen mitnehmen.»

Ich legte auf und bat einen unserer Stammfotografen, mich zum Krankenhaus in der Oak Street zu begleiten. Mr. Copeland hatte mich hingeschickt, damit ich die menschliche Seite des Leids einfing, und das war meine Aufgabe, ob sie mir nun gefiel oder nicht.

Mein Fotograf Charles machte sich sofort nach unserer Ankunft an die Arbeit. Ich begab mich schnurstracks ins Wartezimmer zu den Angehörigen der Verletzten. Sie erweckten den Eindruck, als wüssten sie nicht einmal mehr, welchen Wochentag wir hatten. In diesem Zimmer ängstlich darauf zu warten, dass ein Arzt kam und vom Schicksal eines geliebten Menschen berichtete, war für mich nichts Neues. Auch ich hatte es schon einmal durchgemacht. Die gekachelten Wände, die grelle Deckenbeleuchtung, die Reihen blauer Stühle, deren Polster zerschlissen waren, weil unzählige Menschen darauf unruhig hin und her gerutscht waren – diese Szenerie weckte auch nach zweieinhalb Jahren schlimme Erinnerungen in mir. Doch heute war es meine Aufgabe, hier andere tieftraurige Geschichten einzufangen. Ich musste mit Menschen reden und ihnen herzzerreißende Details entlocken, die die Leser zu Tränen rühren würden. Die Aufgabe widerte mich an. Ich kam mir vor wie ein Vampir, der sich am Blut der Opfer labt.

Ich dachte an den Abend von Eliots Not-OP zurück. Meine Mutter hatte vor demselben Verkaufsautomaten gestanden, an dem jetzt ein älterer Mann lehnte. Um die Wartezeit zu überbrücken, hatte sie literweise Kaffee aus dem Automaten geholt. Mein Vater hatte gegenübergesessen, auf demselben Stuhl, auf dem jetzt eine Frau ein schlafendes Kind wiegte. Er hatte unzählige Lucky Strikes geraucht und mit dem Fuß unaufhörlich auf den Boden geklopft, während ich abwechselnd meine Mückenstiche aufgekratzt und an meiner Nagelhaut gekaut hatte. Miteinander geredet hatten wir nicht. Damals hätten wir uns so dringend gebraucht wie nie zuvor, aber wir hatten leider schon angefangen, getrennte Wege zu gehen und uns in unsere eigenen Welten zurückzuziehen. Vierzig Minuten später war der Arzt ins Wartezimmer gekommen und hatte mit uns geredet. Fünfundvierzig Minuten später hatten wir das Krankenhaus im Schockzustand verlassen. Mein Vater hatte ein mit Packpapier umwickeltes Paket getragen. Es enthielt Eliots persönlichen Besitz. Alles, was uns von ihm geblieben war. Wir hatten ein Mitglied unserer Familie verloren, und es fühlte sich an, als hätte uns jemand einen Arm amputiert.

«Setzen Sie sich doch», hörte ich eine Stimme sagen.

Das riss mich aus meiner Trance. Ich blickte mich um und sah eine Frau, die mich anschaute und auf den Stuhl neben sich klopfte.

«Sie müssen jetzt stark bleiben und dürfen keine schlechten Gedanken zulassen», sagte sie.

Ich nickte und setzte mich auf den angebotenen Stuhl.

«Mein Sohn saß in dem Zug. Nächsten Monat wird er neun. Er ist zum ersten Mal ganz allein mit der El gefahren, weil er seine Oma mit einem Besuch überraschen wollte.»

Meine Hand fuhr unwillkürlich zu meinem Herzen.

«Wegen meinem Jungen müssen Sie sich keine Sorgen machen. Harley wird wieder gesund. Das weiß ich. Und der Mensch, wegen dem Sie hier sind, wird es bestimmt auch.»

«Ich bin nicht wegen einem Verwandten hier. Ich arbeite für die *Tribune*.» Schamesröte stieg mir ins Gesicht, als ich der Frau erzählte, weshalb ich ins Krankenhaus gekommen war.

«Jeder, der hier sitzt, kann Ihnen eine Geschichte erzählen.»

«Aber in einem solchen Moment möchte ich niemanden belästigen.»

Sie kaute auf der Innenseite einer Wange herum. «Einigen hilft es, darüber zu reden. Jedenfalls ist das bei mir so.»

«Wirklich?» Diese Methode war mir als Mensch aus einer Familie, in der nie über irgendetwas geredet wurde, völlig fremd.

«Was wollen Sie wissen?»

Also zog ich meinen Schreibblock aus der Tasche und schrieb ihre Geschichte auf. Sie hieß Harriet Jackson und ihr Sohn Harley Jackson jr. Der Mann, der neben ihr saß, bekam mit, dass ich Fragen stellte, und erzählte mir daraufhin seine Geschichte. Er hieß Alfred Paine, sein Bruder war aus Indianapolis zu Besuch und hatte sich mit ihm an der Station Clark und Lake Street treffen wollen. Alfred war nur bis zur Wabash gekommen und hatte die Katastrophe aus nächster Nähe miterlebt.

«Zuerst habe ich gedacht, das kann nicht sein, meine Augen spielen mir einen Streich», sagte er. «Doch es war leider keine Fantasie. Der erste Waggon rutschte aus den Gleisen, und ich fing an zu beten ...»

Ich saß neben Harriet Jackson und Alfred Paine und hörte ihnen zu. In diesem Moment fühlte ich mich nicht wie eine

Reporterin, sondern wie ein Mensch, der am Schicksal der anderen Anteil nimmt. Ich war bei ihnen, als ein Arzt in einem blutbefleckten Kittel in den Warteraum kam.

«Harley Jackson? Ist ein Angehöriger von Harley Jackson hier?»

Harriet hob die Hand, als säße sie in der Schule. Der Arzt ging zu ihr, und sein Gesichtsausdruck verriet alles, bevor er auch nur ein Wort sagte. Harriet stieß einen markerschütternden Schrei aus und fing an zu weinen.

«Wir haben alles versucht», sagte der Arzt. «Es tut mir so leid.»

Ich tat das, was mir als Erstes in den Sinn kam, und nahm sie in den Arm. Andere Menschen aus dem Wartezimmer, bis eben noch Fremde, traten an uns heran, spendeten ihr ebenfalls Trost. Weil ich mit einem Mal das Gefühl hatte, keine Luft mehr zu bekommen, stand ich auf und überließ einer anderen Frau meinen Platz. Charles stand inmitten der Menschen und schoss Fotos. Ich mochte nicht mehr zuschauen und wandte mich ab. Mein Kragen war nass, es waren die Tränen von Harleys Mutter.

Erst um acht Uhr abends kehrte ich in die Redaktion zurück, wo ich bis um elf meine Notizen und Augenzeugenberichte durchging, die Einzelheiten des Unfalls und die Zahl der Verletzten und Verwundeten überprüfte und Higgs den Text Korrektur lesen ließ, damit wir ihn in der Morgenausgabe bringen konnten.

Eine Viertelstunde nach Mitternacht kam ich nach Hause und saß dann bis zwei Uhr morgens mit einem Glas Bourbon im Wohnzimmer. Am späten Abend hatte ich vergeblich versucht, Jack telefonisch zu erreichen. Bei Scott hatte ich mehr

Glück gehabt. Wir telefonierten fast eine Stunde lang. Er bot an, zu mir zu kommen, aber ich lehnte ab, weil ich so viel Beistand nun auch wieder nicht brauchte. Trotzdem war ich immer noch aufgewühlt, als wir auflegten. Wie sollte ich nach den Erlebnissen des Tages bloß schlafen? Ich hatte die Gesichter der Menschen klar vor Augen und dachte an die vielen Leben, die im Bruchteil von Sekunden ausgelöscht oder für immer zerstört worden waren.

Doch war das nicht die Lektion, die uns das Leben täglich lehrte? Ich machte mir tausend Gedanken oder ärgerte mich über die albernsten Dinge – fragte mich zum Beispiel, ob ich die Miete pünktlich bezahlt, ob Mrs. Casey mich komisch angeschaut oder ob ich in der Bücherei ein Buch zu spät abgegeben hatte –, und dann geschah etwas völlig Unerwartetes, wie ein entgleister Zug oder ein Unfall mit Fahrerflucht, und brachte dein Leben für immer aus den Fugen.

KAPITEL 17

In der Woche vor Weihnachten verlobten Jack und ich uns offiziell, zum Beweis trug ich danach den Ring seiner Großmutter. Der Stein war von bescheidener Größe, trotzdem funkelte er bei jeder Bewegung meiner Hand.

Am Tag nach der Verlobung holte ich mir in der Teeküche eine Tasse Kaffee, als Gabby den Ring bemerkte und ein Tamtam veranstaltete, wie es nur Frauen im heiratsfähigen Alter tun. Sie kreischte auf, umarmte mich und rief M und die anderen Klatschtanten ebenfalls in die Küche. Alle umringten mich, besahen sich abwechselnd den Ring an meinem Finger und machten beim Anblick des Steins *Oh* und *Ah*.

«Habt ihr schon einen Termin?», fragte Gabby.

«Wo werdet ihr wohnen?», fragte M.

«Wer ist deine Trauzeugin?»

«Wo verbringt ihr die Flitterwochen?»

«Hast du schon ein Kleid?»

Sie wollten Dinge von mir wissen, über die ich mir bisher keine Gedanken gemacht hatte. Im Grunde waren mir das Hochzeitskleid und die Flitterwochen vollkommen egal. Ich wollte nur mein weiteres Leben mit Jack Casey verbringen. Der perfekte Mann war er nicht: Er schnarchte wie ein Güterzug und trank den Orangensaft direkt aus der Flasche. Aber er war in mein Leben getreten und hatte die weißen Flecken ausgefüllt. Und da war nicht nur er, es ging auch um seine Familie. Meine hatte ich verloren, seine nahm mich mit offenen Armen auf. Jacks Familie zeigte mir, wie meine Zukunft aussehen konnte – Geburtstage, Weihnachten und andere Feiertage wären ein großes Fest, und danach sehnte ich mich. Ich wollte mit Jack eine Familie gründen, mit ihm Kinder haben. Ach, wie gerne ich mir ein Scheibchen vom Leben der Caseys abschneiden wollte.

Mrs. Angelo tauchte im Türrahmen der Küche auf und schaute demonstrativ auf ihre Armbanduhr. «Haben die Damen nicht noch zu arbeiten? Ach, und überhaupt», sie nahm Augenkontakt zu mir auf, «herzlichen Glückwunsch.»

Wir eilten zu unseren Tischen und schrieben Rezepte, berichteten von Prominenten und gaben Sekretärinnen Tipps. Zum Glück saß ich außerdem an einigen kleineren Artikeln über die Ursachen und Folgen des Zugunglücks.

Laut Polizeibericht war die Unfallursache menschliches Versagen. Angeblich hatte der Wagenführer die zulässige Hochgeschwindigkeit um zwanzig Stundenmeilen überschritten. Er war umgehend entlassen worden, und ihm drohte eine Anklage wegen fahrlässiger Tötung. Die Zahl der Opfer war auf vierunddreißig angestiegen, und immer noch fanden fast täglich Trauerfeiern und Beerdigungen statt.

Trotzdem – das Zugunglück war nun ein paar Wochen her, und das Leben in der Stadt hatte sich inzwischen wieder normalisiert. Nur meines leider nicht. Allmählich hielt ich mich für die falsche Person, um darüber zu berichten. Immerzu dachte ich nämlich an die vierunddreißig Toten und die vierunddreißig Familien, für die Weihnachten in diesem Jahr eine Qual wäre. Und in allen kommenden Jahren vermutlich auch.

An diesem Nachmittag besuchte ich Harleys Mutter. Nicht etwa, weil ich wieder über sie schreiben wollte, ich verspürte einfach den Drang, sie zu sehen.

«Kommen Sie mal mit.» Harriet Jackson brachte mich ins Zimmer ihres Sohns und zeigte auf seine Kommode. Dort standen ein Erlenmeyerkolben, Reagenzgläser und ein Mikroskop, über das sie nun zärtlich strich. «Das war sein Experiment für das Wissenschaftsprojekt in der Schule. Über einen Monat hat er daran gearbeitet.» Sie lächelte schwach.

Dies war genau die Sorte Geschichte, die ich für Mr. Ellsworth hätte einfangen sollen. Er hätte mir sofort einen Fotografen geschickt, der Bilder vom Zimmer des toten Jungen gemacht hätte. Ich hätte einen richtig schönen Artikel daraus machen können, aber die Trauer einer Mutter würde ich niemals ausschlachten. Leider herrschte an solchen und anderen Storys über die Auswirkungen des Zugunglücks zurzeit kein Mangel.

«Er war mit dem Projekt fast durch», sagte Mrs. Jackson. «Und jetzt wird es für immer und ewig unfertig bleiben, weil ...» – ihre Stimme brach – «... ich es nicht für ihn zu Ende bringen kann. Sie können sich nicht vorstellen, wie ich mich dabei fühle. Dass er es nicht mehr geschafft hat, lässt mich nicht los.»

In Wahrheit kannte ich das Gefühl nur allzu gut. Als mein Bruder überfahren wurde, hatte er an einem richtigen Knüller gesessen. Die Einzelheiten kannte ich zwar nicht, aber angeblich hatte jemand in Chicago im ganz großen Stil Pferdefleisch als hochwertiges Rindfleisch ausgegeben. Eliot hatte zwei Monate lang recherchiert und musste die Reportage nur noch fertig schreiben. Nie wieder würde er in unserer Stadt einen Hamburger essen, hatte er damals zu mir gesagt. Leider hatte er recht behalten. Noch bevor er den Artikel beenden konnte, war er überfahren worden. Kein Reporter der *Sun-Time* hatte die Story aufgegriffen und Eliots Arbeit zu einem Abschluss gebracht. Aus einem mir unbekannten Grund hatten sie die Story mitsamt meinem Bruder zu Grabe getragen.

Einige Tage später saß ich an meinem Schreibtisch und überarbeitete den Artikel «Was sich aus einem Tannenzapfen und einer Handvoll Cranberrys alles zaubern lässt», in dem ich Tipps für die Weihnachtsdeko gab. Wie immer ging es in der Redaktion turbulent zu.

Walter rauchte seine ewige Pfeife und rief alle naslang Benny etwas zu, der gerade fieberhaft versuchte, an weitere Informationen über die Notfallübung zu gelangen, mit der die Stadt ihre Bürger auf einen möglichen Angriff mit einer Wasserstoffbombe vorbereiten wollte. Sobald die Sirenen ertönten, sollte jeder Fernseh- und Radiosender sein Programm unterbrechen und auf das CONELRAD-System umschalten, das man entwickelt hatte, um den Schutz der Zivilbevölkerung zu koordinieren. Während Walter und Benny an dieser Story saßen, summte Randy in einer Tour *Winter Wonderland* vor sich hin. Und als ich nun meinen fertigen Artikel aus der Schreibmaschine riss, klingelte auch noch mein Telefon.

«Spreche ich mit Jordan Walsh?»

«Ja.»

«Oh, Verzeihung. Ich hatte einen Mann erwartet.»

Ich verdrehte die Augen. Irgendwann hatte ich nicht mehr mitgezählt, wie viele Menschen automatisch davon ausgingen, dass es sich bei dem Namen Jordan um einen Mann handeln musste. Viele waren enttäuscht, wenn ich sie über das Missverständnis aufklärte. So viel zu der Theorie meiner Mutter. Inzwischen hatte ich mich an diese Reaktion gewöhnt, nur kam sie dieses Mal von einer *Frau*. Einer Frau, die mir ihren Namen *nicht* genannt hatte.

«Was kann ich für Sie tun?» Ich überflog meinen Artikel, während ich sprach, war aber ganz Ohr, sobald sie erklärte, sie würde bei der Chicago Transit Authority arbeiten, der städtischen Verkehrsbehörde. Auch die Anspannung in ihrer Stimme war mir nicht entgangen. «Hallo? Hallo? Sind Sie noch da?»

«Tut mir leid. Ich hätte Sie nicht anrufen sollen.» *Klick.* Sie hatte aufgelegt.

Ich schaute irritiert auf das Telefon, dann klingelte es erneut.

«Ich bin's wieder. Wollte nicht auflegen. Oder vielleicht doch. Mir war nur nicht bewusst, dass Sie eine Reporter*in* sind», sagte die Frau. «Ich habe Ihre Artikel über das Zugunglück verfolgt und ...»

Ich drückte mir den Hörer fest ans linke Ohr und hielt mir das rechte zu, um den Redaktionslärm auszublenden. «Bitte reden Sie weiter.»

Sie machte eine lange Pause. «Können wir uns vielleicht treffen? Auf einen Kaffee? Ich möchte das lieber unter vier Augen besprechen.»

Wir verabredeten uns im Wimpy's an der State Street, unterhalb der Hochbahn, nicht weit von der Stelle, wo sich der Unfall ereignet hatte. Es war bitterkalt und schneite, und der Wind schien einem direkt in die Knochen zu fahren. Doch hielt das schlechte Wetter niemanden von den Weihnachtseinkäufen ab. Die Menschen drängten sich mit Paketen beladen auf den Straßen. Die Hochbahn war inzwischen repariert worden, trotzdem fand ich es jedes Mal unheimlich, in der Nähe eines Ortes zu sein, an dem so viele Menschen den Tod gefunden hatten. Ich stellte den Mantelkragen auf und steckte meine Hände in die Tasche, wo ich an dem immer größer werdenden Loch im Futter herumspielte.

Im Wimpy's war nicht viel los. Die Leute, die dort regelmäßig zu Mittag aßen, waren an ihre Arbeitsplätze zurückgekehrt. Abgesehen von den Kellnerinnen und zwei älteren Damen, die in einer Nische inmitten von grünen Marshall-Field's-Tüten saßen, sah ich niemanden, zu dem die Stimme am Telefon hätte passen können. Ich setzte mich in eine Nische, bestellte eine Tasse Kaffee und vertrieb mir die Zeit mit Rauchen.

Dann ging die Tür auf, eine Frau trat ein und stellte sich neben den lebensgroßen Pappaufsteller von Popeyes Freund J. Wellington Wimpy. Die Frau war etwas füllig, und das hellbraune Haar reichte ihr bis zu den Schultern, wo es sich nach oben bog wie zwei Angelhaken. Vom Alter her mochte sie Mitte, Ende vierzig sein. Die Handtasche fest umklammert, schaute sie sich im Restaurant um. Als sich unsere Blicke trafen, nickte ich ihr zu, und sie kam herüber und setzte sich mir gegenüber in die Nische.

«Tut mir leid, dass ich zu spät komme. Ich ... ich wollte

sichergehen, dass mir niemand folgt.» Verstohlen blickte sie sich um.

«Wer hätte Ihnen denn folgen sollen?»

«Jemand von der Arbeit. Ich darf kein Risiko eingehen.» Sie nahm sich eine Papierserviette und faltete sie nervös auseinander und wieder zusammen. «Wenn die spitzkriegen, dass ich mit der Presse rede, werde ich gefeuert. Und den Job zu verlieren, kann ich mir nicht leisten. Mein Mann ist vor zwei Jahren verstorben, und ich muss für drei kleine Kinder sorgen.»

Sie verstummte, weil eine Kellnerin an unseren Tisch kam, um der Frau eine Tasse Kaffee zu bringen und mir nachzuschenken.

Ich zündete mir eine Zigarette an. «Sie wollen mit mir über das Zugunglück reden?», fragte ich, nachdem die Kellnerin gegangen war.

Sie schaute mich an, als wollte sie etwas sagen, schwieg jedoch weiter. Fast befürchtete ich, sie würde wieder aufstehen und gehen.

«Ich werde Ihren Namen nicht nennen», sagte ich. «Wenn es Ihnen lieber ist, werde ich Sie nicht mal erwähnen. Ich halte Sie aus dem Artikel komplett raus. Versprochen.»

Sie biss sich auf die Unterlippe, dann sagte sie mit brüchiger Stimme: «Ich kann nicht länger schweigen, ich halte das nicht mehr aus.» Tränen liefen ihr über die Wangen. «So viele Menschen sind gestorben ... Das frisst mich innerlich auf, ich muss es endlich loswerden.» Sie tupfte sich die Tränen mit der Serviette weg und verstummte erneut, als wären ihr wieder Zweifel gekommen, ob das Treffen mit mir wirklich so eine gute Idee gewesen sei.

Erneut hatte ich Angst, sie könnte einen Rückzieher machen. «Okay», sagte ich schnell. «Fangen wir ganz von vorne an. Sie arbeiten also bei der Chicago Transit Authority?»

Sie nickte und spielte mit der Schnalle ihrer Handtasche. «Ich bin die Sekretärin von Anthony Briar, dem Leiter der Abteilung für Instandhaltung und Wartung.»

Ich zog an meiner Zigarette und wartete darauf, dass sie weitersprach.

«Jemand muss den Unfall untersuchen», sagte sie schließlich. «Und die *wahre* Ursache herausfinden.»

«Es gab eine Untersuchung. Demnach war es menschliches Versagen.»

«Das stimmt nicht, das weiß ich mit Sicherheit.»

Ich drückte die Zigarette aus und zog einen Stift aus der Tasche.

«Der Wagenführer hat nichts falsch gemacht», sagte sie. «Der Zug fuhr nicht zu schnell. Die Gleise waren das Problem. Dass da etwas Schlimmes passiert, war nur eine Frage der Zeit. Das haben die auch gewusst. Und es wird nicht das letzte Mal gewesen sein, das steht fest.» Nachdem sie zu reden angefangen hatte, konnte sie offenbar nicht mehr damit aufhören. Als würden die Schuldgefühle, die sie seit Wochen mit sich herumgetragen hatte, mit einem Mal nach draußen drängen. Es sprudelte nur so aus ihr heraus, und mein Schreibblock war der Eimer, der alles auffing.

«Die CTA hat die Firma J. T. Porter and Company mit der Wartung der Gleise beauftragt. Sie prüfen die gesamte Gleisanlage regelmäßig auf Mängel und nehmen die nötigen Arbeiten vor. Das macht die Firma schon seit zehn Jahren – so lange, wie ich bei der Behörde bin. Bei der letzten Inspektion fanden sie gleich mehrere Gleisabschnitte, die in einem bedenklichen Zustand waren. Sie haben den Leitern unserer Behörde die Schadensmeldungen geschickt, mit der Empfehlung, die fraglichen Abschnitte für Wartungsarbeiten vorübergehend stillzulegen. Als die Meldungen eintrafen, hat mein Chef Mr. Briar noch am gleichen Nachmittag eine Sondersitzung anberaumt. Und dabei wurde beschlossen, den Vertrag mit J. T. Porter mit sofortiger Wirkung zu kündigen. Nach zehn Jahren guter Zusammenarbeit.»

«Haben die Leiter die Kündigung begründet?»

«Sie haben Umsatzverluste befürchtet, weil wegen der Streckensperrung weniger Fahrkarten verkauft worden wären.»

«Verstehe.» Ein Spruch meines Vaters lautete: Ein Reporter, der spürt, dass er an einer großen Sache dran ist, lässt sich mit einem Angler vergleichen, der spürt, dass er einen Hai am Haken hat. Genauso fühlte ich mich jetzt, und mein Puls raste mindestens so schnell wie mein Stift.

«Als Nächstes haben sie eine neue Firma beauftragt», sagte sie. «Unger Brothers Iron and Rail. Weil die ihnen nämlich versprochen hat, die Streckenabschnitte nicht zu sperren. Ich habe mich gefragt, wie sie die notwendigen Reparaturen ohne Sperrung durchführen wollen. Mein Mann war Ingenieur, deshalb kenne ich mich mit solchen Sachen ein bisschen aus. Dann fand ich in einer Akte den Kostenvoranschlag, den Unger Brothers für die Arbeiten gemacht hatte. Die neue Firma wollte 7000 Dollar mehr als ihre Vorgängerin.»

«Verstehe ich das richtig, Unger Brothers wollte der Stadt mehr berechnen als J. T. Porter?»

«Genau. Das ergab keinen Sinn – denn der Vertrag wurde ja überhaupt nur gekündigt, weil die Leiter unserer Abteilung

Geld sparen wollten. Doch dann bin ich zufällig darauf gestoßen, dass Lawrence Unger, der Eigentümer der neuen Firma,
der Schwager meines Chefs ist. Ich bin nicht blöd und wusste
sofort, dass diese Firma – Unger Brothers – viel weniger machen wird als zuvor J.T. Porter und dass das zu viel gezahlte
Geld in den Taschen von Mr. Briar und seinem Schwager lan-
det.»

Ich schrieb die ganze Zeit mit. Im Hinterkopf hörte ich
Mr. Ellsworth schon fragen, wo meine Zitate wären, die die
Vorwürfe belegten. Aber vor mir saß eine verängstigte Frau,
die ihren Namen nicht in der Zeitung lesen wollte. Das bedeutete, dass ich mich nach weiteren Quellen würde umhören
müssen.

«Ich konnte einfach nicht länger schweigen», sagte sie. «So
viele unschuldige Menschen mussten deswegen sterben. Und
jetzt stellt man den Wagenführer wegen etwas, das er nicht
getan hat, vor Gericht. Gestern habe ich in Ihrer Zeitung gelesen, dass man ihn wegen fahrlässiger Tötung anklagen will.
Das ist ungerecht. Die Verbrecher in der Verkehrsbehörde
wollen einen unschuldigen Mann für ihre Sünden bezahlen
lassen.» Sie schaute weg. «Und das ist noch nicht alles.»

Noch nicht alles? Meine Hand mit dem Stift erstarrte.

«Eigentlich wollte ich davon gar nichts erzählen, aber weil
Sie ja auch eine Frau sind, dachte ich ...» Sie biss sich erneut
auf die Unterlippe, bevor sie ihre Handtasche öffnete, ein paar
Zettel herauszog und sie mir wortlos reichte.

Ich überflog die Seiten. «Wo haben Sie die her?», fragte ich
und blickte hoch.

«Die sind damals an meinen Chef und die anderen Abteilungsleiter gegangen.»

In der Hand hielt ich eine Reihe Schadensmeldungen, die die Firma J. T. Porter and Company am 8. November 1955 an die Behörde geschickt hatte – keine vier Wochen vor dem Zugunglück. Seite für Seite Hinweise, dass die Inspektion der Gleise schwere Mängel ergeben hatte. Jede war mit dem Vermerk DRINGEND abgestempelt worden. GLEISE IN KATASTROPHALEM ZUSTAND ... REPARATUREN UMGEHEND ERFORDERLICH ... SOFORTIGE STILLLEGUNG UNBEDINGT EMPFOHLEN ...

Es war unfassbar.

«Mr. Briar hat mich beauftragt, sämtliche Schadensmeldungen, die bei uns eingegangen sind, einzusammeln und zu vernichten.»

«Wie bitte?» Meine Nackenhärchen stellten sich auf. «Anthony Briar? Der Leiter der Abteilung für Instandhaltung und Wartung bei der Chicagoer Verkehrsbehörde hat Ihnen gesagt, Sie sollen die Meldungen vernichten?»

Sie nickte. «Aber ich habe es nicht getan. Absichtlich habe ich mich seiner Anordnung allerdings nicht widersetzt. Ich hatte an dem Tag einen Zahnarzttermin und bin kurz vor Feierabend aufgebrochen. Die Meldungen hatte ich in meine Schublade gelegt und wollte sie eigentlich am nächsten Tag vernichten. Doch dann musste ich Sitzungen vorbereiten und ... na ja, ich habe sie schlicht vergessen. Ich habe nicht mehr an sie gedacht, bis dann das Zugunglück geschah. Seitdem kann ich nachts kaum schlafen.»

«Haben Sie sonst noch jemandem davon erzählt?»

«Oh, nein. Ich hatte zu viel Angst. Und ich hoffe nur, genug andere Menschen in unserer Abteilung haben die Schadensmeldungen gesehen und niemand schöpft Verdacht, dass ich es war, die damit zur Presse gegangen ist. Glauben Sie, die kommen dahinter, dass ich es war?»

«Ich weiß nur, dass Sie das Richtige getan haben.» Ich musterte sie, ihr Gesicht war aschfahl geworden. «Warum sind Sie nicht zur Polizei gegangen?»

«Ich hatte zu viel Angst. Bei Ihnen habe ich angerufen, weil ich Ihre Artikel gelesen habe. Nur hat mich dann kurz der Mut verlassen, und ich habe wieder aufgelegt. Aber dann dachte ich, das ist eine Frau, der kann ich vertrauen. Deshalb habe ich beschlossen, mich einmal mit Ihnen zu treffen. Und die Meldungen habe ich Ihnen gezeigt, damit Sie begreifen, in welcher Zwickmühle ich stecke. Sie verstehen doch, welches Risiko ich hier eingehe und warum ich meinen Job nicht verlieren darf?»

«Ja, absolut.»

Sie schaute auf die Zettel. «Die können Sie gern behalten. Das sind bloß Kopien. Und ich vertraue darauf, dass Sie meinen Namen nicht nennen werden – weil Sie ja selbst eine Frau sind.»

Zum ersten Mal in meinem Leben erwies sich mein Geschlecht also als Vorteil.

Ich raste in die Redaktion zurück, tippte noch im Stehen einen ersten Entwurf in die Schreibmaschine und begab mich damit sofort zu Mr. Ellsworths Tisch.

Er las und spitzte die Lippen. «Himmel, Walsh. Wo haben Sie denn das her?» Er strich sich über den Bart. «Nein, sagen Sie mir jetzt nicht, Sie *dürfen es mir nicht erzählen.*» Kopfschüttelnd legte er die Seite auf den Tisch. «Sie beschuldigen die Leiter der CTA, in kriminelle Aktivitäten verstrickt zu sein, ohne Beweise dafür vorlegen zu können?»

«Beweise habe ich.»

«Dann zeigen Sie mal her.»

Ich zögerte. Meine Hände waren schwitzig. Mein Herz hämmerte wie wild.

«Nun?» Er zog die Augenbrauen hoch.

«Ich habe Beweise. Handfeste Beweise sogar. Und ich bin die Einzige, die sie hat. Doch bevor ich sie Ihnen zeige, müssen Sie mir etwas versprechen.»

«Was fällt Ihnen ...»

«Verzeihung, aber Sie können mir den Artikel nicht wieder wegnehmen, wie Sie es damals bei der Story über den Versicherungsbetrug gemacht haben. Sie können mich nicht die ganze Arbeit machen lassen und den Aufmacher dann unter Walters oder Henrys Namen veröffentlichen.»

«Sie haben vielleicht Nerven. Ist Ihnen klar, dass Sie mit dem Chefredakteur sprechen?»

«Natürlich, aber mir ist, mit Verlaub, auch klar, dass sich jeder Chefredakteur in dieser Stadt nach einer solchen Story die Finger lecken würde.»

«Ihre Taktik gefällt mir ganz und gar nicht, Walsh. Und ich rate Ihnen, dass Ihre Beweise tatsächlich ein Knüller sind, wie Sie behaupten.»

«Dann ist es also abgemacht?»

Er verschränkte die Arme vor der Brust und schaute mich mit einem halb verächtlichen, halb verblüfften Blick an. Bisher hatte er mich wohl nicht für eine solche Kämpfernatur gehalten. Ich mich allerdings auch nicht. Der Lärm in der

Redaktion schien sich mit einem Mal zu legen, als würde alles nur noch auf unsere Kraftprobe achten.

«Okay, Walsh», sagte er nach einer gefühlten Ewigkeit. «Abgemacht.»

Ich nickte und legte ihm die Schadensmeldungen von J. T. Porter and Company hin.

Mr. Ellsworth überflog die Seiten und sprang auf. «Hey, Copeland», rief er. «Kommen Sie her.»

Mr. Copeland stellte sich hinter ihn, schaute ihm über die Schulter und dann zu mir. «Wo zum Teufel haben Sie das her?»

«Von jemandem, der bei der CTA arbeitet.»

«Hat dieser Mensch auch einen Namen?»

«Es handelt sich um jemand, der für einen der Abteilungsleiter arbeitet.» Mehr würde ich nicht verraten.

«Könnten Sie von ihm weitere Informationen kriegen, falls wir noch welche brauchen?», fragte Mr. Copeland.

«Kein Problem.» Es beruhigte mich, dass sie meine Quelle für einen Mann hielten. Und ich hoffte für die Frau, dass auch andere davon ausgehen würden.

Mr. Ellsworth und Mr. Copeland überflogen die Meldungen ein letztes Mal. Dann warf Mr. Ellsworth seinen Stift auf den Tisch: «Haben wir dazu irgendwelche Bilder, Copeland?»

«Ich schicke Russell gleich ins Fotoarchiv.»

Mr. Ellsworth schaute zu mir. «Worauf warten Sie noch, Walsh? Ich brauche den Artikel bis spätestens vier auf meinem Tisch, damit ich ihn mit in die Redaktionskonferenz nehmen kann.»

In der Redaktionskonferenz wurden jeden Tag die wichtigsten Storys besprochen und von allen Redakteuren gemeinsam festgelegt, welche in der nächsten Ausgabe der Aufmacher sein sollte.

«Haben Sie nicht gehört?», fragte er ungeduldig.

«Ja, Sie kriegen ihn bis vier.»

Ich lief zu meinem Tisch und breitete meine Notizen vor mir aus. Mit zittrigen Händen spannte ich das Papier in die Schreibmaschine ein und arbeitete den Einstieg für den Artikel aus. Es war erstaunlich, wie nervös ich war, obwohl ich doch endlich das tat, was ich mir immer gewünscht hatte. Vielleicht lag es aber auch daran, dass ich mir in diesem Moment meiner Pflichten als Journalistin einmal mehr bewusst wurde, denn ich trug gegenüber meiner Quelle die Verantwortung und musste die Nachricht wahrheitsgemäß wiedergeben.

Um halb fünf tigerte ich vor der Scheibe des großen Konferenzraums auf und ab, während sich dahinter die Redakteure sämtlicher Ressorts berieten. Rauchwolken sammelten sich über den Köpfen der Männer, die die Aufmacherqualitäten sämtlicher tagesaktueller Artikel diskutierten.

Als Mr. Ellsworth aus dem Zimmer kam, stürzte ich mich auf ihn. «Und?»

«Und, was?»

«Bringen Sie meinen Artikel?»

Die Frage schien ihn zu überraschen. «Natürlich bringen wir den Artikel.»

«Ich meinte, unter meinem Namen?»

«Ja, der Artikel kommt auf die erste Seite. Und Ihr Name steht darunter. Über dem Bruch.» Er klopfte mir auf die Schulter. «Gute Arbeit, Walsh.»

Es war das erste Lob, das ich in den sieben Monaten, die ich nun schon für die Zeitung arbeitete, von ihm bekam. Und zum ersten Mal, seit ich Teil der Redaktion geworden war, fühlte ich mich wie eine richtige Reporterin.

KAPITEL 18

An dem Tag, an dem meine Story als Aufmacher der *Tribune* erschien, traf ich mich mittags mit Jack zum Essen. Triumphierend warf ich die Zeitung auf den Tisch. Schwarz auf weiß stand mein Name über dem Bruch. Während Jack den Artikel las, schaute ich mich im Diner um, betrachtete die mit Kunstschnee auf die Fensterscheibe gesprühten Sterne und den Mistelzweig über der Registrierkasse.

Unter dem Tisch wippte ich nervös mit einem Bein auf und ab. Als ich es nicht mehr länger aushielt, fragte ich: «Und? Wie findest du die Story?»

«Sie ist ... sie ist gut.» Jack faltete die Zeitung zusammen und legte sie neben sich auf die Bank. Hätte er einen toten Fisch dabeigehabt, er hätte ihn vermutlich in meiner Story eingewickelt.

«Mehr fällt dir dazu nicht ein?»

«Ich habe doch gesagt, dass ich sie gut finde.» Er klappte seine Speisekarte auf. «Richtig gut. Und das meine ich auch so.» *Was natürlich bedeutete, dass er es nicht so meinte.* Er gab der Kellnerin ein Zeichen. «Wir sollten uns mit dem Essen beeilen. Ich muss gleich wieder in die Redaktion zurück, weil ich heute noch Abgabe habe. Ich muss früher los, weil ich nachher mit meinen Eltern zur Messe gehe. Das hatte ich dir erzählt, oder?»

Natürlich. Es war schließlich Heiligabend. Das hatte ich fast vergessen. Jack hatte sich für mich eine Ausrede einfallen lassen, damit ich nicht mitgehen musste. Aber er hatte mich vorgewarnt, dass seine Eltern den Kirchenbesuch im nächsten Jahr von mir erwarten würden.

Ich las die Speisekarte, während Judy Garland uns über die Lautsprecher ein «merry little Christmas» wünschte. Der Text stimmte mich melancholisch. Würde es jemals wieder ein Weihnachten geben, an dem ich nicht schmerzlich daran erinnert wurde, wen und was meine Familie verloren hatte?

Ich klappte die Speisekarte zu und bestellte Hackbraten, obwohl mir der Appetit vergangen war. Eigentlich wusste ich, dass ich Jack besser nicht noch einmal auf meinen Artikel ansprach. Doch als die Kellnerin wieder fort war, konnte ich es mir nicht verkneifen. «Ist das wirklich alles, was dir dazu einfällt?»

«Wozu?» Er schien tatsächlich nicht zu wissen, wovon ich sprach, und das brachte mich noch mehr auf.

«Ich habe einen Skandal aufgedeckt, und alles, was du dazu sagst, ist: Die Story *ist gut*?»

«Aber ich finde sie *gut*. Du hast gute Arbeit abgeliefert. Das habe ich doch schon gesagt.»

«So riesig scheinst du dich für mich ja nicht zu freuen.»

Er seufzte. «Ganz ehrlich? Ich wundere mich nur, dass du mir nicht schon davon erzählt hast, bevor die Story in der Zeitung erschienen ist.»

«Weil alles ganz schnell gehen musste. Du weißt selbst, wie es läuft.»

«Ja, weiß ich. Aber wenigstens von deiner Quelle bei der CTA hättest du mir erzählen können.»

«Jack, du arbeitest für die Konkurrenz. Wäre die Situation umgekehrt gewesen, hättest du mich dann eingeweiht? Du weißt doch besser als jeder andere, wie schwer es für mich war, als Reporterin Anerkennung zu finden. Das war meine erste Exklusivstory – außerdem wollte meine Quelle anonym bleiben. Hätte ich dir, weil du mein Verlobter bist, vorab sämtliche Informationen präsentieren sollen?»

Er schüttelte resigniert den Kopf. «Du hast recht. Bitte entschuldige mein Verhalten. Ich bin stolz auf dich. Wahrscheinlich bin ich es nur nicht gewohnt, dein Konkurrent zu sein.»

«Als Konkurrenz darfst du mich nicht betrachten. Die Story über die Umstände des Zugunglücks war meine erste große Geschichte. Ich hatte Glück, aber andere mussten mit ihrem Leben bezahlen. Darauf bin ich überhaupt nicht stolz.» Weil ich sein Ego besänftigen wollte, fing ich an, den bedeutenden Beitrag, den ich mit meiner Arbeit geleistet hatte, herunterzuspielen. Und damit er als Mann und Reporter sich mir überlegen fühlen konnte, fügte ich hinzu: «Das bedeutet noch lange nicht, dass Mr. Ellsworth und Mr. Copeland mich nun von der Klatschspalte abziehen. Tatsächlich bin ich mir sogar ziemlich sicher, sie tun es nicht.» Sobald ich es gesagt hatte, befürchtete ich, es könnte die Wahrheit sein, und mir wurde flau im Magen. Unter gar keinen Umständen wollte ich wieder verlieren, was ich an Boden gewonnen hatte. Ich sehnte mich jetzt schon nach meinem nächsten Aufmacher. *Meine Chefs erwarten doch nicht etwa von mir, weiter Beiträge für die Frauenseite zu verfassen?!*

«Klar, um von der Klatschspalte wegzukommen, wirst du

mehr als eine Story brauchen.» Er ergriff meine Hand und küsste sie. «Tut mir leid, dass ich so blöd war. Ich bin wirklich stolz auf dich. Das weißt du doch?»

Nach dem Essen kehrte er eilig zur *Sun-Times* zurück, und da mir noch etwas Zeit blieb, bummelte ich ein bisschen durch die Innenstadt. Es hatte angefangen zu schneien, und auf den Gehwegen und Straßen sammelte sich eine malerische weiße Schicht. Ich spazierte an den weihnachtlich geschmückten Schaufenstern von Marshall Field's in der State Street vorbei. Hinter einer Scheibe liefen als Schneemänner und Elfen verkleidete Puppen auf einer künstlichen Eisfläche Schlittschuh. Daneben stapelten sich überdimensionale Pakete mit riesigen Schleifen. Elektrische Kerzen funkelten mit Lametta um die Wette, und vor dem Schaufenster bestaunte eine Menschentraube das weihnachtliche Diorama.

Im Weitergehen dachte ich an die vielen Male, die meine Eltern mit Eliot und mir in der Weihnachtszeit in die Stadt gefahren waren, damit wir Kinder uns den riesigen Weihnachtsbaum ansehen und bei Santa Claus auf dem Schoß sitzen konnten. Als wir älter waren, fuhren wir zum traditionellen Familienessen jedes Jahr zum Walnut Room. Damals waren wir noch eine normale Familie gewesen. Vielleicht nicht wie die Caseys, aber immerhin halbwegs normal. Mein Vater hatte uns früh geweckt und uns beim Anziehen zur Eile getrieben, damit wir nicht zu spät in die State Street kamen. Meine Mutter hatte eines ihrer besten Kleider getragen, wie das aus blauem Satin oder mein Lieblingskleid aus grünem Samt mit dem Spitzenbesatz und den Perlmuttknöpfen. Meine Eltern hatten viele der Leute gekannt, die mit ihren Familien da waren, und während wir auf unser Essen warteten, war mein

Vater von Tisch zu Tisch gegangen, gerade so, als wäre er der Gastgeber des Festschmauses gewesen.

Doch diese Zeit lag nun schon lange zurück, und mir waren nichts als bittersüße Erinnerungen geblieben. Jetzt fühlte ich mich ziellos wie eine Schneeflocke, die zu Boden schwebt und nach einer Stelle sucht, auf der sie landen kann. Es war der Vortag von Weihnachten, und ich hatte noch kein einziges Geschenk gekauft, nicht einmal für Jack. In den Geschäften drängten sich die Menschen, an jede Straßenecke sang ein Chor Weihnachtslieder. Alles um mich herum war im Festtagsfieber, und ich konnte nur hoffen, dass auch ich davon angesteckt wurde.

Ich betrat Marshall Field's und blieb vor der Vitrine mit den Herrenuhren stehen. Mir fiel Ernest Hemingway wieder ein, der in einem seltenen Anflug von Mitgefühl bei Eliots Beerdigung die eigene Uhr abgenommen und meinem Vater in die Hand gedrückt hatte.

«Zeit ist das Einzige, das dir helfen kann», hatte er gesagt und die Finger meines Vaters um die Uhr geschlossen.

Ein halbes Jahr lang hatte mein Vater die Uhr jeden Tag getragen, dann war sie nicht mehr richtig gegangen. Zu einem Uhrmacher hatte er sie nicht gebracht und seitdem auch keine andere mehr getragen. Obwohl ich sie mir eigentlich nicht leisten konnte, kaufte ich für ihn eine Timex. Als Weihnachtsgeschenk. Damit die Zeit für ihn wieder weiterlaufen konnte.

Bevor ich das Kaufhaus verließ, entschied ich mich noch für einen Pullover für Jack, eine Krawatte für seinen Vater, Körperpuder für Mrs. Casey und ein Fläschchen Shalimar für meine Mutter. Der Schnee fiel jetzt heftiger, und da vom See her ein starker Wind wehte, rasten die Flocken schräg zu Boden. Bevor ich in die Redaktion zurückkehrte, machte ich in der Wabash Avenue noch Halt bei der Buchhandlung Kroch's & Brentano's und besorgte das Buch *Der Mann im grauen Flanell* für Scott.

Mit Einkaufstüten beladen kämpfte ich mich über verschneite Gehwege zurück zum Tribune Tower. In der Lobby stand auf einer weiß glitzernden Decke ein geschmückter Tannenbaum. In einem Transistorradio auf dem Empfangstresen lief *Jingle Bells*. Beim Betreten des Gebäudes konnte einem richtig weihnachtlich ums Herz werden.

Nicht so im vierten Stock. Die Redaktion machte keine Weihnachtspause. Redaktionsschluss blieb Redaktionsschluss, überall auf der Welt ereigneten sich auch an den Feiertagen Unfälle, Morde, Erdbeben und andere Tragödien, über die berichtet werden musste. Auch ich hatte am Nachmittag noch einen Artikel abzuliefern.

Es ging darin wieder um den CTA-Skandal, hauptsächlich um die Reaktionen des Pressesprechers der Behörde, ihres Anwalts William Lynch und eines Mitarbeiters aus dem Büro des Bürgermeisters. Als ich vor ein paar Tagen zum ersten Mal bei den zuständigen Stellen angerufen hatte, hieß es dort *kein Kommentar*. Offenbar hatte keiner von ihnen damit gerechnet, dass die Machenschaften und Mauscheleien ans Licht kommen würden. Doch nun wurden die Rufe nach einem Rücktritt des Leiters der Abteilung für Instandhaltung und Wartung bei der CTA immer lauter.

Trotz Tagesgeschäft hatten wir für die Redaktion eine

kleine Feier vorbereitet. In der Teeküche standen eine Flasche Whiskey, eine Flasche Scotch und ein Kasten Schlitz. M hatte Kekse mitgebracht, Henrys Frau einen Kuchen für uns gebacken. Im Radio lief *White Christmas*, aber das hielt Randy nicht davon ab, einen Werbejingle für eine Autowerkstatt zu trällern. M hatte sich eine Tannenbaum-Brosche an den üppigen Busen gesteckt. Und Peter trug zur Feier des Tages eine rote Weihnachtsmütze zum grünen Augenschirm. So festlich ging es bei uns dann doch zu.

Die Kollegen verließen die Teeküche, schrieben an ihren Tischen ihre Storys fertig und ließen sie vom Büroboten abholen. Dann kehrten sie zu unserer Party zurück und feierten weiter. Mr. Ellsworth hatte seinen Rotstift gezückt und korrigierte Walters Artikel im Stehen. Mr. Copeland hatte in der einen Hand ein Glas Scotch, in der anderen einen Stift und überarbeitete gerade Henrys Hintergrundbericht.

«Sie vertrauen Ihrer Quelle?», fragte Mr. Copeland.

Henry zog an seiner Zigarette. «Absolut.»

«Das zweite Zitat haben Sie gegengecheckt?»

«Habe ich.»

Mr. Copeland grummelte etwas und schaute wieder auf das Blatt Papier. «Und die Höhe des Betrags stimmt auch?»

«Zu hundert Prozent.»

«Haben Sie ein gutes Bild?»

«Jep.»

Mr. Copeland steckte seinen Stift in die Brusttasche und gab dem Kollegen das Blatt zurück.

Es war später Nachmittag. Die Sonne war am Horizont längst untergegangen, sodass nun offiziell Heiligabend war. Ein Kollege nach dem anderen räumte seinen Schreibtisch auf, wünschte ein frohes Fest und fuhr heim zu seiner Familie. Mrs. Angelo besuchte ihre Schwester in Hyde Park, auch Gabby verbrachte Weihnachten bei ihrer Schwester, Benny fuhr mit dem Zug zu seinen Eltern nach South Bend. M ging auf die Damentoilette und kam eine Viertelstunde später wieder heraus, im Paillettenkleid und mit Hochsteckfrisur und knallrotem Lippenstift. Mr. Ellsworth fiel fast der Drink aus der Hand, als er sie sah. Randy sang *I Wanna Be Loved by You*, Walter stieß einen Pfiff aus wie ein Matrose. Kurz danach waren Mr. Ellsworth, Walter und ich die Letzten, die noch übrig waren. Schließlich kamen die Jungs von der Nachtschicht und machten für uns weiter.

Walter stürzte seinen Drink hinunter, zerknüllte den Pappbecher und warf ihn in den Papierkorb. «Muss dringend nach Hause.» Er zündete sich die Pfeife an und tippte sich Sinatramäßig an den Hut. «Meine Frau wartet mit dem Essen auf mich.» Zu meiner großen Verwunderung drückte er meinen Arm. Das war die netteste Geste, die er mir gegenüber jemals gemacht hatte. Ich war richtig gerührt. «Frohe Weihnachten», sagte er und klopfte Mr. Ellsworth auf den Rücken.

Mr. Ellsworth sah mich an. «Walsh, was zum Geier machen Sie eigentlich noch hier?

Darauf wusste ich keine Antwort. Jack ging mit seiner Familie in die Kirche, meine Eltern machten nichts Besonderes. Und ich hatte es nicht eilig, nach Hause zu kommen und allein in meiner Wohnung zu hocken.

«Kommen Sie», sagte er. «Ich gebe einen aus.»

Diese Einladung konnte ich nicht ausschlagen. Seit dem Zugunglück hatte ich das Gefühl, Mr. Ellsworth würde mich langsam, aber sicher in den engeren Mitarbeiterkreis aufnehmen. Obwohl ihn mein Vorpreschen verärgert hatte, schien er mir etwas mehr Respekt entgegenzubringen. Kam er jetzt in der Redaktion an meinem Schreibtisch vorbei, grüßte er mich, manchmal blieb er sogar stehen und fragte, woran ich gerade arbeitete. An einem Abend, als wir mit der gesamten Mannschaft im Radio Grill gewesen waren, hatte er sich neben mich gesetzt und mit mir angestoßen. Natürlich waren das nur kleine Gesten, aber ich freute mich trotzdem darüber, weil sie mir zeigten, dass ich Mr. Ellsworths Vorurteile über weibliche Journalisten entkräftet hatte.

Also nahm ich die Einladung an. Wir gingen ins Riccardo's und setzten uns an die Bar, wie man es als Reporter mit seinem Chefredakteur eben gelegentlich macht.

«M hatte sich ja ganz schön in Schale geworfen», sagte er, als er seinen Mantel über den leeren Barhocker zu seiner Rechten legte. «Was sie wohl vorhat?»

«Sie ist mit einem Mann verabredet.»

«Wie schön für sie.» Mr. Ellsworth nickte. «Wirklich schön für sie.» Er winkte dem Barmann zu, bestellte zwei Scotch und fing an, mir die Geschichte seiner Zeitungskarriere zu erzählen.

«Gleich nach der Highschool habe ich als Bürobote bei einem kleinen Blatt angefangen, das lange vor Ihrer Geburt aus dem Geschäft gedrängt wurde. Danach bin ich beim City News Bureau untergekommen. Dort habe ich auch Ihren Vater kennengelernt. Der gute alte Hank Walsh. Zusammen haben wir uns vom Büroboten zum Reporter hochgearbeitet. Das City News Bureau war eine harte Schule. Wir waren alle noch grün hinter den Ohren. Im Gegensatz zu euch jungen Leuten ist von uns keiner auf die Journalistenschule gegangen und hat dort das Schreiben gelernt. Nein, es waren erfahrene Zeitungsleute, die mir gezeigt haben, was einen guten Journalisten ausmacht. Sie glauben, ich bin zu streng mit Ihren Artikeln? Lassen Sie es sich gesagt sein, die Jungs damals haben alles, was ich geschrieben habe, in der Luft zerrissen. Die haben alles hinterfragt und keine Ruhe gelassen, bis wir jedes Wort doppelt und dreifach geprüft hatten. Ein Spruch von denen lautete: Wenn deine Mutter zu dir sagt, dass sie dich lieb hat, dann musst du das überprüfen.» Er ließ die Eiswürfel in seinem Glas klirren und trank einen Schluck.

«Für mich war das City News Bureau das Nervenzentrum von Chicago. Ich war dort. Ich weiß es. Sämtliche Zeitungen der Stadt haben auf uns gehört, wir hatten nämlich drei unterschiedliche Fernschreibertypen.» Er nickte lächelnd. «Wir wussten immer als Erste von allem, was in der Stadt, im Land, in der Welt geschah ... Ich weiß noch, ich hatte damals Dienst, als bei uns die Blitzmeldung von den Morden in der Clark Street eintrafen – vom Valentinstag-Massaker, das kennen Sie ja sicherlich. Damals habe ich bestimmt drei Tage nicht geschlafen, weil ich an der Story dranbleiben wollte ...»

Eigentlich vertrug Mr. Ellsworth eine Menge Alkohol, doch an diesem Abend stieg ihm der Scotch wohl zu Kopf. Er lallte, wiederholte sich und erzählte mir Dinge, die er mir nüchtern niemals anvertraut hätte.

«Wussten Sie eigentlich, dass ich meine Frau zwei Tage vor dem Massaker kennengelernt habe? Sie war jünger als ich. Ist sie immer noch.» Er lachte. «Wahrscheinlich hielt sie jeder für meine Tochter. Eigentlich war geplant gewesen, dass ich sie am Valentinstag groß ausführe, aber dann ...» Er lehnte sich zurück und lachte noch lauter. «Marjorie hätte da schon wissen müssen, dass die Zeitung für mich immer an erster Stelle kommt. Sie heiraten demnächst selbst einen Zeitungsmann, richtig, Walsh?»

Ich schaute auf meinen Ring. «Ja. Jack Casey. Er ist Reporter bei der *Sun-Times*.»

«Ich überbringe ungern schlechte Nachrichten, aber ich muss Sie warnen, Walsh» – er hob einen Zeigefinger – «Ehe und Zeitung vertragen sich nicht. Ich habe eine Frau und einen Sohn, und wissen Sie, wo die beiden jetzt sind? Bei Verwandten meiner Frau. Wenn ich da heute vor dem Nachtisch auftauchen würde – wären die richtig geschockt. Aber das ist nun mal der Job des Chefredakteurs. Er bringt die Zeitung zu Bett.» Mr. Ellsworth nahm einen tiefen Zug aus seinem Glas. «Ja, der Chefredakteur bringt die Zeitung zu Bett. Ehe und Zeitung vertragen sich nicht, vergessen Sie das nie, Walsh. Versprechen Sie mir, das immer im Hinterkopf zu behalten?»

Ich versprach es ihm nicht, und er redete weiter.

«Ich bin kein Heiliger, das weiß ich wohl. Nicht der beste Ehemann und nicht der beste Vater, aber ich war der beste Zeitungsmann, der ich hätte sein können.»

Der Barmann kam und wischte mit einem fadenscheinigen Geschirrtuch über den Tresen. «Letzte Bestellung, Stan.»

«Jetzt schon?»

«Heiligabend. Wir schließen heute um zehn. Was darf's noch sein?»

Ich wollte nichts mehr trinken und wusste, dass Mr. Ellsworth nichts mehr trinken sollte. Aber wir waren zwei Waisenkinder, die an Heiligabend allein waren und nicht wussten, wohin. Also trank ich noch einen Scotch mit ihm, und zwanzig Minuten später bezahlte er die Rechnung. Als wir vor dem Riccardo's standen, gingen um uns herum nacheinander die Lichter aus. Auf der Straße war niemand mehr unterwegs. Keiner fuhr mit dem Bus, in fünf Minuten kam nicht ein einziges Auto vorbei. Es war so still, dass wir die Hochbahn in der Ferne über die Gleise rattern hörten. Schließlich begaben wir uns in die Michigan Avenue und stellten uns an den Straßenrand, in der Hoffnung, dass früher oder später ein Taxi auftauchen und uns an diesem Heiligabend an einen fröhlicheren Ort bringen würde.

KAPITEL 19

Am Morgen des ersten Weihnachtstags fuhr ich zu meinen Eltern, um ihnen die Geschenke zu überreichen und mit ihnen zusammen zu den Caseys aufzubrechen. Sie hatten uns zum Mittagessen eingeladen, und meine Eltern hatten zu meinem Erstaunen zugesagt. Meine Mutter und mein Vater mochten Jack und schienen sich über unsere Verlobung zu freuen, doch unsere Eltern hatten sich bisher nicht kennengelernt. Der Gedanke, unsere Familien zusammenzuführen, machte mich mehr als nur nervös.

Da ich noch einen Schlüssel für die Painted Lady hatte, ging ich ohne zu klingeln hinein. Im Flur zog ich meine schneematschigen Schuhe aus und stellte sie auf die Gummimatte. Wie immer war es im Haus dunkel und still. Kein Tannenbaum stand vor dem Fenster, wo sonst jedes Jahr einer gestanden hatte, und an der Rückseite der Eingangstür hing auch kein Kranz wie früher. Nichts deutete auf Weihnachten hin.

Weil ich nun schon seit Monaten nicht mehr zu Hause wohnte, sah ich alles mit anderen Augen. Dass es nicht länger das glückliche Zuhause meiner Kindheit war, hatte ich schon vorher gewusst, doch erst jetzt ging mir auf, wie traurig und beklemmend es in Wahrheit war. Schmutzig war es im Haus nicht. In der Spüle stapelte sich kein dreckiges Geschirr, in den Ecken lagen keine Staubmäuse, trotzdem wirkte es vernachlässigt, als würde sich niemand mehr um das Haus kümmern. Fenster und Türen waren geschlossen, alles wirkte von der Außenwelt abgeschirmt. Dabei mussten die Wände so dringend atmen wie die Menschen, die hier wohnten.

In spätestens einer Stunde mussten wir zu den Caseys aufbrechen, aber meine Eltern saßen noch im Bademantel am Küchentisch, tranken Kaffee und lasen Zeitung, als hätten sie alle Zeit der Welt. Meine Mutter hatte die Hausschuhe abgestreift und saß auf einem angewinkelten Bein.

«Solltet ihr euch nicht langsam fertig machen?», fragte ich.

Meine Mutter schaute zur Uhr über dem Herd. «Ach du liebe Zeit, du hast recht. Hank, sie hat recht. Wir müssen uns anziehen.»

Da keiner von beiden Anstalten machte, tatsächlich aufzustehen, nutzte ich die Gelegenheit und überreichte ihnen die Geschenke.

«Ho Ho Ho.» Ich gab meiner Mutter die kleine, in Geschenkpapier eingehüllte Schachtel. Mein Vater tauchte nicht hinter seiner Zeitung auf.

«Ach, Jordan», sagte meine Mutter. «Was soll denn das? Du weißt doch, wir schenken uns nichts mehr.»

«Ich weiß. Aber ich wollte euch etwas geben. Und erwarte im Gegenzug nichts.»

«Jetzt habe ich aber ein schlechtes Gewissen.» Das hinderte sie allerdings nicht daran, die Shalimar-Schachtel auszupacken. «Ach, wie schön. Guck mal, Hank – wie schön.»

Mein Vater klappte eine Ecke der Zeitung herunter und

schaute mit einem Auge hin. Er nickte einmal und verschwand wieder hinter seiner Zeitung.

«Das ist für dich, Dad.» Ich legte das kleine Paket vor ihm auf den Tisch.

«Was ist das?» Die Zeitung glitt ein Stück nach unten.

«Für dich. Zu Weihnachten.»

Er schaute bestürzt, als wollte ich ihm etwas Vergiftetes aufzwängen. Zögernd legte er die Zeitung beiseite, nahm die Schachtel und wog sie in der Hand wie eine magische Kugel, die im nächsten Moment eine schicksalhafte Antwort geben konnte.

«Nun mach schon auf.»

Leise vor sich hin murmelnd, riss er das Geschenkpapier ab und hob den Deckel hoch. «Eine Uhr.» Absolut tonlos. Ob sie ihm gefiel oder nicht, konnte ich nicht deuten. «Danke», brummelte er, legte den Deckel wieder auf die Schachtel und griff nach seinen Lucky Strikes.

«Willst du sie denn nicht umbinden?», fragte ich.

«Ja, sicher.» Er fischte eine Zigarette aus dem Päckchen.

«Ich dachte, die könnte die Uhr ersetzen, die Hemingway dir gegeben hatte.»

«Was für eine Uhr soll das gewesen sein?»

Er konnte sie unmöglich vergessen haben. «Die Uhr. Du weißt schon. Er hat dir doch seine Uhr geschenkt. Weißt du nicht mehr?» Ich brachte es nicht übers Herz, ihm ins Gedächtnis zu rufen, wann und warum er sie bekommen hatte.

Um meine Enttäuschung zu verbergen, drehte ich mich weg. *Werde ich denn niemals wieder zu diesem Mann vordringen können?* Zu glauben, dass ich etwas tun konnte, damit er wieder lächelte und das Licht in seine Augen zurückkehrte, war dumm von mir gewesen. Warum tat ich mir so etwas an? Es wäre einfacher gewesen, tatenlos mit anzusehen, wie er uns immer weiter entglitt, nur konnte und wollte ich das nicht zulassen. Er saß da und rauchte, dann stand er auf und ging die Treppe hoch. Wenige Minuten später hörte ich, wie im Bad der Wasserhahn aufgedreht wurde.

Meine Mutter tätschelte mir die Hand. «Am besten gibst du sie zurück. Du weißt, dass er sie niemals tragen wird.»

«Darum ging es mir nicht.»

Sie schaute mich so verdutzt an wie mein Vater vorhin.

«Ach, schon gut.»

Eine Stunde später saßen wir zusammen mit über vierzig Verwandten im Haus der Caseys. Weihnachtslieder liefen im Hintergrund, Eggnog und Fruchtpunsch wurden aus Glasschalen geschöpft, Geschenke unter dem prächtig geschmückten Tannenbaum platziert.

Bei unserer Ankunft war Mrs. Casey, die geblümte Schürze abstreifend, aus der Küche getrippelt. Wie mir auffiel, hatte sie die Schonbezüge aus Plastik von der guten Polstergarnitur im Wohnzimmer genommen. Mrs. Casey flatterte zu meinen Eltern, umarmte und küsste meinen Vater und tat dasselbe mit meiner Mutter. Überschwängliche Begrüßungen und das Zurschaustellen von Zuneigung lagen meiner Familie fern, deshalb war der Gesichtsausdruck meines Vaters zu erwarten gewesen, als Richter Casey ihn an sich zog und umarmte. Meine Mutter erstarrte fast, als er sie packte und seine Wange an ihre drückte.

Wie immer verrieten meine verschwitzten Hände meine Nervosität. Ich wünschte mir so sehr, dass meine Eltern die Caseys mochten, und stellte mir vor, wie wir zu einer großen, glücklichen Familie zusammenwachsen würden. In meiner Hoffnung waren die Caseys der Schlüssel, um die verlorene Nähe zwischen uns wiederherzustellen. Nachdem Richter Casey uns in seinem Haus willkommen geheißen hatte, bauten sich Jacks fünf jüngere Brüder, allesamt zwischen acht und achtzehn Jahre alt, in einer Reihe auf. Mit Kindern konnte mein Vater nicht besonders gut umgehen, aber er gab sich immerhin Mühe und schüttelte schlaff die ihm höflich entgegengestreckten Hände. Meine Mutter steckte sich schnell eine Zigarette in den Mund und winkte den Jungs nur einmal kurz zu. Danach wurde unsere Vorstellungsrunde mit der erweiterten Familie fortgesetzt, das Ende bildete die Matriarchin – Grandma Casey.

Grandma Casey hatte hellblaue Augen, ein zerknittertes Gesicht und Knöchel so dick wie Baumstämme. Bisher war ich ihr zweimal begegnet, und beide Male hatte sie nach Mottenkugeln und Zimt gerochen. Auf einem prallen Kissen saß sie auf einem Radiator, im Schoß eine Schachtel Pralinen, die sie an die Kinder verfütterte wie Hundeleckerlis.

Zum Glück versuchte meine Mutter, einen guten Eindruck zu machen. Sie trank Punch mit Mrs. Casey, aber als sie ihr Glas auf dem Couchtisch abstellen wollte, schob die Gastgeberin schnell einen Untersetzer darunter. Meine Mutter schien das allerdings gar nicht zu bemerken. Mein Vater trank wie üblich Whiskey, während Jack und sein Vater sich mit Pabst-Blue-Ribbon-Bier begnügten.

Fotos wurden geschossen, Trinksprüche ausgebracht, und

später band Richter Casey sich die Krawatte um, die ich ihm geschenkt hatte, die aber weder zu seinem Hemd noch zu seinem Pullover passte.

«Komm mal mit.» Er führte mich zu Grandma Casey. «Es wird Zeit, dass ihr euch besser kennenlernt.» Er wies auf das freie Kissen neben ihr auf dem Radiator.

Sie hielt mir die Schachtel Pralinen hin. «Ein Frango Mint?»

«Nein. Nein, danke.»

«Warum nicht? Mögen Sie etwa keine Pralinen?»

«Doch, doch. Nur im Moment möchte ich keine. Vielen Dank.» Durch das Kissen hindurch spürte ich die Hitze der Heizung. Ihre Pralinen mussten halb geschmolzen sein.

«Ach so.» Sie steckte sich einen Minttrüffel in den Mund. «Lecker.» Sie kaute und leckte sich die Finger ab. Einen Moment lang schien sie wegzudämmern, aber das konnte natürlich nicht sein. Wie ich von Jack wusste, war Grandma Casey immer auf dem Quivive. Ihr entging nie etwas, gerade so, als hätte sie Augen im Hinterkopf.

«Ich weiß noch, wie das war, als ich Jacks Mutter kennengelernt habe», sagte sie. «Patrick brachte sie mit nach Hause und meinte, das wäre das Mädchen, das er heiraten will. Damals habe ich Katie gefragt, was sie an meinem Sohn liebt. Jetzt frage ich Sie dasselbe. Was lieben Sie an meinem Enkelsohn? Warum wollen Sie ihn heiraten?»

Unfassbar, aber wahr – in diesem Moment setzte mein Hirn aus. Gern geredet hatte ich über meine Gefühle nie, aber warum musste in meinem Kopf ausgerechnet jetzt gähnende Leere herrschen?»

«Er ist ein guter Junge», sagte Grandma Casey, als wollte sie mir auf die Sprünge helfen.

«Ja, ja, das ist er. Und er ist nett. Und klug.» Ich wünschte, mir wären originellere Adjektive eingefallen. Ich liebte Jack, nur fiel mir dafür kein richtiger Grund ein. «Und er ist ein guter, treuer Freund.» Mein Hinterteil wurde auf dem Radiator geröstet.

«Und nicht zu vergessen, er sieht auch gut aus», ergänzte Grandma Casey.

Ich lächelte. «Ja, er sieht gut aus. Sehr gut sogar.»

Sie nickte und schaute zu Richter Casey, der sich neben mich gestellt hatte. «Die gefällt mir», sagte sie. «Hier, nehmen Sie eine Praline. Für später.» Sie drückte mir eine in die Hand und wandte sich an ihren Sohn. «Patrick, nimm um Himmels willen endlich diese alberne Krawatte ab – die beißt sich mit deinem Pullover.»

Richter Casey knotete mein Geschenk auf, nahm es ab und ging ein paar Schritte mit mir. «Du hast mit Bravour bestanden.» Er legte mir einen Arm um die Schulter. «Meine Liebe, für mich gehörst du jetzt schon zur Familie.»

Seine aufrichtige Güte wärmte mir das Herz, und ich lächelte, als wir uns zu meinem Vater aufs Sofa setzten. Dieser ewige Reporter hielt sich nicht mit Small Talk auf, sondern schoss eine Reihe von Fragen auf Richter Casey ab.

«Wie lange sind Sie schon im Amt?»

«Fast zehn Jahre.»

«Amtsgericht?»

Richter Casey nickte.

Mein Vater kniff die Lippen zusammen und zog eine Zigarette aus seinem Päckchen. Dass er Richter Casey nicht mochte, merkte ich ihm an, nur konnte ich nicht genau festmachen, woran es lag. Vielleicht war es der Goldring am kleinen Finger des Richters oder der nagelneue Lincoln in der Einfahrt. Oder war er gar eifersüchtig, weil ich mich mit Jacks Vater so gut verstand?

«Für welche Fälle sind Sie zuständig?» Mein Vater entzündete ein Streichholz.

«Ich bin, wie gesagt, Amtsrichter.»

«Also sind Sie zuständig für Verkehrssachen und andere Ordnungswidrigkeiten?»

Richter Casey nickte. «Im First District.»

Mein Vater zündete seine Zigarette an und ließ das Streichholz weiterbrennen. Kurz bevor er sich die Finger daran versengte, schüttelte er es aus und warf es in einen Kristallaschenbecher, der vermutlich nur zur Zierde dort stand.

«Jordan», rief Mrs. Casey mir zu. «Würdest du so lieb sein und mir in der Küche ein wenig zur Hand gehen?»

Meine Mutter und ich tauschten erstaunte Blicke, in denen die gleiche Frage zu liegen schien: *Ich und in der Küche zur Hand gehen?*

Ich eilte zu Mrs. Casey. «Was soll ich machen?»

Mrs. Casey – die perfekt frisierte, geschminkte und gekleidete Mrs. Casey – wischte sich die Hände an einem Geschirrtuch ab und sagte: «Ich wollte kurz mit dir reden. Allein. Seit der Verlobung hatten wir keine Gelegenheit, uns einmal richtig zu unterhalten. Und wir haben es ja schließlich mit einer gemischten Ehe zu tun.» Ihr Gesicht hatte einen Ausdruck, den ich noch nicht an ihr kannte. Es war ein harter Zug, der mich verwirrte und mir, wie vorhin bei Grandma Casey, die Sprache verschlug.

«Natürlich hat Jack uns erzählt, dass du zum Katholizismus konvertieren willst. Wie du sicherlich weißt, braucht das seine

Zeit. Deshalb werden wir mit dem Bischof reden und ihn um Erlaubnis bitten, damit Jack und du in der Kirche heiraten dürft, bevor du sämtliche Initiationssakramente empfangen hast.»

«Das ... das wäre ...»

«Ich nehme an, getauft bist du noch nicht?»

«Äh, nein, noch nicht, aber ...»

«Mir ist bewusst, welch großes Opfer du bringst, und ich hoffe sehr, dass du bereit bist, deinen neuen Glauben dankbar anzunehmen. Mir wäre nicht wohl bei dem Gedanken, dass du es nur wegen der Heirat und zum Wohl der Kinder tust. Aber sobald du nicht mehr arbeiten gehst, wirst du ja Zeit haben, dich mit dem Priester unserer Gemeinde auszutauschen.»

Ich wusste nicht, wie ich ihr beibringen sollte, dass ich nicht vorhatte, meinen Beruf aufzugeben, und so schnell auch keine Kinder bekommen wollte.

Während ich überlegte, was ich erwidern sollte, sagte sie: «Übrigens haben wir Jacks Großmutter noch nichts davon gesagt, dass du konvertieren willst. Wir finden nämlich, Grandma sollte dich erst einmal besser kennenlernen, bevor wir ihr erzählen, dass du in Wahrheit Jüdin bist. Wobei du das genau genommen ja nur zur Hälfte bist, richtig? Bei solchen Dingen vertritt Grandma Casey recht altmodische Ansichten. Und wir wollen sie nicht unnötig aufregen, oder?»

«Nein, äh, natürlich nicht.» Eine andere Antwort fiel mir nicht ein. Ich fühlte mich schmutzig, und zum ersten Mal in meinem Leben fühlte ich mich tatsächlich jüdisch und verspürte den Drang, meine Religion zu verteidigen.

In diesem Moment kam meine Mutter in die Küche.

«Wir sind schrecklich aufgeregt wegen der Hochzeit», sagte Mrs. Casey zu meiner Mutter, bevor sie die Ofentür öffnete und mit einer Gabel in den Braten stach.

«Wir auch. Jack ist ein großartiger Junge.»

Ich erwartete, Mrs. Casey würde etwas Ähnliches über mich sagen, aber als klar wurde, dass sie das Kompliment nicht erwidern würde, wischte meine Mutter sich imaginäre Staubkörner von den Händen.

«Kann ich irgendwie helfen?»

«Wie wäre es, wenn Sie das Brot schneiden?» Mrs. Casey rührte in einem Topf mit sämiger Soße. «Oben in der Schublade liegt ein Brotmesser.»

Meine Mutter war Linkshänderin, und bei jemandem, der beim Kochen sogar zwei linke Hände hatte, konnte ein Messer schnell zu einer tödlichen Waffe werden. Eine Zigarette zwischen den Lippen, hieb sie in einen Laib selbst gebackenes Brot. Als Mrs. Casey kurz nicht hinschaute, wischte ich die Asche weg, die auf der Arbeitsplatte gelandet war.

«Jack hat erzählt, Sie schreiben Gedichte.» Mrs. Casey sah, wie meine Mutter das Brot verstümmelte. «Warten Sie, ich helfe Ihnen ...»

Zum Glück verhinderte das gemeinsame Brotschneiden jede weitere Diskussion über die Gedichte meiner Mutter.

Als der Braten gar war, nahmen wir am Esstisch Platz, und Mr. Casey bat alle Gäste, sich an den Händen zu fassen, damit er das Tischgebet sprechen konnte. Mein Vater räusperte sich und zog eine Augenbraue hoch, als wollte er sagen *Das soll wohl ein Witz sein*. Meine Mutter drückte seine Hand. *Mach einfach mit*, sollte das wohl heißen.

«Herr, unser Gott, unser Heiland ...», begann Richter Casey.

Ich öffnete die Augen und sah, dass Mrs. Casey mich beobachtete.

Nach dem Essen begaben wir uns ins Wohnzimmer. Mrs. Casey hatte zu ihrem zuckersüßen Selbst zurückgefunden und zog ein riesiges Buch aus einer Schublade, das Fotoalbum ihrer Hochzeit, wie sich herausstellte.

«Ich dachte, das würdet ihr euch bestimmt gerne ansehen.» Sie setzte sich zwischen meine Mutter und mich und zeigte uns jede einzelne Seite des Albums. «... das ist die Kirche, in der ihr heiraten werdet. Ist der Altar nicht wunderschön?»

«Kirche?» Die Stimme meiner Mutter klang plötzlich fremd. «Jordan hat zwar gesagt, sie würde eventuell konvertieren, aber ...» Sie sprach nicht weiter, weil alle die Luft anzuhalten schienen und zu Grandma Casey hinschauten.

«Selbstverständlich gibt es eine kirchliche Trauung.» Das Lächeln von Mrs. Casey wurde schneidender.

«Konvertieren? Wer will konvertieren?», fragte Grandma Casey.

«Schon gut, Mutter», sagte Mrs. Casey.

«Hank und ich haben im Rathaus geheiratet.» Meine Mutter wollte die Situation offensichtlich weiter anheizen.

«Was hat sie damit gemeint, dass Jordan eventuell konvertieren würde?», fragte Grandma Casey. «Was ist sie denn jetzt, dass sie konvertieren muss?»

«Das war vor achtundzwanzig Jahren», mischte sich mein Vater ein. «Für uns hat das offensichtlich gereicht.»

Grandma Casey redete jetzt lauter, als ich es ihr zugetraut hätte. «Würde mir jetzt endlich mal jemand sagen, worum es geht?»

«Um gar nichts», sagte Richter Casey. «Alles in Ordnung.»

«Damit eins klar ist», rief Grandma Casey. «Im Rathaus heiratet mein ältester Enkel nur über meine Leiche.»

Ich sackte in mich zusammen. Mit einem Mal hatte ich Kopfschmerzen. Der Abend verlief nicht so, wie ich es mir erhofft hatte, und es gab nichts, was ich hätte tun können, um für bessere Stimmung zu sorgen. Mein Traum von einer großen, glücklichen Familie schwand dahin. Der Richter und verschiedene Verwandte umkreisten Grandma Casey und versprachen ihr, dass Jack und ich in der Kirche heiraten würden. Und währenddessen verkündete Mrs. Casey, das Haus am Ende der Straße stehe zum Verkauf und sei perfekt für Jack und mich geeignet.

Als die Feier für beendet erklärt wurde, konnte ich das Haus gar nicht schnell genug verlassen. So gern ich auch zur Familie Casey gehört hätte, war mir an diesem Abend klar geworden, dass ich für das Privileg einen Preis zu zahlen hätte. Man erwartete von mir, meinen Beruf aufzugeben, mich um die Kinder zu kümmern und Jack in Bridgeport den Haushalt zu führen, während mein Mann mit dem Leben weitermachte, das ich doch auch für mich geplant hatte.

KAPITEL 20

Kurz nach dem Jahreswechsel kehrte Marty Sinclair in die Redaktion zurück. Ein bisschen dünner war er geworden, sonst aber der Alte geblieben. Was mir allerdings auffiel, war die Bibel, die er jetzt stets auf seinem Schreibtisch liegen hatte. Manchmal schlug er sie auf, las ein, zwei Passagen, drückte das Buch dann an die Brust und schloss dabei die Augen. Ich fragte mich, ob er um Schutz vor Big Tony betete. Der Mafiaboss war zwar zu einer lebenslangen Haftstrafe verurteilt worden, aber ein Mann wie er verfügte sicherlich auch hinter Gittern über Kontakte in der Außenwelt, die seine Befehle ausführten.

In der Redaktion wurde hinter vorgehaltener Hand viel über Marty geredet. Kam ich an einem Grüppchen Kollegen vorbei, hörte ich Sachen wie: «Auf mich macht er einen ganz normalen Eindruck ... Bisher ist mir nichts Komisches an ihm aufgefallen ...»

In den ersten beiden Wochen hatte Marty jedes Mal Nein gesagt, wenn wir anderen fragten, ob er mittags mit uns essen oder nach Feierabend mit uns etwas trinken gehen wollte. Danach kam er ab und zu mit, blieb auf ein Bier und warf seinen Dollar auf den Tresen, bevor er überhaupt ausgetrunken hatte. Nach ein paar weiteren Wochen wechselte er von Bier zu Whiskey, und als er dann dem Bowling-Team beitrat, war der gute alte Marty bei unseren regelmäßigen Abenden im King Pin nicht mehr von den anderen zu unterscheiden.

An einem Abend bowlten wir gegen das City News Bureau. Jack und das Team von der *Sun-Times* spielten ein paar Bahnen weiter gegen die Mannschaft vom *Chicago American*. Ich saß neben Mr. Ellsworth, der sich uns überraschenderweise angeschlossen hatte, obwohl er wegen Rückenschmerzen keine Kugel halten durfte. Mrs. Angelo, Benny, Gabby und zwei weitere Kollegen waren als Zuschauer dabei. Nach dem Spiel setzten wir uns in die Cocktailbar, erst spendierten die Verlierer den Gewinnern Getränke, dann die Gewinner den Verlierern. Alle drängten sich um den Tresen. Mr. Ellsworth hielt Hof und erzählte von seiner Zeit im City News Bureau, da bemerkte ich M, die ganz allein an einem Tisch saß. Sie schielte immer wieder zu uns herüber, und irgendwann nahm ich mein Glas und gesellte mich zu ihr.

«Was sitzt du hier denn so ganz allein?» Ich zog mir einen Stuhl zu ihr heran.

Ihr Blick war alkoholvernebelt, der Eyeliner unter einem Auge verschmiert. «Weißt du überhaupt, was für ein Glück du hast? Mein Gott, du hast einfach alles.» Sie zeigte auf meinen Verlobungsring.

«Nur weil ich heiraten werde, heißt das nicht, dass ich *alles* habe. Ist ja nicht so, dass ich ins Ziel einlaufe und fertig.»

«Aber so gut wie.»

Stimmte das wirklich?

Nach dem Weihnachtsessen bei den Caseys hatten meine

Eltern mich in die Mangel genommen. Wir hatten kaum das Auto erreicht, da legten sie auch schon los.

«Willst du das wirklich?», fragte meine Mutter. «Versteh mich bitte nicht falsch. Wir mögen Jack. Er ist wunderbar. Und der Vater ist auch in Ordnung, aber die Mutter – pfff.»

«Und was sollte das mit dem Tischgebet?», fragte mein Vater. «Müssen wir das jetzt jedes Mal machen, wenn wir mit diesen Leuten am Esstisch sitzen?»

«*Diese Leute*?» Ich warf ihm einen vorwurfsvollen Blick zu. «Das sind meine zukünftigen Schwiegereltern.»

«Sie hat recht, Hank», sagte meine Mutter. «Wir müssen uns Mühe geben.»

«Ich werde mir Mühe geben. Habe ich doch heute schon, oder?»

«Ja, Schatz. Du hast dich sehr gut benommen.»

«Eins muss ich sagen – eine verdammt große Familie ist das.» Mein Vater hatte den Kopf über das Lenkrad gebeugt, als würde er innerlich bereits ausrechnen, was es kostete, sie alle zur Hochzeit einzuladen.

Das fiel mir nun wieder ein, als ich neben M saß. Sie hatte ihr Glas geleert, stand auf und schlüpfte in ihren Mantel.

«Wenn du mich fragst, Jordan, dann hast du es geschafft.» Sie verließ das Lokal, ohne sich von den anderen zu verabschieden.

Eines Morgens kam ich in die Redaktion, ging wie immer zuerst zum Hufeisen und schaute in das Buch, in dem den Mitarbeitern die Aufgaben des Tages zugeteilt wurden. Obwohl ich hauptsächlich immer noch für die Frauenseite schrieb, teilte Mr. Ellsworth mich, wenn die anderen Reporter zu viel zu tun hatten, gelegentlich für eine etwas größere Story ein. Dann durfte ich über Autounfälle, Brände und dergleichen berichten. Wie er meinte, lagen mir Tragödien besonders.

Ich ging mit dem Finger die erste Spalte durch und suchte nach meinem Namen. Noch wusste ich nicht, ob ich über die feierliche Eröffnung eines Kaufhauses oder über eine Massenkarambolage mit sechs Fahrzeugen schreiben sollte. Aber ich nahm immer alles an, was er mir hinwarf, weil ich überzeugt war, dass jede Story mich der Nachrichtenredaktion einen Schritt näher brachte.

An diesem Tag war ich wieder einmal für einen Autounfall eingetragen. Ein älterer Mann war mit seinem Wagen in ein Wohnhaus gekracht und auf der Stelle tot gewesen. Ich setzte mich an meinen Schreibtisch und las den Autopsiebericht. Wie es darin hieß, hatte der Fahrer nur wenige Sekunden vor dem Aufprall einen Herzinfarkt erlitten. Ich fand es immer wieder erstaunlich, zu welchen Schlussfolgerungen der Gerichtsmediziner und das forensische Labor nur anhand des Hemds eines Unfallopfers oder eines verbeulten Stücks Autoblech kommen konnten. Alles, was die Spurensicherung fand, konnte als Beweis dienen, von Schmauchspuren bis hin zu einzelnen Blutstropfen. Mir fiel das Päckchen mit Eliots persönlichen Gegenständen wieder ein, das man uns in der Nacht seines Todes im Krankenhaus übergeben hatte. Alle seine Sachen waren doch sicherlich blutverschmiert, zerbrochen und vom Straßenschmutz verdreckt gewesen. Hätte eine Untersuchung dieser Gegenstände nicht die eine oder andere Frage beantworten können, die Eliots Tod aufgeworfen hatte?

«Walsh, woran sitzt du gerade?»

Ich schrak aus meinen Gedanken hoch. Marty Sinclair stand hinter mir und las, was ich bisher getippt hatte.

«Ach, nichts Besonderes.» Ich legte eine Hand über den oberen Teil der Seite und spreizte die Finger, damit er nichts sehen konnte.

«Nun zeig schon.»

«Ist ein Zweispalter über einen Unfall. Ein Auto ist in ein Haus gekracht. Der Fahrer war sofort tot. Benny hatte wohl keine Zeit dafür.»

«Lass mal sehen.» Marty zog sich einen Stuhl heran. «Ich habe deinen Artikel über den Brand in der Kunstgalerie gelesen. Er war gut gemacht, hätte aber etwas knackiger sein können.» Er ließ den Wagen meiner Schreibmaschine nach rechts fahren, damit er alles lesen konnte.

Ich biss mir nervös auf die Innenseite meiner Wange.

«Guck mal hier.» Er zeigte auf den zweiten Absatz. «Wenn du die Fakten gleich zu Beginn abfeuerst, verschießt du dein Pulver zu früh. Du willst den Leser doch bei der Stange halten, oder?»

Ich las den Anfang. Natürlich. Er hatte recht. Eigentlich hätte ich von selbst darauf kommen können. Aber er war nun mal Marty Sinclair, die Reporterlegende.

«Bevor du es abgibst, kann ich gerne noch mal darüberschauen», bot er an.

«Ja?»

«Ja.» Er zwinkerte mir zu.

Ich fühlte mich geehrt, nur war mir auch klar, dass Henry, Walter und andere das Gespräch mit angehört hatten.

Zwei Tage darauf war Marty wieder an meinem Schreibtisch und gab mir Tipps, wie ich einer Story über ein Beerdigungsinstitut mit skrupellosen Bestattungsmethoden mehr Biss geben konnte. Offenbar war die hintere Tür des Gebäudes so schmal gewesen, dass sie die Särge beim Hinaustragen gekippt hatten.

Bei dem Gedanken, dass man die Leichen wie Salatköpfe herumgeschleudert hatte, wurde mir fast übel, aber wie Marty sagte: «Die Leser lieben so etwas.» Eine Woche später half er mir bei einem Artikel über einen Mann, der vor der El in den Tod gesprungen war.

«Was läuft da mit dir und Marty?», fragte Randy eines Abends bei einem Cocktail. «Langsam denken alle, er hat was für dich übrig.»

Auch Jack hatte etwas in der Art vermutet, doch lag er damit, wie alle anderen, völlig falsch. Denn eines Tages, als Marty mir wieder einmal half, hatte ich ihn darauf angesprochen.

«Warum tust du das? Warum hilfst du mir?»

«Weil du heiß auf eine Story bist und weil du gut bist. Aber ...» – er hob den Zeigefinger – «... du könntest *richtig* gut sein. Deshalb gebe ich dir Tipps.» Er machte zwei, drei Verbesserungsvorschläge zu meinem Text und fragte dann: «Wann heiratest du denn nun eigentlich?»

Dass Marty mir diese Frage stellte, verblüffte mich. Andererseits hatte sie mir in letzter Zeit jeder Mensch gestellt. Meistens antwortete ich «bald» oder auch «nächstes Jahr», was der Sache schon näher kam.

Ich dachte an den Abend zurück, als Jack mir den Antrag gemacht hatte. Obwohl er damals erfahren hatte, dass ich keine katholische Irin war, hatte uns das Gespräch in eine Richtung gedrängt, die so nicht geplant gewesen war. Jack hatte Dinge gesagt, ohne vorher gründlich darüber nachzudenken, und so eine viel zu schnelle Kettenreaktion in Gang gesetzt. Ich liebte ihn wirklich. Und heiraten wollte ich ihn auch. Irgendwann. Denn in Wahrheit war ich noch nicht bereit dafür. Und er auch nicht.

Wir hatten etwas ins Rollen gebracht, das sich nicht mehr rückgängig machen ließ. Manchmal hatte ich den Eindruck, damals wäre ein Blitz eingeschlagen und hätte alles um mich herum für einen kurzen Moment hell erleuchtet, bevor es wieder stockfinster geworden war. Und zurückgeblieben war nur eine vage Ungewissheit.

Marty und den anderen erzählte ich, die Planung einer Hochzeit würde eben viel Zeit in Anspruch nehmen und das Konvertieren zum Katholizismus noch viel mehr – Zeit, die ich nicht im Überfluss hatte. Vor allem jetzt nicht, wo ich richtige Artikel schreiben durfte und Marty mich dabei unterstützte. Endlich machte ich bei der Arbeit Fortschritte und wollte mir jetzt nicht selbst den Wind aus den Segeln nehmen.

«Nun mal ganz ehrlich», sagte Marty. Wir saßen zu zweit im Riccardo's, tranken Scotch und warteten auf die anderen. «Reichen dir die Autounfälle und Gasexplosionen eigentlich?»

Ich lachte. «Schon komisch, dass ich das jetzt sage, aber langsam wird mir klar, ob Debütantinnenball oder Großalarm bei der Feuerwehr – einen großen Unterschied macht das nicht.»

Er grinste. «Nachrichten sind Nachrichten, was?»

«Allerdings. Man hält sich an die Fakten, an das Wer, Was, Wo, Wann und Warum, und schreibt den Artikel.»

«Genau.» Er drehte sein Glas hin und her. «Aber lass dich nicht entmutigen. Da draußen lauern richtig große Storys. Irgendwann stößt du auf eine Geschichte, die noch nie erzählt wurde, oder du findest etwas heraus, das alle Welt wissen muss, oder du willst, dass jemand für ein Unrecht zur Rechenschaft gezogen wird. Wenn du auf so eine Story stößt, dann ...» – Marty erhob sein Glas – «spielst du plötzlich in einer anderen Liga. Denn das sind die Reportagen, mit denen du Preise und Anerkennung gewinnst. Durch sie erlangst du die Freiheit, über Themen zu schreiben, die dich wirklich interessieren.»

«Aber wie schaffe ich es, über solche Themen berichten zu dürfen?»

«Mach einfach weiter wie bisher. Und warte nicht, dass die Story zu dir kommt. Zieh los und finde sie selbst. Halte Augen und Ohren offen. Und schreib weiter. Grabe weiter. Dann kommst du eines Tages dorthin, wo du hinwillst.»

«Wo willst du denn hin?», fragte jemand hinter meinem Rücken. Ich drehte mich um. Walter und die anderen waren angekommen.

An dem Abend redeten Marty und ich nicht mehr über meine Arbeit, aber ich merkte mir jedes Wort, das er zu mir gesagt hatte. Und ich begann, zusätzlich zu den Berichten über Brände und Unfälle, eigene Reportagen zu verfassen.

Gleich als Erstes setzte ich mich an einen Artikel über die Insassinnen des Frauengefängnisses Dwight Correctional Center. Wie ich bald in Erfahrung brachte, saßen die meisten Frauen nur hinter Gittern, weil ein Mann sie auf die schiefe Bahn gebracht hatte. Wie mir eine Frau erzählte, hatte ihr Freund sie mit zu Einbrüchen genommen, weil er selbst zu dick war, um durch die Fenster zu passen; sie hatte für ihn einsteigen und Türen öffnen müssen. Eine andere erzählte, sie hätte für ihren Mann Schecks gefälscht, weil er Analphabet sei und sie nicht selbst ausfüllen konnte. Insgesamt fuhr ich fast zwei Wochen lang regelmäßig zum Gefängnis, setzte mich mit den Insassinnen zusammen und schrieb ihre Geschichten auf.

Die Leute, vor allem M und die anderen Kolleginnen, hielten mich für verrückt, weil ich sogar in meiner Freizeit noch arbeitete.

«Ich verstehe nicht, warum du nicht einfach so schnell wie möglich heiratest», sagte M.

«Im Moment habe ich zu viel um die Ohren.»

«Was denn?» M schüttelte den Kopf. «Manchmal verstehe ich dich einfach nicht. Und was wir hier wollen, verstehe ich schon mal gar nicht.»

Wir waren im Berghoff in der Adams Street. In der Bar waren nur Männer zugelassen, und ich wollte herausfinden, ob sie uns trotzdem bedienen würden, und daraus eine Story machen. Es war früher Nachmittag und die Bar so gut wie leer. Trotzdem warfen uns die wenigen Männer böse Blicke zu, einer beschwerte sich sogar beim Barmann, der nun auf uns zukam.

«Der wird uns sowieso rausschmeißen», sagte M.

«Ja, wahrscheinlich.» Ich saß auf einem Barhocker und klopfte auf den freien Platz neben mir, damit M sich ebenfalls hinsetzte. «Aber dann kriegen wir eine noch bessere Story.»

«Ladys», sagte der Barmann, «wir bedienen nur Männer.»

«Wir wollen nur was trinken», erwiderte ich.

«Ich fürchte, das werden Sie woanders tun müssen.» Er warf

sich das Geschirrtuch über die Schulter und verschränkte die Arme vor der Brust.

«Ich bin Jordan Walsh von der *Chicago Tribune* und schreibe gerade eine Reportage, wie Sie darauf kommen, hier keine Frauen zu bedienen.»

«Mir ist völlig egal, wer Sie sind und wo Sie arbeiten. Die Regeln sind nun mal die Regeln, Ladys, und dies ist eine reine Männer-Bar.»

Ich zog Stift und Block aus der Tasche. «Möchten Sie dazu noch mehr sagen?»

«Wir bedienen keine Frauen. Mehr habe ich dazu nicht zu sagen. Ich habe Sie höflich gebeten, das Lokal zu verlassen, und wenn Sie und Blondie nicht freiwillig gehen, dann werfe ich Sie eigenhändig hinaus. Haben wir uns verstanden?»

Keine Minute später standen M und ich wieder auf der Straße. Es war Mitte März, und Bürgermeister Daley hatte in Vorbereitung seiner Parade zum St. Patrick's Day sämtliche Straßenlaternen in Downtown mit Kleeblättern und grünem Lametta schmücken lassen.

«Gucken wir mal, ob es einen Hintereingang gibt», sagte ich.

«Wozu? Der Kerl wird uns nicht bedienen. Willst du uns beide noch ins Gefängnis bringen?»

«Ich muss unbedingt an eine Story rankommen.»

«Ach, Jordan, wann hörst du endlich damit auf?»

«Womit?»

«Storys hinterherzujagen. Auf den großen Durchbruch zu warten.» Sie fischte ihre Puderdose aus der Handtasche. «Du solltest dich darauf konzentrieren, katholisch zu werden und die Hochzeit vorzubereiten. Worauf wartest du eigentlich noch? Manchmal habe ich den Eindruck, du willst gar nicht heiraten.»

«Das stimmt nicht. Ich will ja heiraten. Ich ... ich bin nur ...»

«Armer Jack», sagte M, während wir uns vom Berghoff wegbewegten. «Du lässt ihn schon so lange zappeln. Ich hoffe, er hat wirklich so viel Geduld, wie du glaubst. Aber ich warne dich, eines Tages wirst du damit aufhören müssen, deinen Beruf immer an erste Stelle zu setzen.»

Dass ich meinen Beruf an erste Stelle setzen musste, hatte ich schon als Sechzehnjährige gelernt, lange bevor ich überhaupt einen Beruf hatte. Meine Eltern hatten ein Abendessen veranstaltet. Nelson Algren war zu Gast und hatte Simone de Beauvoir mitgebracht. Sein Roman *Der Mann mit dem goldenen Arm* war eben erst erschienen, während die englische Übersetzung von Beauvoirs Werk *Das andere Geschlecht* kurz vor der Veröffentlichung stand. Am Nachmittag hatte Mr. Algren in der University of Chicago eine Lesung abgehalten. Außer den beiden waren die Dichterin Gwendolyn Brooks und ein befreundetes Paar bei uns zu Gast.

Die Erwachsenen saßen inmitten dichter Zigarettenrauchwolken am Esstisch und tranken. Ich hatte bereits Gute Nacht gesagt und war nach oben in mein Zimmer gegangen, weil ich noch Hausaufgaben machen musste. Eliot besuchte damals schon das College. Es war recht spät, und von meinem Zimmer aus hörte ich, wie die Unterhaltung immer lauter wurde. Algren und de Beauvoir hatten einen Streit.

«Du hast mein Buch heute nicht ein einziges Mal erwähnt»,

ertönte die Frauenstimme mit dem starken französischen Akzent. «Das Auditorium war bis auf den letzten Platz besetzt, aber du hast mein Buch nicht einmal erwähnt!»

«Warum auch?», fragte Algren. «Wenn die University of Chicago dich zu einer Lesung einlädt, kannst du so lange über dein Buch reden, wie du willst.»

«Du nimmst meine Arbeit nicht ernst», sagte de Beauvoir. «Männer wie du sind schuld an der Unterdrückung, über die ich schreibe.»

Jetzt wurde es noch lauter, denn alle redeten durcheinander. Dann ging etwas zu Bruch – dem Geräusch nach ein Glas –, und jemand kam in hohen Absätzen die Treppe hoch. Einen Augenblick später wurde meine Tür aufgerissen.

«Oh, Pardon», sagte de Beauvoir, Tränen in den Augen. Sie war sehr schick gekleidet und hatte das Haar hochgesteckt und mit einem Seidenturban umwickelt. «Ich dachte, hier wäre die Toilette.»

Ich setzte mich kerzengerade auf und legte mein Buch beiseite.

«Die Toilette ist zwei Türen weiter, Simone», sagte meine Mutter, die hinter ihr die Treppe raufgekommen war und sich jetzt neben de Beauvoir in den Türrahmen stellte. «Ist bei dir alles in Ordnung?»

De Beauvoir war sehr betrunken und trotz der Tränen, die über ihre Wange liefen, sehr schön. «Nein, nichts ist in Ordnung.» Sie stürzte in mein Zimmer, ging vor meinem Bett auf die Knie und legte das Gesicht in die Hände. «Von diesem Mann werde ich mich nie wieder erholen.» Alles an ihr war reinstes Drama.

Meine Mutter kam nun ebenfalls in mein Zimmer, und ich

rutschte bis zum Kopfende meines Betts hoch, damit meine Mutter sich auf die Kante setzen und de Beauvoir trösten konnte.

«Du darfst dich von ihm nicht so fertigmachen lassen.» Meine Mutter legte einen Arm um de Beauvoirs Schulter. «Du weißt doch, wie er ist. Wie alle Männer sind. Hattest du wirklich erwartet, er würde dein Buch heute erwähnen?»

Als de Beauvoir den Kopf hob, waren ihre Augen und ihre Nasenspitze gerötet. «Männer sind Mistkerle. Egoistische Mistkerle, jeder Einzelne von ihnen. Ich habe zwei davon, und beide nehmen immer nur, ohne mir jemals etwas zurückzugeben. Bei denen heißt es immer nur *ich, ich, ich*.» Bei den letzten Wörtern hämmerte sie mit einer Faust gegen ihre Brust. «Als würde ich gar nicht zählen. Oder *weniger* zählen. Fühlt er sich von mir denn so bedroht, dass er mir nicht die Wertschätzung entgegenbringen kann, die ich verdiene?» Sie ließ die Schultern sinken. «Ach, aber mein dummes Herz liebt ihn. Deshalb tue ich alles für ihn, sogar Dinge, die ich nie für möglich gehalten hätte. Doch selbst das reicht ihm nicht. Ich gebe und gebe und gebe, aber Nelson will immer noch mehr. Jedes Mal, wenn ich ihm mein Herz gebe, verliere ich ein Stück meiner Seele. Ich weiß nicht, wie ich den Mann lieben soll, ohne mich selbst dafür zu hassen. Ich bereue alles, was ich für ihn getan habe, und nehme es ihm übel, dass ich mich seinetwegen selbst aus den Augen verliere.» Sie seufzte laut auf und warf sich schluchzend in die Arme meiner Mutter.

«Siehst du, was Liebe aus einem macht?», flüsterte de Beauvoir, an mich gerichtet. «Wenn du nicht aufpasst, zerstört sie dein ganzes Leben ...»

In einem solchen Zustand hatte ich noch keine erwachsene

Frau gesehen. Dass man so sehr leiden konnte, machte mir Angst. Und alles nur wegen einem Mann. De Beauvoir weinte, und ich sprang auf, damit meine Mutter sie in mein Bett legen konnte. Bevor de Beauvoir erschöpft einschlief, sagte meine Mutter etwas auf Französisch zu ihr, woraufhin die andere mit traurigem Lächeln erwiderte: «Oui, oui.»

Danach gingen meine Mutter und ich in Eliots Zimmer, wo ich in jener Nacht schlafen musste.

«Was hast du zu ihr gesagt?», fragte ich.

«Dass sie einen Mann nie an erste Stelle setzen darf. Niemals.»

Das Gespräch zwischen meiner Mutter und Simone de Beauvoir war inzwischen sechs Jahre her, doch erst jetzt ging mir auf, wie recht sie damals gehabt hatte.

KAPITEL 21

m Juni trafen sich die Caseys mit dem Bischof und holten
sich bei ihm die Erlaubnis, dass Jack und ich in der katho-
lischen Kirche heiraten durften. Jetzt konnte es also los-
gehen. Das Datum wurde festgelegt: 10. November 1957. Es
schien noch sehr weit weg und fühlte sich unwirklich an,
obwohl die Gästeliste besprochen war und die Einladungen
bereits gedruckt wurden.

Bald machten meine Mutter und ich uns auf die Suche nach
einem Kleid. Was den Kauf von Kleidungsstücken betraf, taten wir beide uns sehr schwer. In einem Buchladen konnten
wir Stunde um Stunde verbringen, aber Anziehsachen besorgten wir nur, wenn es sich nicht mehr vermeiden ließ. In
der Schulzeit hatte ich jedes Jahr neue Sachen gebraucht, das
hatten wir beide als anstrengende Aufgabe empfunden, die
wir bis zur letzten Minute hinauszögerten. Und als ich mich
für meinen neuen Job ausstatten musste, hatte ich meine Mutter mit in die Geschäfte geschleift. Nach zwei Stunden waren
wir beide schlecht gelaunt gewesen und hatten uns gegenseitig angeschnauzt.

Dieses Mal sollte es anders werden, hatten wir beschlossen,
deshalb machten wir uns rechtzeitig auf zu Marshall Field's.

Als wir mit der Rolltreppe in die Brautabteilung hochfuhren, empfing uns dort ein weißer Zauberwald aus Seide, Satin und Tüll. Während wir uns die erste Kleiderstange vornahmen, entdeckte meine Mutter den dunklen Fleck auf meiner Bluse, der von der Zeitung stammte, die ich ständig unter meinem Arm trug.

«Du ruinierst dir noch sämtliche Sachen.»

«Ich weiß nicht, was ich dagegen tun soll», erwiderte ich achselzuckend. «Das bringt der Beruf eben mit sich.»

Die geduldige Verkäuferin zeigte uns eine Auswahl Brautkleider. Meine Mutter und ich suchten ein halbes Dutzend aus, und ich verschwand in der Umkleidekabine. Alle Kleider waren aus Satin und Spitze und mit Perlen und Stickereien verziert. Einige reichten bis kurz über die Wade, andere bis zum Boden und hatten dazu noch eine meterlange Schleppe. Eines war prachtvoller als das andere, und bald stand ich vor einem dreiteiligen Ganzkörperspiegel auf einem Podest und trug ein Kleid, das mehr als zwei Monatsgehälter kostete.

«Mach dir darüber erst mal keine Gedanken», sagte meine Mutter, die meinen Blick auf das Preisschild gesehen hatte. «Ich kann Grandpa bitten, die Kosten zu übernehmen.»

Es war über ein Jahr her, dass ich meine Großeltern zum letzten Mal gesehen hatte. Zu meiner Verlobung hatten sie nicht viel gesagt, vor allem nicht, nachdem sie erfahren hatten, dass ich, wie ihre Tochter, keinen jüdischen Jungen heiraten würde. Ich fragte mich, ob sie zu meiner Hochzeit überhaupt anreisen würden.

«Ich habe bei meiner Hochzeit übrigens kein Brautkleid getragen. Nicht mal in Weiß habe ich geheiratet. Ich trug ein taubenblaues Kostüm mit Zobelkragen. Von Christian Dior. Aber kein Brautkleid. Und in einer Prunkkirche haben wir auch nicht geheiratet.»

«Willst du mir ein schlechtes Gewissen machen?»

«Um Gottes willen, nein. Ich finde nur, die Caseys machen eine zu große Sache daraus.»

«Manch einer würde sagen, eine Hochzeit *ist* eine große Sache.»

«Klar ist sie das. Aber hast du gesehen, wen die alles einladen wollen? Praktisch die halbe Stadt.»

«Ich glaube, das sind erst mal *nur* ihre Verwandten.»

Meine Mutter lachte und fächerte die Schleppe an meinem Kleid auf. «So ...» Sie stellte sich neben mich und drückte meine Schultern nach hinten. Mir wurde ein wenig schwindelig. Mich selbst als Braut im Spiegel zu sehen, war belustigend und beängstigend zugleich.

«Und?» Ich stemmte die Hände in die Hüften. «Was meinst du?»

«Gefällt mir sehr.»

«Mir auch.» Ich drehte mich nach links, nach rechts.

«Warte mal.» Meine Mutter musterte mich kritisch. «Der Stoff wirft dahinten Falten.» Sie zupfte am Stoff herum. «Kriegt man leider nicht weg.»

Sofort gefiel uns das Kleid nicht mehr.

Das nächste, aus elfenbeinfarbener Seide, war zu tief ausgeschnitten.

«Stell dir bloß vor, was Grandma Casey sagen würde, wenn sie dich so sieht.» Meine Mutter verdrehte die Augen.

Ich musste lachen. «Du kannst die Caseys wirklich nicht leiden, oder?»

«Stimmt nicht. Jack mag ich sehr. Aber die anderen? Die Mutter und die Oma? *Oy gevalt!*»

Ich lachte, schämte mich aber sofort dafür.

Beim Anprobieren des nächsten Kleids wurde es mir in der Ankleidekabine fast schon zu warm. Das Licht von der Deckenleuchte brach sich grell im Spiegel und tat in den Augen weh. Die übereifrige Verkäuferin klopfte alle paar Sekunden an und fragte, ob sie uns helfen könne. Langsam wurde ich ungehalten und meine Mutter auch.

Inzwischen gab sie zu jedem Preisschild einen Kommentar ab.

«Viel zu teuer.»

«Das ist ein schlechter Scherz, oder?»

«Die spinnen doch.»

Unsere Laune sank mit jedem Kleid weiter. Als würde ein Ballon langsam die Luft verlieren. Irgendwann kam der Punkt, da schauten wir nur auf die Dutzenden von Knöpfen an einem Kleid und entschieden, dass das Anprobieren zu mühsam wäre, und ließen uns gleich das nächste bringen. Ich hatte es noch nicht einmal halb über den Kopf gestreift, da wusste ich schon, dass es nicht das richtige war. Der Moment war vorbei, meine Mutter und ich suchten nur aus Prinzip weiter. Wir waren wie Anziehpuppen, ein Mutter-Tochter-Gespann auf der Suche nach dem perfekten Kleid. Inzwischen spielte es keine Rolle mehr, ob wir tatsächlich fündig wurden. Und als die Verkäuferin das nächste Stück bringen wollte, winkten wir nur noch ab. Völlig erledigt schleppten wir uns aus der blütenweißen, funkelnden Brautabteilung und begaben uns zur Rolltreppe.

Erst im Erdgeschoss hatten wir das Gefühl, wieder wir

selbst zu sein, und meine Mutter schlug vor, uns einmal in der Handtaschenabteilung umzusehen.

«Vielleicht finden wir eine, die groß genug für deine vielen Zeitungen ist. Damit du dir nicht länger die Blusen und die Pullover ruinierst.»

Mit frischem Elan schauten wir uns die Modelle von Koret und Wilardy an sowie die beliebte schwarze 2.55-Tasche von Chanel. Von dort begaben wir uns zu den Vitrinen mit den etwas günstigeren Handtaschen aus Leder, Krokoleder und Segeltuch. Keine war groß genug für die Zeitungen und Zeitschriften, den Notizblock und die anderen Utensilien, die ich jeden Tag in die Redaktion und wieder nach Hause schleppte. Fast wollten wir aufgeben und zum Ausgang gehen, da entdeckte meine Mutter etwas.

«Ah! Komm mal mit.» Sie steuerte eine Vitrine in der Herrenabteilung an, in der schlichte Aktenkoffer ausgestellt waren. «Wie wäre es mit so einem?»

«Ein Aktenkoffer?» Ich lachte, weil ich es für einen Witz hielt.

«Wieso nicht? Der wäre perfekt.» Sie ließ die Messingschließen des Koffers aufschnappen und strich über das Wildlederfutter. «Fühl mal. Ist der nicht schön? Da passt alles rein. Sogar Schirm und Mittagessen. Und ein Paar Schuhe zum Wechseln.»

«Aber, Mom, das ist ein Aktenkoffer. Die sind für Männer.»

«Sagt wer? Wer schreibt dir vor, dass du keinen benutzen darfst?»

Und so kam es, dass meine Mutter mir an diesem Tag anstelle eines Brautkleids einen Aktenkoffer kaufte. Tatsächlich musste sie, sobald der richtige gefunden war, bei mir kaum Überzeugungsarbeit leisten. Es handelte sich um einen hübschen Koffer aus weichem braunem Leder mit Messingschnallen und integriertem Zahlenschloss.

Ich fand den Koffer in erster Linie praktisch, alles andere interessierte mich nicht. Doch als ich am nächsten Morgen in die Bahn stieg, bemerkte ich die erstaunten Blicke, die mein Aktenkoffer erntete. Auch in der Michigan Avenue beäugte jeder Anzugträger, an dem ich vorbeikam, misstrauisch meinen Koffer. Selbst der Portier in der Lobby des Tribune Tower bedachte mich mit einem komischen Blick. Und als ich in die Redaktion kam, fielen meine Kollegen sofort über mich her.

«Wem hast du den denn geklaut?», fragte Benny und zeigte auf den Koffer.

«Das ist meiner.»

«*Deiner?*» Walter fing laut an zu lachen. «Hey, alle mal herschauen. Die Chefin ist da.»

«Das nenne ich mal einen Henkelmann», sagte Marty feixend.

«Was ist da denn drin?», fragte Henry. «Ein Maschinengewehr?»

«Oder gleich eine Leiche», stieg Peter ein.

Alle lachten, während ich den Koffer auf meinen Schreibtisch stellte und die Messingschließen aufschnappen ließ. Die Jungs wirkten enttäuscht, als sie die Zeitungen und Zeitschriften darin liegen sahen. Und das Paar Ersatzschuhe, auf das mich meine Mutter gebracht hatte.

Den ganzen Tag über zogen mich die Kollegen mit dem Koffer auf. Und als ich ihn nach der Arbeit mit ins Riccardo's nahm und am Frauenstammtisch auf einen freien Stuhl stellte, schien das meinen Kolleginnen fast peinlich zu sein.

«Eine Lady trägt so etwas nicht mit sich herum», behauptete Gabby.

«Hast du keine Angst, damit zu männlich zu wirken?», fragte M.

«Ich habe eher Angst, dass ihr selbst nicht ebenfalls auf die Idee kommt, euch einen zu besorgen», erwiderte ich. «Die sind viel bequemer als eine Handtasche, die man ständig unter dem Arm mit sich herumträgt. Außerdem gibt es kein Gesetz, dass nur Männer Aktenkoffer benutzen dürfen.»

«Da hat sie nicht ganz unrecht», sagte Eppie Lederer. «Aber für mich sind die trotzdem nichts. Ich sehe mich nicht mit so einem Ding herumlaufen. Die sind mir zu klobig, und wo lasse ich dann meine Handtasche?»

«Sehe ich genauso», sagte Gabby. «Außerdem glaube ich, die schrecken Männer eher ab.»

«Ihr kann es egal sein, was Männer davon halten», warf M ein. «Sie hat ja schon einen. Und verlobt ist sie auch schon.»

«Was sagt Jack denn dazu, dass du jetzt mit so einem Ding rumläufst?», fragte Eppie lachend.

Ich wusste nicht, ob sie die Frage als Witz oder ernst gemeint hatte. Waren meine Mutter und ich denn die Einzigen, die es normal fanden, wenn eine Frau einen Aktenkoffer benutzte?

Ich scherte mich nicht um die kritischen Blicke, die mir Fremde in der Bahn und auf der Straße zuwarfen, und trug den Aktenkoffer täglich mit mir herum. Komischerweise machten sich auch meine Kollegen immer noch über ihn lustig, obwohl ich gedacht hätte, der bevorstehende Parteitag der Demokraten würde sie mehr beschäftigen.

In diesem August war Chicago die reinste Sauna, die Temperaturen erreichten Spitzenwerte von bis zu vierzig Grad. Die Feuchtigkeit kroch in jede Falte im Stoff und in der Haut. Überall in der Redaktion standen Ventilatoren und fächelten uns kühlere Luft zu, während wir wegen des Parteitags langsam heiß liefen. Über die Fernschreiber trafen alle paar Minuten Meldungen ein, dass weitere Delegierte eingetroffen seien und der nächste seine Kandidatur verkünden wolle.

Ich verpasste dem Artikel «So planen Sie das perfekte Picknick» gerade den letzten Schliff, als ich von Mrs. Angelo, Mr. Ellsworth und Mr. Pearson in den Konferenzraum gerufen wurde. In nervöser Erwartung blieb ich im Türrahmen stehen. Oft kam ein Treffen mit Chef- und Kulturredakteur nicht vor. Und dass Mrs. Angelo ebenfalls anwesend war, beunruhigte mich noch mehr. Ich war mir sicher, dass sie mich abmahnen oder vielleicht sogar feuern würden, weil ich alles unternommen hatte, um von der Frauenseite wegzukommen.

«Kommen Sie rein, Robin», sagte Mr. Pearson. Obwohl ich inzwischen seit einem Jahr und drei Monaten in seinem Ressort arbeitete, kannte er meinen Namen immer noch nicht. «Nehmen Sie doch Platz.»

Ich setzte mich auf den Stuhl neben Mrs. Angelo. Mr. Pearson saß an der Stirnseite des Tisches.

Mr. Ellsworth lief hin und her und kraulte sich wie immer den Bart. «Walsh, wir haben eine besondere Aufgabe für Sie.»

«Sie sollen vom Parteitag berichten», sagte Mr. Pearson.

«Wie bitte?» Ich glaubte, mich verhört zu haben. «Und was ist mit Marty und Walter?»

«Was soll mit denen sein?» Mr. Ellsworth stemmte die Hände in die Hüften. «Natürlich berichtet Marty vom Parteitag. Und Walter auch. Sie können ganz beruhigt sein, Walsh. Sie sollen nur über Themen berichten, die für Frauen von Interesse sind. Die genauen Aufgaben erhalten Sie von Mrs. Angelo.»

Als ich den Konferenzraum verließ, wusste ich nicht, ob ich mich freuen sollte, weil ich über den Parteitag berichten durfte, oder enttäuscht sein sollte, weil ich nur die Frauenthemen abdecken durfte. Abends war ich recht früh zu Hause, wusch meine Strümpfe und überlegte, was ich am nächsten Tag beim Parteitag anziehen sollte. Ich drückte gerade die Seifenlauge aus den Strümpfen, als jemand an meine Wohnungstür klopfte.

Ohne mir die Hände vorher abzutrocknen, lief ich zur Tür und spähte durch den Spion. Jack stand im Flur. Als ich aufmachte, betrachtete er gerade den Kinderwagen, auf dem heute schwarze Söckchen und ein einsamer Turnschuh lagen. Ich ließ Jack herein, hielt meine seifigen Hände wie ein Chirurg hoch und lehnte mich für einen Begrüßungskuss Jack entgegen. Doch er wich mir aus.

«Was hast du?»

«Diese gottverdammten Arschlöcher.»

«Huch.» Noch nie hatte Jack in meiner Gegenwart solche Kraftausdrücke benutzt. «Was ist denn los?»

«Mein Scheißchef schickt jetzt einen Kollegen zum Parteitag.»

«Was bedeutet das?» Ich schnappte mir ein Geschirrtuch und trocknete mir die Hände ab.

«Das bedeutet, ich berichte nicht mehr über den Scheißparteitag.»

«Wieso das denn?»

«Der Chefredakteur sagt, er schickt schon genug Leute hin. Deshalb soll ich weiter über die neuen Bauordnungsbestimmungen berichten. Ich kümmere mich also um beschissene Bauordnungsbestimmungen, während in unserer Stadt der Nominierungsparteitag der Demokraten stattfindet!»

«Kannst du nicht beides machen?»

«Das habe ich ihm auch gesagt. Und dass ich, wenn es sein muss, in der Redaktion schlafe. Er ist nicht darauf eingegangen.»

«Ach, das tut mir leid.» Ich wollte ihm durchs Haar streichen, aber er zuckte zurück. Resigniert hob ich die Hände. «Ich will dich doch nur trösten.»

«Ach, vergiss, dass ich überhaupt davon angefangen habe.» Er ging zum Kühlschrank und schaute hinein. «Wo ist das ganze Bier abgeblieben?»

«Wir haben es ausgetrunken.»

«Na toll.» Er knallte die Kühlschranktür zu.

«Im Schrank ist noch ein Rest Wodka.» Ich nahm die Flasche heraus, aber nun regte er sich auf, weil kein Eis da war. Trinken tat er ihn trotzdem.

«Warum bewahrst du den Wodka auch im Schrank auf? Der gehört in den Kühlschrank.»

«Ja, in Zukunft werde ich daran denken.»

Er machte ein Gesicht, als würde ich ihn überhaupt nicht verstehen.

«Worüber ärgerst du dich genau?»

«Ich bin einfach frustriert. Weil ich über den Parteitag berichten wollte.»

«Das weiß ich doch.» Ich schlang ihm von hinten die Arme

um und drückte mein Kinn gegen seine Schulter. «Fair ist das nicht. Du hättest deine Sache bestimmt sehr gut gemacht.» Ich verstärkte den Druck um seine Körpermitte und atmete tief ein.

«Ach, bevor ich es vergesse. Meine Mutter will mit dir reden. Es geht um die Blumen oder das Menü oder so was Ähnliches. Genau weiß ich es nicht mehr. Außerdem soll ich dich daran erinnern, dass am Mittwoch euer Treffen mit Pater Greer ist.»

«Ja, danke.»

Er schaute mich skeptisch an.

«Ja», wiederholte ich, etwas lauter. «Keine Sorge, ich habe es mir im Kalender eingetragen. Und deine Mutter rufe ich gleich morgen früh an. Okay?»

«Okay.»

Aber es war nicht okay. Für mich wenigstens nicht. In diesem Moment gingen mir so viele wichtigere Dinge durch den Kopf. Zum Beispiel die Frage, wie ich Jack beibringen sollte, dass ich vom Parteitag berichten würde. Denn auch wenn ich nur über Frauenthemen schreiben durfte, würde ihm das sauer aufstoßen.

Jack trank das Glas Wodka zur Hälfte aus. «Weißt du, ich habe echt beschissene Laune und will mich nicht noch wegen der Hochzeit mit dir streiten.» Er klimperte mit den Schlüsseln in seiner Tasche und ging zur Wohnungstür. «Ich hatte einen Scheißtag und bin müde und ...»

«Du haust doch jetzt nicht einfach ab?»

«Ist besser so.»

«Nein. Bitte, bleib.»

Aber er hatte die Hand schon auf dem Türknauf. «Ich ... ich rufe dich morgen an.»

KAPITEL 22

n dieser Nacht schlief ich kaum und wurde morgens sogar weit vor dem Klingeln des Weckers wach, weil Regentropfen gegen mein Schlafzimmerfenster trommelten. Der
Himmel hatte den ganzen Tag über die Farbe von flüssigem
Blei. Alles war grau und düster, und die Wolken rasten dahin
und enthüllten immer nur noch mehr Trostlosigkeit.

Als mein Aktenkoffer und ich beim International Amphitheatre in der Halsted Street ankamen, hatte sich der Niesel-
regen in ein Gewitter verwandelt. Als würde die Stadt gegen
den Ansturm der Delegierten in den schlecht sitzenden Anzügen und mit dem Habitus von Handelsvertretern rebellieren.

Morgens in der Redaktion hatte Mrs. Angelo mir den Auftrag gegeben, etwas über den Organisten zu schreiben, der
bei dem Parteitag für die musikalische Untermalung sorgen
sollte. Es handelte sich um einen erst Dreiundzwanzigjähri-
gen aus Palos Park. Wie er mir im Interview verriet, hatte er
über zweitausend politische Lieder und Militärmärsche einstudiert.

«Ich möchte wetten», sagte er, «noch vor Ende des Parteitags habe ich *Chicago* aus *Pal Joey* mindestens zweihundertmal
gespielt.»

Nachdem ich den Artikel fertig hatte, nahm ich den nächsten Auftrag von Mrs. Angelo in Angriff: einen Bericht über die achtzig Telefonistinnen, die in der Zentrale des Kongresszentrums arbeiteten. Im Amphitheatre ging es zwischen den Delegierten hoch her, und ich saß nur wenige Meter in einem völlig anderen Raum und unterhielt mich mit Frauen in identischen blauen Kostümen. Von der Telefongesellschaft Illinois Bell waren sie stundenlang für die Veranstaltung geschult worden und hatten unter anderem Aussprache- und Rhetorikkurse belegen müssen. Wie mir die Vorgesetzte erklärte, bestand die Aufgabe der Frauen vor allem darin, eingehende Anrufe weiterzuleiten und Nachrichten für Delegierte zu notieren. Wieso Mrs. Angelo meinte, daraus ließe sich ein interessanter Artikel zaubern, war mir schleierhaft.

Als Nächstes sollte ich für die Kolumne «Die berufstätige Frau» ein Interview mit der Sekretärin des New Yorker Gouverneurs führen. In der Redaktion war das Telefon für eingehende Artikel rund um die Uhr besetzt. Heute hatte Higgs Dienst und wartete auf Berichte, die in die aktuelle Ausgabe der Zeitung kommen sollten. Wahrscheinlich langweilte er sich bei meinen Themen ebenfalls zu Tode.

Da ich mit meinen Aufgaben relativ früh fertig war, ging ich zu dem Raum mit der offiziellen Pressekonferenz, zeigte meinen Ausweis von der *Tribune* vor und wurde anstandslos eingelassen. Marty und Walter saßen bereits in einer Stuhlreihe und warfen mir Blicke zu, als wollten sie fragen: *Was zum Henker hast du hier verloren?*

«Ich will niemandem auf den Schlips treten», erklärte ich ihnen nach der Pressekonferenz. Wir standen in einem Korridor, in dem es vor Reportern und Fotografen nur so wimmelte.

Etliche liefen dem Pressesprecher der Demokraten hinterher, in der Hoffnung, ihm noch irgendeine Aussage zu entlocken. «Ich hatte gerade nichts zu tun und war neugierig ...»

«Bitte verschone uns mit deinen Ausreden.» Walter stopfte seine Pfeife und ging kopfschüttelnd weg.

«Walter, nun sei doch nicht ...»

Er drehte sich nicht einmal mehr zu mir um.

«Ach, lass ihn», sagte Marty. «Der beruhigt sich schon wieder.»

«Ich wollte wirklich keinen Ärger machen. Ich will nur zuhören. Mehr nicht.»

«Dann pass auf, wie du vorgehst. Das ist mein einziger Rat an dich.»

Nachdem Marty gegangen war, suchte ich mir eine freie Telefonzelle und rief Jack an. Wir verabredeten uns auf einen Drink, und als ich zwanzig Minuten später Marge's Pub in der Sedgwick betrat, sah ich ihn in einer hinteren Sitznische auf mich warten. Die Besitzerin Marge und ihr Mann wohnten direkt über dem Laden und winkten mir zur Begrüßung zu.

«Das gestern tut mir leid.» Jack gab mir einen Kuss. «Ich war nur so sauer wegen dem Parteitag.»

«Das weiß ich doch. Und du hast alles Recht dazu.»

«Wenn ich gestern bei dir geblieben wäre, hättest du alles versucht, damit ich wieder bessere Laune kriege. Aber die wollte ich nicht haben.»

Ich griff nach seinem Glas. «Was ist das?»

«Scotch.»

Ich nippte daran, um mir etwas Mut anzutrinken. Was ich ihm zu sagen hatte, würde seine Laune ganz sicher nicht heben. Aber ich musste etwas sagen, bevor er am nächsten Morgen meinen Namen unter einem Artikel über den Parteitag lesen würde. Denn das würde er mit Sicherheit. Jack und ich lasen immer alle Artikel, die der andere schrieb. Selbst meine Rezepte aus der Mary-Meade-Kolumne schaute er sich an. Also trank ich noch einen Schluck aus seinem Glas und bestellte mir dann beim Barmann ein eigenes Getränk.

«Ich muss dir etwas erzählen», sagte ich, als der Scotch vor mir stand.

«Worum geht's?»

«Äh, eigentlich wollte ich es dir gestern schon sagen, aber dann konnte ich es nicht. Es war einfach nicht der richtige Zeitpunkt.»

«Was ist denn los? Dir fehlt doch nichts?»

«Nein, nein, das ist es nicht. Sondern ... Meine Redakteure haben mich gestern bei einer Konferenz hinzugeholt und ...» – ich nahm seine Hand – «Gott, es fällt mir so schwer, dir das zu erzählen. Aber, weißt du, sie haben mir gesagt, ich soll vom Parteitag berichten. Aber ...» – er schloss die Augen – «aber ich bin nur für die Storys zuständig, die für Frauen von Interesse sind. Nur kleine Artikel. Nichts Großes. Liest am Ende wahrscheinlich sowieso niemand.» Ich hörte mir selbst zu, und meine eigenen Sätze taten mir weh. Genau wie damals bei Simone de Beauvoir. Ich beging Selbstverrat. Dabei hatten meine Eltern mich nicht dazu erzogen, mein Licht unter den Scheffel zu stellen. Im Gegenteil. Schließlich war ich die Tochter einer starken Mutter. Trotzdem wollte ich Jack nicht verletzen. «Bitte, sag doch irgendetwas.»

Er schlug mit der flachen Hand auf den Tisch. «Das ... das ist schön. Ich freue mich für dich.» Er schnappte sich sein Glas und kippte den Scotch hinunter.

«Nun sei nicht so. Ich weiß, wie blöd das für dich sein muss, aber ...»

Er blickte sich um, legte den Kopf dann in den Nacken und kratzte sich am Kinn. Auf seiner Stirn hatte sich ein dünner Schweißfilm gebildet. «Ich möchte jetzt nicht darüber reden.»

«Nun sei nicht böse auf mich, nur weil meine Redakteure ...»

«Ich habe doch gesagt, ich möchte nicht darüber reden.»

«Na gut. Dann nicht.» Ich zog das Päckchen Zigaretten aus meiner Handtasche, steckte mir eine in den Mund und wartete, dass Jack mir Feuer gab. Als er es nicht tat, beugte ich mich über die Kerze. «Und wie war dein Tag?» Ich stieß den Rauch Richtung Decke aus.

«Ich möchte nicht darüber reden.»

Wieder blies ich Rauch aus, dieses Mal energischer. «Na schön. Du möchtest nicht über den Parteitag reden. Du möchtest nicht über deinen Tag reden. Worüber *möchtest* du dann reden?»

«Über gar nichts.»

«Junge, Jack, hör bitte damit auf.»

Reden wollte er trotzdem nicht. Also saßen wir schweigend da und leerten unsere Gläser. Bevor wir gingen, verabschiedeten wir uns von Marge und Mindy, die Stammgast war und mit der Wirtin gerade Kurze kippte.

Der Regen hatte vorübergehend aufgehört, es war schwül, und die Luft roch nach Regenwürmern. Jack und ich umschifften beim Gehen die Pfützen. Eigentlich ging ich davon aus, dass er mich nach Hause begleiten würde, aber dann blieb er am Rand des Gehsteigs stehen und winkte ein Taxi heran.

«Was soll das? Kommst du nicht mehr mit?»

Er machte eine vage Handbewegung. «Nö, bin müde. Muss mal richtig ausschlafen.»

Beim Abschiedskuss berührte er mich kaum, stieg dann in das Taxi und brauste davon.

Auch am nächsten Morgen regnete es auf meinem Weg zum Amphitheatre. In der Eingangshalle wartete ich auf Mrs. Bernice McCray, die Chefsekretärin von Gouverneur Averell Harriman, die ich dieses Mal interviewen sollte.

Während ich auf sie wartete, lief mir ein Bekannter über den Weg, der für die Nachrichtenagentur AP arbeitete.

«Die Wahlergebnisse von gestern Abend sind da», sagte er. «Wenn du willst, kannst du mitkommen.»

Ich begleitete ihn. Wie sich herausstellte, war ich unter den ersten Reportern, die das Wahlergebnis erfuhren. Und eins muss ich gestehen: Man kommt sich ziemlich mächtig vor, wenn man zu einer Handvoll Menschen gehört, die als erstes etwas erfährt, worauf die ganze Welt wartet. Ich jedenfalls schwebte fast zu der Reihe mit den Telefonzellen. Alle waren besetzt – wahrscheinlich von anderen Reportern, die in ihren Redaktionen anriefen, um ihre Sensationsmeldungen zu verkünden. Ich durfte mir die Chance nicht entgehen lassen und rannte kurzerhand auf die Straße, wo ich an der nächsten Ecke zum Glück eine freie Telefonzelle fand. Ich wählte die Nummer der Redaktion und wartete, während Regentropfen an der Scheibe herunterliefen wie Tauperlen an einer Flasche Coca-Cola, die man aus einem Eimer mit Eis gezogen hat. Nach wenigen Sekunden kam Higgs an den Apparat. Offenbar schlief dieser Mann tatsächlich nie.

«Ich habe die Wahlergebnisse von gestern Abend», rief ich in den Hörer, während ich mir das freie Ohr zuhielt, um den Verkehrslärm auszublenden.

Es rauschte so lange in der Leitung, dass ich schon dachte, die Verbindung wäre abgerissen.

«Hallo? Higgs? Bist du da?»

«Ja, ja.» Wieder eine lange Pause, dann: «Sollte ich die Ergebnisse nicht eigentlich von Marty oder Walter kriegen?»

«Die beiden kennen die Zahlen noch nicht. Ich schon.» Marty und Walter wären stinksauer auf mich, das wusste ich. Nur hatte ich die entscheidende Information bekommen, und letzten Endes interessierte es einen Redakteur nicht, von welchem Kollegen er eine Nachricht bekam, solange er sie nur in der nächsten Ausgabe seiner Zeitung drucken konnte. Die Nachricht nicht weiterzugeben, wäre unverantwortlich gewesen. Sonst wären die anderen Zeitungen uns nämlich einen Schritt voraus.

«Nun schreib schon auf.» Ich hielt mir den Hörer ans andere Ohr. «Stevenson hat noch drei Stimmen mehr bekommen, das heißt also, im Moment stehen 690 Delegierte hinter ihm ... Ja, er hat die Wahl praktisch schon eingetütet ... Wie viele Stimmen auf Kennedy als Kandidat für die Vizepräsidentschaft entfallen sind, wurde noch nicht offiziell verkündet. Lange dürfte das aber nicht mehr dauern. Aber der eigentliche Knüller ist, Harriman gibt nicht auf. Bisher hat er zwar nur 228 Stimmen zusammen ... aber offenbar haben die mit Truman geredet und wollen weiterkämpfen. Doch alles spricht dafür, dass Stevenson gleich beim ersten Wahlgang gewinnen wird und ...»

«Jordan, Marty ruft gerade auf der anderen Leitung an. Ich muss auflegen.»

«Warte kurz ...»

«Marty wartet auf mich. Ich ... ich muss dich abwürgen.»

«Ich rufe wieder an, sobald ich mehr weiß.» Ich hatte den Satz kaum zu Ende gesprochen, da hatte Higgs schon aufgelegt.

Danach versuchte ich es bei Jack, doch er ging nicht ans Telefon. Daher kehrte ich ins Amphitheatre zurück und wartete auf Mrs. Bernice McCray und Neuigkeiten zur Nominierung der Kandidaten. Die Zeit nutzte ich, indem ich mit Delegierten und Pressesprechern redete.

Nachmittags lief mir Marty über den Weg, und ich sah ihm sofort an, dass er richtig sauer auf mich war.

«Hatte ich dir nicht gesagt, du sollst aufpassen, wie du vorgehst?», fragte er.

«Marty, ich hatte die neuesten Zahlen und musste sie der Redaktion melden.»

Er stemmte die Hände in die Hüften und kniff die Augen halb zusammen. «Ich habe dir geholfen, Walsh.»

«Ja, stimmt, und ich rechne dir das auch hoch an ...»

«Wie du mit Walter umgehst, ist mir scheißegal, aber bilde dir bloß nicht ein, du kannst dich hier überall breitmachen und mich vorführen.»

«Das hatte ich nicht vor. Ehrlich. So bin ich doch ...»

«Ich meine es wirklich gut mit dir, Walsh, aber wenn du mich noch mal hintergehst, dann wische ich mit dir den verdammten Fußboden.»

«Marty ...»

«Mehr habe ich nicht zu sagen.» Er schob seinen Hut in die Stirn, drehte sich um und ging weg.

Ich rief ihm nach, er verschwand jedoch in der Menschenmenge, ohne sich noch einmal umzugucken. Danach war ich ziemlich durcheinander. Ich fühlte mich missverstanden. Ich hatte es nicht getan, weil ich Marty bloßstellen wollte, sondern weil ich nach einem Sprungbrett suchte.

Aufgewühlt, wie ich war, ging ich in das nächstgelegene Café, um zur Beruhigung eine Tasse Kaffee zu trinken und eine Zigarette zu rauchen. Drinnen war es sehr voll, und ich ergatterte den letzten freien Platz am Tresen. Ich vermied jeden Augenkontakt und starrte nur in meine dampfende Tasse, als könnte ich darin die Zukunft lesen. Dann trank ich einen Schluck. Der Kaffee brannte mir ein Loch in die Magenwand.

Kaum war ich wieder im Konferenzzentrum, entdeckte ich Marty in der Eingangshalle. Er hatte seine Brille auf die Stirn geschoben und schrieb etwas auf seinen Notizblock. Verlegen trat ich auf ihn zu. «Ich möchte mich für mein Verhalten vorhin entschuldigen.»

«Ach, lass gut sein, Walsh. Lass gut sein.» Er grinste und drückte aufmunternd meine Schulter. «Du kennst mich. Lange bin ich nie wütend. Aber nimm dich in Acht. Andere sind wesentlich nachtragender als ich.»

Und damit hatte es sich. Er wirkte freundlich wie immer. Zwischen uns war wieder alles im Lot, was ich mit Erleichterung zur Kenntnis nahm. Danach konnte ich mich auf das Interview mit der Sekretärin des Gouverneurs konzentrieren und redete auch endlich mit ihr. Langsam wurde es spät, aber da ich wusste, dass Marty wieder auf meiner Seite stand, machte ich mich auf den Weg in die La Salle Street, wo Stevenson seine Kanzlei hatte. Ich hielt das für einen cleveren Schachzug, nur war ich nicht als Einzige auf die Idee gekommen. In der Lobby des Gebäudes stand bereits eine Handvoll Reporter und wartete darauf, dass sein Kampagnenleiter oder Pressesprecher sich blicken ließ. Tauchten Marty und Walter dort ebenfalls noch auf, wollte ich ihnen anbieten, sie bei der Arbeit zu unterstützen.

Die Zeit verging, ein Reporter nach dem anderen brach nach Hause oder zu seinem Hotel auf. Da der Regen wieder eingesetzt und ich meinen Schirm im Amphitheatre vergessen hatte, beschloss ich, noch ein wenig auszuharren. Ich wollte nicht im strömenden Regen mit den anderen gestrandeten Chicagoern auf ein Taxi warten. Nur deshalb blieb ich in der Lobby sitzen. Wie sich herausstellte, hätte ich keine bessere Entscheidung treffen können.

Zwanzig Minuten später trat ein Mitarbeiter von Stevensons aus dem Fahrstuhl und ging zum Getränkeautomaten. Ich erkannte ihn wieder, weil er am Vormittag neben seinem Kandidaten auf der Bühne gestanden hatte. Jetzt war er allein. Außer uns war niemand mehr im Foyer. Offenbar suchte er nach Kleingeld, denn er klopfte seine Taschen ab.

«Brauchen Sie Münzen?» Ich ging zu ihm und hielt ihm eine Handvoll hin.

«Ach, vielen Dank.» Er steckte einen Dime in den Schlitz und zog eine Coca-Cola-Flasche aus dem Automaten.

«Langer Tag, was?», fragte ich.

Er nickte. «Kann man wohl sagen.»

«Was ist da oben los?» Ich zeigte zu den Fahrstühlen und

rechnete eigentlich mit einer höflichen Abfuhr. Aber der Mann war noch jung und unerfahren. Er fragte nicht mal, ob ich Reporterin sei.

Er öffnete die Flasche, trank einen Schluck und redete los. «Stevenson sitzt da oben mit dem Senator und feilt an der Rede zur Nominierung.»

«Mit dem Senator?»

«Ja, Senator Kennedy.» Er nahm noch einen tiefen Zug aus der Flasche.

«Also wird Senator Kennedy den Kandidaten verkünden?»

Die Überraschung in meiner Stimme musste mich verraten haben. Der Mann verschluckte sich fast, weil ihm offenbar aufging, dass er mir zu viel erzählt hatte. Doch für einen Rückzieher war es zu spät. Und wenn das, was er mir soeben erzählt hatte, stimmte, dann hatten die Demokraten nicht Kennedy zum Kandidaten für das Amt des Vizepräsidenten gekürt. Denn ein Anwärter auf dieses Amt hatte in der Geschichte der Partei noch nie die Nominierungsrede gehalten.

«Ich muss wieder rauf.» Er warf die Flasche in den Abfalleimer und drückte auf den Fahrstuhlknopf.

Sobald die Tür hinter ihm zugegangen war, lief ich zur nächsten Telefonzelle und rief in der Redaktion an.

«Jordan», sagte Higgs, «ich habe eben erst mit Walter telefoniert. Ich muss jetzt dringend seinen Artikel überarbeiten und ...»

«Walter steht aber nicht unten vor Stevensons Kanzlei, ich schon. Und ich habe gerade erfahren, dass er in dieser Minute mit jemandem die Nominierungsrede schreibt. Und du glaubst es nicht, dieser jemand ist ...»

Higgs hielt die Hand über die Sprechmuschel, denn ich hörte nur gedämpfte Stimmen, und dann kam jemand anderes an den Apparat. «Walsh ...» Es war Mr. Copeland. «Was zum Geier soll denn das schon wieder? Bleiben Sie verdammt noch mal bei den Storys, die Ihnen zugeteilt werden, und mischen Sie sich nicht überall ...»

«Kennedy wird nicht als Vizepräsidentschaftskandidat ins Rennen geschickt.»

«Wie bitte?! Woher haben Sie das?»

«Ich habe mit einem von Stevensons Leuten gesprochen, und die Partei hat Kennedy gebeten, die Nominierungsrede zu halten. Und wenn Kennedy die Rede hält, wird er, wie Sie wissen, nicht der Kandidat sein.»

Ich hörte Mr. Copeland laut atmen. «Lassen Sie sich das von jemandem bestätigen und melden Sie sich so bald wie möglich wieder bei uns. Und, Walsh?»

«Ja?»

«Gute Arbeit.»

Ohne ein weiteres Wort legte er auf, doch das war mir in diesem Moment egal.

Am nächsten Tag schickten die Redakteure Gabby zum Parteitag, damit sie die Storys für Frauen schrieb, während ich mit Marty und Walter über das politische Geschehen berichten durfte. Marty schien das nichts auszumachen. Walter ärgerte das dagegen sehr. *Sein Pech.* Ich hatte einen Sieg errungen und würde mich dafür nicht bei ihm entschuldigen.

Jack hätte ich gern von meinem Erfolg berichtet, befürchtete aber, er könnte darauf noch verschnupfter reagieren als auf meine erste Beichte, dass man mich für die Frauenthemen zum Parteitag schickte. Außerdem hatten wir seit Tagen kaum miteinander geredet, und bei den wenigen Telefonaten war die Stimmung zwischen uns sehr angespannt gewesen. Entweder gingen wir übertrieben höflich miteinander um oder wir pflaumten uns gegenseitig an. Und jedes Mal, wenn ich auflegte, spürte ich einen dumpfen Schmerz in meinem Herzen.

Dann klingelte am Tag darauf das Telefon, und Richter Casey war dran.

«Hat eine viel beschäftigte Frau wie du mittags vielleicht ein paar Minuten Zeit? Ich kann zum Amphitheatre kommen, wenn es passt. In der Halsted Street gibt es ein gutes Restaurant, nicht weit vom Konferenzzentrum. Ich muss mit dir reden. Unter vier Augen.»

Beim Restaurant handelte es sich um den Sirloin Room im Stock Yard Inn. Die Einrichtung war ziemlich schick, mit weißen Tischdecken und messingverzierten Sitzbänken aus Leder. Berühmt waren vor allem die Spezialitäten vom Grill. Als besonderes Gimmick konnte man sich ein rohes Steak aussuchen, in das der Ober dann die Initialen des Gasts brannte.

Ich hatte keine Ahnung, worüber Richter Casey mit mir reden wollte, und wartete mit wachsender Nervosität auf ihn. Doch dann kam er wie immer lächelnd durch die Drehtür. Zur Begrüßung umarmte er mich und klopfte mit den Fingerknöcheln einmal kurz auf meinen Aktenkoffer.

«Wie geht's denn so?», fragte er. «In letzter Zeit haben wir dich ja kaum zu Gesicht bekommen.»

«Ich weiß. Und es tut mir leid, dass ich am Sonntag die Messe verpasst habe und ...»

«Ach, du musst dich nicht entschuldigen. Ich weiß, wie viel du zu tun hast. Ich wollte nur mal sehen, wie es dir geht.»

«Gut geht's mir.»

Er schaute mich zweifelnd an. «Jack ist nicht immer einfach.»

«Na ja, er scheint zu glauben, zwischen uns würde so eine Art Konkurrenzkampf herrschen. Und ich möchte nicht, dass er mir meinen Beruf übel nimmt.»

«Das tut er nicht, bestimmt nicht. Du musst nur verstehen, dass er Karrierefrauen nicht gewohnt ist. Seine Mutter hat in ihrem ganzen Leben nicht einen Tag gearbeitet. Für ihn ist das etwas Neues. Außerdem hat Jack seinen Stolz. Er möchte etwas leisten und derjenige sein, der das Geld mit nach Hause bringt. Jemand, zu dem du aufschauen, dem du Achtung entgegenbringen kannst.»

«Aber ich bringe ihm Achtung entgegen.» Ich legte das Kinn in meine Hände. «Ich ... ich weiß nur nicht, wie wir es hinbekommen sollen.»

«Darf ich dir einen väterlichen Rat geben?»

«Ja, bitte.» Ich sehnte mich nach einem väterlichen Rat, denn mein eigener Vater hatte mir in der Hinsicht den Hahn zugedreht.

«Du bist eine starke Frau. Das habe ich gleich gemerkt, als Jack dich zum ersten Mal mit nach Hause gebracht hat. Mit starken Frauen kenne ich mich aus, ich wurde nämlich von einer großgezogen. Grandma Casey hat Haare auf den Zähnen. Warum, glaubst du, hat in unserer Familie jeder eine Heidenangst vor ihr?» Er lachte, schaute plötzlich ernst und lehnte sich vor. «Jordan, verstehe mich bitte nicht falsch, ich möchte für dich nur das Beste, aber ...»

«Aber was?»

«Ich weiß, du und Jack, ihr liebt euch, aber ich merke auch, dass du dich mit der neuen Situation schwertust. Deshalb muss ich dir eine Frage stellen – bist du wirklich bereit für das, was von dir erwartet wird?»

«Ich verstehe die Frage nicht.»

«Du nimmst nicht nur einen neuen Glauben an, du beginnst bald ein völlig neues Leben. Du gehst eine gemischte Ehe ein, und das wird mit Sicherheit nicht einfach. Ich möchte nur, dass du dir das alles gut überlegst. Dass du dich fragst, ob es für dich das Richtige ist. Willst du das wirklich? Zum Katholizismus übertreten? Hausfrau werden? Und Mutter? Eins kann ich dir versichern: Ganz gleich, wie du dich entscheidest, ich werde dich nicht dafür verurteilen.»

Ich bekam keinen Ton heraus. Das, was er mir in Aussicht stellte, klang wie ein Gefängnis. Weil ich mit einem Mal keine Luft mehr bekam, griff ich mir an den Kragen meiner Bluse und löste den obersten Knopf.

«Ich möchte nur, dass du glücklich wirst. Und ich möchte, dass Jack glücklich wird. Dass jemand leidet, möchte ich ganz gewiss nicht. Und wenn es für euch beide nicht das Richtige ist, dann müsst ihr das einsehen. Dass ihr keine Liebe füreinander empfindet, muss das ja nicht gleich bedeuten. Aber wenn du nur konvertierst, damit Jack und wir anderen beruhigt sind, dann wird das weder für eure Ehe noch für eure Kinder gut sein.»

Ein Seufzer entfuhr mir, als sich in meinem Inneren eine Anspannung löste, von deren Existenz ich bisher nichts bemerkt hatte. Jemand hatte Verständnis für mich. Und zeigte mir einen Ausweg.

«Verstehst du, was ich meine?», fragte er.

Ich konnte nur nicken.

Ich berichtete täglich achtzehn Stunden vom Parteitag, und am Ende hatten die Demokraten Adlai Stevenson und Estes Kefauver nominiert, um gegen Eisenhower und Nixon in den Wahlkampf zu ziehen.

Ich war hundemüde und hätte gut nach Hause fahren, ein Bad nehmen und ins Bett kriechen können, aber ich wollte unbedingt sehen, wie meine Story über die Abschlussveranstaltung in den Druck ging. Also fuhr ich wieder in die Redaktion und las über Higgs Schulter die Korrekturen mit, die er an dem Artikel vornahm. An einigen Stellen bat ich ihn, ein Wort zu ändern, außerdem forstete ich mein Notizbuch nach einem guten Zitat durch, das wir noch einbauen konnten. Als wir fertig waren, ließen wir den Artikel vom Schichtführer absegnen und schickten die Durchschrift per Rohrpost in die Setzerei im Keller. Da ich bei meiner Story bis zum Schluss nichts dem Zufall überlassen wollte, machte ich mich ebenfalls auf den Weg dorthin.

Der Raum mit den Setzmaschinen hatte mich schon immer fasziniert. An meinen ersten Besuch konnte ich mich noch sehr genau erinnern. In dem großen Raum herrschte ein Höllenlärm und – sogar im Winter – eine sengende Hitze, und in der Luft lag der beißende Geruch von Druckerschwärze. Hier arbeiteten Dutzende von Männern in schweren Lederschürzen, die die Zeitung Tag für Tag zum Leben erweckten. Mit tintenfleckigen Fingern setzten sie die Artikel Buchstabe für Buchstabe zusammen und besaßen noch dazu die unheimliche Fähigkeit, Texte von oben nach unten und von rechts nach links lesen zu können, um sie auf mögliche Fehler zu prüfen. Ich hatte keine Ahnung, wie die Männer das bewerkstelligten, und bewunderte sie dafür umso mehr.

Als ich in die Redaktion zurückkehrte, lief ich Mrs. Angelo über den Weg.

«Was machen Sie denn noch hier?», fragte ich.

«Sämtliche Storys umschreiben, die Gabby über den Parteitag verfasst hat. Da draußen ist sie ziemlich überfordert. Macht sie furchtbar nervös. Ich hatte das ja gleich zu bedenken gegeben, aber wollte irgendwer auf mich hören? Natürlich nicht.» Sie setzte sich an ihren Schreibtisch und fing an, wie eine Verrückte in die Tasten zu hauen.

«Kann ich Ihnen irgendwie helfen?»

«Ja, kommen Sie zurück ins Gesellschaftsressort.»

«Mrs. Angelo, ich ... ich ...»

«Ach, schon gut. Ich wollte Sie nur ein bisschen triezen. Wenn ich es selber mache, geht es schneller.» Sie kniff die Lippen zusammen und tippte weiter.

Ich ging zu meinem Tisch und wählte Jacks Nummer. Mit angehaltenem Atem lauschte ich dem Klingelzeichen. Ich stellte mir vor, wie das Geräusch von den nackten Wänden in seiner Wohnung widerhallte. Mit Sicherheit stand das schwarze Wählscheibentelefon neben seinem Bett, und die Schnur hatte sich in einem Haufen schmutziger Socken und Handtücher verheddert. Ich wollte gerade auflegen, als er den Hörer doch noch abnahm.

«Kommst du heute Abend zu mir?», fragte ich. Er gab keine Antwort, und meine Stimme fing leicht zu zittern an. «Bitte. Ich würde dich gerne sehen.»

Zu Hause wartete Jack bereits vor der Tür. Zur Begrüßung drückte ich ihm einen Kuss auf den Mund und spürte, wie er mir leicht über den Rücken strich. Ich wollte ihm in die Augen schauen, aber er war noch nicht bereit. Mir fiel auf, dass auf dem Kinderwagen vor der Nachbartür dieses Mal eine kaputte Lampe lag. Während ich, den Aktenkoffer in der Linken, mit rechts in meiner Handtasche nach dem Schlüssel suchte, unterhielten Jack und ich uns über unwesentliche Dinge wie den Regen und die drückende Schwüle. Es war seichter Small Talk, der mich innerlich schmerzte.

Als ich den Schlüssel endlich gefunden hatte, drehte ich mich zu Jack um. «Wie lange wollen wir noch so tun, als wärst du nicht sauer auf mich, weil ich vom Parteitag berichten durfte?»

«Deswegen bin ich nicht sauer.»

«Wenn es das nicht ist, was dann?»

«Du willst wissen, warum ich sauer bin? Okay, ich sag's dir. Du hast gesagt, du wärst nur auf Frauenthemen angesetzt – dass du über Kennedys Nominierungsrede berichten würdest, hast du nie erwähnt. Warum hast du mir nicht die Wahrheit erzählt? Warum hast du mich angelogen?»

«Ich habe dich nicht angelogen.» Ich steckte den Schlüssel ins Schloss und drehte ihn um. «Dass ich darüber berichten würde, wusste ich vorher nicht. Zuerst habe ich nur über diesen Mist geschrieben und mich dabei zu Tode gelangweilt. Denn auf die Nominierungsrede hatte Mr. Ellsworth mich gar nicht angesetzt, wie du dir vorstellen kannst. Ich bin auf eigene Faust losgezogen und war zur richtigen Zeit am richtigen Ort. Ich habe eine Gelegenheit gewittert und sie genutzt. Du hättest an meiner Stelle dasselbe getan.»

Er leckte sich über die schiefen Vorderzähne. «Du solltest wirklich mal in dich gehen und überlegen, was dir wichtig ist.»

«Was soll mir denn das jetzt schon wieder sagen?»

«Willst du mich heiraten, oder nicht? Wir haben immerhin vom Bischof die Erlaubnis für eine kirchliche Trauung bekommen – und das, obwohl du noch nichts unternommen hast, um zu konvertieren.»

«O Gott.» Ich ließ meinen Aktenkoffer auf den Boden fallen. «Du klingst langsam wie deine Mutter.»

«Na ja, entweder bist du bereit, zum Katholizismus zu konvertieren und mich zu heiraten, oder eben nicht. So einfach ist das.»

«Also hängt jetzt alles nur von mir ab?» Mir fiel das Mittagessen mit Richter Casey wieder ein. Ich musste mich tatsächlich fragen, ob ich die richtige Entscheidung traf. «Worüber ärgerst du dich denn nun eigentlich?»

«Dass du nicht mal fünf Minuten Zeit für mich hast, um ein paar Dinge zu besprechen.»

Dass das nicht stimmte, wussten wir beide, und ich hatte es langsam satt, mich ständig dafür entschuldigen zu müssen, dass ich in meinem Beruf erfolgreich sein wollte.

«Was willst du dir und den anderen eigentlich beweisen? Du rennst mit diesem lächerlichen Koffer durch die Stadt – und tust so, als wärst du ein Mann.» Er stieß meinen Aktenkoffer mit dem Fuß an.

«Wirklich witzig. *Wäre* ich nämlich ein Mann – wäre die

Situation umgekehrt –, dann würde diese Unterhaltung gar nicht stattfinden. Wir würden meinen Erfolg feiern. Stattdessen willst du mich dafür bestrafen. Das war eine große Sache, über die ich berichtet habe, und das weißt du genau. Gib's doch einfach zu: Hier geht es nicht um unsere Hochzeit. Hier geht es darum, dass ich vom Parteitag berichten durfte und du nicht.»

«Was für ein Quatsch.»

«Wirklich?»

Wir standen in meinem Wohnzimmer. Das Licht hatte ich nicht eingeschaltet, nur der Schein der Straßenlaterne fiel durchs Fenster und tauchte Jacks Gesicht in Schatten. Wir hatten ein Unentschieden erreicht, und keiner sagte ein Wort. Der Wasserhahn in der Küche tropfte, ich ging und drehte ihn zu. Jack kam hinter mir her, schlang die Arme um meine Taille und legte sein Kinn auf meine Schulter.

«Sag mir nur eins.» Sein Atem strich über meinen Nacken. «*Brauchst* du mich eigentlich? Willst du mich überhaupt in deiner Nähe haben?»

«O Gott.» Ich machte mich von ihm los. «Warum musst du immer gleich so übertreiben?»

«Weil ich nie weiß, was du für mich empfindest. Du redest nicht mit mir darüber. Du zeigst es mir nicht.»

«Das stimmt nicht.»

«Wegen deiner Familie bist du richtig komisch geworden. Du hältst *deine* Eltern für kalt und gefühllos. Du solltest ab und zu mal in den Spiegel schauen. Du bist ein Eisberg.»

Obwohl ich seine Vorwürfe nicht an mich heranlassen wollte, spürte ich, wie sich alles in mir zusammenzog. Ich war doch nur stark. Das musste ich sein. Ich durfte nicht bei jedem Hindernis in Tränen ausbrechen. Sah er das denn nicht ein?

Ich schaute ihm in die Augen. «Wie kannst du es wagen, meine Familie zu kritisieren? Du und deine perfekte Familie, ihr habt noch nie irgendetwas Schlimmes erlebt. Als wir Eliot verloren haben, ist uns alles genommen worden. Du hast keine Vorstellung, was wir durchgemacht haben. Du verstehst überhaupt gar nichts.»

«Stimmt. Ich verstehe deine Familie nicht, und aus dir werde ich schon mal gar nicht schlau.»

Jack hatte soeben sämtliche Fragen beantwortet, die ich mir seit Wochen und Monaten stellte. Alle meine Zweifel hatten sich bestätigt. Unter uns war der Boden ins Wanken geraten. Ich spürte das und er mit Sicherheit auch. Ein Zurück gab es für uns nicht mehr.

«Ich liebe dich», sagte ich, «aber wir passen nicht zusammen. Das weißt du, und ich weiß es auch.» Quälende Stille setzte ein. «Wir können es auf die Religion schieben. Aber ich glaube, wir wissen beide, es steckt mehr dahinter. Was soll ich mit einem Ehemann, der nicht hinter mir steht?»

«Aber das tue ich doch.»

«Nicht, wenn es um meine Arbeit geht. Ich habe dich immer unterstützt, umgekehrt kriegst du das aber nicht hin. Weißt du, was das Problem ist, Jack? Du liebst mich, weil ich schlau bin. Und du nimmst es mir krumm, dass ich schlau bin.»

Er zog mich an sich, widersprach aber nicht.

«Beides geht nicht, Jack. Machen wir uns doch nichts vor, es wird mit uns beiden nicht funktionieren. Am Ende tun wir uns gegenseitig nur weh.» Ich drehte den Ring an meinem

Finger, bis er über den Knöchel rutschte. «Tut mir leid, aber wir können so nicht weitermachen.» Ich hielt ihm den Ring seiner Großmutter hin.

Er machte keinen Aufstand. Versuchte nicht, mich davon zu überzeugen, es mir noch einmal anders zu überlegen. Er nickte nur, nahm den Ring wieder an sich und steckte ihn in die Brusttasche seines Jacketts. Er wusste, dass ich das Richtige tat und er dafür niemals den Mut gehabt hätte.

«Ich liebe dich», sagte er. «Und ich habe mir so sehr gewünscht, dass wir es hinbekommen.» Er hielt mich lange im Arm und ging dann zur Tür. Selbst nachdem er fort war, konnte ich seinen Atem noch an meiner Schläfe und an meinem Hals spüren.

KAPITEL 23

Nachdem Jack gegangen war, weinte ich lang und ausgiebig. Vor allem wohl, weil ich seinen Vorwurf widerlegen und mich selbst davon überzeugen wollte, dass ich keine gefühlskalte Frau war.

Sobald ich mich etwas beruhigt hatte, schnappte ich mir das Telefon. Ich wollte Mr. Casey anrufen, damit er die Nachricht von mir erfuhr. Doch dann verlor ich den Mut und versuchte es stattdessen bei Scott. Er ging nicht ran. Daraufhin musste ich wieder weinen, noch heftiger als zuvor. Dass ich M besser nicht anrief, war mir klar. Sie würde mich nur dazu überreden wollen, mich mit Jack zu versöhnen. Deshalb wartete ich ab, bis ich mich wieder im Griff hatte, und rief meine Mutter an.

Eine Stunde später stand sie vor der Tür, bewaffnet mit einer Flasche Brandy und einer Schachtel Pralinen. Als ich sie sah, fing ich sofort wieder an zu weinen. Offenbar nahm mich die Sache mehr mit, als ich gedacht hatte. Nachdem ich mich beruhigt hatte, setzten wir uns aufs Sofa, ein Aschenbecher und ein Taschentuchspender zwischen uns. Die Flasche Brandy schraubten wir auf, die Schachtel Pralinen blieb zu.

«Wusstest du eigentlich, dass ich die Hochzeit mit deinem Vater fast abgeblasen hätte?»

«Tatsächlich?»

Sie nickte und zog eine Zigarette aus ihrem Päckchen. «Ich hatte den Eindruck, zwischen uns gäbe es zu viele Hürden. Grandpa mochte ihn nicht. Und Grandma, na, du kennst sie ja – sie hat immer gemacht, was Grandpa will. Außerdem war ich waschechte New Yorkerin. Ich war mir unsicher, ob ich wirklich in Chicago wohnen wollte. Ich konnte mir nicht vorstellen, mein Leben hier zu verbringen.»

«Wieso hast du trotzdem Ja gesagt?»

Sie zündete ein Streichholz an und brachte es ganz nah an ihre Zigarette heran. «Weil ich ihn geliebt habe.» Sie sog den Rauch tief ein und schüttelte das Streichholz aus. «Und weil mir klar geworden war, dass ich, ganz gleich, wie schwierig es sein würde, nicht ohne ihn sein wollte.»

Ich trank einen Schluck Brandy. «Das denke ich von Jack nicht.»

«Ich weiß», erwiderte sie lächelnd. «Aber das musstest du selbst herausfinden. Deinem Vater habe ich das schon früher prophezeit.»

«Dann hat er Jack gar nicht gemocht?» Dass mein Vater überhaupt eine Meinung zu ihm gehabt haben sollte, überraschte mich.

«Er mochte ihn schon. Aber er fand nicht, dass er der Richtige für dich ist.»

Ich nippte am Brandy. «Glaubst du, Eliot hätte ihn gemocht?»

Sie legte den Kopf in den Nacken und lächelte sanft. «Ach, du weißt doch, Eliot mochte jeden.»

Mein Herz verkrampfte sich. *Eliot, das Lieblingskind, der perfekte, goldene Junge, der jeden geliebt hat und von jedem geliebt wurde.* Dass ich innerlich derart heftig reagierte, überraschte mich selbst. Seit wann schwelte diese Wut in mir? Im nächsten Moment schon bekam ich ein schlechtes Gewissen. Doch meine Gedanken konnte ich nicht abstellen. Meine Eltern hatten Eliot heiliggesprochen, und mit einem Toten konnte ich nicht konkurrieren.

«Gott, wie sehr ich ihn vermisse», sagte ich dennoch. «Es gibt so vieles, worüber ich gern mit ihm geredet hätte ...»

Meine Mutter legte eine Hand auf meine. «Bitte nicht.» Ihre Augen waren geschlossen, Rauch drang aus ihren Mundwinkeln nach oben.

Ich wollte ihr nicht wehtun, aber ich konnte einfach nicht länger schweigen. «Früher oder später müssen wir aber über Eliot reden.»

«Ich weiß, ich weiß.» Sie drückte meine Hand. «Lieber später, ja? Wir reden später darüber.»

Am nächsten Tag ging ich mittags mit Scott essen, und als er mich zur Begrüßung in den Arm nahm, kamen mir erneut die Tränen. Er hielt mich länger fest als sonst und führte mich dann zu einem Tisch. Wir setzten uns, und er strich mir aufmunternd über die Wange. Wie ein schnurrendes Kätzchen, das weiter gestreichelt werden will, drückte ich mein Gesicht gegen seinen Handrücken.

«Wie verkraftest du das Ganze?», erkundigte er sich.

Ich legte meine Hand auf seine und schluckte meine Tränen hinunter. «Ich bin zwar traurig, weiß aber auch, dass es der richtige Schritt war.»

Wir schauten einander an, als würden wir uns zum ersten Mal sehen oder zumindest in einem neuen Licht. Ich war wieder Single. Er auch. Wahrscheinlich dachte er dasselbe wie ich. Wir konnten den Blick nicht voneinander lösen, doch dann trat die Kellnerin an unseren Tisch und brach den Zauber.

«Tja», sagte er, nachdem wir unsere Bestellungen aufgegeben hatten und die Kellnerin wieder gegangen war. «Tut mir wirklich leid, dass es mit euch nicht geklappt hat. Ich wusste zwar, zwischen euch gibt es das eine oder andere Problem, aber ...»

«Das *eine oder andere* Problem? Das ist ziemlich untertrieben.» Ich lachte traurig und wechselte zu dem platonischen Tonfall über, der uns am besten lag. «Wir haben immer nur gestritten. Und ist es nicht komisch, dass vor jedem größeren Krach zufälligerweise ein etwas wichtigerer Artikel von mir in der Zeitung erschienen war?»

«Er war neidisch, verunsichert.»

«Das war nicht nur Neid, das war vor allem Konkurrenzdenken. Als würde er seine Arbeit ständig mit meiner vergleichen und sauer reagieren, wenn meine besser ankam. Und dann war da natürlich noch seine Familie.»

«Aber ich dachte immer, seine Familie gehörte zu den Dingen, die du an ihm besonders gemocht hast.»

«Tut sie auch. Oder vielmehr, tat sie auch. Doch je öfter ich bei ihnen zu Hause war, umso klarer wurde mir, dass ich seine Familie in Wahrheit nur als Idee mochte. Außer seinem Vater. Den mag ich immer noch sehr.»

«Ist der nicht Richter?»

Ich nickte.

«Ich hatte ein paarmal mit ihm zu tun. Scheint ein anständiger Kerl zu sein.»

Die Kellnerin brachte das Essen und die Getränke. Scott nahm die obere Brötchenhälfte ab und inspizierte seinen Hamburger. «Geht es dir *wirklich* gut? Du machst den Eindruck. Aber vielleicht tust du auch nur so.»

«Um dich zu täuschen? Bitte.» Wieder schauten wir uns tief in die Augen. Dann blickte ich weg und spielte mit dem Serviettenhalter. «Okay, genug. Wie geht es *dir*?»

Er verzog das hübsche Gesicht. «Als Strafverteidiger sieht das Spiel völlig anders aus.»

«Kann ich mir vorstellen. Früher wolltest du immer derjenige sein, der die bösen Jungs hinter Schloss und Riegel bringt.»

«Yeah, und jetzt sorge ich dafür, dass sie freikommen.» Er versuchte ein Lächeln, doch es wollte ihm nicht glücken.

«Warum suchst du dir nicht etwas Neues, wie du es mal vorhattest?»

«So einfach ist das nicht.»

«Warum nicht?»

«Unser Rechtssystem ist nicht perfekt», wich er der Frage aus. «Ganz gleich, auf welcher Seite du stehst. Die Leute glauben, es geht darum, die Wahrheit herauszufinden und Gerechtigkeit walten zu lassen. Manchmal ist das auch so, nur geschieht das dann eher durch Zufall. Im Grunde geht es nicht darum, recht zu haben. Es geht darum, wer besser reden kann. Und in Wahrheit geht es eigentlich immer nur um Geld und Macht.»

«Überrascht dich das wirklich? Du hast immer gewusst,

dass es Mängel in unserem Rechtssystem gibt. Das hast du schon gesagt, als du Ankläger warst.»

«Damals hatte ich aber immerhin noch einen Rest Vertrauen in unser System. Jetzt bin ich mir da nicht mehr so sicher. Manchmal weiß ich nicht mal mehr, was ich eigentlich mache.»

«Dann hör auf. Du kannst doch auf einem anderen Gebiet als Anwalt arbeiten. Für eine Firma etwa.»

«Jetzt noch nicht. Irgendwann. Bald. Vielleicht. Das hoffe ich.» Er trank einen Schluck. «Ich versuche nur, jeden Tag zu überstehen. Und mache einen Schritt nach dem anderen ...»

Erst beim Verlassen des Restaurants fiel mir das Geschenk ein, das ich für Scott hatte. «Hier ...» Ich zog das Buch *Zivilcourage* von Kennedy aus der Tasche und überreichte es ihm. «Du meintest, du hast es noch nicht gelesen.»

Er balancierte das Buch auf der linken Hand und strich mit der rechten über den Deckel, als würden die Wörter daraus hochsteigen. «Ich gebe es dir wieder, sobald ich es durch habe.»

«Das würde ich dir auch raten.» Lächelnd drückte ich ihm wie immer einen Kuss auf die Wange. Nur dieses Mal wünschte ich mir, er würde mich noch einmal im Arm halten wie zu Beginn unseres Treffens.

Während ich ihm hinterherschaute und sah, wie seine breiten Schultern im Gedränge verschwanden, fragte ich mich, was eigentlich in mich gefahren war. Waren meine Gefühle für Scott tatsächlich so stark oder wollte ich mich bloß von meinen Kummer wegen der Trennung von Jack ablenken? Ich schloss kurz die Augen, verbannte beide Männer aus meinen Gedanken und ging zurück in die Redaktion.

Ich war kaum an meinem Schreibtisch angekommen, da

tauchte Benny neben mir auf. «Ich habe das von dir und Jack gehört.»

«Wow, das ging aber schnell. Von wem weißt du es?»

«Wir sind hier bei der Zeitung – wir erfahren immer *alles* als Erste.»

Das brachte mich zum Lächeln.

«Du und ich, wir beide, na, vielleicht darf ich dich abends mal zu einem Drink einladen?»

Ach, der süße, kleine Benny. Ich musste seufzen. Selbst wenn ich mich für ihn interessiert hätte, wurden Liebschaften zwischen den Mitarbeitern in der Redaktion nicht gerne gesehen. «Danke für das Angebot, aber ich glaube, ich brauche erst mal etwas Zeit, bis ich wieder mit jemandem ausgehen mag.»

KAPITEL 24

ch erkannte die Stimme am Telefon sofort. Eigentlich war ich mir sicher gewesen, dass Ahern mich inzwischen abgeschrieben hatte. Gesprochen hatte ich ihn nicht mehr, seit ich im letzten Oktober die Story über D'Arcos fingierte Autounfälle hatte vorbeiziehen lassen. Davor hatte Walter mir den Knüller über den groß angelegten Versicherungsbetrug weggeschnappt. Inzwischen war es Februar, und ich hatte Ahern bereits zweimal enttäuscht.

«Können wir uns in einer halben Stunde treffen?», fragte er. «Es ist wichtig.»

Noch einmal durfte ich es nicht vermasseln, das war mir klar, auch wenn er nicht gesagt hatte, worum es ging. In Chicago war seit einigen Wochen jede Menge los. Im Januar 1957 hatte für Eisenhower die zweite Amtszeit als Präsident begonnen, und in unserer Stadt standen die Zeichen auf Wandel. Die größte Sensation war die Wahl von Benjamin Adamowski zum neuen Bezirksstaatsanwalt. Adamowski war ehemaliger Demokrat, jetzt Republikaner und hatte bei der Wahl Daleys Kandidaten John Gutknecht vernichtend geschlagen. Auch mit Richter Casey hatte ich mich früher schon über Adamowski ausgetauscht. Eines seiner Wahlversprechen lautete, mit der Korruption in Cook County aufzuräumen, und das war für Daleys Machtapparat weiß Gott keine gute Nachricht.

Das alles ging mir durch den Kopf, als ich zu meiner Verabredung mit Ahern zur Union Station ging. Der Bahnhof war ein wichtiger Knotenpunkt, und in der Menschenmenge, die dort zur Rushhour herumlief, konnten wir uns leicht unsichtbar machen. Ich entdeckte Ahern auf einer der langen Bänke in der Schalterhalle. Als er mich sah, stand er auf und gab mir ein Zeichen, mich an seine Fersen zu heften. Im sicheren Abstand folgte ich ihm bis zu dem Bahnsteig, von dem die Züge nach Milwaukee abfuhren. Dort unten war es feuchtkalt und finster, und der dumpfe Geruch von Kreosot, mit dem die Bahnschwellen imprägniert waren, stieg mir in die Nase.

Ein Schaffner stand auf der Klapptrittstufe eines Waggons und rief: «Reisende in Richtung Milwaukee Nord bitte einsteigen. Die Türen schließen in Kürze.»

«Es gibt etwas Neues.» Ahern zog eine Zigarette aus einem Päckchen und hielt die Hand vor sein Feuerzeug, als wolle er die Flamme vor einem Wind schützen, der dort unten gar nicht wehte. «Ich höre im Büro des Bürgermeisters auf.»

«Wie bitte?» Ich sah, wie mein Atem in der frostigen Luft eine Wolke bildete und sich auflöste. «Und was wollen Sie in Zukunft machen?»

«Ich arbeite ab nächstem Monat für Adamowski. Als Berater.»

«Dann gehen Sie jetzt zu den Republikanern?», fragte ich ungläubig.

Er zog an seiner Zigarette. «Um Demokraten oder Republikaner geht es in meinen Augen nicht. Ich begreife das mehr als

Chance, in dieser Stadt etwas Gutes zu bewirken.» Er schaute dem abfahrenden Zug hinterher. «Adamowski steht für etwas, das mir gefällt. Was er vorhat, gefällt mir. Die schmutzigen Deals der Daley-Regierung habe ich zu lange aus nächster Nähe miterlebt. Ich will da nicht mehr mitmachen.»

Durch den Rauch seiner Zigarette und den Dampf des abfahrenden Zugs bemerkte ich einen neuen Ausdruck in Aherns Gesicht. Er hatte seine Maske gerade so lange gesenkt, dass der echte Richard Ahern dahinter sichtbar geworden war. Die ganze Zeit über hatte ich geglaubt, er hätte mir die Skandalstorys nur hingeworfen, weil er mit irgendwem ein Hühnchen zu rupfen hatte. Niemals wäre ich darauf gekommen, dass ihn die Dinge, die er im Büro des Bürgermeisters stillschweigend hingenommen hatte, belasteten und in einigen Nächten vielleicht sogar um den Schlaf brachten. Zum ersten Mal, seit ich ihn kannte, kam mir in den Sinn, dass er ein anständiger Mensch sein könnte.

«Danke, dass Sie mir Bescheid gegeben haben.» Ich streckte ihm meine Hand hin. «Ich wünsche Ihnen für Ihren weiteren Weg alles Gute. Die Zusammenarbeit mit Ihnen war sehr fruchtbar.»

Lachend ignorierte er meine Hand. «Das ist kein Abschied, Walsh.» Er warf seine Zigarette auf den Bahnsteig und trat sie aus. «Im Gegenteil.» Er lachte noch lauter. «Wir fangen gerade erst an.»

Endlich fiel bei mir der Penny. Mein Puls begann zu rasen. Zwar versiegte meine Quelle im Büro von Daley, stattdessen gewann ich jedoch etwas wesentlich Wertvolleres: einen heißen Draht zum Büro des Bezirksstaatsanwalts. Ich kannte Adamowskis Anschuldigungen: Daley schaue weg, während in den Amtsgerichten Strafzettel verschwanden oder Bordelle von der Polizei geduldet wurden. Die Leiter einiger seiner Polizeireviere waren zwar wegen verschiedener Verbrechen angeklagt worden, doch Daley wusch seine Hände in Unschuld. Adamowski sprach fast täglich von dem einen oder anderen Skandal, in den Daley verstrickt sein könnte. Offenbar hatte der neue Bezirksstaatsanwalt es sich zum Ziel gesetzt, Daleys Machtapparat aufzubrechen. Und Ahern plante nun, Adamowskis Angriffe vorab an die Presse durchsickern zu lassen. Warum er sich dafür ausgerechnet mich ausgesucht hatte, wusste ich allerdings immer noch nicht.

Nach unserem Treffen in der Union Station meldete Ahern sich fast wöchentlich bei mir, und im Frühjahr 1957, nur vier Monate nach Adamowskis Amtsantritt, hatte ich bereits ein halbes Dutzend Storys auf der ersten Seite der *Tribune* platzieren können.

Ich hatte als Erste über den Ober-Postdirektor berichtet, der regelmäßig Bestechungsgelder annahm, und über den Polizeichef, der in einem Bordell seinen Junggesellenabschied gefeiert hatte. Ich versorgte Mr. Ellsworth und Mr. Copeland mit Artikeln über Männer, die politische Intrigen spannen, Strafzettel verschwinden ließen, Steuern hinterzogen oder im Rathaus irgendeinen anderen Dreck am Stecken hatten.

Meine Eltern bekamen durchaus mit, welche Fortschritte ich bei der Arbeit machte, verloren mir gegenüber aber kaum ein Wort darüber. Dennoch war ich mit mir sehr zufrieden, obwohl meine Kollegen – vor allem Walter, Henry, Peter und

Randy – sich über die internen Entwicklungen in der Redaktion nicht gerade freuen. Sogar Marty, der mich früher immer unterstützt hatte, gab sich inzwischen zugeknöpft und erzählte mir nicht, an welchen Storys er gerade saß. Die anderen hatten das sowieso von Anfang an nicht getan.

Statt Benny war nun ich zur Zielscheibe ihres Spotts geworden. Da kannten sie keine Gnade. Auf mir hackten sie herum, mir spielten sie fiese Streiche, über mich lachten sie schallend. Ich biss die Zähne zusammen und lachte einfach mit – wie an dem Tag, als sie meinen Aktenkoffer in der Herrentoilette versteckten. Und ich lächelte jedes Mal, wenn sie mir einen gefälschten Leserbrief zu einer meiner Storys präsentierten oder mich mit verstellter Stimme von einem Telefon am anderen Ende des Raums anriefen, um mir angeblich einen heißen Tipp zu geben. Ich nahm es sportlich. Gab mich tough. Tat so, als wäre ich nicht leicht aus der Fassung zu bringen.

Doch dann ging mir einer ihrer Scherze wirklich an die Nieren. Ohne dass ich es mitbekommen hatte, hatte Randy eine Karikaturenserie mit mir als Hauptfigur begonnen. Ich war die skrupellose Reporterin, die mit hohen Absätzen, einem Schwert in der einen, einem Aktenkoffer in der anderen Hand, auf der Suche nach dem neuesten Verbrechen durch die Straßen von Chicago zog. Er hatte die Zeichnung offen auf seinem Schreibtisch liegen lassen, weil er wusste, ich würde sie im Vorbeigehen sehen. Meine Fingernägel hatte Randy wie Krallen gezeichnet, meine Nase wie einen Schnabel. Einen Geier, das hatte er aus mir gemacht.

Damit es auch jeder mitbekam, lachte ich laut auf dem ganzen Weg zur Damentoilette, wo ich mich in der letzten Kabine einschloss und in meine geballte Faust weinte. Um mein glühend heißes Gesicht abzukühlen, drückte ich die Stirn anschließend gegen die Marmorwand.

Niemals in der Redaktion weinen. Niemals. Bei Marty waren die Kollegen gnädig gewesen, aber nur, weil er einen Nervenzusammenbruch gehabt hatte. Doch ich hatte auch miterlebt, wie Gabby, M oder eine andere Kollegin vor den Männern in Tränen ausgebrochen war, woraufhin sich diese grinsend auf ihren Stühlen zurückgelehnt oder das «arme Geschöpf» mit Mitleid übergossen hatten. Und deshalb hatte ich mir schon vor langer Zeit geschworen, mir niemals die Blöße zu geben und vor den Jungs zu weinen; und jetzt stand ich nur durch eine Tür von ihnen getrennt in der Toilette und heulte mir die Augen aus.

Langsam musste ich mich fragen, ob der Beruf das wert war. Wem wollte ich etwas beweisen? Meine männlichen Kollegen würden mich niemals als Reporterin respektieren. Und nur weil ich ein paar Artikel in der Zeitung veröffentlicht hatte, würden meine Eltern auch nicht mehr zur Besinnung kommen. Sie hatten sich schon zu sehr an das Leid gewöhnt, und ich musste mich endlich damit abfinden, dass ich Eliots Rolle niemals ausfüllen würde. Ich war nicht mein Bruder und würde es niemals sein. Vielleicht war ich für das Leben als Journalistin am Ende doch nicht geschaffen. Kaum war mir der Gedanke gekommen, wurde mir klar, wie unsinnig er war. Das Handtuch werfen konnte ich nicht mehr. Ich hatte es schon zu weit gebracht.

Ich verharrte bestimmt zwanzig Minuten auf der Toilette. Erschöpft öffnete ich dann die Tür der Kabine und nahm erleichtert zur Kenntnis, dass der Toilettenraum leer war. Am Waschbecken spritzte ich mir kaltes Wasser ins Gesicht,

nahm ein kratziges, braunes Papiertuch und wischte die ver-
schmierte Wimperntusche unter meinen Augen weg. Dann
zwang ich mich zu einem Lächeln und kehrte an meinen
Schreibtisch zurück, als wäre nie etwas gewesen.

KAPITEL 25

Es war schon später Nachmittag. Wir hatten sämtliche Fenster geöffnet, und die Ventilatoren auf den Tischen liefen auf Hochtouren. Für Mitte Mai war es ungewöhnlich warm, und wie es hieß, konnte das ein Vorbote für einen schwülheißen Sommer sein. Ich hatte gerade noch eine Eilmeldung gelesen, die über den Fernschreiber eingetroffen war. Es ging um ein Gerichtsurteil, mit dem die Trennung von weißen und schwarzen Schulkindern aufgehoben worden war. «Rassenschranke fällt in öffentlichen Schulen», hieß es in der Meldung. Eine bahnbrechende Entwicklung. Und wenn schwarze Kinder dieselben Rechte haben sollten wie weiße, dann mussten Frauen doch sicherlich auch bald dieselben Rechte bekommen wie Männer, oder? Ich war tief in Gedanken versunken, als M nach mir rief.

«Hey, Jordan, hast du Zeit für einen Drink?»

«Klar.» Ich ließ die Fernschreibermeldung fallen, knipste meine Schreibtischlampe aus und legte die Abdeckhülle über die Schreibmaschine. «Die anderen sind im Riccardo's. Sollen wir da auch hin?»

M biss sich auf die Unterlippe. «Wäre es für dich in Ordnung, wenn wir woandershin gehen? Wo wir ungestört sind?»

Wir landeten im Boul Mich und suchten uns im hinteren Bereich eine Sitznische. Ein paar Bekannte waren dort, so auch Mike Royko, der am Tresen Platz genommen hatte. Wir setzten uns mit dem Rücken zu den anderen Gästen und bestellten beide Gin mit einem Spitzer Zitrone.

«Was ist los?», fragte ich, als die Cocktailgläser vor uns standen. «Ist bei dir alles in Ordnung?»

Sie schüttelte den Kopf und kniff die Lippen fest aufeinander.

«Was ist denn los?»

«Ich stecke in Schwierigkeiten.»

«Was für Schwierigkeiten?»

«Was denkst du wohl?» Sie senkte den Kopf und legte eine Hand auf ihren Bauch.

«Oh. Wieso das?»

«Wieso wohl?»

«Nein, ich … ich wusste nicht, dass du einen festen Freund hast. Dass du dich mit Männern triffst, weiß ich wohl, aber nicht, dass es jemanden gibt, mit dem … na ja, mit dem es was Ernstes ist.»

«Dann bist du als Reporterin vielleicht doch nicht so gut, wie du denkst.» Die Ellbogen auf den Tisch gestützt, legte sie ihr Kinn in die Hände. «Ich habe immer geglaubt, mir würde das nie passieren. Falsch gedacht.» Sie lachte trocken auf. «Ich habe solche Angst, ich kann nicht mehr klar denken.»

«Was ist mit dem Vater?»

Sie schüttelte den Kopf.

«Weiß er davon? Könnte er nicht …»

«An ihn kann ich mich nicht wenden. Ich bin ganz auf mich allein gestellt.» Sie schloss die Augen, und die angeklebten Wimpern warfen einen komischen Schatten auf ihre Wangen. «So hatte ich das nicht geplant. Ganz und gar nicht. Eigentlich hätte ich den Mann meiner Träume treffen, ihn heiraten und ein Heim für uns schaffen sollen. Erst *dann* wären die Kinder dran gewesen.»

«Und was willst du jetzt tun?»

«Das liegt doch wohl auf der Hand. Allein werde ich kein Kind großziehen. Das schaffe ich nicht. Und ich kann ja schlecht sechs, sieben Monate verschwinden, das Baby bekommen und dann zurückkehren und so tun, als wäre nie was gewesen.» Sie lehnte sich vor und ergriff meine Hand. «Du musst mir helfen.»

«Ich? Was kann ich denn schon tun?»

«Du wolltest doch mal einen Artikel über Ärzte schreiben, die Abtreibungen vornehmen.»

«O Gott, M, nein. Ich weiß wirklich nicht ...»

«Gab es welche, bei denen es sicher war?»

«Die sitzen inzwischen wahrscheinlich alle im Gefängnis. Bist du dir denn überhaupt sicher, ob du diesen Schritt gehen möchtest?»

«Bitte, erspar mir einen Vortrag.» Das Glas in ihrer Hand zitterte. «Ich habe schon alles ausprobiert. Mir selbst in den Bauch geboxt. In heißem Badewasser eine halbe Flasche Gin getrunken.» Sie nippte an ihrem Getränk. «Sogar an einen Kleiderbügel habe ich gedacht, nur hat mich dann der Mut verlassen.»

Allein bei dem Gedanken wurde mir übel. «Ach, M.»

«Ich weiß, aber was bleibt mir übrig?»

«Wie weit bist du schon?»

Sie zuckte mit den Schultern. «So in der achten Woche.»

«Warst du beim Arzt?»

«Ich muss nicht zum Arzt. Dass ich schwanger bin, weiß ich auch so.» Sie räusperte sich und ergriff erneut meine Hand. «Hilfst du mir? Bitte?»

«Ich frage nicht für mich», erklärte ich Ahern einen Tag später beim Mittagstisch im Beefy 19, einem abgelegenen Imbiss, in dem es Hamburger und Hot-Dogs für neunzehn Cent gab. Das Beefy 19 lag in der Berwyn Avenue und wurde hauptsächlich von Motorradfahrern und Männern in aufgemotzten Autos besucht. Die Wahrscheinlichkeit, dort einen unserer Bekannten zu treffen, ging gegen Null.

«Sondern für eine Freundin», ergänzte ich. «Sie weiß nicht, an wen sie sich wenden soll.»

«Und da haben Sie gleich gedacht, ich würde jemanden kennen?» Ahern klappte die Speisekarte zu, steckte sie in den Halter und winkte die Kellnerin herbei.

Im ersten Moment hatte ich überlegt, Scott nach einem Tipp zu fragen. Als Strafverteidiger hatte er sicherlich häufiger mit Leuten zu tun, die hin und wieder diese Sorte Arzt aufsuchen mussten. Doch am Ende hatte ich ihn nicht in diese heikle Angelegenheit hineinziehen wollen. Außerdem hatten Ahern und ich bereits etliche gemeinsame Geheimnisse, da kam es auf eines mehr nicht mehr an.

«Okay», sagte er, nachdem die Kellnerin unsere Bestellungen aufgenommen hatte und zur Küchendurchreiche gegangen war. «Einen Arzt kenne ich tatsächlich.»

«Können Sie mir die Adresse geben? Eine Telefonnummer?»

Er schüttelte den Kopf. «Ich werde Sie und Ihre Freundin hinbringen müssen.»

Und so warteten M und ich am nächsten Samstagmorgen vor ihrem Haus, bis Ahern in seinem Chevrolet vorfuhr. Ich stellte ihn M als *Richard* vor und behauptete, ich hätte ihn während meiner Recherchen zu dem unveröffentlichten Artikel über Abtreibungen kennengelernt. M stellte keine weiteren Fragen und sagte auf der gesamten Fahrt auch sonst kein Wort. Dafür rauchte sie nervös eine Zigarette, schob die noch brennende Kippe aus dem kleinen dreieckigen Seitenfenster und zündete sich gleich die nächste an. So ging das bis zum Ende der Fahrt. Währenddessen drehte Ahern ununterbrochen an dem Knopf an seinem Radio, und ich fragte mich, wie ich nur in diese Geschichte hineingeraten war. Wir fuhren und fuhren, bis wir im Stadtteil Irving Park ein hellgraues Gebäude erreichten, das knapp über dem Boden drei winzige Fenster hatte. Hätte man nach einem Haus gesucht, in dem seltsame Dinge vor sich gingen, man wäre unweigerlich auf dieses gekommen. Ich nahm M bei der Hand, und wir gingen hinein, während Ahern im Wagen blieb.

In dem kleinen Raum, in dem wir warten mussten, erinnerte nichts an eine Arztpraxis. Es gab keine Behälter mit Tupfern oder Zungenspateln, keine medizinischen Instrumente auf silbernen Tabletts. Lediglich drei Klappstühle standen herum, und auf einem Tisch aus Stahl lag eine geöffnete Packung Kekse. In einer Ecke entdeckte ich dann noch ein verdrecktes Katzenklo. In einer Wand befand sich eine Tür, die einen Spaltbreit offen stand. Der Arzt – sofern er überhaupt einer war – stellte sich nicht vor. Einen weißen Kittel trug er zwar, doch der überzeugte mich auch nicht.

«Erst das Geld», sagte er.

M öffnete ihre Kelly-Bag und reichte ihm hundert Dollar. Wie ich von ihr wusste, hatte sie sich den letzten Zwanziger von einer Nachbarin leihen müssen. Der Doktor klopfte M einmal ab. Ich spielte mit dem Gedanken, mir M zu schnappen und mit ihr zum Auto zu rennen, aber der Mann stand bereits in der anderen Tür und gab ihr ein Zeichen, ihm zu folgen und den auf dem Tisch liegenden Kittel überzustreifen. Er bat mich, draußen zu warten, doch bevor er die Tür hinter ihnen zumachte, konnte ich einen Blick in das Zimmer werfen. Es gab keine Deckenlampe, kein Fenster, nur ein Tisch und ein Hocker standen dort.

Ich rechnete mit Schreien. Blut. Richtete mich auf eine längere Wartezeit ein. Doch nach wenigen Minuten kam M wieder vollständig bekleidet aus dem Zimmer. Sie wirkte wie immer, und ich fragte mich, ob sie es tatsächlich durchgezogen hatte.

«Alles okay?», flüsterte ich ihr auf dem Weg zu Aherns Wagen zu.

«Ja. Er meinte, ich soll mich auf eine richtig schlimme Periode einstellen. Wahrscheinlich setzt sie irgendwann heute Nachmittag ein. Aber am Montag soll ich mich fast wieder so fühlen wie vorher.»

Das war alles? So einfach war eine Abtreibung?

Wir lieferten M zu Hause ab, doch auf dem Weg zu meiner Wohnung fragte Ahern: «Wie wäre es mit einem Drink? Ich könnte einen vertragen.»

Wir fuhren zu dem abseits der bekannten Pfade liegenden Lokal Mackerel's am Diversey Parkway. An den Wänden hingen ausgestopfte Fische und Fotos von Schiffen. Wir waren beide noch nie dort gewesen, und es würde höchstwahrscheinlich auch kein Bekannter von uns hereinspazieren.

Ahern drehte die aufgespießte Olive in seinem Glas hin und her und bedankte sich bei mir für die Begleitung. «Ich wollte noch nicht nach Hause. Meine Frau ... Nun, wir versuchen, eine Familie zu gründen. Im Moment könnte ich ihr nicht in die Augen schauen. Ich meine, wenn man bedenkt, was wir heute getan haben. Eine Frau, die sich nichts so sehr wünscht wie ein Baby, hätte dafür kein Verständnis ...» In seinen Augen sammelten sich Tränen, er blickte weg und schirmte die Lider mit Daumen und Zeigefinger ab. «Verzeihung. Wir versuchen es nur schon so lange. Ich hoffe, Ihre Freundin wird es nicht ihr Leben lang bereuen.»

Mich verblüffte es jedes Mal, wenn Ahern mir völlig unerwartet seine verletzliche Seite zeigte. Er war tatsächlich ein anständiger Mensch. Ich nahm seine Hand und drückte sie, was ihn nur trauriger zu machen schien.

Beim zweiten Getränk erzählte er mir von seiner Studentenzeit. «Ich hatte drei Jobs, und das bei einem Vollzeitstudium. Jura habe ich gewählt, weil ich unbedingt Anwalt werden wollte. Die Männer aus meiner Familie waren alle Stahlarbeiter. Bei ihnen hatte ich mit eigenen Augen gesehen, wie sehr einem Menschen schwere körperliche Arbeit zusetzen kann. Mein Vater wirkte schon früh wie ein alter Mann und hatte immer Rückenschmerzen. Die Haut an seinen Händen und Füßen war wie Schmirgelpapier ... Seinen Job wollte ich auf gar keinen Fall machen, das war mir schon als Kind klar. Ich wollte mit meinem Kopf Geld verdienen, nicht mit meinen Händen.» Er ließ die Eiswürfel in seinem Glas klimpern und grinste. «Ich wollte Ihnen nicht das Ohr abkauen, tut mir leid.» Abrupt wechselte er das Thema. «Wie sieht es bei Ihnen aus? Bisher hatte ich keine Gelegenheit, mich zu erkundigen, was aus Ihrem Verlobten geworden ist.»

«Woher wissen Sie von ihm?»

«Der Ring. Sie tragen ihn nicht mehr. Deshalb bin ich davon ausgegangen ...»

«Ach.» Ich winkte ab. «Es hat einfach nicht gepasst.»

«Tut mir leid.»

«Schon okay.» Ich wich seinem Blick aus und starrte hoch zur ausgestopften Makrele über seinem Kopf. Dass mich die Traurigkeit manchmal immer noch überrumpelte, war schon verrückt. Kaum glaubte ich, endlich über Jack hinweg zu sein, erwähnte jemand seinen Namen oder ich hörte ein bestimmtes Lied im Radio oder sah irgendetwas, das mich an ihn erinnerte, und sofort durchfuhr mich ein Schmerz. Dann hatte ich mit einem Mal große Sehnsucht nach ihm, obwohl ich wusste, dass es mit uns niemals klappen würde.

«Über Ihr eigenes Leben reden Sie wirklich nicht gern», stellte Ahern fest.

«Ich bin besser darin, Fragen zu stellen, als sie zu beantworten.»

«Sie sind ein ganz schön harter Hund, was?»

Ich hatte gerade an meinem Glas genippt und verschluckte mich fast an meinem Lachen. «Leider nein.» Ich wischte mir einen Tropfen vom Kinn. «Ich sehe nur so aus.»

«Ich meine es ernst. Gehen Sie denn niemals aus sich heraus?»

«Laut meinem Ex-Verlobten bin ich ein Eisschrank. Aber das ist es nicht. Ich halse anderen Menschen ungern meine Probleme auf.»

«Aber wenn jemand Sie was fragt, halsen Sie ihm doch nichts auf.» Lächelnd legte er den Kopf schief. «War das der Grund für Ihre Trennung? Wollte er, dass Sie ihm Ihre Probleme *aufhalsen*?»

«Nein, natürlich nicht. In Wahrheit wollte er ...» – zur Betonung des Unterschieds hob ich einen Zeigefinger – «... in Wahrheit *brauchte* er ein nettes katholisches Mädchen mit irischen Wurzeln.»

«Und was sind Sie?»

«Einen irischen Namen habe ich zwar, aber das war's auch schon. Ich bin nicht katholisch. Ich bin gar nichts.»

«Dann ist es am Glauben gescheitert?»

«Genau, schieben wir es auf den Glauben. Eine gemischte Ehe – das kann nicht gut gehen, fertig, aus. In Wahrheit ging es bei unseren Problemen um wesentlich mehr.» Ich wollte ihm zuprosten und stellte fest, dass mein Glas leer war. Außerdem ging mir auf, dass ich dummes Zeug geredet hatte. «Um Gottes willen, hören Sie mir bloß nicht zu. Ich brabbel nur so vor mich hin.»

Ahern erwiderte nichts, schien aber an jedem Wort zu hängen, das aus meinem Mund kam. Vielleicht bildete ich mir das auch nur ein, und es lag lediglich am zweiten Martini. Trotzdem redete ich einfach weiter.

«Jack kam einfach nicht mit meinem Beruf klar. Dabei hatte er mich doch als Journalistin kennengelernt und wusste von Anfang an, wie wichtig mir mein Job ist. Meine Güte, ich komme aus einer Journalistenfamilie. Wussten Sie das eigentlich? Habe ich Ihnen je erzählt, dass mein Vater Kriegsberichterstatter für eine Zeitung war? Schon mein Großvater war bei der Zeitung. Und mein Bruder auch. Er war Reporter.

Hat für die *Sun-Times* gearbeitet ...» Ich war betrunken, und die Sätze sprudelten nur so aus mir hervor. Doch als ich Ahern anschaute, merkte ich, wie unangenehm ihm die Situation war.

Er rutschte unruhig auf seinem Stuhl herum, spielte mit seinen Manschettenknöpfen und winkte schließlich dem Barmann zu. Nach einem Blick auf seine Armbanduhr wandte er sich an mich. «Es ist schon spät. Ich muss los, so leid es mir auch tut.»

«Verzeihung. Ich habe wohl etwas zu weit ausgeholt.»

«Ach, schon gut.» Ahern gab dem Barmann wieder ein Zeichen. «Die Rechnung.»

Plötzlich fühlte ich mich sturzbetrunken, und wir hatten es beide sehr eilig, aus dem Lokal zu kommen.

Abends, als ich wieder einigermaßen nüchtern war, rief ich bei M an und fragte, wie es ihr ging.

«So, wie er gesagt hat. Wie bei einer richtig schlimmen Periode.»

Sie klang müde. Ob sie etwas brauche, fragte ich, aber sie versicherte mir, ihr gehe es so weit gut. Weil sie sich auch so anhörte, legte ich auf. Doch je später es wurde, umso mehr beschlich mich ein mulmiges Gefühl. Irgendwann gab ich ihm nach und wählte noch einmal Ms Nummer. Sie ging nicht an den Apparat. Vielleicht war sie eine Kleinigkeit essen gegangen oder hatte sich hingelegt und schlief? Als sie eine halbe Stunde später immer noch nicht zu erreichen war, wurde ich unruhiger. Zwei weitere Stunden vergingen ohne Nachricht von M, deshalb schnappte ich mir meine Handtasche, winkte ein Taxi herbei und fuhr zu ihr.

Ich klingelte und klopfte, bis ich drinnen Schritte hörte. M öffnete die Tür nur einen Spaltbreit, aber ich sah auch so, dass sie kreidebleich war. Sobald sie mich reingelassen hatte, riss ich unwillkürlich eine Hand vor den Mund. Sie trug ein rosa Negligé, das von der Taille abwärts von Blut durchtränkt war. Eine rote Spur führte vom Schlafzimmer zur Wohnungstür.

«Ein Glück, du bist hier», sagte sie mit schwacher Stimme. «Irgendwas stimmt nicht. Ich glaube, ich sterbe.»

Ich legte einen Arm um sie und brachte sie zu ihrem Bett, während sie sich mit ihren blutigen Händen verzweifelt an mich klammerte. Als sie im Bett lag, rief ich einen Arzt an, der zwar selbst keine Abtreibungen vornahm, aber den Eingriff, wie ich wusste, nicht der Polizei melden würde. M hatte Fieber, deshalb gab ich ihr Aspirin und legte einen kalten Waschlappen auf ihre Stirn. Der Arzt brauchte eine gefühlte Ewigkeit. Während wir auf ihn warteten, schlief M ein, und ich wischte die Blutspur mit einem Putzlumpen weg, den ich in einem Eimer unter der Spüle gefunden hatte. Nach wenigen Sekunden hatte sich das Wasser im Eimer bereits rosa verfärbt.

Als der Arzt endlich da war und M untersuchte, lief ich vor der Schlafzimmertür unruhig auf und ab. Eine Viertelstunde später trat er zu mir in den Flur und schaute mich vorwurfsvoll an.

«Wer hat ihr das angetan?»

«Ich weiß es nicht.» Das war die Wahrheit. Ich kannte weder den Namen des Kurpfuschers, noch wusste ich, wer der verdammte Vater des Kindes war. «Wird sie es schaffen?»

«Sie hat eine Menge Blut verloren. Aber sie wird durchkommen. Hätten Sie nur etwas länger mit Ihrem Anruf gewartet, sie hätte es vielleicht nicht überlebt. Ihr jungen Dinger aber auch immer.» Er schüttelte den Kopf und gab mir ein Rezept. «Holen Sie das aus der Apotheke. Und sorgen Sie dafür, dass sie alles davon nimmt.»

Die Nacht über blieb ich bei M, machte ihr kalte Umschläge für die Stirn und zwang sie, einen Becher Tee zu trinken und eine trockene Scheibe Toast zu essen. Es war das erste Mal, dass ich sie ungeschminkt sah. Ohne falsche Wimpern, aufgemalten Schönheitsfleck, rot geschminkte Lippen. Es überraschte mich, wie hübsch sie war, wenn sie einfach nur sie selbst war.

Auf einem Stuhl neben ihrem Bett hielt ich Wache, während M unruhig schlief. Auf dem Boden lag ein Stapel Kinozeitschriften, und ich blätterte durch die letzten Ausgaben von *Photoplay* und *Movie Life*. Ich las gerade einen Artikel über Ava Gardner, als M zu wimmern anfing. Ich tränkte den Waschlappen erneut mit kaltem Wasser und legte ihn ihr auf die Stirn. Dann verabreichte ich ihr noch einen Löffel Medizin, und sie schlief wieder ein.

Ich musste mich unbedingt etwas bewegen und ging ins Wohnzimmer hinüber. Ms Wohnung war fast doppelt so groß wie meine. Ich hatte keine Ahnung, wie sie sich das leisten konnte. Da ihr Vater, wie ich inzwischen wusste, nicht mehr lebte, konnte er nicht derjenige sein, der dafür zahlte. Nun fragte ich mich, ob es der Vater des Kindes war.

Die Ordentlichste war M nicht, die Wohnung glich einem Saustall. Auf dem Boden und auf dem Sofa lagen Zeitschriften, auf den Tischen standen schmutzige Gläser und Tassen, die Lampenschirme hingen schief. Ich sammelte die Zeitschriften ein und legte den Stapel auf ein Bücherregal neben dem Kamin. Mein Blick fiel auf die Buchrücken, bei den meisten Titeln handelte es sich um Liebesromane. Auf dem Couchtisch lag *Ein gewisses Lächeln* von Françoise Sagan, das M offenbar gerade las. Ich nahm es hoch, und das Lesezeichen – zumindest hielt ich es zuerst dafür – fiel heraus und landete auf dem Boden. Ich hob es auf und drehte es um. Mir verschlug es den Atem.

In der Hand hielt ich einen Streifen Fotos, wie man sie in einem Automaten machen kann. Das Schockierende an ihnen war die Tatsache, dass es sich bei den Menschen darauf um M und Mr. Ellsworth handelte. Zusammen. Lachend. Einander umarmend. Sich küssend. Es bestand kein Zweifel, trotzdem konnte ich es nicht glauben. Mr. Ellsworth war verheiratet, und M wechselte die Männer wie ihre Unterwäsche. An jedem Finger hatte sie mindestens fünf, sie traf sich mit einem zwei-, dreimal zum Abendessen, dann kam der nächste an die Reihe.

Ich betrachtete die Fotos noch einmal genauer. M saß auf Mr. Ellsworths Schoß, legte einen Arm um seine Schulter, schmiegte den Kopf an sein Schlüsselbein, dann an seinen Hals und drückte schließlich den Mund auf seinen. Im Geist sah ich noch ein anderes Bild. Es war bei unserer Weihnachtsfeier gewesen: Mr. Ellsworth wäre fast die Kinnlade heruntergefallen, als er die herausgeputzte M gesehen hatte. Später hatte er mich gefragt, ob ich wüsste, welche Pläne M für den Abend hatte. Die beiden verband nicht nur eine flüchtige Affäre. Mr. Ellsworth musste der Vater des Kindes sein! Und mit Sicherheit bezahlte er auch die Miete für die Wohnung.

Wieder fiel mein Blick auf das erste Foto des Streifens. Bisher hatte ich Mr. Ellsworth nie lächeln sehen, seine Zähne waren immer hinter seinem Bart versteckt. Für einen Mann seines Alters sah er ziemlich gut aus. Aber wo steckte er in diesem Moment? M brauchte ihn. Er hätte an ihrem Bett wachen sollen, nicht ich.

Ich hörte, wie M sich unruhig hin und her wälzte, und ging zu ihr. Mr. Ellsworth erwähnte ich mit keinem Wort. Sie hatte es auch so schon schwer genug.

Am nächsten Tag in der Redaktion fraß mich Ms Geheimnis innerlich fast auf. Aus dem Augenwinkel sah ich, wie Mr. Ellsworth etliche Male an ihrem Tisch vorbeischlich, als suchte er nach ihr oder einem Anzeichen für ihre Anwesenheit: eine brennende Zigarette im Aschenbecher, eine dampfende Tasse Kaffee, ein achtlos über die Stuhllehne geworfener Pulli – irgendetwas. Dabei musste er doch wissen, warum sie nicht zur Arbeit erschienen war.

Ich riss mich zusammen, weil ich ihn sonst angeschrien hätte, er solle endlich zu ihr fahren und sich um sie kümmern. Aber ich durfte nichts sagen. Immerhin war er mein Chef, und die Geschichte ging mich nichts an, auch wenn M mich mit hineingezogen hatte.

Ich mochte Mr. Ellsworth nicht mehr ins Gesicht schauen und wandte mich wieder meiner Schreibmaschine zu.

KAPITEL 26

Früher oder später hatte es so kommen müssen. Es gab nicht allzu viele Bars, in denen wir Zeitungsleute verkehrten, und ich war Jack in den meisten schon über den Weg gelaufen. Wir hatten uns gegrüßt, ein, zwei Sätze gewechselt und uns wieder mit Kollegen unterhalten.

Aber dann kam jener Abend im Oktober, als ich im Andy's in der Hubbard Street durch die rauchverhangene Luft schaute und in einer hinteren Ecke des Lokals Jack Casey mit einer anderen Frau sitzen sah. Eine wunderschöne Frau mit langen dunklen Haaren, die ihr fast bis zum Po reichten. Schlagartig fühlte ich mich nüchtern. Als hätte jemand einen Kübel Eis über meinem Herzen ausgeschüttet.

Schnell kehrte ich ihnen den Rücken zu, doch M war bei mir und erstattete mir über alles Bericht.

«Jetzt lachen sie», sagte M. «Sitzen ganz schön dicht beieinander. Aber Händchen halten sie nicht ... Und keine Sorge, auch wenn sie diese Haare hat, ist sie nicht halb so hübsch wie du ...»

Ich hatte keine Ahnung, warum es mir etwas ausmachte. Zurückhaben wollte ich ihn nicht, und eigentlich hatte ich schon lange damit gerechnet, dass es in seinem Leben jemand

Neues gab. Immerhin lag unsere Trennung schon über ein Jahr zurück. Trotzdem tat es weh, denn diese Frau war die erste Freundin, die er nach mir hatte. Wenigstens die erste, von der ich wusste.

M und ich ließen die Drinks stehen und schlichen aus der Bar. In dem Laden an der nächsten Straßenecke besorgten wir uns eine Flasche Wodka und fuhren dann zu M.

Seit meinem ersten Tag in der Redaktion hatte ich M als Freundin betrachtet, und nach der Abtreibung und der Nacht an ihrem Bett waren wir fast wie Schwestern geworden. Doch trotz dieser Nähe weihten wir uns gegenseitig nicht in unsere größten Geheimnisse ein. Sie erzählte mir nichts von Mr. Ellsworth, ich erzählte ihr nichts von Ahern. Über die Abtreibung sprach sie nie wieder, und sie fragte auch nicht, wer der geheimnisvolle Richard gewesen sei, der uns an jenem Tag begleitet hatte.

M schloss die Tür zu ihrer Wohnung auf, ging mit der Wodkaflasche geradewegs zu einem Servierwagen, auf dem eine Batterie anderer Flaschen stand, und goss uns zwei großzügige Gläser Wodka ein. Sie gab eine Handvoll Eiswürfel hinzu und sagte: «Ich weiß, was du brauchst. Komm mit.»

«Was hast du vor?» Ich folgte ihr ins Bad, in dem es vor lauter Parfumflakons und Kosmetiktiegel, die auf gläsernen Regalen standen, nur so funkelte. An Haltern hingen rosa Handtücher, und vor der Badewanne lag ein Fransenteppich in derselben Farbe.

«Wirst du gleich sehen.» M zog eine Schublade neben dem Waschbecken auf und entnahm ihr Bürsten, Kämme, Lockenwickler und tausend andere Utensilien. Sie klappte den Toilettendeckel herunter und klopfte darauf. «Setz dich.» Ich gehorchte, und sie legte mir ein Handtuch auf die Schultern.

«Glaube mir, eine neue Frisur wird dich aufheitern.»

«Aber ich muss doch gar nicht aufgeheitert werden.»

«Quatsch. Du hast gerade die Liebe deines Lebens mit einer anderen Frau gesehen.»

Komischerweise empfand ich Jack nicht als die Liebe meines Lebens. Tatsächlich tauchte, als M die Floskel benutzte, Scott vor meinem geistigen Auge auf. Das überraschte selbst mich. *Wie tief gehen meine Gefühle für ihn wirklich?*

Ich schob die Frage beiseite und saß stocksteif da, während M eine großzügige Portion Festiger in meinem Haar verteilte. Inzwischen roch es im Bad wie in einem Schönheitssalon, und ich zündete mir schnell eine Zigarette an, um nicht an dem süßlichen, pudrigen Geruch zu ersticken.

«Als wir uns zum ersten Mal gesehen haben, hattest du noch diese süße Frisur.» M hielt eine Strähne von mir hoch und versuchte mit den Zähnen, das Gummiband von einem Lockenwickler zu lösen. «Warum trägst du die nicht mehr? Warum hast du sie rauswachsen lassen?»

«Aus demselben Grund, warum ich meine neuen Kleider nicht mehr angezogen habe. Weil ich wollte, dass die Männer in unserem Beruf in mir nicht länger nur eine Frau sehen, sondern eine gleichwertige Kollegin.»

«Tja, meine Liebe, wie eine Frau siehst du aber immer noch aus.» Sie spreizte Zeige- und Mittelfinger, und ich legte meine Zigarette dazwischen. M zog einmal daran, und als sie sie mir zurückgab, klebte knallroter Lippenstift am Filter. «Du bist schließlich nicht Gabby. Die ist ja so farblos.» M drehte die letzte Strähne auf einen Lockenwickler und klemmte sie fest. «Solange ich sie kenne, hatte die Ärmste keinen Freund.»

«Wahrscheinlich hat sie für einen Freund gar keine Zeit. Sie ist fast immer bei ihrer Schwester und passt auf die Kinder auf.» Ich erhob mich, schaute in den Spiegel und rüttelte vorsichtig an den Lockenwicklern, um sicherzugehen, dass alle fest saßen.

«Wenn du mich fragst, ist das ein Riesenfehler. Wie soll sie wohl jemanden kennenlernen, wenn sie jeden Samstag bei ihrer Schwester hockt und deren Kinder hütet?»

«Vielleicht tut sie es gern.» Ich drehte den Kopf zur Seite. Ich sah aus, als hätte ich einen Helm auf. «Denn ob du es glaubst oder nicht, ein Mann ist nicht die Antwort auf alle Fragen.»

Das schien ihr nicht zu gefallen, denn sie wechselte schnell das Thema. «Oh, bevor ich es vergesse. Warte mal, ich muss dir mein neues Kleid zeigen.»

Sie verschwand im Schlafzimmer, und ich ging ins Wohnzimmer zurück, trank meinen Wodka und sah mich um. In der Mitte des Esstischs standen zwei Kristallkerzenhalter, als hätte dort erst vor Kurzem ein romantisches Abendessen stattgefunden. Ich besah mir den Stapel Schallplatten neben dem Plattenspieler: Everly Brothers, Sonny James, Bobby Darin. Jemand hatte sämtliche Platten aus den Hüllen gezogen und nicht wieder zurückgesteckt. Außerdem schien in der Luft noch der Geruch eines Aftershaves zu hängen, das ich auf Anhieb wiedererkannte.

Kurz darauf tauchte M im Türrahmen auf. Sie trug ein tief ausgeschnittenes schwarzes Kleid, das ihre weiblichen Rundungen ausnehmend gut betonte.

«Ta-da!» Sie legte die Hände auf die Hüften.

«Du siehst umwerfend aus. Atemberaubend.»

Sie lächelte, obwohl sie auch ohne meinen Kommentar wusste, wie sie in dem Kleid aussah.

«Hast du dir das für einen besonderen Anlass gekauft? Bist du mit einem tollen Mann verabredet?»

«Ich habe es bei Field's gesehen und konnte einfach nicht widerstehen.»

«Unsinn, du musst beim Kauf an jemand Spezielles gedacht haben.»

Sie zuckte kokett mit den Schultern, und ich verdrehte die Augen. Dass sie mir nichts von Mr. Ellsworth erzählte, nagte aus irgendeinem Grund an mir. Und ich konnte es mir nicht verkneifen, die eine oder andere Andeutung fallen zu lassen, um ihr doch noch ein Geständnis zu entlocken.

«Warte, bis du erst mal die Schuhe gesehen hast, die ich mir dazu gekauft habe.» Sie verschwand wieder im Schlafzimmer.

«Wie kannst du dir das bloß alles leisten?», rief ich ihr nach. Sie verdiente noch weniger als ich und hatte sich, wie sie mir damals erzählt hatte, sogar das Geld für die Abtreibung zusammenleihen müssen. «Hast du nicht gesagt, du bist total pleite?»

Eine Antwort bekam ich nicht, denn in diesem Moment klingelte das Telefon. M nahm das Gespräch an ihrem Apparat im Schlafzimmer entgegen. «Gerade passt es nicht», flüsterte sie. «Heute Abend geht bei mir nicht … Ich habe Besuch … Nein, keine Sorge, es ist eine *sie* …»

M kehrte ins Wohnzimmer zurück, und ich fragte, ob alles in Ordnung sei.

«Ja klar.» Sie steckte sich eine Zigarette zwischen die Lippen und zündete sie mit einem goldenen Feuerzeug an.

Dieses Feuerzeug – das wahrscheinlich mehr gekostet hatte, als ich in einem Monat verdiente – brachte das Fass für mich zum Überlaufen. «Wer war das am Telefon?», fragte ich mit schneidendem Ton.

«Eine Freundin.»

«Unsinn. Ich weiß, wer das war», sprudelte es aus mir hervor. «Ich weiß von dir und Mr. Ellsworth.»

Die Zigarette fiel ihr beinahe aus der Hand. «Wer hat es dir erzählt?»

«Niemand. Ich habe nur eins und eins zusammengezählt.»

«Verstehe.» Sie zog fest an der Zigarette und blies den Rauch zur Decke.

«M, der Mann ist verheiratet.»

«Danke, dass du mich aufklärst. Allerdings war mir das schon bewusst.»

«Und was willst du jetzt machen?»

«Warten?»

«Worauf?»

«Auf ihn», antwortete sie sachlich. «Er wird seine Frau verlassen, und dann können wir richtig zusammen sein. Und jetzt guck mich nicht so an. Er ist mein Seelenverwandter.»

«Dann lässt er sich also scheiden? Liebst du ihn denn? Liebt er dich? Und wie alt ist er überhaupt? Wie lange geht das mit euch schon? Und wo war er, als es dir nach der Abtreibung so schlecht ging? Verdammt, wieso hat *er* dich nicht zur Abtreibung begleitet?»

M schaute mich gereizt an. «Immer hübsch langsam, ja?» Sie setzte sich aufs Sofa und massierte sich die Schläfen. «Ja, er lässt sich von seiner Frau scheiden. Ja, ich liebe ihn. Ja, er liebt mich. Und wenn du es genau wissen willst, wir haben einen Plan.»

«Was für einen Plan?»

«Einen Plan. *Den* Plan.» Beim zweiten Mal wurde ihre Stimme lauter, als würde ich sie dadurch besser verstehen. «Er lässt sich scheiden und wird dann in aller Öffentlichkeit um mich werben. Dann verloben wir uns und heiraten. Und danach – also nach der Hochzeit – gründen wir eine Familie.»

«Warum hat er sich nicht scheiden lassen, als klar war, dass du von ihm schwanger bist?» Ich war in die Rolle der Reporterin geschlüpft und wollte sie mit meinen Fragen aus der Reserve locken.

«Das ging nicht. Denk doch mal nach. Er ist der Chefredakteur der *Chicago Tribune*. Er ist eine bedeutende Persönlichkeit und muss auf seinen Ruf achten ...»

«Du doch auch.»

Sie wischte den Einwand mit einer Handbewegung beiseite. «So einen Skandal kann er sich nicht leisten. Ich weiß, was ich tue, Jordan. Du musst mir keinen Vortrag über verheiratete Männer halten.»

«Was ist denn aus dem einen da geworden? Der bei Ogilvy arbeitet? Der ist nicht verheiratet, und du warst ein paarmal mit ihm aus.»

«Ja, zweimal.» Sie zog noch einmal an der Zigarette und drückte sie im Aschenbecher aus. «Das war nichts Ernstes. Du kennst mich – ich flirte gern. Außerdem war ich nur mit ihm aus, weil ich Stanley eifersüchtig machen wollte. Manchmal bin ich so sauer auf ihn, dass ich mich mit anderen treffe, um ihm eins auszuwischen. Aber diese Männer bedeuten mir nichts. Das weiß er auch.»

Stanley. Ich hatte fast vergessen, dass Mr. Ellsworth auch einen Vornamen hatte.

Jetzt, wo ich über die beiden Bescheid wusste, ging mir auf, dass ich es eigentlich schon früher hätte bemerken müssen. Ich erinnerte mich daran, dass er oft aus der Redaktion verschwunden war und vorher ein bisschen zu laut verkündet hatte, er müsse dringend runter in die Setzerei. Fünf bis zehn Minuten später war dann mit Sicherheit auch M eilig aufgebrochen. Kehrten sie einige Zeit später zurück, waren Ms Wangen noch gerötet und seine Haare leicht zerzaust gewesen. Auch die Mittagspausen fielen mir ein, wenn sie in etwa gleichzeitig gingen und zeitlich versetzt zurückkehrten. Und immer, wenn er an ihrem Tisch vorbeikam und ihr etwas Aufmerksamkeit schenkte, strahlte M vor Freude.

Aber ich hatte auch deutlich den Schmerz in ihrem Gesicht vor Augen, wenn er sie nur ein kleines bisschen zurechtwies. Und ich wusste, dass sie in letzter Zeit schlecht schlief und sich vom Arzt sogar Schlaftabletten hatte verschreiben lassen. Wieso war mir ihr Verhältnis nicht schon früher aufgefallen? Eigentlich wurde in meinem Beruf doch von mir erwartet, eine gute Beobachterin zu sein. Nun musste ich mich fragen, was mir sonst noch entgangen war.

KAPITEL 27

ch stand in der Kälte und machte mir Notizen über die feierliche Eröffnung des neuen Flügels vom Michael Reese Hospital. Es war Mitte November, und ein eisiger Wind fegte über die versammelten Reporter hinweg. Auch der Bürgermeister war anwesend und verkündete gerade stolz: «Wir sind heute hier, weil aus Chicago das führende Zentrum für Krankheit werden soll ...»

Sein Pressesprecher fuhr sich entgeistert an den Kopf, während die Zeitungsmeute grinsend den neuesten Fauxpas des Bürgermeisters notierte.

Vor mich hin schmunzelnd kehrte ich in die Redaktion zurück. Ich hatte noch nicht mal meinen Mantel ausgezogen, da holte Benny sich bereits einen Stuhl und setzte sich zu mir an den Schreibtisch. Gestern waren wir gemeinsam zu einem Brand auf einer Brücke geschickt worden und wollten den Artikel heute zusammen schreiben. Benny ging seine Notizen durch, und ich hämmerte den Zweispalter mit kälteklammen Fingern in die Schreibmaschine.

«Oh, warte ...», unterbrach er mich alle paar Zeilen, um noch einen Gedanken oder ein vergessenes Detail einzufügen. «Das war ja der Branddirektor, der das gesagt hat.»

«Ja, ich weiß. Hier. Schau her.» Ich zeigte auf die Zeile. Solche Storys hatte ich schon Hunderte Male verfasst und hätte sie im Schlaf schreiben können.

Während Benny und ich arbeiteten, trällerte Randy ununterbrochen *He's Got the Whole World in His Hands*, nur dass er den Text veränderte und so tat, als wäre es ein Lied über unsere Redaktion.

Im Sommer hatte Randy einen von der Firma H. C. Schrink & Sons gesponsorten Gesangswettbewerb gewonnen. Zu ihren Produkten gehörte auch die Eismarke *Eskimo Pies*. Randy hatte mit einer umwerfenden Version von *Some Enchanted Evening* Publikum und Jury zum Dahinschmelzen gebracht und den Hauptgewinn abgeräumt – ein halbes Jahr lang so viele Eskimo Pies, wie er essen konnte.

Seitdem redete er davon, bei der Zeitung aufzuhören und eine Karriere als Sänger zu starten. Nicht, dass er seinen Job als Zeichner und Karikaturist nicht mochte. Wie er selbst sagte, war er es nur «leid, gerade so über die Runden zu kommen. Mit Musik kann man Geld verdienen. Das ganz große Geld. Demnächst spreche ich bei Pendulum Records vor und unterschreibe einen Plattenvertrag.»

«Hört, hört», hatte Walter lachend gerufen. «Bald ist unser Randy ein richtiger Star, der Millionen Platten verkauft. Wie Sinatra.»

«Ob du es glaubst oder nicht, Walter», hatte Randy erwidert und seine Stimme dabei richtig laut werden lassen. «Ich habe Talent. Gott hat es gut mit mir gemeint. Und eines Tages werde ich damit reich werden. Stinkreich.» Als er es sagte, zitterte er am ganzen Körper. Ich glaube nicht, dass er Walter – oder sonst jemandem – je zuvor die Stirn geboten hatte.

Der Nachschub an Eskimo Pies war inzwischen versiegt, und soweit wir wussten, war Randy immer noch nicht bei Pendulum Records vorstellig geworden. Als ich ihn danach gefragt hatte, meinte er nur, seine Frau müsse an der Gallenblase operiert werden, als würde das alles erklären. Operiert worden war sie dann aber nicht, laut Randy ging es ihr inzwischen wieder gut.

Das alles ging mir durch den Kopf, als Henry in die Redaktion gerannt kam. Eilig streifte er seinen Mantel ab und warf den Hut auf seinen Schreibtisch. «Ist Ellsworth da?»

«Suchen Sie mich?» Mr. Ellsworth hatte an Ms Tisch gestanden und trat jetzt in den Gang.

Henry lief zu ihm hin. «Ich bin an einer ganz großen Sache dran. Das wird Sie umhauen. Ein Kumpel vom Bureau hat es mir gerade erzählt.»

«Und werden Sie es mir auch erzählen oder muss ich es Ihnen aus der Nase ziehen?»

Henry senkte die Stimme. «Können wir unter vier Augen reden?»

Die beiden verschwanden in einem Konferenzraum. Durch die Scheibe sah ich, wie Mr. Ellsworth sich über den Bart strich und abrupt damit aufhörte. Das bedeutete, dass Henry tatsächlich eine Sensationsmeldung für ihn hatte. Wenige Minuten später verließen die beiden den Raum, und Henry setzte sich an seine Schreibmaschine und fing an zu tippen, ohne noch etwas zu sagen.

Meine Neugier gewann die Oberhand. Alle naslang lugte ich über Henrys Schulter und las mit: *Verdeckter Einsatz des FBI ... Hinweise auf Korruption im Justizapparat des Cook County ... Informant gibt sich als bestechlicher Anwalt aus ...*

Mittags schlich ich mich aus der Redaktion, suchte die nächste Telefonzelle auf und rief Ahern im Büro des Bezirksstaatsanwalts an. Es war bitterkalt, und der Wind pfiff durch die Ritzen neben der Tür.

«Was wissen Sie über den verdeckten FBI-Einsatz und den Informanten bei Gericht?»

Er seufzte ins Telefon, als wäre ihm mein Anruf lästig. «Das ist eine Sache des FBI. Vermutlich wissen Sie da mehr als ich, Walsh.»

Ich hielt den Hörer umklammert und seufzte ebenfalls. Er wollte mich nur hinhalten. Wenn das FBI gegen den Justizapparat ermittelte, mussten Adamowski und sein Büro davon wissen.

«Okay», sagte ich, bevor ich auflegte, «falls Sie irgendetwas hören, geben Sie mir Bescheid, ja?»

Am nächsten Morgen besuchte ich eine Pressekonferenz des Illinois Department of Transportation. Eine Brücke an einer Zufahrtsstraße Richtung Downtown sollte ausgebessert werden, und die Verkehrsbehörde präsentierte die Baupläne.

Wir saßen in einem winzigen Raum, die von der Heizung aufsteigende Wärme ließ die Fenster beschlagen und machte mich müde. Verzweifelt kämpfte ich gegen den Schlaf an, während der Pressesprecher damit angab, dass täglich Tausende von Fahrzeugen die Brücke überqueren und die Stadt fast fünf Millionen Dollar für die Instandsetzungsmaßnahmen auszugeben bereit war. Wieder unterdrückte ich ein Gähnen und blickte mich verstohlen um. Der Reporter links neben mir schaute auf seine Uhr, der rechts spielte gegen sich selbst eine Runde Tic-Tac-Toe. Nach zwanzig weiteren zähen Minuten waren wir endlich entlassen.

Da es inzwischen Mittagszeit war, ging ich in einen Peter Pan Snack Shop und setzte mich an den Tresen. Ich bestellte einen Hamburger und eine Malzmilch, um mich für die überstandene Pressekonferenz zu belohnen. Ich klappte meinen Aktenkoffer auf und fischte die *Tribune* heraus. Den ganzen Tag hatte ich noch keine Gelegenheit gehabt, die heutige Ausgabe zu lesen.

Ich trank meine Malzmilch und las verschiedene Artikel, darunter auch Henrys Story über die *Operation K*, wie sie beim FBI hieß – K wie Korruption. Sicherlich gehörte es in diesem Fall zur Strategie des FBI, Informationen gezielt an die Presse durchsickern zu lassen. Wahrscheinlich wollten sie die fraglichen Leute nervös machen, damit diese sich entweder freiwillig stellten oder einen gravierenden Fehler begangen.

Aus irgendeinem Grund hatte Mr. Ellsworth den Artikel von Henry allerdings hinten im Lokalteil untergebracht. Vermutlich hatte er gedacht, eine Handvoll korrupter Cops, ein Bestechungsgeld hier, ein verschwundener Strafzettel da wären in Chicago keinen Aufmacher wert, sondern etwas, das in unserer Stadt tagtäglich geschah. Danach krähte kein Hahn.

Im Lokalteil entdeckte ich außerdem eine Meldung, die sofort meine Aufmerksamkeit erregte. Es handelte sich um einen Einspalter, den Peter über eine Schlachterei in der Ashland Avenue geschrieben hatte. Dem Eigentümer wurde vorgeworfen, Pferdefleisch als hochwertiges Rindfleisch verkauft zu haben. Schon beim Wort *Pferdefleisch* wurde ich

337

hellhörig. Ich las den kurzen Artikel ein zweites Mal. Soweit ich wusste, war mein Bruder der einzige Reporter gewesen, der dieser Geschichte bisher nachgegangen war, und ich hatte nie verstanden, warum die *Sun-Times* nach seinem Tod alle weiteren Recherchen dazu eingestellt hatte. Denn Peters Artikel zufolge ging der Betrug bis zum heutigen Tag munter weiter.

Ich schaute zu dem Hamburger auf meinem Teller, nahm den Brötchendeckel ab und betrachtete das Fleisch. Es sah völlig normal aus, aber nachdem ich Peters Artikel gelesen hatte, fragte ich mich jetzt, ob Farbe und Konsistenz tatsächlich so waren wie immer. Abgebissen hatte ich noch nicht, nun verging mir der Appetit. Ich schob den Teller von mir weg, trank die Malzmilch aus und bat um die Rechnung.

Wieder in der Redaktion, ging ich geradewegs zu Peter.

«Was weißt du sonst darüber?» Ich warf die Zeitung mit der aufgeschlagenen Seite auf seinen Tisch.

«Ach, das?» Peter schob seinen Augenschirm hoch und überflog den Artikel. «Was soll die Frage?»

«Wie hast du davon erfahren?»

«Weiß ich nicht mehr – ich glaube, eine verärgerte Kundin hat mich angerufen.»

«Hast du noch mehr Informationen? Glaubst du, da sind weitere Schlachter beteiligt?»

«Nun mal langsam, Walsh. Was willst du eigentlich?»

«Ich glaube, das ist eine viel größere Sache.»

«Glaube ich kaum.» Peter schob den Augenschirm wieder herunter. «Das war nur der eine, der Mann hatte Geldprobleme und wollte sparen. Mehr steckt nicht dahinter. Die Polizei hat seinen Laden dichtgemacht.»

«Was hältst du davon, wenn wir uns zusammentun und der Sache auf den Grund gehen?»

«Welcher Sache?» Peter verzog das Gesicht. «Wir müssen uns nicht zusammentun, da gibt es nichts mehr zu recherchieren. Das war ein Einzelfall. Punkt, aus, fertig.»

«Dann willst du das nicht weiter verfolgen?»

Er lachte. «Nein, ganz sicher nicht.»

«Du hättest auch nichts dagegen, wenn ich das mache?»

Er verdrehte die Augen. «Tu, was du nicht lassen kannst. Augenblick ...» Er griff in eine Schublade seines Schreibtischs und zog eine Handvoll Zettel heraus. «... meine Notizen kannst du auch haben. Viel Spaß damit.»

Ich ging zu meinem Tisch und las sämtliche seiner Notizen durch. Auf einem Zettel stand die Telefonnummer der Frau, die ihm den Tipp gegeben hatte.

«Es hat so komisch geschmeckt», erklärte sie bei meinem Anruf. Wie sie weiter berichtete, hatte ihr Sohn, der an der Francis Parker Highschool Biologie unterrichtete, das Fleisch im Schullabor untersucht. «So haben wir herausgefunden, dass es sich um Pferdefleisch handelt.»

Laut Peters Aufzeichnungen hatte der Schlachter gesagt, es sei sein Pferd gewesen und er habe es aus Altersgründen schlachten müssen. Da er überfällige Rechnungen habe zahlen müssen, habe er das Fleisch kurzerhand durch den Wolf gedreht und als Rinderhack zum Verkauf angeboten. Für Peter hatte sich die Story damit erledigt, aber ich war mir sicher, dass das noch nicht alles war. Eliot hatte damals zwei Monate lang dazu recherchiert. Und er hatte mal zu mir gesagt, er vermute, dass in der ganzen Stadt Pferdefleisch verkauft werde und sogar in den Schulmensen und teuren Restaurants auf dem Tisch lande. Ich war es leid, über Straßenbaumaßnahmen, Feuerwehreinsätze und Autounfälle zu berichten. Der Skandal mit dem Pferdefleisch gab mir Auftrieb. Wenn ich mehr darüber in Erfahrung brachte, würde ich vielleicht auch endlich herausfinden, ob es einen Zusammenhang zwischen Eliots nie fertiggestelltem Enthüllungsbericht und seinem Tod gab.

Nach der Arbeit fuhr ich zu meinen Eltern, weil ich Eliots Aufzeichnungen zum Pferdefleischskandal heraussuchen wollte.

Mein Vater saß in seinem Arbeitszimmer und schrieb, meine Mutter hatte Besuch von dem Dichter Delmore Schwartz, der für ein paar Tage in der Stadt war. Mit übereinandergeschlagenen Beinen saß sie da und wippte vergnügt mit dem Fuß. Sie lachte, erzählte, lachte wieder. So fröhlich hatte ich sie schon lange nicht mehr gesehen. Wenn man sie in dieser Verfassung erlebte, wusste man, warum Männer wie Hemingway und vermutlich auch Schwartz sie so anziehend fanden.

Ich grüßte kurz und ging dann hoch in Eliots Zimmer. Dort setzte ich mich an den Schreibtisch und strich mit den Händen über die Tischplatte mit den Brandlöchern und Wasserrändern. Die Schreibmaschine, die ich früher so gerne besessen hätte, stand da, unbenutzt und mit dem unsichtbaren Schild «Berühren verboten» versehen. Wie hätte ich da widerstehen können? Ich legte die Finger auf die Tasten und dachte an den möglichen Artikel über den Pferdefleischskandal. *Du kannst das*, sagte ich mir. *Du kannst das.* Ich zog die Schubladen auf und ging Eliots Notizbücher und Zettel mit der inzwischen schon leicht verblassten Tinte durch.

«Was tust du da?»

Ich schreckte hoch, und obwohl es unsinnig war, versuchte ich jetzt, das Notizbuch in meiner Hand vor meinem Vater zu verstecken. Ich fühlte mich, als hätte er mich beim Stibitzen von Süßigkeiten ertappt. «Ich ... ich bin nur seine Notizen durchgegangen. Weil ... weil ich überlege, eine von seinen Storys aufzugreifen.»

Eigentlich rechnete ich damit, dass mein Vater in die Luft gehen würde. Stattdessen lehnte er sich gegen den Türrahmen und fragte ruhig: «Welche denn?»

«Äh? Was?» Ich glaubte, mich verhört zu haben.

«Welche Story willst du aufgreifen?»

«Äh, die letzte, an der er gesessen hat. Weißt du noch? Es ging um einen Skandal mit Pferdefleisch und ...»

Mein Vater nickte wissend, doch sein Gesicht nahm dabei einen Ausdruck an, den ich nicht deuten konnte. «Na, wenn das so ist, dann musst du wohl ein bisschen mehr wühlen. Komm.» Er trat ins Zimmer. «Ich helfe dir. Na los ...» Seine Hand schoss an mir vorbei, er riss die obere Schublade ganz heraus und kippte den Inhalt auf den Boden.

In der ersten Schrecksekunde glaubte ich, die Schublade wäre ihm aus Versehen entglitten, dann wurde mir klar, dass er es mit voller Absicht getan hatte.

«Na komm, ich helfe dir, Jordan.» Er schleuderte die Schublade quer durchs Zimmer und langte bereits nach dem Griff der zweiten.

«Dad, bitte beruhige dich doch. Was soll das denn?»

«Musst du schlafende Hunde wecken? Kannst du es nicht einfach bleiben lassen?» Er fegte ein Bord im Bücherregal leer und kippte die Zettel aus der zweiten Schublade auf den Boden. «Dein Bruder wollte die Story schreiben. Du lässt die Finger davon, verstanden?!» Er nahm die nächste Schublade in Angriff, als meine Mutter und Delmore im Türrahmen auftauchten.

«Hank, was tust du da? Hör sofort auf!»

Delmore packte meinen Vater und drehte ihm die Arme auf den Rücken. Mein Vater versuchte sich loszureißen, doch Delmore verstärkte den Griff. Bisher hatte ich erst einen Menschen erlebt, der sich ähnlich wild aufgeführt hatte – Marty Sinclair, am Tag seines Nervenzusammenbruchs. Meinen Vater in diesem Zustand zu sehen und das Wissen, dass ich der Grund dafür gewesen war, erschütterten mich. Mein Vater knurrte wie ein Hund und stieß Verwünschungen aus. Wenn er nun wie Marty in einer Klinik landete, würde ich mir das niemals verzeihen.

Langsam geriet ich in Panik und überlegte schon, einen Krankenwagen zu rufen, als die Wut mit einem Mal aus meinem Vater wich und er sich zu beruhigen schien. Delmore lockerte den Griff, mein Vater schüttelte ihn ab und richtete sich auf. Sein Atem ging schwer, seine Stirn glänzte vor Schweiß.

«Okay, okay.» Mein Vater hob die Hände, als Zeichen, dass er sich ergab. «Beruhigen wir uns alle wieder.» Er murmelte noch etwas Unverständliches und verließ das Zimmer mit gesenktem Kopf und hängenden Schultern.

Meine Mutter und Delmore kehrten ins Wohnzimmer zurück, und ich räumte Eliots Zimmer so gut es eben ging auf. Seine Zettel und Notizbücher legte ich wieder in die Schubladen und rückte auch den Schirm der Schreibtischlampe wieder gerade.

Bevor ich das Haus verließ, nahm ich meinen Mut zusammen und machte mich auf die Suche nach meinem Vater. Ich fand ihn im Schlafzimmer meiner Eltern, wo er im Dunkeln auf dem Bett saß. Er hatte der Tür den Rücken zugekehrt und starrte aus dem Fenster, durch das ein winziger Schimmer Licht fiel.

«Ich wollte mich entschuldigen.» Da ich mich nicht ins Zimmer traute, blieb ich im Türrahmen stehen. Zu gern hätte ich noch mehr zu ihm gesagt, doch mir fielen keine passenden Wörter ein.

Er hob eine Hand und ließ sie auf die Matratze fallen. «Der Himmel sieht böse aus», sagte er, zum Fenster gewandt. «Nach Schnee. Oder Eisregen. Fahr besser gleich nach Hause, bevor das Wetter richtig schlecht wird.»

«Okay. Dann gehe ich jetzt.»

Er nickte. «Okay.»

Mehr hatte er mir nicht mitzuteilen. Ich stand im Türrahmen und wünschte mir, er würde sich zu mir umdrehen und noch etwas sagen. Irgendetwas. Wusste er denn nicht, wie viel mir jedes Wort von ihm bedeutete? Nur ein einziges Wort, war das denn wirklich zu viel verlangt?

KAPITEL 28

Mein Vater hatte mir zwar mehr oder weniger verboten, die Recherchen meines Bruders fortzusetzen, doch ich war nun noch entschlossener, den Pferdefleischskandal aufzudecken. Ich wollte mich kopfüber in die Arbeit stürzen, aber dann passierten zwei Dinge, die meine gesamte Aufmerksamkeit beanspruchten. Am 1. Dezember 1957 stürzte ein Jet der TWA nur wenige Minuten nach dem Start vom Flughafen O'Hare ab, und eine knappe Stunde später veröffentlichte das FBI erste Namen im Zusammenhang mit Operation K.

Wie es aussah, hatte sich die Korruption im Justizapparat von Chicago von unten nach oben ausgebreitet. Der erste namentlich genannte Verdächtige war ein bekannter Anwalt, der einem noch bekannteren Amtsrichter beim Cook County Geld gegeben hatte, damit dieser seinen Strafzettel wegen betrunkenen Fahrens verschwinden ließ. Jetzt interessierten sich die Leute für die Story, und sie wanderte mit jedem Tag weiter in Richtung Seite eins. Die Eilmeldungen trafen so schnell ein, dass Henry nicht mehr hinterherkam, deshalb ging ich zu Mr. Ellsworth und bat ihn, mich ebenfalls auf die Story anzusetzen.

«Tut mir leid, Walsh, aber ich habe Walter bereits den Auftrag gegeben.»

«Walter?»

«Ja. Haben Sie damit irgendein Problem? Und haben Sie nicht ohnehin mit dem Flugzeugabsturz genug zu tun?»

Damit hatte er recht. Ich hatte die Nachberichte verfasst und über die 119 Todesopfer geschrieben, die der ausgefallene Motor gefordert hatte. Es war eine dieser Storys über eine menschliche Tragödie, für die ich mich in Mr. Ellsworths Augen als Frau am besten eignete. Im Grunde war ich nämlich immer noch im Gesellschaftsressort für Frauenthemen zuständig und durfte nur gelegentlich eine *richtige Nachrichtenstory* schreiben. Doch ich wünschte mir nichts sehnlicher, als in die Berichterstattung über Operation K miteinbezogen zu werden.

Bald verging kein Tag, ohne dass auf Seite eins über die FBI-Ermittlungen berichtet wurde. Wie es aussah, hatten in fast jedem Gericht der Stadt Polizisten, Anwälte und Richter die Hand aufgehalten. Inzwischen redete ganz Chicago über die Korruption und stellte wilde Vermutungen an.

Meine Kollegen und ich saßen jeden Abend im Riccardo's oder Boul Mich, diskutierten die aktuellen Entwicklungen und spekulierten, wer der Informant sein könnte. Bisher wurde sieben Polizisten, neun Anwälten und zwölf Richtern vorgeworfen, Bestechungsgelder angenommen und Anklagen unter den Tisch fallen gelassen zu haben. Die Geschichte hatte kaum vorstellbare Ausmaße angenommen, denn offenbar war der gesamte Justizapparat des Cook County darin verstrickt.

Eines Abends war ich mit Scott in einer Bar in der Rush Street verabredet und sprach ihn direkt darauf an.

«Du gehst bei den Gerichten doch ein und aus», sagte ich. «Also erzähl schon, was denkst du über die Operation K?»

Er trank einen Schluck Bier und trommelte mit den Fingerknöcheln auf den Tresen. «Das ist dieselbe Scheiße, über die ich mich schon seit Jahren aufrege. Das ist ein gewaltiger Sumpf. Ein Albtraum.»

«Hast du eine Ahnung, wer der Informant ist?»

«Könnte praktisch jeder sein.»

Scott stand auf und ging zur Jukebox. Ich folgte ihm.

«Macht dich die Geschichte nicht wütend?» Ich lehnte mich an die Wand, während er die Songauswahl durchging. «Du bist einer der Guten und willst einen ordentlichen Job machen. Nur wie kannst du das, wenn das ganze System korrupt ist? Und was ist mit all den ehrlichen Cops und Richtern? Wie stehen die jetzt da?» Ich dachte an Danny Finn und Jacks Vater. Richter Casey hatte sein Studium selbst finanziert und sich bis an die Spitze hochgearbeitet. Er glaubte an das System. Ich konnte mir vorstellen, wie sehr er unter den Enthüllungen litt. «Du musst doch an die Decke gehen.»

«Bin ich schon vor Jahren.» Er schob zwei Münzen in den Schlitz und wählte Stücke aus. *Sixteen Tons* von Tennessee Ernie Ford. «Das Traurige daran ist», sagte er, «dass mich das alles nicht mehr schockieren kann. Der ganze Apparat ist verdorben. Verdorbener, als ich zuerst dachte.» Er ließ Münzen in seiner Tasche klimpern und kehrte an unseren Platz zurück. Wieder ging ich ihm nach. «Sobald ich es mir leisten kann», sagte er, «bin ich draußen. Ich ziehe weg und fange anderswo noch einmal von vorne an.»

«Du willst Chicago verlassen?» Dass ich derart panisch reagierte, überraschte mich selbst.

«Ich möchte in dieser Stadt nicht mehr als Anwalt tätig sein.»

«Aber ...» Mir fielen keine anderen Sätze ein als *Bitte geh nicht. Bitte verlass mich nicht.* Laut aussprechen konnte ich sie jedoch nicht.

«Momentan weiß ich nicht mal mehr, ob ich überhaupt noch Anwalt sein möchte. Aber nun tu nicht so überrascht. Geht es dir bei deinem Beruf denn nie so? Kommst du nicht manchmal abends nach Hause und hast das Gefühl, die ganze Scheiße würde an dir kleben und du kannst dir die Hände gar nicht oft genug waschen?»

«Keine Ahnung ... Aber es gibt Geschichten, die stecke ich nicht so gut weg. Der entgleiste Zug der Hochbahn zum Beispiel. Das hat mir ziemlich zugesetzt. Trotzdem glaube ich fest daran, dass ich verpflichtet bin, den Leuten die Wahrheit zu berichten.»

Er schaute mich fragend an und brach dann in Gelächter aus. «Ach, wenn man dich so hört – immer noch voller Idealismus.» Das Lachen ging in ein Lächeln über. «So bin ich früher auch mal gewesen, oder?»

«Ich kenne dich nicht anders.»

«Manchmal fehlt mir mein altes Ich. Und weißt du, was mir vor allem fehlt? Dieses Gefühl, wir würden irgendetwas bewirken. Jetzt weiß ich nicht mehr, wie ich mich fühle. Müde? Ja, müde und schmutzig.»

In der Woche darauf fiel mir die Geschichte mit dem Pferdefleisch wieder ein, und ich fragte mich, wann ich jemals die

Zeit finden würde, mich näher damit zu befassen. Momentan setzten mich die Redakteure auf etliche andere Storys an, und dafür musste ich dankbar sein. Diese Gedanken gingen mir durch den Kopf, als ich mich nach der Arbeit auf den Heimweg machte. Doch auf der Treppe zur Subway bemerkte ich hinter mir eine große, dünne Gestalt, deren Gesicht im Schatten der Straßenlaternen lag. Ein leichter Angstschauer kroch mir über den Rücken, und ich beschleunigte meine Schritte. Unten an der Treppe angekommen, rief die Gestalt leise meinen Namen.

«Warten Sie», sagte eine vertraute Männerstimme.

«*Ahern?* Was machen Sie denn hier?»

«Gibt es in der Nähe ein Lokal, in dem wir uns ungestört unterhalten können? Es ist wichtig.»

Mein Herz pumpte das Blut noch schneller durch die Adern. «Worum geht's?»

«Das sage ich Ihnen, sobald niemand mithören kann.»

Einen Katzensprung von der Subway-Station entfernt lag ein Diner, dorthin gingen wir. Drinnen roch es nach angebrannten Zwiebeln. Die Kellnerin hängte gerade Weihnachtsschmuck auf und unterbrach diese Arbeit nur, um uns Kaffee einzuschenken und einen Teller mit altbackenen Donuts hinzustellen. «Zwei für einen Nickel», erklärte sie.

Ich schüttelte den Kopf, und sie verschwand. Sobald sie außer Hörweite war, fragte ich Ahern: «Was gibt es denn so Dringendes?»

«Ihr ehemaliger Verlobter – sein Vater ist Amtsrichter, oder?»

«Ja.»

«Richter Casey? Patrick J. Casey?»

«Was ist mit ihm? Ist ihm etwas zugestoßen?» Ein flaues Gefühl breitete sich in meinem Magen aus. Ich wollte die Kaffeetasse zum Mund führen, musste sie aber gleich wieder abstellen, weil sie mit einem Mal viel zu schwer war.

«Sein Name fiel im Zusammenhang mit Operation K.»

«Wie bitte? Das ist lachhaft.»

«Ich sage Ihnen das wirklich ungern, aber ...»

«Nein, nein. Das ist nicht wahr. Ich kenne ihn. Bei ihm müssen die sich irren.» Ich zog die Zigarettenschachtel aus meiner Tasche. «Richter Casey gehört zu den wenigen Anständigen. Wirklich.»

«Ich fürchte, danach sieht es momentan nicht aus.» Er lehnte sich zu mir vor. «Ich erzähle Ihnen das im Vertrauen, weil wir jetzt Freunde sind. Ich wollte nicht, dass es Sie völlig unvorbereitet trifft, wenn sein Name veröffentlicht wird.»

«Das ist doch Unsinn.» Ich mühte mich mit der Schachtel ab, aber meine Hände zitterten zu stark, um eine Zigarette herauszuziehen.

Ahern kam mir zu Hilfe und zündete ein Streichholz an. «Ich gebe nur wieder, was ich gehört habe.»

«Dann müssen Sie sich verhört haben.» Ich ließ mir von ihm Feuer geben. «Diese Ermittlungen entwickeln sich langsam zur Hexenjagd.»

«In unseren Gerichten sind eben sehr viele bestechlich. Und so leid es mir auch tut, Richter Casey steht ebenfalls auf der Liste.»

«Ich glaube das nicht. Richter Casey ist keiner von denen. Ich kenne ihn. Dieser Mann würde niemals Bestechungsgelder annehmen.» Ich funkelte Ahern böse an, als wäre alles seine Schuld.

«Na schön, ich wollte es Ihnen zwar nicht erzählen, aber ...» – er senkte seine Stimme – «... der Informant hat ihn auf Tonband.»

«Was reden Sie da?»

«Ich habe es selbst gehört. Wie Richter Casey sagt, er könne jeden Fall, der ihm vorgelegt wird, aus der Welt schaffen.» Er wollte meine Hand nehmen, aber ich zog sie weg. «Tut mir leid. Aber ich habe das Tonband mit eigenen Ohren gehört.»

Ich vergrub meinen Kopf in den Händen und drückte die Fingerkuppe fest gegen die Schläfen.

«Alles in Ordnung?»

Ich schüttelte den Kopf. «Und Sie sind sich ganz sicher?» Ich blickte zu ihm hoch. «Absolut sicher, dass er es ist?»

«Ja.»

Aherns Ruhe brachte mich beinahe um den Verstand. Er saß da und schaute mich an. Wartete ab. In aller Seelenruhe hier sitzen zu bleiben, das konnte ich nicht. Ich sprang auf, ließ Ahern allein im Diner zurück und lief auf die Straße. In meinem Kopf drehte sich alles. Was sollte ich bloß tun? Jack anrufen? Oder gar Richter Casey? War ich es ihnen schuldig, sie vorzuwarnen?

An der übernächsten Straßenecke ging ich in eine Telefonzelle und wählte Jacks Nummer. Während es im Hörer tutete, fragte ich mich, wie ich es ihm beibringen sollte.

Jack nahm ab und klang überrascht, mich zu hören.

«Ich muss mit dir reden», sagte ich. «Am besten heute noch. Es ist wichtig.»

Das Dayton's lag von unseren Wohnungen etwa gleich weit entfernt, dort trafen wir uns eine Viertelstunde später. Bei meiner Ankunft stand Jack neben einem schäbigen Weihnachtsbaum und bedachte mich mit einem so vorwurfsvollen Blick, als hätte ich ihn ohne Grund mitten in der Nacht aus dem Bett geholt.

«Was gibt es denn so Dringendes?», fragte er, nachdem wir uns mit zwei Canadian Club auf Eis an einen der hinteren Tische gesetzt hatten. «Hast du irgendwelchen Ärger?»

«Bei mir ist alles in Ordnung. Es geht um dich. Vielmehr um deinen Vater.»

«Was ist mit ihm? Hatte er etwa einen Unfall?» Er schaute mich unruhig an.

«Nein, nein.» Dass er sich Sorgen um den Gesundheitszustand seines Vaters machte, war nicht meine Absicht gewesen. «Das ist es nicht, aber ... Ach, Jack.» Ich nahm seine Hand. «Ich habe gerade erfahren, dass man den Namen deines Vaters im Zusammenhang mit der Operation K nennen wird.»

«Wie bitte? Ich verstehe kein Wort.» Reflexartig entzog er mir seine Hand.

«Er soll Bestechungsgelder angenommen haben und ...»

«Das ist doch lächerlich. Mein Vater ist der ehrlichste Mensch unter der Sonne.»

«Ich wollte nicht, dass du es aus der Zeitung erfährst. Und ich dachte, ich bin es dir schuldig, dich vorzuwarnen, dass man gegen ihn ermittelt. Ich habe es eben erst erfahren. Und sofort bei dir angerufen.»

«Und ich soll dir glauben, dass du nichts damit zu tun hast? Ständig hast du mir erzählt, meine Familie sei ja so perfekt und hätte nie etwas Schlimmes erlebt – du hast doch nur auf eine solche Geschichte gewartet!»

Der Vorwurf erschütterte mich. «Jack, ich berichte noch nicht mal darüber.»

«Woher weißt du es dann?»

«Mit dem Fall beschäftigen sich sämtliche Chicagoer Zeitungen. Auch die *Sun-Times* hat die Operation-K-Story auf der ersten Seite gebracht.»

«Die *Tribune* hat als Erstes darüber berichtet. Da wird es für dich nicht schwer gewesen sein, deine Kollegen zu bitten, dem FBI den Tipp zu geben, Richter Casey einmal gründlich unter die Lupe zu nehmen.»

«Jack, du weißt, so etwas würde ich niemals tun. Ich mag deinen Vater sehr. Und ich wollte es selbst nicht glauben, als man es mir erzählt hat.»

«Wer ist dieser ‹man›? Wer hat es dir erzählt?»

Ich schloss die Augen. «Was spielt das für eine Rolle?»

«Ach, den Teil behältst du also für dich?» Er sprang auf, und die Beine seines Stuhls quietschten auf dem Linoleumboden. «Wer auch immer es war, er hat überhaupt keine Ahnung.»

«Jack, es gibt ein Tonband mit seiner Stimme. Der Informant war verkabelt, und er hat aufgenommen, wie dein Vater sagt, er könne jeden Fall, der ihm vorgelegt wird, aus der Welt schaffen.»

Jack kippte sein Getränk in einem Zug hinunter und schmetterte sein Glas auf den Tisch.

«Tut mir leid, dass du es von mir erfahren hast. Aber ich musste es dir erzählen, obwohl ich das eigentlich nicht hätte tun dürfen. Nur …»

«Nur weiß jeder, dass du für eine gute Story alles tun würdest. Das hast du schon früher bewiesen.»

Der Vorwurf traf mich schwer. «Ich wollte dir nur helfen.»

«Ich brauche deine Hilfe nicht. Und richte deinen Kollegen

aus, hier irren sie sich gewaltig.» Er nahm seinen Mantel und stürmte aus dem Lokal.

Wie betäubt blieb ich sitzen. Jack hatte die Tür mit solcher Wucht aufgestoßen, dass sie sich an einer Gehwegplatte verhakte, offen stehen blieb und die Kälte hereinließ. Es dauerte einen Augenblick, bis der Barmann sie wieder zuzog. Langsam trank ich meinen Whisky und wünschte mir, ich könnte mit jedem Schluck etwas mehr von meinem Wissen wegspülen. Ich bestellte noch einen Canadian Club, ging zum Zigarettenautomaten und steckte Münzen in den Schlitz. Ich zog am Fach mit den Lucky Strikes. Nichts. Es klemmte. Ich versuchte es wieder. Nichts. Ich zerrte und zerrte und hämmerte mit der Faust gegen den Automaten. Dann ging mir auf, was ich da eigentlich tat. Ich sammelte mich und versuchte es mit einer anderen Marke. Dieses Mal mit Erfolg.

Ich setzte mich an den Tresen und rauchte und trank bis zur Sperrstunde. Nach Hause wollte ich nicht. Ich fühlte mich mies, weil ich Jacks heile Welt zerstört hatte, weil ich diejenige war, die ihm die Hiobsbotschaft überbracht hatte. Und ich war furchtbar enttäuscht von seinem Vater. Auf Richter Casey hatte ich immer große Stücke gehalten. Jetzt schämte ich mich für ihn, als wäre er mein eigener Vater.

Am nächsten Morgen kam ich völlig verkatert in die Redaktion. Die ratternden Schreibmaschinen und die grelle Deckenbeleuchtung machten meine Kopfschmerzen noch schlimmer. Zu allem Überfluss meinte Randy, den Elvis Presley geben und in einer Tour *Heartbreak Hotel* singen zu müssen, während M eine Laufmasche in ihrer Strumpfhose mit Nagellack stopfte, dessen ätzender Dampf die Luft verpestete. Und als hätte das alles noch nicht gereicht, klopfte

Walter seine Pfeife eine gefühlte halbe Stunde im Aschenbecher aus und telefonierte gleichzeitig lautstark. Auch Henry hatte jemanden an der Strippe, offenbar seinen Kumpel vom FBI. Alle paar Sekunden deckte er die Sprechmuschel mit der Hand ab und sagte zu einem vorbeikommenden Kollegen: «Du glaubst nicht, was es für Neuigkeiten gibt.»

Als er endlich aufgelegt hatte, rief er mir zu: «Hey, Walsh? Walsh?! Ich habe da was für dich. Es gibt Neuigkeiten zum alten Herrn deines Ex-Verlobten, da schlackerst du mit den Ohren.»

Ich legte meinen Stift auf den Tisch und schloss die Augen. Ein kleines bisschen hatte ich immer noch gehofft, dass Ahern etwas falsch verstanden hatte.

«Leute», feixte Henry, «Richter Casey steht das Wasser bis zum Hals. Sein Name wurde soeben im Zusammenhang mit Operation K genannt.» Henry lachte laut und schrill. Mir drehte sich der Magen um. «Sieht so aus, als wäre Richter Casey uns eine Erklärung schuldig.»

«Halt die Klappe, Henry.» Ich sprang auf, rannte zur Damentoilette und übergab mich ins Waschbecken.

KAPITEL 29

Durch Druckerschwärze wurde es Realität. Und das gedruckte Wort warf ein Echo, das noch im hintersten Winkel der Stadt zu hören war. Ich stellte mir vor, wie das an die Wand montierte butterblumengelbe Telefon in der perfekten Küche von Mrs. Casey unaufhörlich klingelte, weil Verwandte, Nachbarn und Freunde morgens den Namen von Richter Casey auf der ersten Seite der *Tribune*, der *Sun-Times*, der *Daily News* und des *Chicago American* gelesen hatten.

Was mochte Mrs. Casey wohl am Telefon sagen? Wie verteidigte sie die Machenschaften ihres Mannes? Wie ging Richter Casey damit um? Was sagte er zu seiner Frau, seinen Kindern? Zu Grandma Casey? Ich hatte keine Ahnung, was in der Familie vor sich ging, denn Jack nahm meine Anrufe nicht mehr entgegen und rief mich auch nicht zurück. Doch obwohl ich nichts von ihnen hörte, konnte ich mich gut in den Albtraum hineinversetzen, den sie durchleben mussten.

Am Abend nach der Schlagzeile traf ich mich mit Scott auf einen Drink. In letzter Zeit verbrachten wir wieder mehr Zeit miteinander, meistens um uns beim anderen auszujammern. Ich beschwerte mich über meine Arbeitsbelastung, die mich davon abhielt, mir wirklich interessante Storys zu suchen, wie die mit dem Pferdefleischskandal. Nun wurde im Zuge von Operation K auch noch gegen Jacks Vater ermittelt. Scott hatte seine eigenen Sorgen. Seine Mandanten waren finstere Typen, in seiner Wohnung tropfte es durchs Dach, und seine Katze hatte ein Nierenleiden.

Nachmittags hatte er mich angerufen und gefragt, ob ich auch einen Drink gebrauchen konnte. Er schlug das Fitzpatrick's vor, eine Spelunke, berühmt für ihre Burger und Pommes. Weil wir beide zufällig in dem Stadtteil zu tun hatten, war der Treffpunkt perfekt geeignet. In dem Lokal war ich noch nie gewesen, es lag abseits meiner üblichen Wege. Drinnen war es dunkel, es roch nach schalem Bier, und in der Luft hing der Rauch von Hunderten von Zigaretten und Zigarren. Mit Erstaunen nahm ich zur Kenntnis, dass der Türsteher Scott mit Namen anredete und der Barmann sofort wusste, was er trinken wollte.

«Bist du hier Stammgast?», fragte ich belustigt.

Er zuckte mit den Schultern. «Was soll ich sagen? Die Drinks sind billig.»

«Seit wann achtest du auf jeden Penny?» Ich lachte. Scott ging am liebsten in schicke Cocktailbars, und in diesem Lokal trank man das Bier direkt aus der Flasche und Hochprozentiges aus trüben Gläsern, die beinahe benutzt aussahen, nicht richtig dreckig, aber eben auch nicht ganz sauber. Die Jukebox war kaputt, und die Musik kam aus einem Transistorradio. Ein Mann, der am Ende des Tresens auf einem Barhocker saß, prostete Scott zu, was der mit einem Nicken erwiderte.

«Wer ist das?», fragte ich.

«Ein Anwalt, den ich kenne.»

Ich schaute ihn mir genauer an. Der Mann sah aus, als wäre

er einer der Hauptverdächtigen in der Operation K. Seinem Bartschatten nach hatte er sich seit mindestens zwei Tagen nicht mehr rasiert, und sein zerknittertes Jackett saß, als wäre es ihm zwei Nummern zu klein. Sein Bauch hing über dem Gürtel. Selbst aus der Ferne erkannte ich den Senffleck auf seiner Krawatte. Nachdem Jack und ich uns an den Tresen gesetzt hatten, stand der andere auf, zwängte sich an den Gästen vorbei und suchte die Telefonkabine neben der Tür zu den Toiletten auf.

Während wir auf die Getränke warteten, erzählte mir Scott von einem Mandanten, den er tagsüber hatte verteidigen müssen. Der Mann, ebenfalls Anwalt, war auf einem Parkplatz mit einem Stricher erwischt worden. Ich hörte Jack aufmerksam zu, sah gleichzeitig aber, wie der dicke Mann vom Telefonieren zurückkehrte, beim Barmann bezahlte und aus dem Lokal watschelte. Ich maß dem keine größere Bedeutung bei und konzentrierte mich wieder auf Scott. Unser Essen wurde gebracht, doch ich rührte es kaum an.

Ich fragte Scott, was er über Richter Casey wusste.

«Er schien ein anständiger Kerl zu sein, aber das denkt man ja bei den meisten Menschen.»

«Jack redet nicht mehr mit mir. Er glaubt, ich hätte seinem Vater eine Falle gestellt, und wäre schuld, dass dessen Karriere am Ende ist. Als hätte ich beim FBI angerufen und gesagt, sie sollen sich seinen Vater mal vornehmen.»

«Das ist doch absurd. Wahrscheinlich stand er noch unter Schock, als er dir mit solchen Anschuldigungen gekommen ist. Aber er ist ja nicht dumm. Früher oder später wird ihm aufgehen, dass du nichts damit zu tun hast. Du bist ja nicht mal auf die Story angesetzt.»

«Das habe ich ihm auch gesagt. Eigentlich hätte ich gern darüber berichtet, doch Mr. Ellsworth wollte davon nichts hören.»

«Dafür kannst du ihm dankbar sein. Das ist eine ziemlich hässliche Angelegenheit, und ich habe das Gefühl, es wird noch schlimmer kommen.» Er schaute auf meinen Teller. «Versuch wenigstens, ein bisschen was zu essen.»

Ich nahm den Burger in die Hand, betrachtete ihn kurz und legte ihn auf den Teller zurück. Stattdessen griff ich nach meinem Cocktailglas. Ich hatte den Appetit verloren. Vor allem auf Burger. Seit Peters Artikel bekam ich sie nicht mehr herunter.

Langsam wurde es spät. Nur noch ein halbes Dutzend Männer saß am Tresen und an einem Tisch im hinteren Teil des Lokals. Scott und ich tranken den berühmten einen Drink zu viel.

Im Radio lief *Be-Bop Baby* von Ricky Nelson. Scott stellte sein Glas auf die Theke und hielt mir seine Hand hin. Kichernd erhob ich mich von meinem Barhocker, und dann legten wir mitten im Lokal einen Jitterbug hin. Scott wusste, was er mit Armen und Beinen machen musste, und ließ mich als bessere Tänzerin dastehen, als ich es eigentlich war. Während er mich auf unserer Behelfstanzfläche hin und her wirbelte, sah ich die Flaschen hinter der Bar nur noch als Farbrausch in Braun, Grün und Blau. Nach der letzten Drehung sank ich erschöpft in Scotts Arme und legte meinen Kopf an seine Brust. Wir lachten über uns selbst, doch dann wurde die Musik langsamer, denn nun waren die Platters mit *The Great Pretender* dran. Der Rhythmus ergriff von uns Besitz, und im Arm des anderen wiegten wir uns sanft hin und her, während

Scott mir tief in die Augen schaute. Er senkte den Kopf und küsste mich, und ich erwiderte den Kuss. So ließen wir uns mitten im Lokal treiben, bis das Stück erneut wechselte und die Everly Brothers *Wake Up Little Susie* sangen.

«Lass uns gehen», flüsterte Scott an meinen Lippen.

Draußen schneite es, und Scott stellte sich an den Kantstein und versuchte, ein Taxi heranzuwinken. Ich wusste, er würde mit zu mir kommen – nur was in meiner Wohnung dann geschehen würde, konnte ich nicht abschätzen. Aber ich hatte das Gefühl, die eine Million gemeinsamer Bahnfahrten und die eine Million Gespräche hätten unweigerlich zu diesem Punkt geführt. Ich lächelte Scott an und nahm die Umgebung nur noch am Rande wahr, das ferne Hundegebell, die Gruppe Männer – fünf oder sechs an der Zahl –, die uns entgegenkam. Ich erlebte alles wie in einem Traum, schaute Scott an und wollte einfach nur mit ihm zusammen sein, als mir mit einem Mal aufging, dass die Männer auf uns zuhielten. Sie trugen zerschlissene Mäntel, abgewetzte Stiefel, schmutzige Hosen. Ich hielt sie für Arbeiter, die auf einen Absacker ins Fitzpatrick's wollten.

Einer von ihnen zeigte in unsere Richtung. «Das ist er!»

Die Männer stürmten los. Ich blickte über die Schulter, um zu schauen, auf wen sie es abgesehen hatten. Aber außer Scott und mir war niemand auf der Straße. *Sie meinen uns!* Mein Herz setzte einen Schlag aus. Ich wollte schreien, brachte aber keinen Ton heraus. Einer der Männer hatte uns fast erreicht, ich sprang zur Seite, doch Scott war betrunken und merkte es nicht rechtzeitig.

«Du verdammte Ratte!» Der Kerl packte Scott bei der Schulter und rammte ihm das Knie zwischen die Beine. Vor

Schmerz schreiend krümmte Scott sich, aber der zweite Mann hatte ihn bereits erreicht und schlug ihm mit der Faust auf den Hinterkopf. Dann droschen und traten die Männer auf Scott ein.

«Aufhören!», schrie ich. «Aufhören!» Ich hatte entsetzliche Angst, und als einer der Männer eine Pistole aus der Tasche zog, rannte ich zurück in die Bar.

«Hilfe! Hilfe – die werden ihn umbringen. Rufen Sie die Polizei! Schnell!» Ich zitterte am ganzen Körper. «Bitte, helfen Sie ihm! Bitte!»

Zwei Gäste rannten auf die Straße, ich hinterher. Sowie sie die Pistole sahen, machten sie zwei Schritte zurück und stellten sich zu mir. Hilflos sahen wir alles mit an. Meine Knie waren wie Gummi, und ich hielt mir vor Entsetzen die Hand vor den Mund. Im brutalen Gewusel war nichts mehr auszumachen. Wo der Mann mit der Pistole abgeblieben war, wusste ich nicht. Zu sehen war er jetzt jedenfalls nicht mehr. Hatte er auf Scott geschossen? Ich konnte es nicht erkennen, denn die Schläger hatten Scott unter sich begraben. Sie bearbeiteten ihn mit Fäusten, traten ihm in die Seite, schlugen seinen Kopf aufs Pflaster. Ich stöhnte auf, als Scotts Gesicht kurz auftauchte und ich das viele Blut sah. Trotzdem versuchte er aufzustehen, und in diesem Moment erklangen Schüsse. Ich schrie auf, weil Scott erneut zu Boden gedrückt wurde.

«Verdammte Ratte!» Einer der Männer riss Scotts Hemd auf. Ein mit Klebeband befestigtes silbergraues Kabel kam darunter zum Vorschein. Mit einem Ruck zog der Schläger das Kabel ab. Scott schrie auf, weil der Kerl ihm einen Fetzen Haut mit abgerissen hatte und die Wunde stark blutete.

Zuerst begriff ich es nicht. *Scott ist verkabelt?* Dann zählte ich eins und eins zusammen. Mein Atem stockte.

«Scheißspitzel!» Es folgte ein weiterer Tritt zwischen die Beine.

«Verlogenes Stück Scheiße!» Es setzte einen nächsten Tritt, dieses Mal gegen den Kopf.

Ich war fassungslos. Scott war der Informant der Operation K. Der Schläger hielt nun auch den Rekorder in der Hand, der an das Kabel angeschlossen gewesen war. Er schmiss beides auf die Straße und trampelte auf dem Gerät herum, bis es in tausend Teile zerbrach. Der Kerl mit der Pistole richtete die Waffe auf Scott und zielte dabei auf seinen Kopf, doch in diesem Moment hörte ich Sirenen näher kommen. Die Männer traten noch einmal auf Scott ein und spuckten ihm ins Gesicht. Eine Sekunde später waren sie in der Dunkelheit verschwunden.

Ein Streifenwagen hielt mit quietschenden Reifen neben Scott. Ich lief zu ihm hin. Er blutete aus mehreren Wunden. Ob er angeschossen war, konnte ich nicht erkennen. Aber als er den Mund öffnete, strömte das Blut nur so heraus.

«Nicht sprechen», sagte ich. «Nicht bewegen. Der Krankenwagen ist gleich da.» Ich nahm Scotts blutige Hand und hielt sie fest, bis er das Bewusstsein verlor.

Ich fuhr im Krankenwagen mit und fragte alle paar Sekunden, ob Scott durchkommen würde. Seine Augen waren zugeschwollen, die Lippe war aufgeplatzt. Während der gesamten Fahrt leisteten die Sanitäter Erste Hilfe. Der eine murmelte etliche Male, dass Scott sehr viel Blut verloren habe.

Sobald wir das Krankenhaus erreicht hatten, kam ein Schwarm Ärzte und Krankenschwestern angelaufen, und

Scott wurde auf einer Bahre durch eine Doppeltür geschoben. Ich wollte hinter ihm her, aber eine Schwester stellte sich mir in den Weg. «Sie bleiben bitte hier», sagte sie und zeigte auf den Warteraum.

Wieder einmal saß ich also im Wartezimmer des Henrotin Hospital. Und wieder einmal überkam mich dieses Gefühl von Hilflosigkeit. Aber als ich nun allein war, fiel mir der erste Kuss von Scott wieder ein. Seit Jahren hatte sich dieser Kuss abgezeichnet, und er gab der Verlobung mit Jack und der Affäre mit meinem Professor und allen anderen gescheiterten Beziehungen in meinem Leben endlich einen Sinn. Denn nun hatte ich die Antwort auf meine Frage: Scott Trevor war schon immer der Richtige gewesen. Allein deshalb musste er überleben. Das war das Einzige, was jetzt zählte. Meine Gefühle hatte ich nie gut ausdrücken können, aber nun schwor ich mir, sofern Scott lebend aus dem Operationssaal kam, all meinen Mut zusammenzunehmen und ihm ganz offen zu sagen, was ich für ihn empfand.

Dieser Operationssaal ... Ich dachte an Eliot und an Harley Jackson. Beide waren in diesem Krankenhaus in den Operationssaal geschoben worden und am Ende nicht mehr lebend herausgekommen. Und wenn Scott ebenfalls sterben würde? Meine Beine fingen an zu zittern. Angst stieg in mir hoch, und auf meiner Haut brach kalter Schweiß aus. Die Machtlosigkeit und die schrecklichen Erinnerungen übermannten mich. Ich konnte nicht länger stillsitzen und begann, hin und her zu laufen. Ich musste meine Gefühle in den Griff bekommen. Oft hatte man mir vorgeworfen, gefühlskalt zu sein, doch das Gegenteil war der Fall. Meine Gefühle drohten immer, die Oberhand über mich zu gewinnen. Das war mein

Problem. Deshalb war ich dem Beispiel meiner Eltern gefolgt und hatte meine Gefühle an dem Tag, als Eliot starb, in eine Schublade gesteckt und sie seitdem nicht mehr geöffnet. Und wenn ich sie nun wieder aufzog, würde ich wahrscheinlich in ihnen ertrinken. Deshalb tat ich das, was ich mir aus reinem Selbsterhaltungstrieb über die Jahre angewöhnt hatte. Ich verbannte die Gefühle aus meinen Gedanken. Nur um mich selbst zu schützen, musste ich mich vor ihnen verschließen. Deshalb versuchte ich nun, mein Hirn anderweitig zu beschäftigen, indem ich mir die Namen der Ärzte merkte, die über die Lautsprecheranlage gerufen wurden: *Dr. Wesley in die Notaufnahme. Dr. Wesley in die Notaufnahme. Dr. Spanger. Bitte auf Station melden. Dr. Norris, Dr. Eugene, Dr. Montgomery* ...

Unterbrochen wurde ich von zwei Polizisten, die in den Warteraum kamen und mir Fragen zum Tathergang stellten. Sobald ich anfing, die Geschichte wiederzugeben, wurde mir klar, was ich da eigentlich in den Händen hielt. *Mein Gott!* Es war der größte Knüller in meiner gesamten journalistischen Laufbahn. Ich, Jordan Walsh, wusste, wer der Informant der Operation K war. Die Schläger, die Scott so übel zugerichtet hatten, waren mit Sicherheit von einer Gruppe bestechlicher Anwälte, Polizisten und Richter angeheuert worden. Wahrscheinlich hatten sie den Auftrag bekommen, Scott auf der Straße zu überfallen, wenn nicht sogar umzubringen, damit er nicht mehr gegen sie aussagen konnte. Handfestere Beweise hatte ich zwar nicht – dafür musste ich zuerst ins Fitzpatrick's zurück und den Barmann befragen –, aber ich war mir sicher, dass es der Kerl mit dem Senffleck auf der Krawatte gewesen war, der Scott verraten hatte. Ich hatte noch deutlich vor Augen, wie er sich in die Telefonkabine gequetscht und telefoniert hatte. Aber die wichtige – die entscheidende – Nachricht war, dass der Informant der Operation K enttarnt war. Ich selbst war Zeugin gewesen und konnte aus erster Hand darüber berichten.

Sobald die Polizisten mit der Befragung fertig waren, wurde die Reporterin in mir aktiv. Die Telefonkabine war nur wenige Schritte von mir entfernt. Ich ging hinein, steckte einen Nickel in den Schlitz und wählte die Nummer der Redaktion.

«Ich muss mit Mr. Ellsworth sprechen.»

KAPITEL 30

Ich hatte bereits zweimal mit Mr. Ellsworth telefoniert und Higgs meinen Augenzeugenbericht in die Schreibmaschine diktiert, als Scott aus dem Operationsraum geschoben wurde. Während ich durch den Flur zur Intensivstation lief, war die Story bereits auf dem Weg in die Setzerei.

Inzwischen war es vier Uhr morgens, aber ich war immer noch hellwach. Ich betrat Scotts Zimmer und erschrak bei seinem Anblick. Arme und Oberkörper waren bandagiert wie bei einer Mumie, die Augen bis auf winzige Schlitze zugeschwollen. Als er mich sah, versuchte er zu lächeln, trotz der Reihe von Stichen auf seiner Lippe – diesen Lippen, die mich erst vor wenigen Stunden geküsst hatten.

Ich zog einen Stuhl an sein Bett heran, setzte mich hin und nahm seine Hand. «Der Arzt sagt, du wirst wieder gesund. Ohne langfristige Folgen.»

Er nickte langsam und drückte schwach meine Hand. So saßen wir da, als eine Krankenschwester ins Zimmer kam. Sie maß Scotts Temperatur und Puls, gab ihm eine Spritze und verschwand. Als wir wieder allein waren, fragte er mich als Erstes: «Bist du von mir enttäuscht?»

«Enttäuscht?» Ich war verblüfft. «Wieso sollte ich?»

«Na, weil ich der Informant bin.»

«Das ist nicht dein Ernst, oder?» Dass er mich ausgerechnet das fragte, machte mich noch verliebter in ihn. «Warum sollte ich von dir enttäuscht sein? Ich bin furchtbar stolz auf dich. Du hast Großartiges geleistet. Du hast getan, was du immer wolltest. Du hast die bösen Jungs drangekriegt. Nur deinetwegen kann der Sumpf im Justizapparat endlich trockengelegt werden. Ach, Scott, du bist einer der mutigsten Menschen, die ich je gekannt habe. Wie sollte ich da wohl enttäuscht von dir sein?»

«Ich hätte es dir so gern erzählt. Gott, du hast ja keine Ahnung, wie oft ich kurz davor war.»

«Eins verstehe ich nur nicht – wie ist das FBI auf dich gekommen?»

«Ach, das ist eine lange Geschichte.» Er schloss die Augen, und ich sah, dass ihm das Schlucken Schmerzen bereitete.

«Bitte, nicht reden. Du kannst es mir später erzählen.»

«Nein.» Er öffnete die Augen. «Ich will es dir jetzt erzählen.» Wieder schluckte er schwer. «Weißt du noch, vor ein paar Jahren? Als ich stellvertretender Bezirksstaatsanwalt war? Ankläger? Damals wollte ich den Job aufgeben, weil die Schuldigen, die ich vor Gericht brachte, bis auf ein leichtes Fingerklopfen ungeschoren davonkamen.»

Wieder schloss er die Augen, als müsse er seine gesamte Kraft sammeln. «Nachdem ich mich bei genügend Leuten ausgekotzt hatte, trat eines Tages aus heiterem Himmel jemand vom FBI an mich heran. Er fragte, ob ich undercover für sie arbeiten würde. Zuerst habe ich mich gesträubt. In so etwas wollte ich nicht verwickelt werden. Doch die haben nicht lockergelassen. Sie haben mich Dutzende Male angerufen, und immer, wenn ich in der Stadt unterwegs war – ob in einem Restaurant, in der Bahn oder auf der Straße –, klebte mir einer von denen an den Fersen. Die haben nichts unversucht gelassen, um mit mir in Kontakt zu treten. Und am Ende haben sie mich dann überzeugt, dass ich als Informant mehr für das Justizsystem tun kann, als wenn ich immer wieder Anklage gegen Leute erhebe, die dann doch nur freikommen. Also habe ich zugesagt. Offiziell habe ich damals die Seiten gewechselt. Vom Ankläger zum Strafverteidiger, weißt du noch?»

«Ja, mich hat das geschockt, und verstanden habe ich es nie. Es sah dir überhaupt nicht ähnlich. Jetzt ergibt das endlich Sinn.»

«Ich hätte das auch im Büro des Bezirksstaatsanwalts durchführen können, nur wollte ich meine Kollegen nicht darin verwickeln – wenigstens nicht direkt. Also habe ich auf der anderen Seite weitergemacht und die schlimmsten Fälle übernommen – Trunkenheit am Steuer, Prostitution, Drogenhandel. Dabei kam mir zu Ohren, dass es Anwälte gab, die diesem einen Richter ab und an mal einen Fünfziger zusteckten. Das habe ich dem FBI berichtet, aber die brauchten konkrete Beweise. Und weil ich mich an Kollegen rangewanzt hatte, um Informationen herauszuholen, hielt mich der eine oder andere inzwischen für seinen Freund. Stunde um Stunde habe ich in solchen Kaschemmen wie der gestern rumsitzen müssen. Ich habe mich mit den Jungs betrunken und manchmal sogar bei ihren Pokerpartien mitgespielt. Und das alles nur, weil ich gehofft habe, einer würde mir etwas erzählen, das ich ans FBI weitergeben konnte. Das Lügenkonstrukt immer weiterzuspinnen, war furchtbar anstrengend. An manchen Tagen wusste ich selbst nicht mehr, wer ich eigentlich bin. Mich hat das richtig krank gemacht. Vor allem am Anfang. Erinnerst du dich, als ich so viel abgenommen hatte? Fast zehn Kilo waren das, weil ich den Appetit verloren hatte.»

«Und ich dachte, die Trennung von Connie wäre schuld gewesen.»

«Connie.» Er zuckte zusammen. «Bin ich froh, dass sie mich verlassen hat. In den Sumpf wollte ich niemand mit reinziehen. Vor allem dich nicht. Warum habe ich wohl sonst darauf geachtet, dass es zwischen uns rein platonisch blieb? Leicht ist mir das nicht gefallen, das kannst du mir glauben. Aber ich musste unbedingt vermeiden, dich zu gefährden.»

Ich strich ihm über den Handrücken. Dann hatte er für mich also die ganze Zeit dasselbe empfunden wie ich für ihn.

«Nicht mal meine Eltern wussten davon», sagte er. «Ich habe Informationen gesammelt und ans FBI weitergegeben, aber die haben immer nur gesagt, sie brauchen stichhaltige Beweise. Damit sie die Leute vor Gericht bringen können.»

«Und deshalb haben sie dich verkabelt?»

«Ja. Sie meinten nämlich, sie brauchen die Leute auf Band. Weil die Verdächtigen selbst gestehen mussten, dass sie Schmiergelder annehmen und im Gegenzug Anklagen fallen lassen. Ich habe gesagt, auf gar keinen Fall. Wenn das auffliegen würde, wäre ich ein toter Mann. Allein bei dem Gedanken hatte ich richtig Schiss. Leider steckte ich aber schon zu tief drin. Und die vom FBI haben auf mich eingeredet, dass ich auf diese Weise helfen würde, die verlogenen Mistkerle endlich dranzukriegen. Das ist mir alles richtig über den Kopf gewachsen ...»

Was Scott die ganze Zeit durchgemacht hatte, war für mich unfassbar. Noch dazu hatte er sich keinem Menschen anvertrauen dürfen. Aus lauter Gewohnheit zog ich Notizblock und Stift aus meiner Handtasche.

«Wie hieß der erste FBI-Agent, der den Kontakt zu dir gesucht hat?»

«Was?» Scott blickte mich entgeistert an. «Augenblick mal, Jordan, das ist privat. Ich liefere dir hier keine Story für deine Zeitung.»

«Warum nicht? Das ist doch ein Riesending.»

«Weil ich bisher noch nicht mal mit dem FBI geredet habe. Die müssen die Kerle schnappen, die mir das angetan haben. Die müssen rausfinden, ob meine Deckung komplett aufgeflogen ist. Wir müssen einen Weg finden, die Ermittlungen zu retten. Wenn du jetzt einen Artikel schreibst, gefährdest du die gesamte Operation.»

Mir wurde schwindelig, als er das sagte. Die Druckmaschinen liefen bereits. Nicht lange, dann wäre die Zeitung fertig und die Story in der Welt. Mit meinem Namen in der Verfasserzeile und Scotts vollständigem Namen im Artikel. Es war mir nicht eine Sekunde in den Sinn gekommen, die Nachricht erst einmal zurückzuhalten. Bei der Polizei hatte ich bereits meine Aussage gemacht – das war schließlich meine Pflicht gewesen. Und mein unbedingter Wille, die Nachricht in die Zeitung zu bringen, bevor die Polizei die Information an die übrige Presse weitergab, hatte mein Urteilsvermögen und mein Anstandsgefühl getrübt. Ich bewunderte Scott für seine Tat, hielt ihn tatsächlich für einen Helden –, trotzdem hatte ich mit meinem Übereifer vielleicht seine gesamte Arbeit zunichtegemacht.

Ich wandte das Gesicht ab und entdeckte in einem verchromten Wasserkrug auf dem Beistelltisch mein Spiegelbild.

Nase und Mund, Augen und Ohren, alles an mir war verzerrt, als wäre ich zur Menschenfresserin mutiert. Und genauso fühlte ich mich auch.

«Du musst das für dich behalten. Das musst du mir versprechen.»

Seine Wörter kreisten um meinen Kopf herum. Anschauen konnte ich Scott in diesem Moment nicht. «Ach, Scott.» Ich schluckte schwer. «Dafür ist es jetzt zu spät.»

«Was? Wofür?»

«Ich ... ich dachte, die Ermittlungen wären ... ich dachte, es wäre bereits ...»

«Jordan, was willst du mir sagen?», fragte er entgeistert und versuchte, sich aufzusetzen. «Jordan?»

«O Gott», stieß ich hervor. «Ich habe einen schlimmen Fehler gemacht. Ich habe etwas getan, ohne vorher nachzudenken, und jetzt ist es zu spät.»

«*Was* hast du getan?»

«Bitte, du darfst mich nicht dafür hassen.»

«Jordan», rief er panisch. «Du hast es doch nicht etwa den Cops erzählt?»

«Scott, es blieb mir nichts anderes übrig. Die Kerle hätten dich fast umgebracht. Die laufen immer noch frei herum – vielleicht versuchen sie es wieder.»

«Verdammt, nein.»

«Und in der Redaktion habe ich auch angerufen.»

«Du hast *was*?» Scott sank auf das Kissen zurück. «Bitte, Jordan, sag, dass das nicht wahr ist.»

«Es tut mir leid. Ich dachte, wenn die Kerle bereits wissen, dass du es bist, dann ...»

«... dann kann es auch gleich die ganze Welt erfahren? Um

Gottes willen, Jordan, sag mir bitte, dass du meinen Namen nicht genannt hast.»

Unwillkürlich fuhr meine Hand zum Mund.

Scott schloss kopfschüttelnd die Augen. «Dass du mit der Polizei reden musstest, verstehe ich. Wirklich. Aber dass du in der Redaktion anrufst? Himmelherrgott. Ich fasse es nicht, dass du so etwas tust, ohne mich vorher um Erlaubnis zu fragen. Weißt du was? Nicht alles ist dafür da, dass du es in der Zeitung verwurstest! Bedeutet dir Freundschaft denn gar nichts? Ich hätte nicht gedacht, dass ich dich bei jedem Wort, das ich zu dir sage, vorher anbetteln muss, damit du es nicht in der verdammten Zeitung bringst.»

«Es tut mir wirklich leid, Scott, ich wollte doch nur ...»

«Deinen Job machen? Alles, wirklich alles, was ich in den letzten anderthalb Jahren durchgemacht habe, könnte für die Katz gewesen sein.» Er drückte auf die Klingel, mit der er die Schwestern erreichte. «Und tu jetzt nicht so, als müsstest du gleich heulen. So nah bist du nicht am Wasser gebaut, und Mitleid werde ich ganz bestimmt nicht mit dir haben.»

Ich war nicht im Begriff zu weinen. Ich dachte noch nicht einmal daran. Stattdessen überlegte ich, wie ich die Sache geradebiegen konnte. «Ich ... ich mache den Fehler wieder gut. Ich ... ich sorge dafür, dass die Story zurückgezogen wird.»

«Dafür ist es zu spät. Der Schaden ist angerichtet.»

«Bitte, du darfst mich jetzt nicht hassen. Ich wollte nicht ...»

«Hör auf. Erspar mir deine Schuldgefühle. Ich habe genug eigene Sorgen.»

«Aber, Scott ...»

«Bitte.» Er verzog das Gesicht vor Schmerz. «Tu mir einen Gefallen und geh einfach.»

Die Krankenschwester kam ins Zimmer. «Brauchen Sie etwas?»

«Sorgen Sie bitte dafür, dass diese Frau verschwindet. Und lassen Sie sie nicht wieder in mein Zimmer.»

Seine letzten Worte brachten mich am Ende doch noch zum Heulen.

Als ich das Krankenhaus verließ, war es draußen noch dunkel, und wegen der Tränen in meinen Augen wirkten die Lichter der Straßenlaternen wie verschwommene milchige Flecken. Es war kurz vor sieben Uhr, und die Stadt lag noch im Halbschlaf. Über Nacht waren einige Zentimeter Schnee gefallen. Die Hochbahn rumpelte über meinem Kopf, und auf den Straßen sah man hier und da ein Taxi, einen Bus. An den Straßenecken standen bereits die Zeitungsjungen, umringt von dicken, verschnürten Bündeln mit Zeitungen, die sie lauthals zum Verkauf anpriesen. Ich brachte es nicht übers Herz, mir die Morgenausgabe der *Tribune* zu kaufen. Noch war ich nicht bereit, mich mit meiner eigenen Schandtat auseinanderzusetzen.

Ich lief durch die frühmorgendlichen Straßen, in der Hoffnung, so auf andere Gedanken zu kommen, doch es half nichts. Immer wieder sah ich die Szene in Scotts Krankenzimmer vor mir. Natürlich hatte ich der Polizei erzählen müssen, was ich gesehen hatte. Immerhin war ich Augenzeugin eines Verbrechens geworden. Dass ich eine Aussage hatte machen müssen, wusste Scott natürlich. Mein Wissen hätte ich allerdings nicht gleich an die Zeitung weitergeben dürfen. Das war ein Fehler gewesen. Scotts Deckung wäre vermutlich ohnehin aufgeflogen, aber ich war schuld, dass es nun wirklich jeder wusste. Ich wischte mir mit einem Jackenärmel über Augen und Nase, damit die Tränen erneut ungestört fließen konnten.

Über meine eigenen Sorgen redete ich nie, aber jetzt brauchte ich einen Menschen, der mir sagte, dass ich keine schreckliche, nur auf den eigenen Vorteil bedachte Person war. Es war Ironie des Schicksals, dass Scott dafür perfekt geeignet gewesen wäre. Doch er war nicht mehr für mich da. Genauso wenig wie Jack und Richter Casey. M kam nicht einmal mit ihren eigenen Problemen klar, also wäre sie mir mit Sicherheit keine große Hilfe. Es blieb nur ein Mensch übrig, an den ich mich wenden konnte.

Als ich ins Haus kam, roch ich den Kaffee auf dem Herd und hörte das Knacken der Heizkörper. Erst jetzt merkte ich, wie durchgefroren ich war. Meine Finger und Zehen waren taub. Mein Vater schlief noch, aber meine Mutter war bereits wach und wunderte sich über meinen Besuch.

Sie wusch gerade das Geschirr und drehte sich zu mir um. Als sie mich verweint im Türrahmen stehen sah, warf sie den Lappen auf die Ablage, kam zu mir und nahm mein Gesicht in beide Hände.

«Was hast du denn? Du siehst richtig mitgenommen aus. Dabei hast du heute etwas Großes geleistet.» Mit dem Kinn wies sie zum Küchentisch. Dort lag die *Tribune* mit meiner Story auf Seite eins. Der Fotoredakteur hatte ein Bild von Scott Trevor ausgegraben – wahrscheinlich war es entstanden, als er noch für den Bezirksstaatsanwalt gearbeitet hatte.

Ja, ich habe heute etwas geleistet. Nur ist es alles andere als groß.

«Spatz, was ist denn? Warum freust du dich nicht?»

«Ich bin zu weit gegangen.» Ich ließ mich auf den nächsten Stuhl fallen. «Diesmal bin ich echt zu weit gegangen. Nur an mich habe ich gedacht. An meinen Aufmacher auf Seite eins.» So ruhig, wie ich nur konnte, erzählte ich meiner Mutter, was ich mit Scott im Krankenhaus erlebt hatte. «Ich hätte niemals in der Redaktion anrufen dürfen.»

«Warum nicht?», fragte meine Mutter irritiert. «Das musstest du doch. Das ist schließlich dein Job. Die Polizei wusste bereits alles. Da hätte die Öffentlichkeit sowieso bald davon erfahren.»

«Aber dann hätte in der Zeitung nicht mein Name unter dem Artikel gestanden.»

Sie nahm meine Hand. «Du bist Reporterin, und die Pflicht einer Reporterin ist es, über interessante Neuigkeiten zu berichten.»

«Aber gibt es nicht einen Punkt, wo man aufhört, Reporterin zu sein, und nur noch Mensch ist? Muss man *bestimmte* Leute nicht schützen?»

«Wenn dein Vater und dein Großvater jetzt hier wären, wüsste ich, was sie dir antworten würden.» Lächelnd legte sie den Kopf schief. «Du schützt deine Familie. Und die Menschen, die du so liebst wie deine Familie. Alle anderen nicht.»

Nun bekam ich ein noch schlechteres Gewissen, weil ich Scott ja liebte. Das hatte ich schon immer. Er war derjenige, mit dem ich zusammen sein wollte. Um das zu begreifen, hatte ich so viele Jahre gebraucht. Und nun war es zu spät.

«Du darfst nicht so hart mit dir ins Gericht gehen», sagte meine Mutter. «Glaube mir, nicht du hast die Ermittlungen platzen lassen. Dein Freund hat dem FBI genug Beweise geliefert. Er hat nur Angst, weil er als Informant aufgeflogen ist. Aber so, wie du es hier schreibst ...» – sie zeigte auf die Zeitung – «waren die ihm ohnehin schon auf die Schliche gekommen. Sonst hätten sie ja nicht die Schläger auf ihn gehetzt. Damit hast du nichts zu tun gehabt.»

Meine Mutter hatte natürlich recht. Die Operation des FBI wäre nach dem gestrigen Vorfall wohl kaum geheim zu halten gewesen, und das auch ohne mein Zutun.

«Spatz», sagte sie, «du hast nur eins gemacht: es zu Papier gebracht.»

Nach dem Gespräch mit meiner Mutter fuhr ich nach Hause, wusch mich und zog mir frische Sachen an. Inzwischen war es kurz vor neun. Geschlafen hatte ich immer noch nicht, und sobald ich in die Redaktion kam, wurde ich von Mr. Ellsworth und Mr. Copeland abgefangen, die über weitere Artikel mit mir reden wollten.

Innerlich fragte ich mich, ob ich für die weitere Berichterstattung den Mut hätte. Doch dann dachte ich an die Worte meiner Mutter. Mir wurde klar, dass meine Freundschaft mit Scott oder unsere aufkeimende Liebe aus und vorbei war. Er würde mir nie wieder vertrauen, und das wahrscheinlich gar nicht mal zu Unrecht.

Aber wenn ich die Berichterstattung jetzt an einen Kollegen abtrat, dann wäre alles umsonst gewesen. Scott hatte ich bereits verloren, und nun ging mir eventuell auch noch die Chance auf eine Story flöten, die mich als Reporterin weiterbringen konnte. Wenn sie nämlich nicht mit meinem Namen darunter erschien, dann ganz sicher mit dem eines anderen. Die Insiderstory über die Operation K war mir in den Schoß gefallen. Wie hätte ich sie einfach abtreten können?

Da die Entscheidung also bereits gefallen war, holte ich mir schnell eine Tasse Kaffee und erzählte Mr. Ellsworth und Mr. Copeland die ganze Geschichte, wie ich sie vom Informanten des FBI im Krankenhaus erfahren hatte. Ich berichtete, wie es dazu gekommen war, dass er mit dem FBI zusammengearbeitet hatte, und ließ auch nicht aus, welchen Preis er selbst für seine Undercover-Tätigkeit bezahlt hatte.

«Also, Walsh, worauf warten Sie noch?» Mr. Ellsworth lächelte verschmitzt. «Sie haben einen Exklusivbericht zu schreiben.»

KAPITEL 31

M eine Berichterstattung über Operation K erinnerte
mich an eine Lokomotive – erst ging es nur langsam voran, doch dann nahm die Geschichte rasch
an Fahrt auf. Meine anfänglichen Zweifel wichen bald einem
Eifer, der alles andere aus meinen Gedanken verdrängte. Sogar den Pferdefleischskandal. Insgeheim hoffte ich auch, dass
ich bei meinen Recherchen irgendetwas aufdeckte, das mein
Ansehen bei Scott wieder steigern konnte.

Ich suchte noch einmal das Fitzpatrick's auf, vor dessen
Tür die Männer Scott angegriffen hatten. Bei Tag wirkte das
Lokal anders als an jenem Abend, auch wenn *anders* nicht
unbedingt *besser* bedeutete. Denn als jetzt die Sonne durch die
Fenster hereinströmte, sah ich, wie schäbig es hier tatsächlich
war. In der Luft hing der Geruch von schalem Bier und Hunderten von Zigaretten. Ich stieg über Kippen und abgebrannte
Streichhölzer hinweg. Die Schnapsflaschen hinter der Bar,
die an jenem Abend, als Scott und ich hier getanzt hatten, in
verschiedenen Farbtönen geschillert hatten, waren nun mit
fettigen Fingerabdrücken übersät.

Mick, der Barmann, wollte zuerst nicht mit mir reden.

Sobald ich sagte, ich käme von der *Tribune*, meinte er: «Ich hab davon in der Zeitung gelesen. Sie wissen doch schon alles, was soll ich Ihnen da noch groß erzählen?» Währenddessen trocknete er ein Glas ab und polierte dann mit demselben Tuch den Tresen.

Ich bestellte ein Flasche Bier, und allmählich taute der Barmann auf.

«Trevor wirkte wie ein anständiger Kerl.» Mick fummelte an den Tasten seiner Registrierkasse herum. «Er war ein paarmal pro Woche hier, zusammen mit den anderen Jungs.»

«Wer waren die anderen?»

«Na, so Cops und Anwälte. Eine ganze Gruppe. Stammgäste, eben.»

Ich musste noch ein weiteres Bier bestellen und ihm gut zureden, bis er mir Namen nannte und sogar eine Adresse. Bei Albey Riley handelte es sich offensichtlich um den Mann mit dem Senffleck auf der Krawatte. Ich verließ das Fitzpatrick's, und nach zwei vergeblichen Versuchen, Albey Riley in der South Side aufzuspüren, gab mir eine seiner Nachbarinnen den Tipp, es in Manny's Deli in der Roosevelt Road zu versuchen.

«Was soll das?» fragte Riley, als ich an seinen Tisch trat. Er schaute mich böse an und steckte sich eine Serviette in den Hemdkragen. «Ich esse gerade.» Er war noch korpulenter als in meiner Erinnerung.

«Ich möchte Ihnen bloß ein paar Fragen stellen.» Ich setzte mich ihm gegenüber.

«Wer zum Teufel sind Sie?»

«Jordan Walsh. Von der *Tribune*.»

Er grunzte. «Was wollen Sie von mir?»

Ich erklärte ihm, ich würde über die Sache mit Scott Trevor berichten, und stellte ihm ein paar Fragen, die er zunächst wahrheitsgemäß beantwortete. Ja, er sei Anwalt. Ja, er kenne Scott Trevor. Danach erzählte er mir nur noch Unsinn.

«Sie müssen wissen», murmelte er zwischen zwei Bissen, «es hat mir schrecklich leidgetan, als ich in der Zeitung gelesen habe, was ihm zugestoßen ist. Aber ich bin auch froh, dass die Stadt endlich etwas gegen den Sumpf in unserem Justizapparat unternimmt.»

«Dann wussten Sie von der Korruption?»

Nach jedem Biss wurden die Eingeweide seines Sandwichs weiter nach außen gedrückt, und Corned-Beef-Brocken landeten auf dem Teller. «Persönlich habe ich davon nichts mitbekommen, aber man hörte hier und da eben etwas läuten.»

«Was hörte man denn so?»

Er wischte sich mit einer Serviette über den Mund. «Nichts Konkretes. Nur so Gerede, eben.»

Ich griff zu einer anderen Methode. «Sie waren in der Nacht, als Scott Trevor zusammengeschlagen wurde, ebenfalls im Fitzpatrick's. Und bevor Sie gegangen sind, haben Sie jemanden angerufen. Wer war das?»

«Hä? Wovon reden Sie? Offenbar verwechseln Sie mich mit jemandem.»

Ich lehnte mich vor, stützte die Ellbogen auf den Tisch und schaute ihm in die Augen. «Bevor Sie an jenem Abend Ihre Rechnung bezahlt haben und gegangen sind, waren Sie in der Telefonkabine und haben einen Anruf getätigt. Ich war nämlich auch da und habe alles genau gesehen.»

Er blies die Backen auf, schaute plötzlich auf seine Uhr und sagte, er käme zu spät zu einem Termin. Wahrscheinlich war es das einzige Mal in seinem Leben, dass er ein halbes Sandwich liegen ließ.

In den nächsten Stunden sprach ich mit einem Dutzend Anwälten, Wirten und Cops. Sogar bei Ahern und anderen Mitarbeitern aus Adamowskis Büro rief ich an. Was mir nun noch fehlte, war eine Quelle beim FBI. Weil ich diejenige gewesen war, die ihre Ermittlungen gestört hatte, hätte höchstwahrscheinlich keiner von ihnen mit mir geredet. Doch aufgeben kam für mich nicht infrage.

«Hey, Henry», rief ich, als ich wieder in der Redaktion war. «Wer beim FBI informiert dich über Operation K?»

«Warum willst du das wissen?»

«Ich muss ein paar Fakten prüfen.»

Henry zog den Bleistift hinter seinem Ohr hervor und warf ihn auf den Tisch. «Ist nicht dein Ernst, Walsh. Ich soll dir meinen Kontakt beim FBI nennen? Du bist ganz schön dreist.»

Walter rollte mit seinem Stuhl zu Henrys Tisch. «Wir reißen uns wegen Operation K den Arsch auf, und die ganze Zeit über recherchierst du hinter unserem Rücken, enthältst uns wichtige Informationen vor und ...»

«Hey», unterbrach ich ihn. «Zunächst mal habe ich nicht hinter eurem Rücken recherchiert. Und ich habe euch nichts vorenthalten. Ich hatte nämlich keine Ahnung, dass Scott Trevor der Informant ist. Lest doch einfach meinen Artikel, dann wisst ihr, wie ich es erfahren habe.»

Henry wischte meinen Einwurf beiseite. «Ach, mir egal, was du da erzählst. Ich glaube dir kein Wort mehr.»

«Du hast echt Eier, Walsh, uns so zu kommen.» Walter schob sich die Pfeife in den Mund und rollte zu seinem Platz zurück.

Peter rückte seinen Augenschirm zurecht und vermied es, mich anzusehen. Randy telefonierte und kehrte mir den Rücken zu. Sogar Marty reagierte unterkühlt und meinte, als ich ihm eine Frage stellen wollte, er sei beschäftigt. M, Gabby und den anderen Frauen war das alles ziemlich egal, weil ich nicht ihnen das Territorium streitig gemacht hatte.

Und dann war da noch Benny. Er kam an meinen Tisch, beugte sich zu mir und flüsterte: «Ich fand deinen Artikel großartig. Wirklich großartig.»

«Benny», rief Henry dazwischen. «Hast du das Zitat für mich besorgt? Du hältst den ganzen Betrieb auf.»

Bennys Ohren wurden fast so rot wie seine Haare. «Ich ... ich muss wieder an die Arbeit. Aber vielleicht gehen wir mal was trinken?»

«Benny! Ich brauche es jetzt!»

Er raste zu seinem Platz zurück, und ich wandte mich wieder den Notizen zu, die ich mir während des Gesprächs mit Albey Riley gemacht hatte.

Eine gute Stunde später kam Mrs. Angelo vorbei. «Hier.» Sie warf ein Sandwich vor meine Schreibmaschine. «Schinken und Emmentaler.»

«Danke, aber ich kann gerade nichts essen.»

«Okay, dann eben nicht.» Sie nahm das Sandwich wieder an sich. «Holen Sie Ihren Mantel und kommen Sie mit», sagte sie mit einem Nicken in Richtung Garderobe.

Ich stand auf, nahm meinen Mantel und fuhr mit Mrs. Angelo im Fahrstuhl nach unten. «Wo gehen wir hin?»

«Dorthin, wo wir ungestört reden können. Ist mein Zufluchtsort, wenn ich von den Clowns da oben wegwill, um einmal gründlich nachzudenken.»

Wir verließen das Gebäude durch den Hintereingang und nahmen die Treppe, die noch eine Ebene weiter nach unten zur Laderampe auf dem Lower Wacker Drive führte. Der unterhalb der Michigan Avenue liegende Lower Wacker war so etwas wie der Bauch der Stadt. Wer nichts von der Existenz dieser Untergrundwelt wusste, wäre nie auf sie gestoßen. Hier unten war es dunkel und feucht, und durch die Ritzen in der Betondecke tröpfelte Wasser. Ich schaute hoch und fragte mich, was passieren würde, wenn die Decke nachgab und die Straße herabsackte. Oben floss und stockte der Verkehr, während die Autos in der Lower Wacker mit eingeschalteten Scheinwerfern über die kurvige Straße bretterten, ohne bei den Stoppschildern das Tempo zu drosseln. Auf der Laderampe standen palettenweise verschnürte Zeitungsbündel. Sie warteten darauf, in die Transporter der *Tribune* geladen und an die Verkäufer und Kioske ausgeliefert zu werden.

Vor einer weiß getünchten Mauer blieb Mrs. Angelo neben einer Milchkiste aus Holz stehen. Auf dem Boden lagen Dutzende Zigarettenstummel, an denen roter Lippenstift klebte. «Einen zweiten Hocker habe ich leider nicht.»

«*Hier* gehen Sie hin, wenn Sie nachdenken wollen?»

Mrs. Angelo zog ein Päckchen Zigaretten aus der Manteltasche. «Das ist der einzige Ort, an dem niemand nach mir sucht.» Sie zündete ihre Zigarette an und bot mir ebenfalls eine an.

Ich lehnte mich zu ihrem Feuerzeug vor, sog den Rauch ein und blies ihn in einen Windstoß, der ihn mir ins Gesicht zurückwehte. «Ich habe nicht hinter dem Rücken von Henry und Walter recherchiert. Und ich habe auch nicht heimlich an einem Enthüllungsbericht gesessen.»

«Ach, *pffft*. Machen Sie sich nichts aus denen, mein Kind.» Mrs. Angelo wickelte das Sandwich aus, das sie für mich gekauft hatte, brach ein Stück davon ab und warf es einer Schar Tauben hin. «Die Männer sind bloß sauer, weil Sie ihnen bei Operation K die Show gestohlen haben.» Sie zerkrümelte weitere Stückchen vom Sandwich. «Und sie sind doppelt sauer, weil sie von einer Frau ausgestochen wurden.» Eine Taube landete vor uns und pickte die Brotkrumen auf.

«Die Jungs hätten mit Sicherheit genauso gehandelt, wenn sie die Möglichkeit gehabt hätten.»

«Klar, und das ohne den kleinsten Anflug von schlechtem Gewissen.» Sie zog an ihrer Zigarette und schaute zu, wie sich mehr und mehr Tauben auf das Futter stürzten. «Machen Sie sich nichts daraus. Und wissen Sie was? Ab sofort erhalten Sie Ihre Marschbefehle ja von Mr. Ellsworth und Mr. Copeland, und ich werde Sie bei Ihrer Arbeit so gut unterstützen, wie ich nur kann.»

«Wirklich?»

«Warum nicht?», erwiderte sie erstaunt. «Einer Frau, die sich in dieser Welt zu behaupten versucht, würde ich jederzeit helfen.»

Mir kamen fast die Tränen. Die ganze Zeit hatte ich geglaubt, Mrs. Angelo würde es mir übel nehmen, dass ich das Gesellschaftsressort verlassen wollte. Nun wurde mir klar, dass sie auf ihre Art immer zu mir gehalten hatte.

«In diesem Beruf voranzukommen, ist schwer genug», sagte sie. «Wir Frauen müssen uns gegenseitig helfen. Ich bin weiter gekommen als die meisten, aber ich musste mir jeden Zentimeter auf meinem Weg hart erkämpfen. Langsam werde ich zu alt für dieses Spiel. Ich bin müde. Aber Sie – Sie haben das Zeug, den Jungs das Leben schwer zu machen. Ich weiß, am Anfang war ich sehr streng mit Ihnen. Nicht jede Story, die Sie schreiben wollten, hat meine Zustimmung gefunden. Inzwischen glaube ich an Sie, mein Kind. Und eines Tages werden Sie selbst in einer Position sein, in der Sie ein Mädchen unterstützen können, das zur Zeitung geht, weil sie die nächste Nellie Bly werden will.» Sie zwinkerte mir zu, zog ein letztes Mal an der Zigarette und warf die Kippe auf den Boden. «Sie sind eine Frau, aber Sie sind auch Reporterin und noch dazu eine der Besten, die mir je begegnet sind.»

Nachdem Scotts Identität aufgedeckt worden war – vielmehr, nachdem ich sie enthüllt hatte –, wurde die Operation K für beendet erklärt. Doch dank der stichhaltigen Beweise, die Scott zusammengetragen hatte, hatte das FBI genug gegen die Verdächtigen in der Hand. Meine Mutter hatte also recht gehabt. Das FBI ging bald dazu über, Haftbefehle zu erlassen und Anklage zu erheben, in anderen Fällen reichte es immerhin für einige Razzien. Insgesamt gesehen war der Ruf von siebenundzwanzig Angehörigen des Justizapparats im Cook County für immer ruiniert. Und zu den überführten Polizisten, Anwälten und Richtern zählte auch Patrick Casey, Jacks Vater.

Für das FBI war die Operation K also noch nicht vorbei. Und für mich auch nicht.

Etwa ein halbes Jahr nach meinem Exklusivbericht klopfte es eines Abends an meine Tür, als ich gerade dabei war, Spaghetti zu kochen.

«Augenblick, ich komme schon.» Ich ging zur Tür, öffnete sie und hätte beinahe das Küchensieb fallen lassen.

Mrs. Casey stand im Hausflur und funkelte mich böse an. Ihre Hand zitterte, als sie einen Brief in die Höhe hielt, dessen Inhalt mir vertraut war. Ich selbst hatte ihn geschrieben. Meine Handschrift auf dem Umschlag hatte ich sofort erkannt. Adressiert war er an Mr. Casey.

«Du hörst mir jetzt gut zu», sagte Mrs. Casey, und ihre Stimme bebte vor Wut. «Du hältst dich von meiner Familie fern, verstanden? Keine weiteren Briefe an meinen Mann. Oder meinen Sohn. Sie wollen nichts mehr mit dir zu tun haben.»

«Können wir in Ruhe im Wohnzimmer darüber reden?» Ich hielt ihr die Tür auf. «Ich kann alles erklären ...»

«Erklären? Für das, was du getan hast, gibt es keine Erklärung.»

Ich hörte, wie das Wasser im Spaghettitopf überkochte und zischend auf die heiße Herdplatte fiel. Ich widerstand dem Impuls, in die Küche zu laufen und den Herd auszuschalten.

Mrs. Casey rührte sich nicht von der Stelle. «Du hast meiner Familie schon genug geschadet. Du hast meinem Sohn das Herz gebrochen und den Ruf meines Mannes zerstört.»

«Ich hatte nichts mit der Operation K zu tun. Ich war nicht mal auf ...»

«Du kanntest die Ratte, diesen Spitzel. Du kanntest ihn. Und du wusstest, was er vorhatte. Mein Mann hat nichts Falsches getan. Du hast ihm eine Falle gestellt.»

«Das ist nicht ...»

«Ich verbiete dir, meinem Mann oder meinem Sohn jemals

wieder zu schreiben.» Sie zerknüllte den Umschlag und hielt mir ihre Faust vors Gesicht. «Lass uns in Frieden – verstanden? Lass meine Familie in Frieden!»

Sie rauschte ab, und ich stand da und schaute auf die Fliegenklatsche, die vor der Nachbarstür auf dem Kinderwagen lag. In der Küche kochte das Spaghetti-Wasser weiter über, und als ich mich endlich wieder fasste und mich darum kümmern wollte, hatte sich auf dem Herd eine Pfütze gesammelt.

Ich drehte das Gas ab und ging ins Wohnzimmer. Bis die Sonne unterging und alles Licht des Tages mit sich nahm, saß ich auf dem Sofa. Nur einmal stand ich auf, um mir eine Flasche Wein zu holen. Danach hockte ich im Dunkeln und dachte an die Briefe, die ich Jack und seinem Vater geschrieben hatte. Geantwortet hatte mir keiner von beiden. Auch Scott hatte ich geschrieben, und auch er hatte meinen Brief unbeantwortet gelassen. Jedes Mal, wenn ich nur an Scott dachte, kamen mir die Tränen. Der einzige Mensch, der mir jemals ebenso sehr gefehlt hatte, war Eliot.

Ich hatte gehofft, der Wein würde mich schläfrig machen, doch ich wurde davon mit jeder Minute nur noch trauriger. Dass ich das letzte Mal mit Scott geredet hatte, war zwei Jahreszeiten her. Ich vermisste den Klang seiner Stimme, vermisste unsere Diskussionen und seine Art zu denken, die mir immer so gut gefallen hatte.

Ich weiß nicht mehr, wie spät es war, als ich mir schließlich einen Ruck gab, das Telefon nahm und seine Nummer wählte. Zu verlieren hatte ich nichts mehr. Im schlimmsten Fall legte er sofort wieder auf, wenn er meine Stimme hörte.

Nach dem fünften Klingeln nahm er ab und klang schlaftrunken.

«Entschuldigung.» Mir ging auf, dass ich ihn geweckt haben musste. Es war schon nach Mitternacht, wie mir ein Blick auf die Uhr verriet. «Entschuldigung», wiederholte ich, meinte nun aber alles, was ich ihm angetan hatte. «Scott, du fehlst mir.»

Er seufzte.

Aus Angst, dass sich das Schweigen ausdehnen könnte, redete ich einfach drauflos.

«Du willst vermutlich nichts mehr von mir wissen. Aber du musst mir glauben, dass ich dir niemals etwas Böses wollte.»

Wieder ein Seufzer, nun lauter. Fast sah ich vor mir, wie er dort im Dunkeln lag, das Haar zerzaust vom Schlaf. Ich wollte bei ihm sein, neben ihm. Wollte ihn in den Armen halten, bis er seine Gefühle für mich nicht länger leugnen konnte. Meine Augen füllten sich mit Tränen.

«Ach, Scott – ich fühle mich schrecklich mies. Und ich denke jeden Tag an alles – an dich.»

«Es ist schon spät. In wenigen Stunden klingelt mein Wecker.»

«Nicht auflegen, bitte.» Ich hielt den Hörer mit beiden Händen fest. «Du fehlst mir. Ich möchte dich zurückhaben.»

Der nächste Seufzer. «Ach, Jordan, du hast bloß ein schlechtes Gewissen.»

«Bin ich dir denn egal? Vermisst du mich denn nicht auch?»

«Und selbst wenn – es würde nie funktionieren. Momentan bin ich mir nicht mal sicher, ob du dieses Gespräch nicht in deinem nächsten Artikel verwurstest.»

Das saß. Eine Träne lief mir über die Wange, und ich kniff die Augen zu.

«Du, es ist wirklich spät. Ich muss schlafen.»

Lange nachdem er aufgelegt hatte, hielt ich den Hörer noch fest in der Hand.

Wegen Operation K hatte ich es mir mit meinem Ex-Verlobten und seiner Familie, mit Scott Trevor und den meisten meiner Kollegen verscherzt. Die einzigen, die zufrieden mit mir waren und noch zu mir hielten, waren meine Redakteure.

KAPITEL 32

E s war ein schöner Herbsttag. M und ich wollten mittags zusammen essen gehen und hinterher noch einen Spaziergang machen. So sah zumindest unser Plan aus. Doch dann stiegen wir im Foyer des Tribune Tower aus dem Fahrstuhl und standen plötzlich Marilyn Monroe gegenüber.

Monroe hatte gerade einen neuen Film gedreht und sollte der *Tribune* ein Interview geben. Dass sie persönlich zur Zeitung kommen würde, hatte niemand von uns gewusst. Und nun stand sie leibhaftig dort, keine fünf Schritte von M entfernt.

Eigentlich hätte ich erwartet, M würde ein Freudentänzchen vor ihrem Idol aufführen. Doch entweder schüchterte sie die Gegenwart des Filmstars ein, oder es war ihr peinlich, ein Abklatsch der anderen zu sein, denn sie blieb wie angewurzelt stehen, als wäre sie in einen Schockzustand verfallen. Wenn man die beiden Frauen so nebeneinander sah, erübrigte sich die Frage nach Original und Fälschung. M konnte sich bemühen, wie sie wollte, niemals wäre ihr Haar so glänzend, ihre Haut so schimmernd, ihre Figur so kurvenreich. M war eine billige Imitation, eine Mogelpackung. Ihre Wangen nahmen einen Rotton an, den ich noch nie an ihr gesehen hatte.

«Na, wen haben wir denn da?», fragte Marilyn Monroe an ihre männlichen Begleiter gewandt. «Ist das nicht lustig? Die wissen hier wirklich, wie man einem Mädchen das Gefühl gibt, zu Hause zu sein.» Sie zwinkerte M zu.

Das war's. Marilyn lachte und marschierte an M vorbei zum Fahrstuhl, dessen Tür einer ihrer Begleiter für sie aufhielt. Sie schritt hinein, die Tür schloss sich, und Marilyn war verschwunden.

M stand wie gelähmt da, das Gesicht puterrot. Nach langem Schweigen sagte sie dann: «Ich ... ich kann jetzt nicht essen. Muss etwas erledigen. Macht es dir was aus, wenn wir es verschieben?»

Weil ich ohnehin keinen großen Hunger verspürte, fuhr ich wieder in die Redaktion und beendete meinen Artikel über eine im Gefängnis sitzende Bordellbetreiberin, die behauptete, der Polizist, der sie verhaftet hatte, hätte 20 000 Dollar aus ihrem Tresor entwendet. Da Peter nur vier Wochen zuvor über einen ähnlichen Fall berichtet hatte, erkundigte ich mich bei ihm, ob er den Namen des kriminellen Polizisten noch wusste.

«Er hat zu tun, Walsh», sagte Walter. «Erledige deine Recherchen doch zur Abwechslung mal selbst.»

«Himmel, Walter, ich rede mit Peter, nicht mit dir.»

Nun mischte sich auch Henry ein. Er knallte seine Packung Frosties auf den Tisch und funkelte mich böse an. «Wir haben die Schnauze voll davon, ständig für dich mitzuarbeiten.»

«Das ist Unsinn. Das wisst ihr selbst.»

Die Situation drohte zu eskalieren, doch dann tauchte M in der Redaktion auf, und alle verstummten. Ich traute meinen Augen nicht. Sie war in der Mittagspause brünett geworden.

Nach der ersten Schocksekunde fiel mir auf, dass ihr die neue Haarfarbe sehr viel besser stand, weil sie ihrem Teint schmeichelte und natürlicher aussah.

«Du siehst wunneba aus», sagte Peter.

Während wir noch auf Ms Haare starrten und ihren neuen Look bewunderten, rief mich Mr. Ellsworth in den Konferenzraum. Wahrscheinlich hatte er gar nicht bemerkt, dass es M war, die da an ihrem Tisch saß – so sehr hatte sie sich verändert.

«Nehmen Sie Platz, Walsh.» Mr. Ellsworth schloss die Tür hinter uns. «Ich habe Sie gerufen, weil sich bei uns in nächster Zeit einiges ändern wird.»

«Das glaube ich jetzt nicht.» Meine Brust schnürte sich zusammen. «Sie entlassen mich?»

Er zog die Stirn kraus. «Unsinn. Entlassen will ich Sie nicht. Ich möchte, dass Sie ab sofort die Nachtschicht übernehmen.»

«Wie bitte?» Ich fühlte mich wie nach einem Schlag in die Magengrube. Mit der Versetzung wurde ich klar degradiert. «Warum?»

«Falls es Ihnen noch nicht aufgefallen ist, unter den Kollegen hat sich eine feindselige Stimmung breitgemacht. Und ich versuche, zwischen meinen Leuten wieder so etwas wie Frieden herzustellen.»

«Das liegt nur an mir, oder? An Operation K? Das war vor Urzeiten!»

«Sie sind eine gute Reporterin, Walsh. Sie haben damals gute Arbeit geleistet, doch nun stehe ich vor einer Situation, in der ich dringend handeln muss, und deshalb ...»

«... wollen Sie mich opfern, um Walter und die anderen zu besänftigen.»

Er stritt es nicht ab. «Die Entscheidung ist gefallen. Ab sofort übernehmen Sie die Nachtschicht und berichten über Polizeieinsätze und dergleichen.»

Mr. Ellsworth warf mich den Wölfen zum Fraß vor. Mit sofortiger Wirkung musste ich über nächtliche Schießereien, Messerstechereien und Raubüberfälle in der Stadt berichten. Dafür saß ich von neun Uhr abends bis fünf Uhr morgens in der Redaktion. Schon bald war ich völlig ausgebrannt, denn mein Körper konnte sich nicht an den neuen Rhythmus gewöhnen und ich schlief täglich höchstens zwei, drei Stunden.

Manchmal fragte ich mich, ob Mr. Ellsworth mir diese Schicht in der Hoffnung zugeteilt hatte, ich würde dann freiwillig kündigen. Vielleicht war er zu dem Schluss gekommen, dass ich in der Redaktion mehr störte als half, und glaubte, das nächtliche Blutvergießen und die brutalen Verbrechen würden mich zum Aufgeben zwingen. Und an manchen Tagen wurde es mir tatsächlich fast zu viel, das muss ich zugeben.

Eine Nacht war für mich besonders schwer zu ertragen. Es war Anfang Dezember, ein eisiger Wind wehte und Schnee fiel. Ich sollte über einen Unfall mit Fahrerflucht berichten und fuhr mit meinem Kumpel Danny Finn, der auch oft die Nachtschicht hatte, im Streifenwagen zum Unfallort. Noch im Auto fingen meine Beine an zu zittern und mein Nacken und die Schultern verkrampften sich. Das Opfer, eine junge Frau, war auf der Stelle tot gewesen. Der Fahrer wurde eine knappe Meile vom Tatort entfernt von der Polizei gestellt.

Als wir an der Kreuzung Milwaukee und North Avenue hielten und ich den Fahrer neben dem Auto mit der eingedrückten Motorhaube stehen sah, geriet ich in Rage. Für mich verkörperte er jeden Fahrer, der jemals einen Fußgänger angefahren hatte. Ich wollte ihn für jedes Opfer eines Autounfalls büßen lassen, wollte an ihm im Namen aller Familien Rache nehmen, die durch den Unfalltod eines Angehörigen auseinandergerissen worden waren. Noch bevor Danny den Motor ausgestellt hatte, war ich schon aus dem Auto gesprungen.

Ich rannte auf den Fahrer zu, der in Handschellen neben seinem Wagen stand und Alkohol ausdünstete. «Was sind Sie bloß für ein Mensch?», schrie ich. «Ein erbärmlicher Feigling. Das sind Sie. Sie haben diese junge Frau auf dem Gewissen. Verstehen Sie das? Sie haben sie auf dem Gewissen. Mit dieser Schuld werden Sie für immer leben müssen, so wie die Familie der Frau für immer ohne sie weiterleben muss. Hoffentlich krepieren Sie im Gefängnis ...»

Ich schrie noch immer auf den Mann ein, als Danny mich wegzog.

«Ruhig.» Er drückte seine Stirn gegen meine und strich mir mit beiden Händen fest über die Arme. «Reiß dich zusammen. Du kannst dich nicht so aufführen. Okay?»

Ich nickte. Er hatte recht. Ich atmete tief durch, setzte mich wieder in den Streifenwagen und rauchte eine Zigarette, während die Polizisten den Fahrer in einen Einsatzwagen verfrachteten und zum Revier brachten. Ich machte mir Notizen, sammelte mich und ging zur nächsten Telefonzelle. Von dort aus rief ich in der Redaktion an und diktierte meinen Bericht.

Als ich zurückkam, legte Danny mir einen Arm um die Schulter. «Wie wär's mit einem Drink?»

«Was glaubst du wohl?»

Wir hatten ein Stammlokal – JJ's Supper Club –, bei dem es sich trotz schicken Namens nur um eine Art Diner mit Alkoholausschank handelte. Das Lokal hatte die ganze Nacht geöffnet, und wir bekamen dort Bourbon oder Bier, während andere Gäste sich bereits ihren Morgenkaffee und ihre Spiegeleier schmecken ließen.

Danny kippte sein Bier mehr oder weniger in einem Zug hinunter. Viel länger brauchte ich für meinen Scotch auch nicht. Wenige Schritte von unserem Platz entfernt warfen Männer Pfeile auf eine Dartscheibe.

«Was sollte das vorhin?», fragte Danny. «Ich habe dich noch nie so aufgebracht erlebt.»

Ich wollte nicht darüber reden. Ich hatte mich unprofessionell benommen und schämte mich für mein Verhalten. Dannys Bierflasche war leer, ich legte sie geistesabwesend auf den Tisch und setzte sie in Bewegung. Sie drehte ein paar Runden, bevor sie langsamer wurde und schließlich liegen blieb. Die Öffnung zeigte zu mir, der Flaschenboden zu Danny.

«Da wirst du mich jetzt wohl küssen müssen», erklärte er grinsend.

«Nein, das war ungültig, ich will noch mal drehen», erwiderte ich und lachte.

«Im Ernst. Ich mache mir Sorgen um dich. Du warst vorhin wirklich außer dir.»

Ich stützte die Ellbogen auf den Tisch und legte mein Kinn in die Hände. «Manchmal nimmt es mich zu sehr mit.»

«Ja, die Nachtschicht kann ziemlich hart sein. Das verstehe ich vollkommen.»

Ich zwang mich zu einem Lächeln. Er verstand überhaupt nichts.

Es war Mitte Januar und bitterkalt. Die Temperaturen lagen die meiste Zeit unter minus zehn Grad, und in meiner Wohnung funktionierte die Heizung schon seit zwei Tagen nicht mehr. Die Heizkörper, die sonst die ganze Nacht über knackten und zischten, wurden nicht mehr warm. Nachdem ich vergeblich versucht hatte, mit zwei Paar Socken und einem dicken Pulli etwas Schlaf zu finden, gab ich es an diesem Morgen nach meiner Rückkehr von der Arbeit auf. Kurzerhand bat ich meine Eltern, bei ihnen bleiben zu dürfen, bis die Heizung repariert wäre.

Ich saß gerade mit meiner Mutter am Frühstückstisch und wärmte mir die Hände an einem Becher Kaffee, als das Telefon klingelte. Meine Mutter nahm sofort ab, um zu vermeiden, dass mein Vater geweckt wurde.

«Oh, hallo, Dad», sagte sie. «Du sollst um diese Zeit doch nicht anrufen. Warum wartest du nicht bis Sonntag, wenn es billiger ist?» Sie kehrte mir den Rücken zu und schaute aus dem Küchenfenster. «Ja, ist angekommen. Vielen Dank ... Er *macht* Fortschritte ...» Sie ging zur Spüle und stellte ihre Tasse schwungvoll ab. Als sie dann die Stirn gegen den Hängeschrank drückte, sah ich, wie sich ihre Schultern anspannten. «Wie geht's Mom? ... Nein, ich weiß nicht genau, wann er fertig ist. Es handelt sich ja um einen Roman, nicht um einen Zeitungsartikel ...» Sie streckte den Rücken durch, riss die Tür des Schranks auf und knallte sie wieder zu. «Ich habe wirklich keine Ahnung, wie viel Geld er dafür bekommen wird ...»

Nachdem sie aufgelegt hatte, kam sie zurück an den Tisch und ließ sich auf ihren Stuhl fallen. «Sie werden es nie verstehen. Die hatten noch nie Verständnis für deinen Vater.»

«Na, du wirst zugeben müssen, dass er wirklich lange für sein Buch braucht.»

Sie warf mir einen bösen Blick zu. «Fängst du jetzt auch noch damit an? Er sitzt an einem Roman, Himmel noch mal. So etwas braucht eben Zeit. Versteht das denn niemand?»

Ihre Reaktion überraschte mich. Dass sie meinen Vater verteidigen würde, hatte ich nicht erwartet, vor allem, weil ich wusste, wie sehr es sie verletzte, dass sie das Manuskript nicht lesen durfte. Jetzt fragte ich mich, ob sie meinen Vater tatsächlich für derart labil hielt. Labiler, als ich ihn einschätzte.

Sie holte die Kaffeekanne vom Herd. «Noch einen Schluck?» Meine Mutter war wieder sie selbst.

Ein paar Tage später war meine Heizung repariert, und ich freute mich schon auf mein eigenes Bett. Meine Nachtschicht ging gerade zu Ende, als Ahern mich anrief.

«Ich bin Ecke 11th und State. Wir müssen uns treffen.»

«Jetzt?» Ich unterdrückte ein Gähnen.

«Walsh, denken Sie, ich wäre zu dieser unchristlichen Uhrzeit im Polizeipräsidium, wenn es nicht dringend wäre?»

Ich schaute in meine Tasse mit dem Kaffee, der schon seit Stunden kalt war. «Was gibt's denn?»

«Ein Mann, der soeben verhaftete wurde, hat ausdrücklich nach Ihnen verlangt. Reicht Ihnen das fürs Erste?»

Zwanzig Minuten später holte Ahern mich am Haupteingang des Polizeipräsidiums ab. Die Sonne ging auf, und ihre Strahlen bohrten sich durch die Wolken. Aus einem nahen Schornstein stieg Rauch empor. An der Seite des Gebäudes hingen Eiszapfen vom Dach, darunter befand sich eine Schneewehe, so dunkel von Schmutz, dass sie wie ein Haufen Kohle aussah.

«Das sollte sich jetzt besser lohnen. Ich friere mir hier den Hintern ab und bin seit siebenundzwanzig Stunden auf den Beinen.»

«Glauben Sie mir, es wird sich für Sie lohnen. Und nun kommen Sie. Mr. Richard Morrison möchte mit Ihnen sprechen.»

«Wer? Und warum mit mir?»

«Er hat darum gebeten, mit einem Vertreter der Presse zu reden. Seine Geschichte ist ein echter Knüller, und ich habe versprochen, ihm den besten Reporter der Stadt zu besorgen.»

Ich folgte Ahern ins Präsidium. Danny Finn war auch da, Ahern schien es nicht zu stören, dass wir uns kannten. Die Polizeisache, um die es ging, war von öffentlichem Interesse, und ich war nun mal die Reporterin, die heute die Nachtschicht hatte. Was Danny allerdings hätte stutzig machen können, war die Tatsache, dass Ahern nur jemanden von der *Tribune* geholt hatte und nicht von einer anderen Zeitung. Doch das war allein Aherns Problem.

Danny führte uns in einen katakombenhaften Gang im Keller, von dessen Existenz ich bisher nichts gewusst hatte. Am Ende des Korridors lag eine Einzelzelle, in der ein gepflegt aussehender Mann auf der Pritsche saß und rauchte.

«Darf ich vorstellen», sagte Ahern mit schwungvoller Geste. «Richard Morrison. Von uns auch der gesprächige Gauner genannt. Richie, das ist die Reporterin, die ich Ihnen versprochen hatte.»

Er beäugte mich, zog noch einmal an seiner Zigarette und trat sie auf dem Boden aus. «Die?» Er blies den Rauch in Aherns Richtung. «Haben Sie nicht gesagt, Sie holen Jordan Walsh?»

«Ich *bin* Jordan Walsh.»

«Jordan ist ein Name für eine Frau?»

«Tut mir leid, wenn Sie jetzt enttäuscht sind.» Ich schaute zu Ahern und nahm einen Wärter in der Ecke hinter ihm wahr, der über meine Unterhaltung mir Morrison leise lachte. «Würde mir vielleicht endlich jemand verraten, was hier eigentlich los ist?»

«Richard ist ein auf Einbrüche spezialisierter Gauner», erklärte Ahern.

«Der *gesprächige* Gauner», verbesserte Morrison ihn und erhob sich von der Pritsche. «Und ich bin nicht einfach nur auf Einbrüche spezialisiert. Ich bin der Meister des Einbruchs. Ein Vollprofi. Der Beste im ganzen Land. Ich bin so gut, selbst die Cops arbeiten für mich.»

Ich warf Ahern einen fragenden Blick zu. *Will der Kerl mich veräppeln?*

«Richie wurde letzte Nacht festgenommen», erklärte Ahern. «Wie immer wurde ihm ein Anruf gestattet, und er hat daraufhin im Büro von Adamowski angerufen. Er hat einen Kollegen von mir gebeten, ihm einen Reporter ins Gefängnis zu schicken, weil er reden will.»

«Na schön, Mr. Morrison.» Ich zog mir einen Stuhl an die Gitterstäbe heran und holte Notizblock und Stift aus meiner Tasche. «Dann reden Sie.»

«Die Geschichte wird Ihnen gefallen.»

«Ich bin ganz Ohr.»

Morrison zündete sich die nächste Zigarette an und genoss es offensichtlich, mich zappeln zu lassen. Nach zwei lässigen Zügen fing er an zu reden, oder vielmehr: seine Show abzuziehen. «Ich bin Einbrecher, Ma'am.» Er machte eine ausladende Geste. «Ich habe schon viele Geschäfte ausgeraubt. Oh, ja, sehr viele. Da muss ich mich schuldig bekennen.» Theatralisch führte er die Hand zum Herzen. «Doch das Beste kommt noch – ich habe es nicht allein getan. Nein, Ma'am. Tatkräftige Unterstützung habe ich vom Chicago Police Department bekommen. Ja, Ma'am, meine Geschäftspartner waren die Beamten der Wache im Summerdale District.» Er lachte schallend.

Verblüfft schaute ich Ahern und Danny an, die mir zunickten. «Erzählen Sie weiter, Mr. Morrison.»

«Angefangen hat es vor zwei, drei Jahren. Eines Nachts wurde ich auf frischer Tat ertappt. Die Polizisten wollten mich verhaften, da sahen sie meine Ausbeute – eine Tasche mit brandneuen Golfschlägern und mehrere teure Angelruten. Sie beschlossen, dass sie die Sachen selbst gebrauchen konnten, und unterbreiteten mir einen Vorschlag: Wenn ich ihnen die Ware überließe, würden sie mich laufen lassen. Ich aber habe noch einen draufgesetzt und gefragt: ‹Hey, warum tun wir uns nicht zusammen und machen den ganz großen Reibach?›»

Ob er die Wahrheit erzählte oder log, konnte ich natürlich nicht beurteilen. Aber ich schrieb jedes Wort mit und füllte Seite um Seite meines Notizblocks.

«Wir gingen immer auf diese Weise vor: Ich kundschaftete aus, welcher Laden einen Einbruch lohnte. Sobald ich einen gefunden hatte, rief ich die Cops. Dann fuhren sie im Streifenwagen an dem Geschäft vorbei und taten so, als würden sie nach dem Rechten sehen. In Wahrheit aber hielten sie Wache, während ich den Laden ausräumte. Ging es um Fernseher oder andere schwere Sachen, kamen sie mit rein und halfen, die heiße Ware in ihren Streifenwagen einzuladen. Ein paarmal brachten sie sogar gleich die grüne Minna mit. Bei denen sind die Garagen und Keller mit gestohlenen Sachen bis oben hin vollgestellt.»

Ich war so verblüfft über diese Aussage, dass ich mich zusammenreißen musste, weiter mitzuschreiben.

«Der Höhepunkt war dieser eine Abend, als irgendwer tatsächlich einen Alarm auslöste und ein Streifenwagen von einer anderen Wache heranrauschte. Meine Cop-Kollegen haben denen dann erzählt, sie hätten die Situation bereits unter Kontrolle. Die Jungs haben mir Handschellen umgelegt und mich vor den Augen der anderen zu ihrem Streifenwagen geführt.» Er spielte mir die Szene vor. «Den echten Cops haben sie erzählt, sie würden mich aufs Revier bringen und einbuchten. Kaum waren wir wieder allein, haben sie mir die Handschellen abgenommen, und wir haben den Rest aus dem Laden geholt.» Er fing an zu lachen und bekam einen Hustenanfall. «Danach haben wir noch drei weitere Geschäfte ausgeraubt und sind hinterher zusammen ein Bier trinken gegangen.»

«Wer sind die Polizisten? Könnten Sie die identifizieren?»

«Wir haben uns schon sämtliche Namen notiert», sagte Ahern.

«Nicht zu fassen.» Ich gab Ahern ein Zeichen, mir in den Gang zu folgen, außer Hörweite des Gefangenen. «Stimmt das denn auch alles?»

«Kennen Sie Paul Newey?», erwiderte Ahern.

«Adamowskis Chefermittler?»

Er nickte. «Newey und seine Leute überprüfen derzeit Morrisons Angaben. Bisher scheint alles, was er uns erzählt hat, zu stimmen. In einer Stunde sollen bei den fraglichen Cops zu Hause Razzien durchgeführt werden.»

Wachgehalten nur vom Adrenalin kehrte ich in die Redaktion zurück und schrieb den Artikel, während die Tagesschicht eintrudelte. Mr. Ellsworth staunte nicht schlecht, als er mich um diese Uhrzeit am Schreibtisch sitzen sah.

«Was machen Sie denn noch hier?»

Ich reichte ihm die erste Seite und tippte weiter. «Hier, lesen Sie. Ich muss das fertig machen.»

«Das gibt's ja nicht», sagte er, nachdem er die Seite überflogen hatte. «Machen Sie weiter, Walsh. Henry? Hey, Henry ...»

«Oh, bitte, ich schaffe das auch ohne Henry.»

Aber es war bereits zu spät. Henry tauchte neben Mr. Ellsworth auf.

«Henry, tun Sie mir einen Gefallen und bringen Sie Walsh eine Tasse Kaffee.»

Bis sämtliche Einzelheiten der Summerdale-Geschichte bekannt wurden, dauerte es zwar noch Monate, aber im Frühjahr 1959 wurden schließlich acht Polizisten der betroffenen Wache wegen Einbruchdiebstahls zu einer Gefängnisstrafe verurteilt. Und bis dahin hatte Mr. Ellsworth mich wieder der Tagesschicht zugeteilt. Wie er wusste, war ich neben Marty die Reporterin, die am meisten schuftete. Offenbar hatte er seine Meinung geändert und war zu dem Schluss gekommen, dass meine Leistung mehr zählte als die Probleme, die andere mit mir hatten. Walter, Henry und der Rest würden sich eben daran gewöhnen müssen, dass eine Frau ihnen den Rang ablief.

Die Rückkehr in die Tagesredaktion verschaffte mir Genugtuung. Man hatte mich auf die Probe gestellt, und ich hatte gewonnen. Trotzdem schmeckte der Sieg nicht so gut, wie ich es mir ausgemalt hatte. Die Jungs zogen mich weiterhin wegen meines Aktenkoffers auf, sie verspotteten mich, wenn ich mich über ihre schlüpfrigen Sprüche aufregte, und versuchten, mir ihre leeren Tassen aufzudrücken, damit ich sie in der Teeküche auffüllte. Anscheinend musste ich ihnen also immer noch etwas beweisen. Und mir selbst tatsächlich auch.

Kurz nach meiner Rückkehr in die Tagesredaktion fand ich neben meinen täglichen Aufgaben endlich auch die Zeit, mich hinter den Pferdefleischskandal zu klemmen. Ich rief beim Landwirtschaftsministerium an, wo man mich an einen gewissen Daren Bowman verwies. Bowman war der für Illinois zuständige Dezernent in der Behörde für Lebensmittelsicherheit, Abteilung Fleisch- und Milchprodukte, und sein Büro befand sich in Springfield.

Nach langem Bitten und Betteln willigte mein Vater irgendwann ein, mir sein Auto zu leihen, und ich fuhr zum State Capitol Complex und suchte Dezernent Bowman in seinem Büro auf.

Bowman lehnte sich in seinem Chefsessel zurück und presste die Fingerkuppen seiner Hände gegeneinander. «Eines kann ich Ihnen versichern», sagte er. «In Illinois werden im Vergleich zu anderen Bundesstaaten die sichersten Lebensmittel angeboten. Das gilt insbesondere für Rindfleisch.»

«Und wie sieht es bei Pferdefleisch aus?»

«Pferdefleisch?» Ein Schatten wanderte über sein Gesicht. Kaum merklich, aber ich hatte ihn gesehen. Ich hatte keine Ahnung, was in ihm vorging, aber dieser Mann wusste etwas, das er mir mit Sicherheit nicht erzählen wollte.

Ich formulierte meine Frage um. «Haben Ihre Lebensmittelkontrolleure jemals Pferdefleisch im Handel entdeckt?»

Er verlagerte das Gewicht. «Natürlich nur solches, das zu Hunde- und Katzenfutter verarbeitet werden darf.»

«Sind Sie sich da ganz sicher?»

«Was die jetzige Regierung anbelangt, bin ich mir zu hundert Prozent sicher.»

«Wollen Sie damit sagen, in der vorigen ist Pferdefleisch ...»

«Nein, nein. Legen Sie mir hier nicht die Worte in den Mund. Ich habe nicht gesagt, dass Pferdefleisch in den Lebensmittelhandel gelangt ist.»

«Das habe ich auch nicht gesagt.» Ich lächelte ihn an. «Aber da Sie es nun einmal ausgesprochen haben, muss ich Sie fragen, ob unter der vorigen Regierung jemals Pferdefleisch für den menschlichen Verzehr ...»

«Sie sind ganz schön manipulativ, junge Dame. Das gefällt mir nicht. Keine Ahnung, worauf Sie hinauswollen, aber ich kann Ihnen versichern, in ganz Illinois wird kein Pferdefleisch für den menschlichen Verzehr angeboten.»

Mit jeder Sekunde wurde der Mann nervöser. Er hatte eindeutig etwas zu verbergen, und das ließ sämtliche Alarmglocken bei mir schrillen. Bowman schürte meine schlimmste Befürchtung: dass der Skandal noch viel weiter reichte, als ich zuerst angenommen hatte. Und mit einem Mal war ich überzeugt, dass der Tod meines Bruders unmittelbar mit diesem Skandal zusammenhing. Mir wurde übel. Meine Haut begann zu jucken, ich bekam nicht genug Luft in die Lungen. Und in dem Moment war ich mir sicher – ja ich wusste es –, dass jemand meinen Bruder ermordet hatte.

Ich verließ Bowmans Büro, setzte mich ins Auto und fuhr los. Bald raste ich, weil ich der Angst und Wut in meinem Inneren entkommen wollte. *Jemand hat meinen Bruder ermordet.* Wäre ich jetzt als Nächste dran? Wer steckte wohl dahinter? Bisher kannte ich meine Feinde nicht, aber ich war mir sicher, ihnen allmählich näherzukommen. Was sollte ich jetzt tun? Zur Polizei gehen? Mich an Ahern wenden? Einen Nervenzusammenbruch erleiden? Meinen Eltern davon erzählen? Nein, das ging nicht – dafür musste ich zuerst Näheres in Erfahrung bringen. Bei einem Unfall ums Leben zu kommen, war eine Sache. Vorsätzlich ermordet zu werden, eine andere.

KAPITEL 33

A m nächsten Tag besuchte ich das Chicago Theatre. Ahern wartete im Foyer bereits am Fuß der imposanten Treppe und wischte sich gerade mit einem Taschentuch über die Stirn. Er sah mich, nickte mir kurz zu und ging voraus in den Theatersaal. Ich kaufte mir eine Eintrittskarte und folgte ihm. Im Saal mussten sich meine Augen erst einmal an das dämmrige Licht gewöhnen, doch dann entdeckte ich Ahern in der letzten Reihe. Die Nachmittagsvorstellung hatte bereits begonnen, aber deswegen waren wir nicht hier.

«Warum wollten Sie mich so dringend sehen?», flüsterte er mir zu.

«Ich brauche Ihre Hilfe. Es geht um einen Skandal mit Pferdefleisch, mit dem ich mich gerade befasse, und ...»

«Pferdefleisch?», wiederholte er ungläubig. «Ich habe eine Besprechung sausen lassen und bin sofort hergekommen, weil Sie über *Pferdefleisch* reden wollten?»

«Das ist noch nicht alles. Warten Sie, ich erkläre es Ihnen.» Ich holte tief Luft. «Ich glaube, mehrere Schlachter verkaufen Pferdefleisch als hochwertiges Rindfleisch und ...»

«Oh, bitte nicht ...»

Ich ballte eine Hand zur Faust und schlug einmal fest auf die Armlehne. «Darf ich vielleicht erst mal ausreden? Ich versuche doch, Ihnen das Ganze zu erklären. Es geht hier nicht nur um Pferdefleisch. Es geht auch um meinen Bruder.»

Das Licht im Theater veränderte sich, um uns herum wurde es noch dunkler. Ahern verlagerte das Gewicht, das merkte ich an dem Geräusch seines Sessels.

«Von meinem Bruder habe ich Ihnen schon erzählt. Er war ebenfalls Reporter. Und er hat zum Zeitpunkt seines Todes Recherchen zu dem Pferdefleischskandal angestellt. Er kam bei einem Unfall mit Fahrerflucht ums Leben, das ist jetzt sechs Jahre her – doch inzwischen bin ich überzeugt, das war kein Unfall.»

«O Gott.»

«Ich glaube, jemand wollte ihn aus dem Weg schaffen. Er muss etwas herausgefunden haben und wurde deshalb ermordet.»

«Ach, Jordan. O Gott.» Er nahm meine Hand. «Ich wusste nicht ... Das tut mir wirklich leid.»

«Ich muss der Sache auf den Grund gehen. Dafür brauche ich Ihre Hilfe.»

Etwas musste auf der Bühne geschehen sein, denn das Publikum fing laut an zu klatschen.

«Wer steckt Ihrer Meinung nach dahinter?», fragte Ahern.

«Ich weiß es nicht. Aber ich war in Springfield bei der Behörde für Lebensmittelsicherheit und habe den für Fleischprodukte zuständigen Dezernenten interviewt. Ich bin mir sicher, er weiß etwas, will aber mit mir nicht darüber reden.»

«O Gott, Jordan.» Er ließ meine Hand los. «Wo sind Sie da nur hineingeraten?»

«Das weiß ich noch nicht. Aber ich muss herausbekommen, wer meinen Bruder auf dem Gewissen hat. Dieser Mensch soll endlich dafür büßen.»

«Wieso?»

«Was soll die Frage?»

In der Reihe vor uns drehte sich jemand um und zischte: «Psst!»

«Na ja, sind Sie auf Rache oder Gerechtigkeit aus?», flüsterte er. «Oder wollen Sie die Starreporterin spielen?»

«Ach, lecken Sie mich doch!» Ich sprang auf und rannte aus dem Saal. Kaum war ich bei der Treppe angekommen, hatte Ahern mich bereits eingeholt und hielt mich am Arm fest.

«Es tut mir leid», sagte er.

Ich versuchte, mich von ihm loszureißen.

«Das war gemein von mir. Ich hätte das nicht sagen dürfen. Entschuldigen Sie bitte.»

«Wieso regen Sie sich so darüber auf?» Ich entwand mich seinem Griff. «Hier geht es um *meinen* Bruder, nicht um Ihren.»

«Ich rege mich nur auf, weil ich mir Sorgen mache. Weil ich nicht weiß, worauf Sie sich da einlassen. Bei den Tipps, die ich Ihnen gebe, weiß ich sonst immer genau, wer darin verwickelt ist. Aber das hier ...» Er schüttelte den Kopf. «... ist zu hoch für mich.»

«Und wenn ich damit zum FBI gehe?»

«Womit denn? Haben Sie irgendwelche Beweise? Hat Ihr Treffen mit dem Dezernenten etwas Konkretes ergeben?»

«Nein, aber mein Bauchgefühl sagt ...»

«Also, Jordan, man wendet sich nicht an das FBI, nur weil man ein Bauchgefühl hat. Das wissen Sie selbst nur zu gut.»

Damit hatte er natürlich recht. Nur war ich aufgebracht und wütend und wollte endlich Antworten auf meine Fragen. Aus Angst, das Gleichgewicht zu verlieren, stützte ich mich am Treppengeländer ab. «Könnten Sie sich im Büro des Bezirksstaatsanwalts mal umhören? Vielleicht weiß irgendwer ja irgendetwas.»

«Wovon genau? Wir reden hier von etwas, das sechs Jahre zurückliegt. Niemand wird sich daran erinnern. Sie können mir glauben, wenn ich wüsste, wie ich Ihnen helfen kann, ich würde es sofort tun.»

«Dann werden Sie es also nicht mal versuchen?»

«Ich weiß, Sie wollen das jetzt nicht hören, aber Sie haben einfach nicht genug Anhaltspunkte. Und ich würde Ihnen dringend davon abraten, da noch weiter zu recherchieren ...»

«Wieso das denn?»

«Wenn das mit Ihrem Bruder so gewesen ist, wie Sie es vermuten – sind Sie dann die Nächste?»

Das war die Frage, die auch ich mir stellte. Ich hatte tatsächlich Angst, und Ahern hatte mir gerade indirekt zu verstehen gegeben, dass ich dafür auch allen Grund hatte.

«Wenn Sie meine Schwester wären, würde ich Ihnen raten, sich da rauszuhalten. Es könnte sein, dass Sie sich sonst in ernsthafte Schwierigkeiten bringen.»

Ich versuchte, mich durch Aherns Warnung nicht entmutigen zu lassen, aber er hatte mir nicht nur Angst gemacht, sondern auch deutlich zu verstehen gegeben, dass ich erheblich mehr Beweise zusammentragen musste, bevor ich mich an das FBI wenden konnte. Denn was hatte ich bisher in der Hand? Einen vagen Verdacht, Notizen von einem dubiosen Gespräch mit Dezernent Bowman und einen Unfall mit Fahrerflucht, der Jahre zurücklag. Wieder einmal war ich in einer Sackgasse gelandet. Deshalb versuchte ich den ganzen Frühsommer lang, nicht mehr daran zu denken und mich auf meine Aufgaben in der Redaktion zu konzentrieren.

Eines Morgens überprüfte ich gerade die Fakten für einen Artikel über einen Brand in einer Schule, als Gabby mir auf die Schulter tippte. «M ist da. Komm.»

Fünf Minuten später trug Gabby eine Geburtstagstorte aus der Teeküche und stellte sie auf Ms Tisch, um den wir uns alle versammelten. Wie alt M eigentlich war, wusste keiner von uns, doch seit sie brünett geworden war, sah sie, wie ich fand, wesentlich jünger aus. Dass sie sich außerdem keinen Schönheitsfleck mehr ins Gesicht malte und sich auch nicht mehr in die kegelförmigen Playtex-BHs quetschte, gefiel mir ebenfalls besser. Die neue M kleidete sich eher schlicht und elegant. Neuerdings trug sie eine doppelreihige Perlenkette und dazu passende Ohrringe, die vermutlich Geschenke von Mr. Ellsworth waren. Und sie hatte sich einen rosa Pillbox-Hut und ein farblich darauf abgestimmtes Kostüm gekauft. Doch erst als wir in der Redaktion die neueste Ausgabe des LIFE-Magazins mit Jackie Kennedy und ihrem Mann, Senator Kennedy, auf dem Cover sahen, wurde uns klar, dass unsere Marilyn Monroe sich in den letzten Wochen und Monaten klammheimlich in Jacqueline Kennedy verwandelt hatte.

Nachdem Randy eine lustlose Version von *Happy Birthday* dargeboten hatte, blies M die Kerzen aus. Was sie sich gewünscht hatte, war mir sofort klar. Ich erkannte es daran, wie sie mit einem Augenaufschlag kurz zu Mr. Ellsworth blickte. Ob es den anderen ebenfalls aufgefallen war, wusste ich nicht, aber ich konnte mir nur schwer vorstellen, dass es irgendwem entgangen sein sollte.

Walter schob sich eine Gabel voll Torte in den Mund. «Los, gestehen Sie. Wie alt sind Sie, Mrs. Kennedy?»

«Und was haben Sie mit Marilyn gemacht?», fiel Henry ein.

Die anderen lachten, was M sichtlich zu schaffen machte. Sie stand mitten in der Redaktion in ihrer Jackie-Kennedy-Verkleidung und wirkte wie ein Kind, das sich verlaufen hat und gleich in Tränen ausbricht. Tatsächlich war es Mr. Ellsworth, der den Jungs sagte, sie sollten ihre Sprüche lassen und sich wieder an ihre Arbeitsplätze begeben. Doch da hatte M sich bereits den Hut vom Kopf gerissen und war in die Damentoilette gerannt.

Während die anderen weiterlachten, ging ich ihr nach. Sie hatte sich in einer Kabine eingeschlossen, und ich klopfte leise an die Tür und fragte, ob es ihr gut ginge. Ihre Antwort verstand ich kaum, weil sie so laut schluchzte.

Als sie endlich aus der Kabine kam, reichte ich ihr Papierhandtücher. Der Kleber ihrer falschen Wimpern hatte sich am linken Auge gelöst, M schaute in den Spiegel und riss sie ab.

«Was mache ich denn jetzt?» Sie schaute auf die Reihe künstlicher Wimpern, die wie ein Tausendfüßler auf ihrem Zeigefinger lag.

«Die brauchst du nicht. Deine Augen sind auch ohne schön.»

«Ach, das sagst du doch nur so.»

«Ich meine es ernst, M. Du bist eine schöne Frau. Warum kannst du nicht einfach du selbst sein?»

Sie spritzte sich Wasser ins Gesicht und wischte ihre Wangen mit einem rauen Papiertuch trocken. «Weil ich nicht weiß, wer ich bin, verstehst du?» Wieder bekam sie einen Weinkrampf. «Ich fühle mich so elend. Ich habe alles so satt. Und schlafen kann ich auch nicht mehr. Nicht mal die Schlaftabletten helfen noch ...»

Da ich nicht wusste, wie ich reagieren sollte, reichte ich ihr einfach noch mehr Papiertücher.

«Ich hatte gedacht, ich wäre längst verheiratet und hätte Kinder», sagte sie. «Ich tue so, als wäre ich eine Karrierefrau, aber das bin ich in Wahrheit nicht. Du fühlst dich damit vielleicht wohl, aber ich möchte jemand anderes sein. Ich möchte nicht so enden wie Mrs. Angelo.»

Die Vorstellung machte ihr offenbar richtig Angst. Ich überlegte kurz und kam zu dem Schluss, dass ich, sollte ich jemals eine andere Frau imitieren müssen, mich nicht für Marilyn Monroe oder Jackie Kennedy entscheiden würde. Nein, ich würde Mrs. Angelo wählen.

Am Samstagnachmittag ging ich durch die Wells Street und wurde von Banjoklängen begrüßt, die aus einer der Kneipen drangen. Es war bereits das neunte Jahr, in dem das Stadtteilfest Old Town Holiday stattfand – vielleicht war es inzwischen auch in Outdoor Arts and Crafts Fair umbenannt worden. Das würde ich für meine Reportage für den Lokalteil der *Tribune* noch überprüfen müssen. Mr. Pearson hatte ich zugesichert, dem Artikel eine persönliche Note zu geben, weil ich schließlich in Old Town aufgewachsen war. Eigentlich hätte ich mich nicht um einen solchen Auftrag gerissen, aber ich witterte die Chance, meinen Vater zu interviewen, der in der Anfangszeit zu den Organisatoren des Fests gehört hatte. Vermutlich wollte ich ihm damit wieder einmal beweisen, dass ich es als Reporterin geschafft hatte.

Während ich durch die Wells Street schlenderte, winkte ich meinen alten Nachbarn zu, meist Künstler, die wie jedes Jahr vor ihren Häusern und Ateliers saßen und auf langen Tapetentischen Zeichnungen, Fotos und selbst gebastelten Schmuck zum Verkauf anboten oder zum Bestaunen präsentierten. Einige verkauften selbst gebackene Kuchen und Kekse, andere brieten Hähnchen oder Burger auf Holzkohlegrills. Und natürlich erklang aus Kneipen und Cafés wie dem Orphans oder dem Earl of Old Town handgemachte Musik.

Über die Jahre hatte sich das Stadtteilfest merklich verändert. Für seinen Boheme-Charme war es schon immer bekannt gewesen, und jetzt entwickelte es sich in eine noch progressivere und buntere Richtung. Hinter der Piper's Alley mit ihren Zigarrenläden und Weingeschäften hatten sich neue Läden angesiedelt. Der eine verkaufte Kerzen und Räucherstäbchen. Der andere Poster. Es gab ein T-Shirt-Geschäft, einen Plattenladen, eine Buchhandlung und ein Blumengeschäft, sie wechselten sich im Straßenbild mit den Bars und Kneipen ab.

Ich erreichte die Kreuzung Wells und Eugene und sah meine Eltern auf Gartenstühlen vor der Painted Lady sitzen. Beiden hielten eine Zigarette in der einen und ein Whiskeyglas in der anderen Hand. Ein Holztablett mit einer Schale Chips darauf verband ihre Armlehnen wie eine Brücke. Ich setzte mich hinter ihnen auf die Treppe, als ein Nachbarspaar vor meinen Eltern stehen blieb.

«CeeCee», sagte die Frau, die einen Strohhut mit übergroßer Krempe trug, «wo sind deine Gedichte?»

«Ach» – meine Mutter machte eine wegwerfende Handbewegung – «die alten Bücher schleppe ich nicht mehr raus.»

«Aber du bist doch unsere Stadtteil-Poetin», erwiderte der Mann, der ein groß geblümtes Hawaiihemd zur Schau trug.

«Es gibt längst andere ...»

Mein Vater hatte ein Dauerlächeln aufgesetzt und sagte kein Wort. Er tat mir leid. Während meine Mutter jede Form von Aufmerksamkeit hasste, wünschte mein Vater sich nichts sehnlicher. Er hätte alles gegeben, damit die Nachbarn sich für seine Bücher interessierten. Sobald die Fans meiner Mutter fort waren, zückte ich Stift und Notizblock und wandte mich an meinen Vater.

«Sollen wir anfangen, Dad?»

Seit Tagen hatte ich mich auf unser Interview gefreut, doch nun wurde ich mit einem Mal ganz sentimental, weil mir unsere Anfangszeit in Old Town wieder einfiel. Als wir neu im Viertel waren, hatte rechts von uns eine Familie aus Puerto Rico gelebt und links von uns eine Roma-Familie. Vor denen hatten Eliot und ich Angst gehabt, weil wir dachten, sie würden uns mit einem Fluch belegen, sobald wir nur ihren Rasen betraten.

«Okay, Dad» – ich hielt meinen Stift schreibbereit über dem Block – «erinnerst du dich noch an die erste Old Town Holiday Street Fair?»

«Ja klar.» Er hielt die Zigarette zwischen nikotinfleckigen Fingern und zog gierig daran. Dabei kniff er ein Auge zu, als wolle er es vor dem Rauch oder der Sonne schützen.

«Und?»

«Wie *und*?» Er verscheuchte eine Fliege, die um seinen Kopf kreiste.

Ich hatte Dutzende Fragen vorbereitet, hatte ihm zeigen wollen, wie clever und professionell ich war, bei seinem strengen Blick bekam ich jedoch erst einmal keinen Ton heraus. «Wie war es damals?», fragte ich am Ende nur.

«So wie jetzt. Nur kleiner.»

«Hank, bitte.» Meine Mutter stupste sein Bein mit einem Fuß an. «Dir wird doch bestimmt noch mehr dazu einfallen.»

Er schnipste seine Zigarette auf den Gehweg.

Ich suchte in meinen Notizen nach einer passenderen Frage. «Augenblick, ah ja ... Das erste Stadtteilfest fand 1950 statt. Damals gab es siebzig Aussteller ...» Ich wollte ihm beweisen, dass ich meine Hausaufgaben gemacht hatte. «In dem Jahr durfte jeder aus der Nachbarschaft seine Kunstwerke zeigen, inzwischen wird aber anders vorgegangen, richtig?»

Er nickte. «Jetzt gibt es eine Jury.»

«Welche Kriterien müssen die Künstler erfüllen? Wie trifft die Jury ihre Auswahl?»

«Da musst du jemand vom Festausschuss fragen. Ich gehöre dem seit Jahren schon nicht mehr an.» Er schaute in sein Glas. «Ich brauche mehr Eis.» Er stand auf und wandte sich an meine Mutter. «Soll ich dir was mitbringen?»

Er ging ins Haus, und ich schaute hilfesuchend zu meiner Mutter. «Warum tut er das? Will er sehen, wie ich mit dem Interview scheitere?»

«An dir liegt das nicht, Spatz.» Meine Mutter lehnte sich zu mir vor und stützte ihre Ellbogen auf die Knie. «Wirklich nicht, das kannst du mir glauben.»

Weitere Nachbarn kamen vorbei und wechselten ein paar

Sätze mit uns. Inzwischen waren zwanzig Minuten vergangen, seit mein Vater ins Haus gegangen war.

«Kommt er überhaupt noch mal raus?»

«Hank? Hank?», rief meine Mutter über ihre Schulter. «Setz dich wieder zu uns.»

Kurz darauf kam er mit einem dicken Papierbündel unter dem Arm aus dem Haus. Mit feierlicher Geste legte er es auf das Tablett und erklärte, er sei mit dem Roman fertig.

«*Fertig* fertig?», fragte meine Mutter.

«*Fertig* fertig», erwiderte er.

Wie aus einem Mund fragten meine Mutter und ich, ob wir das Manuskript lesen dürften.

Er legte seine von Durchschlagpapier, Farbband und Nikotin verfärbte Hand auf das Papier und gab keine Antwort.

«Und?» Ich schaute abwechselnd zu meinem Vater und zu meiner Mutter. «Dürfen wir es nun lesen oder nicht?»

«Ach, vergiss es, Jordan», erwiderte meine Mutter kopfschüttelnd. «Ich habe ihn bestimmt schon hundertmal gefragt. Er wollte mir noch nicht mal den Titel verraten.»

Dem Gesichtsausdruck meines Vaters nach zu urteilen, fand er die Enttäuschung meiner Mutter eher belustigend.

«Tja, wenn du den Roman niemanden lesen lässt, was hast du dann damit vor?», fragte ich.

«Was glaubst du wohl?» Er schlug mit der Faust auf das Titelblatt. «Ihn einem Verlag anbieten und veröffentlichen.»

KAPITEL 34

H ey, Leute», rief Benny. «Kommt alle her. Es soll gleich laufen.» Er drehte am Lautstärkeregler seines Transistorradios. Wir schnappten uns Randy und versammelten uns um Bennys Schreibtisch.

«Nach der kurzen Werbeunterbrechung», verkündete Dan Sorkin, Moderator des Senders WCFL, «folgt nun wie versprochen der Chartstürmer von Chicagos neuer Hitsensation Randy and the Rockets – hier ist *Little Dab'll Do Ya*.»

Randy steckte beide Hände in die Hosentaschen, wippte auf den Absätzen vor und zurück und spielte den Bescheidenen, während Benny das Radio voll aufdrehte und im Rhythmus des Lieds auf die Tischplatte schlug. Walter zündete seine Pfeife an und bewegte den Kopf im Takt auf und ab. Henry und Mr. Ellsworth schnippten mit den Fingern. Selbst Mrs. Angelo tippte mit einem Fuß den Takt mit, und Peter nahm sogar seinen Augenschirm ab. M, immer noch in Jacqueline-Kennedy-Aufmachung, legte im Gang ein sexy Tänzchen hin. In diesem Moment waren wir keine Redaktion mehr, sondern nur noch Fans von Randys Musik. *Little dab'll do ya / Little dab of my love / Little dab'll do ya / Straight from heaven above ...*

Als das Lied zu Ende ging, klatschten wir lang und ausgiebig. Mit strahlendem Lächeln genoss Randy die Komplimente, das Schulterklopfen und Händeschütteln. Er hatte es geschafft. Vor gut einem Monat, ungefähr zu der Zeit, als mein Vater sein fertiges Manuskript an einen Verlag geschickt hatte, hatte Randy all seinen Mut zusammengenommen und sich bei Pendulum Records einen Termin zum Vorsingen besorgt. Dabei war ein Vertrag für eine Schallplatte herausgesprungen.

«Das Lied ist *wunneba*», sagte Peter.

«Wie es aussieht, hast du einen echten Hit gelandet», sagte Henry.

Randy nickte. «Und die bei Pendulum sind der Meinung, die B-Seite könnte in den Charts sogar noch höher klettern. Außerdem wollen sie mir gleich den nächsten Plattenvertrag geben, und sobald ich den unterschrieben habe, bin ich hier weg.» Schnell schaute er zu Mr. Ellsworth und zog die Schultern ein. «Verzeihung.»

«Sie müssen sich bei mir nicht entschuldigen.» Mr. Ellsworth hob beide Hände. «Ich freue mich für Sie, Randy. Aber an Ihrer Stelle würde ich den Tag nicht vor dem Abend loben.»

«Ja, verstanden. Aber Sie können mir glauben. Wenn nach *Little Dab* erst mal *Snap* rauskommt, schaffen Randy and the Rockets es bis ganz an die Spitze.»

«Und bis Sie dort angekommen sind», mischte Mr. Copeland sich ein, «schlage ich vor, dass Sie erst mal den Cartoon für die heutige Ausgabe fertig zeichnen.»

Über diesen Witz mussten alle lachen. Danach hieß es: zurück an die Schreibtische. Mir saß der Redaktionsschluss im Nacken, nur konnte ich mich nicht richtig konzentrieren, weil

Randy die ganze Zeit singend und summend durch die Redaktion schwirrte. M hatte ihn bereits zweimal angepflaumt, er solle endlich den Mund halten, und sie war nicht die Einzige, der er zunehmend auf den Wecker ging. Bei einigen Kollegen kam Randys Glück nicht sonderlich gut an. Neid verbreitete sich in der Redaktion wie eine Grippewelle. Die Witze und Sticheleien der Kollegen konnten allerdings kaum verbergen, wie enttäuscht sie alle von ihrem eigenen Los waren. Gabby hatte als kleines Mädchen ganz bestimmt nicht davon geträumt, von früh bis spät an einem Schreibtisch zu hocken, Angst vor ihrer Redakteurin zu haben und sich nicht einmal zu trauen, mit der Schwester zu telefonieren, während sie Artikel über das glamouröse Leben anderer Menschen verfasste. Und M? Kein Mann, kein Kind, kein Häuschen mit weißem Jägerzaun. Und wollte Higgs mit seinen dreiundfünfzig Jahren tatsächlich immer die Nachtschicht schieben und sich die Artikel seiner Kollegen in die Schreibmaschine diktieren lassen? Und seiner Frau und den Kindern nur morgens um sechs nach Dienstschluss im Flur begegnen? Bestimmt hatte auch er sich einmal mehr vom Leben erhofft.

Ich schaute hinüber zu Randy, der sich wie ein kleines Kind in seinem Stuhl herumdrehte und nach jeder Drehung breiter grinste.

Am späten Vormittag steckte ich, nachdem ich mir in der Teeküche eine Tasse Kaffee geholt hatte, einen Nickel in unsere Sammeldose, als ich sah, wie eine hochschwangere Frau in die Redaktion kam. In der linken Hand hielt sie eine Einkaufstasche von Marshall Field's, während ein kleines Kind sich an ihren rechten Unterarm klammerte. Ihr kastanienbraunes Haar war hochgesteckt und enthüllte den langen, schlanken Hals. Diese Frau sah trotz Schwangerschaft einfach umwerfend aus. Bisher hatte ich erst eine andere Frau gesehen, die ähnlich schicke Umstandsmode getragen hatte: Lucille Ball, als sie in der Serie *I Love Lucy* angeblich mit Little Ricky schwanger gewesen war. Ich hatte die Besucherin zwar noch nie gesehen, doch alle anderen schienen sie gut zu kennen. Marty umarmte sie zur Begrüßung und drückte ihr sogar einen Kuss auf die Wange.

«Ist er da?», fragte sie. «Er soll nämlich ein, zwei Stunden auf Tommy aufpassen.»

«Er sitzt im Konferenzraum, Marjorie.»

Sie bedankte sich bei ihm und betrat den Raum, in dem Mr. Ellsworth allein an dem großen runden Tisch saß. Der Kuss, den sie ihm auf den Mund drückte, bestätigte meine Vermutung, dass es sich nur um Mrs. Ellsworth handeln konnte. Ich schaute hinüber zu M. Alle Farbe war aus ihrem Gesicht gewichen, und sie blinzelte nicht mal, als sie Mr. und Mrs. Ellsworth durch die gläserne Wand des Konferenzraums beobachtete.

«Alles in Ordnung?», fragte ich.

M schüttelte den Kopf. «Die ist schwanger?» Die Feststellung klang wie eine Frage, gerade so, als wollte sie von mir hören, dass sie sich geirrt hatte. «Er hat gesagt, seine Ehe würde nur noch auf dem Papier bestehen. Und dass er sie nicht mehr liebt. Und jetzt schau sie dir an. Schwanger. O Gott. Was für ein Albtraum. Ich kriege keine Luft mehr. Ich muss hier raus.» Sie riss die Schreibtischschublade auf, zog ihre Handtasche heraus und sprang auf. «Falls mich jemand sucht», sagte sie, die Augen starr auf Mr. Ellsworth gerichtet, «ich bin im Riccardo's.»

Ich fragte, ob ich sie begleiten solle, aber sie schüttelte nur den Kopf und sauste aus der Redaktion. Als sie nach anderthalb Stunden allerdings immer noch nicht wieder zurückgekehrt war, ging ich sie im Riccardo's suchen. Es war kurz vor vierzehn Uhr, und der Mittagsansturm hatte sich bereits gelegt. M hockte am hinteren Ende des Tresens, die Ellbogen aufgestützt, das Kinn in die Hände gelegt und eine brennende Zigarette gefährlich nahe an ihren Haaren.

«M?» Ich setzte mich auf den Barhocker daneben. «Alles in Ordnung?»

Sie hatte Mühe, den Kopf zu heben, und schaute mich aus glasigen Augen an. «Er hat gesagt, seine Ehe ist am Ende. Er hat gesagt, er liebt mich. Und dass er sie verlässt. Ich habe die ganze Zeit – acht Jahre – auf ihn gewartet, und jetzt wird mir klar, er hat mich von vorne bis hinten nur belogen.»

«Wie viele Drinks hattest du?» Weil sie keine Antwort gab, wandte ich mich an den Barmann. «Wie viele haben Sie ihr gegeben?»

«Ist erst ihr zweiter.» Er wischte mit einem Tuch über den Tresen. «Mehr hat sie von mir nicht bekommen. Vor einer Minute wirkte sie noch okay, und jetzt das.»

«Ich fasse es nicht, dass er mich angelogen hat», murmelte M. «Ich habe mir solche Mühe gegeben. Habe ihn nie unter Druck gesetzt. Ihm kein Ultimatum gestellt. Immer war ich das liebe Mädchen. Und habe gewartet – weil er mich darum gebeten hat. Ich habe gewartet und gewartet und gewartet, und nun das ...»

«Nun komm.» Ich legte einen Arm um ihre Taille, versuchte, ihr hochzuhelfen. M wehrte sich nicht, trotzdem hatte ich den Eindruck, sie würde sich schwerer machen. «Komm, ich besorge uns ein Taxi und bringe dich nach Hause.»

Als ich sie vom Barhocker hieven wollte, fiel ihre Handtasche vom Tresen, und der Inhalt verteilte sich über dem Boden. M sackte in sich zusammen, weil ich sie losließ, um ihre Sachen einzusammeln: das Portemonnaie, die Schlüssel, ihre Puderdose, einen Lippenstift und ein leeres Röhrchen Phenobarbital. Ich hielt es gegen das Licht und schaute dann M an. Ihre Augen waren zugefallen, ihre Unterlippe hing schlaff herunter, als würde es sie zu sehr anstrengen, den Mund zu schließen.

«M – was hast du getan?» Ich hielt das leere Röhrchen vor ihr Gesicht. Sie schlug die Augen auf, und ihr Kopf rollte von einer Seite auf die andere. «Wie viele hast du genommen? M? Wie viele?»

Sie konnte nicht sprechen. Konnte den Kopf nicht oben, die Augen nicht offen halten.

Ich winkte dem Barmann. «Sie müssen mir helfen, sie in ein Taxi zu setzen. Schnell. Sie muss sofort ins Krankenhaus.»

Gerade noch rechtzeitig brachte ich M ins Krankenhaus. Während die Ärzte ihr den Magen auspumpten, saß ich im Warteraum, trank viel zu dünnen Kaffee und blätterte in uralten Zeitschriften. Dass ich in den letzten Jahren so oft im Henrotin Hospital gewartet hatte, war fürchterlich für mich. Inzwischen verband ich es nicht nur mit Eliots Tod, andere

Geister waren hinzugekommen. Wie Harley Jackson und die vielen Menschen, die damals bei dem Zugunglück ums Leben gekommen waren. Und natürlich hatte ich auch an dem Abend, als Scott ins Henrotin eingeliefert worden war, in diesem Wartezimmer gesessen. Jetzt also auch noch M.

Eine Dreiviertelstunde später ließen mich die Ärzte endlich zu ihr. Sie war kreidebleich und schwach. Ihre Lippen waren trocken und aufgeplatzt, und im Weiß ihrer Augen sah man rote Äderchen. Das Erste, was sie sagte, war der Name Stanley, und ich brauchte einen Moment, um zu begreifen, dass sie Mr. Ellsworth meinte.

«Ich brauche ihn. Bitte, Jordan. Sag ihm, dass ich ihn sehen muss.»

Inzwischen war es halb sieben. Als ich in die Redaktion zurückkehrte, wollte Mr. Ellsworth gerade gehen. Ich erwischte ihn vor den Fahrstühlen, den Hut in der einen, die Aktentasche in der anderen Hand.

«Kann ich kurz mit Ihnen reden?», fragte ich. «Ungestört?» Weil er keine Anstalten machte, mit mir mitzukommen, fügte ich hinzu: «Es geht um M.»

Wir suchten einen der Konferenzräume auf, und er schloss die Tür.

«Was gibt es denn?», fragte er. Wie mir seine Gelassenheit verriet, hatte er keine Ahnung, dass ich über seine Affäre Bescheid wusste. «Nun?» – er stemmte die Hände in die Hüften – «Worum geht es denn nun?»

Ich dachte an M, die seinetwegen jetzt im Krankenhaus lag. Es war das zweite Mal, dass sie wegen dieses Mannes fast gestorben wäre. Mir platzte der Kragen. «Sie ist im Krankenhaus.»

«Was? Was fehlt ihr denn?» Er klang eher neugierig als besorgt, und das machte mich noch wütender.

Beschönigen konnte man Ms Zustand nicht, und ich hatte keine Lust, Mr. Ellsworth so leicht davonkommen zu lassen. «Sie hat heute Nachmittag versucht, sich umzubringen.»

Seine Augen weiteten sich, die Farbe wich aus seinen Wangen. Endlich reagierte er, wie ich es erwartet hatte. «Grundgütiger, was hat sie getan?»

«Ein halbes Röhrchen Schlaftabletten geschluckt und mit Alkohol runtergespült.»

«O Gott. Wird sie durchkommen?»

«Die Ärzte haben ihr gerade noch rechtzeitig den Magen ausgepumpt. Und sie hat nach Ihnen gefragt.»

«Nach mir?» Er setzte eine erstaunte Miene auf.

«Bitte, tun Sie nicht so scheinheilig.»

«Also, Walsh, ich muss doch ...»

«Ich weiß schon lange von Ihnen beiden. Was denken Sie wohl, an wen sie sich gewendet hat, als sie schwanger war? Wer hat wohl die Abtreibung für sie organisiert? Sie waren ja damals nicht für sie da.»

Er schluckte und ließ sich auf einen Stuhl fallen. Sein Gesicht war kreidebleich. «M war schwanger?» Er sah aus, als hätte man die Luft aus ihm herausgelassen.

«Sie wussten nichts davon?» Nun musste ich mich ebenfalls hinsetzen. «Soll das heißen, sie hat es Ihnen nicht erzählt?»

«Sie hat das Kind abgetrieben?», fragte er leise und massierte sich die Schläfen.

Aus Angst, noch mehr zu verraten, nickte ich nur. Er hätte es nicht von mir erfahren sollen. Und ich hätte auch nichts zu ihm gesagt, wäre ich nicht davon ausgegangen, dass M ihm bereits alles erzählt hatte. Die Geschichte ging mich überhaupt nichts an, ich war ohne mein Zutun hineingeraten. Und ich hatte ihn nicht rügen wollen, auch wenn ich ihm das, was er M angetan hatte, sehr übel nahm.

«Es war von mir? Ich war der Vater?» Er fuhr sich mit den Händen durch die Haare, stützte die Ellbogen auf dem Tisch ab und vergrub das Gesicht in den Händen. «In welchem Krankenhaus ist sie?»

«Im Henrotin.»

Er nickte. «Würden Sie mich bitte allein lassen, Walsh? Ich fahre gleich zu ihr. Ich muss nur erst mal meine Gedanken ordnen.»

KAPITEL 35

M musste ein paar Tage im Krankenhaus bleiben, deshalb landeten ihre Aufgaben auf meinem Schreibtisch, und ich schrieb mit der einen Hand den Artikel «So deckt man den Esstisch heute», während ich mit der anderen über einen Feuerwehrmann berichtete, der bei einem Großbrand schwere Verletzungen davongetragen hatte.

Auch eine Woche später arbeitete ich noch für zwei. Inzwischen bewegten sich meine Finger wie von allein über die Tasten der Schreibmaschine. War ich am Ende einer Zeile angekommen, klingelte es leise. Ich betätigte den Zeilenschalter und schrieb in der nächsten weiter. Gegen vier Uhr nachmittags legte ich die neuesten Ausgaben verschiedener Modemagazine und Filmzeitschriften sowie eine Schachtel mit Ms Lieblingspralinen in meinen Aktenkoffer und machte mich auf den Weg ins Krankenhaus.

In der letzten Woche hatte ich M jeden Tag besucht. Denn Ellsworth – so nannte ich ihn jetzt, weil er in meinen Augen die ehrfurchtsvolle Anrede *Mister* nicht mehr verdiente – war nach seinem Besuch am Tag ihrer Einlieferung nicht mehr bei ihr gewesen. Seine Frau Marjorie hatte nämlich am Morgen darauf die Tochter Sheila zur Welt gebracht.

Ich zog mir einen Stuhl an Ms Bett heran und überreichte ihr die Zeitschriften und Pralinen. Ohne einen Blick hineinzuwerfen, legte sie die Hefte mitsamt den Pralinen neben den Wasserkrug auf ihren Nachttisch. Wir redeten über dies und das, vermieden aber jedes Thema, das M zu sehr aufgeregt hätte. Nach Ellsworth fragte sie nie, erwähnte nicht einmal seinen Namen. Und sie wollte auch nicht wissen, ob sein Baby schon auf der Welt war.

«Randy ist nach wie vor unerträglich», erzählte ich, nachdem ich mir zwei Pralinen aus der Schachtel stibitzt hatte. «Wenn ich ihn noch einmal *Little Dab'll Do Ya* singen höre, fange ich an zu schreien.» Ich legte mir die Praline auf die Zunge und hielt M die Schachtel hin. «Und wenn er mal nicht singt, erzählt er ununterbrochen, dass er bald Millionär ist.»

M mühte sich damit ab, eine Praline aus der Kunststoffeinlage zu drücken, und ich widerstand dem Impuls, ihr dabei zu helfen. «Ist doch schön für ihn. Wirklich schön für ihn.» Endlich hielt sie die Praline in der Hand. «Wird wirklich Zeit, dass wenigstens für einen von uns ein Traum in Erfüllung geht.»

So redeten wir weiter. Erst als ich aufstand und gehen wollte, kam M schließlich auf Ellsworth zu sprechen. «Ich habe geglaubt, er würde mich lieben. Aufrichtig lieben», sagte sie mit leiser, todernster Stimme.

«Ich weiß. Und es tut mir sehr leid für dich.»

«Ich habe so viel Zeit damit verschwendet, auf ihn zu warten. Acht Jahre. Ich habe mein Kind für diesen Mann geopfert. Und was habe ich dafür bekommen? Womit stehe ich jetzt da? Mit gar nichts.» Ihre Augen wurden glasig. «Ich weiß nicht, wer ich ohne ihn bin und was ich ohne ihn machen soll.»

«Du wirst darüber hinwegkommen. Das verspreche ich dir.

Du brauchst ihn nicht. Und Marilyn oder Jackie brauchst du auch nicht. Du bist okay, so wie du bist.»

«Das sagst du nur, weil du meine Freundin bist.»

«M, das ist die Wahrheit. Du hast dich viel zu lange an Ellsworth festgehalten. Die ganze Energie, die du in ihn hineingesteckt hast, solltest du endlich auf dich selbst verwenden.» Mir fiel das Gespräch ein, das meine Mutter vor all den Jahren mit Simone de Beauvoir in meinem Zimmer geführt hatte. «Wenn ich nämlich eine Sache gelernt habe, dann das: Du darfst einen Mann nie an erste Stelle setzen.»

Kaum hatte ich den Satz gesagt, ging mir schlagartig auf, dass ich mich selbst nicht an den Ratschlag hielt. Ich spielte mit den Verschlüssen meines Aktenkoffers herum und dachte daran, wie sehr ich mich immer um die Liebe meines Vaters bemüht hatte, wie klein ich mich gemacht hatte, damit Jack sich gut fühlte, und wie sehr ich Scott und Marty glorifiziert hatte. Sogar den Traum, zur Zeitung zu gehen, hatte ich von meinem Bruder übernommen. Langsam musste ich mich fragen, was *ich mir* eigentlich erträumte.

Bedrückt verließ ich Ms Zimmer. Der Geruch von Desinfektionsmitteln stach mir in die Nase und verfolgte mich bis vor die Tür des Krankenhauses. Ich hatte Mitleid mit M, aber langsam musste ich mich wieder meinem eigenen Leben zuwenden. Die ganze Woche über hatte ich mich um M gekümmert, und jetzt brauchte ich jemanden, der sich um mich kümmerte. Also machte ich mich auf zu dem Menschen, der meine Stirn gefühlt hatte, wenn ich als Kind Fieber gehabt hatte, der mir, wenn ich hingefallen war, die Splitter aus der Wunde gezogen und mir ein Pflaster aufs Knie geklebt hatte. Ich fuhr nach Hause zu meiner Mutter.

Sie saß am Küchentisch und nahm sich gerade die Rabatt-marken vor. Es war die spießigste Beschäftigung, bei der ich meine Mutter jemals erwischt hatte. Doch wie bei den meisten Dingen machte sie sich auch hier mit Begeisterung ans Werk. Solange ich zurückdenken konnte, sammelte sie Rabattmar-ken und warf sie nach jedem Supermarktbesuch in die Kü-chenschublade unter der mit den Messern. Alle paar Wochen kippte sie den Inhalt der Schublade so wie jetzt auf den Tisch und klebte sämtliche Marken, die sie in dem Chaos fand, in das Heft ein. Als wir noch klein waren, hatten Eliot und ich die Marken abwechselnd angeleckt und eingeklebt. Ich liebte den süßlichen Geschmack, den der Kleber auf der Zunge hin-terließ. Über die Jahre hatte meine Mutter die vollen Hefte gegen ein Dampfbügeleisen, einen Mixer und einen bis heute in der Verpackung steckenden Gemüsehobel eingetauscht. Dieses Mal sammelte sie für einen Elektrobräter, denn sie wollte endlich einmal ein altes Brathähnchenrezept ihrer Großmutter ausprobieren.

«Willst du mir ein bisschen helfen?», fragte sie und drückte eine Marke kurz gegen ihre Zunge. Sofort verzog sie das Ge-sicht. Offensichtlich mochte sie den Geschmack nicht so sehr wie ich.

Ich ließ mich auf einen Stuhl fallen, als würde ich hundert-fünfzig Kilo wiegen. Genau genommen fühlte ich mich auch so. Ich hatte gehofft, sie würde meine geknickte Stimmung sofort bemerken, doch sie war zu sehr in ihre Aufgabe ver-tieft.

«Ich war gerade im Krankenhaus.»

«Schon wieder? Wie geht es deiner Freundin?» Zwischen ihren Lippen klebte jetzt eine Zigarette.

«Gar nicht gut. Und ich weiß einfach nicht, wie ich ihr helfen soll.»

«Sie wird darüber hinwegkommen. Das tun wir alle.» Eine Seite im Rabattmarkenheft war voll, und meine Mutter blätterte um. «Ich glaube, uns fehlen nur noch hundertfünfundzwanzig.»

«Ganz schön viel für einen Elektrobräter.»

«Nicht für den Bräter. Für die Bohrmaschine.»

«*Bohrmaschine?*»

«Dein Vater hat sie sich gewünscht.» Sie zuckte mit den Schultern. «Hoffentlich hebt das seine Stimmung. In letzter Zeit ist er unausstehlich. Wirklich unausstehlich.»

«Wieso denn?»

«Ach, der Lektor bei Scribner will seinen Roman nicht verlegen. Und seit der Ablehnung führt er sich unmöglich auf.»

«Das ging aber schnell. Er hat das Buch doch erst vor einem Monat hingeschickt. Mal abgesehen davon gibt es noch andere Verlage.»

«Ja, das habe ich auch gesagt, aber er hört mir nicht mehr zu. Er schmollt. Weißt du, Ernest veröffentlicht bei Scribner. Dein Vater war sich sicher, der Verlag würde seinen Roman ebenfalls herausbringen.»

«Haben sie die Ablehnung begründet?»

«Er will es mir nicht sagen. Selbst den Brief will er mir nicht zeigen. Ich bitte und bettle, dass ich das Buch einmal lesen darf, aber er schüttelt immer nur den Kopf.» Sie klaubte eine weitere Marke vom Tisch auf. «Früher hat er mir alles zu lesen gegeben – selbst wenn es nur ein Stück für eine Zeitschrift oder eine Kolumne für eine Zeitung war. Ich war der erste Mensch, dem er etwas gezeigt hat.» Sie leckte die Marke an und klebte sie auf die Seite. «Seit er mit diesem Buch fertig ist, ist er einfach unausstehlich. Inzwischen hat er es zwar auch an andere Verlage geschickt, aber die Warterei frisst ihn innerlich auf. Ich weiß nicht mehr, was ich noch mit ihm machen soll. Jede Stunde rennt er zum Briefkasten. ‹War der Postbote schon da?› Das fragt er mich alle zehn Minuten, auch wenn er gerade erst draußen war und selbst nachgesehen hat.»

«Und wo steckt der Unausstehliche jetzt?»

«Keine Ahnung. Wahrscheinlich im Mister Kelly's. Seitdem er nicht mehr schreibt, verbringt er dort die meiste Zeit. Die Trinkerei» – sie schüttelte den Kopf – «tut ihm nicht gut.»

«Das ist leider nichts Neues.»

«Es ist aber schlimmer geworden.» Meine Mutter leckte die letzte Marke an. «Und fertig.» Sie klappte das Heft zu und strich mit der Hand über den Umschlag. «Willst du mitkommen, die Bohrmaschine kaufen? Uns bleibt eine Stunde, bevor der Laden schließt.»

Ich fuhr mit ihr zu dem Supermarkt, bei dem man die Rabattmarken einlösen konnte. Nie hätte ich mich darum gerissen, eine Bohrmaschine kaufen zu gehen, aber an diesem Tag wollte ich gern in der Nähe meiner Mutter sein. Wir fanden den Gang mit den Elektrogeräten, und meine Mutter blieb vor den Brätern stehen und strich zärtlich über einen der schwarzen Griffe. Erst in diesem Moment wurde mir klar, wie gern sie das Küchengerät gehabt hätte. Doch ihr Wunsch, meinen Vater glücklich zu machen, war stärker.

Sie fing meinen Blick auf und lächelte. «Eigentlich sollte ich ihm das Ding über den Kopf ziehen.»

«Als ob das irgendwas bewirken würde», erwiderte ich, und sie musste lachen.

Witzig war das eigentlich nicht, aber aus irgendeinem Grund war ihr Lachen ansteckend, und ich konnte nicht anders, als mit einzustimmen. Man hätte fast meinen können, wir hätten nur einen Vorwand gebraucht, um befreit auflachen zu können. Weit wahrscheinlicher aber war, dass wir dahinter nur die Traurigkeit in unseren Augen verstecken wollten. Meiner Mutter tat mein Vater leid. Mir taten meine Eltern leid. Und M auch. Nur gehörten wir eben nicht zu denen, die vor anderen jemals geweint hätten. Und so standen wir stattdessen mitten in einem Supermarkt und hielten uns vor Lachen die Seiten, während uns die Tränen übers Gesicht liefen.

Anderthalb Stunden später setzte meine Mutter mich vor meiner Wohnung ab. Inzwischen war mein Kummer verflogen. Es kam mir vor, als wären Tage vergangen, seit ich bei M im Krankenhaus gewesen war. Und erst, als ich meine Mutter wegfahren sah, ging mir auf, dass sie mir auf ihre eigene Art den Trost gespendet hatte, den ich gebraucht hatte.

KAPITEL 36

ch war überarbeitet, erschöpft. Zwei Wochen waren vergangen, seit M die Schlaftabletten genommen hatte. Außer Ellsworth und mir wusste niemand davon. Alle anderen dachten, M würde mit Grippe flachliegen. Während sie sich erholte, musste ich weiter für sie mitarbeiten. An den Pferdefleischskandal und den möglichen Zusammenhang mit Eliots Tod dachte ich zwar immer noch, nur hatte ich nicht die Zeit und, ehrlich gesagt, auch nicht den Mut, um der Sache weiter nachzugehen. Manchmal hatte ich fast den Eindruck, mich beruflich zurückzuentwickeln, weil ich jetzt wieder Artikel für die Kolumne «Die berufstätige Frau» verfassen musste. Doch dann sagte ich mir, dass ich es ja nur vorübergehend tat, bis M in die Redaktion zurückkehrte. Davon einmal abgesehen, fiel es mir sehr schwer, Mrs. Angelo irgendetwas abzuschlagen.

Ich nahm gerade letzte Korrekturen an dem Artikel «So stürzen Sie den Pudding perfekt aus der Form» vor, als ich sah, wie Randy den Telefonhörer auf die Gabel legte, beide Fäuste in die Höhe riss und ein *Whuhuuu*-Geheul ausstieß, während er sich wie wild auf seinem Stuhl herumdrehte. «Ja!» Wieder riss er die Fäuste hoch. «Geschafft.»

«Was denn?», fragte ich, während ich die Finger über der Tastatur schweben ließ.

«Das war Pendulum Records. Ich soll sofort kommen. Na, was habe ich euch gesagt? Was habe ich euch allen gesagt? Die geben mir den nächsten Plattenvertrag, und dann verdiene ich haufenweise Geld.» Lachend stand er auf, hob eine Hand an die Schläfen und salutierte. «Macht's gut, ihr Trottel.» Er setzte seine Sonnenbrille auf, die er inzwischen auch an wolkenverhangenen Tagen trug, schob sich den Hut keck auf den Kopf und hüpfte praktisch aus der Redaktion, wobei er munter sang: «*Snap, crackle, pop / That girl has what I want / Snap, crackle, pop / That girl has what I want ...*»

«Verdammter Angeber.» Walter sog an seiner Pfeife. «Wenn jemand wie der es im Showbiz schafft, dann schafft das jeder. Randy and the Rockets? Dass ich nicht lache!»

«Wenn ich noch einmal *Little Dab'll Do Ya* höre», sagte Benny, «dann haue ich mein Radio kurz und klein.»

«Dabei helfe ich dir», meinte Peter. «Aber zum Glück kriegt Randy jetzt endlich diesen Plattenvertrag von Pendulum Records, dann liegt er uns wenigstens damit nicht länger in den Ohren.»

«Von dem hören wir hier bestimmt nie wieder was», sagte Henry. «Der wird doch jetzt Superstar. Ein Scheißmillionär, habt ihr das etwa nicht mitgekriegt?»

Alle lachten und übertrumpften sich gegenseitig mit blöden Sprüchen über Randy. Übel nehmen konnte ich ihnen das nicht. Schließlich hatte Randy in den letzten Wochen rund um die Uhr angegeben und uns an einem Tag erzählt, er warte auf einen dicken Tantiemenscheck von Pendulum Records, am nächsten, er würde sich gleich ein paar nagelneue

Cadillac anschauen, und am übernächsten, er plane den Kauf eines größeren Hauses. Er warf mit dem Geld nur so um sich und erschien jeden Tag in einem neuen Anzug oder mit neuen Schuhen bei der Arbeit. «Echtes italienisches Leder», erklärte er dann. «Zwölf Scheine.»

Eine Stunde später saß ich immer noch an dem Artikel, als ich aufschaute und meinen Augen nicht traute. M stand dort, gleich neben dem *Injun-Summer*-Poster. Dass sie an diesem Tag zurück in die Redaktion kommen wollte, hatte ich nicht gewusst. Aber das war nicht die eigentliche Überraschung. Nein, es lag an M selbst, dass ich den Mund vor lauter Staunen nicht zubekam. Ihre Haare hingen glatt herunter, und sie trug mit Ausnahme von etwas Rouge und Lippenstift kein Make-up. Frisch sah sie aus und, zumindest in meinen Augen, schöner als Marilyn oder Jackie. Gabby und einige der Jungs sprangen auf und umringten sie zur Begrüßung.

«Schön, dass Sie wieder da sind», sagte Mrs. Angelo, die sich in den Kreis drängte. «Wir können Ihre Unterstützung gut gebrauchen.» Sie drückte M ein Blatt Papier in die Hand. «Können Sie das bitte schnell überarbeiten? Arme Gabby» – sie senkte die Stimme – «das Mädchen ertrinkt in Arbeit.»

M zögerte.

«Nun?» Mrs. Angelo stemmte die Hände in die Hüften. «Sie sind wieder gesund, oder nicht?»

«Einen Augenblick bitte», erwiderte M. «Ich setze mich gleich daran. Vorher muss ich mich noch um eine private Angelegenheit kümmern.»

«Das muss aber heute in den Druck», rief Mrs. Angelo, doch M marschierte bereits geradewegs auf das Hufeisen zu.

Ellsworth telefonierte, er hatte die Füße auf den Tisch gelegt und saß mit dem Rücken zu M. Wir anderen schauten ihr hinterher und beobachteten, wie sie ihm auf die Schulter tippte. Er hielt einen Finger hoch, als wollte er sagen: *Nur noch eine Minute*, aber sie baute sich seitlich so vor ihm auf, dass er sie nicht ignorieren konnte, und bewegte den Zeigefinger schnell hin und her. *Nein, nein, nein.* Ihr Blick verriet, dass sie sich nicht würde abwimmeln lassen. Ellsworth schwang die Beine vom Tisch, beendete das Telefongespräch und legte den Hörer auf. Er erhob sich vom Stuhl und stellte sich, mit dem Rücken zu uns, M gegenüber. Leise redete er auf sie ein, aber sie schob ihn so fest von sich weg, dass er das Gleichgewicht verlor und wieder auf seinem Stuhl landete.

«Bitte, M», hörten wir ihn sagen. «Das ist weder die richtige Zeit noch der richtige Ort für dieses Gespräch. Du willst mir hier doch keine Szene machen ...»

«Ich soll dir keine Szene machen?» Ihre Stimme war eine Oktave höher geworden, und sie lehnte sich vor, bis sich ihre Nasen fast berührten. «Ich soll es dir nicht schwer machen? Das hättest du wohl gern. Es soll niemand mitkriegen, was für ein elendiger Lügner du bist? Du hast mich von vorne bis hinten belogen. Ich hätte dir schon vor Jahren den Laufpass geben sollen, als ich zum ersten Mal daran dachte.»

«Bitte, M, lass uns irgendwohin gehen, wo wir ungestört sind. Ich kann dir alles erklären.» Er wollte aufstehen, aber sie drückte ihn zurück auf den Stuhl.

«Du bleibst hier sitzen. Und komm mir ja nicht hinterher. Von jetzt an hältst du dich von mir fern. Ich bin mit dir fertig.» Sie drehte sich auf dem Absatz um, und in diesem Moment erinnerte nichts an ihr mehr an Marilyn oder Jackie. Die echte M hatte sich entpuppt.

Direkt vor meinen Augen hatte M zu ihrer eigenen Stärke gefunden. Sie war endlich sie selbst geworden und ging erhobenen Hauptes durch den Gang zu ihrem Schreibtisch. Niemand wäre ihr in diesem Moment blöd gekommen. Sie setzte sich, nahm einen Satz Papier und spannte das erste Blatt in die Schreibmaschine.

«Geht es dir wieder gut?», fragte ich.

«Habe mich nie besser gefühlt.» Sie fing an, Gabbys Artikel umzuschreiben.

Etwas später kehrte Walter von einem Auswärtstermin zurück. «Seht mal, wer wieder da ist», rief er und lachte höhnisch.

Zuerst dachte ich, er würde M meinen, doch dann sah ich, dass Randy mit gesenktem Kopf und schlaffen Schultern hinter ihm herschlich.

«Randy, was hast du?» Ich ging auf ihn zu. «Was ist denn los?»

«Ja, was hast du denn?» Walter lachte immer noch. «Jetzt, wo du der große Star bist, hätten wir mit dir hier gar nicht mehr gerechnet.»

«Walter, lass gut sein.» Ich führte Randy zu seinem Tisch, die anderen folgten uns und bestürmten ihn mit Fragen.

«Alles in Ordnung?»

«Warst du bei Pendulum Records?»

«Wann kommt die neue Platte raus?»

Randy wirkte benommen. Langsam zog er sich den Hut vom Kopf und drehte ihn in den Händen hin und her. Ohne den Blick von mir zu wenden, fing er an, in kurzen, abgehackten Sätzen zu erzählen.

«Kellogg's hat sich bei Pendulum gemeldet. Sie haben der

Plattenfirma eine Abmahnung geschickt. Der Anwalt behauptet, mein Lied sei ein Plagiat. Der Text sei von einem ihrer Werbespots geklaut. Das gilt aber nicht für die Musik. Pendulum denkt, die von Beecham schicken bald auch eine Abmahnung. Wegen der Brylcreem-Werbung. Deshalb dürfen die Radiosender meine Single nicht mehr spielen. Und mein Vertrag wurde auch aufgelöst.» Inzwischen hatte Randy Tränen in den Augen. «Was soll ich bloß machen?» Er presste die Hände gegen die Schläfen und fing an zu wimmern. «Ich stecke bis zum Hals in Schulden. Ich habe das ganze Geld, das ich mit der Platte verdienen sollte, bereits ausgegeben.»

«Wie bist du denn auf die Idee gekommen?», fragte Henry.

«Weil ich so sicher war, dass ich ganz groß rauskomme. Was soll ich jetzt bloß machen?»

«Ach, Randy.» Ich drückte seine Schultern. «Du bist ein großartiger Comiczeichner. Und du hast immer noch deinen Job. Du kannst deine Schulden bestimmt abbezahlen. Eine Zeit lang darfst du eben nicht mehr so viel ausgeben.»

Daraufhin schluchzte er noch lauter.

Nach der Arbeit luden wir Randy auf ein paar Drinks ins Riccardo's ein, damit er auf andere Gedanken kam. Gegen halb elf bezahlten wir die Rechnung und traten gerade auf die Rush Street, als die Luftschutzsirenen angingen.

«Ach du Scheiße», schrie Randy.

Schlagartig waren alle wieder nüchtern.

«O Gott», sagte Gabby. «Was hat das zu bedeuten?»

Es war bizarr. An den wöchentlichen Probealarm hatten wir uns inzwischen gewöhnt, nur hatte niemand damit gerechnet, dass die Sirenen eines Tages *in echt* schrillten. Was hatte es zu bedeuten – hatten die Russen eine Atombombe losgeschickt, um uns alle umzubringen? Eigentlich unvorstellbar.

Leute rannten schreiend auf die Straße und schauten sich verängstigt nach einem Ort um, wo sie Schutz finden würden. Derweil plärrten die Sirenen ohrenbetäubend weiter.

«Gibt es hier in der Nähe einen Bunker oder so was?», fragte Benny.

«Scheiß auf einen Bunker», sagte Walter. «Ich gehe zurück in die Redaktion. Wir müssen rauskriegen, was da los ist.»

Ich schloss mich ihm an.

Gemeinsam rasten wir zur *Tribune*, wobei wir auf der Michigan Avenue immer wieder panisch umherlaufenden Menschen ausweichen mussten. Die Sirenen schrillten weiter, wir hörten sie sogar in den Räumen der Redaktion. Ich steuerte direkt aufs Hufeisen zu, wo sich Ellsworth und die Reporter der Nachtschicht um ein Radio versammelt hatten, aus dem *Jailhouse Rock* ertönte.

«Was ist mit dem verdammten CONELRAD-System?», rief ich.

«Es ist nicht zu finden. Wir haben es mit jedem Sender versucht», erklärte einer der Reporter.

«Lasst mich mal ran.» Walter schob den anderen zur Seite und drehte am Frequenzknopf. Nichts. Das Notfallsystem CONELRAD, das uns bei einem Angriff mit Atomwaffen informieren und anleiten sollte, hatte versagt.

«Verdammt. Ist denn nichts über den Fernschreiber reingekommen?», fragte Ellsworth und krempelte sich die Ärmel hoch.

Ich raste zu meinem Schreibtisch und rief im Polizeipräsidium an.

«Wir verlieren hier selbst die Nerven, Walsh», erklärte Danny. «Wir haben keine Ahnung, was da los ist.»

Im selben Moment, in dem ich auflegte, verstummten die Sirenen so abrupt, wie sie begonnen hatten. Eine fast noch verstörendere Totenstille setzte ein. War das Ende gekommen?

«Wir sind eine verdammte Zeitungsredaktion.» Ellsworth schlug mit der Faust auf den Tisch. «Wieso wissen wir nicht, was da los ist?»

Wir setzten uns hin und warteten ab, ratlos wie alle anderen Einwohner der Stadt. Dann ertönte die Klingel im Fernschreiberraum. Alle sprangen auf, doch Ellsworth war zuerst da und riss das Blatt aus dem Gerät. Während er las, verfinsterte sich seine Miene.

«Was für eine gottverdammte Scheiße.» Kopfschüttelnd ließ er das Blatt sinken.

«Was ist denn?» Ich wollte ihm den Zettel aus der Hand reißen, aber Walter war schneller.

Er las und schlug sich mit der flachen Hand an die Stirn. «Das ist nicht wahr, oder?»

«Was ist denn jetzt?», fragte ich. Walter reichte mir den Zettel. Ich las, fassungslos. «Die White Sox haben die Meisterschaft gewonnen? Das war alles nur wegen unserer Baseballmannschaft?!»

Ellsworth fuhr sich mit den Händen durchs Haar. «Okay, Leute, dann wollen wir mal schnell an die Arbeit. Wir müssen die Stadt darüber aufklären, was für ein Vollidiot unser Feuerwehrchef ist, dass er die Luftschutzsirenen anschmeißt, um den Sieg der White Sox zu feiern.»

Im Herbst zog M aus der Luxuswohnung, die Ellsworth ihr finanziert hatte, in eine erschwingliche Unterkunft um. Benny, Gabby und ich halfen ihr beim Umzug. Auf den ersten Blick war klar, dass M sich ziemlich umgewöhnen musste. Ihr Sofa nahm fast das halbe Wohnzimmer ein. Es war eine winzige Wohnung, aber etwas Größeres konnte sie sich nun nicht mehr leisten.

Während wir die Kartons auspackten, hörten wir Musik und tranken Cola mit Rum. Gabby schaute dabei etwas zu tief ins Glas, und als die Titelmelodie von *Peter Gunn* im Radio lief, erlaubte sie sich mit Benny einen Scherz und setzte ihm einen leeren Karton auf den Kopf.

«Sieht er nicht süß aus?» Sie kicherte.

«Ich glaube, so beschwipst habe ich Gabby noch nie erlebt», sagte M zu mir. «Mir gefällt's, dass sie etwas entspannter ist.»

«Und mir gefällt's, dass du wieder fröhlich bist», erwiderte ich. In den letzten Monaten hatte ich mich daran gewöhnt, dass sie mich mitten in der Nacht hysterisch anrief oder auf der Damentoilette in der Redaktion einen Weinkrampf bekam.

«Ach, scheiß doch auf Stanley.» Sie zuckte mit den Achseln. «Habe ich dir schon erzählt, dass ich nächste Woche verabredet bin?»

«Richtig aus dem Häuschen klingst du jetzt aber nicht.»

«Er ist okay. Einer von den Werbern. Mit Zeitungsfritzen bin ich durch.» Sie stieß mit mir an.

Im Radio lief jetzt *A Teenager in Love,* Gabby war aufgesprungen und tanzte, ohne sich dabei um den Takt zu scheren. Aber sie lächelte und sah glücklicher aus, als ich sie jemals gesehen hatte.

Am nächsten Tag schleppten wir uns reichlich verkatert

in die Redaktion. Wir ließen ein Fläschchen Aspirin kreisen, aber mittags mussten wir uns eingestehen, dass es nichts half: Wir brauchten ein «Konterbier» und bestellten uns im Riccardo's zum Sandwich einen Martini.

Zurück am Schreibtisch hatte ich langsam das Gefühl, wieder ich selbst zu sein. Ich schaute zu M und sah, wie sie einen rosa Lederkoffer – den niemand mit dem Aktenkoffer eines Mannes verwechselt hätte – in eine Schublade ihres Schreibtisches legte.

«Was hast du da?» Ich zog mir den Pulli aus.

«Warte, ich führ's dir vor.» M nahm den Koffer wieder aus der Schublade, kam zu mir rüber und platzierte ihn auf meinem Tisch. Als sie ihn aufklappte, sah ich Fläschchen und Tiegel, Parfumflakons, Cremetuben, Puderdosen und diverse Schminkutensilien. «Ich bin jetzt Avonberaterin», erklärte sie stolz. «In letzter Zeit war ich so knapp bei Kasse, dass ich mir einen Zweitjob gesucht habe.»

«Hmmm.» Ich spähte in den Koffer. Bei den meisten Sachen hätte ich nicht gewusst, wie und wofür man sie verwendete. «Und wie läuft das Geschäft?»

«Gar nicht mal schlecht. Gestern hat Martys Frau eine Großbestellung bei mir aufgegeben. Hast du vielleicht Interesse an einem Produkt?» Sie drehte einen blutroten Lippenstift aus seiner Hülse. «Ich hoffe, damit so viel zu verdienen, dass ich hier aufhören kann und Stanley nie wieder sehen muss.»

Wie aufs Stichwort kam Ellsworth an meinen Tisch. M verzog das Gesicht und klappte ihren rosa Koffer mit Wucht zu.

«Ich gehe dann mal.» Sie marschierte davon.

«Keine Sorge», sagte ich zu ihm. «Ich mache mich gleich auf den Weg zur Pressekonferenz.»

Er erwiderte nichts, sondern schaute M hinterher, als hätte man ihm sein Lieblingsspielzeug weggenommen. Offenbar war er nicht herübergekommen, weil er mit mir reden wollte. Er hatte nur eine Chance gewittert, sich M zu nähern.

Ich dachte schon, er würde sich wortlos wegschleichen. Doch dann schaute er auf seine Hände und fragte leise: «Wie geht es ihr? Ist bei ihr alles in Ordnung?» Darüber zu reden, fiel ihm offenbar sehr schwer. «Sie spricht nicht mehr mit mir. Ich sehe sie jeden Tag, aber sie würdigt mich keines Blicks. Sie hasst mich jetzt, stimmt's?»

«Ich glaube nicht, dass M Sie jemals hassen könnte. Sie war schließlich jahrelang in Sie verliebt.» Dass M ein Date mit einem anderen hatte, ließ ich unerwähnt, obwohl ich keine Ahnung hatte, warum ich Ellsworths Gefühle nicht verletzen wollte.

Er nickte und fuhr sich mit einer Hand übers Gesicht. «Falls sie jemals danach fragen sollte, würden Sie ihr bitte ausrichten, dass sie mir fehlt?»

KAPITEL 37

m 2. Januar 1960 erklärte der junge Senator John Fitzgerald Kennedy aus Massachusetts, dass er für das Amt
des Präsidenten der Vereinigten Staaten kandidieren
würde. Sein Gegenkandidat wurde Vizepräsident Nixon. Ich
war angenehm überrascht, als Ellsworth verkündete, dass ich
gemeinsam mit Marty und Walter über den Wahlkampf berichten durfte.

Von Frühjahr bis Sommer schrieb ich Vorberichte und
Reportagen zu dem Thema, und im Herbst begann dann die
heiße Phase. Am 26. September sollte zum ersten Mal in der
Geschichte ein Wahlkampfduell im Fernsehen übertragen
werden. Ausgerechnet von Chicago aus sollte es in die Millionen amerikanischer Wohnzimmer gesendet werden.

Während Marty, Walter und andere Reporter im Studio
bei den Kandidaten saßen, hatte Ellsworth mir den Auftrag
gegeben, vor dem Fernsehsender die Stimmung auf der Straße
einzufangen. Die Polizei hatte einen Teil der Straße McClurg
Court mit Absperrgittern versehen, hinter denen sich die
Menschen nun drängten. Die Leute jubelten und klatschten,
und alle paar Sekunden blitzte irgendwo eine Kamera. Ich
sah eine schwarze Limousine zum Gebäude fahren, wusste

aber nicht, ob Kennedy oder Nixon darin saß. Ich interviewte Menschen, die stolz ihre Anstecker mit Kennedy und Johnson präsentierten, und solche, die ein Fähnchen mit dem Konterfei von Dick Nixon schwenkten. Was die Wahl für das Land und die Stadt Chicago bedeute, wollte ich von den Leuten wissen, und notierte mir ihre Antworten auf meinen Schreibblock.

Nachdem ich in der Redaktion angerufen und Higgs meinen Bericht diktiert hatte, blieb mir gerade noch genug Zeit, um mich in die Lincoln Tavern zu begeben, wo ich mir mit M und einigen Kollegen das Fernsehduell ansehen wollte. Der Besitzer des Lokals, Billy Sianis, hatte in einer Ecke extra einen Fernseher aufgestellt. An diesem Abend lernte ich auch Ms neuen Freund Gregory Bryant kennen. Gregory war Kundenberater bei der Werbeagentur Leo Burnett, wo er den Etat von Philip Morris betreute. Nach der Vorstellungsrunde setzte er sich zu M, Gabby, Benny und mir.

Die anderen Kollegen saßen im Radio Grill. Etwas komisch war es schon, nicht mit ihnen auf das große Ereignis zu warten, aber seit zwischen M und Ellsworth Funkstille herrschte, hatte sich unsere Gruppe in zwei Lager aufgeteilt. Jetzt hieß es M, Gabby und die übrigen Klatschtanten gegen die Jungs. Aus irgendeinem Grund schafften Benny und ich es ohne große Schwierigkeiten, zwischen beiden Seiten hin und her zu wechseln.

Gregory merkte man sofort an, dass er kein Zeitungsmensch war. Denn während wir anderen wie gebannt auf den Bildschirm blickten und den Beginn des Rededuells kaum abwarten konnten, erzählte er uns von seinem aktuellen Projekt aus der Werbeagentur.

«Wir haben ein ganzes Team Talentscouts losgeschickt, die das gesamte Land nach einer Cowgirl-Darstellerin abklappern.»

«Ein Cowgirl?», fragte ich, ohne den Blick vom Fernseher abzuwenden. «Für ein Produkt von Philip Morris? Was ist aus dem Marlboro Man geworden?»

«Den gibt es immer noch. Aber wir wollen ihm jetzt ein Cowgirl an die Seite stellen. Das Marlboro Girl. Wir testen gerade eine neue Zigarette für Frauen.»

«Das Marlboro Girl?» Benny verzog das Gesicht. «Klingt ziemlich blöd.»

Bevor Gregory die Idee verteidigen konnte, fing das Rededuell an und in der Lincoln Tavern wurde es mucksmäuschenstill.

«Mit seinem Gesicht stimmt doch was nicht.» M wies mit ihrer Zigarette zum Fernseher. «Nixon sieht aus, als käme er gerade aus dem Bett.»

«Einen besseren Schneider braucht der auch», meinte Benny. «Der Anzug sitzt überhaupt nicht.»

Gabby klopfte ihm lachend auf den Arm.

«Schwitzt der etwa?» Ich lehnte mich vor. «O Gott, ja.»

«Er sieht fürchterlich aus.»

«Was hat der bloß?»

«Und nun schaut euch Kennedy an», sagte Gregory. «*Der* sieht aus wie ein Präsident.»

«Die beiden sind kein Vergleich, oder?», fragte Gabby.

«Allerdings nicht», erwiderte Benny.

Und es stimmte. Nixon neben Kennedy auf der Bühne zu präsentieren, war in etwa so, als hätte man einen Ackergaul neben ein Vollblutpferd gestellt. Nixon wirkte derangiert.

Eingeschüchtert und verloren saß er mit zusammengepressten Knien auf seinem Stuhl. Wie der Vizepräsident der Vereinigten Staaten sah er nicht aus. Kennedy dagegen war attraktiv, selbstbewusst und gut gekleidet und schien sich in seiner Haut rundum wohlzufühlen.

Er hinterließ einen starken Eindruck, und als ich am nächsten Morgen in der Bahn den Aufmacher von Walter und Marty las, hieß es dort, bei den Fernsehzuschauern habe Kennedy eindeutig gewonnen, während Radiohörer Nixon für den Sieger des Rededuells hielten.

In der Woche darauf hielt der Herbst Einzug. Es war Anfang Oktober, und der Wind frischte merklich auf. Überall auf den Gehwegen lag buntes Laub, und die Leute kramten ihre Pullover und dicken Jacken aus den mit Mottenkugeln geschützten Schränken hervor. Die Luft wirkte wie elektrisch geladen. Als wäre die Stadt aufgewacht – und ich wollte herausfinden, was sie geweckt hatte.

«Langsam gehen uns die geheimen Treffpunkte aus», sagte Ahern bei unserem Spaziergang durch die Potter Palmer Collection des Chicago Art Institute.

«Ich dachte, es kann nicht schaden, uns nebenbei etwas Kunst anzuschauen», erwiderte ich lachend.

«Weshalb wollten Sie mich treffen?»

«Na ja, uns steht eine Präsidentschaftswahl ins Haus.»

Ich blieb vor Edgar Degas' berühmtem Gemälde *Auf der Bühne* stehen.

«Und Adamowski möchte wiedergewählt werden.»

«Was Sie nicht sagen.»

Er grinste.

«Ich brauche etwas, um einen Schritt schneller zu sein als die anderen», fuhr ich fort. «Wir wissen beide, Daley würde alles tun, damit Adamowski verliert. Der wird auf gar keinen Fall zulassen, dass der Republikaner für eine zweite Amtszeit gewählt wird, habe ich recht?»

«Haben Sie.»

«Ist Ihnen irgendwie zu Ohren gekommen, ob die Demokraten da etwas planen?»

«Sie meinen, ob Daley vorhat, den Republikanern den Wahlsieg zu stehlen?»

«Wahlbetrug?» Fast hätte ich gelacht. «Das wäre in dieser Stadt nun wirklich nichts Neues.» Aus dem Augenwinkel sah ich, wie sich Aherns Miene leicht verfinsterte. «Ach, Sie wissen also doch etwas? Das sehe ich Ihnen an.»

«Was reden Sie da, Walsh?»

«Ahern, ich kann Ihnen helfen. Ich bringe die Story in die Zeitung. Dafür muss ich nur wissen, was Sie wissen.»

Ahern schaute nach links und rechts, ob auch niemand in Hörweite war. «Ich möchte Sie da nicht mit reinziehen.»

Ich lachte. «Na, jetzt müssen Sie mir aber wirklich erzählen, was da im Busch ist.»

«Ich hätte den verdammten Mund halten sollen.» Er blickte zu Boden. «Das könnte richtig gefährlich werden. Für Sie ist das nichts. Absolut nichts.»

Jetzt war meine Neugier natürlich erst recht geweckt. «Warum lassen Sie mich das nicht selbst beurteilen?»

Wir schauten uns in die Augen. Doch ich war nicht feige und würde nicht aufgeben. Das wusste er.

«Okay», sagte er und blickte sich noch einmal in alle Richtungen um. Auf seiner Stirn und um die Mundwinkel zeichneten sich tiefe Falten ab. «Sie haben recht. Daley wird alle Hebel in Bewegung setzen, damit Adamowski nicht länger im Amt bleibt. Und wir haben Grund zu der Annahme, dass Daley mit Kennedy *und* der Mafia zusammenarbeitet, um den Republikanern den Wahlsieg zu stehlen.»

Wie immer, wenn ich einer großen Sache auf der Spur war, bekam ich am ganzen Körper Gänsehaut. «Ach du scheiße! Erzählen Sie weiter. Bitte!»

«Kennedy steckt scheinbar mit unter der Decke. Es gab ein Treffen zwischen seinem Vater Joseph und Sam Giancana, das wir auf Tonband haben. Auch Daley wusste von dem Treffen. Oh, und ob Sie es glauben oder nicht, Sinatra hat es arrangiert.»

«Sinatra? So wie Frank?»

Er nickte. «Dass Giancana die Gewerkschaften in der Tasche hat, ist kein Geheimnis. Er muss nur mit den Fingern schnippen, schon spurten die. Und die würden für ihn auch jede Menge Wahlzettel ausfüllen, im Zweifel leihen die sich zum Kreuzchenmachen den Namen von einem Toten oder einer Comicfigur.»

«Verstehe.» In Chicago war es tatsächlich schon vorgekommen, dass in den Wahlurnen Stimmzettel mit Fantasienamen auftauchen. So hatten Mickey Mouse und Bozo, der Clown, ihre Stimmen abgegeben, aber auch etliche Personen, die seit Jahren tot waren.

«Joseph Kennedy ist so skrupellos wie Daley. Er wird alles tun, damit sein Sohn die Wahl gewinnt. Wenn es legal nicht funktioniert, werden die auf anderem Weg ins Weiße Haus ziehen. Wir müssen es nur beweisen, bevor sie damit am Ende noch durchkommen.»

Wir bewegten uns auf den Ausgang des Museums zu. Ahern erzählte weiter, aber ich erwiderte nichts mehr, weil ich in Gedanken bereits bei dem Artikel war.

«Bitte überlegen Sie es sich gut, bevor Sie irgendwelche Schritte unternehmen», sagte er, als wir bereits draußen waren. «Wir reden hier immerhin von der Chicagoer Mafia.»

Ob ich mich bei Ahern verabschiedet hatte, konnte ich hinterher nicht mehr sagen. Ich stand neben den Löwenskulpturen vor dem Art Institute und schaute zu, wie der große Mann von der Menschenmenge in der Michigan Avenue geschluckt wurde.

Wenn ich den Artikel schreiben würde, bestand Gefahr, dass ich mich mit der Mafia anlegte. Ich fragte mich, ob ich den Mut dazu hätte. Eigentlich sah ich mich als furchtlose Reporterin. Vor der Story über D'Arcos fingierte Autounfälle war ich nicht zurückgeschreckt. Aber hierbei handelte es sich um Sam «Mooney» Giancana – das Oberhaupt der Chicagoer Mafia. Bei dem Gedanken, ihm hinterherzuschnüffeln, wurde mir mulmig zumute. Aber nur einen Moment lang. Ich kannte etliche Reporter, die mit Mitgliedern der Mafia trinken gingen, ihnen zu Weihnachten Geschenke machten oder an den Hochzeitsfeiern ihrer Kinder teilnahmen. Angst hatten die nicht. Und auch ich konnte lernen, wie man dieses Spiel spielte.

Während ich vor mich hin grübelte, marschierte ich die Michigan Avenue hoch. Die Sonne ging unter, es wurde merklich kühler. Noch bevor ich den Tribune Tower erreicht hatte, wusste ich, dass ich mir die Story auf keinen Fall durch die Lappen gehen lassen durfte. Es war meine Chance auf die große Sensationsmeldung.

Als ich in die Redaktion kam, war Ellsworth schon nach Hause gegangen, doch Marty saß am Hufeisen und quatschte mit dem diensthabenden Redakteur. Es war schon spät, bald wären die Kollegen der Nachtschicht hier. Mit Marty konnte ich vermutlich am besten über mein Vorhaben reden. Ich fragte ihn, ob er kurz Zeit für ein vertrauliches Gespräch habe, und ging mit ihm in den Konferenzraum.

«Marty, ich brauche deinen Rat.»

«Schieß los.»

«Ich habe soeben Wind von einer ganz großen Sache bekommen und weiß nicht, was ich machen soll.»

«Erzähl.» Er knöpfte sein Jackett auf und setzte sich.

Ich berichtete, was Ahern mir anvertraut hatte, ohne seinen Namen zu erwähnen.

«Die Mafia? So so.» Er schob seine Brille auf die Nasenwurzel. «Das überrascht mich jetzt nicht. Und was ist das für ein Quelle, von der du das hast?»

«Die Quelle arbeitet im Büro des Bezirksstaatsanwalts. Mehr darf ich nicht verraten.»

Er nickte. «Das ist ja alles schön und gut. Aber ich kann dir gleich sagen, solange du keine Beweise dafür vorlegst, wird die *Tribune* ganz sicher keine Story bringen, dass der Bürgermeister von Chicago zusammen mit der Mafia die Präsidentschaftswahl manipulieren will. Doch die große Preisfrage lautet: Bist du wirklich bereit, dich hinter die Story zu klemmen und mit Giancana anzulegen?»

«Dann findest du, ich sollte es tun?»

«Das habe ich nicht gesagt. Du wolltest das nur hören.»

Er lehnte sich zurück, nahm die Brille ab und legte sie auf den Tisch. «Früher war ich wie du. Ich hätte mich dahintergeklemmt. Ich erinnere mich noch gut an die Bürgermeisterwahl von 1955, als Robert Merriam für die Republikaner antrat. Wir von der Zeitung hatten den Verdacht, dass die Demokraten die Wahl manipulierten. Es stank nach Betrug. Aber wir sind hier eben in Chicago.» Er lachte. «Früher war ich wirklich wie du. Ich hielt es für meine Pflicht, die Wahrheit ans Licht zu bringen.»

«Und heute?»

Er rieb sich die Augen. «Heute bin ich mir nicht mehr so sicher. Vielleicht werde ich zu alt für das Geschäft. Oder bin bereits ausgebrannt. Vielleicht hat Big Tony mir zu viel Angst eingejagt. Inzwischen weiß ich, einige Dinge kann man eben nicht ändern. Sie sind für uns eine Nummer zu groß, deshalb erwähnt man sie besser nicht.» Er setzte sich die Brille wieder auf und schaute mir in die Augen. «Auch wenn du das bestimmt nicht hören möchtest, ich würde mich an deiner Stelle damit begnügen, über den Wahlbetrug mit den gefälschten Wahlzetteln zu berichten – Scheiße, George Thiem von der *Daily News* wird sich hundertpro darauf stürzen –, und die Mafia außen vor lassen.»

«Ich bin dir für den Rat wirklich dankbar, aber ...» Ich schüttelte den Kopf. Seine Warnung hatte in mir erst recht den Wunsch geweckt, der Sache nachzugehen.

«Du kannst es einfach nicht lassen, oder?»

«Damit hast du leider recht, Marty.»

Am nächsten Morgen ließ ich mir von Frank Durham und David Brill, die dem Ausschuss für gerechte und faire Wahlen vorstanden, einen Interviewtermin geben.

«Haben Sie sich mal die offiziellen Wahlbeauftragten der Stadt angesehen?», fragte Brill, als wir in ihrem kleinen Büro in der LaSalle Street saßen. «Das sind durch die Bank Demokraten.»

«Fragen Sie die mal nach ihren Wählerlisten.» Durham trommelte mit einem Stift auf der Kante der Tischplatte herum.

Brill nickte. «Da stehen Tausende Karteileichen drauf. Menschen, die verstorben oder weggezogen sind oder die geheiratet und einen anderen Namen angenommen haben.»

«Und das Erstaunliche daran», fuhr Durham fort, «jeder Name auf der Liste – ob von lebenden oder verstorbenen Personen – taucht später auf wundersame Weise als Stimme für die Demokraten auf.»

Ich schrieb alles mit und blickte kurz auf, als Brill von ihrem Treffen mit Daley berichtete.

«Erst gestern waren wir bei ihm im Büro. Er hat uns angepflaumt, wir seien nur eine Horde Republikaner ...»

«Kaum zu glauben, oder?» Durham grinste spöttisch.

«Daley hat uns vorgeworfen, wir wollten den Wahlsieg der Demokraten vereiteln.»

«Obwohl Daley genau genommen gesagt hat, wir wollten den Wahlsieg der Demokraten ‹vereitern›.» Durham lachte in sich hinein. «Wissen Sie, wir tun das doch alles nur für die Menschen aus Chicago, für unser Land. Daley will Adamowskis zweite Amtszeit unbedingt verhindern. Und wenn er hilft, Kennedy ins Weiße Haus zu bringen, dann wird ihm die Familie im Gegenzug sicherlich die eine oder andere Gefälligkeit erweisen. Es ist ein reines Machtspiel. So läuft das bei uns eben. Sie wissen das, Miss Walsh. Ich weiß das. Wir alle wissen es. Die Frage ist nur, wie schieben wir dem Betrug einen Riegel vor?»

«Haben Sie irgendetwas läuten hören, dass sich die Chicagoer Mafia in die Wahl einmischen und Wähler mit Gewalt umstimmen will?»

Durham legte seinen Stift weg. «Davon wissen wir nichts. Und mit der Mafia wollen wir nichts zu tun haben.»

Nachdem ich mich von den beiden verbschiedet hatte, traf ich mich mit Mitgliedern des städtischen Wahlausschusses. Sie äußerten ähnliche Bedenken wie Durham und Brill und behaupteten ebenfalls, nichts von einer Wahlmanipulation vonseiten der Mafia zu wissen.

Danach besuchte ich verschiedene Stadtteile und sprach mit Republikanern und Demokraten über die bevorstehende Wahl. Mit Trey Nelson, einem Wahlleiter der Republikaner, traf ich mich auf einen Kaffee.

«Was denken Sie über die bevorstehende Wahl?»

Er rührte in seiner Tasse und klopfte mit dem Löffel gegen den Rand. «Den Demokraten traue ich nicht über den Weg. Wir haben einen Antrag gestellt, dass die Wahlurnen besser geschützt werden, damit da nichts Merkwürdiges geschieht.»

«Was sollte denn Merkwürdiges geschehen?»

«Sie wissen genau, was ich meine. Wissen Sie, was die Mistkerle gemacht haben? Die Demokraten haben an sämtliche registrierte Wähler im Cook County Postkarten verschickt, und jetzt warten die ab, welche mit *Empfänger unbekannt verzogen* zurückkommen. Und beim Urnengang werden aus diesen Leuten dann wie durch ein Wunder Wähler ihrer Partei.»

Am Abend darauf traf ich mich mit Sean O'Hara, einem Wahlkreisleiter der Demokraten, auf ein Bier und fragte ihn, was er über den bevorstehenden Wahltag dachte. Er lachte. «An dem Tag können die Amerikaner von ihrem Wahlrecht sinnvollen Gebrauch machen, indem sie den Republikanern wegen ihrem ewigen Gejammer mal die Meinung geigen.»

Nach dem Gespräch mit O'Hara suchte ich einen Herrenfrisör auf und unterhielt mich mit einigen Kunden, die dort auf ihren Haarschnitt warteten. Ein Gentleman kaute auf seiner Zigarre und meinte: «Ich mag die alle nicht. Politik ist ein schmutziges Geschäft. Vor allem in dieser Stadt.»

«Heißt das, Sie gehen nicht zur Wahl?»

«Das habe ich nicht gesagt.»

Der Mann, der auf dem Frisörstuhl saß, lugte hinter seiner Zeitung hervor. «Wer nicht wählen geht, darf sich hinterher auch nicht beschweren.»

Ich erfuhr von den Befragten weiter nichts Neues, und auf das Thema Mafia wollte sich ohnehin niemand einlassen. Das zeigte mir, dass Ahern recht hatte. Bisher hatte ich nur an der Oberfläche gekratzt, nun würde ich anderswo weitergraben müssen. Fürs Erste kehrte ich in die Redaktion zurück und schrieb meine Notizen ins Reine. Walter saß am Nebentisch an seinen eigenen Vorberichten zur Wahl. Ellsworth hatte ihn angewiesen, sich auf die Kandidaten zu konzentrieren, während bei mir die Wähler im Vordergrund stehen sollten. Marty war der Einzige, der in seinen Artikeln beide Seiten berücksichtigen durfte.

Ich hämmerte so fest in die Tasten, dass die Stifte in meinem Stifthalter klapperten, als Marty an meinen Tisch trat. «Hast du das gesehen?» Er warf mir die aktuelle Ausgabe der *Daily News* hin. «Hatte ich dir nicht gesagt, Georgie stürzt sich hundertpro darauf?»

«Mit Wahlbetrug rechnet in unserer Stadt jeder», sagte ich. «Nur kriege ich niemanden dazu, Giancanas Namen in den Mund zu nehmen. Kennst du jemanden, den ich noch dazu befragen könnte?»

«Ich habe so viele Menschen interviewt, dass ich sie nicht mehr auseinanderhalten kann. Aber auf die Mafia habe ich keinen direkt angesprochen.»

«Ich gehe ins Archiv und sehe mir noch mal alles an. Vielleicht finde ich ja etwas.»

«Wie du meinst.»

Ich begab mich in den Raum und suchte mir Martys letzte Artikel heraus. Für einen hatte er eine ältere Frau, Gertrude Lammont, interviewt, und sie hatte erzählt, ihr Wahlkreisleiter habe ihr ein Tombola-Los versprochen, wenn sie ihr Kreuz an der richtigen Stelle machen würde. «Und mit der richtigen Stelle meinte er die Demokraten. Aber so dringend muss ich den Truthahn nun auch wieder nicht gewinnen», hatte sie gesagt. Ich fragte mich, wer der Wahlkreisleiter war und ob er zur Mafia gehörte. Um das herauszufinden, musste ich Gertrude Lammont einmal selbst befragen.

Ich schnappte mir das Telefonbuch und blätterte zum Buchstaben L vor. Ich fand ein gutes Dutzend Lammonts, keinen Eintrag zu Gertrude, aber immerhin dreimal den Namen «G. Lammont». Also rief ich diese Nummern an und stieß sogar auf eine Gertrude Lammont, nur war diese erst drei Jahre alt, wie mir ihre Mutter erklärte. Danach warf ich einen Blick ins Wählerregister und stellte zu meiner Überraschung fest, dass darin keine Gertrude Lammont verzeichnet war.

Vermutlich war der Name beim Abtippen des Artikels oder in der Setzerei aus Versehen falsch geschrieben worden, so etwas kam in der Eile gelegentlich schon mal vor. Daher ging ich zu Marty, der an seinem Tisch in die Schreibmaschine hämmerte. Offenbar spürte er, dass ich hinter ihm stand, denn er blickte sich sofort um.

«Ja?»

«Hast du dir die Telefonnummer von Gertrude Lammont aufgeschrieben?»

«Von wem?» Er schob sich die Brille auf die Stirn.

«Von Gertrude Lammont. Der älteren Dame, die du letzte Woche interviewt hast.»

Er legte die Hände übereinander und lehnte sich zurück. «Warum willst du mit ihr reden?»

«Sie hat gesagt, ihr Wahlkreisleiter wollte sie bestechen, und ich möchte wissen, wo ich ihn finde.»

Er murmelte etwas von verlegten Zetteln. «Lass mir bis morgen Zeit. Dann habe ich sie bestimmt gefunden.»

Ich musste noch einen Artikel zu Ende schreiben über Parteianhänger, die sich darüber beklagten, dass ihre in den Vorgärten aufgestellten Schilder mit Aufschriften wie «Nixon for President» oder «2. Amtszeit für Adamowski» über Nacht zerstört worden waren. Danach befasste ich mich weiter mit dem Thema Wahlbetrug. Und ich war nicht die Einzige. In der *Tribune* und anderen Zeitungen – vor allem in der *Daily News* – war in verschiedenen Artikeln angedeutet worden, dass etliche Bürger bei den Wahlen mit Ungereimtheiten rechneten. Doch Giancana wurde namentlich nirgendwo genannt. Daher beschloss ich, mich doch noch einmal umzuhören.

Ich suchte weitere Wahlkreisleiter, Wahlbeauftragte und Wahlhelfer auf. Nachdem ich von ihnen erfahren hatte, was sie mir zu erzählen bereit waren, traf ich mich mit Vertretern der Gewerkschaft der Stahlarbeiter in ihrer Lieblingskneipe in der Southport Avenue.

«Also, Jungs.» Ich gab mich kumpelhaft und nahm einen tiefen Zug aus meinem Bierglas. «Eure Gewerkschaft steht geschlossen hinter Kennedy, oder?»

«Ja, Nixon ist mir schnurz», sagte Smitty, der an der Stirnseite des Tisches saß. «Auf mich macht der keinen guten Eindruck.» Smitty hatte Wurstfinger und stützte einen Unterarm auf seinen gelben Schutzhelm, der vor ihm lag. «Und Adamowski können Sie vergessen. Eine zweite Amtszeit gibt es für den nicht.»

Die anderen nickten.

Ich trank noch einen Schluck und zündete mir eine Zigarette an, weil ich Zeit gewinnen musste, um mir die nächste Frage zurechtzulegen. «Was haltet ihr Jungs von den Vorwürfen, bei der Wahl würde es zu Betrug kommen? In der Stadt reden ja einige hinter vorgehaltener Hand darüber.»

«Ich halte das für Unsinn.» Smitty verlagerte das Gewicht und nahm einen langen Zug aus seinem Glas.

«Aber die Gerüchte sind Ihnen auch zu Ohren gekommen?»

«Ein Gerücht – mehr ist das nicht. Niemand kann das beweisen.»

«Und was ist mit den Gerüchten, die Mafia hätte da die Hände im Spiel?»

«Noch so ein Unsinn. Die Republikaner erzählen das, weil die Muffensausen haben.»

«Glauben Sie denn nicht ...»

«Ich *glaube*, ich möchte dazu nichts mehr sagen.» Er starrte mich finster an und zog dann, ein Auge zukneifend, an seiner Zigarre.

Nun starrten mich auch die anderen an. Ich versuchte, mir nichts anmerken zu lassen, und überlegte mir die nächste Frage, als Smitty plötzlich hämisch lachte. Das fanden die anderen nun wiederum witzig und stimmten mit ein. Das Gelächter wurde mit jeder Sekunde lauter und frecher. Bald johlte und schnaubte der ganze Tisch, und das Geräusch klang in meinen Ohren höchst unangenehm. Ein Kälteschauer lief mir über den Rücken, und ich wusste, dieses Gespräch war beendet.

KAPITEL 38

Am nächsten Tag stieg das Thermometer auf fast fünfundzwanzig Grad, und das, obwohl wir bereits in der letzten Oktoberwoche waren. Ahern hielt seine Anzugjacke an zwei Fingern über der Schulter. Wir gingen die Maxwell Street hinunter, wo unter freiem Himmel gerade ein Markt stattfand. Es handelte sich um ein Paradies für Schnäppchenjäger, denn die Kunden konnten mit den Verkäufern um die Preise feilschen. Wir kamen an einer Reihe von Tischen vorbei, auf denen alles Erdenkliche zum Verkauf angeboten wurde: Bilderrahmen und alte Schuhe, Stoffballen und gebrauchte Gartengeräte. Alle paar Meter standen Straßenmusikanten und gaben Blues- oder Jazz-Nummern zum Besten.

«Sie müssen auf sich aufpassen», sagte Ahern.

«Wie darf ich das verstehen?»

«Wie uns zu Ohren gekommen ist, gefällt es Giancana nicht, dass eine Reporterin herumläuft und mit Leuten von der Gewerkschaft plaudert. Ob Sie Mann oder Frau sind, spielt für ihn dabei keine Rolle.»

Der Geruch von Würstchen und Grillfleisch hing schwer in der Luft. «Was genau ist Ihnen denn zu Ohren gekommen?»

«Dass er weiß, was Sie tun. Und dass es ihm nicht gefällt.»

«Wie soll ich die Geschichte aufdecken, wenn ich mit niemandem reden darf? Ich mache nur meinen Job. Andere berichten ebenfalls über den Wahlbetrug.»

«Ja, nur versuchen die nicht, das mit der Mafia in Verbindung zu bringen.»

«Aber um das zu beweisen, recherchiere ich doch überhaupt. Sonst würde ich nur wiederkäuen, was alle anderen Reporter schon darüber geschrieben haben.»

«Ich glaube, Sie sollten es bleiben lassen.»

«Wie bitte?» Ich lachte.

«Das ist mein Ernst.»

«Verheimlichen Sie mir irgendetwas?»

«Wir reden hier von der Mafia – was denken Sie wohl?»

«Ich denke, dass Sie überreagieren. Es sei denn, Sie wissen etwas, das Sie mir nicht erzählen wollen.»

«Nein, nichts Konkretes. Aber ich habe Ihnen von Anfang an gesagt, dass mir nicht wohl dabei ist.»

«Sie erwarten ernsthaft, dass ich die Story vergesse? Dass ich wie alle anderen zurückhaltend über die Wahl berichte? Dass ich den Wahlbetrug andeute und nicht versuche, Beweise dafür zu finden? Und schon gar nicht versuche, dem einen Riegel vorzuschieben? Sollte die Mafia ihre Finger im Spiel haben, müssen wir den Bürgern das auch sagen, damit es ein Ende nimmt, oder?»

«Als Ihr Freund rate ich Ihnen ...»

«Ein schöner Freund sind Sie, wenn Sie mir raten, Abstand von der Story zu nehmen.»

«Verdammt, Jordan. Lassen Sie die Finger davon.»

«Das kann ich nicht.»

«Ich will Ihnen keine Angst einjagen. Aber die Story ist das Risiko nicht wert. Das ist mein Ernst. Deshalb wollte ich von Anfang an nicht, dass Sie der Sache nachgehen. Bitte, lassen Sie es gut sein. Bitte.»

Er sagte das mit einem Nachdruck, den ich von ihm so nicht kannte. Offenbar machte er sich meinetwegen tatsächlich große Sorgen. Die Sonne brannte vom Himmel. Die Leute liefen ohne Jacken herum, aber mich fröstelte es mit einem Mal so sehr, dass ich Gänsehaut bekam. Um mich zu wärmen, schlang ich mir die Arme um den Oberkörper.

«Hier.» Ahern legte mir sein Jackett um die Schultern.

«Okay, okay.» Ich biss mir auf die Unterlippe. «Dann gehe ich der Sache nicht weiter nach.»

Bevor wir uns beim Markt in der Maxwell Street trennten, gab ich Ahern die Jacke zurück, und als ich den Tribune Tower erreichte, war mir nicht nur wieder warm geworden, ich schwitzte sogar leicht. Obwohl sämtliche Fenster offen standen, war es in der Redaktion ziemlich stickig. Auch die Ventilatoren auf den Aktenschränken und Schreibtischen halfen nur wenig.

Benny kam auf mich zu, das Hemd durchgeschwitzt, unter den Achseln dunkle Halbmonde. «Hey, Jordan», sagte er. «Rate mal, was heute ist.»

«Äh, keine Ahnung. Donnerstag?»

«Nein. Na ja, Donnerstag stimmt schon. Aber es ist auch mein Geburtstag.»

«Oh, dann – herzlichen Glückwunsch.»

«Jetzt bin ich dreiundzwanzig.» Er schob die Daumen unter seine nass geschwitzten Achseln.

«Dreiundzwanzig und sieht nicht einen Tag älter aus als zwölf», sagte Walter lachend.

«Vielleicht fängt er bald sogar an, sich zu rasieren», fiel Henry mit ein.

«Also» – Benny ignorierte die beiden und lehnte sich zu mir – «ich wollte fragen, ob ich dich heute Abend ausführen darf. Um mit mir zu feiern, ja? Ich habe einen Tisch im Chez Paree reserviert. Da tritt heute Nat King Cole auf.» Übers ganze Gesicht strahlend wartete er auf meine Antwort.

Ich sah es in seinen Augen. Von meiner Antwort hing so viel für ihn ab, und ich fühlte mich mies, weil ich ihn enttäuschen musste. Ich spürte die neugierigen Blicke meiner Kollegen. Auch M beobachtete die Situation gespannt.

«Das ist wirklich süß von dir, Benny», sagte ich, «aber ...»

«Aber du hast schon was vor. Eine andere Verabredung. Außerdem wäre es dir lieber, die Leute würden dich tot sehen als mit mir zusammen.»

«Nein, Benny, das ist es nicht.»

Er wischte sich mit dem Hemdsärmel den Schweiß von der Stirn. «Ich dachte, du magst mich.»

«Das tue ich auch, nur ...»

«Nur?»

Ich schaute ihm in die Augen, doch er steckte die Hände in die Hosentaschen und ließ den Kopf hängen.

Walter, der immer noch lachte, schlug ihm auf den Rücken. «Tja, sich ausgerechnet am Geburtstag einen Korb zu holen, das tut weh.»

«Walter», fuhr ich ihn an. «Halt die Klappe. Halt ein einziges Mal in deinem Leben die verdammte Klappe.» Ich wandte mich wieder Benny zu. «Weißt du was? Tatsächlich würde ich liebend gern heute Abend mit dir ins Chez Paree gehen.»

Das verblüffte alle, auch Benny. Und mich selbst ebenfalls. Aber ich konnte die Einladung nicht ablehnen. Nicht an seinem Geburtstag. Nicht nach dem miesen Spruch von Walter.

Wie aus heiterem Himmel tauchte Gabby mit einer Geburtstagstorte auf. Nachdem wir *Happy Birthday* gesungen und Torte gegessen hatten, stellte ich mich zu Marty. Ich erzählte ihm, dass ich seinen Rat und den meiner Quelle befolgen und meine Recherchen zu der Story einstellen würde.

«Das ist sicher das Beste», sagte er.

«Leider weiß ich nicht, wie ich es im Kopf abstellen soll. Aufgeben zählt nicht gerade zu meinen Stärken.»

«Am schnellsten stellst du es ab, wenn du dich auf die nächste Story stürzt. Denn von einem Enthüllungsbericht kommt man am besten los, indem man einen neuen in Angriff nimmt.»

Marty wollte mir nur helfen, trotzdem ließ mich die Story nicht los. Mir fiel ein Artikel ein, den er vor wenigen Tagen geschrieben hatte. Darin hatte er einen gewissen Simon Richter zitiert. Den Namen hatte ich noch nie gehört, dabei hatte ich geglaubt, inzwischen jeden Menschen zu kennen, der in dieser Stadt mit der Wahl zu tun hatte. Laut Marty handelte es sich bei Simon Richter um einen unabhängigen Wahlbeobachter, der ihm gegenüber den Verdacht geäußert hatte, dass es bei der Wahl zu Unregelmäßigkeiten bei der Stimmenabgabe kommen würde. «Ohne Namen nennen zu wollen», wurde Richter zitiert, «sind mir etliche Wahlkreisleiter *mit sehr guten Beziehungen* bekannt, die am Wahltag einige Karten aus dem Ärmel ziehen werden.» Ich fragte mich nun, was er mit «sehr guten Beziehungen» und «Karten aus dem Ärmel ziehen» gemeint haben konnte.

Ich wollte Marty nach Richters Telefonnummer fragen, aber er war mit Ellsworth und Mr. Copeland in einer Besprechung. Kurzerhand schnappte ich mir das Telefonbuch, doch meine Suche nach Simon Richter ergab keinen Treffer. Und als ich ihn dann auch nicht auf der Liste der Wahlbeobachter finden konnte, wurde mir flau im Magen. Wieder dachte ich an Gertrude Lammont. Marty hatte mir ihre Telefonnummer zwar versprochen, aber nie gegeben. Zuerst hatte ich den falschen Namen als Tippfehler abgetan. Nun lag mir ein zweiter Name vor, hinter dem sich offenbar keine echte Person verbarg. Das konnte kein Zufall mehr sein. Die Entdeckung trieb meinen Puls in die Höhe.

Ich stand auf und blickte mich in der Redaktion um. Marty war noch immer mit Ellsworth und Mr. Copeland in der Besprechung. Mir war das nur recht, denn im Moment hätte ich ihm nicht in die Augen schauen können. Das Klingeln der Telefone, das Klappern der Schreibmaschinen, die lauten Stimmen meiner Kollegen, das Surren des Fernschreibers – das alles verschwand mit einem Mal im Hintergrund, und ich hatte das Gefühl, völlig allein in der Redaktion zu sein. Was mich von den anderen trennte, war das Wissen um die Mauschelei, die ich vermutlich gerade aufgedeckt hatte. Weil ich nachdenken musste, fing ich an, durch die Gänge der Redaktion zu tigern. Insgeheim hoffte ich, dass ich mich geirrt hatte und sich alles in Luft auflösen würde wie der Rauch aus Walters Pfeife.

Zehn Minuten später lief ich immer noch durch die Redaktion. Ich wusste, was ich zu tun hatte, weil es das war, wozu ich ausgebildet worden war. Nur wollte ich mich einfach nicht damit auseinandersetzen. Doch sosehr ich mich innerlich dagegen sträubte, es musste sein. Ich holte tief Luft, ging ins Archiv und machte mich auf die Suche nach Martys letzten Artikeln.

Ich zog sämtliche seiner Storys aus dem Vormonat aus den Mappen, trug sie zu meinem Tisch und fing an zu lesen. Die Zeit raste dahin, die Redaktion leerte sich, denn meine Kollegen, darunter auch Marty, gingen auf ein Feierabendgetränk ins Boul Mich.

Meine Verabredung mit Benny hatte ich vergessen. Er saß an seinem Tisch, wartete auf mich.

«Meinetwegen können wir los.» Jetzt stand er neben mir. «Nat King Cole tritt um acht im Chez Paree auf. Wenn wir sofort aufbrechen, können wir es noch schaffen.»

«Ach, Gott, Benny.» Ich schaute auf die vielen Zettel vor mir.

«Ich weiß, was du sagen willst.» Er schob die Hände in die Hosentaschen. «Du kommst heute Abend doch nicht mit, richtig?»

Ich suchte nach einer Antwort, die ihn nicht verletzen würde.

«Keine Ahnung, warum du mich nicht magst, Jordan.» Seine Stimme brach. «Ich mag dich wirklich sehr. Ich liebe dich. Ich liebe dich, seit ich dich zum ersten Mal gesehen habe.»

«Ach, Benny.» Ich stand auf und umarmte ihn, sein jungenhafter Oberkörper passte genau in meine Arme. «Ich fühle mich geschmeichelt. Wirklich. Und ich weiß, eines Tages findest du ein wunderbares Mädchen, das dich ebenfalls liebt. Das hast du verdient. Du bist ein richtig netter Kerl.» Und dann überkam es mich – ich schaute ihm in die Augen und küsste ihn. Lang und fest auf den Mund. «Alles Gute zum Geburtstag, Benny.»

Er riss die Augen auf und fasste sich an die Lippen, als könnte er es nicht glauben. Und obwohl ich nicht mit ihm ins Chez Paree ging, verschwand er mit einem glücklicheren Lächeln, als er es den ganzen Tag über gezeigt hatte.

Ich setzte mich wieder hin und las mich durch Martys Artikel. Ich fand eine weitere Person, die es offenbar nicht gab, denn im Telefonbuch stand kein Eintrag. Marty hatte zwar die Adresse angegeben, doch als ich in dem Restaurant anrief, das im Haus nebenan untergebracht war, erklärte man mir, dass sich im Nachbargebäude nur ein Geschäft befand, das vor längerer Zeit aufgegeben worden war. Ich legte auf und schob das Telefon weit von mir, als wäre es an allem schuld. Mir wurde speiübel. Ganz sicher war ich mir noch nicht, aber mein Bauchgefühl sagte mir, dass Marty Sinclair, mein journalistischer Held, seine Quellen frei erfand.

KAPITEL 39

Wie betäubt verließ ich an jenem Abend die *Tribune*. In der Bahn musste ich mich festhalten und schwankte während der Fahrt hin und her. Für die Jahreszeit war es ungewöhnlich warm, und durch die geöffneten Fenster waberte der abgestandene Geruch der Stadt herein.

An der Haltestelle Armitage stieg ich aus und dachte dabei wieder an Marty. Obwohl mir der Appetit vergangen war, musste ich mir auf dem Nachhauseweg etwas zu essen holen. Ich ging die Treppe hinunter und weiter bis zur Lincoln Avenue. Es war schon dunkel, aber die Straßenlaternen waren aus irgendeinem Grund nicht angesprungen. Vor den Billardkneipen und Bars standen nur wenige Menschen herum. Ich ging einige Hundert Meter weiter, als ich plötzlich Schritte hinter mir hörte. Zuerst dachte ich mir nichts dabei, doch dann bog ich in die Clark Street ein und die Schritte folgten mir. Mein Inneres zog sich zusammen.

Ich ging schneller. Der Mensch hinter mir passte sich meinem Tempo an. Nur einige Sekunden später verlor ich die Nerven und fing an zu laufen. Mein Verfolger lief ebenfalls los. Während mir der Aktenkoffer gegen das Knie schlug, rannte ich weiter, vorbei an etlichen dunklen Schaufenstern. Ich geriet in Panik, die Laternen und Häuser drehten sich vor meinen Augen, und ich verlor die Orientierung. Mein Verfolger holte auf, seine Schritte wurden lauter, kamen unaufhörlich näher. Ein Schrei formte sich in meiner Kehle, aber dann rannte der Mann winkend an mir vorbei und rief: «Teddy? Hey, Teddy, warte doch!»

Mein Atem ging stoßweise, als ich sah, wie mein Beinahe-Angreifer zu dem Mann namens Teddy aufschloss. Ich kam mir lächerlich vor. Was war bloß in mich gefahren? Ich hatte mich von meiner eigenen Fantasie jagen lassen. Weil sich das Zittern trotzdem nicht legte, wurde mir klar, wie sehr ich durch den Wind war. Die Ereignisse der letzten Tage hatten mir ziemlich zugesetzt. Vor meinen Augen tanzten Lichtpunkte, als würde ich gleich das Bewusstsein verlieren. Ich hatte Angst, auf der Straße ohnmächtig zu werden. Oder in unserem Treppenhaus. Oder in meiner Wohnung. Kurz gesagt: Ich wollte nicht alleine sein.

Es nieselte. Der Regen tropfte mir auf den Kopf und den Mantel, während ich wie wild nach einem Taxi winkte. Beim ersten, das anhielt, sprang ich hinein und nannte dem Fahrer mit zitternder Stimme die Adresse meiner Eltern. Ich blickte starr geradeaus durch die sich hin und her bewegenden Scheibenwischer hindurch. Allmählich normalisierte sich mein Pulsschlag.

Der Regen fiel jetzt stärker. Auf der Wells Street hatte sich ein Stau gebildet, das Licht der Scheinwerfer spiegelte sich auf dem nassen Asphalt, es sah aus wie das impressionistische Gemälde einer Stadt.

Endlich hielt der Fahrer vor der Painted Lady. Selbst durch

den strömenden Regen sah ich, dass im hinteren Teil des Hauses alle Lichter brannten. Als ich die Treppe hinaufliеf, ging die Haustür überraschend auf und ich bekam einen Schreck.

«Wo warst du − o Gott …» Meine Mutter griff sich an die Kehle. «Du bist es.»

«Wen hattest du erwartet?»

Sie erwiderte nichts und schaute über meine Schulter hinweg in den Regen.

«Mom? Was ist los?» Ich folgte ihr ins Haus. Von meinem Mantel und aus meinen Haaren rieselten Tropfen herunter. «Mom? Nun sag doch was?»

«Es geht um deinen Vater.»

«Ist er krank?» Hastig streifte ich den nassen Mantel ab und stellte meinen Aktenkoffer, dessen Leder nun dunkle Flecken vom Regen hatte, auf den Boden.

«Das nicht. Aber ich bin stinksauer auf ihn. Und nun finde ich ihn nicht mehr.»

«Was soll das heißen?»

«Er ist weg.»

«*Weg?*»

Sie schlang die Arme um den Oberkörper und biss sich auf die Unterlippe. Dann drehte sie sich um und ging ins Wohnzimmer. Ich folgte ihr, und sofort empfing mich der Geruch von kaltem Rauch und alten Büchern. Vor dem vorderen Fenster flackerte ein Blitz auf.

«Er hockt bestimmt in einer Kneipe», sagte ich.

«Ich habe alle in der Gegend angerufen. Niemand hat ihn gesehen.»

«Warum hast du nicht bei mir angerufen?»

«Weil ich gedacht habe, er kommt jeden Moment zurück.

Aber ich hätte es eigentlich wissen müssen.» Sie seufzte auf und ballte die Hände dann zu Fäusten.

«Ist irgendetwas passiert?»

«Ach, es ist wegen seinem verdammten Buch. Doubleday will den Roman auch nicht rausbringen. Die waren seine letzte Hoffnung. Jetzt hat jeder Verlag in New York das Buch abgelehnt.»

«Oh, nein. Wie hat er darauf reagiert?»

«Er hat vor Wut gekocht. Meinte, die Lektoren haben überhaupt keine Ahnung. Zuerst habe ich gedacht, vielleicht hat er recht, und es sind eben die falschen Lektoren.»

«Kann doch sein. Man hört ja immer wieder Geschichten, dass ein heute gefeiertes Buch zuerst von allen Verlagen abgelehnt wurde.»

«Nach langem Zureden habe ich ihn endlich überzeugt, mir das Manuskript zu geben, damit ich es einmal lesen kann.»

«Und?»

«Da liegt es.» Sie zeigte auf einen Stapel Papier neben ihrem Sessel. «Ich wollte davon begeistert sein. Wirklich. Ich wollte, dass es brillant ist, damit ich aus voller Überzeugung zu ihm sagen kann, dass die Lektoren sich irren. Aber ...»

«Ja ...?»

«*Autsch.*» Sie machte eine ausladende Geste. «Das verdammte Buch handelt von uns. Von Eliot. Ich bin stinksauer auf ihn – wie konnte er unser Leid ausschlachten? Wie ist er darauf gekommen, dass es mir und dir nichts ausmacht? Und zu allem Überfluss taugt der Roman noch nicht mal was. Er ist selbstgefällig und künstlich aufgebläht. Ein richtig schlechtes Buch.»

«Er hat ein Buch über Eliot geschrieben?»

«Ich weiß nicht, wie er auf die Idee gekommen ist.» Sie strich sich Haare aus der Stirn. «Er hatte kein Recht dazu. Ich fühle mich hintergangen. Er hätte das Buch niemals an einen Verlag schicken dürfen, sondern zuerst mir geben müssen. Das Ganze geht außer uns dreien niemanden etwas an.»

«Was hast du zu ihm gesagt?»

«Na ja, dass ich stinksauer bin. Und dann habe ich ihm gesagt, was ich von seinem Scheißbuch halte. Nicht weil ich ihm wehtun wollte. Ich habe ihm nur die Wahrheit gesagt. Eine Lüge hat er von mir noch nie zu hören bekommen – und schon gar nicht, wenn es um seine Arbeit geht. Deshalb habe ich ihm gesagt, dass das Buch – ganz gleich, wovon es handelt – nicht gut ist und nicht zur Veröffentlichung taugt.»

«Oha.»

«Allerdings. Er hat einen richtigen Wutanfall bekommen. Warte, bis du siehst, wie er in seinem Arbeitszimmer gewütet hat. Ich habe gehört, wie er da drinnen mit Sachen um sich geworfen hat. Dann war es im Zimmer schlagartig still. Er war fort. Ich hatte nicht mal mitbekommen, dass er das Haus verlassen hat.»

«Wann war das?»

«Gestern Abend.»

«*Gestern Abend?* Und seitdem ist er nicht mehr nach Hause gekommen?» Jetzt machte ich mir doch Sorgen.

«Ich habe Angst, dass ihm was zugestoßen ist.»

«Warst du bei der Polizei?»

«Noch nicht. Ich hoffe ja, er taucht wieder auf.»

Ich konnte meine Mutter verstehen. Hätte sie die Polizei eingeschaltet, dann hätte das für sie bedeutet, nicht mehr daran zu glauben, dass er überhaupt noch lebte.

«Wenn ihm etwas zugestoßen ist, werde ich mir das niemals verzeihen. Aber bevor ich die Polizei hole, möchte ich lieber noch etwas abwarten.»

Wir setzten uns ins Wohnzimmer, ließen das Fenster zur Straße nicht aus den Augen und schöpften bei jedem vorbeifahrenden Auto oder sich nähernden Schritten für einen kurzen Moment neue Hoffnung. Die Augen halb geschlossen, kauerte meine Mutter in ihrem Sessel. Irgendwann konnte ich sie davon überzeugen, nach oben zu gehen und sich ein wenig auszuruhen.

Als ich allein im Wohnzimmer war, trieb mich die Neugier zum Manuskript meines Vaters. Ich wuchtete die Seiten hoch – es waren über zwölfhundert – und setzte mich damit auf den Sessel meiner Mutter. Die Füße auf dem Kissen, das Manuskript im Schoß, las ich den Titel: *Der verlorene Sohn.*

Dass er über Eliot schrieb, hätte mich eigentlich nicht verwundern dürfen. Ganz so übel wie meine Mutter nahm ich es ihm nicht, ich war eher bestürzt. In seinem Buch hieß der Sohn zwar Edward, die Tochter Georgina und die Ehefrau des Erzählers Mimi, aber mehr hatte er nicht geändert. Es war haargenau die Geschichte unserer Familie, die an ihrem Schicksal zerbrochen war.

Im Prolog – der allein schon siebenundvierzig Seiten lang war – erzählte er, wie die Eltern vom tödlichen Unfall des Sohns erfuhren. Nach den ersten zwölf Seiten musste ich eine Verschnaufpause einlegen. Meine Mutter hatte mit ihrem Urteil recht gehabt. Mein Vater war zwar ein großartiger Schriftsteller, aber dieses Buch war alles andere als großartig geschrieben. Um einen Roman im eigentlichen Sinne handelte es sich nicht, eher um eine sehr lange Zeitungsreportage.

Dass er so viel Zeit in das Buch investiert und dabei nichts Besseres zustande gebracht hatte, war mir unbegreiflich. Ich nahm die nächste Seite zur Hand, brachte es aber nicht fertig, sie zu Ende zu lesen. Ich legte das Manuskript beiseite und ging in die Küche, um mir ein Glas Wasser zu holen. In der Küche herrschte das blanke Chaos, und da ich mich dringend ablenken musste, spülte ich das Geschirr, wischte die Arbeitsplatte sauber und fegte den Boden. Dann knotete ich den Müllbeutel zusammen, schlüpfte in meine noch immer feuchten Schuhe und öffnete die Tür. Den Müllbeutel in den Händen, schlug ich den Weg zu der Stelle im Garten ein, wo meine Eltern den Müll deponierten, bis er abgeholt wurde. Inzwischen hatte der Regen aufgehört, doch die Luft war feucht und diesig.

Auf dem schmalen Pfad waren etliche Pfützen, in denen sich das Licht der Hofbeleuchtung sammelte. Mein Blick wanderte zu der Falltür unseres Luftschutzraums, neben der ein Haufen Laub lag. Ich legte den Müllbeutel an der gewohnten Stelle ab, drehte mich um und sah, dass der Laubhaufen neben der Falltür in der Mitte platt gedrückt war. Auch das feuchte Gras war an verschiedenen Stellen heruntergetreten. Die Spur der Schuhabdrücke führte von der Rückseite des Hauses zum Schutzraum und endete dort abrupt.

Ich lief zur Falltür, dabei strich mir das feuchte Gras über die Knöchel. Als ich die Tür erreicht hatte, bückte ich mich und zog mit beiden Händen fest am Griff. «Dad?» Mein Herz hämmerte wie wild, weil ich nicht wusste, was mich dort unten erwartete. «Dad?» Die Tür klappte auf, und ich stieg die paar Stufen hinunter. «Dad? Bist du hier unten?»

Im Schutzkeller war es stockfinster. Ich sah nur Umrisse und brauchte einen Moment, um mich an die Lichtverhältnisse zu gewöhnen. Als ich endlich etwas erkennen konnte, sah ich meinen Vater auf einer der drei Pritschen sitzen, neben ihm eine Flasche. Auf seinen Wangen war ein Bartschatten zu sehen. Noch nie hatte er auf mich so dünn, alt und verloren gewirkt.

«Warum sitzt du denn hier unten? Wir haben uns solche Sorgen um dich gemacht.»

Er murmelte etwas Unverständliches. Er war betrunken, ich musste ihn wohl geweckt haben, denn er wirkte müde und rieb sich mit den Handballen die Augen.

«Dad?» Ich wartete ab. «Dad? Willst du denn nichts dazu sagen?»

Er schaute mich nicht an. Mit einem Mal kam ich mir albern vor, weil ich überhaupt versucht hatte, ihm zu helfen. Es war, als würden mir all die Jahre, in denen er mich nicht beachtet hatte, ins Gesicht schlagen. Jedes Gespräch, das er abgewürgt hatte, jede meiner Leistungen, die er nicht gewürdigt hatte – das alles hatte in mir gegärt. Und je länger ich dort stand, ohne einen Blick von ihm, umso gedemütigter fühlte ich mich.

«Kannst du nicht ein einziges Mal was sagen? Mein Gott, was soll ich denn noch tun, um zu dir durchzudringen? Wie lange willst du mich noch wegstoßen? Ich weiß, wie enttäuscht du wegen deinem Buch bist. Und wie weh dir das getan hat, was Mom zu dir gesagt hat. Aber du kannst dich nicht ewig hier unten verstecken, uns eine Heidenangst einjagen und dich selbst bemitleiden.»

Er reagierte nicht, sondern starrte weiter vor sich hin, als wäre ich gar nicht da.

«Okay, das war's. Mir reicht's. Ich werde hier nicht ewig

rumstehen und dich anflehen, mit mir zu reden. Wenn du im Dunkeln sitzen und schmollen willst, nur zu. Aber ich werde dir nicht dabei zuschauen. Du willst dich selbst zerstören? Bitte, aber ohne mich.» Ich zitterte vor Wut. Auch wenn ich früher schon ab und zu die Beherrschung verloren hatte und laut geworden war, so hatte ich mit ihm noch nie geredet. Ich war mir sicher, das bisschen Restnähe zwischen uns nun auch noch zerstört zu haben. Also drehte ich mich um und stieg die Treppe hoch.

«Jordan, warte ...» Seine Stimme klang hohl.

Ich erstarrte.

«Geh nicht weg.»

Langsam stieg ich die Stufen wieder hinunter und drehte mich zu ihm um. Einen Augenblick lang sagten wir beide nichts, schauten uns aber fest in die Augen. Zum ersten Mal seit langer Zeit hatte ich das Gefühl, er würde mich tatsächlich wahrnehmen.

Wortlos rutschte er auf der Pritsche zur Seite. Als ich mich neben ihn gesetzt hatte, reichte er mir die Flasche Bourbon. Ich trank einen Schluck, er brannte in meiner Kehle, und die Wärme breitete sich in meiner Brust aus. Dann gab ich meinem Vater die Flasche zurück, und als seine Finger meine berührten, löste sich der Pfropfen in meinem Inneren und die lange zurückgehaltenen Sätze sprudelten nur so aus mir heraus.

«Was ist bloß aus uns geworden, Dad? Ich wünschte, alles wäre wie früher. Und wir wären wieder eine Familie. Du und Mom, ihr seid alles, was ich noch habe. Ich brauche euch, ich brauche dich. Verstehst du das denn nicht?»

«Ich ... ich kann nicht ...» Seine Stimme klang den Tränen

nahe, und er drückte meine Hand. «Ich komme da nicht mehr raus. Ich komme einfach nicht darüber hinweg.» Er trank einen Schluck, um sich zu sammeln. «Als ich Kriegsreporter war, habe ich Männer sterben sehen. Dutzende Männer. Direkt vor meinen Augen. Ich habe das alles gesehen. Und ich bin darüber hinweggekommen.»

«Aber das war etwas anderes, Dad. Eliot war kein Soldat, kein Fremder. Er war dein Sohn.»

«Ich habe geglaubt – geglaubt, das Buch würde ...» Er konnte den Gedanken nicht zu Ende führen.

«Ich weiß, was du erreichen wolltest. Du wolltest Eliot am Leben erhalten. Weil du ein Buch über ihn geschrieben hast, war er jeden Tag bei dir. Das verstehe ich, denn ich mache mit meiner Arbeit bei der Zeitung im Grunde dasselbe. Jeden Tag gehe ich in die Redaktion und denke: *Was hätte Eliot getan?* Ist dir das denn nicht klar? Wir stecken in der Vergangenheit fest und müssen uns überlegen, wie wir es schaffen, ihn endlich loszulassen. Das bedeutet ja nicht, dass wir ihn ganz aufgeben. Wir müssen nur einen Weg finden, mit unserem eigenen Leben weiterzumachen. Es wird höchste Zeit.»

Er ließ den Kopf hängen. «Du hast ja keine Ahnung, wie müde ich bin. Wie leid ich es bin, mich traurig und wütend zu fühlen. Es frisst mich innerlich auf.»

«Eliot hätte sich dieses Leben für uns ganz sicher nicht gewünscht. Das weißt du, oder?»

«Ja, aber ich ... ich bin ...» Er sprach nicht weiter, aber ich sah, wie die Wut von ihm Besitz ergriff, bis er schließlich die leere Flasche nahm und auf den Boden warf. Dann fing er an zu weinen. Das hatte ich noch nie bei ihm gesehen. Nicht mal bei Eliots Beerdigung. Doch nun schluchzte er wie ein kleines Kind und legte die Arme um mich. Während er weinte, ruhte sein Kopf an meiner Schulter und er zitterte am ganzen Körper.

«Sch, sch», machte ich immer wieder, vielleicht dachte ich auch nur, dass ich es tat. Ich war wie im Fieber, und mein Herz weitete sich, während es gleichzeitig in Stücke brach.

KAPITEL 40

Ich führte meinen Vater aus dem Schutzkeller und brachte ihn ins Haus, wo meine Mutter ihn in die Arme schloss. Es war schon spät, und ich war ziemlich erschöpft. So kam es, dass ich in meinem alten Zimmer übernachtete, in dem noch immer Poster von Troy Donahue, Ricky Nelson und Fabian hingen – Relikte aus meiner Jugend. Alles in dem Zimmer kam mir kleiner vor als in meiner Erinnerung: das Bett mit dem gepolsterten Kopfende, die weißen Gardinen, das Bücherregal. Seit meinem Auszug war meine Welt sehr viel größer geworden, trotzdem kam es mir vor, als wäre ich in einem Zwischenstadium. Nicht mehr Kind, aber auch noch nicht richtig erwachsen. In mein altes Zimmer passte ich nicht länger hinein, nur, wo war mein Platz? Ich hatte immer geglaubt, ich könnte jederzeit zurückkehren, nun wurde mir klar, dass dem nicht so war.

Nach wenigen Stunden Schlaf stand ich am nächsten Morgen auf, bevor meine Eltern wach wurden. Leise verließ ich das Haus und marschierte zur Bahn. Die Sonne stieg gerade erst über den Dächern auf, und ihre grellen Strahlen stachen durch die Zweige der Bäume. Nur eine Handvoll Passagiere wartete auf dem Bahnsteig. Auf der gegenüberliegenden Seite fuhr der Zug Richtung Süden ein, und als sich zwischen den Waggons für den Bruchteil einer Sekunde eine Lücke auftat, meinte ich, Scott Trevor zwischen den anderen Fahrgästen stehen zu sehen. Tatsächlich dachte ich ständig, ich hätte ihn irgendwo entdeckt. So war es mir kurz nach Eliots Tod auch mit meinem Bruder ergangen. Im Restaurant, im Bus, in einem Geschäft – überall bildete ich mir ein, ihn zu sehen. Jetzt war auch Scott zu einem Geist geworden. Am Bahnsteig gegenüber fuhr der Zug weiter. Jetzt stand dort niemand mehr.

Unsere Bahn war immer noch nicht in Sicht, und ich dachte an meinen Vater, meinen Bruder und Marty, meinen gefallenen Helden. Ich war übermüdet und fragte mich, wie ich Marty auf seine erfundenen Quellen hin ansprechen sollte. Ein Blick auf meine Uhr verriet, dass es fast sieben war. Mir blieb gerade noch genug Zeit, um mich zu Hause ein wenig frisch zu machen, damit ich um Punkt acht in der Redaktion sitzen konnte. Ein Windstoß fegte über mich hinweg und ließ mich frösteln. Ich schlang die Arme um meinen Oberkörper und hörte das Rumoren des heranfahrenden Zugs. Er kam näher und näher, und ich machte schon einen Schritt auf die Gleise zu, als sich jemand zu mir stellte.

«Ich hatte recht, du bist es.»

Ich wandte den Kopf zur Seite. «Scott?»

Er atmete keuchend, und mir wurde klar, dass er doch keine Fata Morgana gewesen war. Wahrscheinlich hatte er den Zug sausen lassen und war schnell zu mir herübergekommen. Ein Blick in seine Augen reichte, und ich wurde von den Ereignissen der letzten vierundzwanzig Stunden übermannt und brach in Tränen aus.

«Hey, hey, was ist denn?» Er legte mir eine Hand auf die

Schulter, machte aber keine Anstalten, mich in den Arm zu nehmen.

«Tschuldigung.» Ich holte tief Luft, um mich zu beruhigen. Erst jetzt ging mir auf, wie furchtbar ich aussehen musste, so ohne Lippenstift oder Rouge und mit ungekämmten Haaren. «Die letzten Tage waren ziemlich anstrengend.»

«Du musst dich nicht entschuldigen. Wie geht es dir?»

«Nicht so toll. Wie man sieht. Und dir?»

Er grinste, gab aber keine Antwort.

Die Bahn fuhr ein und hielt an. Passagiere stiegen aus und ein. Weil ich mich noch nicht von Scott trennen wollte, blieb ich einfach stehen.

«Ich freue mich sehr, dass wir uns mal wieder sehen. Du hast mir gefehlt. Wirklich.»

«Ja. Ist schon eine Weile her, was?»

«Du weißt gar nicht, wie oft ich gehofft habe, dir irgendwo über den Weg zu laufen. Es war fast so, als wärst du vom Erdboden verschwunden.»

«Ich hatte viel um die Ohren. Ich unterrichte jetzt. An der Northwestern University, ob du es glaubst oder nicht. Ich gebe ein Ethikseminar für Jurastudenten.»

Bestimmt erwiderte ich daraufhin etwas, nur wusste ich hinterher nicht mehr, was es gewesen war. Weil ich Scott in die Augen schaute, vergaß ich alles um mich herum. Mein Herz ging auf und weitete sich. Ich wollte ihn. Ich wollte dort weitermachen, wo wir vor einer Ewigkeit aufgehört hatten. Ich wollte wieder mit ihm in dieser schummerigen Bar tanzen, ihn küssen und mit ihm zusammen etwas Wunderbares beginnen. «Ach, Scott», dachte ich laut. «Wir beide gehören zusammen. Das findest du auch. Ich weiß es ...»

«Nein, bitte nicht.» Er hielt einen Finger vor meinen Mund.

«Jordan, ich kann nicht. Dafür ist es zu spät.»

«Sag so etwas nicht. Du wärst nicht rübergekommen, wenn du nicht mit mir zusammen sein wolltest.»

«Mir dir reden wollte ich, das ist alles. Und ich wollte ... ich wollte dir erzählen ... Na ja, ich habe jemanden kennengelernt und werde bald heiraten.»

«Oh.» Sämtliche Luft wich aus meinen Lungen.

«Eigentlich wollte ich dich anrufen und es dir erzählen. Ich wollte nicht, dass du es von jemand anderem erfährst.»

Ich schloss die Augen und sagte mir, dass ich jetzt bloß nicht weinen durfte. Er redete weiter, erzählte mir von seiner Verlobten, aber ich hörte nicht mehr zu. Das konnte ich nicht. Ich kam mir vor wie eine Idiotin. Fühlte mich bloßgestellt und im Stich gelassen. Ich hatte Angst, mein Herz könnte zerreißen. Zum Glück fuhr in diesem Moment die nächste Bahn ein. Keine Sekunde hätte ich es länger ausgehalten, neben Scott zu stehen und ihn anzuschauen.

Wir verabschiedeten uns, ich stieg ein und weinte während der gesamten Fahrt.

Bei meiner Ankunft in der Redaktion herrschte dort bereits hektische Betriebsamkeit. Der Boden vibrierte von der Druckmaschine, sämtliche Telefone klingelten und die Fernschreiber liefen auf Hochtouren. Bis zur Wahl waren es keine vierundzwanzig Stunden mehr.

Trotz der Hektik um mich herum war ich noch völlig fertig von der Begegnung mit Scott. Ich machte mir Vorwürfe, weil ich mir meine Chancen bei ihm selbst verbaut hatte. Obwohl wir nie ein Paar gewesen waren, tat mir der Verlust von Scott mehr weh als meine geplatzte Verlobung mit Jack.

Ich versuchte, mich am Riemen zu reißen und auf das zu konzentrieren, was ich mir für den Tag fest vorgenommen hatte. Marty rief einem Kollegen gerade die letzten Umfragewerte der Kandidaten zu, bevor er eine Seite aus seiner Schreibmaschine zog und damit in der Luft herumwedelte. «Fertig. Fertig.»

Kurz überlegte ich, ihm gegenüber doch nichts zu erwähnen. Aber ich konnte unmöglich so tun, als wüsste ich von nichts. Bei meiner ersten Begegnung mit Marty hätte er noch alles getan, um eine Quelle zu schützen – er war sogar so weit gegangen, mit einer Kündigung zu drohen. Wenigstens hatte ich ihn damals so eingeschätzt. Seitdem hatte ich jedoch miterlebt, dass er Angst hatte, gegen Big Tony vorzugehen. Die Angst um die eigene Sicherheit wog bei ihm schwerer als der Glaube an die Pflicht eines Journalisten, die Öffentlichkeit um jeden Preis informiert zu halten. Vielleicht war Marty nie der Held gewesen, den ich in ihm hatte sehen wollen. Vielleicht war er genauso pragmatisch wie alle anderen und wollte nur seine Arbeit zu Ende bringen. Und nun hatte er seine Quellen frei erfunden. Nur, weil er seinen Namen auf der ersten Seite lesen wollte, hatte er sein Berufsethos in den Wind geschlagen. Der Gedanke tat weh, aber Marty sorgte mit seinem Verhalten dafür, dass einer der edelsten Berufe zur Farce verkam.

Während ich zu ihm schaute, stellte ich mir nur eine Frage: *Warum*? Hatte ihm der Redaktionsschluss so sehr im Nacken gesessen? Waren ihm seine Notizen abhandengekommen?

Wieso hatte er so wenig Sorgfalt auf seine Arbeit verwendet? Dass Reporter auf zweifelhafte Methoden zurückgriffen, hatte ich oft miterlebt. Tatsächlich hatte ich mich selbst schon an der Grenze zur Illegalität bewegt, um an eine Story, ein Interview zu gelangen – aber Marty hatte es aus reiner Faulheit getan.

Ich beobachtete ihn. Er spannte neues Papier in die Schreibmaschine, schlürfte seinen Kaffee und fing an, in die Tasten zu hauen. Benny kam an seinen Tisch, wollte etwas fragen, aber Marty knurrte nur: «Verdammt, das hier muss bis Redaktionsschluss fertig sein.»

Ich wartete, bis er eine kurze Pause einlegte, und trat an seinen Tisch. Ich wollte ihm wenigstens die Chance geben, mir zu erklären, warum er es getan hatte.

«Marty, können wir einen Kaffee trinken oder etwas essen gehen? Ich muss mit dir reden.»

Vermutlich bemerkte er den Ernst in meiner Stimme. Vielleicht wusste er sogar, worum es ging. «Okay, Walsh, aber nur kurz.»

Er stand auf, schnappte sich seinen Hut und den Mantel. Wortlos gingen wir zu Norm's Diner.

«Eins muss ich mal sagen, einen schlechteren Zeitpunkt hättest du dir wirklich nicht aussuchen können», sagte er, als wir uns in eine der hinteren Nischen setzten. «Solltest du es noch nicht mitgekriegt haben, morgen ist die Wahl und wir stehen in den Startlöchern für die Berichterstattung.»

«Ja, ich weiß. Nur muss ich dir etwas sagen, und es muss sofort sein, bevor ich den Mut verliere.» Ich lehnte mich zu ihm vor. «Wir müssen über deine Artikel reden.»

«Welche Artikel?»

«Marty, ich führe dieses Gespräch wirklich nur ungern – und ich hoffe, du hast eine Erklärung parat, aber ...»

«Worauf willst du hinaus?» Er zog die Augenbrauen zusammen. Seine Ratlosigkeit wirkte echt.

«Marty, bei einigen Artikeln von dir stimmen die Fakten nicht.»

«Wie bitte? Das ist lächerlich.» Er schob seine Tasse so ruckartig beiseite, dass der Kaffee über den Rand schwappte. Seine Wangen liefen dunkelrot an, während er die Serviette in seiner Hand zerknüllte. «Ich glaube es einfach nicht. Du hast echt Nerven. Keine Ahnung, worauf du anspielst, aber ...»

«Ich meine deine Quellen. Deine Zitate. Stell dich nicht dumm. Ich weiß, was du getan hast. Du hast sie frei erfunden.»

Nachdem ich es gesagt hatte, fiel seine Empörung in sich zusammen. Er sah aus, als hätte ich ihn in den Bauch geboxt. Alle Farbe wich aus seinem Gesicht, und er wischte sich über die Stirn. «O Gott, o Gott. O Gott.»

«Warum, Marty? Du bist ein brillanter Journalist – so etwas hast du doch gar nicht nötig.»

Er schaute mir in die Augen. «Es war nur bei diesem einen Artikel», sagte er schnell. «Der mit Gertrude Lammont.»

«Marty ...»

«Ich habe nur noch ein Zitat gebraucht. Ich stand unter Zeitdruck, Ellsworth saß mir bereits im Nacken und ...»

«Marty, ich weiß, dass es nicht nur bei einem Artikel war. Das geht schon länger so. Ich frage mich nur, warum du es getan hast.»

Er stützte die Ellbogen auf den Tisch und vergrub das Gesicht in den Händen. Erst als ich seine Schultern zucken sah, merkte ich, dass er weinte.

«Marty ...»

Er hob den Kopf. «Du hast ja keine Ahnung, was ich durchgemacht habe. Dass Big Tony im Gefängnis sitzt, beruhigt mich leider nicht – denkst du etwa, ich würde mir seinetwegen keine Sorgen mehr machen? Das tue ich seit meinem Klinikaufenthalt. Seit ich krank war. Ich halte den Druck nicht mehr aus. Den Redaktionsschluss. Die Erwartungen. Mir ist das alles über den Kopf gewachsen.»

«Warum hast du niemanden um Hilfe gebeten?»

«Jemand, der den Pulitzer-Preis gewonnen hat, bittet nicht um Hilfe, Walsh.»

«Warum hast du den Job nicht aufgegeben?»

«Weil ich eine Familie ernähren muss. Außerdem habe ich die Zitate nur im äußersten Notfall erfunden.»

«Nein, Marty. Ein Notfall ist keine Ausrede. Du bist Journalist, kein Romanautor. In den letzten drei Monaten war deine Arbeit voller Lücken.» Ich fischte ein Taschentuch aus meiner Handtasche und reichte es ihm.

Er nahm es nicht an, sondern ließ seinen Tränen freien Lauf. «Gehst du jetzt zu Ellsworth?»

Ich seufzte. Mit dieser Frage quälte ich mich seit gestern. «Das möchte ich dir nicht antun. Aber du musst aufhören.»

«Ich werd es nie wieder machen, versprochen.»

«Mit solchen Methoden bringst du die Zeitung und den Journalismus in Verruf. Wärst du Arzt, würde man von Pfuscherei reden. Wärst du Anwalt, würde man dir die Zulassung entziehen.»

«Wenn das rauskommt, ist meine Karriere am Ende. Mein Ruf wäre für immer ruiniert. Niemand würde mich mehr einstellen. Wie soll ich dann meine Familie ernähren?»

In meinen Schläfen pochte es, ich massierte die Stelle und sortierte meine Gedanken. «Du bist als Journalist viel zu gut, um auf unlautere Methoden zurückzugreifen.» Ich schaute ihn an – so moralisch verwerflich ich seinen Betrug auch fand, er war immer noch der Mensch, der mich inspiriert hatte, der mich unter seine Fittiche genommen hatte. Verpfeifen konnte ich ihn nicht. Ich brachte es nicht über mich. Also schluckte ich den Kloß in meinem Hals hinunter. «Okay, das bleibt unter uns. Ich werde es niemandem verraten. Aber ...»

«Was?»

«Wenn ich dich noch einmal dabei erwische, dann muss ich es Ellsworth berichten.»

«Oh, Walsh.» Er ergriff meine Hände. «Danke. Danke, dass du Verständnis für mich hast.»

«Verständnis habe ich dafür nicht. Ich bringe es bloß nicht übers Herz, dich zu verpfeifen.»

Marty kehrte nicht mit mir in die Redaktion zurück. Er meinte, er müsse erst einmal frische Luft schnappen und sich sammeln. Ich schaute ihm nach, als er über die Michigan Avenue Bridge ging, mit hängenden Schultern und verletztem Stolz.

Der Rest des Tags zog sich hin wie Kaugummi. Ich erledigte mein Arbeitspensum und winkte ab, als die anderen fragten, ob ich mit ihnen noch etwas trinken gehen würde. Ich war hundemüde, weil ich in der letzten Nacht kaum geschlafen hatte, und nach Gesellschaft war mir auch nicht zumute.

Ich fuhr schnurstracks nach Hause, goss mir ein großes

Glas Wein ein und fragte mich, ob ich außer Eiern irgendetwas fürs Abendbrot im Haus hatte. Mir taten sämtliche Knochen weh, deshalb ließ ich mir ein Bad ein.

Wasser umgab mich, Wellen schlugen gegen meine Schenkel. Ich war ein auf See verlorenes Schiff. Während das Badewasser langsam kalt wurde, ging ich im Geist noch einmal die Ereignisse der letzten vierundzwanzig Stunden durch. Ich war desillusioniert und enttäuscht. Vor allem von mir selbst. Ich wünschte mir, ich hätte Scott niemals gehen lassen. Wünschte mir, Marty hätte mich nicht so sehr enttäuscht. Am meisten aber wünschte ich mir, ich hätte keinen Rückzieher gemacht und weiter an der Story über Daley, die Mafia und ihre Versuche, die Präsidentschaftswahl zu manipulieren, gearbeitet.

Von Anfang an hatte ich gewusst, dass ich vorsichtig sein musste, wenn es darum ging, über die Mafia und ihre Machenschaften zu berichten. Doch selbst dieses kleine Eingeständnis widersprach allem, woran ich glaubte und worauf der Gedanke einer freien Presse beruhte. Am Ende hatte die Mafia gewonnen. Vor ihr hatte ich solche Angst gehabt, dass ich die Arbeit an der Story aufgegeben hatte. Ich hatte mich von ihr einschüchtern und zensieren lassen.

Ich trocknete mich gerade ab, als ich Geräusche im Treppenhaus hörte. Vielleicht war es die Frau mit dem geheimnisvollen Kinderwagen. Als ich in den Bademantel schlüpfte, klopfte es an meiner Tür. Besuch erwartete ich nicht. *Waren es vielleicht die Leute von Giancana?* Alles in mir zog sich zusammen, und ich ging auf Zehenspitzen ins Wohnzimmer. Wieder klopfte es. Dann sah ich, wie sich der Knauf meiner Wohnungstür langsam drehte. Ich schlich in die Küche und griff nach dem einzigen scharfen Messer, das ich hatte. Dann trat ich langsam auf die Wohnungstür zu, hielt den Atem an und lugte durch den Spion.

Mein Herz blieb fast stehen. «Dad? Was machst du denn hier?» Ich löste den Haken und riss die Tür auf.

«Endlich. Das Ding ist verflucht schwer.» Eliots Schreibmaschine in den Händen, trat mein Vater ein. «Ich dachte, du würdest sie gern haben wollen.»

«Ist das dein Ernst?» Tränen stiegen mir in die Augen.

«Und ob.» Unter lautem Stöhnen stellte er die Schreibmaschine auf den Tisch. «Deine Mutter und ich räumen Eliots Zimmer aus. Es wurde Zeit.» Er sagte es, als wäre er von ganz allein zu dieser Erkenntnis gelangt. Das störte mich nicht. Ich war froh, dass er die schwere Aufgabe endlich in Angriff nehmen konnte.

Er zog ein Taschentuch aus seiner Jacke und wischte sich den Schweiß von der Stirn. «Bei der nächsten Wohnung solltest du dir überlegen, in ein Haus mit Fahrstuhl zu ziehen.» Er drehte sich halb um die eigene Achse, schaute sich um. «Hier lebst du jetzt also?»

«Ja. Willst du dich nicht setzen?», fragte ich zaghaft.

«Hast du was zu trinken im Haus?»

«Leider nur Wein. Kein Whiskey, und der Wodka ist auch aus.»

«Wein? Na gut, warum nicht?» Er hasste Wein.

Ich goss ihm ein Glas ein und erkundigte mich, ob er Hunger hätte. «Wollte mir gerade zwei Eier in die Pfanne hauen.»

«Eier zum Abendbrot? Du verstehst es zu leben, was?» Er lachte.

«Geht es dir gut?», fragte ich, als ich ihm das Weinglas

reichte. Er hatte sich aufs Sofa gesetzt, und ich nahm neben ihm auf der Armlehne Platz.

Er trank einen Schluck und verzog das Gesicht. «Wie kriegst du das Gesöff bloß runter?»

«Man gewöhnt sich dran.» Ich nahm ebenfalls einen Schluck. Dann schwiegen wir, und die Stille wurde lediglich von den Geräuschen des Hauses und dem Tropfen des Wasserhahns unterbrochen.

«Oh, fast hätte ich es vergessen.» Mein Vater sprang auf, ging in den Hausflur und kehrte mit einem kleinen verschnürten Karton zurück.

«Was ist das?»

«Da sind die Notizen deines Bruders und die Zeitungsausschnitte mit seinen Artikeln drin. Ich habe es nicht übers Herz gebracht, alles durchzusehen, und deine Mutter meinte, dich könnte das interessieren. Im Auto stehen noch zwei Kartons.»

Sprachlos strich ich mit einer Hand über den Kartondeckel und blinzelte meine Tränen weg. Sein Geschenk war für mich das Zeichen, die Erlaubnis, endlich mit ihm über Eliot reden zu dürfen.

«Dad, ich weiß, du hast nie gewollt, dass ich den Umständen seines Todes auf den Grund gehe. Aber ich habe das Gefühl, in den Kartons könnten sich entscheidende Hinweise befinden ...»

Mein Vater nahm die Weinflasche und goss sich nach.

«Dad?» Ich war mir nicht sicher, ob er mich verstanden hatte. «Es kann sein, dass ich etwas finde. Würdest du damit zurechtkommen?»

Er starrte in sein Glas. «Ich wollte immer glauben, dass es ein Unfall war. Dass es zufällig ihn getroffen hat und kein Sinn dahintersteckt. Das habe ich mir eingeredet. Dadurch wurde es für mich leichter. Und für deine Mutter auch. Und für dich.»

«Wieso für mich?»

«Weil ich wusste, dass du Nachforschungen anstellen würdest, bis du die genauen Umstände herausgefunden hättest. Selbst in dieser schrecklichen Nacht im Krankenhaus hast du die Polizisten und Ärzte mit Fragen gelöchert.» Sein Kinn zitterte kaum merklich. «Damals ist mir klar geworden, dass auch du vom Fluch unserer Familie befallen bist. Du bist eine Reporterin, Jordan, und wir Reporter machen eben genau das – wir stellen Fragen. Wir recherchieren. Wir gehen dorthin, wo andere sich nicht hintrauen. Angst haben wir natürlich auch, trotzdem tun wir es. Weil wir nicht anders können. Wir *müssen* es tun.» Er trank einen Schluck. «Ich wollte dir dieses Leben ersparen. Wollte dich schützen. Im Grunde meines Herzens wusste ich immer, dass Eliots Tod mit seiner Arbeit zu tun hatte. Ich bin ja nicht blöd. Und falls es kein Unfall gewesen wäre, solltest du nicht auch noch in die Sache hineingezogen werden.»

«Möchtest du denn nicht wissen, was genau geschehen ist? Willst du nicht, dass sein Mörder die gerechte Strafe bekommt? Hat Eliot das nicht verdient?»

«Ja, aber ... ich bringe es nicht fertig.»

Wir schwiegen lange. «Ich weiß», sagte ich dann. «Du nicht. Ich schon, Dad.»

Zum zweiten Mal innerhalb von zwei Tagen fing er an zu weinen. «Ich könnte es nicht ertragen, wenn dir auch noch etwas zustößt. Du bist alles, was ich habe.»

«Dann schließe mich nicht aus deinem Leben aus. Und stoße mich nicht immer von dir weg.»

Er hob den Kopf und öffnete die Arme, und ich ließ mich hineinfallen.

Nachdem mein Vater gegangen war und ich meine Tränen getrocknet hatte, nahm ich mir die Kartons vor und sichtete Eliots Notizen. Die Ängste meines Vaters konnte ich gut nachvollziehen, nur wollte ich eben auch endlich dafür sorgen, dass meinem Bruder Gerechtigkeit widerfuhr. Und ich war überzeugt, dass der Schlüssel zum Ganzen in einem der Kartons zu finden war.

Ich saß auf dem Fußboden, umgeben von Stapeln mit halb vergilbtem Papier und angestoßenen Aktenordnern. In den Kartons lagen sämtliche Zeitungsartikel von Eliot, und während ich sie las, wurde ich mit jeder Sekunde trauriger. Im dritten und letzten Karton fand ich schließlich einen Ordner mit der Aufschrift: *Recherchen Fleisch, 1952.*

Ich klappte ihn auf und fand eine Notiz in Eliots Handschrift:

Willis Packing, Topeka, Kansas, bestätigt Lieferung von 20 Tonnen Pferdefleisch pro Woche an Abnehmer in Chicago. In Chicago hergestellte Hamburger enthalten bis zu 40 Prozent Pferdefleisch. Der Verkauf von Pferdefleisch für den menschlichen Verzehr ist in Chicago und Illinois verboten. Illegaler Handel von Pferdefleisch in Millionenhöhe. In die Sache verstrickt sind vermutlich die Chicagoer Mafia und das Büro von Gouverneur Stevenson.

Die Mafia? Gouverneur Stevenson? Ich langte nach meinem Weinglas. Dass jemand Mächtiges darin verwickelt war, hatte ich geahnt, aber niemals hätte ich damit gerechnet, dass die Spur so hoch hinaufführte.

Ich blätterte im Ordner zur nächsten Seite: *Termin mit Landwirtschaftsministerium vereinbaren. Nachfrage im Büro des Bürgermeisters* ... Kein Wunder, dass der zuständige Dezernent bei unserem Treffen nervös geworden war.

Ich schaute noch einmal in den Karton und fand Eliots Terminkalender. Unter fast jedem Datum gab es Einträge: Geburtstage, Stadtratssitzungen, Verabredungen zum Essen. Am Rand standen etliche Namen und Telefonnummern, manchmal auch eine Adresse. Auf verschiedenen Seiten hatte er eine Zeichnung hingekritzelt. Mehrfach las ich den Namen Susan Hirsh, einmal war er sogar mit einem Sternchen versehen. Alle diese Einträge hatten ihm etwas bedeutet. Es waren die Bruchstücke, aus denen sich sein Leben zusammengesetzt hatte.

Ich wollte den Terminkalender schon zuklappen, als mein Blick auf etwas fiel, das mich zuerst verblüffte, meinen Puls dann aber in die Höhe trieb. Dort stand es, am rechten Rand, in schwarzer Tinte und einmal unterstrichen: *Richard Ahern – BELMONT 5–9081.*

KAPITEL 41

Manchmal geschehen Dinge, die die eigenen Priori-
täten durcheinanderwirbeln. Dann werden sämtliche Karten neu gemischt. Die Sorgen, die mich
vierundzwanzig Stunden oder auch nur vierundzwanzig
Minuten zuvor noch umgetrieben hatten, waren weit nach
hinten gerutscht, während eine Recherche, die ich jahrelang
nur so nebenbei betrieben hatte, in den Mittelpunkt meines
Interesses gerückt war. Meine Welt stand Kopf, meine Gedanken überschlugen sich. Ahern. Eliot. Marty. Mein Vater. Die
Mafia. Ein Betrug mit Pferdefleisch, in den sogar das Büro des
Gouverneurs verwickelt war.

Es war kalt und stürmisch, als ich meine Wohnung morgens verließ. Der Wind blies mir in den Mantelkragen und
jagte mir einen Kälteschauer über den Rücken. Die Wolken hingen so niedrig, dass die Stadt wie mit einem grauen
Schleier überzogen wirkte. Ich war übermüdet, weil ich bis
morgens um vier Eliots Notizen durchgegangen war und versucht hatte, mir ein Bild von der Geschichte zu machen und
mir die nächsten Schritte zu überlegen. Wegen der sich über-
schlagenden Ereignisse hatte ich fast vergessen, dass heute
Wahltag war. Ich kam an der Schule vorbei, in der sich mein

Wahllokal befand, und sah die Flaggen an den Fahnenmasten davor. In den Fenstern hingen Plakate mit den Kandidaten, und die Leute standen vor der Tür schon Schlange, um von ihrem Wahlrecht Gebrauch zu machen.

Doch bevor ich wählen gehen oder irgendetwas anderes tun konnte, musste ich mit Ahern sprechen.

Ich rief in seinem Büro an. Da es erst Viertel nach sieben war, traf ich ihn dort noch nicht an. In einem Café trank ich eine Tasse Kaffee und rauchte zwei Zigaretten, bevor ich die Telefonkabine aufsuchte, einen Nickel aus meiner Handtasche fischte und Aherns Nummer erneut wählte. Als mir seine Sekretärin mitteilte, dass er in einer Besprechung sei, legte ich auf und machte mich auf den Weg ins Büro des Bezirksstaatsanwalts, das an der Kreuzung Dearborn und Washington lag.

In dem Wolkenkratzer waren über neunhundert Anwälte und Ermittler untergebracht. Ich fuhr in den fünften Stock, in dem sich die Behörde für Strafverfolgung befand. Sobald ich aus dem Fahrstuhl stieg, nahm ich die gedrückte Stimmung wahr, die mich kaum überraschte. Adamowski stellte sich an diesem Tag zur Wiederwahl und trat dabei gegen Daleys Kandidaten Daniel P. Ward an.

Über einer Tür mit Milchglasscheibe stand in goldenen Buchstaben Aherns Name.

«Miss, was tun Sie da?», rief die Sekretärin, als sie mich vor der Tür stehen sah. «Sie dürfen da nicht einfach rein ...»

Bevor sie mich aufhalten konnte, hatte ich die Tür bereits geöffnet.

Ahern hatte gerade den Telefonhörer in die Hand genommen und legte ihn sofort auf die Gabel zurück, als er mich sah. «Walsh? Was wollen Sie denn hier?»

«Tut mir leid», sagte die Sekretärin, die mir gefolgt war. «Ich habe versucht, sie aufzuhalten, aber ...»

«Ist schon okay.» Er hob eine Hand und bedeutete der Frau, das Büro zu verlassen. «Kommen Sie rein, Walsh. Was gibt es?»

«Sie kannten meinen Bruder?» Ich baute mich vor seinem Schreibtisch auf. «Woher kannten Sie ihn?»

Er sah aus, als hätte er einen Schlag in die Magengrube abbekommen.

«Warum haben Sie mir nie etwas davon erzählt?»

«Nehmen Sie erst einmal Platz und beruhigen Sie sich.»

«Ich will aber nicht Platz nehmen.»

«Warten Sie, ich kann Ihnen alles erklären.»

«Woher kannten Sie ihn?» Ich ballte die Hände zu Fäusten. «Antworten Sie mir, verdammt noch mal.»

«Okay. Schön. Beruhigen Sie sich, dann erzähle ich es Ihnen.» Er massierte sich die Schläfen und holte tief Luft. «Es ist ein paar Jahre her. Damals hat Eliot meine Karriere gerettet. Er hat mir das Leben gerettet.» Ahern nahm das Päckchen Kools von seinem Tisch und zündete sich eine Zigarette an. «Es war zu der Zeit, als ich mich auf das Juraexamen vorbereitete. Mein Berufsleben lag noch vor mir. Ich war im letzten Semester meines Studiums. An dem Abend war ich mit Freunden Billard spielen. Wir hatten für die Prüfung gelernt und seit dem Mittag getrunken.» Er zog an der Zigarette, als müsse er seine Nerven beruhigen.

«Na, jedenfalls waren wir in einer Kneipe und spielten Billard, als Ihr Bruder mit einem Kumpel reinkam. Die beiden wirkten ganz in Ordnung, und wir forderten sie zu einer Partie heraus. Aber dann, warum weiß ich nicht mehr – zu viel Bier, zu viel Whiskey –, gerieten wir mit ihnen in eine Schlägerei. Ich war betrunken. Und ich habe mit dem Mist angefangen – alles war meine Schuld. Die Polizei kam. Die haben mir Handschellen angelegt, und ich wanderte für eine Nacht in den Bau. Ich war mir sicher, Ihr Bruder würde Anzeige gegen mich erstatten. Ich hätte das bestimmt getan. Wenn er Anzeige erstattet hätte, hätte ich wahrscheinlich nie eine Zulassung als Anwalt bekommen und meine Karriere wäre zu Ende gewesen, bevor sie überhaupt begonnen hatte. Doch aus irgendeinem Grund hatte Eliot Erbarmen mit mir und zeigte mich nicht an. Nur deshalb konnte ich die Prüfung ablegen, wurde als Anwalt zugelassen und bekam meinen ersten Job. Damals habe ich mir geschworen, alles in meiner Macht Stehende zu tun, um seine Karriere voranzubringen.» Er sprang auf und lief unruhig im Zimmer herum.

«Mein erster Job war im Büro von Bürgermeister Kennelly, wo ich Einblicke in Vorgänge gewann, die sonst unter Verschluss gehalten wurden. Für jemanden, der gerade erst die Uni abgeschlossen hatte, war das ziemlich aufregend. Damals habe ich begonnen, Eliot gelegentlich einen Tipp zu geben. Ich habe Kopf und Kragen riskiert, um an Informationen für ihn heranzukommen, und er hat sie dankbar angenommen und für seine Artikel verwendet. Er war ein guter Reporter. Diskret. Clever. Nach meinem Verständnis habe ich ihm im Gegenzug für sein Entgegenkommen eben ab und zu mal einen Gefallen erwiesen.»

Ich ließ mich auf den Stuhl vor Aherns Schreibtisch fallen. «Sie waren Eliots Quelle? Bevor Sie meine wurden?» Jetzt fühlte ich mich, als hätte ich einen Tritt in die Magengrube kassiert. «Ich habe Sie gefragt – Dutzende Male habe ich Sie gefragt, wieso Sie ausgerechnet auf mich gekommen sind. Warum haben Sie mir nie gesagt, dass es wegen Eliot war?»

Er betrachtete die Glut seiner Zigarette. «Weil Sie nicht denken sollten, ich würde Ihnen nur aus Mitleid helfen.»

«Aber so war es doch. So und nicht anders.» Beinahe hatte ich geglaubt, ich hätte Aherns Vertrauen und Anerkennung gewonnen. Jetzt, wo ich wusste, dass er zuvor der Informant meines Bruders gewesen war, löste sich dieser Glaube in Luft auf und ich fühlte mich wie eine Hochstaplerin. Als hätte ich meine bisherigen Erfolge nicht aus eigener Kraft geschafft. «Sie hatten also bloß Mitleid mit mir?»

«Nein, so war es nicht.»

«Himmelherrgott ...»

«Ich wusste, dass Eliot eine jüngere Schwester hat. Er hat immer gesagt, aus Ihnen könnte eine großartige Journalistin werden. Meinte, Sie wären viel schlauer als er, was ich mir nur schwer vorstellen konnte. Jordan, auch wenn ich am Anfang vielleicht nur wegen Ihrem Bruder auf Sie zugekommen bin, haben Sie im Lauf der Zeit bewiesen, was in Ihnen steckt. Und das sage ich jetzt nicht nur so. Ich erinnere mich noch an Eliots Beerdigung. Dort habe ich Sie zum ersten Mal gesehen. Nicht eine Träne haben Sie geweint. Sie standen zwischen Ihren Eltern. Wie ein Fels in der Brandung. Und da ist noch etwas, das ich Ihnen sagen möchte – Sie sind Ihrem Bruder sehr ähnlich. Am Anfang mochte er mich nämlich auch nicht.» Er lachte und drückte seine Zigarette aus.

Sie glomm im Aschenbecher weiter, doch er zog schon die nächste aus dem Päckchen und zündete sie an. «Ich bin in die Politik gegangen, weil ich naiv und unerfahren war und tatsächlich geglaubt habe, ich könnte etwas bewirken. Lange hat es nicht gedauert, bis mir klar wurde, dass ich rein gar nichts ausrichten kann. Sosehr ich mich auch gegen alles stemmte, ich hinterließ nicht mal eine Delle.»

In diesem Moment erinnerte er mich an Scott. Und das brachte mich fast zum Weinen.

«Ich gebe zu, nachdem Daley meine Kandidatur für den Senat von Illinois vereitelt hat, hatte ich mit ihm noch ein Hühnchen zu rupfen. Damals wollte ich nur eins – seinen Machtapparat zerstören. Als ich dann gesehen habe, wie durch und durch korrupt unser Rathaus ist, kam mir der Gedanke, diesen Sumpf trockenzulegen. Dadurch bekam ich auch Gelegenheit, mich bei Ihrem Bruder zu revanchieren. Und nach seinem Tod habe ich gedacht, er würde sicher wollen, dass ich Ihnen unter die Arme greife. Also habe ich das getan.»

«Sie haben mir sehr geholfen», gab ich widerwillig zu. Und es stimmte. Es lag auch an Ahern, dass ich es in meinem Beruf bisher so weit gebracht hatte. «Aber eins müssen Sie mir noch sagen: Wussten Sie, dass Eliot an der Sache mit dem Pferdefleischskandal dran war?»

«Davon habe ich zum ersten Mal gehört, als Sie mich danach gefragt haben. Und ich habe mich tatsächlich hier im Büro umgehört. Niemand weiß irgendwas darüber. Von wem Eliot den Tipp hat, weiß ich nicht, aber ich schwöre, ich war es nicht.»

Mir fiel ein Stein vom Herzen, weil Ahern also nicht einmal indirekt mit Eliots Tod zu tun hatte. Im Lauf der Jahre hatte ich ihn sehr zu schätzen gelernt, und in letzter Zeit hatte ich in Sachen Freundschaft genug Tiefschläge einstecken müssen. Ich war froh darüber, dass nicht auch noch mein Verhältnis zu Ahern Schaden genommen hatte.

Während wir uns schweigend gegenübersaßen, kehrten die Geräusche vor der Tür nach und nach in mein Bewusstsein zurück: die klingelnden Telefone, das Wirrwarr der Stimmen, die Schritte auf dem Marmorboden.

«Da ist noch etwas, das ich Ihnen erzählen möchte. Können Sie ein Geheimnis für sich behalten?»

«Ob ich was kann?», antwortete ich und lachte auf.

«Ich gehe aus Chicago weg.»

«Wie bitte?»

«Ich gehe weg. Ziehe mich aus der Politik zurück. Meine Frau und ich wollen nach Vermont. Ihr Vater besitzt dort eine Firma – eine Druckerei –, und ich werde in Zukunft für ihn arbeiten. Meine Frau ist nämlich schwanger. Endlich. Und sie möchte unser Kind lieber dort aufwachsen sehen. Weit weg von diesem Sündenbabel.» Er lachte, aber es klang eher, als würde er nach Atem ringen.

«Wann ziehen Sie weg?»

«Gleich nach der Wahl. Morgen um diese Zeit bin ich meinen Job mit Sicherheit los. Denn gegen die Mafia können wir nichts ausrichten. Wir haben es versucht – Sie und ich –, aber aufhalten können wir sie nicht. Oder den Machtapparat.» Er blickte auf seine Uhr und lächelte mir zu. «Was meinen Sie? Sollen wir wählen gehen?»

Ich verabschiedete mich von Ahern, begab mich zu meinem Wahllokal und stellte mich in die Schlange, obwohl ich mich insgeheim fragte, ob es überhaupt einen Sinn hatte, meine Stimme abzugeben. Das Ergebnis schien ohnehin schon festzustehen. Doch als ich an der Reihe war, zog ich in der Wahlkabine hinter mir den Vorhang zu und machte auf dem Zettel mein Kreuz.

Danach stieg ich in die Bahn und fuhr bis zum Loop. Die ganze Strecke über grübelte ich vor mich hin. Ein bisschen fühlte ich mich wie Ahern, die ewigen Mauscheleien frustrierten mich, und ich war überzeugt, niemals etwas bewirken zu können. Im Journalismus gab es ähnlich schmutzige Geheimnisse wie in der Politik, und ich musste mich fragen, ob ich immer noch dazugehören wollte. Den Niedergang von Richter Casey hatte ich aus nächster Nähe beobachtet, und ich hatte auch mitbekommen, wie Scott Trevor von dem System beinahe geschluckt worden wäre. Alles stank zum Himmel. Ich wusste, Daley würde die Wahl manipulieren, und sei es nur, weil er Adamowski aus dem Amt jagen wollte. Er brauchte die Stimmen der Demokraten, und Kennedy würde einfach mitspielen. Hätte ich nur mehr Mut gehabt, ich hätte dem Ganzen vielleicht einen Riegel vorschieben können. Ich hätte die Story groß rausbringen können. Nur leider war sie für mich eine Nummer zu groß gewesen.

Von der Michigan Avenue Bridge aus konnte ich ganz Downtown überblicken. *Ach, welch Korruption doch in diesen Gebäuden aus weißem Marmor herrscht!* Ich hatte Daleys Machtapparat offenlegen wollen, aber die Machtverhältnisse in der Stadt waren dieselben geblieben. Und selbst wenn die Presse hin und wieder einen der Verantwortlichen in die Zange nahm, blieben genügend andere, die logen, betrogen und sich bereicherten, ohne dass es jemals aufgedeckt worden wäre.

Ich betrat die Eingangshalle des Tribune Tower und schaute auf die in die Wände gemeißelten Zitate. Voltaire. Jefferson.

Milton. Als ich die Halle zum ersten Mal betreten hatte, hatte ich mir geschworen, mich immer an ihren weisen Worten zu orientieren. Inzwischen hatte ich dazugelernt. Oder glaubte es zumindest. Und als ich die Aussprüche nun noch einmal las, löste sich etwas in meinem Inneren. Mit einem Mal hatte ich das Gefühl, vollkommen klar zu sehen, und trotz Müdigkeit rauschte das Adrenalin bereits durch meine Adern. *Ich werde niemals vorschnell aufgeben!* Ich war die Tochter von Hank Walsh, Schwester von Eliot Walsh. Noch war ich nicht bereit, mich geschlagen zu geben. Daleys Machtapparat und Giancana hatten mir ziemlich zugesetzt, aber ich hatte die Kraft für einen letzten Kampf.

Ich wusste bereits genug über die wahren Umstände von Eliots Tod und dass die Männer, die ihn auf dem Gewissen hatten, noch immer frei herumliefen. Seinen Notizen hatte ich entnommen, dass die Spur des Pferdefleischskandals bis hinauf ins Büro des Gouverneurs führte. Wenn das tatsächlich stimmte, dann hatten die Politiker in Springfield mit ziemlicher Sicherheit gewusst, dass ein Reporter von der *Sun-Times* ihnen auf die Schliche gekommen war. Eliot war kurz davor gewesen, seinen Enthüllungsbericht zu veröffentlichen, und auch das hatten sie höchstwahrscheinlich gewusst. Also hatten sie ihn aufhalten wollen. Und das war ihnen gelungen. Handfeste Beweise hatte ich zwar noch nicht, aber die Puzzleteile konnten nicht anders zusammenpassen. Und dass diese Typen geglaubt hatten, ungestraft davonzukommen, machte mich erst recht wütend.

In der Redaktion herrschte an diesem Wahlabend Hektik pur. Ich spürte das Vibrieren, das sich von der Druckmaschine im Keller über die Setzerei bis zum Nervenzentrum, in dem

ich mich befand, fortsetzte. An einer Wand hing eine Land-
karte der Vereinigten Staaten, blaue und rote Reißzwecken
markierten die Bundesstaaten, die das Wahlergebnis bereits
durchgegeben hatten. Es war zwar noch relativ früh, aber allem Anschein nach lag Nixon vorne.

Walter und Henry telefonierten. Peter rückte seinen Augenschirm beim Tippen immer wieder zurecht. Benny lief hin
und her und überprüfte Zitate und Fakten, während Randy
leise vor sich hin summend den Cartoon für die Morgenausgabe zeichnete. Seit sein Plattenvertrag aufgelöst worden war,
hatte er nicht mehr laut in der Redaktion gesungen, aber das
Summen konnte er sich offenbar nicht verkneifen. Selbst die
Klatschtanten arbeiteten emsig vor sich hin, als wären Rezepte, Lederhandschuhe und Einrichtungstipps ebenso wichtig wie die Wahl des Präsidenten.

Und dann war da noch Marty, der mit einer Hand tippte
und mit der anderen telefonierte. Mit einer einzigen Handbewegung, die ich bei ihm schon so oft gesehen hatte, warf
er den Hörer auf die Gabel, riss das Blatt aus seiner Schreibmaschine, wedelte damit durch die Luft und schrie: «Fertig!»

Doch in meinem Kopf hatte sich bereits eine Story einge-
nistet, die für mich wesentlich wichtiger war als die abgekar-
tete Wahl. Ich *musste* sie schreiben. Ellsworth würde von ihr
alles andere als begeistert sein, das war mir klar. Doch selbst
wenn er mich dafür feuern würde, konnte ich nicht anders.
Diesen einen Artikel *musste* ich schreiben, und wenn ich ihn
nicht bei der *Tribune* unterbringen konnte – irgendeine Zeitung würde ihn mit Sicherheit drucken.

Aufgabe einer Reporterin war es, die Wahrheit ans Licht zu
bringen. Und genau das hatte ich vor.

KAPITEL 42

Es war neunzehn Uhr dreißig, alle Wahllokale der Stadt hatten längst geschlossen, und die gesamte Redaktion war inzwischen wie im Fieber. Die Botenjungen der Wahlkreisleiter, die am Telefon nicht durchkamen, machten ihre Runde bei den Fernschreiberdiensten und dem City News Bureau, bevor sie uns und den anderen Zeitungen die neuesten Hochrechnungen brachten. Den jüngsten Zahlen zufolge hatte Nixon im Cook County zweiunddreißig Prozent der Stimmen hinter sich versammelt, und aus Will, Lake, DeKalb, DuPage und anderen Wahlbezirken des Bundesstaats trafen im Minutentakt ebenfalls Stimmen für die Republikaner ein. Die Demokraten im Cook County – dem einzigen County, das das Ergebnis kippen konnte – schienen dagegen tief und fest zu schlafen. Um acht Uhr abends ließen wir uns zwei Tabletts mit Sandwiches in die Redaktion kommen und setzten frischen Kaffee auf. Unterdessen brachen die Republikaner in Jubelgeschrei aus, weil sie glaubten, alles sei bereits in trockenen Tüchern.

Bei uns arbeiteten alle wie verrückt, um auf dem Laufenden zu bleiben, als die neuesten Zahlen plötzlich in langsamerer Folge eintrafen. Noch immer herrschte bei den Demokraten im Cook County unheimliche Stille. Seit fast einer Stunde hatten wir keinen Boten mehr gesehen, auch die Telefonleitungen waren frei. Niemand rief an, um die neuesten Hochrechnungen durchzugeben. Ich nutzte die vorübergehende Flaute und sagte den anderen, ich würde frische Luft schnappen gehen.

Stattdessen ging ich in den nächsten Schnapsladen, kaufte eine Flasche Hochprozentigen und begab mich ins Polizeipräsidium an der Ecke 11th und State, um meinem alten Kumpel Danny Finn einen Besuch abzustatten.

«Four Roses.» Er hielt die Flasche Bourbon hoch. «Wieso denn das? Und was willst du um alles in der Welt am Wahlabend auf dem Präsidium?»

«Du hast mal gesagt, das ist deine Lieblingsmarke», erwiderte ich grinsend. «Ach, und wie es der Zufall will, möchte ich dich um einen Gefallen bitten.»

«Du weißt doch, für dich würde ich alles tun. Dafür musst du mich nicht erst mit Alkohol ködern. Obwohl ich mich natürlich sehr über das Geschenk freue.» Lachend legte er den Kopf schief. «Also, schieß los, was kann ich für dich tun?»

«Es ... es geht um ...» Plötzlich überkam mich ein Schwindel, ich konnte nicht mehr klar denken.

Danny schien zu spüren, wie aufgewühlt ich innerlich war. «Worum geht es?», fragte er leise.

Ich räusperte mich und fing noch einmal von vorne an. «Es ist schon einige Zeit her, da habe ich mich bei dir nach einem Unfall mit Fahrerflucht erkundigt, erinnerst du dich?»

Er legte die Stirn in Falten, als würde er angestrengt nachdenken.

«Der Unfall liegt schon ein paar Jahre zurück. Er ereignete

sich 1953. In der Nähe der Subway-Station an der Ecke State und Grand.»

«Ach, ja, da klingelt was bei mir.»

«Könntest du mir den Polizeibericht besorgen?»

«Hatte ich das nicht schon mal?»

«Nein. Damals meintest du, der Unfall läge zu lange zurück, das würde nichts bringen.»

«Und warum willst du ihn jetzt haben? Inzwischen ist es ja noch länger her – ganze sieben Jahre.»

«Ich weiß. Aber ich brauche den Bericht. Es ist wichtig. Bitte.»

Er zögerte kurz, dann nahm er Stift und Notizblock zur Hand. «Okay. Wie lautet der Name? Dann schaue ich mal nach.»

Ich konnte nicht antworten. Mein Herz hatte sich wie eine Faust zusammengezogen.

«Der Name?»

«Eliot. Eliot Walsh», flüsterte ich fast.

Danny schrieb den Vornamen hin, hielt inne und schaute mich an. «Scheiße. Nein.»

Ich nickte. «Das Opfer war mein Bruder. Aber den Polizeibericht habe ich nie gesehen.»

«Ach, Jordan, das tut mir leid.»

«Der Fahrer wurde nie gefasst, und ich möchte nur ...»

«Schon gut. Du musst mir nichts erklären.» Er ging zu einem Regal mit breiten Ordnern, aus denen oben Zettel hervorlugten. Er zog einen mit ausgeblichenem schwarzem Rücken heraus, blätterte ihn durch, hielt bei der einen oder anderen Seite kurz inne und klappte ihn schließlich wieder zu. Nachdem er ihn zurückgestellt hatte, nahm er sich den nächsten Ordner vor. Diesen Vorgang wiederholte er noch zweimal, bis er fand, wonach er gesucht hatte. «Okay, hier ist es. Sieht so aus, als wäre die Sache inzwischen bei den ungelösten Fällen gelandet.»

«Was heißt das?»

«Geschlossen wurde die Akte zwar noch nicht, aber ermittelt wird in der Sache eben auch nicht mehr.» Er verschwand im Flur, und ich zündete mir zur Beruhigung meiner Nerven eine Zigarette an. Aus dem Funkgerät auf seinem Tisch kamen alle paar Sekunden Neuigkeiten von den Wahlbeobachtern, die in den über dreitausend Wahllokalen der Stadt postiert waren. Doch bald wurde der Funk vom Lärm der Polizeiwache übertönt. Durch die geöffnete Tür im Treppenhaus konnte ich das Geschrei im unteren Teil des Gebäudes hören. Offenbar hatten die Cops eine Ladung Diebe und Prostituierte verhaftet, diese schrien nun die Cops an, und die Cops blafften zurück. Ich drehte das Funkgerät lauter, danach waren meine Fingerkuppen schmutzig.

Nach einer guten Viertelstunde kehrte Danny mit einer braunen Hängemappe zurück. Inzwischen war ich bei der dritten oder vierten Zigarette angelangt. Ich klemmte sie in den Aschenbecher und schaute in die Mappe. Darin lag unter anderem ein gelbes Blatt mit dem Polizeibericht. In den Ecken hatte das Durchschlagpapier abgefärbt, das dünne Papier hatte die Farbe aufgesogen. Während ich las, steckte ich mir die Zigarette wieder zwischen die Lippen. Geschrieben hatte den Bericht ein gewisser Detective Curtis Norton. Den Namen hatte ich noch nie gehört.

«Kennst du den Mann?», fragte ich.

«Er arbeitet nicht mehr hier. Ist gegangen, bevor ich im Präsidium angefangen habe.»

Ich las weiter. Im Bericht hieß es, man habe am Unfallort Teile eines zerbrochenen Scheinwerfers gefunden, sie aber keiner Automarke zuordnen können. Reifenspuren hatte man ebenfalls entdeckt, aber auch deren Untersuchung habe zu keinem eindeutigen Ergebnis geführt. Ich drückte meine Zigarette aus und sah weiter unten auf dem Blatt einige Passagen, die mit einem dicken schwarzen Stift unkenntlich gemacht worden waren. «Was hat das zu bedeuten? Warum wurde das gestrichen?»

Danny warf einen Blick auf den Bericht und zuckte mit den Schultern. «Wahrscheinlich hatte jemand was Falsches hingeschrieben. So was kommt vor.»

Ich hielt die Durchschrift gegen das Licht, doch die Stellen blieben unleserlich. «Wo ist das Original?»

Er nahm die Mappe und besah sich den Inhalt.

«Ich brauche das Original.» Meine eigene Stimme klang mir schrill in den Ohren.

Danny ging den Inhalt der Mappe ein zweites Mal durch und schaute dann zu mir hoch. «Tut mir leid, das Original ist hier nicht drin.»

«Da wurde doch etwas vertuscht. Im Originalbericht muss mehr gestanden haben.»

«Das ist Unsinn, Jordan.» Er lachte auf. «Deine Fantasie geht mit dir durch. Du siehst ja selbst, was für ein Durcheinander hier herrscht. Zettel, Ordner, Akten – alles wird ständig falsch wegsortiert.»

Ich presste mir die Hände gegen die Schläfen. «Wie kann so etwas einfach verschwinden?»

«Keine Ahnung, wo der Zettel abgeblieben ist. Vielleicht hat ihn jemand aus Versehen weggeworfen oder Kaffee darüber gekippt oder Gott weiß was. Jedenfalls ist er nicht mehr da. Das ist ja auch der Grund, warum wir immer alles in mehrfacher Ausfertigung schreiben.»

«Irgendwo muss das Original ja sein. Ich muss den Bericht unbedingt lesen. Mein Bruder war an einer Story dran. An einer großen Sache, in die sogar das Büro des Gouverneurs verwickelt war. Ich weiß, du wirst mich für verrückt halten, aber die haben ihn absichtlich angefahren. Er wurde ermordet.»

«Sch. Bitte, beruhige dich erst mal.» Er langte über den Tisch und ergriff meine zitternden Hände. «Ich werde weiter nach dem Original suchen. Vielleicht wurde es lediglich falsch wegsortiert. Nur ...» Er schüttelte den Kopf.

«Was denn?»

«Wenn das, was du sagst, stimmt, dann ist es vielleicht kein Zufall, dass der Bericht nicht mehr auffindbar ist.»

Als ich das Präsidium verließ, drehte sich in meinem Kopf alles wie die toten Blätter, die der Wind auf dem Gehweg vor mir durch die Luft wirbelte. Ich musste mir überlegen, wie ich nun vorgehen und an wen ich mich als Nächstes wenden sollte. Dabei fiel mir Susan Hirsh wieder ein, die Frau, mit der Eliot vor seinem Tod zusammen gewesen war. Ich fragte mich, ob sie überhaupt noch in Chicago lebte. Und wie ich sie finden sollte, falls sie geheiratet und einen neuen Namen angenommen hatte.

Das alles beschäftigte mich, als ich in die Redaktion zurückkehrte, wo meine Kollegen mir sofort berichteten, dass die Stimmenauszählung im Cook County ein Plus für die Demokraten ergeben hatte. Nun lag auf einmal Kennedy in Führung. Trotzdem stand das endgültige Wahlergebnis noch aus. Wir blieben die halbe Nacht in der Redaktion, während die demokratischen Wählerstimmen weiter stiegen, vor allem in den Wahlkreisen des Cook County.

Beim Morgengrauen wussten die Amerikaner immer noch nicht, wer ihr neuer Präsident war. Erst am Mittwochmittag wurde es offiziell bestätigt: John F. Kennedy hatte gewonnen. Gewendet hatte sich das Blatt in Illinois – genauer gesagt in Chicago. Nur eine Stunde später sprachen die ersten Republikaner bereits von Wahlbetrug und schrien es kurz darauf laut in die Welt hinaus.

Während meine Kollegen sich an die Nachberichte zur Wahl setzten, schnappte ich mir das Telefonbuch und suchte nach dem Namen Susan Hirsh. Sie zu finden, war tatsächlich ein Kinderspiel. Sie wohnte Ecke Fullerton und Clark, nicht weit von meiner Wohnung entfernt. Zum Zeitpunkt seines Todes waren Eliot und Susan noch nicht lange zusammen gewesen. Meine Eltern und ich hatten sie erst bei der Beerdigung kennengelernt und danach nicht mehr gesehen. Natürlich reagierte sie überrascht, als ich am Telefon meinen Namen nannte, erklärte sich aber sofort bereit, am nächsten Tag mit mir Mittag essen zu gehen.

Als sie ins Blackhawk kam, hätte ich sie beinahe nicht erkannt. Doch sie entdeckte mich auf dem Platz an der Bar, neben dem Zigarettenautomaten.

«Sie sehen ihm sehr ähnlich», war das Erste, was sie sagte.

Ich lächelte, weil ich das so oft zu hören bekam.

Der Oberkellner führte uns an einen Tisch im hinteren Teil des Restaurants. Susan und ich wechselten ein paar unverfängliche Sätze über die Wahl. Dann fragte ich, wie es ihr gehe und was sie arbeite, und sie erzählte von ihrer Stelle als Chefsekretärin bei einer großen Versicherung. Als ich ihr daraufhin erzählte, ich sei Reporterin bei der *Tribune*, erwiderte sie, das habe sie nicht gewusst.

Susan Hirsh war eine attraktive Frau in einem schicken Kostüm. Ihr Haar hatte einen schimmernden Braunton, in ihren Wangen zeichneten sich Grübchen ab. Warum mein Bruder sich zu ihr hingezogen gefühlt hatte, konnte ich gut verstehen. Allerdings wirkte sie nervös, denn sie spielte an ihrer Perlenkette herum und blickte sich immer wieder im Restaurant um. Am Nachbartisch bereitete der Oberkellner gerade die Spezialität des Hauses zu – einen Salat aus allerlei frischen Zutaten. Susan schaute gebannt zu, während der Mann die Schüssel auf einem Bett aus Eis hin und her drehte und mit der Geste eines Zauberkünstlers die verschiedenen Ingredienzien hineingab. Nachdem er die Spezialität serviert hatte, wandte Susan sich wieder mir zu.

«In letzter Zeit habe ich oft an Eliot denken müssen», kam ich zum eigentlichen Punkt unseres Treffens. «Wie Sie sicherlich wissen, wurde der Fahrer des Wagens nie gefasst.»

«Das wusste ich nicht. Tut mir sehr leid.» Wieder fummelte sie an ihrer Kette herum. «Ich habe mich immer gefragt ...»

«Das mag jetzt verrückt klingen», unterbrach ich sie, «aber ich glaube nicht, dass es ein Unfall war.»

Ihre Hand erstarrte in der Luft. «Kein Unfall?»

«Ich glaube, er wurde ermordet.» Die Wörter blieben mir fast im Hals stecken. Sie auszusprechen, würde mir niemals leicht fallen.

Susan riss die Augen auf, sagte aber nichts.

«Er hat damals an einer großen Story gesessen, und ich glaube, sein Tod hängt damit zusammen. Deshalb wollte ich Sie fragen, ob Sie sich an irgendetwas erinnern ...»

«Ich?» Wieder der Griff zur Perlenkette.

«Hat er Ihnen gegenüber den Artikel, an dem er gearbeitet hat, jemals erwähnt?»

Sie legte ihr Besteck auf den Teller und tupfte sich den Mund mit einer Serviette ab. «Über seine Arbeit hat Eliot nie mit mir geredet. Lange waren wir nicht zusammen. Ehrlich gesagt, kannte ich ihn noch gar nicht so gut.»

«Aber das zwischen Ihnen und Eliot lief doch vier, fünf Monate, oder irre ich mich?»

«Wie gesagt, so gut kannte ich ihn nicht. Und es war nicht so, dass er mir alles anvertraut hätte.»

«Sind Sie ganz sicher? Hat er nicht vielleicht mal erwähnt, dass ihn jemand bedroht oder ...»

«Wissen Sie, ich verstehe durchaus, dass Sie das Thema nicht loslässt, aber ich kann Ihnen wirklich nicht weiterhelfen.» Sie nahm ihre Handtasche und zog ein Portemonnaie heraus. «Das Essen geht auf mich.» Sie legte fünf Dollar auf den Tisch, obwohl wir noch gar nicht nach der Rechnung gefragt hatten. «Tut mir wirklich leid, aber ich kann Ihnen nicht weiterhelfen.» Sie stand auf und legte mir eine Hand auf die Schulter. «Ich weiß, Sie hätten gern eine Antwort auf Ihre Fragen. Aber manchmal gibt es für Dinge, die geschehen, einfach keine Erklärung. Manchmal ist ein Unfall nur ein Unfall.»

Das Mittagessen mit Susan war eine herbe Enttäuschung gewesen, noch dazu nahm ich ihr kein einziges Wort ab. Vielleicht war ein Unfall manchmal nur ein Unfall, aber inzwischen war ich überzeugt, dass das in Eliots Fall nicht zutraf.

Ich saß in der Redaktion und schaute mir die Aufgaben an, die mir für heute zugeteilt worden waren. Weil die Vorwürfe des Wahlbetrugs immer lauter wurden, sollte ich Recherchen zu den neu eingeführten Wahlgeräten anstellen. Wie es inzwischen hieß, waren diese Geräte umständlich zu bedienen gewesen. Ich tätigte ein paar Anrufe, redete mit Wahlleitern und -beobachtern. Wie einige behaupteten, hatten vor allem in den ärmeren Bezirken etliche Menschen Angst gehabt, ihr Stimmzettel könnte in der Urne stecken bleiben.

Während ich auf Rückrufe wartete, klappte ich meinen Aktenkoffer auf und suchte die Liste mit Namen und Telefonnummern heraus, die ich aus Eliots Terminkalender hatte. Ich telefonierte die ersten Nummern ab, bei der ersten war ich falsch verbunden, bei der zweiten wurde sofort aufgelegt, und hinter der dritten verbarg sich ein toter Anschluss. Doch Dale Merkin ging tatsächlich an den Apparat. Merkin hatte früher beim Landwirtschaftsministerium gearbeitet und war dort für Fleischuntersuchungen zuständig gewesen. Heute gehörte ihm ein Milchviehbetrieb in Rockford. Er erklärte sich zu einem Treffen bereit, und wir verabredeten gleich für den darauffolgenden Tag einen Termin.

Am nächsten Morgen lieh ich mir von meinem Vater das Auto und fuhr die zwei Stunden zu Merkins westlich von Chicago gelegenen Farm. Der Landwirt trug eine karierte Wolljacke über seiner Latzhose und dazu dicke Gummistiefel. Es war an dem Tag recht kalt, und ich bereute es sehr, dass ich mich nicht wärmer angezogen hatte. Merkin führte mich durch seine Farm, vorbei an den Silos und der großen, roten Scheune, über denen der Gestank von Jauche hing. Ein Gatter umzäunte eine scheinbar endlose Wiese, die im Sommer sicher üppig grün war. An der einen oder anderen Stelle steckte eine Kuh den Kopf durch den Zaun und riss Grashalme aus dem Boden. Nie in meinem Leben hatte ich so viele Kühe gesehen – rot-weiß-gescheckte Ayreshire-Rinder, hellbraune Guernsey-Rinder und schwarzbunte Holstein-Rinder, wie mir Merkin erklärte.

«Sie wollen mit mir also über Pferdefleisch reden, das in den Handel gelangt? Tja, fürchte, da kommen Sie etwas zu spät.»

«Wie meinen Sie das?»

«Das war schon Anfang der 50er-Jahre. 1951, 52 und zum Teil auch noch 53. Jetzt ist das vorbei. Seit Gouverneur Stratton vor sieben Jahren ins Amt gewählt wurde. Seine Hände sind sauber. Aber die von Stevenson ...» – er lachte, langte durch den Zaun und tätschelte einer Schwarzbunten den Kopf – «... seine Mitarbeiter wussten darüber Bescheid. *Adlai Gaulfleisch*, so wurde er von uns genannt. Sein Büro war darin verwickelt. Und seine Mitarbeiter waren nicht die einzigen. Da dürfen Sie mich gerne namentlich zitieren.»

«Mit wem haben die zusammengearbeitet?» Ich machte mir im Gehen Notizen, während ich Kuhfladen umschiffte.

«Namen möchte ich nicht nennen. Aber sagen wir mal so, das stank nach Mafia. Die haben das Ganze eingefädelt.»

Mich überlief es eiskalt. «Wie ging das vonstatten? Wissen Sie das noch?»

«Das Pferdefleisch kam vor allem aus Kansas. Geliefert wurde es von der Firma Willis Packing aus Topeka. Wie viele Tonnen das insgesamt waren, kann ich Ihnen nicht sagen. Doch zwischen 1951 und 1953 hat sich in Illinois der Pferdefleischimport mehr als verdoppelt, das weiß ich mit Sicherheit. Es tauchte in Restaurants auf, landete in den Schulkantinen auf den Tellern der Kinder, und Hausfrauen setzten es ihren Familien vor. Etliche Leute haben viel Geld dafür genommen, dass sie beide Augen zudrücken. Auch wir vom Fleischbeschau wurden bezahlt – richtig gut sogar –, damit wir den Mund hielten. Irgendwann habe ich das nicht mehr ausgehalten. Deshalb habe ich gekündigt. Und vorher bei einer Zeitung angerufen und einem Reporter erzählt, was da im Gang ist.»

«*Sie* waren das?» Mir fiel fast der Stift aus der Hand. «Sie haben bei einer Zeitung angerufen und den Betrug gemeldet? Erinnern Sie sich, welche das war?»

«Die *Sun-Times*.»

Mein Herz setzte beinahe aus.

«Wissen Sie noch, mit wem Sie gesprochen haben?»

«Mit so einem jungen Reporter. An den Namen kann ich mich auf die Schnelle nicht ...»

«Das war Eliot. Eliot Walsh.»

Er runzelte die Stirn. «Wo Sie das sagen ... So hieß er, ja.»

Ich bekam am ganzen Körper Gänsehaut, und an der Kälte lag das nicht.

«Tja», fuhr Merkin fort, «wir hatten eigentlich ein Treffen verabredet, aber dazu kam es dann nicht mehr.»

Ich erwartete, dass er mir jetzt erzählte, das Treffen hätte nicht stattgefunden, weil der Reporter gestorben sei.

Merkin kratzte sich am Kinn. «Irgendwie haben die Wind bekommen, dass ich mit der Presse reden wollte, und mich mundtot gemacht.»

«Wer war das? Und was haben die getan?»

«Zwei junge Kerle waren das – die haben mir eine ziemliche Abreibung verpasst. Ein Arm und mehrere Rippen waren hinterher gebrochen. Die haben gesagt, das wäre nur eine Warnung, und wenn ich noch mal mit der Presse reden würde, würde ich danach nie wieder das Maul aufmachen.»

«Gehörten die zur Mafia? Oder waren das Leute von Stevenson?»

«Nein. Ich glaube, die kamen nicht mal aus unserem Bundesstaat. An ihrem Auto war ein Nummernschild aus Kansas. Wie gesagt, das Pferdefleisch kam ja hauptsächlich aus Topeka. Danach hatte ich von allem genug. Nicht mal den Reporter habe ich zurückgerufen. Er hat es immer wieder bei mir versucht, aber ich konnte nicht mehr mit ihm reden. Ich wollte dazu kein Wort mehr sagen.»

Wieder blieb mir fast das Herz stehen.

Merkin legte beide Händen aufs Gatter und rüttelte leicht daran. «So ganz stimmt das nicht. Ich habe danach noch einmal mit dem Reporter geredet.» Er ließ die Hände gegen seine Hosenbeine sinken, und Staub stieg von der Latzhose auf. «Bei seinem ersten Anruf bin ich nämlich noch an den Apparat gegangen und habe ihm gesagt, er soll auf sich aufpassen. Weil er es mit mächtigen Leuten zu tun hat. Mit gefährlichen Leuten. Ich weiß noch, dass ich zu ihm meinte, wenn ich er wäre, würde ich mich nicht mit denen anlegen.»

Auf der Rückfahrt aus Rockford hatte ich alle Mühe, mich auf die Straßenmarkierungen zu konzentrieren. Es war, als würden die Streifen mich hypnotisieren, ich bekam die entgegenkommenden Autos und die Ausfahrtsschilder fast nicht mit.

Als ich Elgin erreichte, war ich zu dem Schluss gekommen, meinen Eltern von dem Gespräch mit Merkin lieber nichts zu erzählen. Es hätte sie nur unnötig aufgeregt. Erst einmal wollte ich sämtliche Fakten sammeln und zu einem Bild zusammenfügen.

Nachdem ich das Auto abgeliefert hatte und den Fragen meines Vaters ausgewichen war, begab ich mich in die Redaktion und schrieb den nächsten Artikel über den vermeintlichen Wahlbetrug. Einige Leute hatten inzwischen ausgesagt, man hätte ihnen Geld für ihre Stimme geboten, während andere die Vorwürfe vehement abstritten. Ich saß gerade an der Einleitung, als mein Telefon klingelte. Es war Danny Finn.

«Können wir uns nach der Arbeit im Gold Star treffen?»

Das Gold Star war eine uralte Kellerkneipe an der Kreuzung Division und Wood. Darüber befand sich ein wanzenverseuchtes Hotel. Ich kam vor Danny an und setzte mich an einen Tisch, dessen Resopalplatte von Brandlöchern und Ritzereien verunziert war. Angeblich spukte es im Gold Star, und obwohl ich nicht an Geister glaubte, ließ mich die hinter dem Tresen in die Wand eingelassene Steinfratze jedes Mal erschauern.

Ich bestellte einen J&B auf Eis, und keine zehn Minuten später tauchte Danny in Jeans und rot kariertem Flanellhemd auf. Seine Wangen waren rot vor Kälte. Es war eines der wenigen Male, dass ich ihn ohne Uniform sah, und mir entgingen die aufmerksamen Blicke der Frauen nicht, die ihn von den anderen Tischen her beobachteten. Unter seinem rechten Arm klemmte ein großer brauner Umschlag.

«Tut mir leid, dass ich so spät dran bin.» Er setzte sich und legte den Umschlag auf den freien Stuhl zu seiner Linken.

Er bestellte ein Bier, und wir wechselten ein paar Sätze, bevor er den Umschlag auf den Tisch legte und zu mir hinschob.

«Was ist das?»

«Ich gehe jetzt aufs Klo», erwiderte er. «Du hast genau zehn Minuten, danach muss ich ihn ...» – er nickte in Richtung Umschlag – «... ins Präsidium zurückbringen.»

Sobald er aufgestanden war, öffnete ich den Umschlag und zog einen schmalen Ordner heraus. Auf dem Deckel stand: *Walsh, Eliot, 9. Juni 1953.* Mein Puls fing an zu rasen. Ich schlug ihn auf. Dort lag er. Der original Polizeibericht, geschrieben von Detective Curtis Norton.

Gleich beim ersten Blick fiel mir auf, dass auch im Original einige Wörter durchgestrichen waren. Ansonsten unterschied sich dieser Bericht nicht von anderen, die ich von Berufs wegen gelesen hatte. Doch dann sprang mir ein Absatz ins Auge, der mit der Formulierung begann: *Laut Zeugenaussage von James Harding* ...

Zeuge?! Plötzlich fühlte sich mein Schädel an, als würde er gleich platzen. Meinen Eltern und mir hatte man gesagt, es hätte keine Augenzeugen gegeben. Ich hatte das nie richtig glauben wollen. Hochgradig gespannt las ich weiter.

Laut Zeugenaussage von James Harding fuhr ein schwarzer Packard mit Illinois-Kennzeichen auf den Gehweg, wo er mit dem Verunglückten zusammenstieß. Danach wendete der Fahrer abrupt und fuhr in südlicher Richtung davon. Laut Beschreibung handelte es sich um einen Weißen, Anfang dreißig. Der vordere Teil des Fahrzeugs wurde stark beschädigt. Teile des Scheinwerfers wurden in der Nähe des Unfallorts gefunden.

Als Danny an den Tisch zurückkehrte, zitterten meine Hände.

«Hast du gefunden, wonach du gesucht hast?»

Mehr als ein Nicken brachte ich nicht zustande.

Am Tag drauf stattete ich Curtis Norton einen Besuch ab. Er wohnte im ruhigen Vorort Oak Lawn und betrieb inzwischen eine Privatdetektei. Nach einer längeren Fahrt mit der Bahn und verschiedenen Bussen betrat ich sein Büro in einem kleinen unscheinbaren Haus in der 95th Street. Über der Tür hing ein Schild mit goldenen Lettern: NORTON INVESTIGATIONS.

Der ehemalige Polizist war Anfang vierzig und von eher kleiner Statur. Eine hässliche Narbe zog sich von seinem linken Ohr bis hinunter zum Nacken. Er bot mir einen wackligen Stuhl an und angebrannten Kaffee in einem Pappbecher.

«Wobei kann ich Ihnen helfen?», fragte er, während er sich ebenfalls einen Kaffee einschenkte.

«Es geht um einen Unfall mit Fahrerflucht.»

«Ah-ha.» Er schnappte sich einen Notizblock und kritzelte etwas auf die erste Seite.

«Er liegt schon etliche Jahre zurück. Damals waren Sie noch bei der Chicagoer Polizei.» Ich schwieg kurz, weil ich bemerkt hatte, wie sich sein Gesicht verfinsterte. «Ich habe den Polizeibericht gelesen und ...»

«Tut mir leid, Miss, aber ich ... ich kann Ihnen dabei nicht helfen. In diesem Bereich bin ich nicht mehr tätig.»

«Bitte lassen Sie mich erst ausreden. Ich bin Reporterin, aber ich bin nicht hier, um Sie in irgendwas reinzuziehen.

Eigentlich bin ich gar nicht als Reporterin hier, ich möchte nur endlich wissen, was damals passiert ist. Mein Bruder ist nämlich bei dem Unfall ums Leben gekommen.»

Seine Gesichtszüge wurden etwas weicher, aber er sagte nichts.

«Ich möchte nur rausfinden, was damals *wirklich* geschehen ist. An einen Unfall glaube ich nicht. Ich glaube, er wurde ermordet. Ich weiß, jemand hat den Polizeibericht gefälscht. Nur warum, das weiß ich nicht. Aber ich habe das Gefühl, dass Sie es wissen. Sie waren damals vor Ort und haben den Bericht geschrieben. Erinnern Sie sich noch an den Tathergang? Es war im Juni 1953. Ein junger, aufstrebender Journalist kam dabei …»

«Ungefähr zu der Zeit habe ich den Dienst quittiert.»

«Das weiß ich. Sie sind kurz danach bei der Polizei ausgestiegen. Warum haben Sie gekündigt?»

Er stellte seinen Becher abrupt ab und fummelte an seiner Armbanduhr herum. «Ich habe nicht gekündigt. Das habe ich nur überall rumerzählt. Und die auch. In Wahrheit wurde ich gefeuert.»

«Wieso das?»

Er blickte stur auf einen Fleck auf dem Teppich. «Wissen Sie, ich habe eine Frau und drei Kinder. Ich werde mich nicht selbst zur Zielscheibe machen. Das mit Ihrem Bruder tut mir leid – aufrichtig leid –, aber ich kann Ihnen da wirklich nicht weiterhelfen.»

Am nächsten Tag erlebte Chicago einen frühen Wintereinbruch. Im fünfzehn Zentimeter hohen Schnee stapfte ich durch das Viertel Rogers Park, um mich mit dem Zeugen James Harding zu treffen.

«Ich hatte der Polizei doch schon alles gesagt.» Harding warf ein Holzscheit in den Kamin, und Funken stoben auf. Die Luft war rauchgeschwängert, und meine Zehen waren nach dem Fußmarsch von der Subway-Station starr vor Kälte. Harding stellte das Funkenschutzgitter vor den offenen Kamin und wischte sich die Hände am Hosenboden sauber. «Damals habe ich tagelang gewartet, weil ich dachte, es würde noch mal jemand kommen und mit mir darüber reden. Ein paarmal habe ich sogar auf der Wache angerufen, aber da hieß es immer nur, jemand würde sich bei mir melden. Das sind dann wohl Sie, Miss. Mich wundert nur, warum sich die *Tribune* nach all den Jahren plötzlich für die Story interessiert.»

«Nicht die *Tribune*. Nur ich, als Privatperson. Das Opfer war mein Bruder.»

«Ach.» Er fuhr sich mit einer altersfleckigen Hand durchs weiße Haar. «Schlimm, schlimm. Mein Beileid.»

«Was können Sie mir sonst noch über den Abend erzählen? Ich möchte alles erfahren.»

«Das ist so lange her. Augenblick ...» Er schaute hoch zur Decke, als würde sich dort alles noch einmal abspielen. «Vor allem erinnere ich mich an das Auto. Ein Cadillac, Baujahr 52 ...»

«Cadillac? Sind Sie sicher? Im Polizeibericht stand was von einem Packard.»

«Ganz sicher. Es war ein Cadillac. Braun mit roter Innenausstattung. Baujahr 1952. Das weiß ich, weil das Emblem auf der Motorhaube – das *V* – golden war. Damit wurden 52 alle Cadillacs verschönert, weil die Automarke in dem Jahr fünfzigstes Jubiläum hatte. Ich habe früher nämlich als Mechaniker in einer Autowerkstatt gearbeitet. Deshalb achte ich auf solche Dinge. Außerdem war es ein Cabrio, ich wollte nämlich immer ein Cadillac-Cabrio haben.»

«Ein Cabrio? War das Verdeck unten? Es war ja Juni.»

«Klar, daher weiß ich doch auch das mit der roten Innenausstattung.»

«Und der Fahrer? Haben Sie den auch gesehen?»

Ein Funken stob vom Kaminfeuer auf, flog durch das Gitter und landete auf der Diele. Harding stand auf, trat ihn aus und schürte anschließend das Feuer.

«Der Fahrer?», wiederholte ich.

«Im Auto saßen zwei Personen. Zwei weiße Jungs. Ich weiß noch, dass ich gedacht habe, ganz schön jung für so einen schicken Schlitten.» Er legte den Schürhaken beiseite und kehrte zu seinem Sessel zurück. «Und sie waren nicht aus der Gegend.»

«Woher wissen Sie das?»

«Das Nummernschild. Die Nummer habe ich mir zwar nicht gemerkt, aber das waren Schilder aus Kansas.»

Am Morgen darauf saß ich nach einer schlaflosen Nacht an meinem Schreibtisch in der Redaktion und versuchte, meine Gedanken zu sortieren. Die Puzzleteile fügten sich mit einer Geschwindigkeit zusammen, die mich fast benommen machte. Die Antworten auf alle meine Fragen hatten die ganze Zeit über in Eliots Akte gesteckt und auf mich gewartet. Mit ihnen konnte ich die Sache ins Laufen bringen. Als hätte ich an einem losen Faden gezogen und dabei den kompletten Saum aufgeribbelt. Allerdings wusste ich nicht, ob ich vor Glück jubeln oder vor Angst mit den Zähnen klappern sollte.

«Hast du Earl Bush schon auf den Zahn gefühlt, ob Daley Stimmzettel zurückgehalten hat?», fragte Marty, der wie aus dem Nichts hinter mir aufgetaucht war.

«Häh? Was?»

«Hast du irgendeinen Kommentar aus Daleys Pressesprecher rausgekitzelt? Zu den Vorwürfen, Daley habe Stimmzettel zurückgehalten, bis ungefähr klar war, wie viele Kreuze Kennedy für den Sieg noch fehlten?»

«Was?» Ich wusste, dass er über den Artikel redete, den ich schreiben sollte, nur drang der Sinn seiner Wörter nicht zu mir durch.

«Scheiße, Walsh, was ist denn heute mit dir los?»

Ich schaute zu Marty hoch und merkte, dass ich zu zittern begann. «Ach, Marty, ich … Es ist nur …» Ich legte mir die Hände an die Schläfen und kniff die Augen zu, damit keine Tränen hochstiegen.

«Was hast du denn? Du bist doch nicht krank, oder?»

«Ich bin da in etwas reingeschlittert. Ein Mord wurde vertuscht. Es geht um meinen Bruder. Die haben ihn umgebracht. Ich brauche Hilfe. Ich … ich weiß nicht, was ich tun soll.»

Dass ich zitterte, musste Marty aufgefallen sein, aber immerhin hatte er mich nicht weinen sehen. Denn das würde ich niemals zulassen. Weder ihm noch einem der anderen gegenüber. Wortlos nahm er meine Hand und führte mich zu Ellsworths Tisch.

Marty berichtete unserem Chefredakteur, was ich ihm erzählt hatte. Ellsworth fragte mich, was ich mit ‹Vertuschen› gemeint hätte.

Ich holte tief Luft. «Also, ich ... ich habe recherchiert, weil es da einen Skandal mit Pferdefleisch gab. Ist ein paar Jahre her. Wie ich rausgefunden habe, gab es Schlachter, die Pferdefleisch als hochwertiges Rindfleisch verkauft haben. Und zwar überall in Chicago.» Ich redete wie ein Roboter, konzentrierte mich auf die Fakten und ließ die Emotionen außen vor. Seltsamerweise hielt Marty immer noch meine Hand. «Ich glaube, die Mafia hat dahintergesteckt. Und die Leute von Adlai Stevenson waren ebenfalls darin verwickelt. Mein Bruder hat schon vor Jahren Beweise gesammelt. Das war 1953. Aber bevor er den Enthüllungsbericht schreiben konnte, wurde er ermordet ...»

Ellsworth legte mir eine Hand auf die Schulter. «Schon gut, Walsh. Peter? Hey, Peter, holen Sie Walter und Henry. Wir treffen uns im Konferenzraum. Hey, Copeland», rief er quer durch den Raum. «Wir müssen etwas besprechen.»

Ich begab mich ebenfalls in den Konferenzraum und setzte mich ans hintere Ende des Tisches, wo ich Ellsworth, Mr. Copeland, Marty, Walter, Henry und Peter im Blick hatte. Das ganze Team. Sie stellten mir Fragen, und ich berichtete alles: von meinen Gesprächen mit Detective Norton und James Harding, dem manipulierten Polizeibericht, dem Treffen mit Dale Merkin. Als ich fertig war, hatte ich mich einigermaßen beruhigt. Mein Wissen mit den Kollegen zu teilen, hatte mir sehr geholfen. Sie waren die Stellvertreter der Vierten Gewalt, die Menschen, die darüber entschieden, was eine Nachricht war, über die man berichten musste. Als ich jeden von ihnen jetzt anschaute, dachte ich noch einmal an den legendären Satz, den Henry vor Jahren einmal gesagt hatte: *Einem Vertreter der Presse pisst man besser nicht ans Bein.* Das war eine Wahrheit, an der man nicht rütteln konnte.

«Hier, trinken Sie einen Schluck.» Ellsworth reichte mir ein Glas Wasser. «Wir kriegen die Mistkerle schon noch dran. Das verspreche ich Ihnen.»

Ich kippte den Inhalt des Glases in einem Zug hinunter und spürte, wie sich das Wasser kalt in meinem nüchternen Magen ausbreitete. Eine Ruhe überkam mich, als alle meine wirren Gedanken und Ängste sich legten und die Unsicherheit, die mir so zugesetzt hatte, in ihr Gegenteil umschlug. Als wäre ich ein neuer Mensch. Nie mehr würde ich sein wie davor. Nichts würde mehr so sein wie davor. Ich war stärker und entschlossener als jemals in meinem Leben.

Von meinem Schreibtisch aus beobachtete ich, wie meine Kollegen sich für mich ins Zeug legten. Peter griff zum Telefon: «Ja, ich bin's. Kannst du mir einen Gefallen tun?», fragte er und klemmte den Hörer zwischen Ohr und Schulter. «Würdest du mal bei euch im Register nachsehen? Ich brauche die Namen sämtlicher Personen aus Topeka in Kansas, die 1952 ein Cadillac-Cabrio gekauft haben. Braun lackiert mit roter Innenausstattung.» Peter war weit und breit der beste Kriminalreporter. Er verfügte über Kontakte, von denen ich nur träumen konnte. «Und könntest du auch gleich prüfen, ob jemand ein solches Cabrio im Juni 1953 weiterverkauft hat? Insbesondere Fahrzeuge, bei denen der vordere Teil beschädigt war, die zum Beispiel einen zerbrochenen Scheinwerfer hatten oder an denen etwas verdächtig wirkte ...»

Weiter hinten telefonierte Henry mit einem Kumpel beim

Capital-Journal aus Topeka. «Könntest du bitte mal in eurem Archiv nachsehen, ob zwischen 1951 und 53 irgendwer die Firma Willis Packing im Verdacht hatte, in einen Pferdefleischskandal verwickelt zu sein?»

Walter klopfte seine Pfeife aus und drehte sich auf seinem Stuhl zu mir um. «Walsh, ich kenne in Springfield jemanden, der früher für Stevenson gearbeitet hat. Ich hatte bei ihm immer den Eindruck, er mag den Gouverneur nicht besonders. Wahrscheinlich hat er von seinen Machenschaften gewusst. Ich sehe mal, ob ich den auftreiben kann, vielleicht will er ja mit uns reden, später rufe ich meine Quelle beim FBI an ...»

Mein Blick wanderte durch die Redaktion. Ich sah, wie diese Männer, die mich früher nicht ernst genommen und mir sogar entgegengearbeitet hatten, sich nun mit aller Macht für mich einsetzten. Sie griffen meine Geschichte auf und halfen mir bei den Recherchen zum wichtigsten Enthüllungsbericht in meiner bisherigen Karriere.

Tränen stiegen mir in die Augen, und ich ließ zu, dass mir eine, aber nur eine, über die Wange lief, bevor ich sie mit dem Handrücken wegwischte.

EPILOG

Es war das erste Mal, dass der Fernseher meiner Eltern länger als eine Stunde lief, und wie ich meinen Vater kannte, machte er sich jetzt schon Sorgen wegen der nächsten Stromrechnung.

An dem Tag, als der Präsident erschossen wurde, war ich mittags mit M, Mrs. Angelo, Gabby und Eppie Lederer essen gewesen. Eigentlich war es eher eine Art Brautparty, weil M am Wochenende nämlich heiraten würde. Tatsächlich hatte sie Gregorys Chef kennengelernt und sich in ihn verliebt. Wir Mädels hatten bei der Arbeit früher Schluss gemacht und waren ins Riccardo's gegangen, um es mit M ein letztes Mal krachen zu lassen. Wir redeten über die Hochzeit und die Kleider, die wir uns für den Anlass gekauft hatten. Gabby hatte Angst, in ihren neuen Schuhen größer zu sein als Bennie, mit dem sie nun schon seit etlichen Monaten zusammen war. Richtig überrascht hatte das keine von uns – die beiden hatten sich im Verlauf der Jahre Zentimeter um Zentimeter an den anderen herangepirscht.

Wir saßen am Tresen und redeten über Gabbys Schuhe, als wir die Nachricht hörten. Benny war noch in der Redaktion gewesen, als die Eilmeldung über Fernschreiber eintraf, und rannte sofort zu uns herüber. Wir warfen eine Handvoll Scheine auf den Tresen und rasten zurück zur *Tribune.*

Ellsworth hatte einen tragbaren Schwarz-Weiß-Fernseher in die Mitte des Hufeisens gestellt, an dem inzwischen auch mein Platz in der Redaktion war. CBS unternahm einen halbherzigen Versuch, zur Seifenoper *As the World Turns* zurückzuschalten, doch kurz darauf erschien Walter Cronkite auf dem Bildschirm und berichtete von den neuesten Entwicklungen. Mr. Copeland drehte an der Antenne, um die weißen Streifen von Cronkites Gesicht zu entfernen, während dieser von Bluttransfusionen sprach und sagte, laut unbestätigtem Gerücht sei der Präsident tot.

Tot? Tot!

Randy stieß aus Versehen seine Kaffeetasse um, und M, Gabby und sogar Peter schienen mehr damit beschäftigt zu sein, Taschentücher hervorzukramen und Zigarettenschachteln aus dem Weg zu räumen, als sich mit der Möglichkeit auseinanderzusetzen, dass Präsident Kennedy einem Attentat zum Opfer gefallen war. Verstehen konnte ich ihre Reaktion durchaus. Die ganze Geschichte war unfassbar. Wir anderen standen wie gebannt um das Hufeisen herum, bis der Tod des Präsidenten schließlich bestätigt wurde. Seit wir von den drei Schüssen, die man auf ihn abgefeuert hatte, erfahren hatten, war eine Stunde vergangen.

Eine ganze Redaktion voller erfahrener Zeitungsleute versetzt man nicht allzu leicht in Schockstarre, doch als Kennedys Tod verkündet wurde, verschlug es uns allen die Sprache. Allerdings nur für einen kurzen Moment. Danach rasten wir zu unseren Tischen und legten los. Es gab wichtige Nachrichten, über die wir berichten mussten.

An dem Nachmittag rauchte ich bestimmt eine Schachtel Lucky Strikes und trug nicht unerheblich zu der blauen Rauchwolke über unseren Köpfen bei. Stunden später schickte Ellsworth mich zum Ausruhen nach Hause, was ich freiwillig niemals getan hätte.

Als ich protestieren wollte, sagte er: «Hauen Sie endlich ab, Walsh. Für heute steht die Berichterstattung. Ich hoffe aber, dass Sie fürs Wochenende noch keine Pläne haben, denn morgen früh erwarte ich Sie um Punkt sieben wieder an Ihrem Platz. Und packen Sie Sachen zum Wechseln ein – so schnell kommen Sie nämlich nicht mehr nach Hause. Ich werde morgen früh eine kurze Verschnaufpause nötig haben, also seien Sie bitte ausgeschlafen. Ich verlasse mich voll und ganz auf Sie. Und jetzt ziehen Sie Leine.»

Ich packte meinen Aktenkoffer und dachte daran, wie viel sich in den letzten drei Jahren für mich geändert hatte. Nachdem ich den Enthüllungsbericht über den Pferdefleischskandal geschrieben hatte, war es in der Stadt zu einem öffentlichen Aufschrei gekommen und der Verkauf von Rindfleisch war um die Hälfte zurückgegangen, obwohl ich in dem Artikel deutlich gemacht hatte, dass der Betrug schon etliche Jahre zurücklag und das Fleisch inzwischen wieder sicher war. Mein Status bei der Zeitung hatte sich seitdem grundlegend geändert. Der Skandal war einer der größten gewesen, den die *Tribune* in den letzten Jahren aufgedeckt hatte. Unser Bericht hatte zahlreiche Klagen nach sich gezogen. In Springfield waren einige hochrangige Politiker, die ihren Job unter der neuen Regierung behalten hatten, vom Dienst suspendiert worden. Und das war nur der Anfang. Meine Recherchen zum Tod meines Bruders hatten bewirkt, dass die Polizei die Ermittlungen wiederaufgenommen hatte. Und im vorigen Sommer waren zwei jüngere Führungskräfte von Willis Packing in Topeka, Kansas, wegen Mordes an Eliot Walsh verurteilt worden.

Eliot war Gerechtigkeit widerfahren, meine Familie konnte endlich aufatmen und mit dem Kapitel abschließen. Meine Mutter kümmerte sich wieder um die Blumenbeete in ihrem Garten und hatte sogar wieder mit dem Schreiben angefangen. Mein Vater trank weniger und saß an einem neuen Roman. Meine Großeltern waren zu Besuch gewesen, und keiner war wutentbrannt aus dem Zimmer gestürmt.

Trotz all der guten Nachrichten hatte ich erst einmal das Gleichgewicht wiederfinden müssen. Über ein Jahr hatte ich an der Story gesessen, und nachdem ich die Recherchen beendet und mich mit allen möglichen Ermittlern und Anwälten getroffen hatte, wurde Eliots Akte geschlossen. Doch meine Arbeit, das Gerichtsverfahren und das Urteil hatten ihn auch nicht wieder lebendig gemacht. Ich spürte eine neue Lücke in meinem Inneren, die ich irgendwie füllen musste. Also stürzte ich mich noch mehr in die Arbeit, meine einzig wahre Liebe. Und mein nächster Enthüllungsbericht hatte sogar mich schockiert. Das Verbrechen hatte sich nämlich direkt vor meiner Haustür zugetragen. Wie sich herausstellte, hatte die Wohnungsnachbarin mit dem geheimnisvollen Kinderwagen vor der Tür über Jahre einen illegalen Adoptionsring betrieben. Für jedes Baby hatte sie hundert bis tausend Dollar kassiert. Gesehen hatte ich die Frau tatsächlich nie, denn sie lebte im Norden der Stadt in einer Luxusvilla und hatte die schäbige Wohnung nur als Übergabeort benutzt.

Zu diesem Zeitpunkt hatten meine Enthüllungsberichte bereits im ganzen Land für Aufsehen gesorgt. Inzwischen galt ich als eine der besten Enthüllungsjournalisten in Chicago und hatte für meine Artikel sogar Preise gewonnen. Es hatte nicht lange gedauert, da hatten Ellsworth und Mr. Copeland mich in den Konferenzraum gerufen und verkündet, dass ich zur stellvertretenden Leiterin der Nachrichtenredaktion befördert wurde. Ich war die erste Frau auf diesem Posten und durfte fortan bei den Männern am Hufeisen sitzen. Seitdem habe ich zwei neue Reporterinnen eingestellt und kämpfe gerade mit Ellsworth darum, eine dritte ins Boot zu holen. Ich halte mich an den Rat, den Mrs. Angelo mir damals auf der Lower Wacker gegeben hatte, und unterstütze andere Frauen, die den Beruf ergreifen wollen, nach Kräften.

Als ich die *Tribune* an dem Tag, als Kennedy erschossen wurde, verließ, fiel Regen, aber für Ende November war es ungewöhnlich warm. Tagsüber war das Thermometer sogar auf sechzehn Grad gestiegen. Obwohl ich einen Schirm dabeihatte, schaffte ich es nicht, ihn aufzuspannen. Nach den Ereignissen des Tages fühlte ich mich wie benommen.

Auf der Straße war es für einen Freitagabend unheimlich still. Die Stadt wirkte verlassen, wie am Abend eines Feiertags, wenn die Büros und Geschäfte früh schließen. Auf der Straße fuhren ein paar Autos, aber niemand hupte. Alle Menschen bewegten sich vorsichtig, bedächtig. Die wenigen, die mir entgegenkamen, wirkten wie in Trance. Oder sie versuchten, auf Teufel komm raus, mit mir Augenkontakt aufzunehmen, als wollten sie mir zu verstehen geben: *Wir schaffen das schon. Gemeinsam schaffen wir es.*

Mit einem Mal ertrug ich den Gedanken nicht, in die Bahn zu steigen und in meine leere Wohnung zu fahren. Deshalb stellte ich meinen Mantelkragen auf, winkte ein Taxi herbei und nannte dem Fahrer die Adresse meiner Eltern. Im Autoradio lief der Sender WGN.

«Das ist doch alles nicht zu fassen», sagte der Fahrer. «Was ist bloß aus dieser Welt geworden?»

Erst jetzt sah ich mir den Mann genauer an. Er war von bulliger Statur und hatte eine beginnende Glatze am Hinterkopf. Als ich zum Rückspiegel schaute, sah ich Tränen in den Augen des großen, kräftigen Mannes.

«Ich war im Loop unterwegs, als es passiert ist», sagte er. «Mein Fahrgast hatte es eilig, weil er zu spät zu einem Geschäftsessen kam. Er saß hinten und meinte zu mir: ‹Fahren Sie da lang, jetzt hier abbiegen.› Das Radio lief. Ich hörte gerade die Sendung *County Fair*, als sie sie für die Eilmeldung unterbrochen haben. Ich musste rechts ranfahren. Weil ich am ganzen Körper gezittert habe. Ich konnte nicht weiterfahren. Doch der Kerl auf der Rückbank hatte immer noch Angst, er würde zu spät zu seinem Scheißtreffen kommen, und schrie mich an, ich soll endlich fahren. ‹Warum halten Sie?›, hat er gefragt. Er hat es nicht kapiert. Sein Geschäftsessen zählte nicht mehr. Die Welt war nicht mehr dieselbe.»

Ich schaute in den Rückspiegel, in seine tränenverhangenen Augen. Als er vor dem Haus meiner Eltern hielt, gab ich ihm zwei Dollar für die Fahrt, die eigentlich nur fünfzig Cents gekostet hätte, und er hielt meine Hand fest, und ich drückte seine.

Einen Augenblick später betrat ich das Haus und fand meine Eltern im dämmrigen Wohnzimmer. Das flackernde Licht des Fernsehers tanzte geisterhaft über ihre Gesichter. Meine Mutter hatte den Korb mit Wäsche auf dem Bügelbrett stehen lassen und hockte auf der Kante ihres Sessels. Mein

Vater saß einen Sessel weiter, das Manuskript seines Romans neben sich auf dem Boden. Auf der oberen Seite sah ich etliche Anmerkungen in der Handschrift meiner Mutter. Sie half ihm bei der Überarbeitung. Vor vier Wochen hatte er mir sogar die ersten fünfzig Seiten zu lesen gegeben. Es handelte sich um einen Kriminalroman, und der war ziemlich gut. Richtig gut. Seitdem bettelte ich bei jedem Besuch um die nächsten Seiten.

Meine Mutter stand auf, drückte mich und nahm mein Gesicht kurz in beide Hände. Dann ging sie zum Barwägelchen und schenkte sich ein Glas ein. «Willst du auch was trinken?»

«Gerne. Ich nehme das Gleiche wie du.»

Als ich mich zu meinem Vater hinunterbeugte und ihm einen Kuss auf die Stirn drückte, konnte er den Blick kaum vom Fernseher abwenden.

«Das ist die größte Nachricht seit Pearl Harbor», sagte er. «Was würde ich dafür geben, wieder in der Redaktion zu arbeiten.»

Ich setzte mich mit meinem Drink aufs Sofa und schaute mit wachsender Ungeduld auf den Fernseher. Ein Schild mit der Aufschrift *CBS News Bulletin* füllte den Bildschirm aus, bevor wieder Walter Cronkite erschien und von den Reaktionen der Länderchefs weltweit berichtete. Ich fühlte mich verloren und fragte mich, ob es meinen Eltern auch so ging. Als wären alle Amerikaner Kinder, deren Vater heute erschossen worden war. Wer würde sich jetzt um uns kümmern? Uns blieb natürlich noch Vizepräsident Johnson, doch der war mehr wie ein entfernter Onkel, den man nicht allzu gut kannte. Besonders tröstend war der Gedanke nicht.

Später am Abend machte meine Mutter uns etwas zu essen, und wir stocherten ohne großen Appetit auf unseren Tellern herum, während wir weiter auf den Fernseher starrten. Dan Rather, der Reporter in Dallas, berichtete nun von einem Verdächtigen, den die Polizei in Gewahrsam genommen hatte. Neue Aspekte der Geschichte kamen ans Licht. Ich schloss die Augen und stellte mir vor, wie die Kollegen in der Redaktion alle Hebel in Bewegung setzten, um etwas über diesen vierundzwanzigjährigen Lee Oswald zu erfahren. Im Geist hörte ich die Schreibmaschinen rattern, die Fernschreiber surren, die Telefone klingeln und die Menschen emsig umherlaufen, während unten die Druckmaschine ansprang.

Ich konnte es kaum erwarten, wieder dort zu sein.

DANKSAGUNG

Als ich die Arbeit an *Die Stunde der Reporterin* begann, wusste ich nur wenig über den Machtapparat des Chicagoer Bürgermeisters Daley in den 1950er-Jahren und hatte zudem noch nie einen Fuß in eine Zeitungsredaktion gesetzt. Zum Glück habe ich auf meinem Weg viele hilfsbereite Menschen kennengelernt, die mir auf die Sprünge geholfen haben. Ohne sie hätte ich dieses Buch niemals schreiben können.

Mein Dank gilt Eric Charles May, einem ehemaligen Reporter und äußerst talentierten Schriftsteller. Als ich ihn kennenlernte, war das für mich der Startschuss. Über Eric habe ich die ehemalige *Tribune*-Reporterin Dorothy Colin kennengelernt, die mir verschiedene Aspekte dieses Berufs nähergebracht hat. Eine große Hilfe war mir auch Elizabeth Taylor, die frühere Korrespondentin des *Time Magazine* und jetzige Literaturredakteurin der *Chicago Tribune*, die mich schon früh in meiner Arbeit an dem Buch bestärkt hat. Ihr gemeinsam mit Adam Cohen verfasstes Buch *American Pharaoh* hat mir interessante Einblicke in den Machtapparat Daleys geliefert. Elizabeth stellte auch den Kontakt zu Barbara Mahany her, einer Schriftstellerin, die früher für die *Chicago Tribune* Kolumnen verfasst hat. Meine gute Freundin Julie Anderson machte mich außerdem mit Mark Damisch bekannt, einem von der Kritik gefeierten Konzertpianisten, Anwalt und ehemaligen Bürgermeister von Northbrook, der mir einen Crashkurs über die in den 1980er-Jahren vom FBI durchgeführte Operation Greylord gegeben hat. Wie ich am Ende in meinen Anmerkungen schreibe, führte Rick Kogan mich durch die Redaktionsräume der *Tribune* und stellte mir außerdem Shirley Baugher vor, eine Expertin für die Geschichte des Chicagoer Stadtviertels Old Town, die meine Arbeit durch die vielen Gespräche und ihre am Ende des Romans aufgeführten Bücher bereichert hat. Bedanken möchte ich mich außerdem bei Claire Dolinar, die mich kenntnisreich durch das Viertel führte und mir interessante Orte zeigte.

Zwei Menschen haben mich bei meinem Vorhaben besonders unterstützt – Charles Osgood, ein ehemaliger Fotograf der *Chicago Tribune*, der das Buch gelesen und auf Herz und Nieren geprüft hat und mich darüber hinaus mit Marion Purcelli bekannt machte. Marion war für mich die größte Inspiration und stand für vieles in diesem Buch Patin. Ich werde ihr ewig dankbar sein, weil sie mir ihre Zeit geschenkt hat, mich an ihrem Wissen teilhaben ließ und großes Verständnis für den Schreibprozess gezeigt hat. Ja, sie ist die Frau mit dem Aktenkoffer und vieles mehr.

Was wären wir ohne unsere Freunde und Freundinnen? Vielen Dank an Julia Lieblich, Marianne Nee, Tasha Alexander, Andrew Grant, Nick Hawkins, Amy Sue Nathan, Kelly O'Connor McNees, Karen Abbott, Javier Ramirez, Stephanie Nelson und die Sushi-Bande.

Mein besonderer Dank gilt Joe Esselin, Mindy Mailman, Brenda Klem und Sara Gruen – eure Freundschaft und Unterstützung kennt keine Grenzen, dafür werde ich euch ewig dankbar sein – ich liebe euch alle.

Großer Dank gebührt auch meinem Team, angefangen bei meiner wunderbaren Agentin Kevan Lyon, bei der ich und mein Roman immer in den besten Händen waren und die außerdem die Gabe besitzt, mir das Gefühl zu geben, ihre einzige Klientin zu sein. Ich danke dir für alles, was du für mich bereits getan hast und in Zukunft tun wirst. Ein Dankeschön auch an ihre Assistentin Patricia Nelson für das Feedback und die kluge Kritik an den ersten Fassungen des Manuskripts. An Claire Zion, meine Traumlektorin – ich kann mir wirklich keine bessere wünschen. Vielen Dank, dass du immer an mich geglaubt hast. Ich freue mich schon riesig auf unsere Zusammenarbeit bei künftigen Projekten. An Jennifer Fisher, für die Durchsicht des Manuskripts und die hilfreichen Kommentare und Anmerkungen. An Jessica Butler, für den unermüdlichen Einsatz, damit der Roman seine Leserinnen und Leser findet. An das Marketingteam bei Penguin Random House, vor allem an Stefan Moorehead und den unvergleichlichen Brian Wilson – es freut mich sehr, dass ihr hinter mir steht. Ihr seid die Besten.

Herzlichen Dank auch an meine Familie: Debbie Rosen, Pam Jaffe, Andy Jaffe, Jerry Rosen, Andrea Rosen, Joey Perilman und Devon Rosen – ihr habt mir bei jedem Schritt auf meinem Weg beigestanden und ich danke euch für die Liebe und Unterstützung.

Und zuletzt danke ich John Dul. Danke, dass du in mein Leben getreten bist und mich auf dieser Reise begleitet hast. Ich liebe dich über alles.

ANMERKUNGEN DER AUTORIN

Wie in meinen früheren Romanen *Dollface* und *What the Lady Wants* habe ich auch in *Die Stunde der Reporterin* echte Personen und wahre historische Begebenheiten in die Geschichte eingeflochten. Im Gegensatz zu den früheren Romanen, die gegen Ende des 19. Jahrhunderts oder in den 1920er-Jahren spielten, behandelt *Die Stunde der Reporterin* die 1950er-Jahre und somit eine Zeit, die nicht ganz so lange zurückliegt. Deshalb war ich in der Lage, etliche Menschen zu befragen, die die in diesem Roman geschilderten Ereignisse noch unmittelbar miterlebt haben.

Die Zeitungskolumne *White Collar Girl* [in der dt. Übersetzung *Die berufstätige Frau*, A. d. Ü.] gab es tatsächlich, sie wurde von Ruth McKay geschrieben und in den 1940er- und 1950er-Jahren in der *Chicago Tribune* abgedruckt. Während ich die Hauptfiguren des Romans allesamt frei erfunden habe, beruhen viele der im Buch erwähnten Nachrichten und politischen Skandale auf wahren Begebenheiten.

Das im Roman beschriebene Zugunglück ist angelehnt an ein ähnliches Unglück, das sich 1977 in der Chicagoer Hochbahn im Bezirk The Loop zugetragen hat. Der im Buch erwähnte CTA-Skandal mitsamt den darin verstrickten Mitarbeitern der Chicagoer Verkehrsbehörde sind jedoch Produkte meiner Fantasie.

Bei der im Buch erwähnten Operation K habe ich mich von der sogenannten Operation Greylord inspirieren lassen, einem Skandal, der in den 1980er-Jahren den Justizapparat des Cook County erschütterte. Im Rahmen einer dreieinhalb Jahre dauernden FBI-Ermittlung gab sich ein gewisser Terrence Hake als bestechlicher Anwalt aus und sammelte als Undercover-Agent Beweise dafür, dass sich die Korruption im gesamten Justizapparat ausgebreitet hatte. Operation Greylord führte zu zahllosen Verhaftungen und Verurteilungen von Polizisten, Anwälten und Richtern.

Richard Morrison, besser bekannt als der Babbling Burglar [in der dt. Übersetzung der gesprächige Gauner, A. d. Ü.], war ein echter Einbrecher, der der Polizei in Chicago half, den sogenannten Summerdale Scandal aufzudecken. Wie in *Die Stunde der Reporterin* geschildert, hatten mehrere Polizisten bei verschiedenen Einbruchdiebstählen mit Morrison zusammengearbeitet.

An die Luftschutzsirenen, die der Feuerwehrchef zur Feier des Meisterschaftssiegs der White Sox im Jahr 1959 ertönen ließ, erinnern sich in Chicago noch heute viele Menschen, auch dieses Ereignis hat tatsächlich so stattgefunden.

Wahlbetrug hat in Chicago traurige Tradition, daher wird auch vermutet, dass es bei der Präsidentschaftswahl von 1960, bei der Kennedy gegen Nixon antrat, zu Manipulationen mit weitreichenden Folgen gekommen ist. In *Die Stunde der Reporterin* bleibt der Ausgang der Geschichte offen, deshalb sei hier erwähnt, dass man Daley einen möglichen Wahlbetrug nie nachweisen konnte, sein Ruf dennoch großen Schaden nahm.

Auch der Pferdefleischskandal beruht auf wahren Ereignissen: In den Jahren 1951 bis 1953 wurde in Chicago und Illinois im großen Stil Pferdefleisch als erstklassiges Rindfleisch zum Verkauf angeboten. Ob in Tante-Emma-Läden oder edlen Restaurants, das Pferdefleisch tauchte überall auf. In den Skandal verwickelt waren das Büro von Gouverneur Adlai Stevenson und mehrere Mitglieder der Mafia.

Anders als in *Die Stunde der Reporterin* fanden die Peterson-Schuessler-Morde im Oktober 1955 und nicht im Juni 1955 statt.

Während der Recherchen für den Roman lud mich mein guter Freund, der frühere Fotograf der *Chicago Tribune*, Charles Osgood, zu einem Treffen von ehemaligen Mitarbeitern der Zeitung ein. Bei dieser Veranstaltung lernte ich auch Marion Purcelli kennen, die 1949 als «Bürobotin» bei der *Tribune* angefangen hatte. Marion war das große Vorbild für die Figuren Jordan Walsh und Mrs. Angelo. Zahlreiche Artikel von Marion haben ihren Weg in mein Buch gefunden, darunter ihre Reportage über das Frauengefängnis Dwight Correctional Center und ihr Kolumnenbeitrag «So I'm a Girl and I Carry an Attaché Case» [etwa: «Ich bin eine Frau mit Aktenkoffer, na und?», A. d. Ü].

Die Redaktionsräume der *Tribune* haben sich seit den 1950er-Jahren natürlich stark verändert, dennoch bin ich Rick Kogan sehr dankbar für die Besichtigungstour durch den Tribune Tower. Über Rick habe ich außerdem Shirley Baugher kennengelernt, die Expertin für die Geschichte von Old Town. Shirley war so nett, mich an ihrem gewaltigen Wissen über einen der faszinierendsten und bezauberndsten Stadtteile Chicagos teilhaben zu lassen.

Zusätzlich zu den Interviews, die ich geführt habe, habe ich zahllose Reportagen und Artikel gelesen, die in den 1950er-Jahren in der *Tribune* erschienen sind. Mein Dank gilt der Chicago Public Library, die mir den Zugang zu ihrem Archiv ermöglicht hat. Darüber hinaus habe ich mich durch Berge von Büchern gelesen, um mich über die Chicagoer Politik der 1950er-Jahre und das Wesen des Journalismus schlauzumachen. Denjenigen, die mehr über die oben genannten Themenbereiche erfahren möchten, seien die folgenden, leider nicht auf Deutsch erhältlichen Bücher sehr ans Herz gelegt:

Shirley Baugher, *At Home in Our old Town: Every House Has a Story*, Chicago: Old Town Triangle Association, 2005

Shirley Baugher, *Hidden History of Old Town*, Charlestown: History Press, 2011

Shirley Baugher, *Our Old Town: The History of a Neighborhood*, Chicago: Old Town Triangle Association, 2001

Adam Cohen und Elizabeth Taylor, *American Pharaoh: Mayor Richard J. Daley*, New York: Little, Brown and Co., 2000

Thomas Dyja, *The Third Coast: When Chicago Built the American Dream*, New York: Penguin Books, 2013

Michael Hainey, *After Visiting Friends: A Son's Story*, New York: Scribner, 2013

Jean Marie Lutes, *Front-Page Girls: Women Journalists in American Culture and Fiction 1880–1930*, Ithaca: Cornell University Press, 2006

Milton L. Rakove, *Don't Make No Waves ... Don't Back No Losers: An Insider's Analysis of the Daley Machine*, Bloomington: Indiana University Press, 1975

Mike Royko, *Boss: Richard J. Daley of Chicago*, New York: Penguin Books, 1971

Jan Whitt, *Women in American Journalism: A New History*, Urbana: University of Illinois Press, 2008

Edmund Frank Kallina, *Courthouse Over White House: Chicago and the Presidential Election of 1960*, University of Florida Press, 1988

Renée Rosen
Cosmopolitan – Die Zeit der Frauen

Die junge Alice Weiss kommt nach New York, um Fotografin zu werden. Doch ihr wird nur eine Stelle als Sekretärin für die erste weibliche Chefredakteurin des Cosmopolitan-Magazins angeboten, Helen Gurley Brown.

Allerdings steht die Cosmopolitan kurz vor der Einstellung. Mitarbeiter und Management rebellieren offen gegen Helens skandalöse Ideen, wie zum Beispiel Artikel über Sex zu veröffentlichen. Vertrauliche Informationen geraten immer wieder in falsche Hände.

448 Seiten

Alice findet sich völlig unvorbereitet inmitten dieser Intrigen wieder. Der Glamour von New York – edle Restaurants, dekadente Partys und Männer, die ebenso verführerisch wie trügerisch sind – lockt. Doch Alice ist entschlossen, Helen zum Erfolg zu verhelfen. Denn es bricht eine neue Zeit an: die Zeit der Frauen!

«Ein Roman wie Champagnerbläschen.» *Booklist*
«Der Teufel trägt Prada trifft Mad Men.» *Popsugar*

Weitere Informationen finden Sie unter **rowohlt.de**